山海經

神話與初民

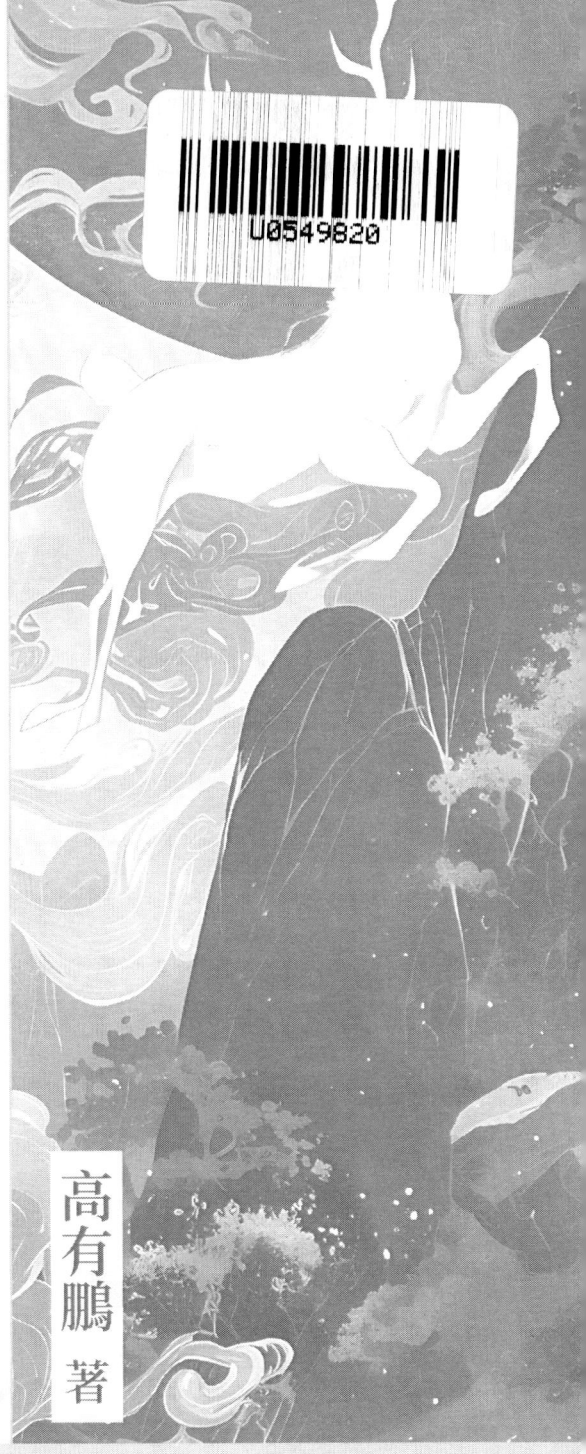

從青銅器到圖騰信仰，
探索先秦神話與空間秩序的文化原型

高有鵬 著

神話不是幻想，是文明誕生時的第一句話——
以神話為鑰，打開先秦的文化記憶與思想原型
讀懂神話，你才真正讀懂中華文化從哪裡來！

目錄

第一章

神話作為歷史概念的形成 …………………………………… 005

第二章

青銅器：神話作為歷史珍寶的見證 ………………………… 019

第三章

神話與岩畫的關聯 …………………………………………… 051

第四章

原始思想下的神話與民間文藝 ……………………………… 069

第五章

刻在石頭上的神話故事 ……………………………………… 093

第六章

《山海經》時代 ……………………………………………… 117

第七章

大禹時代是歷史的開端嗎？ ………………………………… 245

目錄

第一章
神話作為歷史概念的形成

神話與歷史到底是什麼關係？

到底神話是歷史的兒子，還是歷史是神話的子孫？

這是民間文藝發展史上一個長期說不清楚的問題。

許多學者認為，中國古代歷史上雖然曾經出現很多神話作品，但是一直沒有出現神話的概念。明代湯顯祖等評點的《虞初志》，出現「畫談神話」，而且評點了神話傳說，包括湯顯祖〈點校虞初志序〉，形成其相對系統的神話觀念。明代社會承傳了前世神仙文化，在當世社會統治者大力提倡神權意識、神仙文化的背景下，結合宋元時期的「說話」等文學體裁，形成了「神話」這個講述神奇、神異等神話傳說故事的概念。近代中國社會的神話學，具有不同尋常的意義。

神話的出現，象徵著人類文明進入一個新的階段。中外歷史上，都有超越自然與現實的神話，而當今對神話文化屬性的述說，形成了不同的意見，諸如神話歷史、神話哲學等，尤其是對於神話概念的出現時代，更是眾說紛紜。

第一章　神話作為歷史概念的形成

第一節　神話作為歷史

學術史上有許多悖論，如神話，被認證為歷史，又被視作與歷史並不相關。現在，興起一種新說，稱作神話歷史。

神話與民族起源相關，許多學者認為神話就是民族文明的初始。關於中國古代神話概念的起源問題，中外學術界大多堅持外來說，認為神話學最早出現在歐洲，很少有人關注到中國古代出現這個概念的事實。如中國學者馬昌儀認為：「具有現代科學意義的中國神話學，是20世紀初中外文化交流的產物。它的發生和發展，與近代西方和日本的學術思潮、神話流派的變遷，人類學、考古學、民族學的傳入，有著密切的關係，直接受到中國整個文化開放浪潮以及知識界對中國文化的自覺與反省運動的影響。」她認為「世界上第一部研究中國神話的專著，是俄國聖彼得堡大學C.M.格奧爾吉耶夫斯基的《中國人的神話觀與神話》（1892年聖彼得堡版）」，「這本書最早提出了『中國神話』的概念」。同時，她認為「在中國的古代典籍中，儘管沒有『神話』這個詞，但歷代學者對於古時候稱之為『怪異』、『虛妄之言』、『神鬼之說』、『古今語怪之祖』的神話現象卻表現出濃厚的興趣」。她進一步闡述道：「西方神話學傳入中國，主要透過兩條途徑：間接的透過日本；直接的來自歐洲。『神話』和『比較神話學』這兩個詞，最早於1903年出現在幾部從日文翻譯過來的文明史著作（如高山林次郎的《西洋文明史》，上海文明書局版；白河次郎、國府種德的《支那文明史》，競化書局版；高山林次郎的《世界文明史》，作新社版）中。」她的意見頗具有代表性。

與馬昌儀一樣，許多學者認為中國古代沒有「神話」的概念，而且把清光緒二十九年（1903）蔣觀雲發表在第36號《新民叢報·談叢》上的〈神話、歷史養成之人物〉一文看作中國第一篇神話學論文。

國外學者以俄羅斯李福清（B. Riftin）為代表，認為中國古代沒有神話的概念。他注意到西方學者早就開始研究中國古代神話中的主要人物。

在 1870 年代，英國漢學家 F. Mayers 發表了一篇關於女媧的短文，日本學者也早開始研究中國古代神話。1882 年井上圓了在《東洋學藝雜誌》（第 9 號）發表了一篇談堯舜偶像的文章，以為堯舜是人造的聖人。他沒有用神話這個概念，其稱神話這個術語「中國本來沒有，是從日本借用過來的，大概最早在 1903 年《新民叢報・談叢》(36 號)發表的蔣觀雲（西元 1866～1929 年）的一篇題為〈神話歷史養成之人物〉中出現。蔣觀雲 1902 年赴日本，所以引入了日本學者使用的術語。日本把西方用的 myth（英文、法文、德文、俄文等文只是發音和寫法有少許差別）譯為『神話』；但是 myth 是古希臘詞，希臘語把所有說的故事都稱為 myth，此詞無神的意義」。

整體說來，中外學者大多認為中國古代有神話存在，但是沒有神話的概念出現。

第二節　中國明代出現「神話」的概念

檢索中國古代典籍，中國古代是有神話這個概念的。這個概念出現在明代，湯顯祖以湯若士的筆名，與一批學者評說《虞初志》，其中唐代沈既濟的〈任氏傳〉的「贊曰」中提到了這個概念。〈任氏傳〉開題即稱「任氏女妖也」，敘述書生「鄭子」與其戀愛的故事。湯顯祖評點其中情節，稱「冶豔風流，大是一段好姻緣。惜鄭生多一渾家，乃屈之側室」；「敘問轉折，彷彿欲真」；「狐雖妖物，而鄭子以壽終，故知死生有命」。顯然，此屬於廣義神話。

第一章　神話作為歷史概念的形成

　　值得注意的是，其「贊」中述說「察人神之際，著文章之美，傳要妙之情，不止於賞玩風態而已」，說「建中二年」沈既濟等人「皆謫官東南」，「自秦徂吳，水陸同道，時則遺拾朱放，因旅遊而隨焉」，「浮潁涉淮，方舟沿流，晝談神話，各徵其異說」，「眾君子聞任氏之事，共深嘆駭，因請（沈）既濟傳之，以誌異云」。這裡的「神話」，無論從其內容上，還是從其流傳方式上，都與現代的神話概念相符合。

　　中國古代歷史文化在事實上存在著神話主義現象，具有文化哲學的意味，即凡事總藉助於神祇進行敘說。從司馬遷《史記·高祖本紀》敘說「其先劉媼嘗息大澤之陂，夢與神遇。是時雷電晦冥，太公往視，則見蛟龍於其上，已而有身，遂產高祖」，到脫脫《宋史》卷十四〈本紀〉第十四敘說「神宗」之「慶曆八年四月戊寅生於濮王宮，祥光照室，群鼠吐五色氣成雲」，到《清史稿》等文獻記述「佛庫倫吞食神鵲紅果而孕」等傳說，形成神聖性敘說的文化傳統。不唯歷史典籍如此，許多文學作品也是這樣，文學紀事與敘說將神異納入文本，形成獨特的審美效應。

　　記述歷史的文化傳統，呈現在神異、傳奇等體裁中，在不同的歷史時期有不同的展現方式。如漢代出現虞初體，即是一個典型。《虞初志》以人名「虞初」為文體問題，歷史上曾經有過多次討論。一般認為，虞初本身就是一個傳說，這個人是西漢時期的洛陽人，武帝時以方士侍郎號「黃車使者」。

　　使他成為一個傳說的是他將《周書》改寫成《周說》，即人所稱《虞初周說》。此《周書》並非唐代令狐德棻所編《周書》，而是《逸周書》。曾有人說《逸周書》是孔子刪定《尚書》之後所剩資料所輯，為「周書」的逸篇，所以稱為此名。其原名《周書》、《周史記》，許慎在《說文解字》中稱之為《逸周書》。其主要內容是周代歷史文獻彙編，分別記述了周文王、周武王、周公、周成王、周康王、周穆王、周厲王和周景王時期的歷史，

第二節　中國明代出現「神話」的概念

並且保存許多上古時期的歷史傳說內容。可能是原文不容易懂，所以虞初把這些內容作了故事性較強的改寫，即《虞初周說》。班固《漢書·藝文志》錄小說十五家，其中有「《虞初周說》九百四十三篇」，張衡〈西京賦〉稱「小說九百，本自虞初」。但是，這九百餘篇《虞初周說》早已亡佚，據清代學者朱右曾考證，《山海經》、《文選》、《太平御覽》等文獻曾經引述《周書》內容，實際上是《虞初周說》一書的逸文，諸如「天狗所止地盡傾，餘光燭天為流星，長數十丈，其疾如風，其聲如雷，其光如電」、「穆王田，有黑鳥若鳩，翩飛而跱於衡，御者斃之以策，馬佚，不克止之，躓於乘，傷帝左股」、「芥山，神蓐收居之。是山也，西望日之所入，其氣圓，神紅光之所司也」等神話傳說故事，當為「稗官」即民間社會所講述的故事。時光易逝，《逸周書》、《虞初周說》皆為散佚，多少神話隨之化為雲煙。

　　由漢代的《虞初周說》到明代的《虞初志》，再到清代的《虞初新志》，經過許多歷史變遷。湯顯祖編《虞初志》和《續虞初志》、張潮編《虞初新志》、黃承增編《廣虞初新志》等，借用「虞初」之名，都是講述傳說故事的意思。也有學者考證，湯顯祖點校本《虞初志》與今通行本《虞初志》（諸家匯評本）以及湯氏的《續虞初志》不是同一件事。但無論如何，「神話」一詞見之於《虞初志》中的〈任氏傳〉評點議論，這是一個事實。述說「畫談神話」的《虞初志》，最初編著者不詳，或者就是湯顯祖，其成書於明代弘治、正德年間。明代萬曆年間，吳興凌性德翻刻本為「加評本」，即融入袁宏道、屠隆、湯顯祖、李贄等人的評點，而且書前有湯顯祖的序文，保留了他們的評點，包含著他們富有時代特色的神話理論觀念。後來，掃葉山房以吳興凌性德翻刻本為底本，於1926年出版新式標點的鉛排本，使之流傳於世。

　　《虞初志》的流傳，有七卷本和八卷本。八卷本如隱草堂二十篇本共八

第一章　神話作為歷史概念的形成

冊,題「虞初志八集凡三十二卷明如隱堂刊」。也有「明絃歌精舍如隱草堂」本,「明絃歌精舍鳳橋別墅」本。七卷本,如凌性德宗譜嘉慶十年乙卯刊《虞初志》,為七卷朱墨套印本。許多學者以為是《虞初志》的最初刊刻者。更有學者稱,「八卷、七卷並非刪節,只是分卷的不同而已」。值得注意的是,七卷本書首,皆有湯顯祖、歐大任、王穉登、凌性德等人的序,卷中皆有湯顯祖、袁宏道、屠隆、李贄等人的點評,且皆為朱墨套印本。上海書店出版社 1986 年版《虞初志合集》之一《虞初志》,名為「掃葉山房」本,其實就是凌性德宗譜嘉慶十年乙卯刊《虞初志》等明刊本的重刻。

《虞初志》開篇有湯顯祖〈點校虞初志序〉,完整呈現出湯顯祖的神話觀念。其稱:「昔李太白不讀非聖之書,國朝李獻吉亦勸人弗讀唐以後書,語非不高,然未足以繩曠覽之士也。何者?蓋神丘火穴,無害山川岳瀆之大觀;飛莖秀萼,無害豫章竹箭之美殖;飛鷹立鵠,無害祥麟威鳳之遊棲。然則稗官小說,奚害於經傳子史?遊戲墨花,又奚害於涵養性情耶?東方曼倩以歲星入漢,當其極諫,時雜滑稽;馬季長不拘儒者之節,鼓琴吹笛,設絳紗帳,前授生徒,後列女樂;石曼卿野飲狂呼,巫醫皁隸徒之遊。之三子,曷嘗以調笑損氣節,奢樂墮儒行,任誕妨賢達哉?讀書可譬已。太白故頹然自放,有而不取,此天授,無假人力。若獻吉者,誠陋矣!《虞初》一書,羅唐人傳記百十家中,略引梁沈約十數則,以奇僻荒誕,若滅若沒,可喜可愕之事,讀之使人心開神釋,骨飛眉舞,雖雄高不如《史(記)》、《漢(書)》,簡澹不如《世說》,而婉縟流麗,洵小說家之珍珠船也。其述飛仙盜賊,則曼倩之滑稽;志佳冶窈窕,則季長之絳紗;一切花妖木魅,牛鬼蛇神,則曼卿之野飲。意有所蕩激,語有所托歸,律之風流之罪人,彼固歉然不辭矣。使呫呫讀古,而不知此味,即日垂衣執笏,陳寶列俎,終是三館畫手,一堂木偶耳。何所討真趣哉?餘暇日特為點校之,以借世之奇雋沈麗者。」其中的「奇僻荒誕」,「花妖木魅,牛鬼

蛇神」，正是神話的實質。此與湯顯祖所述「家君恆督我以儒檢，大父輒要我以仙遊」對照，結合其所著《陰符經解》、《蜀大藏經序》、《五燈會元序》等著述，便可見其神話情結。顯然，這些論說與司馬遷所說「百家言黃帝」，以及干寶所用「搜神」的概念，是一致的。

第三節 眾說紛紜

此《虞初志》存〈集異記〉、〈柳毅傳〉、〈周秦行紀〉、〈古鏡記〉、〈任氏傳〉、〈白猿傳〉諸篇，各篇內容以述說富有傳奇色彩的故事為主，所以此「神話」作為神奇、奇異的故事的概括，內容上表現出對社會現實與自然世界的超越，與今天的神話含義相同，在這一點上是沒有什麼疑問的。

現代神話學認為，神話有原始神話和民間神話等神話形式。《虞初志》記述的應該是具有濃郁神話色彩的民間神話，俗稱為神話傳說。民間神話與原始神話有一定連繫，但屬於衍生的傳說故事，其保留了原始思維等原始神話的重要特徵。

神話傳說的主角常常是展現人們超越自然和現實的鬼神，具有濃郁的原始崇拜意義。湯顯祖評點此類傳奇故事的論述甚多，從另一個方面表現出他對神話傳說的理解。當然，湯顯祖的評點更多是從文學價值出發，表現出神話詩學的超然意識。如《虞初志》卷一有〈華陰黃雀〉，記述少年楊寶在華陰山救助一隻黃雀，得到報答。原來黃雀是王母娘娘的使者，奉命出使蓬萊仙山。湯顯祖評點為「巾箱黃花語，點染甚佳」，揭示出神話傳說的審美價值；《虞初志》卷一有〈七夕牛女〉，講述「七月七日，織女當渡河，諸仙悉還宮」，穿插牛郎織女的傳說故事，其評點「九日，上巳，七夕，俱故事耳，而此說到天上，奇爽自異」，涉及神話傳說與古老的節日之間的連繫；《虞初志》卷一有〈徐秋夫〉，講述神醫徐秋夫為鬼治病的

故事,其評點「意殊茫忽」,揭示出其中的神話意境。《虞初志》卷二有〈柳毅傳〉,講述書生柳毅路遇洞庭龍王的小女兒,並替她傳書,搭救她,得到報答,其中涉及唐堯時曾經爆發洪水的錢塘君故事,湯顯祖評點「造句尖新韶雅」、「奇致」、「錯落如意,自是萬寶畢陳」、「有幽岩深壑之意,杳然忘卻人間」、「煙雲飄渺,疑是世外觀」,揭示出神話世界與社會現實的複雜連繫,及其獨特的審美意蘊;《虞初志》卷二有〈韋安道傳〉,講述韋安道與后土夫人之間人仙相戀的故事,光怪陸離,其評點「吳道子畫,筆筆生動」。《虞初志》卷三有〈周秦行紀〉,借唐人牛僧孺口講述其路遇漢文帝母親薄太后廟,與王昭君等歷史上的美貌女子相會的故事,將歷史傳說與社會現實融合成一體,湯顯祖評點「敘得古拙」、「恍如玉樹臨風」,揭示出神話傳說形象之後的社會現實及其審美寓意;《虞初志》卷三有唐人李公佐〈南柯記〉,講述淳于棼酒醉後夢入槐安國,被招為駙馬,做南柯太守,頗有政績,最後封為左相,便權傾一時,荒淫無度,終於被驅逐出宮,大夢醒來,一切如舊。湯顯祖曾將其改編為戲劇《南柯記》,他非常喜愛其立意的神奇和語言的優美,稱其「對仗森嚴,燦若雲錦」、「富貴榮華,一朝淪落」,揭示出其中夢幻人生與神話傳說虛無縹緲的相似性。《虞初志》卷四有〈南岳魏夫人傳〉,講述道教中的女神魏華存曾經「志慕神仙」,得到眾仙教化,「自雒邑達江南寇盜之中,所過之處,神明保佑,常果元吉」,湯顯祖評點其「空靈蕩漾,雅語堪擷」、「是一冊集仙錄」,注意到其中眾多神仙群體出現,指明其彙集眾仙的神譜意義。《虞初志》卷六有〈東城父老傳〉,講述「鬥雞小兒」賈昌一生的盛衰榮辱,充滿傳奇色彩。湯顯祖評點「此傳可補開元遺事,較他作徒為怪誕語者自別」,敘說神異背後的荒唐,揭示出荒誕的時代產生怪誕傳說故事的社會本源。

　　除了湯顯祖的評點,袁宏道等人對於神話傳說的評點也很多,他們論及神話傳說與「桑間濮上」等社會風俗的連繫。他們從不同的角度闡釋

神話傳說、解釋神話傳說，形成明代社會的神話觀念和文化哲學觀念。而且，明代社會出現大量神魔小說，諸如吳承恩的《西遊記》，許仲琳的《封神演義》，朱名世的《牛郎織女傳》，吳還初的《天妃娘媽傳》，朱鼎臣的《西遊釋厄傳》和《南海觀音傳》，潘鏡若的《三教開迷歸正演義》，羅懋登的《三寶太監西洋記通俗演義》，余象斗的《東遊記》、《南遊記》、《北遊記》，鄧志謨的《鐵樹記》、《咒棗記》、《飛劍記》等，集中出現在明萬曆年間，其大多以神話傳說為素材，表現出神仙世界的撲朔迷離。特別是周遊的《開闢衍繹通俗志傳》，從盤古神話的開天闢地，到神話傳說中的三皇五帝，從大禹開闢的夏，到起源於契的商，最後到周武王弔民伐罪，把神話傳說作為歷史的開端，把神壇與文壇緊密結合。所以，「神話」這個詞在湯顯祖他們筆下出現，便是很正常、很自然的事情。總之，「神話」的概念在古代典籍中並不是沒有出現過。

第四節　「神話」的概念為什麼在明代出現

　　明代神怪文學異常繁盛，出現了著名的神魔小說《四遊記》、《封神演義》、《西遊記》等，而且出現大量神仙戲。如武漢大學博士沈敏所述：「在現存的約三百部明代雜劇中，可視為神仙劇者有 52 部，所占比例超過了 17%；明代傳奇近三百部存本中，神仙劇也有 34 部，所占比例超過了 11%。此外，『泛神仙劇』──有神仙登場但並不以其為主要描寫對象的劇作還有 78 部。明代神仙劇不僅數量巨大，而且上演頻率較高，其作者和受眾涵蓋了上自宮廷、下至鄉野的社會階層，是當時廣受歡迎、廣有影響的一個戲劇類別。」

　　宋元時期的神仙劇對明代神仙劇的大量出現發揮了重要的鋪陳作用，更重要的是「話本」概念的出現，影響了「說話」體裁的變異。所謂話本，

第一章　神話作為歷史概念的形成

就是小說、講史、說經等說話藝人的底本，諸如宮調、影戲、傀儡戲等藝術形式的腳本也稱作話本。《東京夢華錄》等文獻記述有專業的說話藝人。「話本」最初亦名為「畫本」，「畫」即「話說」，如敦煌文獻中有《韓擒虎畫本》，其中開篇有「話說中有一僧名號法本和尚」的語句，結尾有「畫本既終，並無抄略」。宋元時期的話本主要收錄在《京本通俗小說》、《古今小說》和《清平山堂話本》等文集中，諸如《新編五代史平話》、《大唐三藏取經詩話》等，以「話」的形式作為講述故事的方式。正是有了「平話」、「詩話」、「說話」等講述故事的概念廣泛使用和流傳，才有了明代述說神話傳說的「神話」，即講述神奇、神異的故事體裁，在文獻中出現「畫談神話」。

縱觀中國文壇流行神仙文化的傳統，諸如魏晉南北朝時期干寶的《搜神記》，王嘉的《拾遺記》，王浮的《神異記》，唐代杜光庭的《神仙感遇傳》、《仙傳拾遺》、《錄異記》和《墉城集仙錄》，陳翰的《異聞集》，沈汾的《續仙傳》，宋代張君房的「小《道藏》」、《雲笈七籤》，元代趙道一的《歷世真仙體道通鑑》，以及後人以元版畫像《搜神廣記》翻刻的《繪圖三教搜神源流》等，成為明代社會所面對的文化現實。明代社會神仙文化繁盛，是對前世的繼承，更有當世統治者對神權、神仙文化的大力提倡。因此，明代「神話」概念的出現與當世神仙文化和神仙典籍的流行是分不開的。

應該特別注意的是明代歷史傳奇所表現的神話傳說，在發生時代上最早的當數周遊的《開闢衍繹通俗志傳》，簡稱《開闢衍繹》，也稱《開闢演義》，今存有明代崇禎間麟瑞堂版本，共六卷八十回。它主要記述了從盤古開闢世界到「武王克紂伐罪弔民」這一段歷史傳說，主要內容是神話傳說。

明代「靖竹居士王黌」在《開闢衍繹敘》中詳細記述了當時「歷史開

關」類作品的流傳，舉到《列國志》、《西東漢傳》、《三國志》、《兩晉傳》、《南北史》、《隋唐傳》、《南北宋傳》、《水滸傳》、《岳王傳》和「一統華夏」的《英烈傳》，無不與神話傳說相關。王黌稱，「《開闢衍繹》者，古未有是書」，又稱「如盤古氏者，首開闢也；天、地、人三皇，次開闢也；伏羲、神農、黃帝、堯、舜，又開闢也；夏禹繼五帝而王，又一開闢也；商湯放桀滅夏，又一開闢也」。顯然，他和周遊一樣，是把夏之前的神話傳說也當作真實的歷史看待的。

周遊把盤古開創世界作為中國歷史的第一個時代，司馬遷在《史記》中只從黃帝記述起，其中一個重要原因是盤古神話被詳細記述的時間較晚。但從中也可以看到，周遊認真地整理了當世的神話傳說，他把盤古神話放在伏羲、神農、黃帝、堯、舜眾神之前，是很有見地的；周遊還相當完整地記述了不同神話時代的神話系統，諸如「伏羲之有倉頡，黃帝之有風後，堯有舜佐，舜有臣五人而天下治，禹、稷、契、皋陶、伯益又有八元八凱，禹有治水之功而興夏」等內容。這是中國文化史上對史前時代的歷史第一次較為清醒的記述與整理，無論是作為神話傳說還是作為著述者的勾勒，其價值都是卓越的，在中國神話史上有著獨特的地位。這也說明在明代社會，神話作為歷史的特殊部分，成為共識，其既是歷史，又超越歷史。

在這種觀念的影響下，出現「神話」的概念，是非常正常的。

第五節　神話概念的近代述說

中國近代社會形成的神話研究，與文化格局變化相關。筆者注意到，在章太炎、梁啟超、蔣觀雲、夏曾佑和孫毓修等人之前，已經有中國學者進行現代學術意義上的神話研究。如陳季同，1884 年在法國出版《中國

人自畫像》（*Les Chinois Peints par Eux-Memes*），講述中國神話的《史前時代》是其中一個章節。這裡，他首先述說「西方各民族無久遠之歷史」，並與中國古老的文明作對比，是基於「眼下有關中國和中國人的偏見大行其道」，他提出種種問題，諸如「藝術和風俗是如何產生的？社會生活諸要素是如何形成的？社會是何時構成的？」等，其「都未能加以澄清」。他以此具體論說「中國歷史包括兩個大的時期」，即有史以來的「正式紀年」和「史前時期」，尤其是「史前時期」，「蓋此乃中國文明之發端時期，社會生活亦肇始於此時」，其稱「史書沒有講述人是如何來到世上的，但承認確曾有過第一人」，「在民間想像中，此第一人力大無窮，雙手各執太陽和月亮」。他說，「值得注意的是，民間傳統將太陽和月亮分別置於此人雙手」，並以此與《聖經》中的神話相比較，稱其「與蘋果在人間天堂的遭遇也不無連繫」。他分別介紹了「天皇」（規定時序，十天干和十二地支構成一個週期）、「地皇」（將一個月劃分為三十天）和「人皇」（「在其治下出現了社會生活最早的雛形」），其中天皇和地皇都「活了一萬八千年」，人皇「其統治持續了四萬五千五百年」，「在此三位皇帝長達八萬一千年的統治期間，人類既無住房，亦無衣著可言」，「既不懼怕動物，亦無羞恥之心」云云。接著，他把「有巢氏」列為「第四位皇帝」，稱為「為生活而進行的爭鬥真正開始了」。他把「燧人氏」稱為「第五位皇帝」，描述為「他透過觀察自然現象發現了火，並且指點人類取火的方法。他還教給人類家庭生活。人們認為是他發明了交易以及結繩記事。原始生活徹底消失了」。然後，他描述了一個又一個時代，即「伏義教人類捕魚、狩獵和飼養家畜」，「他發明了八卦，其中包含一切文明進程的基本原則，哲學也由此產生」，「在這位皇帝治下，私有財產出現了」。對此，他非常詳細地記述道：

中國史書認為，這位偉大的帝王是受天意的委派來為人類謀福利的，他所制定的大部分規章制度在中國一直沿用至今。他劃分四季並制定了曆

法。在其體系中，每年的第一天也是春季的第一天，這一天大致相當於西方通行的曆法中冬季的中間。婚姻制度及其全部儀式也始於此時，那時訂婚的禮物就是獸皮。他透過確定方位基點教會人類辨識方向。他還利用弦的震顫發明了音樂。

伏羲的繼任者是炎帝，又稱神農氏。他研究植物的特性，並傳授治癒疾病的方法。他主導開挖渠道的大型工程；他讓人鑿深河道，阻擋大海的侵襲。龍的象徵始於這個時期，時至今日，它還出現在中國皇帝的紋章上。史書上提到龍的出現是一個神祕的事件，就像往往出現在大多數古代傳說中的奇蹟一樣。

神農氏的繼任者是黃帝，他繼續諸位前任開拓的事業。他建立了天象臺，發明了風車、服裝、家具、弓箭、車輛、船艦和錢幣；他還寫了一部醫書，書上第一次出現了「號脈」的說法；他還調整了物品的價值，據說「珍珠比黃金更為貴重」。這位皇帝的妻子開始養蠶。

這個時期還制定了帝國的行政區劃。

……黃帝還發掘了最早的銅礦。

之後的歷史時期被描述為「有了確切的記載」，開始了「正式紀年」的階段。他把大禹描述為「最後一位被尊為聖人的皇帝」，並把大禹治水的神話傳說故事稱為「這是有可能與大洪水相關的唯一事件」云云。這明明就是神話傳說，而陳季同卻只將其稱為「神祕歷史」，並述說其「不如神話傳說那般引人入勝」，他對史前時期做總結道：「中國人非常重視古代的一切，在我們久經考驗的民間傳統中，傳授文明史被當作一件符合天意的頭等大事。我們喜歡將自己的習俗制度與一個高於人類的起源連繫起來，正如摩西向他的百姓講述的是他在上帝的口述下記錄的戒律。基督教世界不會認為我們的唯靈論過於奇特，因為它是我們信仰的基礎。」陳季同的論說無論是否受到西方人類學理論的影響，已經表現出現代神話學的系統

第一章 神話作為歷史概念的形成

性,具有比較神話學的意義。其時間早於章太炎他們,曾樸、辜鴻銘等人都受到其影響。

總之,明代社會承傳了前世神仙文化,在當世社會統治者大力提倡神權意識、神仙文化的背景下,結合宋元時期的「說話」等文學體裁,形成了「神話」這個講述神奇、神異等神話傳說故事的概念。中國近代社會受西方人類學等理論的影響,與開啟民智等觀念連繫在一起,逐漸形成融入現代人文學術理論的神話學。

第二章

青銅器：神話作為歷史珍寶的見證

　　民間文藝與青銅文明問題，是一個常說常新的話題。青銅在文明發生的歷史上處於一個什麼樣的位置？從陶製的文明，到木刻的、紙質的中國年畫，形成了中國民間文藝的諸多敘說與表現。更準確地說，傳統的木版年畫，有別於現代社會流行的各種裝飾藝術，它與中國商周時期的青銅器有著密切的連繫。或者說，青銅器作為文明發展的一個階段，其美術史的意義，在於其是形成木版年畫的一個重要源頭。許多年畫線上條和色彩上殘留著堅硬的金石之氣，應該與此相關。

　　從金到木和紙，形成年畫新的形態，藝術載體的飛躍，是一個非常複雜的變化過程。

　　與岩畫不同的是，青銅器的出現，是原始文明從山野間進入廟堂的開始；與岩畫相同的是，其意義仍然以祭祀和信仰為主，仍然可以被稱為神話藝術。

　　青銅器，即青銅文明，成為包括年畫在內的文化藝術的重要源頭。首先是青銅的發現，使神話敘事形成實物，溝通人神；其次是它所承載的文化，形成文明與藝術的合體，成為文化敘事的正規化；再次是其傳承意義超越了青銅文明，將具象的功能融入宗教生活，使神話敘說的空間不斷拓展。

第二章　青銅器：神話作為歷史珍寶的見證

　　藝術早於文學出現，是因為文化自產生時，就攜帶了藝術；或者說，藝術與文化是一對孿生的兄妹。他們相互影響，共同發展。文化是文明進化的結果，包含集體無意識，與宗教生活，特別是原始宗教的萬物有靈形成密切連繫。

　　陶器的燒製，很早就產生了。有學者推測人類在新石器時代加工石器，發現了孔雀石在高溫條件下的變化，紅銅由此而產生。紅銅，即紅色的金屬，其色彩與人們的宗教意識形成呼應——從世界各民族的宗教信仰中可以看到，紅色具有特殊的宗教功能與宗教意義，這是一種普遍現象。也可能由於人的血液是紅色的，人們祭祀天地神靈，選擇犧牲物，對血液非常敏感，就有了對紅色的特殊理解與表達。在紅銅製造的過程中，人們發現其質地較軟，進而發現了青銅質地比紅銅更為硬，就逐漸以青銅工藝替代紅銅。

　　當然，青銅文明的形成與發展也是漫長的，經歷了複雜的過程。而這一切首先應該歸功於火的發現與使用，是火的發現與使用點燃了文明，催生了祭祀和信仰，形成早期的文化藝術。火的熱烈，血液的鮮豔，統一於紅色崇拜，這在整個人類文明的歷史上都是相通的。

第一節　金子的類別與神話的類型

青銅器的出現其實是一種文化選擇。

中國民間文藝講述神話傳說、民間故事、民間歌謠與民間信仰，首先以審美為基礎，構成文明的世界。

青銅器的發展，大致可以劃分為形成期、鼎盛期和轉變期等階段。其不同時期具有不同的文明特徵，表現為不同的外形，包括一些形狀、文字與圖案所顯示的具體內容。青銅文明的形成期，一般指距今4,000～4,500年的龍山時代，也被人視作青銅器與石器並用的時期；其鼎盛期，或稱中國青銅器時代，具體包括夏、商、西周、春秋與戰國的早期，其存在時間有1,600餘年，是青銅文明的主要階段，歷史上也將此稱為青銅器文化時代；其轉變期一般指戰國末期至秦漢時期，這個階段青銅器退居次要地位，鐵器文明逐步成為文明的主角。之後，青銅器雖然還存在，並且被使用，作為一種文明形式，已經成為人們對歷史的懷念，成為文化遺產。

青銅文明的出現是有條件的，有一些是在陶器的基礎上發展而來，有一些是時代造就。青銅文明的主要內容一方面在於青銅器作為信仰的實物，與一定的儀式相連繫，包含著神話的敘說，具有巫術、宗教等信仰的意義；另一方面，在於其自身形狀，包括其造型、浮雕、花紋等各種圖像所顯示的文化傳承的價值與意義。

就青銅器的形狀而言，有煮肉用的鼎，有蒸飯用的鬲和甗，有盛食品的簋、簠、、盂、豆，有酒器尊、卣、盉、彝、罍，以及各種演奏神曲的樂器等。

其大致可以分為這樣幾類：

第一章　青銅器：神話作為歷史珍寶的見證

一、鼎

鼎是政權的象徵，也是煮肉的工具。商代早期、中期和後期，以及戰國、周代，出現了許多鑄有銘文和花紋的鼎，作為祭祀的禮器。著名的鼎，有商代後期的后母戊鼎和戰國時期的中山王鼎。后母戊鼎的四周鑄有精巧的盤龍紋和饕餮紋。鼎立耳紋飾，俗稱虎咬人首紋。耳的左右為虎形，虎頭繞到鼎耳的上部，張開口。在虎的中間，出現一具人首，被虎吞噬。鼎耳又有兩尾魚形紋飾。鼎腹四隅為扉稜紋飾，腹壁內有「后母戊」銘文，所以被命名為「后母戊鼎」。

其突出表現的內容在於饕餮，在於虎傷人的意義指示。

饕餮與虎都是傷害人的怪物，因而，此處便有避邪的寓意。商周時期饕餮紋類型非常多，如龍、虎、牛、鹿、山魈，也有鳥、鳳等。饕餮紋為虎形，成為普遍流行的觀念。饕餮一名，出現在《左傳・文公十八年》中，其云：「縉雲氏有不才子，貪於飲食，冒於貨賄，侵欲崇侈，不可盈厭；聚斂積實，不知紀極；不分孤寡，不恤窮匱。天下之民以比三凶，謂之饕餮。」又曰：「舜臣堯，賓於四門，流四凶族，混沌、窮奇、檮杌、饕餮，投諸四裔，以御魑魅。是以堯崩而天下如一，同心戴舜，以為天子，以其舉十六相，去四凶也。」後世對饕餮有不同的解釋，整體說來，就是傷害人，危害世間。如《呂氏春秋・先識》稱：「周鼎著饕餮，有首無身，食人未咽，害及其身，以言報更也。」如《神異經・西荒經》云：「饕餮，獸名，身如牛，人面，目在腋下，食人。」《神異經・西南荒經》云：「西南方有人焉，身多毛，頭上戴豕，貪如狼惡，好自積財，而不食人穀，強者奪老弱者，畏群而擊單，名曰饕餮。」年畫的重要功能之一在於避邪，避邪的重要方式，在於選擇威猛的獸類表現震懾，即以邪制邪，這是民間信仰的重要事項，後世木版年畫中出現的虎，如蘇州桃花塢年畫和山東濰坊

楊家埠年畫中的《虎瑞圖》、《猛虎圖》等，藉以鎮宅、避邪、消災，應該與此相關。

二、簋［ㄍㄨㄟˇ］

簋是祭祀的禮器，外形是一只大碗。之前有陶簋，青銅器簋出現在周代。其銅器銘文又作「毀」，有圓體，有方體，有上圓下方體。著名的簋，有商代青銅直線紋簋、西周時期的應侯見工簋與班簋，和戰國早期的曾侯乙簋等。曾侯乙簋侈口束頸，鼓腹，腹部有弓形的龍耳，圈足下連鑄成方座，其蓋隆起，上有蓮花形提手。蓮花花瓣裝飾有雲紋，簋的蓋面和方座等處，出現連鳳紋、勾連雲紋和鳥首紋。

其突出表現的是蓮花。

蓮花在古代歷史文化中的寓意有很多，基本上是在表現美好事物與美好意願，如《詩經》中的《邶風·簡兮》、《鄭風·山有扶蘇》和《陳風·澤陂》。《邶風·簡兮》歌唱道：「簡兮簡兮，方將萬舞。日之方中，在前上處。碩人俁俁，公庭萬舞。有力如虎，執轡如組。左手執籥，右手秉翟。赫如渥赭，公言錫爵。山有榛，隰有苓（蓮）。云誰之思？西方美人。彼美人兮，西方之人兮。」《鄭風·山有扶蘇》歌唱道：「山有扶蘇，隰有荷華。不見子都，乃見狂且。山有橋松，隰有游龍。不見子充，乃見狡童。」《陳風·澤陂》歌唱道：「彼澤之陂，有蒲與荷。有美一人，傷如之何？寤寐無為，涕泗滂沱。彼澤之陂，有蒲與蕑。有美一人，碩大且卷。寤寐無為，中心悁悁。彼澤之陂，有蒲菡萏。有美一人，碩大且儼。寤寐無為，輾轉伏枕。」

花與女性的陰柔、美麗相應。人類學還把蓮花與生殖崇拜、女陰崇拜結合起來，這些崇拜的寓意，同樣是對美好生活的嚮往。後世年畫，如天

津楊柳青年畫中有許多兒童舉起荷花的圖案，表達出高潔、純真、美好的性情，應與此有相同的寓意。

三、鬲 [ㄌㄧˋ]

鬲是煮飯用的器具，其實也是一種祭祀的禮器。更早的時候有陶鬲，青銅器的鬲由此演化而成。著名的鬲，有商代雲雷紋圓肩銅鬲和春秋晚期的蟠龍紋鬲。蟠龍紋鬲，為折沿，厚唇，微微上翹，斂口，束頸，腹部微鼓起，平底，足部為瓦狀獸蹄。其肩部有龍形扉稜，上腹部有一周蟠龍紋帶，內填有雲紋和三角迴紋；在龍形扉稜內，填有圓點紋。

其突出表現的是蟠龍。

龍是中國古代神話傳說中的英雄，如《山海經》記述黃帝與蚩尤作戰時，應龍立下功勞。蟠龍是龍的一種，同樣具有驅邪、避邪的寓意。其形象與性情被多方面描述，如《方言》第十二所解釋：「未昇天龍謂之蟠龍。」《尚書大傳》卷一記述：「蟠龍賁信於其藏，蛟魚踴躍於其淵。」鄭玄注曰：「蟠，屈也。」《淮南子‧本經》記述：「寢兕伏虎，蟠龍連組。」高誘注曰：「蟠龍，詰屈相連，交錯如織組交也。」李漁在《閒情偶寄‧聲容‧修容》中進一步解釋道：「古人呼髻為蟠龍，蟠龍者，髻之本體，非由妝飾而成，隨手綰成，皆作蟠龍之勢。」鬲是煮飯用的器具，作為祭祀器的意義，表現在讓天上的神靈嘗到飯食的美味，其次是向神靈表達謝意，感謝神靈對人間美好生活的賜予與護佑。同樣，蟠龍形象也具有驅邪的寓意。後世蘇州桃花塢年畫中的龍，以及各地年畫中的錢龍，寓意財富滾滾而來，它們所表達的意義應該與之相通。

四、甗 [一ㄢˇ]

甗是一種能蒸製食品的鍋,也是一種祭祀用的禮器。其上部為甑,放置食物,其下部為鬲,放置水。在甑與鬲之間,有一銅片箅。商代中期出現這種青銅器,殷墟中有,值得注意的是其裝飾有乳釘和饕餮紋。

其中的乳釘和饕餮具有特殊意義。

有許多歷史文化現象,需要用人類學等理論解釋,乳釘既是一種器物,又是一種符號,其意義應該是多重的。青銅器上的乳釘,應該是天體崇拜的表達,天上的日月星辰,以神靈的面目出現在世人的頭頂,關照人間,賜予人間溫暖,具有養育世人生命的意義。乳即哺育,是母性對兒女的賜予、給予,是一種神聖的奉獻,是生命的傳遞、延續,包含著對生殖、生育的崇拜,後世的人丁觀念即與此相關。其次是乳釘凸起,應該意味著男根崇拜。男權社會所具有的主導性,形成男丁崇拜,即重視男兒,把男孩視作家庭的合法繼承者。從這種意義上來說,後世天津楊柳青等年畫中的《五子登科》、《推燈》,和蘇州桃花塢年畫中的《鬧花燈》、《掛燈》等表現燈文化的內容,應該與之相關。

五、簠 [ㄈㄨˇ]

簠是盛器,也作「胡」或「瑚」,有長方形的,也有盒形的。周代出現這種青銅器,如豐伯叔父簠,其為長方形,腹壁斜直,腹的兩側有獸首耳,圈足,四邊正中有缺。其腹中部有雙首曲體夔龍紋飾,圈足為竊曲紋,蓋頂和底部有連體蟠夔紋。又如春秋晚期的蟠蛇紋簠,盒形,側面呈長方形,平口,平底,直壁,下腹壁斜折,有蟠蛇紋。蓋器兩邊,各設有獸面鋪首環形耳,四足為曲尺蹼形。

其中的蟠夔、蟠蛇與夔龍具有特殊意義。

神話傳說的表現，是一種特殊的言語敘說，透過具體的圖像傳達出信仰的含義。蟠夔、蟠蛇與夔龍都是神話形象，其總意是夔，龍與蛇都與夔相關，此意起源於《山海經》中的夔神話。《山海經・大荒東經》記述曰：「東海中有流波山，入海七千里。其上有獸，狀如牛，蒼身而無角，一足，出入水則必風雨，其光如日月，其聲如雷，其名曰夔。黃帝得之，以其皮為鼓，橛以雷獸之骨，聲聞五百里，以威天下。」如此神奇的猛獸，為黃帝所用，因而就寓意非凡。所以，夔逐漸演化為雄壯有力的象徵。《尚書・堯典》將這種有力的猛獸視作非常有能力的幹臣，曰：「伯拜稽首，讓於夔龍。」顯然，夔與龍是在後來形成合體的。蛇在原始文明中具有通神的巫術意義，如《山海經》所記述的燭龍，本是一條蛇，是混沌之神，在演變中與龍合體。神話總是被重新敘說，形成文化重構。許慎《說文解字》總結為「夔，神魅也，如龍一足」，是對夔神話原意的述說。國家需要有能力的人治理，社會的穩定與家庭的和睦，同樣需要威武的守護者。如此，就形成最早的門神。後世木版年畫中各式各樣的門神，文臣武將，無不具有這種意義。

六、盨 [ㄒㄩˇ]

盨是盛黍、稷、稻、粱等糧食的器具，如西周時期的虢仲。其外形裝飾有凸弦紋和帶狀竊曲紋，上下之間能夠相合。引人注意的是以犬為象徵，在其蓋上有四犬形組。其斂口，附有一對犬首環首。有一件上刻著「虢仲以王南征，伐南淮夷」，有一件上刻著「獸叔奐父乍孟姞旅用盛稻」云云，記述了當年的戰爭和祭祀等社會歷史。

其中的犬，具有特殊的表現意義。

《山海經》中有許多神獸的聲音如「犬吠」，記述犬形象的並不多。如〈西山經〉記「狡」是一種獸，「其狀如犬而豹文，其角如牛，其名曰狡，其音如吠犬，見則其國大穰」；〈北山經〉記「山魈」也是一種獸，「其狀如犬而人面，善投，見人則笑，其名山，其行如風，見則天下大風」；〈海外北經〉記「犬封國」，記「環狗」，「其為人獸首人身，一曰蜪，狀如狗，黃色」等。這些犬都屬於神話形象，已經具有巫術的指示意義。《詩經》有記述人與犬的篇章，如《國風·齊風·盧令》歌唱道：「盧令令，其人美且仁。盧重環，其人美且鬈。盧重鋂，其人美且偲。」又如《國風·秦風·駟驖》，其歌唱道：「駟驖孔阜，六轡在手。公之媚子，從公于狩。奉時辰牡，辰牡孔碩。公曰左之，舍拔則獲。遊于北園，四馬既閑。輶車鸞鑣，載獫歇驕。」犬成為人們生活中的幫手，幫助人獲取獵物。

從巫術崇拜到人類幫手，狗的形象發生重要變化，雜陳信仰之中的狗，漸漸成為多元共體，即狗的驅邪、避邪功能一直沒有消失。應劭《風俗通義》與范曄《後漢書》等，都記述了關於狗的信仰與傳說故事，強調狗的巫術意義與圖騰意義。在現實生活中，狗成為人們看家護院的工具，有一些神話傳說講述人吃的糧食得益於狗，同時，狗也成為人們嚴重鄙視的對象。這種雙重性的源頭，在於神話的變異性，一方面狗具有避邪、驅邪的文化功能，而另一方面，狗作為邪惡的本體，形成文化殘留。在後世木版年畫，如河南開封朱仙鎮、山東濰坊楊家埠、河北武強、陝西鳳翔、山西臨汾等地的年曆畫中，表現天地神靈的座位，常常有狗等牲畜出現在下方。這種指示性意義，源頭就在於狗文化的多重性顯示。

七、盂

盂是一種盛水或者飯食的器具，商朝晚期和西周時期出現。花草、夔

第二章　青銅器：神話作為歷史珍寶的見證

龍、雲雷成為其主要裝飾物。如商朝晚期的寢小室盉，其侈口，斂腹，附耳有圈足，有蓋，其蓋紐為四瓣花苞。其蓋與頸，以及圈足，均飾有夔龍紋，其腹有蕉葉夔紋，雲雷紋填底。又如西周時期的伯盂，圓腹，卷沿，有二附耳，圈足。其頸部飾有浮雕獸首，獸首的兩側飾有夔首鳥身紋，即夔鳥紋。其腹部有寬葉紋，圈足為對角夔紋。

蓋紐的四瓣花苞是其突出的內容。

花在青銅器中的表現，多為花的形狀與花的線紋，體現出古人對花的信仰與理解，是審美藝術的典型體現。《山海經》中有大量關於花的記述，但是，這裡的花並不僅僅是日常生活中的植物，而是神話中的花，都是具有巫術意義的花。而且，其中的花與草常常不分，草也被視作花。如《山海經·中山經》所記：「脫扈之山有草焉，其狀如葵葉而赤華，莢實，實如棕莢，名曰植楮，可以已癙，食之不眯」，「其（半石之山）上有草焉，生而秀，其高丈餘，赤葉赤華，華而不實，其名曰嘉榮，服之者不霆」。又如《山海經·南山經》所記：「南山經之首曰鵲山。其首曰招搖之山，臨於西海之上。多桂多金玉。有草焉，其狀如韭而青花，其名曰祝餘，食之不飢。有木焉，其狀如穀而黑理，其華四照。其名曰迷穀，佩之不迷。」《詩經》與《楚辭》中的記述就不同了，多為寫實，是自然世界的花，充注著鮮明的情感與色彩。《詩經》中借用或吟誦的花有桃花、梅花、牡丹、苤薏、卷耳、葛、荇菜、舜等，總計有130多種。《詩經·周南·桃夭》吟誦桃花，歌唱道：「桃之夭夭，灼灼其華。之子於歸，宜其室家。」《召南·摽有梅》吟誦梅花道：「摽有梅，其實七兮。求我庶士，迨其吉兮。」描寫花非常熱烈的場面，如《詩經·鄭風·溱洧》：「溱與洧，方渙渙兮。士與女，方秉蘭兮。女曰：觀乎？士曰：既且，且往觀乎。洧之外，洵且樂。維士與女，伊其相謔，贈之以芍藥。溱與洧，瀏其清矣。士與女，殷其盈矣。女曰：觀乎？士曰：既且，且往觀乎。洧之外，洵且樂。維士與女，

伊其將謔，贈之以芍藥。」

《楚辭》中出現的花也非常多，如江離（蘼蕪、芎）、芷（藥、白芷、茝）、蘭（澤蘭）、木蘭、宿莽（莽）、蕙（茵）、苴、荃（蓀）、留夷、揭車、杜蘅（衡）、菊、胡、繩、芰（菱）、荷（芙蓉、芙蕖）、（蒺藜、藜）等，與詩歌中的歌唱者融為一體。如《楚辭‧離騷》中的「朝搴阰之木蘭兮，夕攬洲之宿莽」，「朝飲木蘭之墜露兮，夕餐秋菊之落英」，「飲余馬於咸池兮，總余轡乎扶桑」，《楚辭‧九歌》中的「浴蘭湯兮沐芳，華采衣兮若英」，「夫人自有兮美子，蓀何以兮愁苦」等，總是寄託著美好的願望，具有納祥求吉的巫術審美意義。古代歌唱中的花從來不是孤立出現的，總是伴生出許多同樣的美好，形成神話意境。如《詩經‧衛風‧木瓜》中的「投我以木瓜，報之以瓊琚。匪報也，永以為好也」，「投我以木桃，報之以瓊瑤。匪報也，永以為好也」，「投我以木李，報之以瓊玖。匪報也，永以為好也」，鮮花與美玉共處。這裡的花草與夔龍、雲雷、夔鳥等圖畫一起出現，表達的同樣是對美好事物與美好願望的嚮往。後世年畫中的花，或者以花瓶為依託，或者與鳥兒成一體，或者與美人狡童相襯，從當年的娛神，轉向後世的娛人與娛神並存，成為年節最鮮豔的色彩。

八、豆

豆是一種盛肉醬等食物用的祭祀器具。其上有盤，其下有長握，有圈足。春秋晚期出現。《周禮‧掌客》記述：「凡諸侯之禮，上公豆四十，侯伯豆三十有二，子男二十有四。」如鑲嵌狩獵畫像豆，其器和蓋都繪有狩獵畫像，用紅銅鑲嵌。與其他青銅文明所不同的是，這一幅畫面表現出相當完整的敘事，這是狩獵生活的寫照：畫面上的巨獸中箭，各種禽獸飛躍奔走，醒目的是獵人在獸群中勇武行獵的情景。

這應該是年畫戰爭題材的重要源頭。

第二章　青銅器：神話作為歷史珍寶的見證

狩獵是特殊的戰爭，或者從圖案上看，其外表是人與獸之間的連繫，而從其更深處說，包含著人與人之間的角逐，是人與人之間的爭殺。有一些遊戲是娛樂身心的，有一些遊戲其實是對戰爭的臨摹，是對戰爭的準備。戲劇的發生有多種原因，特別是描寫戰爭的戲劇，以各種人物之間的矛盾衝突為主線，形成事件的敘說；戲劇人物的各種動作逐漸公式化，唱，做，念，打，一招一式，都具有遊戲與神話敘說的意義。

狩獵是原始文明中獲取生活資料的重要方式，曾經包含著對神靈的祈求與感謝，所以等同於戰爭，需要問卜，向神靈請示，如此便成為神話的儀式，而在文化發展中形成射禮、圍獵等遊戲方式。《詩經·鄭風》有〈叔於田〉歌唱：「叔於狩，巷無飲酒。豈無飲酒？不如叔也。洵美且好。」狩獵成為親近大自然的生活演習，也是一場愉悅人神的狂歡。《左傳·隱公五年》記述：「春蒐夏苗，秋獮冬狩，皆於農隙以講事也。」可見，狩獵融合了戰爭、農事和宗教文化生活，轉化為遊戲。

狩獵是特殊的生產，獲取獵物，與農耕一樣重要，都有生存的物質訴求的表達。對此，《春秋公羊傳·桓公四年》何休注曰：「田者，蒐狩之總名也。古者肉食，衣皮服，捕禽獸，故謂之田。」狩獵與遊戲結合，形成正規化，所表現的戰爭已經不是現實社會那種血腥的爭奪掠殺，而是神話敘事中的經驗與智慧。遊戲的演繹，一方面是對狩獵行為的借用，而另一方面則包含著對天地神靈的獻媚。這裡包含著人對情感的屈服，透過對戰爭場面的回味，形成精神的宣洩，既是肅穆的洗禮，也是心理的狂歡。年畫的原始目的在於娛神，向神靈世界的獻媚，形成穩固的文化傳統——往日的狩獵融化為戲劇生活，一方面出現天津楊柳青年畫中的《鬧學堂》、《鬧元宵》等風俗畫，一方面形成更多地方木版年畫中的《水滸戲》、《三國戲》，重彩描繪熱血英雄，以及《黃河陣》、《說唐》、《楊家將》、《岳家軍》、《三俠五義》等戰爭圖畫，一派熱烈。

九、尊

　　尊是一種酒器，筒狀或杯形，其中部較粗，口徑較大，有圓形的，也有方形的，商周、戰國時期出現。如商代晚期出現的四羊方尊、西周時期出現的青銅棘刺紋尊和戰國時期出現的金銀錯鑲嵌牛犧尊。四羊方尊為方形，方口，有大沿，其頸飾口沿外侈，長頸，高圈足。其頸部高聳，四邊有蕉葉紋、三角夔紋和獸面紋等紋飾。值得注意的是尊的四角各有一羊。其肩部四角，是四個卷角的羊頭，羊頭與羊頸分別伸出於尊外，羊身與羊腿出現在尊的腹部與圈足。尊的腹是羊的前胸，羊腿出現在圈足上。在羊的前胸與頸背部，有鱗紋，其兩側有長冠鳳紋，圈足為夔紋。尊的肩部是高浮雕蛇身，和帶爪龍紋。尊的四面正中處，是兩羊相靠，各有一雙角。尊周身飾有細雷紋，四角和四面均有長稜脊。青銅棘刺紋尊，侈口，高圈足，扁鼓腹，其頸、足為鋸齒紋、幾何紋，其腹為芒刺的棘刺紋，密密麻麻，其頸、腹、足有圈點紋。金銀錯鑲嵌牛犧尊是特殊的尊，整個尊為牛形，出現金、銀絲幾何雲紋。牛背上有一蓋，蓋是一個扁嘴長頸禽，禽的頸反折，其嘴緊貼背上，呈半環形紐。禽兩翅平展，其羽翎為綠松石鋪填。

　　四羊方尊的文化核心是羊。

　　羊屬於神話媒介，是從陶羊開始的。在裴李崗文化和河姆渡文化中，都發現了陶製的羊，這說明羊在當時的重要地位。在中國岩畫中，羊的形象也相當繁密。羊的出現是與虎豹豺狼相對立的，這也形成中國傳統審美價值的重要源頭。甲骨卜辭中出現許多以「羊」為偏旁的漢字，多意味著吉祥；羊成為炎帝族的重要圖騰；文學作品對羊的表現體現出美好意願。神話傳說中，堯時代成為政治昌明的典範，其中一個重要象徵，就是皋陶以羊獬處理訴訟，顯示出公平正義。生活中的羊，是富有和快樂的象徵。

第二章　青銅器：神話作為歷史珍寶的見證

如《詩經・召南・羔羊》歌唱道：「羔羊之皮，素絲五紽。退食自公，委蛇委蛇！羔羊之革，素絲五緎。委蛇委蛇，自公退食！羔羊之縫，素絲五總。委蛇委蛇，退食自公！」這是人生的溫暖，是理想願望的表達。也有人解釋為對富貴者奢侈生活現狀的諷刺。此被人解釋為「召南之國化文王之政，在位皆節儉正直，德如羔羊也」，孔穎達具體闡釋「德如羔羊」的意義，曰「《宗伯》注云：羔取其群而不失其類。《士相見》注云：羔取其群而不黨。《公羊傳》何休云：「羔取其贄之不鳴，殺之不號，乳必跪而受之，死義生禮者，此羔羊之德也。」在早期的文化釋義中，羊被解釋為吉祥。羊作為神話媒介，用來溝通。司馬遷《史記・鄭世家》曾記述「楚王入自皇門，鄭襄公肉袒牽羊以迎」，表明羊是獻禮的重要物品。

人神，寓意平安、順暢，這是商周時期普遍流行的觀念。如《論語・八佾》記述：「子貢欲去告朔之餼羊，子曰：賜也，爾愛其羊，我愛其禮。」漢代社會對羊的神化進一步加劇，而且羊成為倫理化的重要資源。如許慎《說文・羊部》曰：「羊，祥也。」其解釋「美」的含義，稱：「美，甘也。從羊從大。羊在六畜，主給膳也。」其解釋「祥」，稱：「福也。從示羊聲，一云善。」羊渾身充滿祥和、端莊，是道德的典範。董仲舒《春秋繁露》更詳細地闡述道：「羔有角而不任，設備而不用，類好仁者；執之不鳴，殺之不啼，類死義者；羔食於其母必跪而受之，類知禮者。故羊之為言猶祥與？」總之，羊是美好、善良、幸福的象徵，也是禮儀、仁義的象徵，是文明發展的重要象徵。人對神靈的敬奉，總是用美好的物質作為獻禮，表達自己的誠意，所以，在中國古代祭祀制度中，羊成為「三牲」之一，與牛和豬同是主要的犧牲；馬、牛、豬、雞、狗和羊，稱為六畜。凡犧牲的選擇，既是美好的，也是尊貴的，包含著選擇者的生活願望與審美原則。中國是個有漫長農耕歷史的國度，重視農業生產，重視包括羊在內的六畜，六畜一體，共建祥和，諸如江蘇蘇州桃花塢年畫和山東濰坊楊家埠年

畫中的《耕織圖》，以及北方農村流行的祭祀灶神、財神、魯班等行業神的年畫，其中有羊的形象。其源頭應該與此相關。

十、卣 [一ㄡˇ]

卣是一種酒器，多為橢圓口，深腹，圈足，有蓋、提梁，其腹為圓形，或橢圓形，或方形，或圓筒形。值得注意的是其中的鳥蓋，有鴟鴞（ㄔㄒㄧㄠ）形與虎食人形等。商代晚期出現的鴞卣，有獨立的鴟鴞，也有鴟鴞與虎吃人合為一體的，其中的鴟鴞形象非常鮮明，兩隻眼睛格外傳神，這種形象具有非常特殊的象徵意義。又如西周時期出現的青銅提梁卣，為橢圓形，有蓋，腹部傾垂，其圈足有直裙，蓋面斜直。其蓋紐為立鳥，扁提梁的兩端有牛頭形獸首。其器頸部、蓋頂，為細繩紋和小圈點紋，圈足為斜三角雲紋，表現出另外一番意義。

這裡的文化主角是鴟鴞。

《詩經‧豳風‧鴟鴞》歌唱道：「鴟鴞鴟鴞，既取我子，無毀我室。恩斯勤斯，鬻子之閔斯。迨天之未陰雨，徹彼桑土，綢繆牖戶。今女下民，或敢侮予？予手拮据，予所捋荼。予所蓄租，予口卒瘏，曰予未有室家。予羽譙譙，予尾翛翛，予室翹翹。風雨所漂搖，予維音曉曉！」有人稱這是一首富有童話色彩的敘事詩。傳說這是周公奉成王之命，討伐武庚，寫的一首勸喻詩。商紂王的兒子武庚不滿周王的統治，勾結管叔和蔡叔，圖謀造反。周成王把武庚比喻作凶惡的鴟鴞，希望他不要作亂，以毀壞周王朝的江山社稷。

有學者考證後指出殷商族圖騰「玄鳥」不是燕子，而是鴟鴞；商高祖夔（帝俊、帝嚳、舜）的原型是鴟鴞圖騰，牠是商民族的生殖神、農業保護神和太陽神；昴星為貓頭鷹星，為遠古冬至的天文定位點；貓頭鷹是古物候

第二章　青銅器：神話作為歷史珍寶的見證

曆法的代表物，鴟鴞崇拜文化現象的實質是古物候曆法與天文曆法的統一。

這是有道理的。商民族的族源神話與玄鳥相連繫，以《詩經・商頌・玄鳥》所歌唱「天命玄鳥，降而生商」為證，鄭玄對此解釋說：「天使下而生商者，謂遺卵，娀氏之女簡狄吞之而生契。」此鳥卵為鳥所生，即鴟鴞卵。簡狄是帝嚳即高辛帝的次妃，是契的母親。契成人之後，輔助大禹治水，立下大功，受到奉祀，作為商民族的祖先。因而，這個大鳥鴟鴞就成為殷商民族的圖騰。與之相似的是，古埃及人經常以太陽神的象徵雄鷹表示人的靈魂。

也正是因為殷商民族的命運在神話敘說中被扭曲，鴟鴞的形象被醜化、矮化，成了不吉祥的象徵。但是，醜化、矮化被認同，也是有條件的。在周公的眼裡，鴟鴞是惡鳥，而在殷商民族的心中，它仍然是神聖吉祥的，在後世被美化為美麗的燕子，改變了鴟鴞的神話形象。這具青銅提梁卣與《詩經・豳風・鴟鴞》是西周時期出現的，鴟鴞形象便意味著一種儆戒，在提醒人們防範武庚一類的人物出現。但是，從另一個方面可以看到，鴟鴞的原型是吉祥而美麗的神鳥。在江蘇蘇州桃花塢年畫和山東濰坊楊家埠年畫等木版年畫中，有許多描繪喜鵲、燕子、鵪鶉的圖案，其寓意應該與此相通。所不同的是，年畫中的鳥兒被裝點在大自然和田園生活的風景中，更加喜慶。

每一種器具的背後都是一種故事，而每一種故事都需要敘說，需要用語言講述。語言的傳承需要一定的條件，或者是口頭語言，或者是具體的文字。當歲月流逝，一定的文字消失的時候，一定的故事也就發生不同的變化。

同時，當一定的物品形制發生不同變化，相應的傳說故事等內容，也發生具體的變化。

中國民間文藝因此而更加豐富多彩。

十一、盉 [ㄏㄜˊ]

盉也是一種酒器，一般為深圓口，有蓋，有流和鋬，有足，三足或四足。

商代、西周和戰國時期出現，如商代的珙從盉、西周的人面盉、戰國的螭梁盉等。西周時期的人面盉，大口，寬腹，圈圓足，有蓋。蓋為龍角人面形，有兩耳，有孔，人面朝上。其腹部和蓋兩角間，飾有龍紋，圈足有雲雷紋。這是否與岩畫中的人面像有關？值得關注的是戰國時期的螭梁盉，出現猴、虎、蛇和怪獸等動物。其頸部短，肩部較寬。肩部有流，圓體，鼓腹，腹底有三足，異獸形。提梁為鏤空螭形，螭首扁平，其尾下垂，有四爪，螭身如彎弓突起。其首、尾在器口兩側肩部，蓋頂正中有一紐，為猴形。猴作曲腿蹲坐狀，其頸上有一環，有鏈；猴一爪握住鏈，鏈一端與梁上環紐相連。其流為鳥首形，頂上伏臥一虎。盉的三足為人面鳥嘴怪獸，人額上有雙角和兩翼，怪獸前爪各抓有蛇。盉整體飾有花紋，頂端飾有雲紋，蓋邊飾有蟠螭紋，肩部和腹部飾有勾連雲紋，流飾有鳥羽紋。

這裡的猴子成為文化的亮點。

猴子是介於人和禽獸之間的特殊動物，既有人的聰明，又有禽獸的頑皮，是突破生活秩序的典型。

出土文物表明，早在殷商時期，猴子就成為人們生活中所矚目的形象。如 1976 年，河南安陽婦好墓出土許多玉器，有佩帶玉飾和鑲嵌玉飾，這些玉器尤其是各種動物形玉飾引人矚目，其中有神話傳說的龍、鳳，有虎、熊、象、猴、鹿、馬、牛、羊、兔、鵝等禽獸，有魚、蛙和蟬等水族和昆蟲，以及鸚鵡等鳥類。其中的獸類如猴子，用淺綠色玉石雕刻，晶瑩剔透，形象生動可愛；這雖然是玉器，不是青銅器，但它從另一

第二章　青銅器：神話作為歷史珍寶的見證

方面證明殷商時代猴形象的存在狀況。

1977年河北平山縣三汲村戰國中山國王「錯」墓出土「十五連盞銅燈」，其裝飾雕刻中，有群猴嬉戲等內容。「十五連盞銅燈」猶如一棵大樹，主幹立於鏤空夔龍紋底座，三隻獨首雙身、口銜圓環的猛虎托舉起銅燈。銅燈有七節樹枝，托起十五盞燈盤，猴出現在銅燈的第一、二、三、六層曲枝上，總共有八隻。其中，第三層曲枝上有兩隻猴子單臂攀緣，作討食狀。銅燈下方站立兩個赤膊短裳的人，做向樹上拋食動作，與猴相呼應。除此之外，漢畫像石也有猴子形象，如成都武侯祠所見漢畫像磚之「馬上封侯」，見證漢代社會官制文化與信仰。

較早的文獻中對猴的記述與解釋有許多，如猨（猿）、玃（大母猴）、狖（長尾猿）、狙（猿猴一類的動物）、狨（金絲猴）、猶（猿猴一類的動物）、猱（猿屬）、猢猻等，每一種記述與解釋，都有一段傳奇故事。《山海經》對猴子的記述並不多見，但頗有情趣。如〈西山經〉所記「朱厭」，稱「其狀如猿，而白首赤足，見則大兵」，具有宗教文化的意義。當然，這裡關於猿與猴的區別沒有講述，只是做形狀的描述。或者說，《山海經》應該有猴的圖畫內容，如《山海經圖贊・南山經圖贊》之「狌狌」中關於猴形象的表述：「狌狌似猴，走立行伏。櫰木挺力，少辛明目。蜚廉迅足，豈食斯肉。」有〈白猿圖贊〉：「白猿肆巧，由基撫弓。應昒而號，神有先中。數如循環，其妙無窮。」有〈長右魖〉：「長右四耳，厥狀如猴。實為水祥，見則橫流。魖虎其身，厥尾如牛。」《海外南經圖贊》有〈厭火國〉：「有人獸體，厥狀怪譎。吐納炎精，火隨氣烈。推之無奇，理有不熱。」《海內南經圖贊》有〈萬萬〉：「萬萬怪獸，被髮操竹。獲人則笑，唇蓋其目。終亦號咷，反為我戮。」有〈狌狌〉：「狌狌之狀，形乍如犬。厥性識往，為物警辨。以酒招災，自貽纓罥。」《山海經》中的猴形象具有多重性，表現出原始文明中猴信仰的特殊性與複雜性。

第一節　金子的類別與神話的類型

　　無疑，猴在《山海經》等神話文獻中，既是力量與智慧的代表，又是邪惡、叛逆等怪異性情的代表，其雙重性被敘說的同時，形成異化、衍化等變化，為人猴戀等文化主題埋下伏筆。

　　有人統計，在《說文》等典籍中，與猴子有關的字常歸之於犬部，主要有四個：猴、玃、猶、狙。這是猴子的四個種類，具有不同的性情。這在先秦文獻中就有記述。如《韓非子‧外儲說左上》記述：「宋人有請為燕王以棘刺之端為母猴者，必三月齋，然後能觀之。」母猴成為藝術表現的主題。《呂氏春秋‧察傳》記述：「夫得言不可以不察，數傳而白為黑，黑為白，故狗似玃，玃似母猴，母猴似人，人之與狗則遠矣。」表明猴文化的內在轉換被言說。

　　《列子‧黃帝》中有「朝三暮四」的典故，記述：「宋有狙公者，愛狙，養之成群，能解狙之意，狙亦得公之心。損其家口，充狙之欲。俄而匱焉，將限其食，恐眾狙之不馴於己也。先誑之曰：與若芧，朝三暮四，足乎？眾狙皆起而怒。俄而曰：與若芧，朝四而暮三，足乎？眾狙皆伏而喜。」這說明猴子是聰明的，但終究沒有人所擁有的智慧。

　　猴子在木版年畫上的形象選擇與文化主題常常表現在兩個方面，一個是「馬上封侯」，是對富貴文化的表達，一個是「猴王獻壽」，是對生命文化的表達。這與中國文化重視福祿壽三元理念相關，福是人生的溫暖體現，祿是人生的尊嚴顯示，壽是人生的生命延續。三者共同構成中國傳統文化的人生境界，其實現的路徑選擇猴形象的文化設定與認同，正在於猴的生活習性，被人昇華為自然世界與社會現實生活的審美期待。

　　馬上封侯的主題來源於猴與官制「王侯」的諧音。《禮記‧王制》稱：「王者之制祿爵，公、侯、伯、子、男。」侯的地位非常高，既有社會地位與人生的尊嚴，又有相應的俸祿作為財富獲取，生活得到保障，這是世俗社會所嚮往的生活理想。

猴王獻壽，意味著生命的延續。在東晉葛洪的《抱朴子》中，記述「蛇有無窮之壽，獼猴壽八百歲變為猿，猿壽五百歲變為玃。玃壽千歲」，已經有「猴壽百年」的文化觀念。猴子成為生命長久的象徵，或因為猴與桃文化的連繫，猴子喜歡桃，而桃與日月崇拜相連繫，既是驅邪、避邪的寓意，又是神聖庇佑的寓意。

佛教文化傳入中國，猴子形象更加豐富。在猴文化的傳承中，猴漸漸成為佛法的使者，那些顯示猴淫穢的內容，如勾引、搶掠婦女等日益被解構、銷蝕，逐漸被美化。其風騷的一面被英勇無畏等性情所替代，漸漸與驅除邪惡、伸張正義、追求幸福等美好寓意融合。《西遊記》著力描寫的有七大魔王，如牛魔王、蛟魔王、鵬魔王、獅駝王、獼猴王、禺狨王、美猴王，個個都有神奇的本領，體現出傳統社會對力量的崇拜。其中的孫悟空形象更為生動，伴隨著各種傳說，走進千家萬戶。其潑辣，勇敢，充滿正義，愛憎分明，奮勇當先，任性而無私，堅忍不拔，始終如一，代表著人世間的公平正義與光明磊落，引起人的情感共鳴。大鬧天宮等故事的演繹，成為人們反抗壓迫的心靈狂歡，迎合了人們追求自由的心理；西天取經等故事的演繹，則與人們戰勝艱難困苦、尋求真知的情愫相合。所以，孫悟空不僅成為口頭傳說中的英雄，也成為宗教生活中降妖除魔的大神，後世木版年畫中猴的形象表現出多元現象。

十二、方彝

方彝是一種酒器，商周時期出現。如商代婦好墓出土長體彝，有肩附耳式方彝，其形似兩件方彝的聯體，又稱偶方彝。其口、腹、足、蓋，都是長方形，有方唇、折肩、鼓腹。腹兩側有附耳。平底，高圈足外張，圈足四面有缺口。其四面、四隅和圈足，都有扉棱，其長邊兩側有方形槽、

尖形槽。其口下各有犧首，犧首兩側有鳥紋。其長邊腹中部，有大獸面紋，借用扉稜作為鼻子，圓眼，小耳，彎角，闊口。其口兩側，分別飾有龍和鳥。其附耳出現象頭，象頭兩側分別為鴟鴞紋，象頭下出現大獸面紋。其蓋面的長邊中部，出現鴟鴞面紋，鴞面兩側分別有鉤喙卷尾鳥紋，其蓋面的短邊兩面有倒置的夔紋。圈足兩長邊，有蟠虺紋，長邊及短邊兩端有獸面紋。

象，成為其中的亮點。

象應該是中國原始文明的記憶表達，因為象作為巨型生物，需要特定的氣候與環境，而自然環境變化的黃河流域，更早地把它視為一種文化遺產。

在現實社會生活中，它被人所想像。作為曾經影響人們生活的生命，象最典型的體徵是巨大，是在舜神話中耕作土地出現的。無獨有偶，舜的同父異母兄弟，也叫象。他們之間是什麼關係，成為人們想像的內容。《墨子‧尚賢》稱：「古者，舜耕於歷山，陶河瀕，漁雷澤，堯得之服澤之陽，舉以為天子。」未具體述說用象耕田。《韓非子‧難一》記述：「歷山之農者侵畔，舜往耕焉，期年甽畝正；河濱之漁者爭坻，舜往漁焉，期年而讓長；東夷之陶者器苦窳，舜往陶焉，期年而器牢。」同樣沒有提及用象耕田，而是在《韓非子‧十過》中記述象與車的關係：「昔者黃帝合鬼神於泰山之上，駕象車而六蛟龍，畢方並轄，蚩尤居前，風伯進掃，雨師灑道，虎狼在前，鬼神在後，騰蛇伏地，鳳凰覆上，大合鬼神，作為《清角》。」《史記‧五帝本紀》記述：「舜耕歷山，歷山之人皆讓畔；漁雷澤，雷澤上人皆讓居；陶河濱，河濱器皆不苦窳。一年而所居成聚，二年成邑，三年成都。」他們都提及舜耕歷山，卻沒有明確記述象耕田。明確記述象耕田的是左思〈吳都賦〉，其稱：「象耕鳥耘，此之自與。」

李善注引《越絕書》稱：「舜死蒼梧，象為之耕；禹葬會稽，鳥為之耘。」連接舜耕歷山與象耕田的應該是《呂氏春秋‧古樂篇》，其稱：「商人

服象,為虐于東夷,周公遂以師逐之,至于江南。」文獻中所表述的舜耕歷山,可能意味著舜是東夷人,「商人服象」自然就嫁接為舜使象耕田。那麼,「駕象車」,從人類學理論來說,就應該是黃帝對東夷人的征服,或者是象被征服意味著天下穩定,或者得到氣象萬千的世界。

酒器既是食具,又是祭祀器具,選擇象及象頭兩側的鴟鴞紋,應該是意味著殷商民族的圖騰記憶,存留著舜神話的文化遺跡,表明吉祥如意等美好的願望。或許這就是後世江蘇蘇州桃花塢年畫中《天下太平》的重要源頭,一頭大象背負寶瓶,寓意太平有象、四海安定、國泰民安、太平盛世。也有大象馱著搖錢樹與兒童,寓意財富充裕,子孫高就,吉祥(象)如意,都與此「氣象」有關。

大象成為青銅文明的一部分,早在漢代就已經出現。

1990年2月,四川綿陽何家山漢墓出土一件搖錢樹,就有大象的形象。搖錢樹上下可分七層,其中最上層為樹尖,有鳳鳥圖案;樹尖下面的樹幹,與搖錢樹的樹葉連成一體,有神話傳說中的女神西王母等圖案;搖錢樹的第四層有二十四片枝葉,是否為二十四節氣不得而知,向四周伸開,有龍、朱雀、犬與鹿等,引人注目的是其中的大象與象奴,以及掛滿枝頭的錢幣。大象與象奴的出現,意味著神像進入宗教文化生活。或許這就是大象作為信仰物,最早出現在漢代的證明。

十三、罍 [ㄌㄟˊ]

罍是盛酒或盛水的祭器,有方形與圓形兩種,商代至戰國時期出現。如商代出現的鴞紐獸面紋方罍,其頸上部與足上部,皆為弦紋;其頸下部為夔紋,其足下部為獸面紋;其腹上部為蟬紋,其腹下部有獸面紋;其獸首下顎為尖角,肩上獸首下顎突起,獸首角下垂上鉤;其蓋為夔紋圓形。

又如戰國錯銀青銅罍，是圓形，其口平，沿寬厚，頸高，腹圓，底平，圈足；其蓋有環紐，肩有雙環耳，鋪首尾為鳥頭形，其蓋口和圈足部分皆為錯銀花紋，花紋為飛鳥與雲氣紋。

這裡值得注意的是飛鳥與雲氣。既然是祭祀的用具，就意味著通神，如此，鳥與雲便成為連接人間與天神的使者。

飛鳥和雲的形狀，在岩畫中就已經出現。一方面，飛鳥與雲的信仰與天象有關，仰望天空，超越大自然；一方面與生殖崇拜等信仰相連繫。

鳥和雲都屬於天空，與太陽、月亮和各種星辰距離最近，便是與天神居住的天庭最近。因為鳥屬於天空，太陽崇拜與鳥形成密切連繫，如《山海經‧大荒東經》記述：「湯谷上有扶木，一日方至，一日方出。皆載於烏。」

日中有鳥，太陽鳥成為光明的使者，也是生命的使者，便與生殖崇拜、人口崇拜產生連繫。連接鳥、太陽、天空與人間的，是樹，樹有果實，果實與樹如同孩子與母親，推而論之，即鳥與樹的連繫，猶如魚與水，寓意生命與母體相隨。如《詩經‧衛風‧氓》歌唱：「于嗟鳩兮，無食桑葚。于嗟女兮，無與士耽。」鳥與生殖崇拜的連繫，間雜生命、生殖等信仰觀念，即人口繁衍，成為男根、女陰崇拜的替代象徵。

《山海經》中出現許多奇異的鳥，或人首鳥身，或鳥首人身，或鳥獸合體。在原始文明中，各種形狀的鳥出現都不是偶然的，都應該包含著圖騰的痕跡，有族群之間相互連繫的成分。如《山海經》中，有許多這類鳥與人相結合的文化變體。《山海經‧大荒北經》曰：「北海之渚中，有神，人面鳥身，珥兩青蛇，踐兩赤蛇，名曰禺強。」《山海經‧大荒南經》曰：「東海之渚中，有神，人面鳥身，珥兩黃蛇，踐兩黃蛇，名曰禺？。」《山海經‧海外東經》曰：「東方句芒，鳥身人面，乘兩龍。」鳥是大自然的精靈，給大自然帶來生機。《詩經‧周南‧葛覃》歌唱道：「葛之覃兮，施于

第二章　青銅器：神話作為歷史珍寶的見證

中谷，維葉萋萋。黃鳥于飛，集於灌木，其鳴喈喈。」更不用說「關關雎鳩」的吟唱，引發情愛的歌舞。鳥成為族群共同的信仰，這個族群就擁有了共同的意志和信念，鳥的形狀成為其共同的徽幟。而且，也確實有以鳥自名的族群。如《左傳‧昭公十七年》記述：「（十七年）秋，郯子來朝，公與之宴。昭子問焉，曰：少皞氏鳥名官，何故也？郯子曰：吾祖也，我知之。昔者黃帝氏以雲紀，故為雲師而雲名；炎帝氏以火紀，故為火師而火名；共工氏以水紀，故為水師而水名；大皞氏以龍紀，故為龍師而龍名。我高祖少皞摯之立也，鳳鳥適至，故紀於鳥，為鳥師而鳥名。鳳鳥氏，歷正也。玄鳥氏，司分者也；伯趙氏，司至者也；青鳥氏，司啟者也；丹鳥氏，司閉者也。祝鳩氏，司徒也；雎鳩氏，司馬也；鳲鳩氏，司空也；爽鳩氏，司寇也；鶻鳩氏，司事也。五鳩，鳩民者也。五雉，為五工正，利器用、正度量，夷民者也。九扈為九農正，扈民無淫者也。自顓頊以來，不能紀遠，乃紀於近，為民師而命以民事，則不能故也。仲尼聞之，見於郯子而學之。既而告人曰：吾聞之，天子失官，學在四夷，猶信。」這是一段具體講述鳥與雲如何成為族群記憶的對話。

　　鳥成為信仰物，是原始文明的重要表現，連繫天地，連接人神，鳥圖騰、鳥崇拜、鳥形藝術與鳥巫術常常混生一體。飛鳥成為神話物，表現出原始文明的多重性。鳥信仰有差異，因為有不同的鳥類，而形成不同的鳥信仰、鳥文化，形成人的情感與審美指向。其中的鳥形狀被賦予不同的意義，如鳳凰成為吉祥、喜慶、尊貴的象徵，喜鵲與烏鴉因為人們的喜好而具有美醜的差別，而貓頭鷹與燕子因為文化變異形成意象的轉變。《史記‧秦本紀》記述：「秦之先，帝顓頊之苗裔，孫曰女修。女修織，玄鳥隕卵，女修吞之，生子大業。」此秦地玄鳥便不同於東夷玄鳥。但無論如何，鳥為生命傳遞的使者，這種意義沒有改變，如此，牛郎織女神話傳說中，以喜鵲為橋梁，連接男女夫妻，同樣是生殖崇拜的顯現。人世間的一

切活動都是由人構成的,生殖崇拜與生命崇拜統一於性崇拜,統一於人口觀念,鳥的繁殖力得到認同,就形成普遍性的鳥崇拜。幾乎所有的民間藝術,尤其是為冬日增添暖色的年畫,都有鳥的形象 —— 性與審美的意義被不斷放大,鳥兒成為春天的先鋒,是報春的歌手,鳥的世界五彩繽紛,暗含著性心理的萌動與宣洩,融入野合與狂歡的森林、草地、原野和河邊。

十四、壺

壺也是既能盛水,又能盛酒的祭器。春秋戰國時期出現壺,有方壺,有圓壺,有扁壺,有弧形壺等。著名的壺,有春秋蓮鶴方壺、春秋提梁壺和戰國青銅錯金銀立鳥壺等,各具特色。蓮鶴方壺有冠蓋,長頸,垂腹,圈足。其冠為蓮花,是雙層盛開的蓮瓣,其中間平蓋為一隻鶴;壺蓋的鶴與蓮花相映成趣,仙鶴處於花蕊中,所以,其取名為蓮鶴方壺。壺頸的兩側為回首龍形怪獸,壺身為蟠螭紋,壺的腹部四角分別為小獸,其圈足下有卷尾獸,做吐舌狀,托舉壺體。青銅錯金銀立鳥壺的蓋上有蓋。其壺蓋與壺底都有立鳥作為裝飾,壺蓋邊緣有雛鳥呈欲飛狀,鳥口張開。壺蓋有圓孔,蓋上又有浮蓋,浮蓋上有紐,呈五瓣梅花狀,紐頂又有鴻雁。壺底為三鳥作器足,鳥爪立地,身向後傾,雙翅展開。同時,壺體裝飾錯金銀,嵌有綠松石。

這裡值得注意的是鶴與蓮。

鶴是特殊的鳥。鶴是鳥中的俊傑,特立獨行。《詩經・小雅・鶴鳴》歌唱道:「鶴鳴于九皋,聲聞於野。魚潛在淵,或在于渚。樂彼之園,爰有樹檀,其下維蘀。他山之石,可以為錯。鶴鳴于九皋,聲聞於天。魚在于渚,或潛在淵。樂彼之園,爰有樹檀,其下維穀。他山之石,可以攻玉。」鶴被人文化,成為傑出人才的象徵。

第二章　青銅器：神話作為歷史珍寶的見證

　　這種觀念被不斷放大，又如《周易‧繫辭》（上）記述：「聖人有以見天下之賾，而擬諸其形容，像其物宜，是故謂之象。聖人有以見天下之動，而觀其會通，以行其典禮，繫辭焉以斷其吉凶，是故謂之爻，言天下之至賾而不可惡也。言天下之至動而不可亂也。擬之而後言，議之而後動，擬議以成其變化。鳴鶴在陰，其子和之。我有好爵，吾與爾靡之。子曰：君子居其室，出其言善，則千里之外應之，況其邇者乎？居其室，出其言不善，則千里之外違之，況其邇者乎？言出乎身，加乎民；行發乎邇，見乎遠。言行，君子之樞機。樞機之發，榮辱之主也。言行，君子之所以動天地也，可不慎乎！」所以有劉向《列仙傳‧陵陽子明》所記述：「陵陽垂釣，白龍銜鉤。終獲瑞魚，靈述是修。五石溉水，騰山乘虯。子安果沒，鳴鶴何求？」《列仙傳》還記述王子喬乘鶴的傳說故事。鶴為長壽的象徵，如《淮南子‧說林》曰：「鶴壽千歲以極其遊，蜉蝣朝生而暮死，而盡其樂。」

　　鶴成為青銅文明中的神鳥，應該是其俊逸形象與連接人神的寓意相結合的結果。從能夠望得見看得清的大地與眼前，到無垠的天空，到撲朔迷離的雲外，鶴是溝通人神的使者，被人所信賴，被人所敬仰；人們嚮往天國，嚮往天國的自由，嚮往天國的幸福與快樂，因而，選擇了神奇的鶴，把它視作吉祥神鳥，把它稱作「仙鶴」。所以，鶴被譽為「美君子」，比喻為有遠大志向的人，其「一飛千里」，令人神往。

　　在天空中，無論是外表還是聲音，鶴是與眾鳥不同的佼佼者。在大地上，蓮花飽滿的花苞、耀眼的光澤，尤其是被賦予出淤泥而不染的品性，同樣表現出不俗。因此，蓮與鶴相結合，其神話形象與寓意就不同了。在原始文明中，蓮花有高潔、神聖的自然形象，更具有象徵女性品行和生殖崇拜的意義；鶴作為神鳥，在這裡具有男根崇拜的色彩。生殖崇拜與性崇拜成為蓮鶴神話傳說的隱喻，在許多方面都有表現。鶴與蓮花的結合意味著男女相交，也意味著男權與女權的文化交融。中國傳統年畫的主體色調

是明朗的，選擇俊逸的鶴與燦爛的蓮，是以性崇拜和生殖崇拜為重要內容的原始文明的延續。天津楊柳青年畫有許多仙鶴與老翁相伴、兒童與蓮花相伴的題材，老人是生命的久長象徵，兒童是生命的生機象徵，其文化源頭應該是與蓮鶴一體神話原型相連繫的。

十五、觚［ㄍㄨ］

觚是一種酒器，商代之前有陶觚，青銅器的觚在商代到西周時期出現，長身，侈口，中部收縮，其口與底弧線漸漸伸開，如喇叭狀。著名的觚如天觚，是西周前期的器具，敞口，束頸，厚方唇，腹部平坦，高圈足。其周身四道三稜形稜脊，有人形幾何紋。其頸有仰葉紋，邊飾為鱗紋。其腹有夔紋，圈足為卷體鉤鼻獸紋。

與觚類似的酒器還有觶、兕觥、缶等，如春秋時期的蔡侯銅盥缶、西周時期的鳳鳥紋兕觥、戰國時期的大銅尊缶與曾侯乙青銅鑑缶等，其裝飾與造型都有一些花紋，包含著豐富的文化意蘊。此外，還有溫酒用的斝和飲酒用的爵與角，如商代出現的婦好平底爵、西周時期出現的獸面渦紋斝，所不同的是觚沒有它們底部的三條腿作為支架。

這裡突出的是獸面、獸紋。獸與人的關係，是狩獵文明的重要內容。獸是強大的，一方面人受到獸的威脅，產生畏懼心理，一方面人透過戰勝野獸，獲得食物，維持生命。因此，獸能夠成為力量的象徵，轉化為人心目中的神明，使人產生敬畏。無疑，獸有益獸，成為人的伴侶、朋友，如馴養的牛、馬、駱駝，為人所用，替人出力；也有猛獸，如虎豹豺狼，傷害人，危害人。觚是用來向神靈表達敬意的酒器，是禮器，配在這樣的器具上的，應當是吉祥、幸福、快樂的獸類。求吉祥的心理，是人對文明的嚮往，伴生出相應的信仰與審美，如此，年畫承載著人們關於年的理解，融入各種信仰崇拜，也就承接著這種求吉祥的心理，化為彩紙上的獸。

第二章　青銅器：神話作為歷史珍寶的見證

十六、盤、禁、鍾等

　　盤、禁和鍾，以及鈴和鐃等青銅器，都是與祭祀相關的器具。它們同樣是見證人神交流的媒介。在青銅文明中，它們各有所職。如盤，既有圈足的青銅盤，又有立足的龜魚紋方盤，不用說，還有更多的記事盤，如逨盤、散氏盤、虢季子白盤、牆盤、曾侯乙尊盤、毛叔盤等。龜魚紋方盤出現在戰國時期，其突出的是龜與魚形象，以蹲踞的臥虎為四隻足支撐，盤底圖案作為顯示核心，有排列整齊的魚和龜，其四側排列著十二隻蛙，周圍有蟠螭紋。龜魚紋方盤外腹的兩長邊，各有一對啣環鋪首；其外腹的四面，分別有熊、鳥嘴帶翼怪獸吞食蜥蜴、獨角獸哺乳幼獸等圖案。這應該是一幅具有特殊意義的風俗畫，其中的每一個動物都包含著一則神話傳說故事，意味著一種特殊的寓意。如鍾，既有單獨成曲的甬鍾、鎛鍾、鈕鍾，又有可以合奏的編鍾；鐘的外形有不同的形狀，裝飾有浮雕式蟠虺紋等不同的花紋，每一種花紋，也同樣有不同的傳說故事與寓意指示。

　　這裡值得注意的是魚和蛙。

　　魚和蛙是相通的，魚的幼苗與蛙的蝌蚪都是水中的精靈，成為人羨慕的對象。

　　原始文明常常需要藉助考古發現證明其存在狀況。中國文昌魚的發現，受到廣泛關注，它被稱為最早的魚。又如，遼寧胡頭溝紅山文化墓中出土魚形飾，那斯臺遺址採集到玉魚，其頭部有眼睛和嘴巴，魚身雕琢勾雲紋樣，魚尾雕琢平行寬線。不用說，還有河南汝州閻村仰韶文化鸛魚石斧圖，更有鯉魚跳龍門等民間藝術和民間傳說故事。

　　在原始文明中，魚與人的連繫，受萬物有靈觀念影響，首先是具有巫術意義的，然後才是具有審美意義的。《山海經》記述了許多具有神話色彩的魚，講述其巫術意義。如《東次山經‧湖水》記述：「其中多箴魚，其

第一節　金子的類別與神話的類型

狀如鱃，其喙如箴，食之無疫疾。」《東次山經·蒼體之水》記述：「其中多鱃魚，其狀如鯉而大首，食者不疣。」《西次山經·觀水》記述：「是多文鰩魚，狀如鯉魚，魚身而鳥翼，蒼文而白首赤喙，常行西海，遊於東海，以夜飛。其音如鸞雞，其味酸甘，食之已狂，見則天下大穰。」《西次山經·濛水》記述：「其中多黃貝；蠃魚，魚身而鳥翼，音如鴛鴦，見則其邑大水。」《南次山經·柢山》記述：「有魚焉，其狀如牛，陵居，蛇尾有翼，其羽在下，其音如留牛，其名曰鯥，冬死而夏生，食之無腫疾。」《南次山經·黑水》記述：「其中有鱄魚，其狀如鮒而彘毛，其音如豚，見則天下大旱。」《北次山經·彭水》記述：「其中多儵魚，其狀如雞而赤毛，三尾六足四首，其音如鵲，食之可以已憂。」《中次山經·橐水》記述：「其中多脩辟之魚，狀如䵷而白喙，其音如鴟，食之已白癬。」東西南北中，各個區域都有這種具有巫術意義的魚。而且，《山海經》中的魚與龜具有同樣的巫術意義，如《中次山經·狂水》記述：「其中多三足龜，食者無大疾，可以已腫。」《中次山經·即公之山水》記述：「有獸焉，其狀如龜，而白身赤首，名曰蛫，是可以御火。」其中的龜魚常常混雜，如旋龜、虎蛟魚、文鰩魚、蠃魚、鱃魚、寐魚、飛魚、三足龜、魚等，都屬於水族，因而具有相同的巫術意義。魚是自由的，存在於水中；水是生命的泉源，魚便成為生命的精靈，成為孕育生命的神靈——魚與女性的裸體有相似之處，便因此被賦予生殖崇拜的意義。神話中的漁婦能死而復生的意義，就在於啟用生命與巫術的結合。所以，以天津楊柳青年畫中的魚與蓮花相伴、魚與少年相伴為典型，魚崇拜的多重意義尤為顯著。

蛙在原始文明中，同樣意味著神靈的存在，既是水中的神靈，又是岸上的神靈，所以具有更特殊的巫術意義。河南陝縣廟底溝遺址出土彩陶片，陶盆腹部發現有蛙紋圖案，陝西臨潼姜寨遺址出土陶盆內壁有黑彩寫實蛙紋，甘肅省臨洮縣馬家窯文化也發現蛙紋，蛙圖案在仰韶文化早、

047

第二章　青銅器：神話作為歷史珍寶的見證

中、晚期都有存在。在中國少數民族中，同樣有蛙的信仰，如宋代周去非《嶺外代答‧樂器門》記述：「廣西土中銅鼓，耕者屢得之，其制正圓，而平其面，曲其腰，狀若烘籃，又類宣座。面有五蟾，分據其上。蟾皆累蹲，一大一小相負也。周圍款識，其圓紋為古錢，其方紋如織簟，或為人形，或如琰璧，或尖如浮屠，如玉林，或斜如豕牙，如鹿耳，各以其環成章，合其眾紋，大類細畫圓陣之形，工巧微密，可以玩好。銅鼓大者闊七尺，小者三尺，所在神祠佛寺皆有之，州縣用以為更點。」蛙與蛙神有多種，有青蛙，也有蟾蜍，蟾蜍在許多地方端午節中成為「五毒」之一，從以毒攻毒的角度來說，其中有避邪的寓意。值得注意的是，蟾蜍從水中到了天上，成為月中的一員，或稱為月神。這種觀念在漢代即盛行，如許慎《說文》稱：「詹諸，月中蝦蟆，食月。」劉向《五經通義》記述：「月中有兔與蟾蜍何，月，陰也，蟾蜍，陽也，而與兔並明，陰繫於陽也。」

　　蟾蜍的「五毒」意義被放大，意味著神話的變形。其能夠影響日月，所以成為天神，受到世人崇拜，如《孝經援神契》有「奎主文章」，被人解釋為「奎」即青蛙。也有人解釋蛙繁殖力強，因而被人視作生殖神；因為多子，生命力旺盛，也被視為生財的財神。從蛙紋到青蛙、蟾蜍，到金蟾，蛙的形象不斷被豐富，既是財神，也是命運之神，是幸福之神，是情愛之神，金蟾被異化為神仙，河南開封朱仙鎮木版年畫中的《瀏海戲金蟾》，其傳說背後的信仰意義就在於此。應該說，中華民族圖騰體系包含著蛙和眾多的魚類，魚和蛙的信仰表現在多方面，成為深厚的民族信仰與民族記憶。木版年畫是信仰的載體，也是記憶的載體，文化的載體。

　　總之，所有的青銅器都不是單純的藝術載體，而是具有實際的文化功能，在事實上保存了文化。青銅文明的主題內容與人神相通的宗教文化功能相關，這與年畫是奉獻給靈魂的祭品在意義上是一致的。

　　年畫的語言具有審美的成分，是被賦予的；年畫的功能，其主體在於

人神共樂，首先形成娛神的功能，然後才有娛人的內容。因為它出現在年節這個特殊的時間與空間之中，是為了年的文化生活而設定。青銅文明的時代，紙張沒有出現，用圖像獻媚神靈的任務，就交給青銅了。這些青銅器的造型與各種浮雕、花紋，都有獨特的敘說意義，有一些能夠在文獻中找到對應的內容，揭示其所指，而更多的是被歲月所銷蝕，或被誤讀，或被扭曲，或被變異，被記憶，被遺忘。但有一點沒有變，即立像在於言意。青銅文明的造型、浮雕、花紋所表達的意義，或被言說，或不被言說，都融進社會風俗與生活之中，漸漸脫胎換骨，成為後世木版年畫上花花綠綠的花草鳥獸與各色人等。

第二章　青銅器：神話作為歷史珍寶的見證

第三章
神話與岩畫的關聯

　　中國民間文藝的發生有歷史的不同階段作為背景，而岩畫作為特殊的階段，有許多圖案只能讓人想像了。中國民間文藝的核心在於信仰與審美的結合。以年畫為例，作為中國民間文藝的重要發生問題，不能僅僅定位在文獻記述的年代。作為民間文藝，其起源於對天地和神靈的信仰，其儀式的每一個環節，都是由信仰推動的。傳統的民間文藝是中國人最重要的信仰，集合了起源於原始文明的眾多的信仰崇拜。中國民間文藝中的圖像，在於時令的指示，如年畫之畫，在於圖像，是中國民間文藝的重要典型。中國民間文藝首先體現的是信仰，其次才是愉悅，是審美。圖像從石刻，到紙質，到今天的多媒體，民間文藝成為節日的媒介，裝點環境，形成豐富多彩的文化生態。圖像顯示的民間文藝不僅僅是物質的圖畫，其形式有多種。如年畫，形成中國民間文藝的重要源頭，與岩畫有非常重要的連繫。或者說，最早的岩畫，其實就是一種表現神話傳說的年畫，是刻寫在大地上的年畫。年畫與岩畫的共通之處，在於體現對自然世界與社會現實的超越，具有典型的狂歡意識，表達人們對靈魂的信仰。總之，作為民間文藝的年畫，在文化敘事的轉換與承接中，有效完成了各種媒介的製造，從古老的石刻轉向金石刻，轉向泥塑，轉向木刻，轉換為紙質的印製，就形成我們今天看到的木版年畫。作為民間文藝的年畫屬於歷史，也屬於現實，屬於生活，屬於文化，屬於信仰。

第三章　神話與岩畫的關聯

民間文藝的年畫藝術是中國文化的重要典型，其立像以言意，因為節日的訴求而產生。其核心內容在於「年」的節日內涵與「畫」的藝術形式融合為一體。年的文化發生，既是審美的應答，也是信仰的附和。畫作為審美的載體，其原意亦以信仰為核心。因此，年畫的起源不僅可以追溯到節日的壁畫、版畫和雕塑，而且可以把古老的岩畫視作節日藝術的重要源頭。以往的年畫研究，人們關注更多的是歷史文獻對年畫的記述，和年畫的實物保存。

歷史文獻的局限非常明顯，人們更關注影響國家社會和民族命運的大事件，忽略或者不屑於表現底層社會的文化生活。研究者的視野，也更多局限在傳統文人的記述，相對忽略了文物發現的國際視野。中國社會與人類文明的整體對話，應該是從近代中國被列強瓜分和欺凌開始的，儘管中國歷史上也有過張騫出使西域、玄奘西遊、鄭和下西洋等事件發生。或者可以說，隨著漢學的興起，尤其是西方社會的傳教士、探險家與商人湧向中國，中國政府向歐美等域外國家派出使者和留學人員，才真正出現國際視野的中國學術。其中，人類學的借用與發展，在中外文化交流中架起了寬廣的橋梁。

第一節　民間文藝的圖像問題

年畫是民間文藝的典型，包含著傳說故事，包含著人物圖像，包含著各種審美。其起源問題，是文藝發生的重要問題。傳統節日是民間信仰與審美活動的有機結合，包含著具體的符號與儀式。其源頭應該是各種傳統的匯聚，形成文化的變遷。關於年和年畫起源問題，人們更多的是依據於文獻記述，簡單地以為記述時間就是年畫起源的重要象徵。問題在於一種具有傳統意義的文化生活總是在漫長的實踐過程中形成，其代表性內容並

第一節　民間文藝的圖像問題

不是某一個事件，而是多元並存。傳統年畫，花花綠綠，有神像，有花草，有鳥獸，有人物，表現出圖騰轉換成祥瑞的各種物象。年畫屬於年節文化的一部分。

年，是中國最重要的節日，源自慶賀豐收，具有驅邪、禳災、納福的意義。許慎《說文解字》解釋為「穀熟」，段玉裁《說文解字注》稱「夏日歲，商日祀，周日年」。年是中國最重要的計時單位，以年節為界，安排生產、生活，周而復始。無論何時，無論何人，都非常重視年節。年，萬物之始，寄託著人們的希望、期待。

年作為最重要的節日，起源於對天地和神靈的信仰，其儀式的每一個環節，都是由信仰推動的。年是中國人最重要的信仰，集合了起源於原始文明的眾多的信仰崇拜。年畫不僅僅是紙質的圖畫，其形式有多種。

年畫作為一種節日符號，具體在明代社會廣泛出現，以明宣宗朱瞻基一幅《御筆戲寫三陽開泰圖》為例，說明年畫受到社會歡迎。其實，此前相當久遠的時代，就已經出現年畫，古本《山海經》記述東海度朔山有大桃樹，蟠屈三千里，後有應劭《風俗通義・祭典》轉述之，並稱此桃樹下神荼與鬱壘二人檢閱眾鬼，捉來害鬼餵虎吃，「縣官常以臘除夕，飾桃人，垂葦茭，畫虎於門，皆追效於前事冀以衛凶也」，於是有以此畫虎鎮除邪惡慶賀新年的習俗。

此前，《周禮・春官》中有「師氏居虎門之左」，應該是畫虎習俗的記述。《左傳・襄公二十九年》記述：「二十九年春，王正月，公在楚，釋不朝正於廟也。楚人使公親襘，公患之。穆叔曰：祓殯而襘，則布幣也。乃使巫以桃茢先祓殯。」《禮記・檀弓下》記述：「君臨臣喪，以巫祝桃茢執戈，（鬼）惡之也。」說明桃崇拜的流行相當廣。《荊楚歲時記》記述元旦，稱：「造桃板著戶，謂之仙木。」其表明六朝時期就有了桃板，作為年畫的信仰方式。宋代王安石〈除日〉一詩歌唱：「爆竹聲中一歲除，春風送暖入

屠蘇。千門萬戶瞳瞳日，總把新桃換舊符。」說明桃符作為年畫在宋代的流行。孟元老《東京夢華錄・十二月》中記述了當時的年畫叫賣活動，有「近歲節，市井皆印賣門神、鍾馗桃板、桃符及財門鈍驢、回頭鹿馬之行帖子」等內容，並且把其中的「霍四究，說《三分》。尹常賣，《五代史》。文八娘，叫果子。其餘不可勝數。不以風雨寒暑，諸棚看人，日日如是」視作年畫的重要題材。更有人考證李世民與尉遲敬德等英雄夢遇傳說，作為年畫故事的發生。還有人以曾侯乙墓的考古發掘為例，證明年畫中的門神很早已經出現。

年畫的概念，具體出現在清道光三十年（西元1850年）成書的《鄉言解頤》中，作者李光庭。其中「春聯」記述「新年十事」，稱：「桃符以畫，春聯以書。書較畫為省便，復有鬥方、橫披、小單條之類。鄉人不識字，有以人口平安與肥豬滿圈互易者。」其「年畫」記述有：「掃舍之後，便貼年畫，稚子之戲耳。然如《孝順圖》、《莊稼忙》，令小兒看之，為之解說，未嘗非養正之一端也。依舊胡盧（葫蘆）樣，春從畫裡歸。手無寒具礙，心與臥遊違。賺得兒童喜，能生蓬蓽輝。耕桑圖最好，彷彿一家肥。」以此，人便以為此處是歷史上第一次出現年畫的名稱。不唯如此，之前富察敦崇的《帝京歲時紀勝》中，記述前門外十二月京莊有「初十外則賣衛畫、門神、掛錢」等活動，天津年畫（或者就是天津楊柳青年畫）在北京地區的熱賣場景，表明年畫在清代社會的流行和繁盛。其實，廣義的年畫不僅有門神、春聯和「稚子之戲」（即兒童喜歡的畫），也有桃符、桃板。顯然，年畫因為年節而出現。年的核心內容在於慶賀豐收，年畫自然表達出人們對豐收的理解。豐收與農耕文明連繫密切，但其意義並不僅僅在於農業生產，它還包括各個方面的勞動和收穫，集中表現在人們獲得充裕的物質財富和精神的愉悅。

中國有漫長的農耕文明歷史，年畫是人們對年節非常深刻的記憶。年

畫表達人們的希望和期待，貼年畫成為人們生活中重要的文化活動。從民國初年的《教育部通俗教育研究會議決調查年畫案》，到中國頒布的《關於開展新年畫工作的指示》等文件，可以看到，年畫一直受到社會各界的喜愛和重視。

總之，年畫來源於年節，是一種圖畫，顯示了狂歡與靜穆等豐富的情感。這是中國文化「立像以言意」傳統的典型體現。

其實，年畫作為節日符號，不僅在中國出現，在其他地方也有；而且，年畫作為一種藝術生活，其起源更早。

第二節　審美依靠圖像傳承

岩畫是一種石刻，古人以石器為工具，刻劃出各種圖案，記錄他們的情感和生活，尤其是他們的生產勞動。一方面，物質的獲得，是人們生存的必要條件，所以，狩獵、種植、馴養等內容在岩畫中占據重要位置；另一方面，人們的精神世界需要得以體現，所以，諸如太陽神和人口的繁衍等內容，在岩畫中具有突出表現。世界各民族的歷史文化背景與自然生存環境不同，但是，對物質世界與精神世界的追求與理解有許多相通的內容，體現出狂歡的情景和對信仰的表達。從這種意義上來說，世界各民族的岩畫，就是最早的年畫。

中國許多地方都分布岩畫，表現原始文明，但是，歷史文獻述及岩畫的時代相對比較晚，較早的應該是在《韓非子・外儲說左上》中，有「趙主父令工施鉤梯而緣潘吾，刻疏人跡其上，廣三尺，長五尺，而勒之曰：主父常遊於此」，或可以看作中國岩畫的最早紀錄。酈道元的《水經注》，其卷三十四「江水」記述：「江水又東，徑巫峽，杜宇所鑿以通江水也。郭仲產云：『按《地理志》，巫山在縣西南，而今縣東有巫山，將郡縣居治無恆

第三章　神話與岩畫的關聯

故也！』江水歷峽，東徑新崩灘。此山漢和帝永元十二年崩，晉太元二年又崩。當崩之日，水逆流百餘里，湧起數十丈。今灘上有石，或圓如簞，或方似屋，若此者甚眾，皆崩崖所隕，致怒湍流，故謂之新崩灘。其頹岩所餘，比之諸嶺，尚為竦桀。其下十餘里，有大巫山，非唯三峽所無，乃當抗峰岷峨，偕嶺衡疑；其翼附群山，並概青雲，更就霄漢辨其優劣耳！神孟塗所處。《山海經》曰：夏后啟之臣孟塗，是司神于巴，巴人訟于孟塗之所，其衣有血者執之，是請生，居山上，在丹山西。郭景純云：丹山在丹陽，屬巴。丹山西即巫山者也。又，帝女居焉。宋玉所謂天帝之季女，名曰瑤姬，未行而亡，封於巫山之陽。精魂為草，實為靈芝，所謂巫山之女，高唐之阻，旦為行雲，暮為行雨，朝朝暮暮，陽臺之下。旦早視之，果如其言。故為立廟，號朝雲焉。其間首尾百六十里，謂之巫峽，蓋因山為名也。」

　　韓非子、酈道元對岩畫的記述都是感性的印象，「刻疏人跡其上，廣三尺，長五尺」與「或圓如簞，或方似屋」，是印象，沒有涉及具體內容。之後，唐代張讀在《宣室志》中記述福建泉州南山「石壁之上有鑿成文字一十九言，字勢甚古」，也屬於岩畫的發現。

　　中國岩畫研究的開端，一般以 1915 年黃仲琴對福建華安汰溪仙字潭岩刻的調查為代表。黃仲琴發表《汰溪古文》，其「疑即古代蘭雷民族所用，為爨字或苗文的一種」的論點，為人所關注。到 1970 年代，中國北部黑龍江和內蒙古、西北新疆和甘肅、西南雲南和廣西各地不斷有岩畫的發現，至 1980 年代，隨著文物普查工作的推進，主要在貴州、內蒙古、寧夏、新疆、甘肅、青海、西藏、廣東、福建、臺灣、江蘇，以及河南，都發現大面積的岩畫，逐漸形成岩畫研究的熱潮。有許多學者注意到岩畫與原始文明的密切連繫，在人類學、神話學、民俗學、宗教學和考古學等領域，岩畫研究出現可喜成就。

第二節　審美依靠圖像傳承

　　世界上許多民族都保存著岩畫，見證不同民族的節日狂歡。近年來，研究和記錄岩畫的書籍越來越多，人們從不同的方面理解岩畫。人們看到岩畫在原始文明中所體現的信仰功能與意義，有人甚至看到了最早的人類遷徙足跡。無一例外的是，人們認同岩畫作為原始人的狂歡遺產，是祈禱神靈保佑、溝通人神感情、記錄狩獵與戰爭等重大事件的產物。在這種意義上，它與年節的狂歡和信仰等意義是一致的。

　　岩畫受到人文學科的關注，與人類學的興起密不可分。英國是人類學的故鄉，人類學的興起與工業革命有密切連繫，與殖民地政治文化有密切連繫，意在尋求原始文明背後的落後民族與現代文明背後的發達民族之間的差異。人類學關注人類文明的進化，以進化論作為自己的思想方法，把原始文明看作現代文明的發生母體，把岩畫作為原始文明的重要典型，視作原始藝術，以為其開創了人類文明的先河，並且作為藝術形態和觀念被傳承、傳播。改革開放以來，特別是1980、1990年代，中國學術界與世界的交往日益頻繁，人類學、神話學、圖騰藝術等領域積極吸納國際岩畫研究的成果，伴隨著博物館事業的迅速發展，人們對岩畫的研究興趣越來越濃郁，呈現出開放的姿態。中國許多地方重視岩畫的展示功能，世界上規模最大的岩畫專題博物館是銀川世界岩畫館，建立在寧夏賀蘭山岩畫風景區。銀川世界岩畫館有「序廳」、「中廳」、「世界岩畫展廳」、「中國岩畫展廳」、「賀蘭山岩畫展廳」、「原始藝術展廳」等多個展廳，展示岩畫圖案，匯聚了國內外岩畫的主要類型。從這裡可以看到，岩畫類型以人和動物為主，主要有人面像、人體像、動物圖像、人與動物混雜的生活圖像，以及各種抽象符號、圖案。

　　由於種種原因，人們研究年畫和岩畫，沒有注意到它們之間的共同點，即狂歡。狂歡的形式是多種多樣的，年畫與岩畫都是狂歡的結果。

　　狂歡是傳統節日的重要象徵，也是其重要功能。透過狂歡，人們進行

各種如痴如醉的表演，實現精神和情感的愉悅。在狂歡的過程中，人、神兩個世界形成溝通，形成自由自在的精神狀態。岩畫所表達的各種抽象符號與具體的生活圖畫，與年畫所表達的熱烈情感願望，都貫穿在狂歡、癲狂之中。

狂歡與癲狂作為一種精神形態，各種變形成為其重要的表現手段，想像與誇張得到極度表達。當然，任何想像與誇張都避免不了目的性，這種目的涵蓋在各種生產與生活之中，如人們刻劃各種動物，是為了獲取更多的獵物，或者是為了避免猛獸的傷害；人們刻劃各種植物和生活中的實物，是為了生活的豐裕，包括人與獸的連體，誇大人體器官，具有獲取力量、獲得生育力繁殖力等功能；人們刻劃各種符號，特別是變形的太陽、動物與植物形狀的面孔等，其內涵就更複雜了，應當包含著各種神靈崇拜等信仰功能。

第三節　岩畫是審美與文明的融合

無論是中國岩畫，還是外國岩畫，誇張與變形，都是普遍的表現形式，都是審美與文明相結合的體現。變形的意義與巫術崇拜有關，在宗教文化生活中具有普遍性。岩畫如此，年畫也如此。

岩畫所表現的內容，與岩畫所處的自然環境有關，與一定地域的歷史文化起源有關，而更重要的是自然環境形成的文明特色，成為一定地域的代表。其後，或為年畫，或為壁畫，成為循環往復的審美，形成江河般奔騰不息的民間文藝。

如亞洲岩畫，分為西亞、東亞、南亞和中亞等地區。西亞岩畫以沙烏地阿拉伯為典型，表現內容主要有狩獵場景、放牧生活、動物圖像、男人群體和一些婦女，岩畫中的器具主要有弓、箭、矛、棍棒等，與這個地區

的歷史有關。

中亞地區的岩畫以貝加爾湖岩畫為代表，還有蒙古國的科布多省輝特——青格爾洞穴岩畫、前杭愛省科布多蘇木哈嫩哈德山岩畫、後杭愛省楚露特岩畫、蒙古北部穆連和特斯岩畫等，主要表現為草原和沙漠地理，有許多動物圖像與象徵性符號，包括羊群、馬群、騎馬者、駱駝等，圖案具有薩滿教色彩。

東亞地區的岩畫，以日本九州島南部山洞為典型，圖案主要有婦女、兒童、獵人和大角鹿等動物。南亞地區以印度為典型，在毗摩貝德卡等地分布著表現狩獵、畜牧、耕耘、草廬定居、禮拜、採蜜、植樹、戰爭、歌舞、娛樂、祭祀等內容的岩畫，表現出濃郁的精靈崇拜和生殖崇拜等原始信仰。尤其是與印度神話相關的「受傷的野豬」、「奉為神的野獵」、「手握金盞花的婦女」、「希望之樹」，以及騎馬者、騎象者、步行的武裝戰士等，每一個場景都意味著一種生活與一段歷史。

如歐洲岩畫，主要有西班牙岩畫群，以北部的坎塔布里亞地區，與南部的直布羅陀海峽為主，畫面主要有野獸、採蜂蜜的婦女、小個子男人等；法國的洞窟岩畫有許多地方與西班牙岩畫相似，其拉斯科洞窟崖岩畫被稱為「史前的羅浮宮」，出現馬匹、紅鹿、野牛等動物，其中一頭野牛向一個鳥人衝去，鳥人旁邊有一隻鳥站立在樹的枝頭，野牛的肚子被一支長矛刺穿，流出腸子，仍然掙扎著衝去；義大利西西里島的阿達拉岩畫，出現一些做舞蹈、執法等動作的裸體群像，與義大利原始文明有關；義大利梵爾卡莫尼卡谷地岩畫中出現許多幾何圖形和一些神祕符號，還出現一些武器、人物和動物，以及各種曲線、梯形圖、網狀物；北歐地區的挪威、芬蘭等地，因為與山地、海洋和森林相連，主要表現狩獵、漁獵生活，圖案出現太陽、野獸、魚、鳥和獨木舟、馬車、弓箭等內容。歐洲岩畫與史前生活有關，有一些表現戰爭和捕獵的場景，表現的動物有猛獁

第三章　神話與岩畫的關聯

象、披毛犀、野馬、野牛和鹿等，採集和農耕的內容相對較少。由於歐洲地區發展的不平衡，在岩畫色彩上表現出差異，如西班牙北部到法國西南部等地區，岩畫分布於不見陽光的洞穴深處，保留了冰河時代的文化痕跡；在烏拉爾山到北極海地區，陽光充裕，非洞穴岩畫表現出人類漁獵、狩獵的生活。

如非洲岩畫，主要分布在位於阿爾及利亞和利比亞邊界的撒哈拉中部阿傑爾高原，和南部南非、辛巴威、尚比亞及奈米比亞等山地。非洲岩畫所表現的內容被分為水牛時期、公牛時期、馬時期和駱駝時期，不同的時期，有不同的圖案，在不同的圖案中，有各種動物等活動場景，意味著不同的社會發展階段。非洲盛產大象，在許多地方的岩畫中，出現大象的形象，在一些地方出現公牛、大型馬車和駱駝，象徵著畜牧業的發展。非洲的植被與種植業有連繫，撒哈拉岩畫中出現掌管五穀的女神，女神的頭上有羽毛作為裝飾，其面部周圍有斑點簾，而且出現一片播撒種子的莊稼地。與撒哈拉岩畫不同的是，南部非洲岩刻表現題材主要是野象、獅子、河馬、犀牛、羚羊、長頸鹿、斑馬等單獨出現的動物形象，意味著這裡的原始居民與這些動物的連繫。同時，這裡也出現人獸合體的圖案，出現狩獵、戰爭、祭祀、娛舞、交媾等內容，其中狩獵、舞蹈場景，以及人群聚合歡呼或者休息的場景較多。值得注意的是，這裡出現一些披著獸皮，或戴著某種動物形狀面具的舞蹈者。這些圖案人與獸相混合，有一些化裝成各種野生動物的模樣，有一些手持弓和矛，表現為獵人形象，也有一些用羽毛作為裝飾物，有一些把頭部拉長，似乎伸長脖子的鴕鳥。這是否意味著圖騰生活的展示、圖騰結構的構成，以及圖騰文化之間的連繫呢？

美洲岩畫記述了特殊的歷史文化，南美洲阿根廷的洛斯・馬諾斯是原住民泰韋爾切人居住地，這裡的岩畫出現不同於其他地方的圖案，形成許多「手洞」，如牆壁上各種形狀的手，又如同一棵樹生出許多枝椏和許多

樹葉，也出現一些當地常見的動物，如紅褐色美洲駝，見證這裡的原始文明。美洲地區出現的許多人面神像與美洲之外一些岩畫有許多相同處，成為一個謎，引起人們的各種猜想和聯想，如北美洲西部的海岸山脈，出現人面岩畫，人物頭上出現許多放射狀的線條；更多的地方出現太陽和鳥的岩畫，包括各式各樣的抽象符號，甚至有人以印第安人的原始文化出現類似甲骨文符號等為證，說明中國人最早發現並生活在美洲。當然，這是一種猜想，需要更多的證據。美洲地區有許多岩畫表明史前的美洲所發生的變化，在北美洲出現的蛙形人、女性人體和生殖巫術之類的圖案，引起學者注意。當然，各地岩畫不盡相同，如美國加利福尼亞巴斯附近的岩畫，出現紅色手印、太陽、抽象符號和各種動物圖案；美國內華達州印第安保留地金字塔湖上的岩畫，被稱為北美洲最古老的岩畫，這裡的石頭，每一面都出現各種幾何圖案，有同心圓、菱形，也有一些樹；如墨西哥聖弗朗西斯科山岩畫，出現攜帶武器的人和各式各樣的動物，岩畫中的動物有駝鹿、大角羊、叉角羚、美洲獅、大山貓、龜、魚等；如加拿大不列顛哥倫比亞岩畫，出現一條魚和一個沒有輪廓的人面，人面位於魚頭上部，魚吐出長舌頭，在魚的腹部出現一個鳥頭形狀的符號，接近魚尾處，出現一個黑點。這一切都需要從原始信仰說起。

　　從澳洲西北部的金伯利高原，經過北部的阿納姆高地，到達約克角半島，到澳洲南部庫納爾達，分布著許多岩畫，畫面展示出各種英雄和神靈，包括神話中的蜥蜴、巨蛇、袋鼠等動物，以及半人半猿像，用紅、黃、黑、藍等色彩描繪。與其他地區岩畫所不同的是，這裡的岩畫更富有情節性。

　　如阿納姆高地和金伯利高原岩畫，出現人與動物相呼應的場景，在畫面的中心，出現一隻鴯鶓，體形巨大，但是不會飛，牠的一側，出現戴帽子、騎馬的人，顯然，這裡是故事的圖像敘事。澳洲北部地區的德拉米爾

岩畫，畫面出現兩個巨型男子像，他們每人都露出與腿一樣粗大的生殖器，他們之間的關係，也應該是一個故事。澳洲西北地區汪其納岩畫是又一種典型，人像或躺或臥，其面部不畫嘴巴，只畫出眼睛和鼻子，與袋鼠、魚、鳥等動物相襯，構成一幅圖畫，暗含著神祕的傳說故事。

第四節 中國岩畫分布與民間文藝

　　岩畫是特殊的藝術。在中國，岩畫形成南方和北方兩大系列，表現出不同地區、不同時代、不同民族的文明生活，以及那些豐富的情感、意志、信念與信仰。中國岩畫用自己的石頭和圖畫講述中國的天地神靈故事，體現中國早期文明的風貌，應該相當於最早的年畫。

　　岩畫的語言有很大的差異性。如中國南北不同，東西不同，體現出原始文明的不同。

　　中國南方岩畫又分為東南和西南兩大系統，這兩個地區的岩畫表現出不同的文明形式。

　　中國東南地區的岩畫，主要分布在江西、浙江、江蘇、安徽、福建、廣東、香港、澳門等地。這裡的氣候不同於北方的寒冷、乾旱，也不同於西南地區的潮溼，陽光充足，出現太陽、鳥類、魚類等圖案較多，也出現抽象的「杯狀形」、「同心圓」和「蹲形」人物，抽象線性符號所表達的意義更特殊。

　　著名的岩畫如江蘇連雲港將軍崖岩畫人面太陽神與星象鳥獸圖案、福建華安縣仙字潭摩崖石刻人面像和舞蹈、廣東省珠海市高欄島石刻劃出海場景等，因為東南地區臨近海洋，所以內容與海洋文明連繫較多。值得注意的是，這裡是古越文明的集中分布地區，不同於中原文化。

第四節　中國岩畫分布與民間文藝

　　中國西南地區的岩畫，主要分布在廣西、雲南、貴州、四川、西藏等地，多分布在江河沿岸，出現在懸崖、石壁、山坡，以廣西花山岩畫和雲南滄源岩畫為典型，出現各種動物和人，內容多為各種宗教活動與農耕生活，整個岩畫多為紅色。岩畫中的人物線條分明，但不顯示具體的五官，更多顯示肢體動作，多上舉雙臂，屈蹲雙腿，蛙式的「蹲形」形象非常突出。各種動物也沒有具體的形狀，而是用簡單的線條表現角、尾、耳等特徵部位。

　　任何一個地方的岩畫都不是孤立存在的，都有特定的自然因素和特殊的歷史文化因素暗含其中。廣西花山岩畫也是如此。廣西岩畫集中在左江流域的寧明、龍州、崇左、扶綏、大新、天等、憑祥等地，沿江崖壁上分布著不同形狀的岩畫，成為當地原始文明的重要見證。花山岩畫發現地花山，位於寧明北明江畔，畫面以大大小小的人物為主，也有一些動物。這些人物最大的有一丈許，最小的一尺許。岩畫上的人物正面多為雙臂向兩側平伸，肘部彎曲，手臂向上，其雙腿叉開如馬步，半蹲；其身旁或者有狗之類的動物，或配有刀等器具，或配有長鼓之類樂器；側身人像圍繞在正面人像一側，其形體較小，數量眾多，形成明顯對比。這種形狀被稱為「蛙蹲」，應當是與巫術崇拜有連繫。雲南滄源岩畫與廣西花山岩畫相似的地方，即以大大小小的人物為主，岩畫內容多為狩獵、採集、放牧、舞蹈、戰爭和巫術等原始宗教，也有建築和村落等。引人注目的是滄源岩畫出現猴群，出現捕捉猴類動物的生活場景，這當是地方風俗的表現。後世天津楊柳青年畫中出現猴子搶草帽的題材，不知是否與此有關。滄源岩畫中的角色大致可分為人物、動物、器物、房屋、自然物、符號和手印等。與花山岩畫不同的是，滄源岩畫的人物多呈現出「大」字、「文」字等形狀，突出表現手腳等肢體的動作，刻意顯示人物佩戴，如頭上、身上的裝飾物。最突出的是巫師之類的主角，身體被重彩描繪，顯示出特殊的身分

第三章　神話與岩畫的關聯

和地位。一些神話傳說中的「太陽人」、「鳥形人」等，作為半神半人的角色。岩畫中還出現各種原始武器，如弓弩、盾牌、矛槍等，也有牛角之類的法器和杵臼、棒、木柵欄等生活用具。值得注意的是其中的生殖崇拜，猛省第六地點岩畫，右上端似乎為一女性，左右臂平伸，兩腳叉開，其胸部突出有雙乳，其腰胯間突出一圓孔，應當是生殖器的象徵。其右下部位有一圓形物，被二人雙手舉起，他們五指張開，表現出張狂的神采。其左側有三人，兩人較大，一人較小，其胸部也繪有乳房，其腰胯間繪有圓孔形狀，其一手持盾牌狀物，一手持短棒。這些岩畫可能表明生殖崇拜與保護神的統一。後世年畫中的男性送子神，總是佩戴弓箭等器物，應當與此意義相同。

中國北方岩畫主要分布於內蒙古、新疆、寧夏、甘肅、青海、黑龍江等地，如寧夏賀蘭山岩畫、內蒙古陰山岩畫等，其內容多表現動物、狩獵、游牧、戰爭、舞蹈等，出現生活中的武器、穹廬、氈帳、車輪、車輛等用品，更值得注意的是出現天神、地祇、祖先神與日月星辰，出現原始數字等符號，還有手印、足印、動物蹄印等。北方地區游牧民族居多，所以岩畫中多出現游牧民族的狩獵活動和戰爭活動，其中的射獵最為引人注目。以內蒙古陰山岩畫為例，可以看出，大量的動物中有較多羊類，如山羊、綿羊、盤羊、羚羊、岩羊等，其次是鹿類，有大角鹿、白唇鹿、赤鹿、麋鹿、駝鹿等，再次是各種畜類，如馬、騾、驢、駝、牛、野牛、羚牛等，也有狼、虎、豹，以及狍子、狗、野豬、兔、狐狸、龜、蛇等。與之相對的是各種人物活動，如放牧、車輛出行、騎士列隊、征戰、舞蹈、祭祀等，表現出這個地區的史前文明。同時，陰山岩畫出現許多具有抽象意義的符號，如人面形、人手足印、禽獸蹄足印，以及一些原始數字、圖畫文字和星圖等。如果說每一種動物與每一個場景的出現都不是偶然的，這裡應該集中了一個非常龐大的故事群。寧夏的賀蘭山岩畫也非常壯觀，

第四節　中國岩畫分布與民間文藝

500里賀蘭山，許多山口，如樹林口、黑石峁、歸德溝、賀蘭口、蘇峪口、插旗口、西蕃口，以及雙龍山、黃羊山等山坳，都廣泛分布著岩畫，猶如一幅天然的畫卷，記述當年的風風雨雨。畫卷的各個部分所表現的內容不盡相同，有些地方表現狩獵活動的內容較多，出現北山羊、岩羊、狼、鹿等動物；有些地方表現戰爭生活的內容較多，出現騎馬的武士，出現馬、牛、飛鳥和各種猛獸等動物；有些地方表現宗教活動的內容較多，出現許多人面像，出現人獸形象，長有犄角，插著羽毛。特別是這些人面像，成為賀蘭山岩畫的重要代表，與遠在大洋彼岸的美洲岩畫人面像對照，引起人們無盡的遐想。

新疆有美麗的天山，引發人們對崑崙神山和西王母的神思。新疆岩畫的分布，主要在阿爾泰山、天山、崑崙山和準噶爾盆地、塔里木盆地。諸如阿爾泰山岩畫、阿勒泰地區布林津縣沖乎爾鄉岩畫、天山中部呼圖壁縣康家石門子壁畫、烏勒蓋岩畫、吉木乃縣阿吾爾山岩畫、哈密沁城折腰溝岩畫、布林津縣闊斯特克鄉和也格孜托別鄉一帶的岩畫等，猶如一幅風俗畫。岩畫出現壯觀的牛群、馬群、羊群、鹿群，也有狗、熊、駱駝，動物形狀各異，放牧的人有豐富的表情，表現出又一種情形的游牧文明。狩獵與獲取生物有關，更與戰爭連繫密切，撒爾喬湖的一幅狩獵岩畫，一獵人雙手前曲，緊握弓弦，射箭擊中一頭黑熊；烏勒蓋岩畫有匍匐在草叢中持弓狩獵的場景，有多人圍獵鹿群的場景。岩畫中的戰爭場面也非常獨特，哈密沁城折腰溝岩畫中的征戰場面最為典型，左右兩側分別有戰馬，一方神情高昂，一方表現出疲憊不堪，畫面中的戰馬正在馳騁，有騎士躍然向敵方衝刺。

新疆岩畫更值得注意的是生殖崇拜，生殖崇拜既是對生命的崇拜，也是對自然的崇拜，是原始文明對藝術的第一次擁抱，是審美意義和哲學意義的統一。在新疆岩畫中，表現生殖崇拜的內容非常突出，各具特色，如

第三章　神話與岩畫的關聯

阿爾泰山富蘊縣唐勒塔斯洞窟正壁上，出現四個橢圓形的女性生殖器圖案，阿勒泰阿克塔斯岩畫出現一個非常醒目的女性陰戶圖案，夾西哈拉海與哈巴河縣的杜阿特松哈爾溝岩畫、天山特克斯縣的阿克塔斯岩畫、崑崙山帕米爾高原東麓喀什噶爾岩畫、皮山縣的阿日希翁庫爾岩畫等，皆在洞窟內，以赭紅色、白色、黑色等色彩繪製女性生殖器。天山中部呼圖壁縣康家石門子岩畫，出現數百個男女交媾的場面，許多男性的生殖器官被放大，而且一側出現許多小人，一群群，應該是寓意人口生產與生殖崇拜的關係。類似的岩畫還有青海盧山岩畫中的生殖圖，畫面上有一男一女。女的雙腿微曲，向兩邊分開。在其兩腿之間、臀部下面，出現一些圓點，意味著女性生殖器；男的在女的一側，其生殖器很突出。

女陰崇拜與男根崇拜在岩畫中是神聖的，與敬愛生命、敬仰自然、敬重神靈等信仰連繫在一起。在後世的年畫中逐漸被花鳥所替代，形成雅化轉換。這些岩畫應當是原始文明中野合等婚俗的表現，雖然遠離中原，卻與《周禮》、《禮記》等典籍中所記的「令會男女」、「奔者不禁」相似，這正表明生殖崇拜的普遍性。這應該是後世年畫中子孫興旺、多子多福等題材的重要源頭。

值得關注的是，近年來，中國中原地區發現大量具茨山岩畫。其內容多為具象符號，與其他地區眾多的動植物形象形成明顯差異。這是原始文明的又一種形式。

第五節　從審美到信仰

當然，岩畫不僅僅是年畫的載體。岩畫所表現的主題，無疑是眾多的原始文明，是信仰與審美的結合。其主要內容是原始神話和原始藝術，是神話藝術。神話是文化的重要源頭，年畫與之有許多相連繫的內容。岩畫

不是無端發生的，就其祭祀、信仰與狂歡等意義而言，它是最早的年畫。

從岩畫中可以看到，有許多共同的表現主題和表現形式，如人面像和手印，以及人獸混雜的內容，流行於許多地區。尤其是人面像，作為岩畫主題，形成原始文明的重要類型。對此，有學者發現人面像在環北太平洋地區的東亞和北美一帶系統性分布，人面像岩畫僅出現在環太平洋地區的中國、蒙古、俄羅斯的西伯利亞、美國、加拿大、智利、澳洲等11個國家和地區。

或者說，在世界範圍內，各個族群、部落、氏族之間的連繫相當廣泛，人們飄洋過海，遠涉重洋，來來往往。因為缺少必要的文獻，後人對此就缺少了應有的了解。當然，文獻不是唯一的證據，而且有許多文獻本身也未必完全可靠。這裡的問題是，岩畫中的人面像與後世年畫中的人面像有什麼連繫呢？諸如河南開封朱仙鎮木版年畫中的《魁頭》、江蘇蘇州桃花塢木版年畫中的《和合二仙》、天津楊柳青木版年畫中的《年年有魚》，各地的財神像、關公像、鍾馗像、灶神像和祖先神等各種神像，以及宗教場所的壁畫、雕刻、塑像等，它們之間有沒有繼承關係？如果有，又是如何傳承和轉化？岩畫中的手印、太陽紋等抽象符號與後世木版年畫中的吉祥物有無連繫？後世木版年畫中的求子圖像與岩畫中的生殖崇拜有無連繫？佛像懸掛的宗教習俗，與之有無連繫？後世木版年畫中的仕女圖，與岩畫中的女性身體顯示有無連繫？岩畫中的戰爭場面，與後世木版年畫中的武打戲圖案有無連繫？

回答這些問題，不能僅僅依據文獻。文化的傳承與記憶形式，通常表現為實物的、文獻的和社會風俗與生活的等，或許我們從生活中能夠得到更好的答案。岩畫的背後是信仰，年畫的背後也是信仰；信仰成為文化的核心，以此傳承、傳播，變化無窮。應該說，在岩畫與年畫之間，漫長的歲月流過，各種連繫不會簡單地表現出來。圖像敘事理論從立像以言意出

第三章　神話與岩畫的關聯

發，告訴我們一個道理，各種圖畫、圖案、圖像之間存在著暗流，在不同時期湧動，形成不同的思想文化潮流和藝術潮流。掌握這些潮流，需要從眾多的學科汲取營養。

年畫與岩畫同屬於文化。文化具有生態的意義，能夠靜立，保持穩定，也可以流動，充滿變化，文化的傳承與傳播都離不開一定的媒介。媒介理論告訴我們，媒介即資訊；而通常意義上來說，媒介，即具體的質料，包括背後的信仰觀念與各種儀式，將具體的圖像展示在人們面前，形成故事的文本。故事需要言說、敘說，被「接著說」或「照著說」，才能得到認同，而言說、敘說的方式並不是只有單一的口語或文字。那麼，歲月流逝，誰來講述，或者揭示故事表達的真相呢？應該說，文化轉換成為文化敘事的重要機制。

總之，文化的生命在於傳承和傳播，以文化育世界，化育生活。年畫在文化敘事的轉換與承接中，有效完成了各種媒介的製造，從古老的石刻轉向金石刻，逐漸轉向泥塑，轉向木刻等文化形式，轉換為紙質的印製，就形成我們今天看到的木版年畫。年畫屬於歷史，也屬於現實，屬於生活，屬於文化，屬於信仰，是審美表現的典型，具有藝術表現的普遍性。

第四章
原始思想下的神話與民間文藝

　　民間文藝與原始宗教永遠說不完，因為歲月是流不盡的，而且也應該是流不完的，中國民間文藝與歲月共生。

　　年畫作為民間文藝，是節日文化的一部分，而節日的形成與發展，常常與宗教文化生活具有密切連繫。節日文化之間相互影響，共同構成人們所面對的精神世界，宗教文化生活一方面影響到節日的形式，一方面影響到節日文化的內容。

　　年畫的主體在於畫，是展示，以圖像的形式，表現出人對自身，對大自然，對社會現實，對各種精神現象的理解與表達。當然，年畫的製材也是千變萬化的。當混沌初開的時節，人們面對的是沉寂的大地，石頭是大地的骨骼，石頭的莊嚴、挺拔、堅硬與持久被人們發現、認同，人們選擇岩畫的形式，實現了人類文明的第一次書寫，即刻劃，記錄自己的世界，表達自己的情感、信仰和審美。其背後的文化生活應該是原始崇拜。

　　原始宗教文化生活與年畫的起源有非常密切的連繫，而原始崇拜與原始文明是一體的，與原始宗教的文化生活形式有關。

　　如人所言，人類社會經歷了蒙昧時代、野蠻時代、文明時代，在漫長的時代發展中，逐漸形成自然崇拜、圖騰崇拜、祖先崇拜、生殖崇拜、英雄崇拜和靈魂崇拜等信仰形態。每一種形態都包含著豐富的情感、信仰和審美，融入日常生活之中，形成具體的禮儀、禁忌和信念、意志，影響人

們的生產、生活等行為。各種崇拜之間有相互交叉的現象，體現出混沌特徵，混沌的審美形態成為中國傳統文化的意象設定方式，強調象徵和寓意，這應該是後世木版年畫審美表現的重要源頭。

第一節　自然崇拜是中國民間文藝的重要基礎

　　自然崇拜的實質在於對大自然的信仰，主要有大地崇拜，有山川河流崇拜，有草木魚蟲崇拜，也有日月星辰崇拜，有雷電風雨崇拜。人們以為自己的生存得益於大自然的賜予，自己的生產勞動與生活行為都要聽從大自然的安排，因為大自然是有生命的，其變化即生命力的體現，能夠影響到人的生活，所以對其表現出敬仰或恐懼的心理。

　　土地崇拜是中國傳統文化的底色。土地被賦予生命，與天庭一起構成人神共處的空間，而且成為生命的起源。所有的山川河流都從大地上開始執行，土地生育出參天的大樹和無數的牛羊，如婦女生育人類，所以把大地視作母親，稱為后土。如《周易》中所說，「乾為天，坤為地」，「乾為父，坤為母」；亦如《老子》所說，「玄牝之門，是謂天地根，綿綿若存，用之不勤」。《周易·繫辭》解釋道：「天地絪縕，萬物化醇，男女構精，萬物化生。」《大戴禮記》解釋為：「陽之精氣曰神，陰之精氣曰靈，神靈者，品物之本也。」許慎《說文解字》稱：「土，地之吐生物者也。」於是，大地崇拜形成一種樸素的觀念，人的生命猶如穀物，從大地孕育出禾苗，生長出穀穗，終老於大地，野合成為伴隨穀物茁壯成長的自然行為。進而，人以為當生命的一種形式結束之後，回到土地，靈魂仍然存在，社稷觀念、陰陽觀念、風水觀念等信仰隨之而生。當然，這種觀念不僅存在於中國原始文明，在許多民族的原始文明中都存在。大地是生命最古老的家園，各個方位都有主導生命的神祇，東方蒼龍，西方白虎，南方朱雀，北方玄

第一節　自然崇拜是中國民間文藝的重要基礎

武，守護大地的安寧。中央之土，雄踞天下，本固邦寧。之後，形成數不勝數的土地神、山神、水神，以及路神、宅神等自然神，都是大地崇拜的結果。在婚姻禮儀中，有「一拜天地」，在喪葬禮儀中，魂歸故里，入土為安，都成為生活的規則。總之，岩畫，在大地上刻寫圖畫，形成大地的宣言，其本身就是大地崇拜。

與大地相對的是蒼天，蒼天有南斗、北斗，主宰人間的生命；蒼天有二十八宿，影響人間的命運。日月星辰，各有自己的職能，各有不同的傳說故事，如太陽中的三足烏，如月中的蟾蜍、玉兔、桂樹，更不用說牛郎織女的美麗傳說。在許多仙人傳說中，天庭是他們的居所，天國成為自由和幸福的樂園。在對天的信仰中，太陽崇拜是大自然崇拜的典型，鳥兒是太陽的使者，也是太陽的象徵，被敬仰。河南澠池仰韶文化陶器出現鳥紋，安徽含山凌家灘遺址出現八角星紋玉版和太陽紋玉鷹，許多原始文明都有太陽崇拜的內容，太陽紋成為文明出現的重要象徵。四川金沙遺址出土太陽紋金箔，外表為圓形，有四隻逆向飛行的神鳥，應該是象徵春夏秋冬四季，首足前後相接，伸展開翅膀，向前飛翔；內為鏤空圖案，周圍有十二道弧形，應該是象徵一年有十二個月，其等距離分布成順時針旋轉的金色光芒；日月相映，構成具有高度審美價值的圖畫。太陽崇拜與大地崇拜相結合，構成四時八節，構成二十四節氣，成為中國傳統文化影響普遍的時間單位。可以說，所有的節日都有大自然崇拜的內容，都起源於對大自然的信仰。

原始文明中的宗教生活是歷史的產物，是民族文化傳統的重要基礎，與民族精神的形成與發展連繫在一起。大地崇拜與日月星辰一起構成中國傳統文化的時空結構，形成重要的秩序和倫理，也形成重要的文明與禮儀，生生不息，代代相傳。如《禮記‧祭法》所言：「燔柴於泰壇，祭天也；瘞埋於泰折，祭地也；用騂犢。埋少牢於泰昭，祭時也；相近於坎壇，祭

第四章　原始思想下的神話與民間文藝

寒暑也。王宮，祭日也；夜明，祭月也；幽宗，祭星也；雩宗，祭水旱也；四坎壇，祭四方也。山林、川谷、丘陵，能出雲，為風雨，見怪物，皆曰神。有天下者，祭百神。諸侯，在其地則祭之，亡其地則不祭。」人們相信大自然的生命力，以為大自然千變萬化，是對人的舉止行為所做的報應，於是，有許多的神廟，供奉各種來自大自然的神靈，形成中國傳統社會古老的自然崇拜體系，維持大自然的健康發展。

所以，在年畫中出現最多的是花鳥，是各種風景，而花鳥和風景都屬於大自然。

第二節　圖騰的意義

圖騰觀念是原始文明的重要組成部分，也是宗教生活的重要內容。

圖騰的概念一再被解釋為借用印第安語「totem」，是「親屬」、「象徵」的意思，一方面人把圖騰作為血緣關係的辨識，一方面對其表現出敬仰，希望得到其庇護。圖騰的意義應該是一個部落或氏族獨立出現的象徵，許許多多的人以某種圖騰相聚在一起，成為一個相對穩定而牢固的命運共同體。

許多人以為，這個概念最早出現在英國人類學家龍格《一個印第安譯員兼商人的航海探險》中，該書於西元 1791 年在倫敦出版。圖騰的概念出現很晚，但圖騰的存在歷史非常久遠。圖騰即信仰和崇拜的對象有動物和植物，也有一些自然現象和生活中的實物，以及具有某種寓意的符號，包括圖騰柱等，形成神聖象徵。

圖騰的意義不僅體現在具體的生物形制等方面，更是一種觀念和形態，在信仰的驅動下，形成圖騰生活和圖騰生態，如圖騰聖地、圖騰神

話、圖騰藝術、圖騰禁忌、圖騰儀式等。從原始文明的遺跡來看，並不是每一種動物或植物都能夠成為圖騰的，只有那些被認同被選擇的存在，才能形成圖騰。圖騰的存在與所在群體的命運相連繫，部族或族群壯大，或者被融化，被融合，就形成圖騰形制的變化。而且，即使同一個部族或族群，其圖騰在各個時代與各個地區的表現也不盡相同。因為受實物為證觀念的影響，我們對圖騰的認知更多局限於某種物的理解，常常忽略圖騰的多樣性；其作為宗教文化生活的存在，可能是藝術的，成為圖騰藝術，也可能就是一種圖騰，不具有藝術的特徵，但無可否認的是，圖騰屬於一種文明。

中國原始文化的類型被劃分為仰韶文化、河姆渡文化、大汶口文化、龍山文化、馬家窯文化、齊家文化、良渚文化、屈家嶺文化和二里頭文化、二里崗文化等，之前還有山頂洞人，其中大汶口文化的前期以前階段，屬於母系社會，大汶口文化的中晚期以後，屬於父系社會，每一種文化都有自己的象徵。山頂洞人的象徵，以北京周口店龍骨山的山頂洞穴為典型，使用火，採集狩獵，捕魚撈蚌，使用磨製和鑽孔技術，能製造石器、骨器，縫製衣物，形成有血緣關係的氏族，而且具有靈魂觀念。仰韶文化等母系社會的象徵以河南澠池仰韶遺址等為典型，使用刀耕火種的生產方式，出現畜牧，養殖豬、狗、雞、羊等動物，捕魚，種植粟、水稻，使用弓箭、陶器，使用麻線織布，以母親血緣關係形成氏族公社，土地、房屋等，歸氏族公社所有。龍山文化等父系社會，以山東龍山遺址為典型，使用雙孔石斧、石鏟、鶴嘴鋤、石刀和骨鐮、蚌鐮等工具，出現釀酒等手工業，確定了以父權為中心的氏族社會，其晚期，氏族公社解體，出現私有制；二里頭文化以河南偃師二里頭遺址為典型，是河南龍山文化晚期，出現以農業為主的夏文化和商文化，出現青銅、玉器和石磬等，有了相對發達的文明。

第四章　原始思想下的神話與民間文藝

　　當然，每一種文化類型的形成都不是孤立的，其文明核心都非常鮮明，相互之間都存在著累積和組合、重構、飛躍的過程。事實上，每一個文化類型都形成一個特殊的圖騰體系。如河南澠池仰韶文化，出現陶質的缽、盆、碗、罐、細頸壺、小口尖底瓶與甕等器具，紅色和黑色陶器上出現彩繪的幾何形圖案、動物形花紋，出現水鳥啄魚紋船形壺、人面紋彩陶盆、魚蛙紋彩陶盆、鸛銜魚紋彩陶缸。這些動植物等物體形象的出現絕不是無端的，都應該包含著選擇與認同，尤其是彩陶花紋如六角星紋、太陽紋、星月紋、網紋，和龍虎圖案、隼鳥、鷹、鹿、羊頭、人面頭像和壁虎等圖案，都應該包含著信仰的寓意，具有圖騰的色彩。浙江餘姚河姆渡文化的重要特徵在於大量的黑陶與骨器，諸如釜、罐、盆、盤、缽、豆、盉、甑、鼎與耜、魚鏢、鏃、哨、匕、錐、鋸形器等物品的出現，最突出的圖案就是稻穗紋陶盆與木雕的魚，表明其與中原地區不同的稻作文明。其中的「雙鳥朝陽」紋象牙碟形器，出現火焰紋和勾喙鷲鳥；其中的陶器口沿和腹部，出現太陽、月亮、花草樹木、魚鳥蟲獸等圖案，和魚藻紋、稻穗紋、豬紋、五葉紋等花紋，這是典型的江南景色。這些圖案和花紋同樣包含著圖騰的蹤影。山東泰安大汶口文化東臨黃海，出現新的陶器文明，如夾砂陶、泥質紅陶、灰陶、黑陶與白陶，出現鏤孔圈足豆、雙鼻壺、背壺、寬肩壺、大口尊、觚形器、釜形器、缽形器、罐形器、實足鬶、袋足鬶、高柄杯和瓶等器具，也出現許多石錛、玉鏟、龜甲、雕花的骨珠和獐牙鉤形器等。在這些器具上出現豬頭紋、弦紋、劃紋、乳丁紋、繩索紋、附加堆紋、錐刺紋、指甲紋等圖案。無疑，這些圖案和花紋也包含著圖騰的元素，各種物品與各種符號之間，在事實上形成宗教文化生活。中華民族是在歷史文化發展過程中逐步形成的，包含了眾多的民族；各個民族中又不同程度包含了眾多的氏族和部落，各種歷史文化形成相互的影響。如龍與龍圖騰，在不同歷史時期的宗教文化生活中，形成不同的

信仰形式，成為中華民族重要的國家形象。

而且，圖騰物的選擇主要在於對文化秩序和社會倫理的設定，如《禮記‧禮運》記述：「何謂四靈？麟鳳龜龍，謂之四靈。故龍以為畜，故魚鮪不淰；鳳以為畜，故鳥不獝；麟以為畜，故獸不狘；龜以為畜，故人情不失。故先王秉蓍龜，列祭祀，瘞繒，宣祝嘏辭說，設制度，故國有禮，官有御，事有職，禮有序。故先王患禮之不達於下也，故祭帝於郊，所以定天位也；祀社於國，所以列地利也；祖廟所以本仁也，山川所以儐鬼神也，五祀所以本事也。」所謂「靈」，即神靈，既是人們信仰的對象，又是國家、民族、社會等命運共同體、文化共同體的象徵。

圖騰的變遷是更為複雜的問題，如夏文化對龍的崇拜，從鯀和大禹與熊（龍）的連繫，可以看到龍圖騰的主題；殷商文化崇拜鳥，歌唱「天命玄鳥，降而生商」，可以看到鴟鴞（貓頭鷹）、燕子、鳳凰等鳥圖騰的變化與整合。共同的圖騰生活與圖騰文化，形成廣泛的文化認同，影響到祖先崇拜等信仰形態中血緣關係、宗族關係的重構。

第三節　祖先崇拜與生殖崇拜是中國民間文藝的重要特色

原始文明的宗教生活是有群體差異的。祖先崇拜是一種文化選擇和文化認同。祖先崇拜的根源在於對歷史的尊重，是歷史記憶的重要傳承方式，也是對智慧、經驗的敬重。祖先崇拜的核心在於強調家族記憶，強調血脈相連，是對感情和友誼的重要守護。在文明的進程中，需要齊心協力，形成強大的力量，戰勝來自各個方面的敵人和各種災害。家國政治成為中國文化的重要傳統，儘管不同的部族和族群有不同的祖先，國與家形成共同的文化結合體，形成對每一個人的安全保障。如《禮記‧祭法》所

述：「有虞氏禘黃帝而郊嚳，祖顓頊而宗堯。夏后氏亦禘黃帝而郊鯀，祖顓頊而宗禹。殷人禘嚳而郊冥，祖契而宗湯。周人禘嚳而郊稷，祖文王而宗武王。」所以，祖先崇拜既具有一定的現實性和目的性，又具有必要性，順應社會發展中的必要訴求，形成共同利益的守護與發展。因為有私有制的存在，國家和民族的存在是必然的，具有非常重要的合理性與必要性。因而，祖先崇拜是必需的，而且，祖先崇拜成為民族記憶的同時，也形成精神品格的重要昇華，每一個祖先能夠被記起，都是對其優良品德的懷念和記取，從而形成文明嚮往，形成必要的凝聚力和向心力。

或者可以說，祖先崇拜也是愛國主義的重要來源，熱愛家鄉，珍惜情誼，是對歷史與現實的整體掌握。如《禮記‧祭法》所言：「夫聖王之制祭祀也：法施於民，則祀之；以死勤事，則祀之；以勞定國，則祀之；能禦大災，則祀之；能捍大患，則祀之。是故，厲山氏之有天下也，其子曰農，能殖百穀；夏之衰也，周棄繼之，故祀以為稷。共工氏之霸九州也，其子曰后土，能平九州，故祀以為社。帝嚳能序星辰以著眾，堯能賞均刑法以義終，舜勤眾事而野死。鯀障鴻水而殛死，禹能修鯀之功。黃帝正名百物，以明民共財，顓頊能修之。契為司徒而民成，冥勤其官而水死。湯以寬治民而除其虐，文王以文治，武王以武功去民之災。此皆有功烈於民者也。及夫日月星辰，民所瞻仰也，山林、川穀、丘陵，民所取材用也。非此族也，不在祀典。」熱愛家鄉，熱愛生活，是祖先崇拜的重要象徵。人們不僅看到自己家族的眼前利益，而且看到國家和民族的整體利益，祖先崇拜作為歷史文化遺產，在民族振興等事業中具有重要價值。民族共同體與文化共同體有許多相通之處，是民族記憶的重要財富，因為現實社會存在著民族與國家的利益，存在著各種政治、經濟和文化上的差異，尤其是各種衝突，影響著人類命運共同體的健康發展。祖先崇拜在現代社會超越了狹隘的利己觀念，成為集體主義和愛國主義的重要根源。

第二節　圖騰的意義

在年畫中，光宗耀祖的門第觀念，如各地流行的《五子登科》等門神畫，對賢達人士的頌揚，對賢妻良母等光榮門庭的讚頌，與見賢思齊的人生觀念相連繫，形成中國文化追求美好人生的傳統。

生殖崇拜在中國古代宗教文化生活中的表現更突出。

生殖崇拜是一個十分複雜的信仰形態。既有生命崇拜，把生命的繁衍視作一種自然現象，而影響生命繁衍的力量，是生命的又一種存在形式；又有人口崇拜，以為生殖是人口數量增加的主要原因。生殖崇拜也包含著自然崇拜、祖先崇拜和靈魂崇拜等信仰崇拜，人們以為人口生產與大地的作物生長有連繫，在野外交媾，既能使作物旺盛生長，得到豐收的喜悅，又能使孕育的生命獲得天地之間的滋潤，被賦予奇特的能力。特別是其與性崇拜的連繫，意義更為豐富，古人對性的崇拜既有對生殖即生命力的崇拜，又有身心愉悅的本能體現，包括對幸福和美麗的追求。在世界許多民族中，都有這些信仰。如印度河文明時代的生殖之神有獸主和吠陀風暴之神魯陀羅，轉變成毀滅之神，也是再生之神溼婆，其象徵物就是林伽，即男根。溼婆的身分是多種多樣的，是舞蹈之神，也是神界統帥，有五顆頭、三隻眼和四隻手，他的手中分別拿著三股叉、神螺、水罐、鼓等器具；他騎著一頭白牛，穿著獸皮，頭上有一彎新月，頸上有一條蛇。印度生殖神還有梵天和馬雅，是生育眾神和萬物的善良母親。古希臘和古羅馬的生殖神是朱比特的妻子朱諾，稱為「神之母」，她是貞潔女神和婚姻家庭女神；歐洲的中世紀，因為曼陀羅花形狀像男性的生殖器，那些巫醫和占卜者使用它卜筮，為人治病，消除災難。日本東京南部的川崎，流傳著古老的生殖器崇拜，把男根稱為「塞神」、「幸神」、「金精神」、「道鏡神」，每年都會舉行一次 Kanamara 祭。他們膜拜男性生殖器，把它視作生命的圖騰，希望能被賜予幸福，增強自己的生育能力。

中國生殖崇拜的形式更多，也有把大地作為女陰的觀念，如許慎《說

文解字》對「也」的解釋，其稱：「也，女陰也。象形。」土與也，組成「地」，說明土地與生殖崇拜的連繫。最典型的現象就是考古發掘中所顯示的，如遼寧牛河梁紅山文化遺址中的女神像，臀部和乳房被誇大，突出表現豐乳和肥臀，都是對性的指示；又如，河南淮陽太昊陵的子孫窯，在牆壁上雕刻成女陰形狀的石洞，讓人撫摸，認為可以影響人生育男女。在一些少數民族的節日中，性崇拜得到張揚，在春天舉行歌舞，如苗族和彝族的「跳月」，侗族的「月堆華」，瑤族的「放牛出欄」，把生殖崇拜與農作物的播種安排在同一個時間段內。總之，生殖崇拜強調的是人口的數量與品質，是對人作為自然本體與社會文化本體的可持續發展問題的理解與表達。

生殖崇拜的目的在於繁衍人口。人口的多少，特別是父系社會中的男權，強調男性的核心地位，以為男性數量是力量的重要證明，是家族、家業興旺發達的象徵；對家庭而言，是幸福和尊嚴的體現，包含著養老、生產能力和文化權利、社會聲譽等實際問題，與宗廟中的地位有關，所以被稱為「香火」。一方面，古人認為，人口的興盛是由某種神祕的力量影響作用的，這種神祕的力量或來自天神，或來自地祇，或來自某種動物，或來自某種植物，或來自某種具象的山川河流，或無形的雲、氣、雷電、虹霓和靈魂，以及個人功德、善舉報應。另一方面，古人認知到女性是生育的主體，婚姻的形式與生育有密切連繫，各種儀式包含著性崇拜為基礎的人口觀念；男性和女性的生殖器官是生命的重要來源，尤其是女性的身體，孕育新的生命，充滿神祕的意蘊，受到敬仰、崇拜，被神話化，神巫化，融入審美的成分。

早期的生殖崇拜典型體現應該是人面像、人獸合體、鳥獸合體等圖案。

這應當是一個被隱喻的世界，在圖像背後，包含著許多不可以言說的內容。其中的人面獸身、人面鳥身、人面蛇身等形狀，在《山海經》等

第二節　圖騰的意義

文獻中的出現，一方面意味著氏族部落的圖騰徽幟，另一方面其變形的背後應該意味著部落之間的融合，融合的方式包含著媾和、野合。按照人們對生理的理解順序，看到女性分娩作為生命繁衍形式，原始初民對女性生殖器的崇拜應該比其對男性生殖器的崇拜早得多。或者說，男根崇拜主要體現為堅強的力量，女陰崇拜則體現為旺盛的生命力，二者共同構成生殖崇拜的主體。如浙江紹興大禹陵有男根「窆石」，雲南劍川縣石鐘山劍川石窟有「阿姎白」女陰石雕，新疆呼圖壁縣大型生殖崇拜原始岩畫，男女群體呈現出交媾形態，而且翩然起舞。但是，就總體而言，由於民族審美傳統的不同，中國原始文明對女性生殖器的崇拜並沒有更多直接的部位顯示，而是透過某種替代關係，隱喻其中。例如河南汝州紙坊鄉紙北村閻莊出土鸛魚石斧圖彩陶缸，用鳥銜魚象徵男女交配，形成原始文明的藝術表現。此後，中國文化傳統形成一種針對生殖崇拜的審美規則，用鳥、棒槌和箭鏃等象徵男根，用魚、蛇、花、石臼和樹洞等象徵女陰。特別是以漢族為主體的審美表現，將交配、交媾比喻為雲雨、採蜜、摘花，引申為掏鳥、摸魚，寓意為交會、相會，以水邊、林中、花叢中、月下等僻靜處作為男女相會的場景。由生殖崇拜融入幸福和歡樂，納入性崇拜和感情等因素，逐漸形成愛情，愛情成為一種生活境界，超越了目的性的宗教文化生活。

當然，愛情與生殖崇拜並不是能夠簡單區分開的，愛情以性愛為基礎，相互傾慕，相互愛憐，總是一個生命的過程。這些現象在《詩經》中被歌唱，如《召南·野有死麕》：「野有死麕，白茅包之。有女懷春，吉士誘之。林有樸樕，野有死鹿。白茅純束，有女如玉。舒而脫脫兮！無感我帨兮！無使尨也吠！」又如《秦風·蒹葭》：「蒹葭蒼蒼，白露為霜。所謂伊人，在水一方。溯洄從之，道阻且長。溯游從之，宛在水中央。蒹葭萋萋，白露未晞。所謂伊人，在水之湄。溯洄從之，道阻且躋。溯游從之，宛在水中坻。蒹葭采采，白露未已。所謂伊人，在水之涘。溯洄從之，道

阻且右。溯游從之,宛在水中沚。」《鄘風‧桑中》歌唱道:「爰採唐矣?沬之鄉矣。雲誰之思?美孟姜矣。期我乎桑中,要我乎上宮,送我乎淇之上矣。爰採麥矣?沬之北矣。雲誰之思?美孟弋矣。期我乎桑中,要我乎上宮,送我乎淇之上矣。爰採葑矣?沬之東矣。雲誰之思?美孟庸矣。期我乎桑中,要我乎上宮,送我乎淇之上矣。」這裡的愛與情,都與性連繫在一起。或曰,這是宗教文化生活的影響,春天也好,秋天也好,男女相會,總要選擇祭祀神靈的背景下,合情合理地實現幽會。春天是播種的季節,秋天是收穫的季節,也自然是男女相會的季節,把個人的狂歡納入天地的狂歡,性崇拜及其所包含的生殖崇拜、生命崇拜,就不僅僅屬於個人的行為。此「桑」,應該是桑間濮上,是高禖之祭的體現。如《周禮‧地官‧媒氏》所記述:「仲春之月,令會男女,於是時也,奔者不禁。若無故而不用令者,罰之。」其中的「令會男女」就是集體無意識的宗教文化生活。

在生殖崇拜的物象選擇中,與女性形體相似的動物或植物得到青睞,其原因在於,一方面生殖力旺盛意義的借用,如相似巫術的道理,影響人丁興旺,另一方面則意味著女性裸體的審美關照。人們按照自己的意志和審美選擇自己信仰的對象,形成宗教文化生活中的意象指向,如魚和蓮花,既有魚和蓮蓬多子的寓意,又有其形體性感、色彩鮮豔的體現。自然,威風凜凜的將軍形象,是用來闢邪的。這種體現方式常常是不自覺的行為,其審美意識存在於宗教文化生活之中,在天津楊柳青和江蘇蘇州桃花塢等地的木版年畫中,應該是信仰的意義在前,審美的意義在其次;同樣的圖畫,在年節的顯示與在日常的顯示,意義明顯不同。

人們也注意到,《詩經》裡的植物所表現的生殖崇拜,如瓠子和荇菜等植物與女性的體能和性情特徵有關。包括鹿、羊、鶴等動物,其形體的矯健、優美,包括玉環等玉文化的審美外形對女性形體的審美體現,都應

該包含著性感的審美。生殖崇拜所表達的不僅僅是多子的願望，而且有符合人審美的意願，即人按照自己的願望和審美方式塑造了新的自我，是對其自身的生命與力量的延續，也是對其自身信仰與情感意志的設定。這種現象影響到中國傳統文化的審美表現機制，隨著社會文化的發展變化，性與信仰的意義越來越淡化，而審美的意義越來越突出。而且，人們常常忽略了一種現象，在生殖崇拜中，老鼠受到特殊的禮遇，正是因為老鼠繁殖力非常旺盛，被人恐懼，也被人嚮往。應該說，正是這種原因，十二生肖才把老鼠放在第一位。

十二生肖同樣包含著生殖崇拜的審美表現，各個屬相被賦予的性格、體能，在原始文明與宗教文化生活中都能找到其源頭。或許，這種意義影響到木版年畫中的老鼠形象，老鼠嫁女的背後，就在於老鼠危害人們的生活，而且層出不窮；這裡的題材選擇既有對老鼠的恐懼，形成闢邪的效果，又何嘗不包括對老鼠繁殖力旺盛的驚羨！

自然，生殖崇拜衍生的不僅僅是人口的數量觀念，還有人口的品質，在木版年畫中，形成一種獨特的母性形象，諸如《三孃教子》、《許狀元祭塔》、《精忠報國》、《楊家將女英雄》等，相夫教子、教子成才與捨生取義、捨身救國等品格被放大。與此同時，父親的角色則淡化，儘管也有《五子登科》、《福祿壽》、《文王百子》等體現社會理想的圖畫，更多的是社會化的生活觀念表達。

第四節　英雄崇拜與靈魂崇拜問題

原始文明的宗教文化生活中，英雄崇拜和靈魂崇拜都具有祈福禳災的重要意義。

第四章　原始思想下的神話與民間文藝

　　英雄崇拜在原始文明宗教文化生活中具有重要影響。所謂英雄，在不同的時期有不同的概念，不同民族有不同的英雄與英雄群體。英雄的出現是有條件的，常常伴隨巨大的災難，諸如戰爭、瘟疫、洪水、乾旱等緊要關頭，有人捨生取義，敢於犧牲，敢於獻身，用自己的生命或非凡的智慧拯救集體，獲得崇高的聲譽。從時間階段上劃分，神話傳說中出現的突出人物，不論成敗，不論命運如何，都可以看作英雄。盤古是開天闢地的英雄，女媧是造就人類、煉石補天的英雄，伏羲是開創文明的英雄，神農氏是開創農耕的英雄，炎帝黃帝是統一天下的英雄，倉頡和嫘祖是發明創造的英雄，大禹等人是治水的英雄，而蚩尤、共工、刑天、夸父、精衛、后羿等，是抗爭的英雄。每一個英雄都具有鮮明的個性，都具有非凡的成就或事蹟，在神話的文化敘說中被神聖化，形成普天下的道義和力量的象徵。他們的文化形象在神聖敘說中定格，成為神壇領袖。如開天闢地的盤古等大神們，成為民族精神的化身，受人尊崇，享受祭祖的香火，而夸父作為追日的英雄，成為大自然探索者、挑戰者的典型，被敬奉為河南西部山區的山神。神話戰爭只有過程，沒有是非，沒有結果，是因為群神被無利益化敘說，超越了眼前的社會生活。他們在神話敘說中越來越超然，被賦予越來越豐富而鮮明的國家意志與民族精神，成為文化的元典。

　　英雄崇拜的實質在於特殊的靈魂崇拜，以超乎自然與現實的崇高、悲壯、神聖，感化自我，提升自我。在岩畫和青銅器中，英雄同樣存在，雖然沒有姓名的標記。其中的偶像，諸如奇特的神人、神獸、神鳥、神魚、神樹和神祕的花紋與符號等，都具有英雄的特徵。這裡的英雄崇拜具有神話化的意義，主要是避邪，用超越自然與現實的力量，守護生命的安全。這裡的英雄神既有形象化的表達，又有物化的體現，而更多出現在宗教文化生活中。

　　隨著私有財富的積聚增多，氏族公社瓦解，私有財產在社會政治體制

第四節　英雄崇拜與靈魂崇拜問題

中居於主導地位，英雄的形象越來越局限於利益集團等群體的敘說，從戰爭和政治爭鬥中出現的婦好、晏子、毛遂、孫臏、荊軻、項羽、韓信，到關羽、秦瓊、羅成、薛丁山、楊家將、岳飛、文天祥、林則徐等，被歷史化，形成越來越多的英雄形象。張衡發明地動儀、渾天儀，蔡倫造紙，張騫出使西域，蘇武牧羊，玄奘西遊，鄭和下西洋等，雖然具有全球化語境中的人類意識，卻被相對弱化，屈原、王羲之、李白、杜甫、蘇軾等文學藝術家，在文脈中被神聖化、傳奇化，也常常處於時代的邊緣。中國文化傳統強調對朝代更替話語的關注，人們更熱衷於政治話語的敘說。同樣，從夏桀王、殷紂王到周幽王，到蘇秦、張儀、李斯、秦始皇、劉邦、曹操、李世民、朱元璋等歷史人物，以及陳勝、吳廣、黃巾軍、黃巢、宋江、方臘、李自成、洪秀全、義和團等，形成文化敘說的複雜化表達，或者是俊傑，或者是惡魔，更多是作為惡魔的俊傑出現，被敘說；又如蔡京、嚴嵩等人，本來具有傑出的才能，卻由於道德品格的分裂，被矮化。當然，歷史評價具有時代認同與選擇的多樣性。宗教文化生活的選擇越來越遠離政治，超越歷史的階段性，形成新的神話敘說。如木版年畫中選擇的門神，關羽就不僅僅屬於三國時期，秦瓊和敬德就不僅僅屬於唐朝，岳飛和楊家將也不僅僅屬於宋代，一切都被神話化，在神話主義的世界形成位移和重塑。而這些現象，都從原始文明的宗教文化生活中生發，是守護神的形象。誠然，宗教文化是信仰被形式化的文化生活。

　　人是生命的複合體，既有自然的屬性，又有社會文化的屬性。作為自然的屬性，受到飢餓、病苦和各種自然災害的威脅，所以出現恐懼等心態，需要心理安慰，需要物外的保護，產生原始宗教的靈魂崇拜。作為社會文化的屬性，人保持自身的發展，不斷提出新的訴求，日益增長新的精神文化，因而從自身出發，不斷拓展自己的認知空間和表達空間──靈魂不斷發生聚合與裂變，宗教文化生活以此為基礎，曾經不斷發展壯大，

第四章　原始思想下的神話與民間文藝

曾經非常豐富。

靈魂崇拜是以原始文明為背景的宗教文化生活中最突出的現象。萬物有靈，是原始文明中存在的普遍現象。靈魂的多樣性，是靈魂崇拜非常重要的形式。靈魂是體魄之外的生命形態，或超乎自然與現實的精神表現，是巫術思維的表現，也是一種特殊的意志、感情和品格，在社會現實生活中指事物存在和發展變化的核心。

靈魂是一個歷史文化的命題，也是一個精神現象。古希臘、古埃及、古印度等古代文明都有靈魂崇拜，許多民族相信有來世，諸如各種靈物，以及木乃伊和各種陵墓、塔、神闕、教堂等，靈魂崇拜的形式多種多樣。在中國，這個概念在先秦文獻中就已經出現，如《楚辭・九章・哀郢》歌唱：「心結而不解兮，思蹇產而不釋。將運舟而下浮兮，上洞庭而下江。去終古之所居兮，今逍遙而來東。羌靈魂之欲歸兮，何須臾而忘反！」詩歌中的意像是神話化的世界，寄託著詩人的靈魂。通神與通靈，成為中國詩歌的重要傳統。

作為一種文化現象，靈魂在原始文明中的表現與人的生死有關，諸如岩畫和青銅器中的各種圖像造型，其實就是靈魂的紀錄。原始初民和殷商文化重視占卜，即凡事須問鬼神，就是靈魂崇拜的重要表現。更不用說各種社稷崇拜，以及各種祠堂、神廟、紀念碑等，都有靈魂崇拜的意義。中國古代論述靈魂的文獻有許多，如《禮記・禮運》中記述：「人者，其天地之德，陰陽之交，鬼神之會，五行之秀氣也。故天秉陽，垂日星；地秉陰，竅於山川。播五行於四時，和而後月生也。」意在強調靈魂是人的精神、意志和信念的表達。

系統性地揭示靈魂崇拜在人類文明中的重要作用的，應是英國人類學家愛德華・泰勒，他在《原始文化》中論述道：「我們看來沒有生命的物象，例如，河流、石頭、樹木、武器等等，蒙昧人卻認為是活生生的有理

第四節　英雄崇拜與靈魂崇拜問題

智的生物,他們跟它們談話,崇拜它們,甚至由於它們所作的惡而懲罰它們。」他又說:「每一塊土地、每一座山岳、每一面峭壁、每一條河流、每一條小溪、每一眼泉源、每一棵樹木以及世上的一切,其中都容有特殊的精靈。」對此,他論述道:「人如此經常地把人的形象、人的情欲、人的本質妄加到自己的神的身上,因而我們能夠稱它為與人同性同形之神,與人同感同欲之神,最終是與人同體之神。」在他看來,原始文明是文化進化和發展的重要起源,野蠻人的特徵就是妄想與自然的對話,靈魂崇拜就是人與自然的同體,是原始文明的核心內容。

　　萬物有靈其實只是靈魂崇拜的一種形式,萬物之外,還有許多靈魂的存在。人們看得見的物體具有神性,具有靈魂,而看不見的世界中,靈魂仍然存在,而且具有多樣性。多元視角中的靈魂,既有不同的形狀,又有不同的效能,相互之間具有不同的連繫。當然,這一切都圍繞著人的主體而發生,諸如夢幻、感應、巫術等現象。尤其是巫術崇拜,其發生基礎就是對靈魂的信仰,沒有對靈魂的信仰,就不會形成巫術。巫術的類型同樣有多種,被人概括為相似巫術和接觸巫術,其實不僅僅這些,還有巫術文化、巫術生活、巫術藝術、巫術建築、巫術制度、巫術法則等,但是,無一例外,巫術崇拜起源於對靈魂的信仰。年畫影響人的生活,影響人的情感,體現人的信仰和審美,都是透過靈魂崇拜的方式所形成的。隨著時代的變化,年畫所表達的審美成分越來越突出,但是隱藏其中的仍然有靈魂崇拜的成分。自然,這種成分與宗教文化生活連繫在一起,既有原始文明的宗教文化生活,又受到後世產生的道教、佛教等宗教文化生活的影響。而且,從某種意義上來說,年的信仰,包括年畫的傳承,在不同的受眾中受到宗教文化生活的影響程度不同,總是具有宗教文化的色彩。今天的文化是從歷史文化中繼承和發展出來的,宗教文化的形式多種多樣,融入歷史文化之中,必然影響到今天,只是影響的形式、內容和程度不同。

靈魂崇拜的形式主要表現在人與靈魂的溝通，人對靈魂的信仰崇拜需要藉助某種儀式來完成，一方面人認為靈魂與現實世界的人一樣，不應該總是飄蕩，所以要為靈魂安個家，讓靈魂得到居所的穩定；另一方面，人以為可以與靈魂對話，可以溝通，能夠向靈魂表達敬意或關注，表達某種願望和訴求。其中，招魂是靈魂崇拜的典型形式。長期以來，人們對於招魂的理解，更多傾向於宗教的法術，這未免過於狹隘，因為招魂具有宗教的法術意義，但並不僅僅限於法術，而是文化的本能。在原始文明中，就存在著對靈魂的呼喚，人們以為在現實世界之外，還存在著與人一樣具有生命力的世界，而且，能夠影響人世間的生活。人世間的各種缺憾，在原始初民的眼中，正是靈魂的缺失，所以需要讓靈魂回歸本位。從岩畫到年畫，所有的圖像，都因為對靈魂的信仰，被賦予呼喚生命力的文化指示意義，而具有招魂的色彩。

因此，年畫就形成一系列的吉祥圖案，所以，年畫又被稱為「年花」。年畫的傳承是文化選擇與認同的結果，審美的成分無論多麼突出，都不應該忽略信仰的實際存在。或者說，審美受信仰影響，離不開信仰。

第五節　宗教文化與原始宗教一脈相承

中國民間文藝與宗教生活息息相關，而其源頭應該與原始宗教一脈相承。

原始宗教在各個民族的文化生活中都有，它是原始文明的重要表現，既有巫術崇拜、靈魂崇拜等信仰崇拜，也有審美的存在。作為審美的表現，其圖像形式多種多樣，有人物形狀，有鳥獸魚蟲的形象，有樹木、花草，有山水和雲霞等風景，更有許許多多的花紋與抽象的符號，與一定的寓意和儀式，成為連接人與天地神靈的使者和紐帶。自然，在審美表現

中，人是文化的主體，原始初民按照人自己創造了屬於人的這一切，意在使人得到更有力更持久更美好的發展。這種審美活動與審美方式常常是集體性的，是不自覺的，是無意識的，其形成與發展以靈魂崇拜為重要基礎，形成宗教文化生活。

原始文明的宗教文化生活影響了氏族社會之後的宗教文化生活，在中國社會歷史文化的發展中，道教是最早的宗教文化生活形式。道教作為宗教，具體形成於東漢時期，以張陵創立的「五斗米道」和張角創立的「太平道」為代表，形成相對完整的宗教思想、宗教文化、宗教儀式和宗教生活。其社會基礎在於民間，利用民眾對天地鬼神的信仰，運用符籙咒水等形式，為民眾治除病痛，避邪驅鬼，得到底層民眾的支持和回應。

其中，道教文化合理吸收了道家文化的思想，借用和改造了老子、莊子等人的思想文化理論，日益壯大。原始道教與道教文化有十分密切的連繫，二者之間形成再造和轉化。從原始宗教到戰國時期的神仙方術，原始神話被巫術利用、改造為宗教生活的極端化，形成以長生不老為主體的神仙崇拜，把得道成仙作為非常重要的人生目標。道教形成和發展的初期，神仙方術得到更進一步的極端化改造，逐漸形成兩個重要的派別，一派煉丹，如《周易參同契》，將易學、黃老、火候三者參合，總結歷史上的養生煉丹術，強調內修和養生，達到生命的最高值；一派藉助於符籙咒語等形式，如《太平經》，提出建設氣化天地、天人合一、天道承負、樂生好善的「太平世道」，強調對鬼神的溝通，袪除邪惡。後者將符籙咒語等漸漸演化為畫圖，利用圖像和各種符號在人與神仙之間溝通、交往與呼應。兩派道教之間也相互影響、共同發展，不斷被改造，甚至形成反抗官府、相互救濟的民眾運動。從原始宗教的人神相通、天地共主等巫術信仰，其逐漸融入濃郁的社會政治思想，出現了「蒼天已死，黃天當立」、「均平」社會的黃巾軍，以及「義舍天下」、「置義米肉」、「行路者量腹取足」的「五

斗米道」等道教力量。這種思想文化主張代表了民眾的聲音，嚴重威脅到統治者的利益，此後的道教發展也因此受到社會政治力量的打擊和壓抑，葛洪、陶弘景、寇謙之割捨了道教文化中的「均平」等社會政治思想，逐漸迴流於內修為主的養生之道。同時，道教形成分流，一部分在民間社會傳承，形成以巫術和法事等內容為主的民間信仰；一部分駐守道觀，以道教徒為主體，修行身心。

值得注意的是，道教文化始終把神仙與長生作為宗教文化生活的主題，把生命的形態與神仙世界、巫術世界等信仰融合在一起，強調陰陽，強調「巫覡雜語」和「符水咒說」，在事實上繼承和發展了原始宗教，是對以原始文化為主體的宗教文化生活的發展。當佛教文化傳入，並興旺起來的時候，受佛教文化關於佛國淨土等信仰的影響，其形成一種對應的文化策略，撰造了與中國古典神話世界相通的天宮神仙世界，塑造了「玉清元始天尊、上清靈寶天尊、太清道德天尊」等新的神仙體系，三清、四御、各路星君和黃帝、老子、三茅等形形色色的道教神粉墨登場。尤其是唐朝，在社會政治上，尊老子為祖先，奉道教為國教，道教文化達到歷史發展的鼎盛時期。民間社會崇拜玉皇大帝，崇拜王母娘娘、碧霞元君、九天玄女、媽祖娘娘，崇拜龍王，崇拜雷公電母，崇拜文昌帝君，崇拜真武大帝，崇拜關聖帝君，崇拜五路財神，崇拜灶王，崇拜城隍，崇拜土地神，崇拜山神、水神、井神、河神、路神，崇拜八仙，崇拜魯班等能工巧匠，崇拜各路神靈，一個龐大的民間社會道教神系，赫然列於中國傳統文化的聖殿。可以說，中國傳統春節的各種儀式，大多起源於道教文化的多神信仰。春節的道教色彩濃郁，在於其源自原始文明。自然，中國傳統木版年畫無論是作為文化藝術的表現形式，還是其圖畫表現的內容，都與道教文化密不可分。

其次是佛教文化對中國木版年畫產生影響。

第五節　宗教文化與原始宗教一脈相承

　　一般人認為，佛教產生於西元前 10 世紀，形成於中國南部的古印度，其創始人是迦毗羅衛國（今尼泊爾境內）王子喬達摩·悉達多。佛的概念為梵語 Amitabha Buddha 的音譯，即「佛陀（浮屠）」。佛的本意為「無量光覺者」，「覺者」即圓滿的智慧、究竟的覺悟，其又稱如來、世尊、應供、善逝、世間解、無上士、天人師、正遍知、明行足、調御丈夫等。佛承認人世間有命運的存在，希望人開創命運，而且命運因為行慈悲、培福德、修懺悔能夠得到改變。佛教在發展中形成不同的派別，如上座部和大眾部，其中的南傳佛教上座部諸派與漢傳佛教、藏傳佛教等對中國文化有重要影響。東漢永平年間，大月氏僧迦葉摩騰和印度僧人竺法蘭等著名僧人來到中國洛陽，建立白馬寺，成為中國佛教文化開端的重要代表。佛教在傳入中國的過程中，經歷許多重大事件，在魏晉南北朝時期和隋唐時期形成文化高峰，形成禪宗、天臺宗、華嚴宗等文化流派，深入影響到中國文化的發展。如南北朝以來，佛教徒大力宣傳佛教文化，合理演繹和倡導佛教經典，將佛經故事和義理化用為圖像展示和口頭演唱等形式，影響民間社會，對變文、寶卷、彈詞、鼓詞和戲曲等藝術的發展具有重要的推動作用。又如，佛教文化影響中國傳統節日，每年的農曆四月十五到七月十五實行結夏安居，舉辦「佛歡喜日」，眾僧自恣，懺悔，形成中國人祭祖追思的盂蘭盆法會和目連救母等傳說故事。其他如臘八節、浴佛節等，豐富了中國傳統文化，吃齋念佛成為中國社會向善人生的傳統。許多學者強調中國印刷術起源與佛教有密切連繫。隋唐時期中國已經出現佛經、日曆和詩集等雕版印刷品，如《金剛經》等佛教文化典籍，作為最早發現的雕版印刷品，備受關注。20 世紀以來，許多地方發現唐代雕版印刷的實物，如 1906 年在新疆吐魯番發現唐代印刷品《妙法蓮花經》，1944 年在四川成都市東門外望江樓附近的唐墓出土唐代印刷品梵文《陀羅尼經咒》，更不用說敦煌文物中發現曹元忠讓工匠刻印的許多佛像佛經，如《觀世音

第四章　原始思想下的神話與民間文藝

菩薩像》、《大聖天王像》、《大聖文殊師利菩薩像》等。

最值得注意的是1967年8月，陝西灃西西安造紙網廠出土唐印本梵文《陀羅尼經咒》，畫面上有祥雲，有活動的人物，有蓮花、花蕾、法器、手印和星座等圖案，有淡墨，有彩繪，與後世木版年畫有許多近似處，其雕版印製的時間應當更早。唐代社會寺院文化的圖像雕版已經非常普及，如曆書、佛經、佛像和韻書等，被民間社會廣泛接受，其客觀上影響到民眾對曆書，應該還包括年畫等宗教文化生活的興盛。再者，應該注意的是佛教文化中的水陸畫，總是被歷代開國帝王追薦忠臣烈士與死難民眾，撫慰民心，穩定社會。

作為中國古代寺院舉行水陸法會時懸掛的一種宗教圖畫，唐代社會已經流行，主要有軸畫、壁畫、雕塑等形式。明清時期，水陸畫與水陸法會達到興盛的頂峰，這個時期木版年畫也達到興盛的高峰，二者之間應該有關係。水陸畫的裝裱突出彩繪，畫軸鑲邊有上堂與下堂，裝飾黃綾與紅綾，圖像人物呈現各種動作，具有故事情節。其表現內容不限於佛教，而是儒釋道三教中各色人物混雜，諸佛菩薩、玉皇大帝、孔聖老莊等共處一堂，有鮮花，有瑞獸，有三清四御、六曹四司、五岳大帝、十二真君、三十六天將、二十八宿，有山神、水神、風雨雷電諸神，有帝王、名臣、太子、後妃、名將、英雄、烈女和祖師、天王、力士、夜叉、飛天、護法諸天等，熙熙攘攘。水陸法會中水陸畫的畫面布局與木版年畫有許多相同之處，其實就是後世木版年畫中《萬仙閣》、《眾仙圖》等神仙畫的起源，其融宗教文化與世俗生活為一體的信仰方式與審美表現，表明其與木版年畫有密切連繫。

總之，中國民間文藝的典型——年畫，其實質在於迎神，如此，年畫中的每一個畫面、每一個符號，都具有巫術的意義，都成為宗教文化生活的一部分。

第五節　宗教文化與原始宗教一脈相承

　　文化需要傳承，需要傳播，有繼承，有選擇，一切都在運動之中。年畫是中國傳統文化的重要表現形式，與岩畫藝術、青銅文明和畫像石等文化形式具有密切的連繫，與各種宗教文化生活有著更直接的連繫。其宗教文化生活的表現意義更明顯，其審美以信仰為起點。年畫中的景象，有各種自然物，如各種美麗的鮮花、甜蜜的瓜果、俊俏的鳥兒、鮮亮的魚蝦，牛羊成群，豬肥牛壯，五穀豐登，金雞高唱，以及金銀瑪瑙等各種寶物，被賦予鮮活的生命力，閃放出光澤。這些自然物在年節這個特殊時間段，以圖畫的形式出現在人們的視野中，都是對大自然的讚頌，是對生活美好前景的憧憬與期待，年畫因此充滿生機，成為吉祥物。

　　吉祥物有別於現實生活中生活用品的關鍵，就在於吉祥物具有靈魂崇拜等信仰的意義，能夠使平凡轉換為非凡，形成文化轉換，轉換為美好的生活願望。年畫展示自然物的同時，還表現歷史，展望未來，重新敘說歷史上的著名人物、著名事件，勾畫生活的前途，也描繪當世發生的重大事件。而這一切，都包含著神話化的審美過濾，其文化基礎在於無意識的靈魂崇拜。所以，許多地方的年畫可以表現各種歷史人物與歷史傳說故事，諸如《渭水垂釣》、《重耳走國》、《荊軻刺秦王》和《孟母三遷》、《岳母刺字》、《昭君出塞》等生活事件，諸如《黃河陣》、《長坂坡》、《古城會》、《南唐關》、《破洪州》等戰爭場面，諸如《捉拿一枝花》、《盜馬寶爾敦》、《狄青招親》、《武松打虎》、《李存孝打虎》等歷史傳奇，透過對既往歷史的回顧，形成思想的狂歡，在情感的宣洩中實現審美的愉悅。

　　其中，年畫中的神仙文化更為特殊，一方面它是歷史的，借歷史之名，述說現實與未來，如《牛郎織女》、《孟姜女》、《梁山伯與祝英台》、《白蛇傳》和《雲臺山》等，表現人神之戀、人神之交，述說人在世間的喜悅與憂愁；一方面它是超越自然與現實的，如《西王母蟠桃會》、《二郎擔山趕太陽》、《八仙過海》等，表現人對生命的遐想。其他如《陶朱公》、《沈

第四章　原始思想下的神話與民間文藝

萬三》等財富傳說,《農事圖》、《耕織圖》和《牛耕圖》等圖畫中燒錄的民間歌謠與諺語,《鬧新春》、《鬧元宵》、《漁樵樂》等風俗畫卷,都是以年的信仰為中心,表達對生活的期待、對吉祥的理解,融入以社會風俗與生活為表象的宗教文化生活,從而形成生活的美學。

第五章
刻在石頭上的神話故事

在中國民間文藝傳承中，年畫與畫像石的連繫非常密切——它們都是立像以言意。

畫像石在漢代之前就已經出現，它的集中出現主要是漢代社會厚葬風俗的產物。它是視死如生的藝術，屬於另一個世界，有最早的門神，是靈魂世界享用的年畫。它從藝術形式、敘說方式、主題內容與表現題材等方面，對後世年畫都具有重要的影響。

較早涉及畫像石的是宋代學者歐陽詢與趙明誠，民國時期張伯英等人對徐州等地漢畫像石的收藏，掀起畫像石被現代學者所關注與研究的熱潮。魯迅等學者也曾經對畫像石表現出熱情，常任俠等學者曾經深入研究過漢畫像石的圖案，而真正把畫像石作為學科研究應該是伴隨著中國考古學的發展而興起的。

這裡的漢畫像是一個廣義的概念，既有漢墓中石質的畫像石、畫碑、畫像磚等畫像，又有祭祀神靈的碑闕等廣場文化。

漢代社會是一個神權復甦、興盛的階段，畫像石體現了當時人們的信仰觀念。

漢畫像出現的第一個階段應該在西漢社會的中期，即漢武帝、漢昭帝、漢宣帝三個時期。這個時期的畫像石以南陽臥龍崗趙寨畫像石為典

第五章　刻在石頭上的神話故事

型，以建築畫像為主，占據畫像面積的一半。其中的一座漢墓畫像石有樓閣、門闕，八扇門刻有樓閣圖案，五根柱刻有門闕圖案，樓閣大門處刻有鋪首啣環圖案，樓閣上部有雙層望樓，脊頂處站立有鳳鳥，樓閣下部有菱形穿環圖案。

其次是畫像石的發展時期，從元帝、成帝、哀帝、平帝等階段到王莽新朝，以河南南陽、江蘇徐州、山東魯南地區畫像石為典型，題材較為豐富。如河南南陽楊官寺漢畫石，中柱的正面，和兩側柱的內側面，以及門楣石正面，分別雕刻建築圖畫、人物畫像、鳥獸圖案、幾何圖形等。其中的畫像石有社會現實生活場景，與「水」、「火」、「日」、「月」等畫像。又如河南唐河針織廠畫像石，蓋頂石刻有騎馬畫像，中柱刻有菱形穿環圖案與菱形圖案，兩側柱刻有門吏畫像和十字穿環畫像，四扇門扉圖案更豐富，刻有白虎、朱雀鋪首啣環等畫像。墓主有南北墓室，南部的頂部刻有月宮、蟾蜍、星宿等畫像。

北部的頂部刻有白虎、青龍、朱雀、玄武等方位神，以及三足烏、魚與長虹等圖案。其中的建築圖案與幾何圖形占據多數，白虎或朱雀鋪首啣環非常突出，出現了人物故事圖案，出現山水、人與獸、神獸等圖案。這與後世木版年畫中的花鳥畫、人物畫、風俗畫等表現內容，具有相同的文化觀念，體現出獨特的信仰崇拜。

畫像石的第三個階段是興盛時期，集中在漢光武帝、漢明帝、漢章帝到漢安帝等階段。

這個時期許多地方都有畫像石，題材和形式越來越多樣化，也越來越形式化。伴隨著漢墓的大規模出現，各式各樣的畫像石在漢墓的各個地方以不同形式表現出來，既有神話傳說故事與歷史人物的圖案，又有各種動物與花草樹木等裝飾性圖案，更不用說日月星辰與鋪首之類的圖案。畫像石的題材與形式越來越規範化，如門扉正面一般是白虎鋪首啣環畫像，具

第五節　宗教文化與原始宗教一脈相承

有避邪的意義，這應該看作最早的門神畫，所不同的是畫像石強調生命與靈魂的寂靜不受打擾，而後世年畫表現出熱烈與狂歡。墓的門楣同樣具有門神的意義，其正面多刻逐疫闢邪、祥瑞昇仙等畫像。墓門的立柱是墓門的一部分，其正面多為門吏畫像，在門吏周圍裝飾許多吉祥物，特別是朱雀、熊、仙鶴、多頭神鳥等瑞獸。畫像石是天國的聖經，意在讓墓主享受到無憂無慮的自由、幸福與快樂，而理想的生活就是神仙世界，所以，在主室內，在四壁與石柱等位置，大量刻劃著神仙世界的生活場面，多為伏羲、女媧等神話傳說畫像，或者伏羲女媧合像，顯示不同的寓意：有手執規與矩，象徵他們規劃天地；有尾部相交，象徵他們生育人類，是人類的祖先；有相擁而立，象徵他們正人倫，制定人間禮儀。而這些內容，正是後世木版年畫天地神靈圖像的原型，其前身應該是岩畫中出現的人面像，供人瞻仰。也有西王母的畫像，同樣表達出天國的富麗堂皇，表現出對自由、幸福和快樂的嚮往與追求。畫像石出現大量百戲圖像、酒宴圖像，刻劃車馬出行、歌舞宴樂、戰爭、狩獵、迎賓、農耕、採桑、庖廚與神人怪獸等生活圖像，歌舞昇平的景象顯示出社會現實的時尚。

　　第四個時期是畫像石的衰落期，出現在桓帝、靈帝、少帝、獻帝等階段。

　　進入魏晉時期之後，畫像石越來越凋零，代之而起的是石窟。石窟畫像與岩畫、青銅文明和畫像石對文化與信仰的傳承，應該是一脈相承的，從山野間的石壁，到廟堂間的祭祀器具，再到靈魂寄居的墓室，重回到陽光下的土地，每一次轉換都意味著文化的轉型。

　　這個時期由於社會文化發展出現新的訴求，畫像石隨著漢墓的形制變化而呈現出衰落，畫像石在所表現的內容上也發生相應的變化。最重要的原因是社會政治的黑暗和腐敗，外戚專權，整個社會烏煙瘴氣，軍閥混戰，天災人禍並行，加劇人民的痛苦與貧窮。漢墓的結構發生變化，墓門

的封閉式代替敞開式，墓室越來越簡陋，畫像石的數量明顯減少，畫像石所表現的內容越來越單調，題材出現簡單重複，圖案上的人物形象越來越失去生動，刻劃較為粗糙。與之前相比，這個時期畫像石表現題材簡單化越來越明顯，如幾何圖案越來越多，龍的形象越來越突出，騎龍昇天、二龍穿壁、二龍交尾等畫像越來越盛行，同時，畫像石出現越來越多的仙人，頻繁出現蟾蜍、蓮花、蓮子等圖畫，表現出典型的財富觀念與人生觀念。與之前一樣的是，墓門仍然多白虎鋪首啣環等畫像。

在地域分布上，畫像石集中在山東、河南、陝西和江蘇、四川等地。

第一節　畫像石的分布

一、山東畫像石

山東畫像石主要有沂南畫像石、嘉祥武氏祠畫像石、濟南孝堂山郭氏祠畫像石、諸城漢墓畫像石、濟寧兩城山畫像石、平陰實驗中學畫像石、鄒城臥虎山畫像石等，富有濃郁的生活氣息。如沂南畫像石《百戲圖》，將不同的百戲集於同一個畫面，表現出眾人的狂歡。諸城畫像石《庖廚圖》，表現烹調生活，融入捕獵、打魚、宰殺豬鴨和轆轤打水等活動，具有風俗志的意義。

在靈魂信仰的世界中，這些畫像石就是墓主永遠的年畫。

沂南畫像的石墓門畫像有四幅：橫額刻有《攻戰圖》，有戰爭場面，戰車、駿馬、武士等形象，表明墓主可能是一個生前為國家立下赫赫戰功的將軍，其死後得到國家的獎勵，用圖畫作為對其功勳的紀念和頌揚。值得注意的是，畫像石出現一群深目高鼻、短衣、戴盔的武士，這應當是中原地區之外的胡人。墓門橫額下有三根立柱，刻劃有神話傳說中的伏羲、女

第一節　畫像石的分布

媧、東王公、西王母等神仙，以及奇珍異獸的圖像。這一部分應該是對墓主靈魂的祝福，希望他得到神仙的佑護，得到富貴的生活。

沂南畫像的石墓前室畫像刻有富麗堂皇的神仙人物與神仙世界的各種祥瑞，有青龍、白虎、朱雀、玄武、鳳鳥和羽人，表現出對神仙世界的嚮往。南壁圖兩側還有軺車，顯示出墓主身分的高貴。畫像的主題在於祭祀，各色人物立定，排列有序，面向祠堂，在領祭人的指揮下，或鞠躬行禮，或拜伏於地；庭前擺放著各種祭品。與之相對的是，西壁圖中有主祭者在誦讀祝文。

沂南畫像的核心似乎在石墓的中室。其畫像有神話傳說中的聖人故事，如倉頡造字，有歷史上著名的賢人典故，如周公輔佐成王執政、孔子問禮於老子、藺相如完璧歸趙、蘇武牧羊、管仲治國，也有歷史上影響國家命運重大事件的記述，如齊桓公寵愛衛姬、晉靈公加害趙盾等，似乎在從另一個方面述說墓主人一生的貢獻。墓室四壁的橫額上，是對墓主靈魂到達天國景象的述說，表達祝福。如《出行圖》表現出貴族出行的禮儀，所刻劃的人物有車馬和僕從，在一處宅第前，停著軺車與各種儀仗，僕人恭恭敬敬，拜伏在地，等候主人。《倉廩圖》顯現出對墓主人衣食無憂的祝願，在畫面上的糧倉前，有停放的牛車，表明裝運糧食，一旁有僕人忙忙碌碌，往口袋裡面裝送糧食，一旁又有監工，席地而坐，打量著僕人。《庖廚圖》應該是表明希望墓主人的靈魂享受到珍味美食，畫像石敘說著抬豬、宰牛、殺羊與廚房做菜、燒火等景象。《百戲圖》則表達了對墓主人精神生活的設定，是對社會現實中動人的藝術移植於墓主靈魂世界的安排，畫像石有奏樂、擊鼓等演奏樂器的活動，又有載竿、戲車、飛劍、跳丸、盤舞、馬術等雜技演出，以戲竿、伐鼓、樂隊和戲車為中心，以飛劍、跳丸、七盤舞、走繩等動作為襯托，伴有小隊奏樂，有送酒漿的僕從穿插其間。這應當是從另一個方面記述了當世藝術形態。

第五章　刻在石頭上的神話故事

沂南畫像中的後室畫像當是寢室的壁畫，是對墓主人生活的補充安排，有侍女捧奩、送饌，有僕人侍奉滌器、備馬等場景，應當是當世主僕關係與風俗的紀錄。在世俗的目光中，使用僕人就是高貴的象徵。

嘉祥武氏祠中著名的「武梁祠畫像」，曾見諸歐陽脩《集古錄》等文獻，畫像石有159種，429張，是中國規模最大、保存最完整的漢畫像石群。其主體有四個部分，包括武梁祠、武榮氏、武斑氏和武開明祠。其保存神話傳說人物有伏羲、女媧、西王母、東王公與雷公電母、北斗星君，以及眾仙出行等內容，也有周公輔佐成王、文王十子、管仲射鉤和二桃殺三士等歷史傳說，包括孔子問禮於老子、孔門弟子，以及趙宣子、荊軻、邢渠等的傳說故事。

武梁祠分東西兩闕，有六幅刻石，有「武梁祠畫像」三幅，有「祥瑞圖」兩幅，有「武家林」斷石柱一幅。武梁祠東壁、西壁、中壁的上部，皆有畫像石，集中描繪40多則神話傳說故事、歷史傳說與生活故事，如創制文明的伏羲，與夏商等時代的帝王，有歷史上著名的英雄，如藺相如、專諸、荊軻等忠臣義士，也有單衣順母的閔子騫、奉養二親的老萊子、刻木奉母的丁蘭、割鼻守節的梁高行等以孝義聞名的傳說人物。武梁祠東壁、西壁、中壁下部，有車馬出行、家居、庖廚等生活畫像。東西壁的山尖，刻劃東王公與西王母相會的神話傳說故事，有黃龍、比翼鳥、比肩獸和神鼎相伴。武梁祠「前石室畫像」有十二幅石刻，「後石室畫像」有兩幅石刻，其中有「孔子問禮於老子」畫像石。這些神話傳說故事與沂南畫像中的表現意義有許多相同之處，都表現為對墓主靈魂的祝福。

濟南長清孝堂山郭氏祠畫像石主要保存在墓室前石祠內壁，該祠傳說是東漢時期著名的孝子郭巨為其母親所建享祠。祠有北、東、西三面石壁與中央石柱三角形石梁，畫像石就刻寫在這裡。

其北壁有上下兩層，上層有吹簫人、擊鼓人，有鼓樂車，有馬和馬

車，以及肩荷長戈、背負弓箭筒的騎士；下層刻劃有宮殿、石闕等建築，以及建築上的珍禽異獸。

其東壁畫像分為許多層，分別刻繪有蛇身人首而手持神矩的伏羲、手持弓箭的東王公、乘車擊鼓的雷神等神話傳說中的人物，有周公輔佐成王等歷史傳說，有狩獵場面，有輢車，有乘馬人、乘像人、騎駱駝人、步行持戟人、持弓人、持笏人，有庖廚圖、舞樂圖與弄丸、戴竿等雜技百戲圖畫。其中庖廚圖有殺豬、井中取水等景象。

其西壁也有多層，其中有蛇身人首手持神規的女媧，有雍容華貴的西王母，有人身兔首者，有貫胸國人，展現出神話傳說的撲朔迷離。值得注意的是其中有戰馬馳騁、萬箭齊發的戰爭場面，有兵敗獻俘的場面，出現騎兵、胡王、隨從、漢王、侍者、大臣等不同身分的人物，有頭戴高冠、深目高鼻的胡人。

中央石梁上刻劃《撈鼎圖》，應該是《泗水撈鼎》故事，畫面有人從橋上墮於水中，正在打撈，其上方出現霓虹和神人，其底面是日（赤烏）、月（蟾蜍）、織女、牽牛和北斗等星象。故事對應司馬遷《史記・秦始皇本紀》所記：「始皇還，過彭城，齋戒禱祠，欲出周鼎泗水。使千人沒水求之，弗得。」尤其是連理樹和比翼鳥，非常醒目。

平陰實驗中學畫像石與武梁祠畫像石有許多相同處，也有神話傳說故事中的伏羲女媧規劃天地，有玉兔搗藥，也有歷史傳說中的孔子與老子，有狩獵場面，有撫琴、雜技等表演，更值得關注的是其中所表現的胡漢戰爭。

戰爭中的漢兵一方，使用長戟、劍盾、弓箭等武器，穿戴鎧甲、戎冠；胡兵一方使用弓箭，著武士服，頭戴尖頂帽。雙方對峙，手持兵器和盾牌，後隨鹿車等器械。畫面上出現胡兵倒在地上的場景，其首級被砍掉，滾落在地。這是十分難得的戰爭史料，透過對墓主的事蹟記述，為後

第五章　刻在石頭上的神話故事

人留下了一段珍貴的社會歷史場景。

　　鄒城臥虎山畫像石表現的神怪圖像更耐人尋味，圖像的中央上部出現頭生雙角的怪獸，披髮、長鬚，口中露出牙齒，銜著一條長蛇，蛇口吐雲。怪獸前方出現一個頭戴斗笠、正在前行的神人，神人前面又有一個坐著的巨人，朝神人頭頂吹出雲氣，似乎在施展法術。怪獸的下方有一個力士，手持雙輪，也在奔跑中。整個畫面充滿動感，具有濃郁的巫術色彩。其背後肯定有一些與昇仙相連繫的故事。

二、河南畫像石

　　河南的畫像石與中原文化的發展具有密切連繫。河南漢畫像石集中在南陽、唐河、新縣、方城、葉縣、襄城、洛陽、登封、新密、禹州等地。這裡的畫像石表現內容分為四大類：一類是日、月、蒼龍星、白虎星、玄武星等天文星宿圖像；一類是神話傳說故事中的伏羲、女媧、東王公、西王母、嫦娥奔月等；一類是歷史傳說，如狗咬趙盾、伯樂相馬、范雎受袍等；一類是各種饗宴、樂舞、角抵、蹴鞠、投壺、六博等百戲之類。

　　河南畫像石最突出的典型應當是登封的嵩山三闕，即太室闕、少室闕和啟母闕。其建造於東漢，所敬奉的山神應該是嵩山山神，中岳嵩山橫跨滎陽、新密、鞏義、登封和偃師、伊川等地。其主體在登封。太室山居東，少室山居西，三闕傳說與大禹治水的神話有連繫，其修造年代為漢代。在神話傳說中，太室闕的太室，與少室相望，本來是大的山神居住場所，卻被演繹為大禹的第一個妻子。太室闕畫像石以「中岳太室陽城」為題，刻劃有宮殿、車馬、玄武四神、神魚、人與犬、車輪、飛鳥、羊頭等圖案，應當是祭祀山神的場景。山神是誰？或為中岳大帝，或為治水的大禹，或為軒轅黃帝。少室闕以「少室神道之闕」為題，闕身前後分別有畫

第一節 畫像石的分布

像石，刻劃的圖案更為豐富，有車馬出行、賽馬、馬戲、馴象、踢球、蹴鞠、射獵、狐追兔、鬥雞、鬥獸、角力等運動場景，也有月宮、山水等景物刻劃，又有四靈、羽人、雙龍穿璧、鋪首啣環等神靈信仰，闕壁四周畫像石有六十餘幅。其中的馬戲圖最為生動，圖畫中有兩匹馬，駿馬騰空飛馳，前面一匹馬上倒立一位少女，挽雙丫髻，穿著緊身衣褲，後面一匹馬上有一女子挺立，長袖隨風飄起，身體向後傾。啟母闕位於峻極峰下，以「開母廟神道石闕」為題，有兩方闕銘，皆位於西闕北面，一方為啟母闕銘，一方為嵩高廟請雨銘。畫像石中突出了大禹治水的英雄事蹟，如夏禹化熊與啟母化石等場景，同時，有羲和馭日、月宮景象等神話傳說，也有騎馬出行、鬥雞、馴象、吐火、進謁、倒立等奇異技能表演和宴飲等各種生活場景，而且出現郭巨埋兒等孝道傳說故事。

　　南陽漢畫像石在整個漢畫像石中最具有典型性，其題材之豐富，分布區域之密集，種類之眾多，都是相當少見的。

　　南陽漢畫像石是一個龐大的畫像石文化群，主要集中在南陽市區和唐河縣等地。南陽畫像石的分布出現自己的形式化特點，首先是墓門，相當於人間的門戶，可謂門神，一般為朱雀和龍、虎等吉祥物的鋪首啣環，有一些是整裝的文官、武將。這意味著方位設定，是對墓主靈魂位置的安放，對靈魂加以守護。然後是前室或主室，是漢墓的中心位置，其壁面、橫楣處，多是宮闕、車騎、宴飲、樂舞等景象。是對墓主靈魂幸福、愉快場景的想像，是一種祝福。再其次是後室或側室，壁上多是庖廚、農作場景等。應該是從世俗社會的衣食起居角度所作的設定，意味著在另一個世界生活的安逸。其後壁上方相當於神龕的位置，藉助天國的主神，關照墓主的生活，一般選擇伏羲、女媧，或者是西王母。漢墓的室頂意味著墓主的靈魂頭頂蒼天，所以一般設定為天象圖，多為日月星辰，或者各種星宿的形象化。在壁面、立柱與室頂等位置，一般設定為各種吉祥的花草、秀

第五章　刻在石頭上的神話故事

美的珍禽等裝飾，也有歷史傳說中的英雄、賢達、義士、烈女等正面人物，或意味著對墓主的人生所做的表彰、祝願。這種形式化的表達，反映了漢代社會風俗及生活的觀念與形態。

漢代社會是從神話向仙話轉變的重要時期，或者是神話與仙話共融時期。南陽畫像石的神話傳說一般選擇伏羲女媧、東王公、西王母、嫦娥奔月、后羿射日與羽化昇天等題材，出現蟾蜍、鳳凰、神龜、龍、虎和瑞草、神樹等吉祥物。這些神話傳說的出現，都意味著對美好生活的期許，是富貴、祥和的空間設定。特別是西王母畫像石，一般為西王母於中間位置端坐，與東王公相對，傳說中兩位神仙愉快的相會，意味著心想事成。西王母是神話世界最尊貴的女神，其憑几而坐，周圍出現眾多仙人為其服侍，以及九尾狐、玉兔、三足烏、龍、朱雀等神話傳說中的使者，供其御用，也都意味著當世最高境界的想像。

又如女媧與伏羲的神話形象，被賦予新的文化意義。唐河針織廠畫像石墓北主室，其北壁所刻劃的伏羲女媧圖像與當時的文獻所記述有明顯不同，《論衡》、《淮南子》、《風俗通義》等文獻還沒有伏羲與女媧的結合，而這裡的女媧與伏羲都是人面蛇身形；相距不遠的唐河電廠畫像石墓，其南壁西側柱所刻劃伏羲女媧圖像，則表現出人面蛇身神和交尾。這不僅僅是祖先崇拜與創始神話的傳承問題，還是當時社會普遍存在的信仰觀念。與之內容近似的是神話化的天文景象與動植物等，如唐河針織廠漢墓的主室，其頂部有太陽白虎圖、四環圖、河伯出行圖等。畫像石在漢墓中的題材並不是隨意的，其充滿溫馨的頌禱，具有詩意的刻劃，都別有一番用心。如其墓門上刻劃著鋪首啣環、猛虎等形象，意在鎮守墓主的靈魂安居的空間，不受邪惡力量的侵害。幸福與自由相伴，墓門上的朱鳥，寓意墓主靈魂的升騰，可以自由自在地超越世俗，獲得自由。墓的蓋頂上刻劃日、月，日中刻劃三足烏，月中刻劃蟾蜍，日月生輝與繁星密布，長虹橫

貫，二十八宿氣象萬千，林林總總，都是為墓主的靈魂所做的安排，將其送上一個充滿光明的天國。

從神話到仙話，有一個漫長的過渡。如唐河縣電廠畫像石墓出現騎吏、羽人戲龍等畫面，又出現長虹、北斗星、三足烏等畫像，既有神話的超然，又有仙話的自在。又如唐河針織廠出土畫像石，有河伯出行圖案，端坐車中的是河伯，河伯前面有兩仙人，仙人前面又有四魚套前，有兩魚護後，同時，有兩侍從騎魚相隨其旁。河伯與仙人出現的意義與伏羲、女媧和東王公、西王母他們出現的意義有著明顯不同，這裡的魚也與《山海經》中的魚有了明顯不同，這些意味著現實生活的寫照。其實，一個漢墓就是一個獨特的神話，是一幅獨特的神話圖像，融合仙話，是以祭祀為主題的祝願、祈禱、歌頌的神曲。

南陽畫像石選擇歷史的敘說，同樣是有獨特的寓意的。歷史傳說故事是往日的現實，昭示當世，南陽畫像石所選用的題材如伯樂相馬、二桃殺三士、狗咬趙盾、鴻門宴和孔子問禮於老子等內容，都與文明發展的時代訴求有連繫。畫像石是展示給墓主靈魂的，表達對天地神靈的敬仰，突出歷史人物的英勇與賢達，便是對歷史的有效化用，同時，也是對歷史文化的認同。

尤其值得注意的是畫像石中的孔子形象。許多地方的畫像石都出現孔子問禮於老子等內容，孔子形象被展示給世人，是因為社會現實政治獨尊儒術的時代風尚，而展示給靈魂，又意味著什麼呢？孔子周遊列國，受盡千難萬苦，他向所到之處宣揚自己的仁愛政治主張，總是遭遇挫折。畫像石彰顯孔子勤奮好學的美好品德，應該是比之於墓主。非常醒目的是，孔子手持有鳩杖，鳩杖是長者、尊者的象徵。相傳鳩鳥也稱為不噎鳥，具有祝壽的意義，它是朝廷表彰文化楷模的證明。這便意味著對墓主文化身分的指示，也意味著尊老、敬老的觀念。相傳鳩杖上端的鳩鳥有祝老人身體

第五章　刻在石頭上的神話故事

健康之意。後世木版年畫多出現壽星拄杖，其源頭應該在這裡。

百戲是畫像石中最突出的狂歡。百戲的概念也應該是廣泛的，或者可以說許多人面獸、各種形狀的動物相互角逐、各種人獸共舞，都具有百戲的意義。如司馬遷《史記·夏本紀》所記述：「於是夔行樂，祖考至，群后相讓，鳥獸翔舞，《簫韶》九成，鳳凰來儀，百獸率舞，百官信諧。」百戲的主要角色固然是人，而許多角色是人喬裝的獸類、鳥類、魚類，所要表達的意義也是非常複雜的。值得注意的是，百戲成為巫術的藝術，是後世宗教藝術的重要來源，是廟會等節慶藝術的雛形，也可能是戲劇藝術的源頭之一。其中的藝術成分是服務於巫術的，審美的表現形式與靈魂崇拜連繫在一起。如南陽王莊《樂舞百戲》畫像石，一側有三人，身段都被有意拉長，他們各有不同的動作，一人體態苗條，揮舞長袖，一人表情滑稽，形體憨樸，跳可笑的舞蹈，一人體態輕盈，做柔道表演，共同組成戲謔的場景。與《呂氏春秋·古樂篇》中的「三人操牛尾，投足以歌八闋」相比，具有更顯著的抒情色彩。南陽東郊李相公莊許阿瞿墓畫像石，少年許阿瞿坐在榻上，觀看三個赤身短褲的人舞蹈，同時，又有三個人表演，一個人抱盤而立，似乎在表演擊鼓舞或者在歌唱；一個人赤膊袒腹，跳丸弄劍，似乎是主角；他們中間有一個女子飛舞長袖，正在跳七盤舞。他們的演出得到樂器伴奏，有人彈瑟，有人吹排簫。

唐河縣新店新莽郁平大尹墓出土的《樂舞百戲》漢畫像石，多種角色相互配合，其中有一樂伎跽坐，右手握一管，正在吹奏；其側，有一人盤坐，右手搖鼓，左右有執排簫吹奏者；畫面的中間，是一個女伎，翩翩起身做盤舞。又有一大漢，赤裸上身，一手托著雙系壺，一手擲弄著兩丸，旁邊有人在樽上單手倒立。顯然，百戲之百，在於百色雜糅，是綜合性的演出，有音樂，有舞蹈，有各種具有巫術色彩的藝術動作；百戲之戲，在於各種動作具有連貫性，具有系統性，包含著各種故事和寓意。後世木版

年畫如江蘇蘇州桃花塢年畫中的《文王百子》、天津楊柳青年畫中的《頑童鬧學堂》，以及各地年畫中的《鬧新年》、《鬧元宵》、《嬉鬧洞房》等風俗畫，就應該與此相關，把嬉鬧作為狂歡的方式，一方面形成情感的宣洩，一方面意味著對天地神靈的祈求，和對美好生活的期待。

農耕、紡織、冶鐵、煮鹽等生產行為在畫像石中的出現具有雙重性，一方面是對當世社會生活的紀錄，一方面是透過對這些勞動行為的「轉化」，形成財富的贈予，即希望墓主的靈魂繼續享受生前的富足，保持著生活的溫暖。其典型如河南新密打虎亭一號墓畫像石，其中墓門、甬道、前室和三個耳室等處，刻劃有許多與生產勞動相關的畫像石。在各個墓室頂部，包括石門等處，刻劃有許多仙人、神人，及一些奇禽異獸，配飾雲紋。整個墓室儼然一幅溫馨、富足的農家生產勞動與日常生活的縮影，其東耳室有《庖廚圖》，北耳室西壁有《宴飲圖》，南耳室南壁有《收租圖》，每一幅圖畫都有生動的寫照。

中國農耕社會的主要關係就是人與土地的關係，就是以土地為中心人與人之間的勞動關係，最終落實到勞動成果的獲得。中國社會結構的基礎，長期表現為地主與農民的關係，地主占有大量的土地，許多農民為地主耕種，構成租借關係。畫像石中的《收租圖》就是這種租借關係的忠實紀錄。

畫像石《收租圖》畫面的右側，是一座有樓梯的倉樓，樓的前面有一個牽馬的奴僕，馬上有一個孩子，正拉開弓弦。畫像石的上方，席上坐了一個身材肥碩的人，應該是主人，他面前跪著一人，雙手捧著穀物之類的東西，跪者身後又站立一人，應該是同行。主人的席前放有几案，几案一側放有一只硯。

主人的身後站有一人，雙手伸開，接取跪者手中的東西，應該是主人的幫手，或者是家奴。畫面上的席下側，出現三堆穀物，有一人做送來穀

第五章　刻在石頭上的神話故事

物狀,有一人張開口袋接收,有一人往倉庫移動。畫面上還有一人用車送來糧食,用斗裝運糧食。地上有許多糧食,有斗斛。從畫像石可以看出,主人(即收租者)與交租者之間表現出正常的動作,沒有什麼衝突。這應該是用圖畫形式表達對墓主的祝願,寓意墓主擁有源源不斷的糧食,生活富裕。

由此可以想見後世木版年畫中許多瓜果展示,以及農耕氣象圖,應該是表達同樣的祝願,希望生活幸福甜蜜。只不過是畫像石的歷史時代轉換為新的時代,租借關係被淡化,審美的方式替代了生活的寫實。

三、陝西畫像石

西北地區的畫像石與其特殊的自然生態、歷史文化有著密切連繫。由於特殊的歷史地理因素,這裡有古代的張騫出使西域和民族交融等事件發生,匯聚了草原文化、西方文化、中原文化和戎文化等多種文化。

西北漢畫像主要集中在陝北綏德、榆林、米脂等地,以及山西離石,即歷史上漢兵大破北匈奴的上郡一帶。這裡既是漢人與匈奴人交兵的前線,又是墾荒種田的農耕地帶。如司馬遷《史記·李將軍列傳》記述:「匈奴大入上郡,天子使中貴人從廣勒習兵擊匈奴。中貴人將騎數十縱,見匈奴三人,與戰。三人還射,傷中貴人,殺其騎且盡。中貴人走廣。廣曰:是必射鵰者也。廣乃遂從百騎往馳三人。三人亡馬步行,行數十里。廣令其騎張左右翼,而廣身自射彼三人者,殺其二人,生得一人,果匈奴射鵰者也。已縛之上馬,望匈奴有數千騎,見廣,以為誘騎,皆驚,上山陳。廣之百騎皆大恐,欲馳還走。廣曰:吾去大軍數十里,今如此以百騎走,匈奴追射我立盡。今我留,匈奴必以我為大軍誘之,必不敢擊我。廣令諸騎曰:前!前未到匈奴陳二里所,止,令曰:皆下馬解鞍!其騎曰:虜多

第一節　畫像石的分布

且近，即有急，奈何？廣曰：彼虜以我為走，今皆解鞍以示不走，用堅其意。於是，胡騎遂不敢擊。有白馬將出護其兵，李廣上馬與十餘騎奔射殺胡白馬將，而復還至其騎中，解鞍，令士皆縱馬臥。是時會暮，胡兵終怪之，不敢擊。夜半時，胡兵亦以為漢有伏軍於旁欲夜取之，胡皆引兵而去。」

畫像石作為歷史的紀錄，表現出這個特殊地域曾經發生的社會生活。

匈奴人長期占據這個地區，留下歷史的影子；漢人在這裡守邊，並不僅僅與匈奴人發生戰爭，而是堅持農業耕種與牧業生產，又有狩獵活動，使這個地區的經濟得到發展。所以，畫像石記述這些現象，其內容多為農業、牧業和狩獵等活動，畫像題材主要有車馬出行、樂舞百戲、居家守舍等。如陝北綏德縣城西山寺王得元墓畫像石，有一幅畫像的正中是一樓閣，樓閣內有兩人對坐，應該是墓主的畫像。畫像的兩側有歌舞和車馬出行、狩獵、放牧等景象。墓室的左壁門框等處，有耕牛、牛車、馬匹、禾穗和人物等圖畫，這應當是現實社會生活中勞動生產的反映，畫像石中的神獸、仙人，以及樹木、禽獸等圖像，則意味著對墓主生活的安排，而安排的內容與方式，自然與地方社會的教育程度相關，反映出客觀現實的生產水準與生活水準。又如山西離石交口村吳執仲墓，整塊畫像石為單邊飾，畫面主要是車騎出行，其中的出行隊伍方向由左至右。畫像石形成左右兩部分圖案，圖左邊部分，有兩人前行，腰挎長刀，手捧長管，邊走邊吹，其後有一輛雙馬拉的軺車，再其後有一駢車。右邊圖顯示，出行隊伍最前面兩人腰挎長刀，手中捧起長管形樂器，一邊行走，一邊吹奏，他們後邊的人隨著兩乘軺車前行，再後有一乘輜車，車後跟隨兩個騎吏，出行隊伍的最後是一乘軺車。山西忻州九原崗北朝墓有四層壁畫，分別有仙人、畏獸、神鳥等形象，其中仙人手持一把岐頭式羽扇，一邊向前奔跑，一邊扭頭回顧。

行走是一個文化主題,也是一個具有哲學意義的命題。漢畫像表現出行的畫面,是對墓主靈魂的一種期許,希望在行走過程中表達一種祝福。與之相距不遠的臨潼騎馬射獵圖畫像磚,也有表現人物奔跑的畫面,獵人騎馬,追射狂奔的鹿,又有獵犬追逐。臨潼四圖像空心畫像磚,分別出現侍衛、宴享、苑囿和射獵等場景,畫面有手持盾牌和戟的衛士,衛士頭上戴冠,穿著長衣;畫面中的主賓相對坐,座前擺放酒食器皿,有樂伎在一側;畫面出現獵者騎馬,彎弓射箭,有鹿奔走,有獵犬追逐,周圍有山丘、樹木、亭闕。

　　這種地域文化特徵影響到後世木版年畫,就有了陝西鳳翔年畫的粗獷、誇張,整個畫面都富有動感。同是表現耕讀漁樵或武將騎馬等內容的年畫,這裡的年畫大紅大綠,色彩對比非常強烈。

　　行走的文化主題也成為一種情結,與原始文明的狩獵有連繫,與貴族人物的出行有連繫,寓意人行動的自由、平安、順暢,在後世年畫中演化為車馬、行旅等圖畫。

四、江蘇畫像石

　　江蘇以長江為界,分為蘇南、蘇北,畫像石主要集中在蘇北徐州、宿遷等地,如張圩、九女墩、燕子埠、占城、瓦窯、棲山、茅村、洪樓、苗山、白集、利國、柳新、漢王等地,以及徐州郊區,都有可觀的漢畫像石群落。徐州市南郊雲龍湖東岸有徐州漢畫像石藝術館,集中展現這個地區的畫像石風貌。

　　江蘇畫像石的分布,主要體現在徐州及其周圍地區。其毗鄰山東、河南、安徽等地,齊魯文化、河洛文化、江淮文化等文化匯聚、交織在這裡。其處於天下交通要道,是天下富庶之地,有許多商賈與地主豪強聚集

第一節　畫像石的分布

在這裡，所以，漢畫像石的大量出現與地方社會歷史文化的發展形成對應。徐州古稱彭城，有5,000多年的文明史。從當年傳說時代帝堯建立的大彭氏國，到漢高祖劉邦與西楚霸王項羽，到三國政治家曹操等人，十三位楚王，五個彭城王，以及戲馬臺、泗水亭、霸王樓、歌風臺、拔劍泉、子房祠、王陵母墓等歷史遺跡，在這裡熠熠生輝，給徐州及其周圍的土地塗上一層層神祕的色彩。

與其他地方的畫像石一樣，徐州等地的表現內容多為神話傳說、神樹、日月星辰、仙人和車馬出行、射獵、戰爭、宴飲、歌舞、耕作、鬥獸等，這些圖畫的背後所隱藏的各種傳說故事，或者能在文獻中找到對應的內容，或者被時代所傳承，或者只能停留在畫面上，消逝在歲月的風風雨雨中。

在表現神話傳說的眾多畫像石中，徐州銅山苗山小李莊一號墓非常突出，其設前後室，前室南壁墓門東西有兩幅圖像，被人解釋為「炎帝昇仙圖」和「黃帝昇仙圖」。「炎帝昇仙圖」的右上角有一圓形，圓形刻劃玉兔和蟾蜍，應該與月亮崇拜或者月亮神話有關；畫面的左方站立著一個頭戴斗笠的人，一手拿著插地的耒耜，一手牽引鳳凰之類的神鳥；畫面的下方有一頭神牛，神牛口中銜著草或穗。這種圖畫的敘事意義，在其後不久王嘉的《拾遺記》中被進一步解釋為「炎帝始教民耒耜，躬勤畎畝之事，百穀滋阜。聖德所感，無不著焉」，「時有丹雀銜九穗禾，其墜地者，帝乃拾之，以植於田，食者老而不死」。「黃帝昇仙圖」的左上角也有一個圓形，圓形中站立著三足烏，應該與太陽崇拜或太陽神話有關；圖畫的右上方則刻著一個人獸結合的人，人首，熊身，身上生出翅膀；圖畫的中間位置，出現一匹馬，馬身上生出翅膀。

之所以被解釋為「炎帝昇仙圖」和「黃帝昇仙圖」，可能是一個圖中出現神牛，一個圖中出現人首熊身，炎帝的圖騰是牛，黃帝的圖騰是熊。熊

第五章　刻在石頭上的神話故事

的形象出現在漢畫像石中，不僅在這裡有，也不僅在徐州地區有，在其他地方也有保存。如徐州銅山洪樓祠堂兩處畫像石，一幅有三條翼龍拉著一輛車，車上置放一座建鼓，有一個熊首神人正在擊鼓；另一幅有三隻翼虎拉一輛車，車被兩隻神龜馱起，也有一個熊首神人在擊鼓。這種解釋神熊的方式受到人的質疑，有人以為未必所有的熊都與軒轅黃帝有關。如《左傳‧昭公七年》記述：「鄭子產聘於晉。晉侯疾，韓宣子逆客，私焉，曰：寡君寢疾，於今三月矣，並走群望，有加而無瘳。今夢黃熊入於寢門，其何厲鬼也？對曰：以君之明，子為大政，其何厲之有？昔堯殛鯀於羽山，其神化為黃熊，以入於羽淵，實為夏郊，三代祀之。晉為盟主，其或者未之祀也乎？韓子祀夏郊，晉侯有間，賜子產莒之二方鼎。」此情結隨著歷史文化的傳承，化為後世木版年畫的主題，如河南開封朱仙鎮木版年畫中的《飛熊入帳》，講述周王夢見飛熊，得到姜子牙的幫助，成就大業。更不用說許多地方木版年畫有《丹鳳朝陽》之類的圖畫。其意在於求吉祥，與當年的神鳥引導靈魂昇天的意義是相通的。這應該是「炎帝昇仙圖」和「黃帝昇仙圖」畫像石的主題轉化，而且這種圖畫對應方式，很明顯地成為後世木版年畫門神畫的對開形式，形成對稱的審美。

　　西王母是漢畫像石中普遍存在的神話主題。許多人以為，畫像石中最早表現西王母形象的是江蘇沛縣的棲山石槨畫像。其中，有一組畫像石分為四個部分，最左端一幅是眾仙朝拜西王母，中間一幅是神話扶桑樹，第三幅是鼓舞，最後一幅是神人格鬥與祭祀神靈，四幅畫之間看似沒有什麼連繫，其實貫穿著一條主線，即人間到天國的道路是如何開通的，拜見大神西王母是一個關鍵。所以，朝拜西王母成為圖畫的核心。朝拜西王母的圖畫中，其左端有一座兩層樓閣，有一婦人正面戴勝憑几端坐。樓閣的正面向左右敞開，左右兩側出現一棵墓樹，瘦長，呈三角形。與樓上的婦人相對的是，樓下有一隻大鳥，大鳥嘴中銜著某種東西。一樓的左端有一具

第一節　畫像石的分布

梯子，其右側上端有一隻三足鳥，三足鳥的嘴裡銜著東西，其身後有一隻九尾狐。樓閣的下端有兩個侍從，他們手執杵，在壺中搗藥。朝拜西王母的另一組圖像，或人身蛇尾，或馬頭人身，或雞頭人身，他們各自代表著不同的神話王國；一旁是一位長髯老人，佩戴一副長劍。

　　與之相類似的還有山東省滕州市馬王村出土的石槨，也有玉兔執杵搗藥，有鳳鳥和鳥頭人身神。山東省濟寧市微山島出土畫像石表現眾仙朝拜西王母，有樓閣，有神樹，所不同的是，出現狗和魚神。與樓閣內的西王母相對的有五個神怪，左側是兩個鳥頭人，右側是兩條蛇。鳥頭人的身後有一隻狗，狗撲向鳥頭人，蛇後有人頭魚身，即魚神。《山海經》多處記述西王母，如《山海經‧大荒西經》所記述：「西海之南，流沙之濱，赤水之後，黑水之前，有大山名曰崑崙之丘。有神，人面虎身，有文有尾，皆白，處之。其下有弱水之淵，環之，其外有炎火之山，投物輒然。有人戴勝，虎齒，有豹尾，穴處，名曰西王母。此山萬物盡有。」又如《山海經‧西山經》所記：「又西三百五十里，曰玉山，是西王母所居也。西王母其狀如人，豹尾虎齒而善嘯，蓬髮戴勝，是司天之厲及五殘。有獸焉，其狀如犬而豹文，其角如牛，其名曰狡，其音如吠犬，見則其國大穰。有鳥焉，其狀如翟而赤，名曰勝遇，是食魚，其音如錄，見則其國大水。」這是較為原始的西王母，與九尾狐、青鳥、玉犬等神話動物相伴，被附加玉兔等仙話動物，亦應和「萬物盡有」。此後，西王母形象被不斷豐富，加入了東王公，一東一西，形成張望，也形成相會。再到後來以《西遊記》中孫悟空大鬧天宮，破壞蟠桃會，加入象徵長壽的蟠桃和活潑好動的孫猴子，西王母神話更加豐富多彩，寓意長壽、富貴，成為後世木版年畫的重要題材。

　　漢畫像石中的神話王國源自原始文明，保存著原始人民的各種圖騰和信仰，表現出旺盛的生命活力。這種生命活力在於社會生活中源源不斷的

第五章 刻在石頭上的神話故事

文化創造，既有歷史文化，又有審美藝術，也有宗教生活，是各種文化的大融合。如江蘇徐州九女墩漢墓，其墓室分為前室、中室和後室三室，前室的東西兩側各有一間耳室，中室的東西端各有一間側室。後室有石柱，用條石做門楣。在這些石頭世界中，到處都刻劃著神話傳說中的景象。有青龍、白虎等神話動物，意味著騎龍昇仙，引導靈魂步入神仙世界；有車騎過橋，意味著行走文化，即步入天國的意蘊；有賓主宴飲、侍者獻食、歌舞昇平和仙人點燈，意味著天國的自由和美滿，無憂無慮，盡情享受。其中有老子過函谷關等圖像，寓意更為豐富，應該在於得道的啟示，指點人超越世俗。或曰，所有的景象都化作了文化。這裡的建築與世間的建築形狀有相似之處，缺少了人間的艱辛；這裡的飲食與世間的煙火是相通的，卻失卻了人間的美味，都屬於想像，歸之於靈魂的享受。此九女墩漢墓後室的門楣，是弧形的，藉助橋的拱形安排了一幅車馬過橋圖，橋上有護欄，橋中間位置有高聳起的燈柱，橋頭裝飾有瑞獸，其體現的意蘊應該在於交通之外，是靈魂的出行。畫像石上畫有開花的仙草，有采果的仙人，忙忙碌碌，享受著勞動的快樂，也有形態自然的麒麟和神猴，裝點著風景。由此推及那些耕作圖、紡織圖，所表現的意義就不僅在於顯示物的形狀了。諸如江蘇泗洪重崗畫像石的耕地，有二人二牛耕地，有三人播種。其中有一人扶犁在後，一人牽牛在前，有二牛並排，被橫木連在一起，與傳統的耕作方式完全相同。這說明，畫像石對現實生活的表現，一方面成為社會現實的寫照，而另一方面，為靈魂準備充足的食物，則成為物質的滿足。天國的世界首先是物質生活的滿足，然後才是精神世界的享受，而形成從物質生活到精神生活的不斷滿足，不僅需要從現實世界出發，更需要激情和想像。以神話人物為中心，所有的動物、植物和建築，以及各種器具，都屬於神話，屬於靈魂。神話的主角是創始世界的英雄，神仙是神話的衍生，是對社會現實生活的超越和昇華，是人不斷求索、進取的結果。所以，神仙世界的各種吉祥文化，諸如鮮花、水果，就成為後

世木版年畫表現的內容，其意在於敬獻，敬獻天地神靈，也敬獻給年節中的各色人群，讓人賞心悅目。

五、四川畫像石

四川畫像石以四川成都、綿陽、大邑、廣元、德陽、彭州等地為著名，其他如成都市郊曾家包和羊子山的磚室墓、郫縣太平鄉（今屬四川省成都市郫都區）的磚室墓和新勝鄉的石棺、新津寶子山的崖墓，各有特色。

與其他地方的畫像石一樣，四川畫像石也有許多神話傳說題材，如四川彭州義和鄉、九尺鎮等地畫像石，有伏羲、女媧、東王公、西王母等神話人物，有蒼龍、朱雀、白虎和玄武等四神，有日月星辰，有彩雲、神鼎，有人獸結合的神獸、羽人，有各種奇禽異獸，以及各種具有神話色彩的裝飾圖案與花紋等，如菱形紋、垂幛紋、三角紋、水波紋、穿環紋、流雲紋等邊飾，神廟和宮闕等建築中的藻井和鋪首啣環，以及各種歷史傳說故事圖像等。應該說，每一種圖案和花紋的出現都有著特殊的用意，都有神話的寓意在其中。如四川彭州義和畫像石中的駢龍雷車，車上坐著雷神，三條駢龍拉著雷車往前飛奔；又如四川彭州九尺畫像石中的仙人和鹿，前面一個仙人騎在鹿上次首向後招呼，後面一個仙人一手托起仙草，一手向前面的仙人伸出手臂，他們中間立起一棵秀美的仙草。圖畫的神話敘說更多停留在畫面上了，讓人去想像，去回味。

四川畫像石具有綜合性表現意義，以綿陽平陽府君闕為典型，神話傳說與歷史故事等內容相混合，形成畫像石的傳說故事生態，分布在闕基、闕身、樓部、頂蓋等位置。如雙闕主闕闕額部位為車馬出行圖，繞闕身一周，有騎者導引向前，後隨軺車與持劍人；右闕樓部第二層左側有童子捉鳥圖，斗栱拱心有一隻長尾短足鳥，鳥下方正中拱間等處有幾個兒童從不

第五章　刻在石頭上的神話故事

同位置向鳥靠近，其中一個兒童用手指著鳥兒，形象非常傳神。綿陽平陽府君闕的神氣與仙氣共融於一體，如右闕副闕樓部第二層背面有玄武圖，左闕主闕第四層正面有三神山圖，右闕樓部第四層右前腳有仙人、獅、兔圖，左闕樓部第四層右後角有仙人戲馬圖，其中的馬生出翅膀，與飛天的仙女對應，仙氣繚繞，瑰麗多彩。這些文化風格在四川綿竹年畫中得到自然傳承，諸如其中的兒童與鳥等題材。

其次是四川畫像石的勞動生產題材非常突出，天府之國除了自然環境的優裕，還有人民的勤勞，農婦採桑耕織、農夫犁耕鋤耘、地主收租放糧，以及放牧狩獵、放筏衝船、舂穀釀酒、市井買賣和冶鐵鍛鍊等場面尤其生動。

如四川德陽柏隆畫像石，分為上下兩層，上面一層人體較大，做播種動作，與下面一層農夫做揮起農具收穫相對；如四川彭州太平畫像石前後兩排人，做出舂米的動作；如四川彭州義和畫像石的釀酒，有人擔穀米往釀酒酒坊送，有人在酒坊中釀酒，有人推車往外送酒；如四川彭州昇平畫像石有人賣酒，有人牽羊，有人買羊賣羊；如四川廣漢農場畫像石中的放筏，有人在水中沖蕩木筏，有人在岸上呼應，又有廢棄的鳥和魚；如四川成都新都畫像石中的建場，圖中上下左右各有一人，分別做出建造房舍的動作，再現建造場屋的情景等。

再次是四川畫像石中的車與馬，造型尤為秀美。在畫像石世界中，車與馬都是運動的形象，象徵著從此處到達彼處，應該寓意著從凡世到仙境的過往，是一種圖像的敘說，也是一種希望的表達，更是一種信仰的體現。此馬當為天馬，此車當為神車，都納入神話圖像，成為神話世界、神仙世界的一部分。如四川彭州太平畫像石中的三個騎馬吏，前面一個吏，騎著一匹馬，身旁並行一匹馱著寶物的馬，後面兩個吏，各騎著一匹馬，都在往前奔去；天子六駕，象徵六合世界的主人，那麼，三駕又該意味著

第一節　畫像石的分布

什麼呢？如四川彭州太平畫像石中的軺車，一人乘車，一人駕車，只有一匹駿馬，馬的形象非常肥碩、俊俏，車的雙輪和車蓋特意顯示出來；四川成都新都清白畫像石的軺車騎從，前面有一輛軺車，後面有一隨從騎馬；四川成都新都清白畫像石中的軺車驂駕，車上有三個人，一個駕車人，兩個乘者，前面的三匹馬，馬頭有裝飾，更顯華麗和富貴。此車與此馬應該寓意非凡，引導的乘者，應該與墓主的身分相關。四川彭州太平畫像石的斧車也是一人乘車，一人駕車，一匹馬拉車，突出的是車上豎立的一柄大鉞斧。四川成都市郊畫像石中的斧車就不一樣了，畫面分為三個部分，中間是一輛斧車，有一匹馬，一輛車，車上有一個駕車人和一個乘者，車上的斧鉞高高豎立著；上圖和下圖，分別有一個指路的仙人。其寓意在於官威，透過斧鉞和馬，展示權力和威儀，如《後漢書‧輿服志上》所記述：「大使車，立乘，駕駟，赤帷。持節者，重導從：賊曹車、斧車、督車、功曹車皆兩。」總之，這兩幅斧車圖表達的都與富貴的文化主題相關。四川成都跳蹬河畫像石中的車馬出行，前面一輛車有兩匹馬，一人駕車，一人乘車，車頂有車蓋，一旁一匹快馬，應該是一個出行的車隊。車不僅是人間的交通工具，而且意味著人神相通。如司馬遷《史記‧天官書》稱：「斗為帝車，運於中央，臨制四鄉。」在人們的心目中，徒步行走、騎馬和坐車是不同身分的重要象徵，坐車的文化寓意在於將車、人、馬三者融合成一個整體，即天人相通。在畫像石中，大量的車不但意味著能夠引導人靈魂通向天國，而且意味著人走進天國，成為神話意境中的一員，即實現成仙與得道的理想願望。

　　四川畫像石更為耐人尋味的是饗宴圖等生活場景的表現，展示出天府之國物產豐富，美食佳餚令人嚮往、垂涎。四川大邑安仁畫像石中的宴飲圖，最上方有三人，一人居中，身旁各有一人相伴，他們面前分別有兩人相望而坐，一派肅穆，座中有一件盛飯的器具，露出一把勺子；四川成都

第五章　刻在石頭上的神話故事

昭覺寺畫像石中的宴樂圖，分上下兩部分，上部分有一人主人形象坐定，對面一人彈琴，下面有盛飯的器具，兩側各有一人做舞蹈動作。天國的生活也充滿禮儀，如四川彭州太平畫像石中的迎謁圖，分左右兩部分，左側有人衣冠整齊，向人曲躬行禮，右側有兩人；四川廣漢磚廠畫像石的拜謁圖，一個主人高居座上，前面有三個人行跪禮；四川大邑安仁畫像石的謁見圖，宮殿中有一人在座中靜待一人行跪禮；等等。這些禮儀的展現，一方面顯示出當世的生活秩序和倫理，一方面是對靈魂的祝福，希望其保持尊貴的身分和地位。饗宴伴隨歌舞，如四川彭州太平畫像石中的《盤舞雜技》，左側架子上立著一隻鳳凰，鳳尾高揚起，右側是兩個步態矯健的舞者，其中一個揮舞起長袖。四川成都新都馬家鎮畫像石《駱駝載樂》，是一幅特殊的舞蹈圖，駱駝上面有人載歌載舞。自然，所有的歡樂都敬獻給地下的靈魂，導引它們升上天國。

　　四川畫像石中也出現蓮花、六牙白象、立佛、坐佛和弟子等宗教圖像，許多圖像的核心是佛教文化，但是，其表現方式與主題內容卻融化了中國傳統文化的各種元素。

　　四川畫像石的色彩、線條、造型和傳說故事的傳承，在四川綿竹木版年畫中非常突出，如《節會遊行》、《老鼠嫁女》、《三猴燙豬》、《狗咬財神》、《看官盜壺》等傳統題材，都能在畫像石中找到相似的內容與原型。

　　中國地大物博，山河秀麗，人民勤勞，畫像石在許多地方廣為分布，記錄了特殊時代的社會歷史文化。中國傳統的木版年畫也是時代的產物，記錄了不同時期不同地域的社會文化發展，記錄了不同的社會風俗和生活，尤其是不同類型的民間傳說故事。作為信仰的體現，畫像石與年畫都刻劃了天地神靈；作為藝術，都表現了豐富的情感、意志和審美。畫像石對傳統年畫的影響是曲折的，經過歲月的淘洗，融入民族文化的傳統，顯示出中國傳統文化堅韌的生命力。

第六章
《山海經》時代

第一節　《山海經》成書及其內容的基本構成

　　《山海經》是中國古代神話系統最早的整合，所以，我們稱之為「神話之源」。當然，這並不是說神話是從《山海經》才開始出現，而是突出其語言撲朔迷離，其內容博大精深，其「源」的意義在於顯示出以原始信仰為基礎的原始文明，尤其是其中神話文化與神話生活所具有的混沌特徵。

　　《山海經》作為中國最古老的神話典籍，其成書是世代累積，薪火相傳，不斷增刪的結果。

一、《山海經》的作者、成書和流傳

　　《山海經》作為縱橫上古萬千年、神州千萬里的文化奇書，無論從時間還是地域上來說，它都不可能是一人一時一地所能完成的。《山海經》包括〈五藏山經〉、〈海內經〉、〈海外經〉、〈大荒經〉，共計 18 卷，各卷風格並不完全相同，述說的內容也有很大差異，顯然這是一部由古人整理的相關典籍的大彙編。猶如一部宏偉的民族史詩，它主要講述中國遠古文化的發展歷史，特別是異常豐富的神話傳說故事，使此書披上了一層神祕的光輝。

第六章 《山海經》時代

　　古人為了抬高書的身價，故意託名於遠古或近世的聖賢們，從而強化書的神祕性，達到目的。後世的神怪文化是這樣，《山海經》更是這樣。如，劉歆（秀）在《上〈山海經〉表》中，稱《山海經》「出於唐虞之際」，先鋪陳出「洪水洋溢，漫衍中國，民人失據」的艱難背景，顯示大禹的豐功偉業，而後有「禹別九州，任土作貢，而益等類物善惡，著《山海經》」的聖舉。東漢時的趙曄，在《吳越春秋·越王無余外傳第六》中說得更是神乎其神：禹帶領益等到「名山大澤」，召其神而問之「山川脈理，金玉所有，鳥獸昆蟲之類，及八方之民俗，殊國異域，土地里數」，「使益疏而記之」，所以叫《山海經》。王充在《論衡·別通篇》中也把《山海經》看作禹和益的共同作品。為《山海經》作注的晉人郭璞，同樣認為是夏代的著作。

　　打破禹、益作者之說，後世越來越多的學者提出了新的不同見解。如，宋人朱熹在《楚辭集註·楚辭辯證》中說，《山海經》與〈天問〉的「問」相對，是解答〈天問〉之作。這樣，原說作者為禹、益就被戰國時人所替代。明代胡應麟在《少室山房筆叢》中也堅持認為《山海經》是採〈離騷〉、〈天問〉之遐旨及先秦諸書之異聞而作。清代研究《山海經》成為一種熱潮，如湧現出吳任臣的《山海經廣注》、汪紱的《山海經存》、畢沅的《山海經新校正》、郝懿行的《山海經箋疏》和吳承志的《山海經地理今釋》、陳逢衡的《山海經匯說》等一大批專著，解開了許多古謎。如，陳逢衡根據《山海經》的內容，斷定其為南人「夷堅」所作，「其書留傳楚人，至屈原作〈天問〉時，多采其說而問之」（《山海經匯說》）。近世學者論述者更眾，他們基本上否定了作者為禹、益說，從《山海經》所表現的地望等內容闡述各自的見解。如，陸侃如從作品的內容與《楚辭》、《莊子》有相通處，就假定其作者為楚人。袁珂認為，禹、益雖然不是《山海經》的直接作者，但書中的主要內容則很可能是禹、益作為酋長兼巫師口述下來

第一節　《山海經》成書及其內容的基本構成

傳至後世的，此書大約是從戰國初年到漢代初年楚和巴蜀地方的人所作。呂子方以為《山海經》屬南方民族作品。蒙文通更詳備地說，〈五藏山經〉和〈海外經〉是楚國作品，〈海內經〉是蜀國作品，〈大荒經〉是巴國作品。南人說的影響頗大，其主要依據就在於《山海經》中所反映的許多怪物，是黃河流域的作家很難創作的，尤其是《山海經》的主體部分在他們看來是以古代的巴、蜀、楚等地為「天下之中」。當然，這中間不乏偏見。

也有許多學者從地望上等內容考據《山海經》為北人說。如，茅盾、鄭德坤、袁行霈等強調西部、西北部神話的豐富，斷定炎黃二族自西北漸入河洛而成為《山海經》敘述的主體。徐顯之則強調「伊洛入河之會被認為天下的中心」。日本學者小川琢治在《山海經篇目考》中強調〈五藏山經〉以洛陽為中心，為洛陽人東周時的作品。法國學者蘭姆坎皮瑞（Lamcanperie）以為〈五藏山經〉為「商代山岳之紀事」。日本學者和田清以「玄股之國」、「其為人衣魚」證為北方說。他們認為這些內容是南方人所編造不出來的，因為「魚皮達子」是北方特有的。

更有人說《山海經》是外國人的作品。如，法國學者馬伯樂（H. Maspero）就強調《山海經》是受西元前5世紀外來的印度、伊朗等國的文化潮流刺激形成的。衛聚賢以為《山海經》是印度人「隨巢子」所作。泛巴比倫主義的代表人物蘇雪林說得更奇，她以為《山海經》為阿拉伯半島的「地理書」，由「古巴比倫人」所作，並且是由「戰國時波斯學者攜來中國」的。由此可見，一部《山海經》所反映的內容實在太豐富了，令許多國外學者也以為與他們有關。

在中國歷史文化發展中，巫是一個特殊的階層。尤其在原始信仰濃郁的歷史階段，他們充當著社會政治、文化領袖。這樣，他們就直接參與了全社會的文化整理和宣傳，成為指導文化建設的重要力量。對於《山海經》的作者，我們以為還是應當著重從文化的視野，特別是從神話的角

第六章 《山海經》時代

度來考察才會更有意義。在這個問題上，魯迅強調《山海經》為「古人巫書」。袁行霈強調〈山經〉是戰國初期、中期巫祝之流根據遠古以來的傳說記錄的一部巫覡之書，是他們「行施巫術」的底本，〈海經〉是秦漢間的方士書。游國恩、何觀洲、方孝岳、程耀芳等都稱《山海經》為戰國時期陰陽家代表人物鄒衍所作。此說雖然也不能令人信服，但它說明此書有濃厚的巫的色彩。蕭兵說，《山海經》很可能是東漢早期方士根據雲集燕齊的各國人士所提供的見聞和原始記載編纂整理而成的一部帶有巫術性、傳說性的「綜合地理書」。或曰，其東南西北中方位如此明顯，各個山或荒的地理方位及其神話傳說描述中，既有非常詳細的神靈形象，又有各種與之相關的信仰行為，諸如「不敢西向社」之類的禁忌，這應該是一部具有神巫主體意義的地理書，是一部以四方神靈崇拜為主要內容的招魂書。筆者將在其他地方詳細論述這個問題。當然，一切都有自圓其說的證據，更屬於見仁見智的合理性解說。

　　關於《山海經》的成書時代與作者問題，我們從書中所龐雜的成分，如後世的一些禮儀觀念，可以看出截止到晉代郭璞注釋該書時，該書是一直處於增刪狀態的。其基本規模，我們覺得從書中對帝與禹的稱呼等內容來看，應該初步形成於夏代，是由當時的巫們具體整理而成的。戰國和漢代則進行了更大規模也更重要的整理，當然，增刪就難以避免了。這裡應該強調的是，戰國時代的方士們詳細整理夏商時期分散流布的各種資料，對於《山海經》的系統性成書具有決定性意義。從戰國時代的文化氛圍來看，蒐集整理經過散失的相關口傳資料、圖畫資料、鼎文等文字資料，直至漢代在民族大統一的背景下更行考訂增刪，這才有我們今天所見到的《山海經》底本。鄒衍一類的學者們雖然各有取捨的標準，但他們都做出了非凡的貢獻。此書是由漢代以前的中國知識分子整理而成的，這是毫無疑問的。《山海經》的整理，經過了夏代、商周、戰國、漢代這四個階段，

第一節　《山海經》成書及其內容的基本構成

甚至延續到晉代，透過劉歆、郭璞等學者的辛勤勞動，才得以保存這份珍貴的民族文化瑰寶。

《山海經》具體成書於戰國時代，是和中國文化體制發展變化的歷史分不開的。作為這樣一部具有遠古時代百科全書性質的宏大的文化工程，它不會孤立地出現。在中國古代典籍中，較早提及《山海經》的是司馬遷。他在《史記‧大宛列傳》中說：至於《禹本紀》、《山海經》中所記載的怪異現象，他不敢隨便引說。關於它的具體成書，較早是由劉歆在《上《山海經》表》中提到的：「出於唐虞之際」，益所「著」。王充為他補充說：禹和益共同治理洪水，禹負責治水，益負責記述怪異的現象。海外的山脈氣象，沒有不記下來的。靠他們所親眼看到和聽到的資料，寫作完成了〈山經〉。但這種記述是需要有一定社會條件的。春秋之前，文化知識的流傳以口授為主，甲骨、青銅器、岩石、牆壁等資料上的紀錄都是十分有限的。進入戰國初期，隨著生產力的發展，竹簡的出現，才有弟子記述先師的語言、行動的文化活動，如《論語》等著述活動。到戰國後期，獨立著書立說的風尚才流行開來，如諸子百家的大爭鳴。正是在這樣的條件下，才有可能使《山海經》系統成書。有史可證，在西漢的景帝、武帝時，〈海經〉和〈山經〉是分別以地理性質的書而流傳的。到漢成帝時，才有尹咸將〈山經〉5篇、〈海經〉8篇校定為13篇；到漢哀帝時，已經有32篇，後由劉歆整理，改為18篇。被劉歆刪去的內容有許多是很珍貴的神話資料，它們被學者們稱為〈大荒經〉和〈海內經〉。到晉代郭璞注《山海經》時，才將它們一併收入，使我們看到豐富而完整的內容。

《山海經》在流傳過程中，應該有圖畫相配。比如，郭璞所注《海外南經》、〈大荒北經〉中有「畫似仙人」、「畫似獼猴」等語句，陶淵明的《讀山海經》十三首（第一首）中有「流觀山海圖」句。有人說，是因為戰國時代之後，光文字已經滿足不了人們的閱讀需要，這才出現圖文相配的。

第六章　《山海經》時代

我們認為很可能是先有古人傳下來的圖，之後才有後人所作的說明。因為《山海經》中，特別是在〈山經〉中有很多簡短的句子，殘缺不全，不像〈海經〉和〈荒經〉中有相對完整的情節。畢沅在《山海經新校正》中曾斷言《山海經》有「古圖」，「有漢（代）所傳圖」，甚至斷言〈海經〉圖為「禹鼎」。有學者以為此說不可信。我們覺得應該從文化傳統上去理解此問題。從《漢書》和《史記》中可知，《管子》、《吳孫子兵法》、《齊孫子》等著作都有或附有圖制，《山海經》中有圖配文是很自然的。再者，《漢書·郊祀志》曾提到大禹將「九牧」收來的金子鑄成九鼎，象徵九州的分野和管制，以告慰天帝。《左傳·宣公三年》中也提到類似的事情。杜預注釋時說，這是先讓人用圖畫的形式描繪天下的山川奇異景象，連同「金」一起奉獻給禹。圖畫的繪製作為一種宗教活動的需求而形成一種文化傳統，直接影響到《山海經》圖的創作。禹是神話傳說中的人物，我們不必過於強調他是否真正收九牧之金以鑄鼎，單從後世出土的各種鼎，就可以管窺圖案在宗教文化傳播中的重要作用。當然，《山海經》的原始圖繪在今天已經很難見到。我們所能見到的，都是後來繪製的。如，梁代的張僧繇曾繪《山海經圖》。再者，《初學記》中有引張駿《山海經圖畫贊》的，可知唐代前有此類圖。總之，在《山海經》的具體流傳中，與書文相配的圖繪內容及其文化傳播的價值意義，我們是不應該忽視的。

從具體的語言來看，《山海經》中無論〈山經〉還是〈海經〉，都不像現在所保留的《易經》、《尚書》等典籍那樣佶屈聱牙，而顯得簡潔、通暢，明顯是戰國時代的語言。特別是〈海經〉中的一些神話傳說，具有相對完整的故事情節，其所出更晚。儘管在《山海經》中出現了一些秦漢時郡縣的地名，但這並不能說明全部內容為秦漢時所寫成，而只能說是秦漢間人整理時留下的痕跡。再者，《山海經》中的地名和神話一樣，我們不應該強求其真實、詳備。一些學者花費很大力氣去考證，恐怕意義並不是像他們所想像的那樣。

第一節　《山海經》成書及其內容的基本構成

若我們把這部書當作中國上古時代的神話傳說的著錄，許多問題就迎刃而解了。當然，神話傳說是歷史發展曲折的反映與表現，其產生是離不開一定的社會實際存在的背景的。既然是神巫語言，真真假假，撲朔迷離，無論如何是不能作為信史看的。誠然，我們絕不是不可知論者。從《山海經》集中反映的內容看，表現夏代社會生活最為突出。關於這個問題，有位學者說得很好，不管如何，無法改變《山海經》是夏人之作的形式和內容。如果說《山海經》是春秋戰國時代人的作品，為什麼春秋戰國那樣一個激烈動盪，對文化有著強而有力的衝擊的時代，竟然見不到相關的人名、國名、事名，而多述禹及其以前的事呢？即使其中提到「齊燕」等字樣，但據考證，齊非齊地，燕則為後人所摻雜。

《山海經》有原始史詩的痕跡與特徵。其是否可以稱作中國遠古時期的史詩呢？將其語言文字所保持的韻律等特徵，比照中國少數民族中流傳的許多史詩演唱格式，這種推測應該有相應的道理。

從《山海經》的整體來看，面目是質樸而完整的，帶有戰國語言的痕跡而又明顯不同於一般諸子著作的個性，它充分體現出「群巫」之作的「野蠻」風貌。在一些章節中，我們甚至可以欣喜地看到歌謠的音律美，如〈海外北經〉中的「鐘山之神，名曰燭陰，視為晝，瞑為夜，吹為冬，呼為夏，不飲，不食，不息，息為風。身長千里」，顯得鏗鏘有力，節奏分明、優美。這種現象甚為普遍。由此我們可以設想，除掉後人所加的成分，整部《山海經》的〈山經〉部分是誦，而〈海經〉部分是有誦有唱，或者以唱為主的。這是各民族英雄史詩語句特點的普遍體現。甚至我們可以說，〈海經〉部分就是中國古代民族英雄史詩的融合會聚，經過整理後仍然可見這種史詩的規模與痕跡。進而我們可以繼續設想，〈海經〉是一群巫師所唱的經卷彙編。這一點毫不奇怪，無論是西方的《伊利亞特》、《奧德賽》，還是中國至今仍在流傳的《格薩爾》、《江格爾》、《瑪納斯》等英雄

第六章 《山海經》時代

史詩,以及苗族的《古歌》、《創世紀》等,都有傳唱的成分,巫的講唱使史詩不斷延續、傳播開來。

關於《山海經》的書名,畢沅曾稱「司馬遷已稱之,則其名久也」,但眾人常忽略的是王充在《論衡·談天篇》等處所舉〈山經〉之名。有學者認為這是〈五藏山經〉的略稱。前面曾提到,在一個時期內,〈山經〉和〈海經〉是分別流傳的,後世劉向劉歆父子校書時,將〈五藏山經〉5篇、〈海外經〉4篇、〈海內經〉4篇加起來,才有此書名。整部《山海經》的字數在流傳中不斷增刪而發生變化,如,〈山經〉在郝懿行統計時是21,265字,《海外經》、〈海內經〉和〈荒經〉共13篇計9,560字,合計30,825字,但劉歆校書時,〈山經〉僅15,503字,少5,762字。這是否因為劉歆嫌一些字句冗雜而有意捨棄呢?

或許不一定是這樣。劉歆所捨部分,學者們大都以為是郭璞注時所說的「此〈海內經〉及〈大荒經〉本皆在外」(即「逸在外」)的內容。〈山經〉是這樣,〈海經〉等篇就更難說了。《山海經》在《漢書·藝文志》中是13篇。在《隋書·經籍志》中則稱《山海經》23卷,另有《山海經圖贊》2卷和《山海經音》2卷。在《舊唐書·經籍志》中,稱《山海經》18卷,另有《山海經圖贊》2卷和《山海經音》2卷;《新唐書·藝文志》卻稱《山海經》23卷,另有《山海經圖贊》2卷和《山海經音》2卷。《宋史》中只提及有《山海經贊》2卷。清代注家眾多,一般學者所提為18卷。這種現象表明,在歷史文化的長河中,關注這部經典者都在努力檢索其中的奧祕。從這種意義上來說,《山海經》對中國文化的影響從來沒有停止過;同時,我們也可以看到,在《山海經》的研究中,注入了不同時代的文化思想。

研究《山海經》與中國文化的連繫,我們不能不注意到這些情況。除了字數和篇目,更突出地表現在時人的思想直接加諸其上。如〈海外南經〉的首段所說的,「地之所載,六合之間,四海之內,照之以日月,經

第一節　《山海經》成書及其內容的基本構成

之以星辰，紀之以四時，要之以太歲，神靈所生，其物異形，或夭或壽，唯聖人能通其道」。據考，「太歲」首出於戰國。這一段顯然不是原始信仰，而是戰國時代的社會觀念。又如，〈大荒經〉和〈海內經〉中的「有鸞鳥自歌，鳳鳥自舞。鳳鳥首文曰德、翼文曰順、膺文曰仁、背文曰義」，以及〈南次三經〉的「有鳥焉，其狀如雞，五采而文，名曰鳳皇，首文曰德，翼文曰義，背文曰禮，膺文曰仁，腹文曰信」，其中的德、義、禮、仁、信，這些觀念絕不會在上古產生，明顯為春秋戰國後學者們的說教。這些觀念的摻雜，確實影響了《山海經》保持的原始面目，但從另一方面來說，正是伴隨著這種摻雜，才使這個經典與社會發展相結合而不至於很快散失。像〈禹貢〉、《穆天子傳》等典籍的散佚，其原因是否與此有關很難說。

　　當然，《山海經》也有自己的絕對優勢，那就是其自身宏大的氣派、豐富的內容，吸引了人們的廣泛關注，才使它流傳不衰。我們應該注意到，就中國文化發展的實際而言，不可能有絕對純粹的原始典籍留存。除了像漢墓中畫像石之類的文物被後人所發掘並較為完整地保存，典籍的流傳總是被不斷增刪的。另外，像一些原始咒語，在流傳中也難免有後人摻入的成分。

　　若別除這些，《山海經》的面目將是清新、生動的。國家大統一，民族大融合，文化在交流中迅速發展壯大。《山海經》摻雜後世思想觀念是很正常的事情。

　　總之，《山海經》基本形成於夏代，這從文中對禹、啟和其他帝（神）不同稱呼可以看出；作為書與圖的紀錄形式，則是時代發展的原因，如成冊竹簡的出現限定《山海經》只能在春秋戰國時代成書；由於文化發展和社會政治等因素，只有在漢代才出現體系相對完整的《山海經》，其中，博學多識的方士發揮突出的作用，從而保存下這部民族文化奇書；在晉代，郭璞收入了逸失的部分內容，使《山海經》的內容更為完善。不同時

第六章 《山海經》時代

代的注釋整理，融入了學者們的心血，集中表現出他們對民族文化尤其是神話學、民俗學、哲學、歷史學和地理學等古代人文學科的思想智慧。

《山海經》及各家注釋闡微，是中國古代思想文化的重要內容。

二、《山海經》內容的基本構成

《山海經》18卷，大體上分為山、海、荒三種文化體系，山為神山，海為神海，荒為神荒（神原），每一種體系都具有相對獨立的內容。山、海、荒各為一種神話存在方式，即〈五藏山經〉為一種神話系統，〈海外經〉、〈海內經〉為一種神話系統，〈大荒經〉包括〈海內經〉另為一種神話系統。

1.〈山經〉系統

〈山經〉包括〈南山經〉、〈西山經〉、〈北山經〉、〈東山經〉和〈中山經〉。其中，可以粗略統計出，有447座相連的山，有276條源於各山之中的河流，有56種神鳥，有88種神獸，有38種神魚，有16種神蟲（其他形狀神奇者、怪異者未計入），以及白玉、璋、糈和草木等祭祀物。這裡的山川河流和各種草木魚蟲未必就是自然真實的，其神話屬性更為明顯。

〈山經〉的地域範圍，譚其驤認為，晉南、陝中、豫西地區記述得最詳細最正確，其文中距離與實際相差一般不到兩倍；離開這個地區越遠，記述就越模糊，與實際差別越大。在他看來，〈南山經〉的大致範圍東起今浙江舟山群島，西至湖南西部，南至廣東南海（不包括今廣西、貴州、雲南、海南和廣東西南部高雷一帶）。〈西山經〉的大致範圍北至今寧夏鹽池西北、陝西榆林東北一線，西南至甘肅鳥鼠山、青海青海湖，西北可能到達新疆的東南角（不包括羅布泊以西以北）。而〈北山經〉的大致範圍

西起今內蒙古騰格裡沙漠,東抵河北中部即〈山經〉中所提的大河河水下游,北抵內蒙古陰山以北,北緯43°迆北一線。〈東山經〉的範圍東抵今山東成山角,北起萊州灣,南抵安徽灘河。〈中山經〉的範圍西南到達四川盆地的西北邊緣。

　　譚其驤先生的意見與今天的實際地望並不完全相合,而且不能自圓其說。既然〈中山經〉描述得更詳細,為何自己勾畫得又很粗略呢?在這一點上,徐顯之先生與他的意見不同。徐顯之先生認為,〈中山經〉的全部區域範圍相當於今天黃河中下游的中原地區,即它包括了伊洛地區、中條山地區、岷山地區、伏牛山——大別山地區、荊山——大別山地區、幕阜山地區,一共六個地區。

　　伊洛地區指以洛陽為中心的伊水、洛水流域。司馬遷曾說「昔三代皆出於河洛之間」,就指這個地區。許多文獻表明,這裡是夏文化的中心。中條山地區在今山西西南部,緊連著伊洛地區。這一帶有傳說中的「舜漁雷澤」的雷水（今山西永濟市南）,禹曾在安邑（今山西夏縣以北）建都,也是夏文化的中心。岷山地區的範圍包括岷山、大巴山、巫山一帶,有著豐富的巴蜀文化內涵。究其根底,《華陽國志》稱「肇於人皇」,是「黃帝高陽之支庶」,與夏文化有著密切的連繫。伏牛山——大別山地區包括今伏牛山、桐柏山兩大山脈和大別山以北,這裡的桐柏山脈屬山即烈山,是炎帝族生活的地方。《山海經》中稱這個地區為「桑多」,即農桑發達。應該說,炎帝和黃帝兩族更易於在這裡形成結合部。荊山——大別山地區與以上地區緊緊相連,大致範圍在湖北漢水以南,東至大別山南北,是楚文化的重要集結地。幕阜山地區為長江以南湘蠡之間的洞庭、柴桑一帶,多「黃金」、「玉」、「銀」和「美銅」,也是夏文化的重要聚集地。

　　在〈山經〉諸篇中,有一些固定的句式,如「有×焉,其狀如……」有的句式較簡短,有的句式較長。這些名物以草木鳥獸魚蟲為最多,特別

127

第六章　《山海經》時代

是鳥獸魚蟲，我們可以把它看作群山的靈魂。正是這些鳥獸魚蟲的奇形怪狀和各種習性，形成〈山經〉的主要神話傳說內容，它們至今還在流傳。也正是這些瑰麗多彩的神話傳說，使這些山川成為中華民族文化的「活化石」。如果我們做一個簡單歸納，即可看到這樣一些內容：提及名稱和介紹最多的是獸，有名者36種，作形態介紹者88種；其次是鳥，有名者20種，作形態介紹者56種；再次為魚，有名者16種，作形態介紹者38種；最後是蟲，有名者16種，作形態介紹者10種。另外還有未提到名稱的鳥、奇鳥（獸）、怪鳥（獸）、白鳥（獸）、奇魚、怪魚、怪蟲和怪蛇。它們中，有的是多尾，多身，多足，有的是多種物體的雜合，有的是變形，如人面的各種鳥，人首狀的獸，鳥狀的魚，獸狀的魚，有鳥翼的蟲或獸等等。這些本書另有詳述，此處略。

在〈山經〉中，著名的神話傳說中的鳥獸魚蟲幾乎都提及，當然，這裡的鳥獸魚蟲應該是神鳥神獸神魚神蟲，都具有神話意蘊、神話色彩、神話特徵。如白虎、天狗、天馬，人魚、飛蛇、龍龜、白蛇、三足龜（鱉）、鳳凰、三青鳥、精衛、鸞鳥、象、夔牛、玄豹、白鹿、九尾狐、蛟、虎蛟等。其中，提及次數較多的如赤、鳩、尸鳩、鴝鵒、白鳥、白獸、虎、豹、馬、犀、兕、牛、羊、鹿、人魚、蛟、蛇和龜。這從一個方面表現了原始思維的基本特徵。這裡所提及的著名神話傳說人物與前所列舉的鳥獸魚蟲相比，則要少得多。如，在〈南山經〉中除「鳥身龍首」、「龍身鳥首」、「龍身人面」的山神外，幾乎沒有別的鬼神。

〈西山經〉中提到的「十神」皆為「人面而馬身」，「七神」是「人面牛身」，「有天神焉，其狀如牛，而八足二首，馬尾」，有司天之九部之神及帝囷之神，「狀虎身而九尾，人面而虎爪」。最典型的是西王母，其狀如人，「豹尾虎齒而善嘯，蓬髮戴勝」，其神職在於「司天之厲及五殘」。另如長留之山神「白帝少昊」，「其狀如黃囊，赤如丹火，六足四翼，渾敦無

第一節　《山海經》成書及其內容的基本構成

面目，是識歌舞」的「帝江」，泑山之神「蓐收」；從崇吾之山到翼望之山的山神「皆羊身人面」。在〈北山經〉中，「單狐之山」至於「堤山」的神與「管涔之山」至於「敦題之山」的神一樣，都是「蛇身人面」。「太行之山」至於「無逢之山」的神有 44 個，20 個「馬身人面」，14 個「彘身（豬身）而載玉」，10 個「彘身而八足蛇尾」。〈東山經〉中，「樕之山」至於「竹山」，「其神狀皆人身龍首」；「空桑之山」至於「硜山」，「其神狀皆獸身人面載觡」；「尸胡之山」至於「無皋之山」，「其神狀皆人身而羊角」。〈中山經〉中，「煇（輝）諸之山」至於「蔓渠之山」，「其神皆人面而鳥身」；「和山」的「吉神」泰逢，「其狀如人而虎尾」，「好居於萯山之陽，出入有光」，其神力能「動天地氣」；「鹿蹄之山」至於「玄扈之山」，「其神狀皆人面獸身」；「休輿之山」至於「大之山」，有 16 位神「皆豕（豬）身而人面」，苦山、少室、太室三山的神「皆人面而三首」；「景山」至「琴鼓之山」，「其神狀皆鳥身而人面」；「驕山」神「蠱圍」，「其狀如人面，羊角，虎爪」，「出入有光」；「岐山」神「涉」其狀「人身而方面三足」；「女几山」至於「賈超之山」，「其神狀皆馬身而龍首」；「首山」至於「丙山」，「其神狀皆龍身而人面」；「翼望之山」至於「几山」，「其神狀皆彘身人首」；「夫夫之山」神「于兒」，「其狀人身而身操兩蛇」，「出入有光」；「洞庭山」有「帝（堯）之二女」，多怪神「狀如人而載蛇，左右手操蛇」；「篇遇之山」至於「榮餘之山」，「其神狀皆鳥身而龍首」。這些神話人物幾乎都沒有完整的故事，一方面是與〈五藏山經〉主要作為一部地理書有關，另一方面則反映出其相對樸素、原始的面目，即所謂神話學上所說的離有文字記載的商周時期越近，所表現出的故事越少，離有文字記載的商周時期越遠，故事表現的內容越為詳細的道理。

最後是神話空間，即神話世界中那些祭祀的內容。其多「祠」，祭物有「白雞」、「稻米」、「白菅」、「稷米」、「玉」以及「太牢」、「燭」、「犧牲」、「瘞」、「糈」、「狗」等。有學者認為這些祭祀行為和「見則多風雨」之類的

第六章 《山海經》時代

語言一樣,並不是原始的巫術表現,而是秦漢間人所加。我們認為這是有一定道理的,但不能一概而論,其中的祭祀禮儀和預測性言論,在一定程度上表現出原始人民的信仰特徵。況且,即使是後世的祭禮,也是以原始信仰崇拜為基礎而形成的。

2.〈海經〉(〈海外經〉、〈海內經〉)系統

《爾雅·釋地》:「九夷、八狄、七戎、六蠻,謂之四海。」可知,此處「海」的概念並不是現代意義上的海洋。再者,從〈海外經〉和〈海內經〉所描述的具體內容看,「海」的概念是和「國」密切連繫在一起的,即表達出一種原始信仰觀念。這裡的「海內」所指為國土內的範圍。所以,就有與〈山經〉相重複的地理概念,如「崑崙」,但〈海內經〉的範圍明顯超出〈山經〉。應該說,這是隨著社會日益發展,人們的視野不斷擴大,見聞益廣的結果。如,〈海內經〉有「蓬萊山在海中」、「桂林八樹在番隅東」句,其域為「山」即陸地所環繞之內處,而〈海外經〉則更遠,是四海之外更為遼闊的地方。但是,無論「海內」或者是「海外」,這裡的「海」明顯帶有極為濃郁的想像成分,所以我們很難像闡釋〈山經〉那樣可以列出與實地相符的幾個具體地區。究其原因,這和文本形成的時代是分不開的,尤其是和秦漢間方士階層所宣揚的神異觀念對社會現實的衝擊相連繫在一起的。整體說來,「海」就是國土。它與「山」不同的是,「山」多指大致的地貌,多縱橫的山脈及奔騰在山間的河流,間或有對那些藏居山間水畔的奇木異草、神鳥怪獸以及神祕的魚蟲所作的描述。而「海」多指傳說中的遙遠的土地。它使我們聯想起李白筆下的詩句「海客談瀛洲」,「海客」的「海」應該和這裡的「海」在意義上是一脈相承的。這種現象還使我們想起北京城的「海」,和筆者的家鄉中原農村舊時稱水流相繞的「海」。北京的「海」意味著神聖、博大,像中南海、什剎海,都有此種意義。而筆者的家鄉,在

第一節　《山海經》成書及其內容的基本構成

舊時對城周圍的水溝也稱作「海」,「海」意味著一種狹隘的極限,是人們生活的區域邊緣。這兩種意義應該都是從〈海經〉所生發、綿延而遺存的吧。

理解〈海外經〉和〈海內經〉各篇,我們從宏觀上可以看到各篇中所描述的「國」。「國」即部族、部落,以某種形狀為象徵。

〈海外經〉中,「國」的記述依次為:

〈南經〉12 國:結匈國、羽民國、讙頭國(朱國)、厭火國、三苗國(三毛國)、戴國、貫胸國、交脛國、岐舌國、三首國、周饒國(焦饒國)、長臂國。

〈西經〉10 國:三身國、一臂國、奇肱國、丈夫國、巫咸國、女子國、軒轅國、白民國、肅慎之國、長股之國。

〈北經〉9 國:無臂國、一目國、柔利國、深目國、無腸國、聶耳國、博父國、拘纓國、跂踵國。

〈東經〉7 國:大人國、君子國、青丘國、黑齒國、玄股國、毛民國、勞民國。

〈海內經〉中,「國」的記述依次為:

〈南經〉9 國:伯慮國、離耳國、雕題國、北朐國、梟陽國、氐人國、匈奴國、開題國、列人國。

〈西經〉2 國:流黃酆氏之國、貊國。

〈北經〉6 國:犬封國(犬戎國)、鬼國、林氏國、蓋國、朝鮮、射姑國。

〈東經〉6 國:埻端國、璽?國、大夏國、豎沙國、居繇國、月支國。

以上所列 61 國,其中〈海外經〉38 國,〈海內經〉23 國,多以貌命名。

誠如有人所言,此處之國,即「民」,在形狀、性情等方面表現出共同特徵的氏族部落、集團。在這些人群中,發生了許多令人眼花撩亂的神話傳說故事,特別是其中存在的以「崑崙」為中心的神話群,表現出中國

第六章　《山海經》時代

神話的系統性特徵。這裡的「民」的形狀和性情與〈山經〉中諸神的「其神狀 × 首 × 身」的基本模式相比，顯示出原始人民對自然、社會認識和理解的不斷提高。特別是〈海內經〉、〈海外經〉諸篇中，許多神話都是自成體系，同時，各神話群中又有相互連繫的內容，它體現出在「海」的意義上這個神話系統的文化個性。這些神話群成為後世文化的經典性內容，深深地影響著中國神話文化的具體發展和衍化規律。

例如，〈海外南經〉中有關於不死民長壽的記載，關於崑崙虛地區羿與鑿齒戰爭的記載，關於在狄山「帝堯葬於陽，帝嚳葬於陰」的記載，關於「南方祝融，獸身人面，乘兩龍」的記載。〈海外西經〉中有關於「大樂之野，夏后啟於此儛九代，乘兩龍，雲蓋三層。左手操翳，右手操環，佩玉璜」的記載，關於「形天與帝至此爭神，帝斷其首，葬之常羊之山。乃以乳為目，以臍為口，操干鏚以舞」的記載，有「女丑之尸，生而十日炙殺之」和因「畏軒轅之丘」而「不敢西射」的記載，關於在肅慎之國的雄常（雒棠）樹「先入伐帝，於此取之」和「西方蓐收，左耳有蛇，乘兩龍」的記載。〈海外北經〉中有關於「鐘山之神」（即「燭陰」）的「視為晝，瞑為夜，吹為冬，呼為夏，不飲，不食，不息，息為風。身長千里」而「人面，蛇身，赤色」的記載，關於「禹殺相柳，其血腥，不可以樹五穀種」，和相柳「九首人面，蛇身而青」，以及「共工之臺」、「眾帝之臺」的記載，關於「夸父與日逐走，入日，渴欲得飲，飲於河渭，河渭不足，北飲大澤。未至，道渴而死。棄其杖，化為鄧林」的記載，關於在務隅之山，「帝顓頊葬於陽，九嬪葬於陰」的記載，和「北方禺強，人面鳥身，珥兩青蛇。踐兩青蛇」的記載。〈海外東經〉中有關於「湯谷上有扶桑，十日所浴，在黑齒北。居水中，有大木，九日居下枝，一日居上枝」的記載，關於「東方句芒，鳥身人面，乘兩龍」的記載。

又如，〈海內南經〉中有關於「蒼梧之山，帝舜葬於陽，帝丹朱葬於

第一節 《山海經》成書及其內容的基本構成

陰」的記載。〈海內西經〉中有關於貳負與其臣危「殺窫窳」和「后稷之葬,山水環之。在氐國西」的記載,有關於「海內崑崙之虛,在西北,帝之下都」的記載。此帝即黃帝。文曰:「崑崙之虛,方八百里,高萬仞。上有木禾,長五尋,大五圍。面有九井,以玉為檻。面有九門,門有開明獸守之。百神之所在。在八隅之岩,赤水之際,非仁羿莫能上岡之岩。」、「開明」是崑崙山的守護神,其「身大類虎而九首,皆人面,東向立崑崙上」。在其周圍,西有鳳凰、鸞鳥,北有珠樹等生長珍珠和美玉的樹和不死神樹,以及戴著盾甲的鳳凰和鸞鳥,東有群巫(巫彭、巫抵、巫陽、巫履、巫凡、巫相),他們手持不死之藥去救窫窳,南有長著六個腦袋的樹鳥和蛟、蛇、豹等,更顯出崑崙山的繁華。〈海內北經〉中有關於「西王母梯几而戴勝杖」的記載,她的南面有三隻為她取食的青鳥,在崑崙山東北處,有各為兩座四方形的帝堯、帝嚳、帝丹朱、帝舜的靈臺的記載,有舜妻「登比氏」也叫「登北氏」生下「宵明」和「燭光」,居住在河畔大澤之中,神女的靈光能照耀方圓百里的記載,以及「蓬萊山在海中」和「大人之市在海中」,「大鯿」、「大蟹」在海中等景象的記載。〈海內東經〉中有關於「雷澤中有雷神,龍身而人頭,鼓其腹(則雷)」的記載。

在以上所列舉的神話資料中,我們可以清楚地看到,〈海內經〉有一個中心區域,即崑崙山,它地勢險要,如,「其南淵深三百仞」,其坐北朝南,神主為西王母,她的護守神使為開明神獸,周圍遍布奇花異草、神巫和堯舜等帝王的靈臺。而在〈海外經〉中,雖然也有崑崙山地區的描述,如羿與鑿齒的戰爭的記載,但範圍明顯更為擴大,神話人物也更為繁密。如祝融、夏后啟、刑天、女丑、蓐收、燭陰、相柳、夸父、禹、顓頊、禺強、句芒等,熙熙攘攘。事實上,〈海內經〉和〈海外經〉在總體範圍上並沒有超出多少華夏族早期活動的區域。特別是各神靈之間的連繫仍然是鬆散的,神譜的意義不會太明確,這表明在「海」的意義上,崑崙神話系統與蓬萊神話系統趨向於「合」的態勢,儘管其走向不會太明顯。

133

3.〈大荒經〉（包括〈海內經〉）系統

〈大荒經〉（包括〈海內經〉1篇）在內容上是相對獨立於前面所舉的〈山經〉和〈海內經〉、〈海外經〉各篇的。在這一點上，以往許多學者總是誤把〈荒經〉看作〈海經〉中所摻雜的。〈大荒經〉中保存的神話最為豐富，也最有系統。其最突出的地方就是它展示出一個以「帝俊」為中心的神話世界，而不像〈海內經〉和〈海外經〉那樣以「崑崙」為中心。畢沅在《山海經新校正·篇目考》中這樣解釋道：〈山經〉和〈海內經〉、〈海外經〉是禹、益所作，〈大荒經〉為禹、益之後人所作。他還說，這是劉歆所增。郭璞注釋整理《山海經》時早已提到，〈大荒經〉是劉歆進上《山海經》之外的部分。郝懿行在《山海經箋疏》中，根據其次序的不同，校書款識的不同，認為〈大荒經〉非劉歆所增，也非其進上的《山海經》之內，而是劉歆之後為了詮釋〈海內經〉和〈海外經〉而撰寫的文字。近人袁行霈則認為〈大荒經〉既非劉歆所增，也非後人詮釋之文，而是本來就「雜在海外、內經中」的文字，與〈海內經〉、〈海外經〉一樣，是「秦或西漢初年的作品」。他說：「所謂大荒，指的就是海外，並不是在海外之外另有一個地域叫大荒。」事實上我們不必這樣強究「大荒」在「海外之外」的意義，「荒」和「山」、「海」是三種不同意義的概念，〈大荒經〉在內容上和〈山經〉、〈海經〉既有連繫又具有相對獨立性，是又一個以「帝俊」為中心的神性體系。同時，它也不是對其他文本的補充或詮釋。即使是〈海經〉，內與外象徵著它們在形式上是分開的，但在內容上尤其是神話所發生的區域範圍上卻並沒有十分明顯的區別。如〈海外經〉中有「帝堯」、「帝嚳」、「軒轅之丘」和「崑崙」的記述，〈海內經〉中同樣有記述，只不過〈海內經〉的「崑崙」中心地位更突出而已。而在〈大荒經〉中，帝俊的中心是非常突出的，動輒有「日月所出入處」的描述，應該說，這是和帝俊的角色即神性神職所分不開的，更是其他文本所不能比擬的個性所在。當然，其形成時

期也不盡相同。

〈大荒經〉中關於以帝俊為中心的內容主要表現在這些方面：

〈大荒東經〉中載：「有中容之國。帝俊生中容，中容人食獸、木實，使四鳥：豹、虎、熊、羆。」、「有司幽之國。帝俊生晏龍，晏龍生司幽，司幽生思士，不妻；思女，不夫。食黍，食獸，是使四鳥。」、「有白民之國。帝俊生帝鴻，帝鴻生白民，白民銷姓，黍食，使四鳥：虎、豹、熊、羆。」、「有黑齒之國。帝俊生黑齒，姜姓，黍食，使四鳥。」

〈大荒南經〉中載：「大荒之中，有不庭之山，榮水窮焉。有人三身，帝俊妻娥皇，生此三身之國，姚姓，黍食，使四鳥。」、「有襄山。又有重陰之山。有人食獸，曰季釐。帝俊生季釐，故曰季釐之國。有緡淵。少昊生倍伐，倍伐降處緡淵。有水四方，名曰俊壇。」、「東南海之外，甘水之間，有羲和之國。有女子名曰羲和，方日浴於甘淵。羲和者，帝俊之妻，生十日。」

〈大荒西經〉中載：「有西周之國，姬姓，食穀。有人方耕，名曰叔均。帝俊生后稷，稷降以百穀。稷之弟曰臺璽，生叔均。叔均是代其父及稷播百穀，始作耕。」、「有女子方浴月。帝俊妻常羲，生月十有二，此始浴之。」

〈大荒北經〉中載：「東北海之外，大荒之中，河水之間，附禺之山……丘方圓三百里，丘南帝俊竹林在焉，大可為舟。」

在〈海內經〉中，帝俊的神話傳說異常豐富，如：「帝俊生禺號，禺號生淫梁，淫梁生番禺，是始為舟。番禺生奚仲，奚仲生吉光，吉光是始以木為車。」、「帝俊賜羿彤弓素矰，以扶下國，羿是始去恤下地之百艱。」、「帝俊生晏龍，晏龍是始為琴瑟。」、「帝俊有子八人，是始為歌舞。帝俊生三身，三身生義均，義均是始為巧倕，是始作下民百巧。」

第六章　《山海經》時代

在〈大荒經〉和〈海內經〉中，帝俊龐大的家族十分顯赫，中容、晏龍、帝鴻、黑齒、三生之國、十日、十二月、季釐、后稷、禺號、三身、八子（為歌舞）都是其家族的成員，更不用說旁系了。在這樣一個家族中，帝俊的地位是崇高的，所以，就連黃帝那樣著名的神人在這裡也不得不退「位」。在帝俊神話系統中心世界裡，日月的出入處，如大言山、合虛山、明星山、鞠陵於天山、東極山、離瞀山、孽搖頵羝山上的扶木、猗天蘇門山、壑明俊疾山、甘淵、方山上的櫃格之松青樹、豐沮玉門山、鏖鏊鉅山、常陽之山、大荒之山、龍山等場所，形成了無比輝煌的神話氛圍，襯托出帝俊的神話典型形象。那麼，帝俊是否在後世神話流傳中被解構或消失了呢？如果是，又如何形成這種神話現象呢？

冉者，從與此相連的神話系統中，我們可以清楚地看到黃帝家族和顓頊家族的非凡影響。另外諸如禹神話群、共工神話群、蚩尤神話群、夸父神話群，也都有豐富的內容。其他像所提及的西王母、炎帝、女媧、應龍、女魃、王亥、后稷、羲和、常羲、祝融、禺號、堯、舜、嚳、燭龍、贛巨人、羿等神話人物和各種神祕色彩濃郁的山川草木、鳥獸魚蟲，都比〈山經〉和〈海內經〉、〈海外經〉中的要完整、生動。這種局面與帝俊中心相對比，體現出中國古代神話的交融性、豐富性、系統性並存的特徵。有人認為，形成帝俊中心的原因在於殷人崇拜觀念對神話的滲透，應該說這是有道理的。但是，正因如此，〈大荒經〉和〈海內經〉才形成自己的系統特徵，而有別於〈山經〉系統和〈海內經〉、〈海外經〉系統。也就是說，〈大荒經〉系統的形成，有著自己獨特的歷史文化背景，因而，在中國古典神話世界中，它占據著獨特的位置，包容著更豐富的價值和意義。特別是從〈山經〉到〈海經〉再到〈荒經〉，神話面目越來越清晰，系統性越來越完整，這種現象更值得我們重視。

第二節　《山海經》的神話群及其文化類型

一、《山海經》的神話群

所謂神話群，一般指原始先民對自然和社會所表現出的形象的認知與表達所顯示出的集群現象。神話群體形象不但包括以帝王、英雄、聖賢、妖魔、怪異形象出現的神人，而且包括各種奇異的鳥獸魚蟲，和具有神祕色彩的草木山石。

《山海經》的神話系統中，影響最大的是神人。特別是在〈海內經〉、〈海外經〉和〈大荒經〉諸篇中，神性家族構成了神話中的核心內容，成為全書中最有光彩的一部分。但我們也不可忽視那些以鳥獸魚蟲、草木山石面目所出現的神話內容。作為神人存在和活動的基本背景，這些內容是整個神話系統不可分割的「基礎」。

《山海經》中的神人眾多，其有名者，如黃帝、炎帝、羲和、顓頊、堯、舜、鯀、禹、西王母、刑天、共工、應龍、蚩尤、相柳、女媧、精衛、帝俊等；其無名者，如各山之神。神人的形狀、活動，構成了中國古典神話系統的基本內容。其中的一些片段，被渲染成後世文學中天地變化的大事件，深深烙印在中華民族的心靈上。如果我們把所有記述這些神人及其相關活動、場所的內容概稱為神話群，那麼，我們就不難發現，在這部書中擁有許多光彩照人的神話群，它們不同程度地分布在崇山峻嶺和江河湖海間，對映出昨天的輝煌和艱辛。茲分述之。

1.帝」神話群

此處帝以地分，此地不僅僅是土地。

這裡的帝，身分很明朗，姓名卻很模糊，他可以是天帝，也可以是人

第六章 《山海經》時代

間的帝王,但更多的是天帝,統攝天地之間的萬事萬物。後世學者總是要把這些帝與具體的神話人物連繫在一起,不無牽強附會之處。我們說,在黃帝、炎帝、帝俊等神話中的帝王之外,確實是存在著一個帝系神話群的。而且,在這個帝系神話群中,帝也絕對不止一個。在這裡,為了行文方便,我們姑且把所有的帝都列入一個帝的名下。帝神頗多,林林總總,如〈西山經〉載,可稱為「西山帝神話群」,以山為界,各有一片自己的神話範圍:

「又西三百五十里,曰天帝之山,上多棕楠,下多菅蕙。有獸焉,其狀如狗,名曰谿邊,席其皮者不蠱。有鳥焉,其狀如鶉,黑文而赤翁,名曰櫟,食之已痔。有草焉,其狀如葵,其臭如蘪蕪,名曰杜衡,可以走馬,食之已癭。」

「西次三經之首,曰崇吾之山,在河之南,北望塚遂,南望䍃之澤,西望帝之搏獸之丘,東望螞淵。」

「又西北四百二十里,曰鐘山。其子曰鼓,其狀如人面而龍身,是與欽䲹殺葆江于崑崙之陽,帝乃戮之鐘山之東曰崖。」

「又西三百二十里,曰槐江之山。丘時之水出焉,而北流注于泑水。其中多蠃母,其上多青雄黃,多藏琅玕、黃金、玉,其陽多丹粟。其陰多采黃金銀。實唯帝之平圃,神英招司之,其狀馬身而人面,虎文而鳥翼,徇於四海,其音如榴。」

「西南四百里,曰崑崙之丘,是實唯帝之下都,神陸吾司之。其神狀虎身而九尾,人面而虎爪;是神也,司天之九部及帝之囿時……有鳥焉,其名曰鶉鳥,是司帝之百服。」

又如,可稱「中山帝神話群」,〈中山經〉載:

「又東十里,曰青要之山,實唯帝之密都。北望河曲,是多駕鳥。南望渚,禹父之所化,是多僕纍、蒲盧。」

第二節　《山海經》的神話群及其文化類型

「中次七經苦山之首,曰休輿之山。其上有石焉,名曰帝臺之棋,五色而文,其狀如鶉卵,帝臺之石,所以禱百神者也,服之不蠱。」

「東三百里,曰鼓鍾之山,帝臺之所以觴百神也。」

「又東二百里,曰姑媱之山。帝女死焉,其名曰女尸,化為䔄草……服之媚於人。」

「又東南五十里,曰高前之山。其上有水焉,甚寒而清,帝臺之漿也,飲之者不心痛。」

「又東南三十里,曰畢山。帝苑之水出焉,東北流注於,其中多水玉,多蛟。」

「又東五十五里,曰宣山。淪水出焉,東南流注於水,其中多蛟。其上有桑焉,大五十尺,其枝四衢,其葉大尺餘,赤理黃華青柎,名曰帝女之桑。」

「又東南一百二十里,曰洞庭之山,其上多黃金,其下多銀鐵,其木多柤梨橘柚,其草多葌、蘪蕪、芍藥、芎藭。帝之二女居之,是常遊於江淵。」

在〈山經〉中,帝的出現集中在〈西山經〉和〈中山經〉裡。而一般學者以為,〈西山經〉和〈中山經〉的地域範圍大致在陝西、甘肅、青海、寧夏、新疆東部和河南、山西一帶。這說明一個問題,河洛為「三代」之居絕不是偶然的。帝的影響在這一帶頻繁出現,象徵著《山海經》的神話中心之所在。

〈海外南經〉中載:「有神人二八,連臂,為帝司夜於此野。在羽民東。其為人小頰赤肩。盡十六人。」

〈海外西經〉載:「刑天與帝至此爭神,帝斷其首,葬之常羊之山。乃以乳為目,以臍為口,操干鏚以舞。」

〈海外東經〉載:「帝命豎亥步,自東極至於西極,五億十選九千八百

第六章　《山海經》時代

步。豎亥右手把算,左手指青丘北。」

〈海內西經〉載:「貳負之臣曰危,危與貳負殺窫窳。帝乃梏之疏屬之山,桎其右足,反縛兩手與發,系之山上木。」、「海內崑崙之虛,在西北,帝之下都。崑崙之虛,方八百里,高萬仞。上有木禾,長五尋,大五圍。面有九井,以玉為檻。面有九門,門有開明獸守之,百神之所在。」

〈大荒南經〉載:「有巫山者,西有黃鳥。帝藥,八齋。黃鳥於巫山,司此玄蛇。」

〈大荒北經〉載:「共工臣名曰相繇,九首蛇身,自環,食於九土。其所所尼,即為源澤,不辛乃苦,百獸莫能處。禹湮洪水,殺相繇,其血腥臭,不可生穀;其地多水,不可居也。禹湮之,三仞三沮,乃以為池,群帝是因以為臺。在崑崙之北。」

〈海內經〉載:「洪水滔天。鯀竊帝之息壤以堙洪水,不待帝命。帝令祝融殺鯀於羽郊。鯀復生禹。帝乃命禹卒布土以定九州。」

在以上的資料中,我們可以看到「天帝之山」景色的絢麗多彩,「帝之平圃」的富麗堂皇,「帝之下都(崑崙之虛)」的巍峨壯觀,以及「帝」在殺戮眾神、與刑天爭神、桎梏逆神中的戰鬥激烈,和「帝臺」前「觴百神」的盛大場面,「帝臺之漿」的神奇藥效,以及「帝女之桑」的高大,帝女的命運,神使守衛所襯托出的威嚴。天帝的職能集中體現在使世界保持安寧,不僅他是這樣,黃帝、炎帝和其他人間的帝王都如此。他們的征殺,在事實上反映出遠古的部落、氏族間的不斷爭鬥,中華民族邁上民族統一的漫長的征程。當然,這裡的帝更多屬於遠古人民的想像,是將他們理想化、典型化了。

2. 黃帝神話群

黃帝神話群包含著這樣一些內容，一是黃帝神譜，由「黃帝生 ×」的句式作為代表，組成龐大的「黃帝家族」；二是與黃帝發生連繫的群神，表現出黃帝與其他部落的戰爭等重大事件；三是黃帝的個人行為對世界的影響，以及在黃帝的生存環境中直接表現出的物產和各種自然景觀等神話現象。

黃帝家族在中國神話體系中占據著很特殊的地位。司馬遷描述的歷史中國家的形成就是從黃帝開始的，後世也多以黃帝為中華民族的始祖。在《山海經》中，集中體現黃帝家族譜系即神譜的主要有〈大荒經〉和〈海內經〉的一些篇章。

如〈大荒東經〉載：「東海之渚中，有神，人面鳥身，珥兩黃蛇，踐兩黃蛇，名曰禺䝞。黃帝生禺䝞，禺䝞生禺京。禺京處北海，禺䝞處東海，是唯海神。」

〈大荒西經〉載：「有北狄之國。黃帝之孫曰始均，始均生北狄。」

〈大荒北經〉載：「大荒之中，有山名曰融父山，順水入焉。有人名曰犬戎。黃帝生苗龍，苗龍生融吾，融吾生弄明，弄明生白犬，白犬有牝牡，是為犬戎，肉食。」

〈海內經〉載：「流沙之東，黑水之西，有朝雲之國、司彘之國。黃帝妻雷祖，生昌意。昌意降處若水，生韓流。韓流擢首、謹耳、人面、豕喙、麟身、渠股、豚止，取淖子曰阿女，生帝顓頊。」、「黃帝生駱明，駱明生白馬，白馬是為鯀。」

由此可知，黃帝的嫡系血統有禺䝞、始均、苗龍、昌意、駱明等，繼續推算，顓頊家族、鯀禹家族、犬戎家族、北狄之國和禺京海神家族都可列為黃帝族系之內。

第六章 《山海經》時代

與黃帝族發生連繫的有夔、蚩尤。

如〈大荒東經〉載:「東海中有流波山,入海七千里。其上有獸,狀如牛,蒼身而無角,一足,出入水則必風雨,其光如日月,其聲如雷,其名曰夔。黃帝得之,以其皮為鼓,橛以雷獸之骨,聲聞五百里,以威天下。」

〈大荒北經〉載:「有係昆之山者,有共工之臺,射者不敢北嚮。有人衣青衣,名曰黃帝女魃。蚩尤作兵伐黃帝,黃帝乃令應龍攻之冀州之野。應龍畜水。蚩尤請風伯雨師,縱大風雨。黃帝乃下天女曰魃,雨止,遂殺蚩尤。」

夔是一個具有堅強力量的部落,卻被黃帝所擊敗。這裡的「以其皮為鼓」、「以威天下」背後,可能隱含著一場異常殘酷的戰爭。而在與蚩尤的作戰中,黃帝的隊伍就顯得更加壯大,如應龍、天女魃等神,應該說是黃帝族戰鬥力量的一部分,是神使,或者是歸附來效命的氏族部落集團。值得一提的是,著名的阪泉之戰卻沒有在這裡提及,以下還有類似的情況,如「女媧之腸」沒有女媧造人、補天的提及,這些現象顯示出《山海經》神話資料的龐雜、散亂,也顯示出其質樸的本色。當然,問題也可能更複雜。如果我們以此對照《史記》和後世更多的關於黃帝的典籍,我們會在黃帝神話的衍變即歷史發展的嬗變中發現許多值得我們進一步思索的重要內容。

黃帝的個人行為主要表現在〈西山經〉裡。

如〈西次三經〉載:「又西北四百二十里,曰峚山,其上多丹木,員葉而赤莖,黃華而赤實,其味如飴,食之不飢。丹水出焉,西流注於稷澤,其中多白玉。是有玉膏,其原沸沸湯湯,黃帝是食是饗。是生玄玉。玉膏所出,以灌丹木。丹木五歲,五色乃清,五味乃馨。黃帝乃取峚山之玉榮,而投之鐘山之陽。」、「又西三百五十里,曰天山,多金玉,有青、雄

黃。英水出焉,而西南流注於湯谷。有神焉,其狀如黃囊,赤如丹火,六足四翼,渾敦無面目,是識歌舞,實為帝江也。」

黃帝以玉為飲食,取「峚山之玉榮,而投之鐘山之陽」。作為天山英水神,其有著特殊的形狀,而且「識歌舞」(畢沅、杜預等人認為帝江即帝鴻,帝鴻即黃帝)。黃帝的神話性格在這裡更顯得豐富而突出。

與黃帝相關的「軒轅之丘」、「軒轅之山」、「軒轅之臺」、「軒轅之國」、「建木」,同樣是黃帝神話群的重要內容。如:

關於「軒轅之丘」,〈西次三經〉載:「又西四百八十里,曰軒轅之丘,無草木。洵水出焉,南流注於黑水,其中多丹粟,多青、雄黃。」

關於「軒轅之山」,〈北次三經〉載:「又東北二百里,曰軒轅之山,其上多銅,其下多竹。有鳥焉,其狀如梟而白首,其名曰黃鳥,其鳴自詨,食之不妒。」

關於「軒轅之臺」,〈大荒西經〉載:「有軒轅之臺,射者不敢西向射,畏軒轅之臺。」

關於「軒轅之國」,〈大荒西經〉載:「有軒轅之國。江山之南棲為吉。不壽者乃八百歲。」

關於「建木」,〈海內南經〉載:「有木,其狀如牛,引之有皮,若纓、黃蛇。其葉如羅,其實如欒,其木若蓲,其名曰建木。在窫窳西弱水上。」〈海內經〉載:「有木,青葉紫莖,玄華黃實,名曰建木,百仞無枝,有九欘,下有九枸,其實如麻,其葉如芒。大暤爰過,黃帝所為。」

黃帝不但是一個偉大的神界領袖,而且是一個卓越的人間帝王。在他的身上,集中了中國古代神話人物的典型形狀、性情、職能。在他的周圍,神奇的山川草木、鳥獸魚蟲,都呈現出獨特的光輝。他不但平息了蚩尤那樣的亂賊,使國家得到安寧,而且建造了高大的建木神樹,使天界和

第六章　《山海經》時代

人間得到溝通。他有著奇異的形狀，以玉為飲食，不但是一位威震四方的戰神，而且是一位識歌舞的文化大神。更重要的是他生養了一大批群神，諸如禺䝞那樣的海神，顓頊和鯀、禹等人間的帝王和英雄。可以說，在中國神話系統中，沒有任何神話典型能與黃帝神話群相媲美。這就難怪「百家言黃帝」！特別是他領導的國土上，人民長壽，年齡短者也有八百歲。〈大荒東經〉提到「帝俊生帝鴻」，若如畢沅和杜預所言，帝鴻（帝江）即黃帝，那麼，這個神性家族就更加龐大。黃帝神話群的形成，表明中國古典神話與原始思維的密切連繫及中國神話結構的基本特色。

關於帝俊神話系統，我們在前面論及《山海經》的基本系統部分時已詳述，此處省略。

3. 顓頊神話群

在中國神話譜系中，次於黃帝神話群的龐大景觀者，這裡可推顓頊神話群。

顓頊在中國神話系統中也占據著十分重要的地位，直接影響著中國神話的基本內容和發展變化。在《山海經》中，關於顓頊的神話內容集中體現在〈海外北經〉、〈大荒經〉和〈海內經〉中。如：

〈海外北經〉載：「務隅之山，帝顓頊葬于陽，九嬪葬於陰。一曰爰有熊、羆、文虎、離朱、鴟久、視肉。」

〈大荒東經〉載：「東海之外大壑，少昊之國。少昊孺帝顓頊於此，棄其琴瑟。」

〈大荒南經〉載：「又有成山，甘水窮焉。有季禺之國，顓頊之子，食黍。」、「有國曰顓頊，生伯服，食黍。」

〈大荒西經〉載：「有國名曰淑士，顓頊之子。」、「有芒山。有桂山。有榣山，其上有人，號曰太子長琴。顓頊生老童，老童生祝融，祝融生

太子長琴,是處搖山,始作樂風。」、「大荒之中,有山名曰日月山,天樞也。吳姖天門,日月所入。有神,人面無臂,兩足反屬於頭山,名曰噓。顓頊生老童,老童生重及黎,帝令重獻上天,令黎邛下地。下地是生噎,處於西極,以行日月星辰之行次。」、「有池,名孟翼之攻顓頊之池。」、「大荒之中,有山,名曰大荒之山,日月所入,有人焉三面,是顓頊之子,三面一臂,三面之人不死。是謂大荒之野。」、「有魚偏枯,名曰魚婦。顓頊死即復甦。風道北來,天及大水泉,蛇乃化為魚,是為魚婦。顓頊死即復甦。」

〈大荒北經〉載:「東北海之外,大荒之中,河水之間,附禺之山,帝顓頊與九嬪葬焉。爰有久、文貝、離俞、鸞鳥、皇鳥、大物、小物。有青鳥、琅鳥、玄鳥、黃鳥、虎、豹、熊、羆、黃蛇、視肉、璿瑰、瑤碧,皆出衛於山。丘方圓三百里,丘南帝俊竹林在焉,大可為舟。竹南有赤澤水,名曰封淵。有三桑無枝。丘西有沉淵,顓頊所浴。」、「有叔歜國,顓頊之子,黍食,使四鳥;虎、豹、熊、羆。有黑蟲如熊狀,名曰獵獵。」、「西北海外,流沙之東,有國曰中,顓頊之子,食黍。」、「西北海外,黑水之北,有人有翼,名曰苗民。顓頊生驩頭,驩頭生苗民,苗民釐姓,食肉。」

〈海內經〉載:「流沙之東,黑水之西,有朝雲之國、司彘之國。黃帝妻雷祖,生昌意。昌意降處若水,生韓流。韓流……取淖子曰阿女,生帝顓頊。」

關於顓頊的神話傳說,在歷史中明顯少於黃帝族系。但不可否認的是,顓頊在中國神話系統中是一個承前啟後、繼往開來式的神話人物。從以上資料中,我們可以看到顓頊為黃帝之後,屬昌意之孫。他在年幼時,曾被少昊撫養,在東海之外的大峽谷中扔過他玩的琴瑟,還曾在附禺山西側的深淵中洗過澡。最後,他就葬在附禺山,有九位嬪妃伴他在這裡長

第六章 《山海經》時代

眠。他有巫的色彩，如化為魚婦的一段描述，這在中國原始神話中具有一定代表性。更重要的是他生化出了許多子民，如「季禺之國」、「伯服」、「淑士」、「老童（延及祝融、長琴一系及重及黎一系）」、「三面之人」、「叔歜國」、「中」、「驩頭（生苗民）」等。其中有不少族「食黍」，這是農耕文化在顓頊神話群中的反映。值得注意的是，在顓頊族系中，祝融是老童即顓頊之子所生，與〈海內經〉中「炎帝之妻，赤水之子聽，生炎居，炎居生節並，節並生戲器，戲器生祝融」

相比，它使我們思索這樣一個問題：祝融為炎帝之後，也為顓頊之後，而顓頊為黃帝之後，這種以祝融為交叉點的炎帝、黃帝兩大族系是如何發生相互交融的連繫呢？

4. 大禹神話群

類比於帝系神話群、黃帝神話群、帝俊神話群和顓頊神話群，《山海經》中有廣大影響的神話群，我們還可以列舉出禹神話群。

在某種程度上來說，禹神話群的出現和形成在中國神話發展史上意味著一種古典系統的終結。也就是說，從神話本身所包含的層次上來看，黃帝神話系統的出現，意味著中國神話體系的高度完善，而禹神話群則宣告了中國神話時代的結束。當然，這是歷史發展的必然——殷商文明以文字為主要載體，無情地揭示出史前時期的最後一頁，而掀開「有史」文明的第一章。

這樣，禹神話群就理所當然地象徵著中國古典神話的最後一次輝煌。

禹神話群的範圍限定在這樣一個環境中：鯀神話成為其序幕，夏啟神話則作為其結尾，中間包含著對禹——治水英雄與人間帝王身分的合一的各種活動的述說。他們三代人在神話中的體現，我們應看作是一個不可分割的整體。這也是中國神話系統的一個重要特色。

第二節　《山海經》的神話群及其文化類型

鯀的出現，是一個悲劇英雄的神話性格的具體展現。

〈海內經〉言：「黃帝生駱明，駱明生白馬，白馬是為鯀」，「禹、鯀是始布土，均定九州」，而後其詳述：「洪水滔天。鯀竊帝之息壤以堙洪水，不待帝命。帝令祝融殺鯀於羽郊。鯀復生禹。帝乃命禹卒布土以定九州。」在《中次三經》中提到「青要之山，實唯帝之密都……南望墠渚，禹父之所化」。

〈大荒北經〉中說：「有榆山。有鯀攻程州之山。」由此我們可以看到，鯀屬黃帝族系，其「布土」、「竊帝之息壤」等活動都是為了「治水」。應該說，其中蘊含著著名的神話類型之一的洪水神話。為了禹的治水事業得到成功，鯀被祝融殺於羽郊。鯀同樣是一個英雄，儘管他是一個悲劇英雄。他為禹的治水事業累積了可貴的經驗，如「布土」，就被後世推為築城的先驅，蘊含著創造神話的許多重要內容。禹繼承了父業，經過艱苦卓絕的奮鬥，終於使洪水平息下來，實現了父願，從而也使曾在一個時代占據重要位置的洪水神話、禪讓的政治神話都宣告結束。

直接描寫禹的神話內容，除了〈海內經〉所述的「布土」、「均定九州」和《中次三經》中所述的「青要之山」作為「帝之密都」是鯀所化之外，他的身世、業績等內容在《海外》諸經和《大荒》諸經中都得到了詳細的反映。其中我們可以看到征殺在禹神話系統中占據著突出位置，這表明禹族系在征服四野部落中經歷了許多艱苦卓絕的搏殺，最後的治水成功在事實上象徵著他對其他部落征伐的勝利。他殺的並不是某一個具體的神人，而是具體的部落氏族。這一點上，在許多神話與史實的連繫中都普遍地表現出來。

當然，禹神話與其他神話所不同的內容主要就在於，禹不但是一個治水英雄，而且是一位功勳卓著的部落首領、神壇領袖，還是一位識天辨地的文化英雄。從《山海經》中，我們可以相當清楚地看到這些內容。其相

第六章　《山海經》時代

關的內容如下：

〈海外北經〉載：「共工之臣曰相柳氏。九首，以食於九山。相柳之所抵，厥為澤溪。禹殺相柳，其血腥，不可以樹五穀種。禹厥之，三仞三沮，乃以為眾帝之臺。」、「禹所積石之山在其東，河水所入。」

〈海外東經〉載：「帝令豎亥步……豎亥右手把算，左手指青丘北。一曰禹令豎亥。」

〈大荒南經〉載：「大荒之中，有山名朽塗之山，青水窮焉。有雲雨之山，有木名曰欒。禹攻雲雨。有赤石焉生欒，黃本，赤枝，青葉，群帝焉取藥。」

〈大荒西經〉載：「西北海之外，大荒之隅，有山而不合，名曰不周負子，有兩黃獸守之。有水曰寒暑之水。水西有溼山，水東有幕山。有禹攻共工國山。」

〈大荒北經〉載：「大荒之中，有山名曰先檻大逢之山，河濟所入，海北注焉。其西有山，名曰禹所積石。」、「有毛民之國，依姓，食黍，使四鳥。禹生均國，均國生役採，役採生修鞈，修鞈殺綽人。帝念之，潛為之國，是此毛民。」、「共工臣名曰相繇，九首蛇身，自環，食於九土。其所所尼，即為源澤，不辛乃苦，百獸莫能處。禹湮洪水，殺相繇，其血腥臭，不可生穀；其地多水，不可居也。禹湮之，三仞三沮，乃以為池，群帝因是以為臺。在崑崙之北。」

這裡的禹神話群包含這樣幾種內容：殺相柳（即相繇），積石，令豎亥測地，攻共工國、雲雨等山，生均國等。除了湮水即治理洪水的偉大事蹟，這些內容構成禹神話群的存在氛圍。從諸如後世衍生的娶塗山氏女，殺無支祁，索（鎖）蛟，三過家門而不入，化能（熊），會諸侯於會稽山，殺防風氏等傳說，我們可以看到禹神話發展嬗變的軌跡及它與原始先民理想的有機連繫。禹神話的道德品格即獻身治水事業的偉大精神，成為整個

第二節　《山海經》的神話群及其文化類型

大禹神話傳說的核心；而在《山海經》中，禹的形象更重要的是作為神界的領袖、人間的帝王和英雄出現的，應該說，這才是它最為原始的面目。以此與《史記》等作品中關於禹神話的具體描述相連繫，我們可以更清楚地看到中國古代神話對整個中國文化發展的具體影響作用。關於這個問題，將在別處詳述。

啟在《山海經》中的地位與稱呼頗特殊，明顯有別於他人，即稱為「夏后啟」。他和禹的血緣關係，《山海經》中並沒有明確交代，但我們從相關的文獻中可以看到這些內容。啟的出現，在歷史發展中是以結束堯、舜、禹相沿的禪讓制而作為神話時代分水嶺的。在一些神話傳說中，啟是禹的兒子，生於石闕，即塗山氏女棄禹而走，禹喚「還我子」所得。還有一些傳說中說，啟荒淫無道，背離了大禹，如何如何。而在《山海經》中，啟即開，是著名的文化大神。如，〈大荒西經〉載：「西南海之外，赤水之南，流沙之西，有人珥兩青蛇，乘兩龍，名曰夏后開。開上三嬪於天，得〈九辯〉與〈九歌〉以下。」

〈海外西經〉載：「大樂之野，夏后啟於此儛九代，乘兩龍，雲蓋三層。左手操翳，右手操環，佩玉璜。在大運山北。一曰大遺之野。」之外還有關於「夏后啟之臣」孟塗「司神于巴」的記述。輝煌、壯麗的啟神話，在這裡卻處於支離破碎的狀態，這究竟是何原因呢？

現代科學中有全息學說，以此來解釋、分析中國古代神話群落是很有意義的。全息的一般意義為，從事物的一個極小部分可以看到整體的存在狀態。禹神話群在中國遠古文化發展中代表著神話的終結時代。這個時期的科學技術、文化、社會政治等內容已經相當完備，給我們傳遞出許多關於神話時代必然結束的訊息。《詩經》等文獻中盛讚「普天之下，唯禹之功」的意義，正在於禹神話群所傳達的神話末世最後一次輝煌景觀，在原始先民的記憶中所留下的烙印，以及他們對這位最後一位神話英雄的無限

第六章 《山海經》時代

推崇、景仰。以鯀為端，以啟為尾，顯現出禹神話群的蔚為壯觀的景象。更為重要的是，整個《山海經》中，禹的稱呼沒有像其他神人那樣被尊稱為帝，這從一個方面說明禹神話的產生時代與整個《山海經》的形成時期的複雜連繫。所以，劉歆、楊慎、郝懿行等學者都認為這部神話經典始於夏代。運用全息學說觀察禹神話群，使我們得出了上述的結論。

《山海經》的神話中心，在整體看來是以黃帝家族為核心內容的。在中國古代典籍中，存在著尊崇黃帝的歷史傳統，已經很明顯地存在著。

炎帝族曾經是與黃帝族相抗衡的又一大部落，而在這裡全退居於一種相對隱沒的狀態。這從另一個方面也說明炎帝族為黃帝族吞併後的壓抑情狀。

相似的神話現象還有很多，如蚩尤、刑天、祝融、夔、相柳（相繇）等群神。這種現象我們同樣不能忽視其存在的價值和意義。

5. 眾神譜

中華民族是漫長的歷史長河中許多民族融合而成，歷來尊崇平和、安定，所以，中國古典神話譜系中突出表現出大融合的氣象。眾神同居，成為《山海經》神話系統的重要特色。

與帝神話群、帝俊神話群、黃帝神話群、顓頊神話群、禹神話群相對存在的古典神話群落，在《山海經》中還有堯神話群、舜神話群、嚳神話群、丹朱神話群、西王母神話群、崑崙神話群、共工神話群、蚩尤神話群，以及夸父神話、精衛神話、禺強神話、燭龍神話、祝融神話、相柳神話、刑天神話、應龍神話、蓐收神話、句芒神話、羲和神話、帝女神話、羿神話、日月神話，各山山神神話，以及曾經輝煌而在此褪色的炎帝神話、伏羲神話、女媧神話，更不用說那些神奇的山川草木和鳥獸魚蟲諸神了。

第二節　《山海經》的神話群及其文化類型

在這裡，我們可以看到神話中如潮水般洶湧澎湃而來的生命形象群體。

我們如何能斷言中國無神話或少神話呢？

帝堯、帝舜、帝嚳、帝丹朱，他們在《山海經》中常常是連在一起的。如，在一些地方提到「帝堯臺、帝嚳臺、帝丹朱臺、帝舜臺各二臺，臺四方」之類的內容。這裡的臺即神臺，和共工之臺的意義一樣，是典型的靈魂崇拜，也可以稱為靈臺，它直接影響著後世的民間信仰的祭祀形式與行為。其意義將另文敘述。

崑崙崇拜在《山海經》的神話系統中具有非常特殊的意義。它不像上述的帝堯、帝舜、帝丹朱、帝嚳等帝的神臺那樣令人畏懼「不敢射」，而是作為一個巨大的神話載體，包容著中國古典神話的基本內容。在這裡，我們可以把這種現象稱為崑崙神話群。

崑崙神話群包括「崑崙丘」、「崑崙虛」和「崑崙淵」等。

〈西次三經〉載：「……崑崙之丘，是實唯帝之下都，神陸吾司之。其神狀虎身而九尾，人面而虎爪。是神也，司天之九部及帝之囿時。有獸焉，其狀如羊而四角，名曰土螻，是食人。有鳥焉，其狀如蜂，大如鴛鴦，名曰欽原，蠚鳥獸則死，蠚木則枯。有鳥焉，其名曰鶉鳥，是司帝之百服。有木焉，其狀如棠，黃華赤實，其味如李而無核，名曰沙棠，可以禦水，食之使人不溺。有草焉，名曰草，其狀如葵，其味如蔥，食之已勞。河水出焉，而南流東注於無達。赤水出焉，而東南流注於氾天之水。洋水出焉，而西南流注於醜塗之水。黑水出焉，而西流注於大杅。是多怪鳥獸。」、「……鐘山。其子曰鼓，其狀如人面而龍身，是與欽䲹殺葆江於崑崙之陽……」、「……槐江之山……實唯帝之平圃，神英招司之，其狀馬身而人面，虎文而鳥翼，徇於四海，其音如榴。南望崑崙，其光熊熊，其氣魂魂。」

〈北山經〉載：「又北三百二十里，曰敦薨之山，其上多棕枏，其下多

第六章　《山海經》時代

芷草。敦薨之水出焉,而西流注於泑澤。出於崑崙之東北隅,實唯河源。」

〈海外南經〉載:「崑崙虛在其東,虛四方。一曰在岐舌東,為虛四方。」、「羿與鑿齒戰於壽華之野,羿射殺之。在崑崙虛東。」

〈海內西經〉載:「流沙出鐘山,西行又南行崑崙之虛,西南入海,黑水之山。」、「海內崑崙之虛,在西北,帝之下都。崑崙之虛,方八百里,高萬仞。上有木禾,長五尋,大五圍。面有九井,以玉為檻。面有九門,門有開明獸守之,百神之所在。在八隅之岩,赤水之際,非夷羿莫能上岡之岩。」、「崑崙南淵深三百仞。開明獸身大類虎而九首,皆人面,東向立崑崙上。」

〈海內北經〉載:「西王母梯几而戴勝杖。其南有三青鳥,為西王母取食。在崑崙虛北。」、「帝堯臺、帝嚳臺、帝丹朱臺、帝舜臺,各二臺,臺四方,在崑崙東北。」、「蟜,其為人虎文,脛有𦥑。在窮奇東。一曰狀如人,崑崙虛北所有。」、「崑崙虛南所,有氾林方三百里。」

〈海內東經〉載:「國在流沙中者埻端、璽㬇,在崑崙虛東南。」、「西胡白玉山在大夏東,蒼梧在白玉山西南,皆在流沙西,崑崙虛東南。崑崙山在西胡西。皆在西北。」

〈大荒西經〉載:「西海之南,流沙之濱,赤水之後,黑水之前,有大山,名曰崑崙之丘。有神,人面虎身,有文有尾,皆白,處之。其下有弱水之淵環之,其外有炎火之山,投物輒然。有人戴勝,虎齒,有豹尾,穴處,名曰西王母。此山萬物盡有。」

所謂崑崙,《爾雅》中有「三成為崑崙丘」之語,畢沅注道:「是崑崙者,高山皆得名之。」在《水經注》中也有「東海方丈,亦有崑崙之稱」的釋義。

崑崙山在中國神話傳說中的意義應該是指其崇高、神聖的一面,而非實指,在《山海經》中也應當是這樣。在〈西次三經〉中,稱其「西南四百

第二節　《山海經》的神話群及其文化類型

里」，指明為「帝之下都」。顯然，若我們一定要找出其具體位置，那將是徒勞的。因為這是一座瑰麗而險奇的神話山，集中表現出原始先民對天帝生存環境的神奇的想像。崑崙景觀是東方文化中的奧林帕斯山，神人們在這裡上下，演繹了許多動人的神話故事。所以，直到今天，它仍是神話中神聖、崇高、堅強而有力的意義喻指。

崑崙山上的神話內容異常豐富，有「虎身而九尾，人面而虎爪」、「司天之九部及帝之囿時」的陸吾，有「人面虎身，有文有尾皆白」的山神，有「戴勝，虎齒，有豹尾，穴處」的西王母，還有「身大類虎而九首」的守護神開明獸。崑崙有崇山峻嶺，也有「方八百里，高萬仞」的神臺，同樣，又有深百仞的深淵。在這座神奇的山中，有高大的「木禾」，奔騰向四面八方的長河源頭，有食人的土螻，像鴛鴦一樣大的蜂鳥欽原，為天帝服侍的鶉鳥，有黃色的花朵、紅色的果實，「其味如李而無核」的沙棠，「食之已勞」的外表如葵、味道如蔥的神草𦼮。這裡有欽䲹殺葆江、羿射殺鑿齒的戰爭，有帝堯、帝嚳、帝丹朱、帝舜的神臺。尤其是開明神獸作為崑崙守護神，牠的周圍更加絢麗。牠有著九個腦袋，如虎的身軀，佇立在崑崙山上，面向東方。牠的四周，東面有成群的巫。正操作著以不死之藥救治神人的「仙術」，西邊是頭上頭下胸前都佩戴著蛇的鳳凰和鸞鳥；南邊有很多神奇的獸和樹木，諸如有六個腦袋的樹鳥，像蛇的身軀而生出四隻腳的蛟及長尾猿；北邊則有許多生長珍珠、美玉的神樹，生長不死之藥的靈樹，結出果實的稻子樹，高大的柏樹，以及那些頭上戴著盾的鳳鳥和鸞鳥。這樣令人眼花撩亂的崑崙盛景，一些學者卻視而不見，無法理解其豐富的神話意蘊。

崑崙山女神西王母的存在，在中國古典神話系統中是一個很典型的現象。我們可以將她的形象與帝俊、黃帝、顓頊、禹和堯、舜、嚳、丹朱等帝王神相比照，與炎帝、伏義那些隱沒的帝王相比照，與共工、蚩尤、刑

第六章 《山海經》時代

天、羿、祝融這些英雄神相比照，也可以與女媧、帝女、舜妻、羲和、精衛等神女相比照，從中看出她的獨立性和突出性。在她的身上，我們可以看到遠古部落的酋長與神話女王雙重身分融合的痕跡。在一定程度上，我們可以把她看作是崑崙山的靈魂。

〈西次三經〉載：「又西三百五十里，曰玉山，是西王母所居也。西王母其狀如人，豹尾虎齒而善嘯，蓬髮戴勝，是司天之厲及五殘。有獸焉，其狀如犬而豹文，其角如牛，其名曰狡，其音如吠犬，見則其國大穰。有鳥焉，其狀如翟而赤，名曰勝遇，是食魚，其音如錄，見則其國大水。」

〈海內北經〉載：「西王母梯几而戴勝。其南有三青鳥，為西王母取食。在崑崙虛北。」

〈大荒西經〉載：「有西王母之山，壑山、海山。」、「西海之南，流沙之濱，赤水之後，黑水之前，有大山，名曰崑崙之丘。有神，人面虎身，有文有尾。皆白，處之。其下有弱水之淵環之，其外有炎火之山，投物輒然。有人戴勝，虎齒，有豹尾，穴處，名曰西王母。此山萬物盡有。」「王母之山」具體究竟在何處？「萬物盡有」是神話世界的重要象徵，為何如此為西王母擁有？

郭璞對西王母居處不一如此解釋道：「西王母雖以崑崙為宮，亦自有離宮別窟，遊息之處不專住一山也。故記事者各舉所見而言之。」（《山海經傳》）其實，這是神話流傳中的普遍現象，即變異。玉山，崑崙山，王母山，都是神話中王母的居處。西王母的形象主體是「戴勝」、「虎身」（「虎齒」），與〈西次三經〉中的具「虎身」、「虎爪」的陸吾相似，一個是「司天之厲及五殘」，一個是「司天之九部及帝之囿時」。在他們的周圍都有神異的生命，如一個周圍有一出現即使國家豐收的吉祥神獸「狡」，一出現即使國家發生大水災的凶惡神鳥「勝遇」；一個周圍有食人的神獸「土螻」，能蠱死鳥獸和樹木的神鳥「欽原」，以及御水神木沙棠、療飢的神草

154

草。神獸和神鳥都是他們的神使。這表現出更為原始的神話情結,用神使統攝神界,顯現出西王母神話的質樸特色。這是其他神話所不具備的內容和意義。

《山海經》神話中天帝、帝俊、黃帝、顓頊和禹構成了一個龐大的神性家族,在血脈上我們可以把他們看作一體。以西王母為主體內容的崑崙神話是又一個體系。而在其中若隱若現的炎帝、伏羲、女媧則很明顯屬於另外的體系,包括一些山神在內。我們可以從宏觀上把他們看作「四大家族」。這「四大家族」在神話中因為不同的歷史文化背景而具有不同的地位和意義。

也就是說,整個《山海經》神話系統,是以黃帝家族(包括帝、帝俊、顓頊、禹,以及堯、舜、嚳、丹朱等神話形象)為主體,展示其生存狀態和行為方式的。

作者們著力推崇的也是這個家族,同時,自覺或不自覺地在排斥其他神性家族。特別是炎帝家族,在《山海經》中出場的次數相當少。如〈北次三經〉中提到「發鳩之山,其上多柘木。有鳥焉,其狀如烏,文首、白喙、赤足,名曰精衛,其鳴自詨。是炎帝之少女,名曰女娃」;〈大荒西經〉提到「炎帝之孫名曰靈恝,靈恝生氐人,是能上下於天」;〈海內經〉提到「炎帝之孫伯陵,伯陵同吳權之妻阿女緣婦,緣婦孕三年,是生鼓、延、殳。殳始為侯,鼓、延是始為鍾,為樂風」;「炎帝之妻,赤水之子聽訞生炎居,炎居生節並,節並生戲器,戲器生祝融。祝融降處於江水,生共工。共工生術器,術器首方顛,是復土穰,以處江水。共工生后土,后土生噎鳴,噎鳴生歲十有二」。大體上就是這樣一些資料。但由此也就不難理解祝融、共工他們為何被黃帝家族所征伐了。至於伏羲、女媧神話的隱沒,除了年代的久遠,更重要的原因恐怕還是由於他們在血緣上與黃帝家族離得較遠。當然,《山海經》的整理者在信仰觀念上對黃帝家族的尊崇,

第六章　《山海經》時代

對崑崙神話的厚愛，對伏羲、女媧、炎帝家族和閒散在漫山遍野間各類山神水神的排斥，也是相當重要的原因。所以在先秦兩漢乃至於魏晉時期的一些典籍中，隨著社會發展和思想統治的相對鬆懈，除黃帝家族之外的神性集團的神話才逐漸恢復出豐富、系統、生動的具體面目。但古老的文化傳統對後世的影響是很大的，以至於在漫長的歲月中，整個中國古典神話系統都是以黃帝家族為中心的。像女媧神話等著名神話，在《淮南子》中其面目才清晰起來，更不用說盤古等大神，在《山海經》中就沒有明確提到，只在三國時期徐整編纂的《三五曆紀》等著作中才有清晰的面目。甚至可以說，戰國和秦漢時代的方士和學者對中國古代神話的這種傾向性較強的取捨，是中國古典神話資料大量流失的重要原因。

《山海經》的神話系統雖不是也不可能涵括全部中國古典神話系統，但它卻表現了中國整個神話世界的核心部分與基本面貌，是中國乃至全世界古代神話的一種典型。

二、《山海經》的神話文化類型

神話類型是依據一定的神性角色及其活動而對其總體特徵屬性所做的概括總結。各個民族有著不同的生成和發展背景，反映在神話中，也就有著不同的神話文化類型。中國神話文化的基本類型在《山海經》中大體上都得到體現，整體來說有這樣幾種：世界生成和部落起源神話、民族遷徙神話、戰爭神話、洪水神話、太陽神話、文化創造神話、英雄神話、山岳神話、海洋神話、巫術神話。其中，最生動的是英雄神話。當然，這些類型的劃分是相對的，他們之間許多地方是相混合的，這也反映出遠古時期各部落集團間的複雜連繫。

第二節　《山海經》的神話群及其文化類型

1. 世界生成和部落起源神話

　　世界生成的神話幾乎遍布世界各個民族之中，反映出原始先民對其所處世界及各種現象的認知和闡釋。這種神話類型在內容上具體包括天地形成及變化原因、人類起源等。中國古典神話中的世界生成神話內容豐富，在《山海經》的神話系統中雖沒有十分明確的體現，卻表現出一些端倪。如，〈海外北經〉載：「鐘山之神，名曰燭陰，視為晝，瞑為夜，吹為冬，呼為夏，不飲，不食，不息，息為風，身長千里。在無脊之東。其為物，人面，蛇身，赤色，居鐘山下。」〈大荒北經〉載：「西北海之外，赤水之北，有章尾山。有神，人面蛇身而赤，直目正乘，其瞑乃晦，其視乃明，不食，不寢，不息，風雨是謁。是燭九陰，是謂燭龍。」這裡形象地闡釋了天地間關於白天、黑夜、風、冬天和夏天的形成原因。

　　部落起源神話常和世界生成神話連在一起。在《山海經》中，幾乎沒有把部落與大自然的發展變化作為一個整體來描述的，此書是以一種「××生××」的模式來說明部落起源的。當然，諸如具體的人類起源的神話，在《山海經》中也有表現，如〈大荒西經〉載：「有神十人，名曰女媧之腸，化為神，處慄廣之野，橫道而處。」郭璞將「女媧之腸」解釋為「或作女媧之腹」。

　　也就是說，女媧生人的主題作為一種神話原型在這裡已經出現，但關於女媧摶土造人和補天的神話還是在《淮南子》和《風俗通義》中才有了更為系統完整的解釋。《山海經》中對部族起源的解釋更多的表達方式為「××生××」。這裡的「國」和某個具體的神人，我們都可以看作一個部落，此類內容之豐富是其他典籍所無法比擬的。

　　如〈大荒東經〉所記：「有中容之國。帝俊生中容，中容人食獸、木實，使四鳥：豹、虎、熊、羆。」、「有司幽之國。帝俊生晏龍，晏龍生司

157

第六章 《山海經》時代

幽，司幽生思士，不妻；思女，不夫。食黍，食獸，是使四鳥。」、「有白民之國。帝俊生帝鴻，帝鴻生白民，白民銷姓，黍食，使四鳥：虎、豹、熊、羆。」、「有黑齒之國。帝俊生黑齒，姜姓，黍食，使四鳥。」、「東海之渚中，有神，人面鳥身，珥兩黃蛇，踐兩黃蛇，名曰禺䝞。黃帝生禺䝞，禺䝞生禺京。」、「帝舜生戲，戲生搖民。」

〈大荒南經〉記：「大荒之中，有不庭之山，榮水窮焉。有人三身。帝俊妻娥皇，生此三身之國。姚姓，黍食，使四鳥。」、「又有成山，甘水窮焉。有季禺之國，顓頊之子，食黍。」、「有襄山。又有重陰之山。有人食獸，曰季厘。帝俊生季厘，故曰季厘之國。有緡淵。少昊生倍伐，倍伐降處緡淵。」、「有載民之國。帝舜生無淫，降載處，是謂巫載民。」、「有國曰顓頊，生伯服，食黍。」、「有人焉，鳥喙，有翼，方捕魚於海。大荒之中，有人名曰驩頭。鯀妻士敬，士敬子曰炎融，生驩頭。」

〈大荒西經〉記：「有國名曰淑士，顓頊之子。」、「有西周之國，姬姓，食穀。有人方耕，名曰叔均。帝俊生后稷，稷降以百穀。稷之弟曰臺璽，生叔均。叔均是代其父及稷播百穀，始作耕。」、「有北狄之國。黃帝之孫曰始均，始均生北狄。」、「有芒山。有桂山。有榣山。其上有人，號曰太子長琴。顓頊生老童，老童生祝融，祝融生太子長琴，是處榣山，始作樂風。」、「顓頊生老童，老童生重及黎，帝令重獻上天，令黎邛下地。下地是生噎，處於西極，以行日月星辰之行次。」、「有氐人之國。炎帝之孫名曰靈恝，靈恝生氐人，是能上下於天。」

〈大荒北經〉記：「有叔歜國，顓頊之子，黍食……」、「有毛民之國，依姓，食黍，使四鳥。禹生均國，均國生役採，役採生修鞈，修鞈殺綽人。帝念之，潛為之國，是此毛民。」、「大荒之中，有山名曰成都載天。有人珥兩黃蛇，把兩黃蛇，名曰夸父。后土生信，信生夸父。」、「大荒之中，有山名曰融父山，順水入焉。有人名曰犬戎。黃帝生苗龍，苗龍生融

第二節　《山海經》的神話群及其文化類型

吾，融吾生弄明，弄明生白犬，白犬有牝牡，是為犬戎，肉食。」、「有人一目，當面中生。一曰是威姓，少昊之子，食黍。」、「西北海外，流沙之東，有國曰中，顓頊之子，食黍。」、「西北海外，黑水之北，有人有翼，名曰苗民。顓頊生驩頭，驩頭生苗民，苗民釐姓，食肉。」

〈海內經〉記：「流沙之東，黑水之西，有朝雲之國、司彘之國。黃帝妻雷祖，生昌意。昌意降處若水，生韓流。韓流……取淖子曰阿女，生帝顓頊。」、「西南有巴國。大皞生咸鳥，咸鳥生乘釐，乘釐生後照，後照是始為巴人。」、「伯夷父生西岳，西岳生先龍，先龍是始生氐羌，氐羌乞姓。」、「炎帝之孫伯陵，伯陵同吳權之妻阿女緣婦，緣婦孕三年，是生鼓、延、殳。殳始為侯，鼓、延是始為鍾，為樂風。」、「黃帝生駱明，駱明生白馬，白馬是為鯀。」、「帝俊生禺號，禺號生淫梁，淫梁生番禺，是始為舟。番禺生奚仲，奚仲生吉光……」、「少皞生般，般是始為弓矢。」、「帝俊生晏龍，晏龍是始為琴瑟。」、「帝俊生三身，三身生義均，義均是始為巧倕，是始作下民百巧。」、「炎帝之妻，赤水之子聽訞生炎居，炎居生節並，節並生戲器，戲器生祝融。祝融降處於江水，生共工。共工生術器，術器首方顛，是復土穰，以處江水。共工生后土，后土生噎鳴，噎鳴生歲十有二。」

在這裡，我們可以看到帝俊、帝舜、顓頊、鯀、黃帝、炎帝、大皞、伯夷父、少皞他們所「生育」的特殊意義，即對更廣大的部落的繁衍。部落起源在這裡得到十分鮮明的顯示。當然，每個被「生」的部落，肯定還有著絢麗多彩的神話故事，它們與《山海經》中所突出的黃帝族神話群、崑崙西王母神話群、炎帝神話群、各山山神神話群，即所謂神話「四大家族」相融為一體，使中華民族的神話顯得格外耀眼奪目，成為後世文化發展的重要源頭。

第六章　《山海經》時代

2. 民族遷徙神話

在中國古典神話中,民族遷徙的主題常被人所忽視。它給人一種印象,即只有在邊疆地區的兄弟民族的史詩中,才有這樣的主題。其實,這在《山海經》中就已經有所表現,最典型的就是夸父族的追日。

夸父族是一個善於奔走的民族。〈西山經〉中提到「有獸焉,其狀如禺而文臂,豹虎而善投,名曰舉父(郭璞注『或曰夸父』)」,〈東山經〉中提到「有獸焉,其狀如夸父而彘毛,其音如呼,見則天下大水」,〈北山經〉提到「有鳥焉,其狀如夸父,四翼、一目、犬尾,名曰𡕰,其音如鵲,食之已腹痛,可以止衕」,〈中山經〉中提到「又西九十里,曰夸父之山,其木多椶柟,多竹箭,其獸多㸲牛、羬羊,其鳥多䴅,其陽多玉,其陰多鐵。其北有林焉,名曰桃林,是廣員三百里,其中多馬」。夸父山,夸父獸,夸父鳥,都表明夸父族的非凡,透露出夸父族的堅毅、勇猛。〈海外北經〉載:「夸父與日逐走,入日。渴欲得飲,飲於河渭,河渭不足,北飲大澤。未至,道渴而死。棄其杖,化為鄧林。」

〈大荒北經〉載:「夸父不量力,欲追日景,逮之於禺谷。將飲河而不足也,將走大澤,未至,死於此。應龍已殺蚩尤,又殺夸父,乃去南方處之,故南方多雨。」其中提到夸父追日的路線,河水、渭水是兩個重要地點。大澤在何處?

在《山海經》中有兩處大澤。〈海內西經〉載:「大澤方百里,群鳥所生及所解。在雁門北。」〈大荒北經〉載:「有大澤方千里,群鳥所解。」清代畢沅在《山海經新校正》中說,大澤即古之瀚海。顯然,這樣一處廣闊的土地,與河水、渭水有相當遠的距離。禺谷,郭璞注為「禺淵」、「日所入也」。這都是行進的地點。死於大澤並不重要,重要的在於「應龍已殺蚩尤,又殺夸父」。這表明夸父族為應龍部族所迫,艱難跋涉,逃亡奔向大澤的「長征」。

《山海經》描述事物多為靜止的陳述，即何處有何物，像這樣描述遷徙過程的很少。《山海經》神話充滿悲壯與輝煌，後世堅韌不拔、堅強不屈的民族性格與民族精神受其影響。

應該說，一個民族的追日絕不是偶然的，它既不是少見多怪的嬉戲，也不是測量日影的文化創造，而是為了部族生存所進行的大遷徙。這樣的內容在少數兄弟民族的神話和史詩中是相當普遍的。它應該是歷史文化的折射。

3. 戰爭神話

在神話傳說中，戰爭是常見的主題。不同的民族有不同的發展道路，其中，發展的過程常常就包含著戰爭的內容。《山海經》中的戰爭，內容異常豐富，反映出部族間的征殺，同時，從總體上看來，也反映出黃帝族統一世界的複雜過程。如：

〈海外南經〉載：「羿與鑿齒戰於壽華之野，羿射殺之。在崑崙虛東。羿持弓矢，鑿齒持盾。一曰戈。」

〈海外西經〉載：「刑天與帝至此爭神，帝斷其首，葬之常羊之山。乃以乳為目，以臍為口，操干鏚以舞。」

〈海外北經〉載：「共工之臣曰相柳氏，九首，以食於九山。相柳之所抵，厥為澤溪。禹殺相柳，其血腥，不可以樹五穀種。禹厥之，三仞三沮，乃以為眾帝之臺。在崑崙之北，柔利之東。相柳者，九首人面，蛇身而青。不敢北射，畏共工之臺。臺在其東。臺四方，隅有一蛇，虎色，首沖南方。」

〈海內西經〉載：「貳負之臣曰危，危與貳負殺窫窳。帝乃梏之疏屬之山，桎其右足，反縛兩手與髮，繫之山上木。在開題西北。」

第六章 《山海經》時代

〈大荒東經〉載：「有困民國，勾姓而食。有人曰王亥，兩手操鳥，方食其頭。王亥託於有易、河伯僕牛。有易殺王亥，取僕牛。河念有易，有易潛出，為國於獸，方食之，名曰搖民。帝舜生戲，戲生搖民。」、「大荒東北隅中，有山名曰凶犁土丘。應龍處南極，殺蚩尤與夸父，不得覆上，故下數旱。旱而為應龍之狀，乃得大雨。」

〈大荒南經〉載：「有人曰鑿齒，羿殺之。」

〈大荒西經〉載：「有人無首，操戈盾立，名曰夏耕之尸。故成湯伐夏桀於章山，克之，斬耕厥前。耕既立，無首，走厥咎，乃降於巫山。」

〈大荒北經〉載：「共工臣名曰相繇，九首蛇身，自環，食於九土。其所所尼，即為源澤，不辛乃苦，百獸莫能處。禹湮洪水，殺相繇，其血腥臭，不可生穀；其地多水，不可居也。禹湮之，三仞三沮，乃以為池，群帝因是以為臺。在崑崙之北。」、「有係昆之山者，有共工之臺，射者不敢北嚮。有人衣青衣，名曰黃帝女魃。蚩尤作兵伐黃帝，黃帝乃令應龍攻之冀州之野。應龍畜水。蚩尤請風伯雨師，縱大風雨。黃帝乃下天女曰魃，雨止，遂殺蚩尤。魃不得覆上，所居不雨。」

〈海內經〉載：「洪水滔天。鯀竊帝之息壤以堙洪水，不待帝命。帝令祝融殺鯀於羽郊。鯀復生禹。帝乃命禹卒布土以定九州。」

〈西山經〉載：「又西北四百二十里，曰鐘山。其子曰鼓，其狀如人面而龍身，是與欽䲹殺葆江於崑崙之陽，帝乃戮之鐘山之東曰崖。」

其中，規模最大的戰爭為黃帝戰蚩尤。黃帝聯合應龍和魃兩支力量，才打敗了蚩尤，可見戰爭的規模之大。其次是大禹部族與共工部族之間的戰爭。禹打敗了相繇，血流成河，「其血腥臭，不可生穀」，讓人感覺到戰爭的殘酷。再者為刑天與帝的爭神。刑天失去首，仍然「以乳為目，以臍為口」，繼續進行殊死的爭鬥，可見其堅韌不拔的抗殺精神。其他像羿與鑿齒之戰，貳負與窫窳之戰，有易與王亥之戰，成湯與夏桀之戰，祝融與

鯀之戰，欽䲹與葆江之戰，這些戰爭都反映出部族間的攻伐。

戰爭孕育了英雄，許多戰神都可以看作英雄神。這裡我們應該重視的是，在《山海經》戰爭神話中，交戰的雙方只有力量的懸殊和具體的勝敗，而沒有明顯的正邪之分，沒有對戰爭性質的評價。這是中國古典神話的重要特徵。儘管其中因為有「帝」的參加，戰爭的格局得到改變，但仍然沒有對失敗者的譴責和詰難，從而顯示出質樸的原始神話本色。這也正是《山海經》神話的特色。由此我們可以聯想到古希臘神話中的戰神阿瑞斯等神話的特點，其更多的是單槍匹馬，或戰爭由雙方的眾神參與而讓人具體交戰，特別是《荷馬史詩》中由金蘋果所引發的戰爭，表現了對力量的崇尚。而以《山海經》為代表的中國古典神話，則沒有對力量的崇尚，只有對勝敗和征戰過程的描述。在一些篇章中，自然界的變化被描繪成戰爭引起的結果。

雖然《山海經》神話有許多地方顯得零亂，沒有古希臘神話那樣嚴謹細膩，但它的內涵同樣是豐富的，它以獨有的特色屹立於世界各民族神話之林，顯現出自己的文化個性。

4. 洪水神話

原始先民對洪水的認知和表述，體現了他們自身的實際感受。在《山海經》中，洪水的內容並不是很多，主要有兩大類：一是鯀禹神話中的戰洪水，均定九州，一是許多神怪現象引起大水的闡釋性揭示。在這裡，非常明顯地表現出中國洪水神話的個性特徵，類似希伯來神話等天帝降水對人罰罪的情結在這裡毫無蹤影。它表現出中國原始先民特有的思維方式和認知習慣。在這裡，典型的洪水神話當數兩處：

一是〈海內經〉寫道：「洪水滔天。鯀竊帝之息壤以堙洪水，不待帝命。帝令祝融殺鯀於羽郊。鯀復生禹。帝乃命禹卒布土以定九州。」

第六章　《山海經》時代

一是〈大荒北經〉寫道:「共工臣名曰相繇,九首蛇身,自環,食於九土。其所所尼,即為源澤,不辛乃苦,百獸莫能處。禹湮洪水,殺相繇,其血腥臭,不可生穀;其地多水,不可居也。禹湮之,三仞三沮,乃以為池,群帝因是以為臺。在崑崙之北。」

〈海內經〉中的洪水和〈大荒北經〉中的洪水是不盡相同的。前者洪水是作為一種背景存在,甚至直接威脅到了天帝,才有了帝命的情節而生發出鯀治水事業失敗的悲劇,接著是禹繼承父業,繼續與洪水搏鬥;後者的洪水卻是由相繇造成的。這樣,禹與洪水的戰鬥就是與相繇的戰鬥——相繇的血又成為毀壞五穀的災難之源,於是,就有了禹「三仞三沮」的艱辛努力,最後「乃以為池」,利用池泥為群帝造就神臺而結束。洪水神話的主角在這兩處資料中都是禹,結局也大致相同,一個是「卒布土以定九州」,一個是「乃以為池,群帝因是以為臺」,總之,都是平息了洪水。

洪水是遠古人民記憶中最深刻的大事件,大災難。作為當時人們難以抵擋的大劫難,各民族的神話中常常把這劫難作為改天換地的轉折,於是就有了藉助於某種工具而留下倖存者,倖存者又繼續造就人類的神話模式。

這種模式在《山海經》中不存在的原因是多方面的,我們覺得最重要的原因是記錄方式問題。經過許多神話學、民間文化學學者的努力,現在在中原地區和邊疆地區都蒐集到此類洪水神話,這絕不是偶然的,應該說,其傳承意義是相當重要的因素。此問題在其他章節中將繼續論述。

在〈山經〉的許多章節中,我們把那些奇鳥怪獸所引發的大水現象,也看作洪水神話。如〈西山經〉中的「贏魚,魚身而鳥翼,音如鴛鴦,見則其邑大水」,〈東山經〉中的「有獸焉,其狀如夸父而彘毛,其音如呼,見則天下大水」,「有獸焉,其狀如牛而虎文,其音如欽,其名曰軨軨,其鳴自叫,見則天下大水」,「是神也,見則風雨水為敗」,「是獸也,食人,

亦食蟲蛇，見則天下大水」，〈中山經〉中的「有獸焉，其狀如白鹿而四角，名曰夫諸，見則其邑大水」等。

這裡的大水，其實就意味著洪水，它蘊含著這樣一種因素，洪水就是這些神、神魚、神獸所引發的。而它們為何能引發大水呢？顯然，這與那些見則「其邑大旱」等現象一樣，具有更為複雜的巫術意義。也正是這樣眾多的洪水神話類型，表現出中華民族遠古神話的具體特色。

5. 太陽神話

太陽崇拜是遠古人民精神生活中一個異常重要的內容。可以說，在所有的古老部落中都有太陽崇拜的神話存在。在《山海經》中，太陽神話的內容尤為豐富。如：

〈海外西經〉載：「女丑之尸，生而十日炙殺之。在丈夫北。以右手鄣其面。十日居上，女丑居山之上。」

〈海外北經〉載：「夸父與日逐走，入日。渴欲得飲，飲於河渭，河渭不足，北飲大澤。未至，道渴而死。棄其杖。化為鄧林。」

〈海外東經〉載：「下有湯谷。湯谷上有扶桑，十日所浴，在黑齒北。居水中，有大木，九日居下枝，一日居上枝。」

〈大荒東經〉載：「大荒中有山，名曰明星，日月所出。」、「大荒之中，有山名曰鞠陵於天、東極、離瞀，日月所出。」、「大荒之中，有山名曰孽搖頵羝。上有扶木，柱三百里，其葉如芥。有谷曰溫源谷。湯谷上有扶木，一日方至，一日方出，皆載於烏。」、「大荒之中，有山名曰猗天蘇門，日月所生。」、「東荒之中，有山名曰壑明俊疾，日月所出。」、「有女和月母之國。有人名曰鵷——北方曰鵷，來之風曰——是處東極隅以止日月，使無相間出沒，司其短長。」

第六章　《山海經》時代

〈大荒南經〉載:「東南海之外,甘水之間,有羲和之國。有女子名曰羲和,方日浴於甘淵。羲和者,帝俊之妻,生十日。」

〈大荒西經〉載:「有人名曰石夷,來風曰韋,處西北隅以司日月之長短。」、「西海之外,大荒之中,有方山者,上有青樹,名曰櫃格之松,日月所出入也。」、「大荒之中,有山名曰豐沮玉門,日月所入。」、「大荒之中,有龍山,日月所入。有三澤水,名曰三淖,昆吾之所食也。」、「大荒之中,有山名曰日月山,天樞也。吳姬天門,日月所入。有神,人面無臂,兩足反屬於頭山,名曰噓。顓頊生老童,老童生重及黎,帝令重獻上天,令黎卭下地。下地是生噎,處於西極,以行日月星辰之行次。」、「大荒之中,有山名曰鏖鏊鉅,日月所入者。」、「大荒之中,有山名曰常陽之山,日月所入。」、「有壽麻之國。南岳娶州山女,名曰女虔,女虔生季格,季格生壽麻。壽麻正立無景,疾呼無響。爰有大暑,不可以往。」、「大荒之中,有山,名曰大荒之山,日月所入。有人焉三面,是顓頊之子,三面一臂,三面之人不死。是謂大荒之野。」

〈大荒北經〉載:「大荒之中,有山名曰成都載天。有人珥兩黃蛇,把兩黃蛇,名曰夸父。后土生信,信生夸父。夸父不量力,欲追日景,逮之於禺谷。將飲河而不足也,將走大澤,未至,死於此。應龍已殺蚩尤。又殺夸父,乃去南方處之,故南方多雨。」

〈海內經〉中有「帝俊賜羿彤弓素矰,以扶下國,羿是始去恤下地之百艱」,羿曾射殺鑿齒,也曾射日,這裡是否包含射日的隱喻,值得人去思索。

當然,射鑿齒是主要的,但也不排除射日的因素。此問題另處詳述,此略。

《山海經》中記述日月,主要是記述太陽神話的內容,如太皞本來就是太陽神,在〈海內經〉中有行動的蹤跡,但卻並沒有點明。

《山海經》中的太陽神話，在內容上可以分為這樣幾大類：太陽的生成（如〈大荒南經〉中「羲和者，帝俊之妻，生十日」）；太陽的出入（如〈大荒西經〉中「櫃格之松」等處「日月所出入也」句）；對太陽的測量（如〈大荒西經〉中「壽麻正立無景」）；管理太陽（如〈大荒西經〉中「石夷」的「司日月之長短」）；對太陽起居棲息的認知（如〈海外東經〉的「湯谷上有扶桑，十日所浴」）；追日（如〈海外北經〉和〈大荒西經〉中的「夸父與日逐走」）；太陽殺人（如〈海外西經〉的「女丑之尸，生而十日炙殺之」）；太陽鳥（如〈大荒東經〉中的「一日方至，一日方出，皆載於鳥」）。這裡的太陽神沒有希臘神話中阿波羅那樣恣肆，而是顯得溫和、樸實，成為帝俊家的小兒，而且有十位，這是古人對太陽崇拜的表述中所體現出的天體觀念、方位觀念、時空觀念的綜合，同時，它也反映出遠古人民不畏艱難的追求和探索精神。

尤其是其中的夸父追日神話，那種犧牲精神更突出地表現出其英勇無畏的本色。太陽神話的生活化即世俗化，成為中國太陽神話的重要特徵——日可以生，也可以控制，既能探索太陽，又能掌握太陽，太陽成為神人家族普通的一員。其中的扶桑樹和甘淵、湯谷，我們可以稱為太陽神樹、神水。這是包容了山、水、樹木、鳥和人的一個龐大的太陽神家族。關於《山海經》中的太陽崇拜對後世文化的影響，將在另處述及。

6. 文化創造神話

神話的產生本身就是文明的象徵，但它畢竟屬於蒙昧時代的認知，在神話中融入大量的文化創造的內容，則代表著遠古人民的認知能力、創造能力和思維能力、審美水準的不斷提高。

在《山海經》中，文化創造神話集中體現在〈海內經〉中：「炎帝之孫伯陵，伯陵同吳權之妻阿女緣婦，緣婦孕三年，是生鼓、延、殳。殳始為

第六章　《山海經》時代

侯，鼓、延是始為鍾，為樂風。」、「帝俊生禹號，禹號生淫梁，淫梁生番禺，是始為舟。番禺生奚仲，奚仲生吉光，吉光是始以木為車。」、「少皞生般，般是始為弓矢。」、「帝俊生晏龍，晏龍是始為琴瑟。」、「帝俊有子八人，是始為歌舞。」、「帝俊生三身，三身生義均，義均是始為巧倕，是始作下民百巧。后稷是播百穀。稷之孫曰叔均，是始作牛耕。大比赤陰，是始為國。禹，鯀是始布土，均定九州。」、「共工生后土，后土生噎鳴，噎鳴生歲十有二。」

其他如〈大荒西經〉中述：「有芒山。有桂山。有榣山，其上有人，號曰太子長琴。顓頊生老童，老童生祝融，祝融生太子長琴，是處榣山，始作樂風。」、「壽麻正立無景，疾呼無響。」、「西南海之外，赤水之南，流沙之西，有人珥兩青蛇，乘兩龍，名曰夏后開。開上三嬪於天，得〈九辯〉與〈九歌〉以下。此天穆之野，高二千仞，開焉得始歌〈九招〉。」

〈海外東經〉中述：「帝命豎亥步，自東極至於西極，五億十選九千八百步。豎亥右手把算，左手指青丘北。一曰禹令豎亥。一曰五億十萬九千八百步。」

〈海外西經〉中述：「大樂之野，夏后啟於此儛九代，乘兩龍，雲蓋三層。左手操翳，右手操環，佩玉璜。在大運山北。一曰大遺之野。」

在這些文化創造活動中，我們可以看到相當廣泛的文化創造內容，既有物質文化，又有精神文化。如其中的「鍾」、「樂風」、「琴瑟」、「歌舞」、「〈九辯〉與〈九招〉」和「儛九代」，是一套詳備的藝術，我們可以把這些內容稱作音樂文明；而「舟」、「車」、「弓矢」、「百巧」屬於生產工具文明（生產工具的發明代表著科學技術的萌動）；壽麻測日影和噎鳴生歲十有二（即發明一年有十二個月的曆法）屬於天文文化；后稷播「百穀」、叔均作「牛耕」，是典型的農業文明；而大比赤陰的建立國家和鯀、禹的「布土」、「均

第二節　《山海經》的神話群及其文化類型

定九州」，代表著制度文化和政治文明；豎亥「步」、「算」，測量山河，我們可以看作地理學的萌動。這些文化創造的意義，在於它們表現出遠古人民在長期的生活、生產實踐中的勤奮探索，它們孕育了後世更為發達的科學文化事業。因此，我們可以說《山海經》是神話之源，也是文化之源、科學之源。當然，其中的音樂文化、農耕文化、天文文化等文明現象的創造，絕不是神話中所說的某一個人所能完成的，而是千百萬勞動者共同的心血結晶，當然我們並不否認某些傑出的歷史人物所做出的特殊貢獻。在古代的神話傳說和歷史描述中，文化創造常屬於聖賢的專利，這一方面表現出對傑出人物的肯定——對其勞動的認可，另一方面更突出地表現出中華民族對文化創造的神聖的情感態度。

7. 英雄神話

英雄崇拜和太陽崇拜一樣，是世界各民族神話中普遍的信仰現象之一，甚至可以說，離開了英雄的活動，神話就不再存在。英雄即神性英雄是神話中最動人的內容，它不像神性帝王那樣給予人威嚴無比的感覺，而是獨具鮮明的個性，以某種功勳作為自己的神性象徵。英雄神的個性也就時常在那些驚心動魄的事件中呈現出來。所謂英雄，一方面在於個性的突出，另一方面，其更重要的意義在於有無畏的品格。無畏、勇敢地打拚、抗爭，是英雄神的個性形成的核心內容。當然，英雄還要代表著正義、公平，不能為患於人間。事實上，判斷神話中的英雄的思維活動，往往融合了人們審美分析和道德評價的雙重因素。在《山海經》中，英雄神的形象主要在人與自然、人與人的交往中表現出堅韌不拔、無畏抗爭、敢於犧牲、寧死不屈等個性特徵，如：

〈海外西經〉所述：「刑天與帝至此爭神，帝斷其首，葬之常羊之山。乃以乳為目，以臍為口，操干鏚以舞。」

第六章 《山海經》時代

〈海外北經〉所述:「夸父與日逐走,入日。渴欲得飲,飲於河渭,河渭不足,北飲大澤。未至,道渴而死。棄其杖。化為鄧林。」

〈大荒北經〉所述:「蚩尤作兵伐黃帝,黃帝乃令應龍攻之冀州之野。應龍畜水。蚩尤請風伯雨師,縱大風雨。黃帝乃下天女曰魃,雨止,遂殺蚩尤。」

〈海內經〉所述:「洪水滔天。鯀竊帝之息壤以堙洪水,不待帝命。帝令祝融殺鯀於羽郊。鯀復生禹。帝乃命禹卒布土以定九州。」

〈北次三經〉所述:「又北二百里,曰發鳩之山,其上多柘木。有鳥焉,其狀如烏,文首、白喙、赤足,名曰精衛,其鳴自詨。是炎帝之少女名曰女娃,女娃遊於東海,溺而不返,故為精衛。常銜西山之木石,以堙於東海。」

〈大荒東經〉所述:「東海中有流波山,入海七千里。其上有獸,狀如牛,蒼身而無角,一足,出入水則必風雨,其光如日月,其聲如雷,其名曰夔。黃帝得之,以其皮為鼓,橛以雷獸之骨,聲聞五百里,以威天下。」

從以上描述我們可以看到,英雄神的類型又可分為戰爭英雄(如刑天、蚩尤)、治水英雄(鯀、禹)、性格英雄(夸父、精衛,夔等)三類,絕大部分的英雄神都以悲劇形成自己的具體個性。刑天的悲劇是為天帝所殺,但他「以乳為目,以臍為口」,則顯示出不屈的個性;蚩尤雖為魃所殺,卻不是黃帝和應龍所能夠征服的,同樣具有堅忍的個性;鯀因竊帝之息壤而為祝融所殺,他也沒有屈服,其「腹」生禹,使治水事業繼續進行,更顯其無私無畏的剛毅;夸父要與太陽競走,是人類生命的悲壯的展示,雖渴死於路途,終究以鄧林的蔥蘢顯示其不息的生機;精衛以微弱的力量擔負起堙平大海的重任,當是不畏懼強大,勇敢的挑戰者形象;夔的力量是雄壯的,雖然被黃帝所「得」,即殺伐,但牠的靈魂仍然發出昂揚的聲音,能震撼天下。所有這些英雄神都以悲壯和崇高來張揚自己的個

性，都具有雖死猶生的不屈志氣和品格，都有各自神聖不可侵犯、不能辱沒的尊嚴。這些神話之所以能在後世流傳，最重要的原因恐怕還是這些英雄神所體現出的民族氣節，不斷激勵和鼓舞著後世人民去打拚進取。特別是在民族危亡的關頭，它成為民族抗爭強暴，驅逐邪惡的精神支柱。一些仁人志士常以這類英雄神自喻，以陶冶自己的品格和情操，如陶淵明就有「刑天舞干鏚，猛志固常在」的詩句（〈讀《山海經》十三首〉，《陶淵明集》，中華書局 1979 年版），更有秋瑾等近代愛國英雄以精衛自比的〈精衛石〉等光輝篇章。而在《山海經》中被羿射殺的鑿齒、被禹殺的相柳（相繇）、被太陽炙殺的女丑、被有易所殺的王亥等神性角色，雖然也有抗爭的成分，但沒有成為英雄神，這就是我們在前面所說的，英雄神不但要有突出的性格，而且要有品格，既是力量的代表，又是品格的代表，有美的理想的形象化的個性，能引起人情感上的共鳴。也就是說，《山海經》不但影響到中華民族的思維格局，而且深刻地影響到審美的道德的個性塑造方式，使中華民族具有崇尚正義和力量的光榮傳統。

8. 山岳神話

《山海經》中的山岳處處都閃爍著神話的靈光，在崇山峻嶺間，充斥著神性的光輝。僅以〈山經〉為例，〈南山經〉「大小凡四十山，萬六千三百八十里」，〈西山經〉「廣凡七十七山，一萬七千五百一十七裡」，〈北山經〉「凡八十七山，二萬三千二百三十里」，〈東山經〉「凡四十六山，萬八千八百六十里」，〈中山經〉「大凡百九十七山，二千一百三十七十一里」，總計 447 座。又如〈中山經〉末所舉「禹曰：天下名山，經五千三百七十山，六萬四千五十六裡，居地也……天地之東西二萬八千里，南北二萬六千里，出水之山者八千里，受水者八千里」，以及「出銅」、「出鐵」者。這些內容都體現出古代神話的方位觀念和靈魂觀念。

第六章 《山海經》時代

我們可以把這些大大小小的神山及其山間奔騰的河流、奔跑的鳥獸魚蟲、挺立的草木等大大小小的精靈，統稱為山岳神話。

《山海經》中縱橫的山岳裡，幾乎每一座山都有神靈守護，而每一條河流又都源於這些山岳，同樣，那些神樹、神鳥、神蟲、神魚、神獸、神人、神草、神實、神龜等神靈都以特有的生命形態放射出遠古神話瑰麗的光芒。這片天地的神靈又是由帝所統攝而各司其職，各盡其責的，展示出密密麻麻的神話群。在這些神話群中，我們可以看到這樣一些特點：方位觀念成為維繫神話的基本結構；圖騰形態的多樣化成為神話的外部特徵；如歌謠般的行板式旋律成為其特有的神話敘述方式。

第一，方位觀念成為維繫神話的基本結構。

《山海經》中方位觀念最典型地體現在東西南北四方神上，如：

〈海外南經〉：「南方祝融，獸身人面，乘兩龍。」

〈海外西經〉：「西方蓐收，左耳有蛇，乘兩龍。」

〈海外北經〉：「北方禺強，人面鳥身，珥兩青蛇。踐兩青蛇。」

〈海外東經〉：「東方句芒，鳥身人面，乘兩龍。」

最為典型的是崑崙山在《山海經》中的方位描述。以崑崙為中心，集中了許多重要的神話群或稱為神性部落、神性集團。如〈海內西經〉中的崑崙之虛，為「帝之下都」，其「方八百里，高萬仞。上有木禾，長五尋，大五圍。面有九井，以玉為檻。面有九門，門有開明獸守之，百神之所在，在八隅之岩，赤水之際，非仁羿莫能上岡之岩」。在開明的東西南北，又分別有鳳、五樹、巫彭、樹鳥等物，形成一個繁華無比的神界天地。這裡不但有東南西北四方位，還有「西北」、「西南」等方位，以及「東之東」、「西之西」等方位。如「赤水出東南隅，以行其東北」、「海內崑崙之虛，在西北」、「弱水、青水出西南隅，以東，又北，又西南，過畢方鳥東」和「開明獸身大類虎而九首，皆人面，東向立崑崙上」等。

第二節　《山海經》的神話群及其文化類型

此外，還有上、下的方位，如〈大荒東經〉寫道：「東海之外大壑，少昊之國。少昊孺帝顓頊於此，棄其琴瑟。」、「大荒之中，有山名曰孽搖頵羝。上有扶木，柱三百里，其葉如芥。有谷曰溫源谷。湯谷上有扶木，一日方至，一日方出，皆載於烏。」、「有五彩之鳥，相鄉棄沙。唯帝俊下友。帝下兩壇，彩鳥是司。」

這裡的空間方位是由上、下組成的，從而將上方的天帝等神（如帝俊）與世間或下界的神連繫在一起。其實，它反映出天、地、人三界相聯的方位觀念。此類資料還有〈大荒北經〉中禹殺相繇「三仞三沮，乃以為池，群帝因是以為臺」等，讓我們看到整個神話世界中各種神性角色的具體位置。

〈大荒西經〉中有「炎帝之孫名曰靈恝，靈恝生氐人，是能上下於天」，及「日月所入」的山巒，「壽麻正立無景」，「有軒轅之臺，射者不敢西向射，畏軒轅之臺」等，表明神使「氐人」將天界與地界相連接，並反映人對太陽、神臺的動態觀察等內容。將此與舜等帝王葬之山之「陰」或「陽」等資料相連繫，我們可以說，這種方位觀念與戰國兩漢時代的五行觀念應該是有著一定連繫的。也就是說，《山海經》不但是神話之源，而且是哲學之源，它包含著遠古人民樸素的哲理觀念，並孕育了後世人文哲學的基本內容。

第二，圖騰形態的多樣化成為神話的外部特徵。

圖騰（totem）是外來語，《簡明大英百科全書》解釋為：「圖騰是標誌或象徵某一群體或個人的一種動物、植物或其他東西。」圖騰崇拜（totemism）則是：「相信人與某一圖騰有親緣關係；或相信一個群體或個人與某一圖騰有神祕關係的信仰。」中華民族是融合了許多民族的大家庭，在歷史的發展中，包含著許多圖騰文化。人們通常以為，龍是中華民族的總圖騰，故中華民族有龍的子孫之稱。事實上，龍的形狀本身就包蘊著許多更

173

第六章　《山海經》時代

為細微的圖騰單位，例如豕（豬）、鹿、馬、雞等動物圖騰符號，綜合成為龍圖騰的典型形象。在《山海經》中，所有具有生命的動物包括神人，都有多種動物的特徵，這是圖騰形態多樣化的具體表現。它體現出在社會發展中，各部落間的生存狀況及其相互間的連繫。應該指出的是，各種具有神話意義的山神、水神、樹木之神，以及各國之民，他們常以怪異的形狀出現，每一種形狀在事實上我們都可以看作一個生命符號，是一個圖騰單位。

在每一種怪異的形狀背後，都蘊含著一個部落氏族的文化。

首先是四方之神，他們或踐蛇，或乘龍，若我們把他們看作四方的部落，那麼這些部落的圖騰徽幟就是龍或蛇。圖騰崇拜離不開「靈魂不滅」這個思想基礎，即在先民信仰中，泛神信仰是一種普遍現象。由此，遠古人民以為每一種事物即自然物的存在，都是由神性操縱的，所以就有大大小小的山神、樹神、水神、鳥神、人神等神性角色。

以《山海經》的〈中山經〉為例，我們可以清楚地看到：甘棗之山的山神為「其狀如鼠而文題」；渠豬之山和渠豬之水有神魚「豪魚」，「狀如鮪，赤喙尾赤羽」；霍山山神獸「其狀如狸，而白尾有鬣」；鮮山鳴蛇之神「其狀如蛇而四翼，其音如磬」；陽山之神「叱呼」，「其狀如人面而豺身，鳥翼而蛇行」；蔓渠之山神馬腹，「其狀如人面虎身，其音如嬰兒」；煇諸之山至蔓渠之山「凡九山」，「其神皆人面而鳥身」；敖岸之山神夫諸，「其狀如白鹿而四角」；青要之山神魖武羅，「其狀人面而豹文，小要而白齒，而穿耳以鐻，其鳴如鳴玉」，騩山正回之水有神魚「其狀如豚而赤文」，和山之神泰逢，「其狀如人而虎尾……出入有光」；厘山之神犀渠，「其狀如牛，蒼身，其音如嬰兒」；潕潕之水神，「其狀如獳犬而有鱗，其毛如彘鬣」；自鹿蹄之山至玄扈之山「凡九山」，「其神狀皆人面獸身」；首山神駄鳥，「其狀如梟而三目。有耳，其音如錄」，平逢之山驕蟲，「其狀如人而二首」，

第二節　《山海經》的神話群及其文化類型

密山豪水神龜,「其狀鳥首而鱉尾,其音如判木」,傅山厭染之水「其中多人魚」;休輿之山至大之山「凡十有九山」,十六山神「皆豕身而人面」;驕山神圍處之,「其狀如人面,羊角虎爪」;岐山神涉,「其狀人身而方面三足」;景山至琴鼓之山,「凡二十三山」,「其神狀皆鳥身而人面」;女几山至賈超之山神,「皆馬身而龍首」;首山至丙山「凡九山」,山神狀「皆龍身而人面」;翼望之山至几山,「凡四十八山」,「其神狀皆彘身人首」;夫夫之山神於兒,「其狀人身而身操兩蛇,常遊於江淵,出入有光」;篇遇之山至榮餘之山,「凡十五山」,「其神狀皆鳥身而龍首」;等等。

各山之神在圖騰上具體表現為「人面鳥身」、「人面虎身」、「人面豹文」、「人身虎尾」、「人面獸身」、「人面豕身」、「人面而羊角虎爪」、「人面龍身」、「人面彘身」、「馬身而龍首」、「人身而方面三足」、「鳥神而龍首」、「如人而二首」、「如梟而三目」、「鳥身而鱉尾」、「人魚」等。應該說,這裡的虎、龍、鳥、豕、羊、豹、蛇、鱉等動物就是居於山地部族的圖騰徽幟。這些動物的圖騰形狀就是神話的一部分,從而構成神話的外部特徵。而更為典型的山岳神圖騰現象,還有崑崙山。

第三,如歌謠般的行板式旋律成為其特有的神話敘述方式。

或以為《山海經》中有歌舞和戲曲的蹤影。應該說,在《山海經》的時代,戲曲是可能存在的,這就是原始歌舞為表現特色的戲曲狀態。這絲毫不牽強。

什麼是戲曲?如王國維在《戲曲考原》所說「戲曲者,謂以歌舞演故事也」。山岳神話的敘述語言有著內在的旋律,如行板一般,表現出音樂美感。

這種敘述方式形成整個《山海經》的語言特色。如整個〈山經〉分為五個部分,按東西南北中排列。每一部分的開頭一般為「×山經之首曰×山」,然後分述其他山時,語句多為「又×(方向)×百里」,即以百里為

第六章 《山海經》時代

基本單位。語句多短而整齊，中間為「其中多 ×（獸或樹）」，「有 × 焉，其狀如 × 而 ××」。若我們與《詩經》中的詩歌相比較，就會看到兩者都有對稱、節奏明快等共同的樂感特徵。甚至我們還可以想像，古代的巫師或方士是怎麼演唱《山海經》這部神話經典的。這種抑揚頓挫、鏗鏘有力的句式，十分整齊的節拍，是典型的詩歌語言形式，只不過還糅合進誦式的述說罷了，它與《江格爾》、《格薩爾》、《瑪納斯》等民族史詩的結構方式有著驚人的相似之處。所以，我們再一次斷言，《山海經》應該是中國上古時代的史詩彙編。

從其內容和句式上，我們都可看到這些痕跡。

9.「海洋」神話

對海洋的認知和表現，在中國古代神話典籍中唯《山海經》最為突出。

這不僅是因為該書本身就是山地與海域的相關內容的融會之作，而更重要的還在於它典型地表現出古人獨特的海洋觀念。我們把這些以海神面目出現，生存在海域或以海為背景的神性角色內容稱為海洋神話。特別需要指出的是，《山海經》中的海並非全是現代地理學意義上的海，而是生命存在的一種環境，既有真實的海，又有虛幻的海，還有特殊的海──遠方的土地。當然，海洋神話的實質在於表現出遠古人民的海洋觀念。

海的存在，在《山海經》中集中在除〈山經〉之外的各篇章中，它細分為海外、海內兩大部分。海上各種現象的變化，都是由天神、海神等神靈所操縱的。這種神話特色，也是中國古代神話有別於歐洲、美洲等民族神話的重要方面。尤其是以陸地為海的神話內容，更顯現出中國古典神話的獨特個性。這就是說，如果我們從〈山經〉中還可以看到與今天許多山地名稱相一致的現象的話，那麼，〈海經〉和〈大荒經〉中的海名、國名就更

第二節　《山海經》的神話群及其文化類型

多是虛無縹緲的了。如，〈南山經〉中提到的「會稽山」、「丹穴山」，〈西山經〉中提到的「華山」、「黃山」、「中皇山」、「天山」，〈北山經〉中提到的「太行山」、「王屋山」、「燕山」、「雁門山」，〈東山經〉中提到的「泰山」，〈中山經〉中提到的「熊耳山」、「首山」、「歷山」、「密山」、「夸父山」、「少室山」、「泰室山」、「大山」、「荊山」、「衡山」、「岷山」、「岐山」、「首陽山」等山名，在今天都有相對應的具體存在，而〈海經〉、〈大荒經〉中的「羽民國」、「貫胸國」、「三首國」、「三身國」、「一臂國」、「奇肱國」、「女子國」、「白民國」、「一目國」、「無腸國」、「君子國」、「毛民國」、「犬封國」、「卵民國」、「不死國」等奇異的國度，我們到哪裡去尋找呢？神話學告訴我們，神話中的地名人名可以在後世的實際生活中存在，而更多的可以不存在──神話只能看作歷史曲折的反映和表現。神話中的海的意義，也就異常豐富而顯得虛幻、神奇、迷離了。

在《山海經》中，海的方位得到具體的描繪。如〈海外南經〉包括海外「自西南陬至東南陬」，〈海外西經〉包括「西南陬至西北陬」，〈海外北經〉包括「東北陬至西北陬」，〈海外東經〉包括「東南陬至東北陬」，〈海內南經〉包括「海內東南陬以西」，〈海內西經〉包括「海內西南陬以北」，〈海內北經〉包括「海內西北陬以東」，〈海內東經〉則包括「海內東北陬以南」，而〈大荒經〉則指「東海之外」、「南海之外」、「西北海之外」和「東北海之外」。〈海內經〉的方位更為特殊，所言東西南北四方之海內外，可看作與今天的國土大致相符的一部分地區。其中的「海」更多的是指一片神祕的大野。

如，〈海內南經〉道：「甌居海中。閩在海中，其西北有山。一曰閩中山在海中。」、「三天子鄣山在閩西海北。一曰在海中。」、「鬱水出湘陵南海。」

〈海內西經〉道：「海內崑崙之虛，在西北，帝之下部。」

第六章 《山海經》時代

〈海內北經〉道:「朝鮮在列陽東,海北山南。列陽屬燕。」、「列姑射在海河州中。」、「射姑國在海中,屬列姑射。」、「大蟹在海中。」、「陵魚人面,手足,魚身,在海中。」、「大鯾居海中。」、「明組邑居海中。」、「蓬萊山在海中。」、「大人之市在海中。」

〈海外北經〉道:「北海內有獸,其狀如馬,名曰騊駼。有獸焉,其名曰駮,狀如白馬,鋸牙,食虎豹。有素獸焉,狀如馬,名曰蛩蛩。有青獸焉,狀如虎,名曰羅羅。」

〈大荒東經〉道:「東海之外大壑,少昊之國。少昊孺帝顓頊於此,棄其琴瑟。」、「東海之外,大荒之中,有山名曰大言,日月所出。」、「東海之渚中,有神,人面鳥身,珥兩黃蛇,踐兩黃蛇,名曰禺䝞。黃帝生禺䝞,禺䝞生禺京。禺京處北海,禺䝞處東海,是唯海神。」、「東海中有流波山,入海七千里。其上有獸,狀如牛,蒼身而無角,一足,出入水則必風雨,其光如日月,其聲如雷,其名曰夔。黃帝得之,以其皮為鼓,橛以雷獸之骨,聲聞五百里,以威天下。」

〈大荒南經〉道:「南海之外,赤水之西,流沙之東,有獸,左右有首,名曰跊踢。有三青獸相併,名曰雙雙。」、「有阿山者。南海之中,有氾天之山,赤水窮焉。赤水之東,有蒼梧之野,舜與叔均之所葬也。爰有文貝、離俞、鴟久……」、「南海渚中,有神,人面,珥兩青蛇,踐兩赤蛇,曰不廷胡余。」、「大荒之中,有山名曰融天,海水南入焉。」、「有人名曰張宏,在海上捕魚。海中有張宏之國,食魚,使四鳥。」、「有人焉,鳥喙,有翼,方捕魚於海。大荒之中,有人名曰驩頭。鯀妻士敬,士敬子曰炎融,生驩頭。驩頭人面鳥喙,有翼,食海中魚,杖翼而行。」、「大荒之中,有山名曰天臺高山,海水入焉。」、「東南海之外,甘水之間,有羲和之國。有女子名曰羲和,方日浴於甘淵。」

〈大荒西經〉道:「西北海之外,大荒之隅,有山而不合,名曰不周負

第二節　《山海經》的神話群及其文化類型

子，有兩黃獸守之。有水曰寒暑之水。水西有溼山，水東有幕山。有禹攻共工國山。」、「西北海之外，赤水之東，有長脛之國。」、「西海之外，大荒之中，有方山者，上有青樹，名曰櫃格之松，日月所出入也。」、「西北海之外，赤水之西，有先民之國，食穀，使四鳥。」、「西南海之外，赤水之南，流沙之西，有人珥兩青蛇，乘兩龍，名曰夏后開。開上三嬪於天，得〈九辯〉與〈九歌〉以下。此天穆之野，高二千仞，開焉得始歌〈九招〉。」

〈大荒北經〉道：「東北海之外，大荒之中，河水之間，附禺之山，帝顓頊與九嬪葬焉。」、「有儋耳之國，任姓，禺號子，食穀。北海之渚中，有神，人面鳥身，珥兩青蛇，踐兩赤蛇，名曰禺強。」、「大荒之中，有山名曰北極天櫃，海水北注焉。有神，九首人面鳥身，名曰九鳳。又有神銜蛇操蛇，其狀虎首人身，四蹄長肘，名曰強良。」、「大荒之中，有山名曰不句，海水入焉。」、「西北海外，流沙之東，有國曰中，顓頊之子，食黍。」、「西北海外，黑水之北，有人有翼，名曰苗民……有山名曰章山。」、「西北海之外，赤水之北，有章尾山。有神，人面蛇身而赤，直目正乘，其瞑乃晦，其視乃明，不食、不寢、不息，風雨是謁。是燭九陰，是謂燭龍。」

〈海內經〉道：「東海之內，北海之隅，有國名曰朝鮮；天毒，其人水居，偎人愛之。」、「西海之內，流沙之中，有國名曰壑市。」、「西海之內，流沙之西，有國名曰氾葉。」、「南海之內，有衡山，有菌山，有桂山。有山名三天子之都。」、「北海之內，有蛇山者，蛇水出焉，東入於海。有五彩之鳥，飛蔽一鄉，名曰翳鳥。」、「北海之內，有反縛盜械、帶戈常倍之佐，名曰相顧之尸。」、「北海之內，有山，名曰幽都之山，黑水出焉。其上有玄鳥、玄蛇、玄豹、玄虎、玄狐蓬尾。有大玄之山。有玄丘之民。有大幽之國。有赤脛之民。」

第六章　《山海經》時代

　　若從目前的地理狀況來看，南方、東方有海，而西方、北方又如何有海？

　　事實上，即使是東海、南海，在《山海經》之中具體描繪的內容也是不盡相同的。這是中國人最早的海洋文化觀。

　　神話中的海，即原始人視野中的海，常是居有奇異的鳥獸魚蟲的一片特殊的土地。這種思維方式深深地影響到後世文學中的神仙文化。例如東海龍王家族，給人印象最深的是在《西遊記》世界中成為神仙世界的重要內容，我們說，這和原始先民對海洋認知的觀念是有著密切連繫的。也正因為如此，《山海經》的海域極其寬廣，以至於美國等國家的學者在其中看到他們所熟悉的地理狀況，乃斷言《山海經》反映了他們國家的環境。甚至有人據此而聲稱居住在美洲大陸上的印第安人就是從中國大陸上遷徙去的。推測總歸是推測，科學所依據的是大量事實的真實存在。我們不能妄加斷言古代中國人曾征服過全世界，但我們可以這樣有把握地說，《山海經》中的海洋雖是神話中的存在，卻並不是完全虛幻的東西，它是有一定根據的。其中的神話內容，是原始先民所創造的海洋文化的反映——表現遠古人民的視野和胸懷，以及他們頑強的探索，這些是中華文化中非常寶貴的精神資源。

10. 巫術神話

　　或曰，《山海經》中的所有部落，都首先是巫的文化群體。巫術信仰是每一個遠古部落的重要內容。古代神話表現出遠古人民對各種現象的理解，和征服的願望及其具體思維方式，在《山海經》中，巫術神話的主要內容有兩大類，一是巫術在神靈崇拜中的具體運用，一是神話中巫神的具體活動。

　　神話和巫術都存在於遠古時代的民間信仰之中，它們之間的界限是很

第二節　《山海經》的神話群及其文化類型

難劃分得很精確的。尤其是在瀚海般的民間文化中，它們在一定意義上是互生互長的。在神話的具體內容中充滿了巫術的成分，如顓頊的死而復生，巫咸和重黎等「絕地天通」。所以，以漢代王充為代表的學者們用理性的認知來理解神話，就斥之為荒誕。但人們應該知道，在巫術的具體表現中，其內涵是以神話傳說故事為基礎的。例如，在今天仍然存在的遠古大神信仰崇拜的廟會上，一些巫術形式，諸如拴娃娃、跳花籃舞、食靈藥等現象，在民間信仰中就是以神話傳說為底蘊，並且在神話傳說的背景上進行合理的闡釋的，即民間文化理論研究中的「民間闡釋系統」的具體表現。因此，魯迅等學者把《山海經》稱為「古之巫書」，認為「中國之神話與傳說，今尚無集錄為專書者，僅散見於古籍，而《山海經》中特多」。

《山海經》中的巫術信仰如上所言，一是祭祀的儀禮，一是神話中的巫神形象。一言以蔽之，在於兩方面：巫的形狀和巫的行為。

在〈五藏山經〉中集中表現出祭祀儀禮的內容，它具體包含三個方面的內容：一是對巫的「療效」的認知，如「食之不×」，二是對神靈形狀的具體描繪，三是祭物的具體運用。這三種內容同樣是不可分割的整體存在。如：

〈南山經〉道：「南山經之首曰䧿山。其首曰招搖之山，臨於西海之上，多桂，多金玉。有草焉，其狀如韭而青華，其名曰祝餘，食之不飢。有木焉，其狀如穀而黑理，其華四照，其名曰迷穀，佩之不迷。有獸焉，其狀如禺而白耳，伏行人走，其名曰狌狌，食之善走。麗之水出焉，而西流注於海，其中多育沛，佩之無瘕疾。」

「又東三百里，曰杻山，多水，無草木。有魚焉，其狀如牛，陵居，蛇尾有翼，其羽在下，其音如留牛，其名曰鯥，冬死而夏生，食之無腫疾。」

「凡䧿山之首，自招搖之山，以至箕尾之山，凡十山，二千九百五十

第六章　《山海經》時代

里。其神狀皆鳥身而龍首。其祠之禮：毛用一璋玉瘞，糈用稌米，一璧稻米，白菅為席。」

諸如此類的「食之不×」、「其神狀如×而×」、「其祠之禮：毛用××，糈用××」、「白菅為席」或「瘞而不糈」、「投而不糈」、「皆玉」、「耳申用魚」等，遍布〈五藏山經〉諸篇。巫的意義在佩戴某物或以食為藥的效應上，表現為對飢餓、迷茫的治療，還有對忌妒等不良品性的治療，它又能消除腫痛、疥瘡等病痛，特別是能極大地增強體力，使之「善走」。這些信仰十分廣泛地影響到後世的食、飲、服飾等民俗生活，它們作為一種獨特的文化內容體現出民間思維的哲學品性。

祠禮即祭祀的禮儀內容，在各個章節或煩瑣或簡約。簡約者如〈南山經〉中的「其祠皆一白狗祈，糈用稌」，煩瑣者如〈西山經〉中的「太牢。羭山神也，祠之用燭，齋百日以百犧，瘞用百瑜，湯其酒百樽，嬰以百珪百璧。其餘十七山之屬，皆毛牷用一羊祠之。燭者，百草之未灰，白席采等純之」。具體的「犧牲」有玉、米、白菅和狗、雞、羊、豬、魚、牛（豬、牛、羊三牲具備為太牢）等動物，以及酒、燭和舞蹈。其中，玉的使用有陳（擺設）、投、埋等多種。米有稌、糈、稷等精細、粗糙之分，雞和羊又有雌雄、純色和雜色之分，黑色的太牢、少牢與一般的太牢、少牢之分，舞蹈中又有干舞（兵器為舞具）和璆冕舞（玉等飾物為舞具）之分。我們認為這就是廟會的雛形。

巫術在文化發展中有著很獨特的地位和意義，弗雷澤在其《金枝》中對此作了獨到的探索。他曾提出相似巫術和交叉巫術概念，這些在《山海經》中都有具體表現。在《山海經》中，巫術更多地在「祠」中表現為相似巫術。

應該說，《山海經》中的巫文化同樣表現出中國特色。尤其是神靈形狀的巫化表現，構成中國遠古神話的重要內容，這在後世的民間古廟會上仍然有明顯體現。如，中原地區的淮陽太昊陵古廟會上的泥泥狗，就是這

第二節 《山海經》的神話群及其文化類型

種變形神話內容的遺存形式。圖騰的意義更為複雜，巫術神話只是其一部分表現。

神話中的巫神形象集中體現在《山海經》中的〈海經〉和〈荒經〉諸篇中。群巫與群神相處在同一個空間，而顓頊、重、黎等神事實上就承擔著巫的角色，更不用說巫咸等神巫了。這和前面所提到的祭祀行為一起構成巫術神話的重要內容，是整個《山海經》神話體系中一個獨特的類型。《山海經》對神巫作直接描述的主要有：

〈海外西經〉道：「巫咸國在女丑北，右手操青蛇，左手操赤蛇。在登葆山，群巫所從上下也。」、「女祭、女戚在其北，居兩水間，戚操魚䱉，祭操俎。」

〈海內南經〉道：「夏后啟之臣曰孟塗，是司神于巴。人請訟於孟塗之所，其衣有血者乃執之。是請生，居山上，在丹山西。丹山在丹陽南，丹陽居屬也。」

〈海內西經〉道：「開明東有巫彭、巫抵、巫陽、巫履、巫凡、巫相，夾窫窳之尸，皆操不死之藥以距之。窫窳者，蛇身人面，貳負臣所殺也。」

〈大荒南經〉道：「有巫山者，西有黃鳥。帝藥，八齋。黃鳥於巫山，司此玄蛇。」、「有蒇民之國。帝舜生無淫，降蒇處，是謂巫蒇民。巫蒇民盼姓，食穀，不績不經，服也；不稼不穡，食也。爰有歌舞之鳥，鸞鳥自歌，鳳鳥自舞。爰有百獸，相群爰處。百穀所聚。」

〈大荒西經〉寫道：「有靈山，巫咸、巫即、巫盼、巫彭、巫姑，巫真、巫禮、巫抵、巫謝、巫羅十巫，從此升降，百藥爰在。」

這些神巫居於登葆山，以蛇為徽幟號，或手持不死之藥；他們「不績不經，服也；不稼不穡，食也」，和後世的神仙相似，甚至可以被看作後世神仙文化的源頭。神巫將天與地、神與人聯結成一個文化整體。巫術神話在《山海經》中的位置是十分重要的，它既包容著圖騰的內容，如各種

第六章　《山海經》時代

神靈的變形（鳥身人面、龍首人身、虎身人首等形狀），是圖騰的融合反映，又具有神使的意義，這是中國神話有別於西方神話的一個重要層面。

在巫術神話中，我們可以看到「蛇」和「不死之藥」的特殊連繫，這是典型的東方蛇崇拜的文化內涵的表現。除了以上這些內容，其中的一些「×獸」（或其他的鳥、蟲等動物形象），用「其國有×（旱、水、兵、疫等災難）」，「有××臺，不敢×向射」的句式來表現，我們可以把它們看作巫師的咒語。這些語言模式並不是簡單地將神靈與天地和人聯結在一起，而是包容著相當豐富的內容。沒有這些內容，可以說《山海經》就不會像現在這樣完整系統地存留於世。也就是說，神話中的各種巫術表現，使神話的民間信仰功能得到強化，使神話作為文化的複雜載體被大眾所接受。沒有「巫」的活動，就沒有神話的流傳和保存。巫術是中國文化中異常複雜的一部分內容。巫術與中國文化發展的連繫更為複雜，在某種程度上，我們可以把巫術在神話中的表現，看作中國傳統文化及文化哲學的思想源流。

《山海經》的神話類型僅粗略地梳理出這些內容，就可以讓人清楚地看到《山海經》作為神話之源、文化之源的意義所在。當然，這只是粗略的劃分，若我們更精細地劃分下去，還能分得更細緻。像英國學者史賓賽在其《神話學緒論》中就將整個國際上所保存的神話分成 20 多種類型：創造神話、人類起源神話、洪水神話、報答神話、懲罰神話、太陽神話、月亮神話、英雄神話、野獸神話、習俗或祭禮的解釋神話、對陰曹地府的歷驗神話、神靈誕生神話、火起源神話、星辰神話、死亡神話、向死者供祭神話、禁忌神話、化生神話、善惡兩元論神話、生活用具起源神話和靈魂神話等。但他更多的是依據歐洲文化而對整個人類神話作判斷，這就難免失之偏頗。不同的民族對神話的態度即觀念是不盡相同的，中華民族的神話更多地融注於歷史、哲學、宗教、文學等人文內容之中，成為人們闡釋

自己的生活所依據的文化之源。

《山海經》中的神話類型個性特色很突出，為我們認識整個文化發展的軌跡提供了有益的借鑑。當然，我們也不能因此就將神話類型中所表現的民族個性，完全看作千百年間整個中華民族的文化個性，時代的變化發展深刻地影響著包括神話在內的各種文化現象。神話只能屬於歷史性的內容，它所反映的民族文化性格雖然對後世文化產生了十分重要的影響，卻只能是在某一個層面，我們不能高估這種影響和作用。

第三節　《山海經》與中國文化發展問題

一、《山海經》對中國文化的多層次影響

神話是一個民族最古老的記憶，是一個民族文化長河的重要源頭。

就文化的內涵而言，學者們多以經典作家的作品為其主要內容。最為典型的是先秦至兩漢的儒家學派。他們認為世界萬物變化的道理在孔孟那裡已經窮盡，後人的任務就當然是闡釋、演繹孔孟學說中的奧義，後世的學說也都是萬變不離其宗。這種學術思想影響甚遠，甚至可以說，雖然五四學者高舉的科學和民主思想的旗幟在整個 20 世紀飄揚，他們「打倒孔家店」的思想解放運動尤其深刻地影響著新文化的發展，但這種經學思想至今仍然存在著。究其實質，即對學科的理論探討，不是從事物的實際出發，而是從某種教條出發，似乎世間的一切存在都是對某種教條的驗證、說明。

隨著改革和開放的不斷深入，人們的觀念發生了重大變化，於是，1980 年代之後，越來越多的人把注意力轉向了與經典相對應的另一個空間——民間的文化。鍾敬文先生曾經在其《民俗文化學：梗概與興起》

第六章 《山海經》時代

（中華書局1996年版）中，系統地把文化分為三個層次，即以經典作家為主體的上層文化，以下層民眾為主體的下層文化（也叫民間文化或民俗文化），還有一種以市民為主體的中層文化。這種觀點是學術發展的重要成果。早在20世紀之初，就有學者對民間文化給予了關注，如五四歌謠學運動學者們提出以歌謠作為新文藝、新學術的資料。但在實踐中，在文學的發展中，民間文化實際上是不斷被壓抑的。當然，經典作家的思想也是極其寶貴的，它們代表著一個時代的高峰，這是民間文化所不能比擬的。但我們不能忘掉民間文化是整個民族文化的底色，必須關注到連同民間文化在內的所有的文化現象，只有這樣，我們才能夠全面、深入地理解民族文化。

理解《山海經》對中華文化的影響，我們同樣要多層次、多角度地看待其發展變化的軌跡。也就是說，《山海經》雖然是上古神話最為豐富的會聚，但它並不能代表中國古代神話的全部內容，而且，它對不同時期、不同地域文化發展的影響程度也是不均衡的。在浩如煙海的文化世界中，一部《山海經》只是源頭的一朵浪花，一股清流，它和先秦時期許多文化經典一樣源自遠古時代的社會生活，並一起匯合成文化大潮，流淌進後世千百年的歲月中。作為神話之源的《山海經》，對整個中華文化發展的影響固然相當有限，但這種影響卻是十分重要的。

首先，《山海經》的神話內容在歷史的發展中，與其他典籍一同構成了整個中國神話的基本系統，這最為明顯地表現在先秦時期。

先秦時期保存神話內容較多的典籍相當豐富。如《詩經》、《楚辭》、《禮記》、《尚書》、《易經》、〈禹貢〉、《國語》、《左傳》、《莊子》、《韓非子》、《穆天子傳》、《竹書紀年》等。在時代上，它們的形成都晚於《山海經》，自然或多或少都受到《山海經》的影響，而更重要的是它們在神話保存層面對《山海經》發揮了補充和豐富的作用。可以這樣說，若典籍中只有這

第三節　《山海經》與中國文化發展問題

部記載神話的《山海經》，我們對中國許多神話將難以解讀。郭璞對於《山海經》的注釋在文化發展上是很有價值的，而他最大的貢獻就在於，他以他所熟識的神話來闡釋、疏證《山海經》中的神話，所以他的注釋才最有價值。而郭璞所藉助的工具，基本上都是先秦時期的這類典籍。

整體來看，《山海經》對先秦文化的重要影響表現在哲學、文學、歷史等層面。其中，對文學的影響，諸如其與《詩經》、《楚辭》等作品的連繫，我們將另作詳述。在這裡，我們把《尚書》、《易經》、《莊子》、《論語》、《韓非子》等作品看作哲學類，而把《國語》、《左傳》和《禮記》、《竹書紀年》、《穆天子傳》等作品看作歷史類。《尚書》、《易經》、《莊子》、《韓非子》等作品是《山海經》之後蔚為壯觀的文化典籍，對後世的影響尤為深廣，成為後人認識先秦文化必不可少的經典。如《尚書》，它對《山海經》的繼承主要表現在對神話的描述上。鯀禹治水神話在《山海經》中只是以洪水滔天為背景，由鯀竊帝之息壤而引發的悲劇。《尚書》則將其具體描繪成這樣一幅畫面：「帝堯之時，洪水滔天，下民昏墊，帝堯詢於四岳，舉鯀治之。鯀堙洪水，大興徒役，作九仞之城，九載，訖無成功。舜攝政，殛鯀於羽山，以其子禹為司空，使代父業，以益、稷佐之。」禹吸取鯀的教訓，勞身焦思，菲衣惡食，居外十三年，乘舟、車、樏，跋山涉水，自北而南完成治水大業，先後治理黃河、濟水、淮河、江水而告功成。另外還有《荀子》、《管子》、《孟子》等作品，我們可以將它們看作先秦時期重要的文化哲學著作。它們在思維方式上與《山海經》是一脈相承的，都以萬物有靈的原始信仰作為思想基礎。如《易經》，傳說是伏羲或周公或文王或孔子所作，這雖然是一種附會，但它確實保存了不少與《山海經》相關的神話內容。如其〈繫辭下〉載：

　　古者包犧氏之王天下也……作結繩而為網罟，以佃以漁，蓋取諸離。
　　包犧氏沒，神農氏作，斫木為耜，揉木為耒，耒耨之利，以教天下，

第六章 《山海經》時代

蓋取諸益。日中為市，致天下之民，聚天下之貨，交易而退，各得其所，蓋取諸噬嗑。神農氏沒，黃帝、堯、舜氏作……垂衣裳而天下治……刳木為舟，剡木為楫，舟楫之利，以濟不通，致遠，以利天下，蓋取諸渙。服牛乘馬，引重致遠，以利天下，蓋取諸隨……斷木為杵，掘地為臼，杵臼之利，萬民以濟……弦木為弧，剡木為矢，弧矢之利，以威天下……上古穴居而野處，後世聖人易之以宮室，上棟下宇，以待風雨……古之葬者，厚衣之以薪，葬之中野，不封不樹，喪期無數，後世聖人易之以棺槨……上古結繩而治，後世聖人易之以書契……

《易經》的主要用途在於占卜，其成書時代當在周代。《易經》由卦畫、卦題和卦辭三部分組成，八卦分別為天（乾）、地（坤）、雷（震）、風（巽）、水（坎）、火（離）、山（艮）、澤（兌）。對於這種象徵性的思維方式，我們可以把它同《山海經》中的各種自然崇拜連繫在一起，可以看出其思維方式受《山海經》的影響。在神話時代的描述上，它基本上沿襲了《山海經》中的神話體系，如「神農氏沒，黃帝、堯、舜氏作」。《易經》同樣提到了舟、矢等勞動生產工具的發明，只是未像〈海內經〉中那樣明確指出其為何人所創造。其中的葬禮，「葬之中野」，使我們聯想到〈大荒經〉等章節中所提到的「赤水之東，有蒼梧之野，舜與叔均之所葬也」、「東北海之外，大荒之中，河水之間，附禺之山，帝顓頊與九嬪葬焉」，以及〈海外北經〉等處所提到的「不敢北射，畏共工之臺」等資料。神話對歷史的曲折反映，無論是在戰爭、文化創造方面，還是在生活制度方面，都充滿了靈魂不滅等觀念。《易經》與《山海經》在繼承的意義上明顯地表現出圖騰觀念的淡化而更為世俗化。同是伏羲，在《山海經》中只是形影萍蹤、有建木、太昊爰過之類的內容，而在《易經》中，就有了更為詳細也更為世俗化的記述，如〈繫辭下傳〉：「古者包犧氏之王天下也，仰則觀象於天，俯則觀法於地，觀鳥獸之文，與地之宜，近取諸身，遠取諸物，於是始作八卦，以通神明之德，以類萬物之情。」又如，〈繫辭〉中有「雷澤

第三節　《山海經》與中國文化發展問題

歸妹」,「雷澤」早在〈海內東經〉中出現:「雷澤中有雷神,龍身而人頭,鼓其腹。在吳西。」吳承志在《山海經地理今釋》中說:「雷澤即震澤。」可知雷澤作為神話概念在〈繫辭〉中已變成地理(方向)概念,但其意義仍是與神話密切相連的,這是一種文化趨勢。

又如《論語》中孔子提出的「敬鬼神而遠之」(〈雍也〉),「不語怪力亂神」(〈述而〉),「祭如在,祭神如神在」(〈八佾〉)等,表明了淡化神靈的文化趨勢。《韓非子‧外儲說左下》表現了孔子對神話的態度:

哀公問於孔子曰:「吾聞夔一足,信乎?」曰:「夔,人也,何故一足?彼其無他異,而獨通於聲。堯曰,夔一而足矣,使為樂正。故君子曰:夔有一足。非一足也。」

這種對神話的態度說明,在《山海經》中以夔為典型的神話在後世文化哲學發展中已漸被消解或曲解,這已成為一種普遍現象。

《山海經》對先秦文化哲學影響最深刻的要數《莊子》。有學者稱莊子是中國歷史上最有特色的哲人。莊子是中國文化自由主義的創始人,是中國民間文學的重要傳承者,他的著作保留了許多無比生動的民間文學內容。

在《莊子》中我們能夠更為清晰地看到《山海經》神話的影蹤,尤其是其中的寓言,借用神話的想像、誇張、象徵、擬人等方法來述說道理,常常自覺或不自覺地以神話為例,顯示出典型的神話哲學化的文化個性。

莊子繼承發展了老子的天道觀,形成著名的老莊學派,提出「自本自根,未有天地,自古以固存;神鬼神帝,生天生地」(〈大宗師〉)的文化哲學思想。一方面,他在文學實踐中自覺借用《山海經》的語言模式,如《內篇‧逍遙遊》寫道:

窮髮之北有冥海者,天池也。有魚焉,其廣數千里,未有知其修者,

第六章 《山海經》時代

其名為鯤。有鳥焉,其名為鵬,背若泰山,翼若垂天之雲,摶扶搖羊角而上者九萬里,絕雲氣,負青天,然後圖南,且適南冥也。

藐姑射之山,有神人居焉。肌膚若冰雪,綽約若處子,不食五穀,吸風飲露,乘雲氣,御飛龍,而遊乎四海之外。其神凝,使物不疵癘而年穀熟。

其中的冥海鳥、魚和姑射之山神人,在取材和思維形式上,都與《山海經》有著密切連繫。另一方面,更典型的是莊子對神話的自由運用,形成了非常突出的哲學風格,我們可稱這種理論為中國最早的神話哲學。而這些,又都與《山海經》中的神話類型有著千絲萬縷的連繫。如他在《內篇‧大宗師》中對「道」的神話闡釋:

夫道,有情有信,無為無形;可傳而不可受,可得而不可見;自本自根,未有天地,自古以固存。神鬼神帝,生天生帝;在太極之先而不為高;在六極之下而不為深;先天地生而不為久;長於上古而不為老。豨韋氏得之,以挈天地,伏羲得之,以襲氣母,維斗得之,終古不忒;日月得之,終古不息;堪壞得之,以襲崑崙;馮夷得之,以遊大川;肩吾得之,以處大山;黃帝得之,以登雲天;顓頊得之,以處玄宮;禺強得之,立乎北極;西王母得之,坐乎少廣,莫知其始,莫知其終;彭祖得之,上及有虞,下及五伯;傳說得之,以相武丁,奄有天下,乘東維,騎箕尾而比於列星。

又如其《內篇‧應帝王》寫道:

南海之帝為儵,北海之帝為忽,中央之帝為混沌。儵與忽時相與遇於混沌之地,混沌待之甚善。儵與忽謀報混沌之德,曰:人皆有七竅以視聽食息,此獨無有。嘗試鑿之。日鑿一竅,七日而混沌死。

他所舉的伏羲、日月、馮夷、肩吾、黃帝、顓頊、禺強、西王母和混沌等神,在《山海經》中都有表現。這些神話人物在他的筆下顯得輝煌壯麗,絢麗多彩,氣勢磅礴。所以,聞一多稱讚莊子「是一個抒情的天

第三節　《山海經》與中國文化發展問題

才」、「一位寫生的妙手」(見《聞一多全集》卷二,〈古典新義‧莊子〉)。魯迅也說過「其文則汪洋闢闔,儀態萬方,晚周諸子之作,莫能先也」(見《魯迅全集‧漢文學史綱要》)。莊子對中國神話的保存有著重要貢獻,這和他在自己的作品中大量引用神話,尤其是《山海經》神話分不開。一方面,這說明在莊子時代,《山海經》神話可能已十分豐富,並廣泛流傳;另一方面,這說明了當時的一種文化風尚,即借用古老的神話來闡述新穎的道理,使文化的發展充滿生命活力。又如《莊子‧天地篇》寫道:

　　黃帝遊乎赤水之北,登乎崑崙之丘而南望,還歸。遺其玄珠。使知索之而不得,使離朱索之而不得,使吃詬索之而不得也,乃使象罔,象罔得之。黃帝曰:異哉!象罔乃可以得之乎?

　　他將黃帝變作自己的傳聲筒,從而使自己的學說充滿神祕的意蘊。這種文化傳統在後來不斷被發揚光大,尤其是在中國現代文學即新文學的建設中,魯迅、郭沫若、茅盾等新文化運動的旗手或帥將都借用遠古神話發新思、鑄新辭,為新文化的發展做出楷模。

　　先秦歷史文化著作中,《國語》、《左傳》、《竹書紀年》和《戰國策》是歷史的直接記述,《禮記》和《穆天子傳》更多的是文化發展的記述,它們對神話的保存不像文化哲學著作那樣較為隨興,而是作為「史」的存在或制度的淵源根據來述說的,但同樣是依據《山海經》的神話類型來表現這種史學觀念的。譬如,對黃帝的記述,《山海經》並沒有對其出身、經歷做詳盡介紹,而是主要描寫他與其他神的交往,突出他的神壇地位。而在《國語》中,黃帝「姬姓」,明確了其「少典之子」的身分。《禮記‧大戴禮記》說:「黃帝曰軒轅」、「黃帝居軒轅之丘」。《戰國策》有「黃帝伐涿鹿而擒蚩尤」,《國語‧晉語》有少典娶有氏生黃帝炎帝,《左傳‧昭公十七年》有「黃帝氏以雲紀,故為雲師而雲名;炎帝氏以火紀,故為火師而火名」等記載。這些並不是《山海經》的原始資料,而是對《山海經》的補充說明,

第六章 《山海經》時代

使黃帝形象更加豐富起來。又如顓頊，在《國語·楚語》中是這樣記述的：

古者民神不雜……及少皞之衰也，九黎亂德，民神雜糅，不可方物。

夫人作享，家為巫史，無有要質……顓頊受之，乃命南正重，司天以屬神，命火正黎，司地以屬民，使復舊常，無相侵瀆，是謂「絕地天通」。

在《左傳》中，祝融為顓頊之子。顓頊的神性家族更多地納入維護宗法秩序、維護道德的世界之中，而漸脫《山海經》中質樸的原始氏族部落神的面目。同樣，帝嚳在《山海經》中的神性顯示不多，在《國語·魯語上》中卻變成了「能序三辰以固民」的守護神。如《國語·魯語上》寫道：

海鳥曰爰居，止於魯東門之外三日，臧文仲使國人祭之。展禽曰：

「……夫聖王之制祀也，法施於民則祀之，以死勤事則祀之，以勞定國則祀之，能御大災則祀之，能捍大患則祀之。非是族也，不在祀典。昔烈山氏之有天下也，其子曰柱，能殖百穀百蔬。夏之興也，周棄繼之，故祀以為稷。共工氏之伯九有也，其子曰后土，能平九土，故祀以為社。黃帝能成命百物，以明民共財，顓頊能修之。帝嚳能序三辰以固民，堯能單均刑法以儀民，舜勤民事而野死，鯀鄣洪水而殛死，禹能以德修鯀之功，契為司徒而民輯，冥勤其官而水死，湯以寬治民而除其邪，稷勤百穀而山死，文王以文昭，武王去民之穢……今海鳥至……無功而祀之，非仁也……非智也。

這裡所展示的祭祀意義體現出神話的圖騰觀念對人們信仰觀念的具體影響作用。展禽（即柳下惠）在臧文仲的政治格局中掌管刑獄，出於對歷史的熟悉和對國家安寧的負責，用黃帝、顓頊、嚳、堯、舜、鯀、禹、契、稷等在民間信仰中的威望及歷史背景，來說服臧文仲不去祭祀那些平凡的海鳥。這從另一個方面也表現出，《山海經》中的群神形象已融進後世民間生活的內容之中。《國語》所反映的這種史實，讓我們具體地看到《山海經》對先秦文化的影響。應該說，這種影響是文化傳承的一種必然趨勢。

第三節　《山海經》與中國文化發展問題

再者如炎帝,《山海經》中提到的很少,只有炎帝之女女娃「精衛」和炎帝之孫「靈恝」等資料的述說。《戰國策》中有「神農伐補遂,黃帝伐涿鹿而擒蚩尤」,《國語》中有「黃帝以姬水成,炎帝以姜水成」,《春秋傳》有「炎帝為火師,姜姓其後也」的記載。為何《國語》、《春秋傳》沒有提神農而只提炎帝?有學者解釋,這是劉歆等人比附五行說的結果。又如共工,在《山海經》中提及的資料也不是很多,如「共工之臣曰相柳(相繇)」為禹所殺等,而在《左傳・昭公十七年》中更進一步明確其「以水紀,故為水師而水名」的身分。《國語・周語下》載:「共工……虞於湛樂,淫失其身,欲壅防百川,墮高堙庳,以害天下:皇天弗福,庶民弗助,禍亂並興,共工用滅。」《周語・魯語上》載「共工氏之伯九有也,其子曰后土,能平九土」,比在《山海經》中的形象更加豐滿,其被別的部族所殺的原因也更加明晰。事實上,這是典型的歷史化結果,也是倫理化的悲劇結局。神話一旦歷史化,就納入了傳統的宗法制之中,即以某一種權力為中心,順者昌,逆者亡。這種歷史化的影響是非常久而廣的,直到近代神話學的建立,它一直處於文化史上的主導地位。此類的資料相當豐富,不僅黃帝、共工等是這樣,顓頊、帝嚳、堯、舜和禹也都是這樣。《禮記》、《穆天子傳》和以史書面目出現的《竹書紀年》、《國語》、《左傳》、《戰國策》,這些典籍不盡相同,同樣述說歷史,《禮記》等典籍更多的是記述民間信仰的內容。如《禮記》中的〈月令〉、〈樂記〉等篇記述了相當多的民俗資料,尤其是《郊特牲》篇對祭祀禮儀的記述,我們可以看到其與《山海經》中的祭祀內容在許多方面有相似之處,如太牢、少牢之祭。又如一些咒語,在《山海經》的〈大荒北經〉中有這樣一段內容:

蚩尤作兵伐黃帝,黃帝乃令應龍攻之冀州之野。應龍畜水。蚩尤請風伯雨師,縱大風雨。黃帝乃下天女曰魃,雨止,遂殺蚩尤,魃不得覆上,所居不雨。叔均言之帝,後置之赤水之北。叔均乃為田祖。魃時亡之。

第六章　《山海經》時代

所欲逐之者，令曰：「神北行！」先除水道，決通溝瀆。

在《禮記·郊特牲》中記述了「大蠟八，伊耆氏始為蠟」，又有蠟辭：

土反其宅，

水歸其壑，

昆蟲毋作，

草木歸澤！

「神北行」和「昆蟲毋作，草木歸其澤」的背景與意義基相同。

《禮記》與《山海經》的連繫，在一定程度上我們也可以將其看作流與源的關係。在形制上，它們有很多相似之處，如《大戴禮記·帝系篇》繼承了《山海經》中的黃帝神譜，而且在這裡更加系統化，乃至深刻影響到後世的史傳：

黃帝居軒轅之丘，娶於西陵氏之子，謂之嫘祖氏，產青陽及昌意。青陽降居泜水，昌意降居若水。昌意娶於蜀山氏，蜀山氏之子謂之昌濮氏，產顓頊。顓頊娶於滕氏，滕氏奔之子渭之女祿氏，產老童；老童娶於竭水氏，竭水氏之子謂之高氏，產重黎及吳回。

……

黃帝產玄囂，玄囂產極，極產高辛，是為帝嚳；黃帝產昌意，昌意產高陽。是為帝顓頊。顓頊產窮蟬，窮蟬產敬康，敬康產句芒，句芒產牛，牛產瞽瞍，瞽瞍產重華，是為帝舜。

又如帝嚳、后稷、堯等神人之間的關係，《山海經》中同樣是模糊的，而《大戴禮記·帝系篇》卻使之明朗化：

帝嚳……上妃……姜嫄氏產后稷，次妃……簡狄氏產契，次妃……慶都氏產帝堯，次妃……常儀氏產帝摯。

第三節　《山海經》與中國文化發展問題

　　由此可見，后稷、契、堯、摯同屬帝嚳之子。這種譜系的傳承意義在後世不斷豐富，於是就有了我們所看到的神話時代及其在民間活性形態的保存中相對完整的反映。《禮記》成為後世祭祀等文化行為的理論依據。應該說，《山海經》神話對後世文化的影響正是透過《禮記》這樣的典籍而一代代傳承下來的。有直接的傳承，也有間接的傳承，其中更多的是以間接性的傳承使《山海經》神話融入博大精深的中國文化之中。

　　《穆天子傳》在戰國初年形成，共六卷，為晉太康二年汲縣人盜墓所得書（竹書）。其主要內容描述「周穆王遊四海見帝臺、西王母」，其中的帝臺、西王母、「河伯無夷」（冰夷）、崑崙之丘等內容是直接承襲了《山海經》的神話概念。重要的是西王母形象在這裡得到了變異，「虎豹為群，於鵲與處」而為人王。可見它受《山海經》的影響更為典型。

　　先秦時期是中國經典的重要形成階段，作為神話之源的《山海經》融入這些經典，決定了中國數千年文化深受其影響。之後，進入中國歷史的大統一、大變化、大發展的歷史時期，《山海經》不僅影響了以司馬遷為代表的史學，而且影響了魏晉南北朝時期典型的神異志怪文學，乃至深刻影響了以道教文化為典型的宗教文化。《山海經》猶如一塊光芒四射的瑰寶，在中國文化的夜空顯得格外明亮。更為重要的是，《山海經》的圖騰崇拜、動植物崇拜、祖先崇拜、英雄崇拜、太陽崇拜等原始信仰觀念，滲透在整個文化發展的各個方面。在這裡，我們應該強調的是，理解《山海經》對中國文化的影響必須有一個前提，那就是要認知到《山海經》是上古神話的集大成者，沒有《山海經》作為典籍對中國古代神話等內容的保存，中國神話的流傳就會遭受想像不到的重大損失。從中國文化的發展來看，《山海經》一直作為神巫之典、神異之源流傳著，這是毋庸置疑的。當然，中國文化發展中所受神話、巫術等因素的影響，絕不是僅僅秉承著《山海經》一部經典的思想，但是，神話、巫術等原始文化對中國文化的

第六章　《山海經》時代

影響作用，是以《山海經》為主要途徑而具體實現的。這是一條重要的道路，它相當於連接兩個世界的橋梁。

《山海經》對中國文化的影響的多層次意義表現在以下幾個方面。

第一，文學的內容成為文化的重要內容。諸如《楚辭》、陶淵明和李白等人的詩篇，志怪小說和宋元話本小說，明清小說，乃至秋瑾、魯迅等近現代革命作家的詩篇等，可謂中國神話詩學的重要表現。這是中國文化的精華所在。

第二，以經學為代表的學問家在學術實踐中，自覺地把《山海經》作為文化之源，深刻地影響到千百年間的學術文化傳統。

第三，宗教文化的吸收和宣揚，使《山海經》與中國文化的連繫更為密切。以道教文化為主要內容的宗教文化的形成和發展過程中，都有《山海經》的影蹤。

第四，中國民間文化是一種個性色彩異常鮮明、內容異常豐富的文化。《山海經》的影響，影響到民間文化的思維機制，最為典型的就是與《山海經》內容相關的民間信仰崇拜活動至今還廣布民間，成為民眾的重要生活內容，包括以下幾種形式：神話傳說的民間流傳；圖案的形象顯示成為物化的信仰；廟會和節日等民俗生活的集中體現。其中，文學和民間文化是中國文化中最為突出的內容，也是最為重要的內容，集中展示了中華民族文化個性在千百年間所發生的變化及其實質。

從這種意義上來說，我們理解《山海經》對中國文化的影響，不但要遍查古代典籍等文獻，而且要進行以民間社會為主要考察對象的田野作業，同時，還要運用考古文物，在動態的、多方面多層次的範圍內來理解這種內容。因而，這種綜合性探索不但是我們認識文化發展的一面鏡子，也是我們理解國情民情的一把鑰匙。

二、《山海經》對後世中國民間文化的影響

　　《山海經》是神巫之書，是原始信仰的集大成者，是中國神話之源。它影響了中華民族的人文文化，更影響了後世浩如煙海的民間文化。從某種程度上來說，民間文化與《山海經》有著更為直接的繼承意義上的連繫。直到今天，當我們親臨民間文化的世界時，仍會自然而然地看到，在民間文化生活中，相當完整地保存著一部《山海經》的「原始版本」，有許多民間文化現象和遠古時代的《山海經》在內容上驚人地吻合。正是在這種意義上，我們許多人把今天的一些民間文化稱作民族文化的活化石。

　　這首先表現在，神州大地上至今還有許多與《山海經》神話相一致的神話傳說，諸如黃帝神話、大禹神話、顓頊神話、崑崙神話、西王母神話、炎帝神話、女媧神話、共工神話、蚩尤神話、夸父神話，更不用說堯、舜、嚳、丹朱這些帝王，伏羲曾經看到的建木、日月所出入的扶桑，以及祝融、蓐收、禺虢、禺強、句芒等四方之神，河伯馮夷、風伯、雨師、燭龍及各山之神等自然神。在民間文化生活中它們都有一個能自圓其說的神話闡釋系統，形成了一個個神話群。它們經過廣大民間文化學者和社會學、人類學等學科學者的田野作業，顯示出其豐富的具有民族文化特色的樸實面貌，從而震撼了神話學壇，尤其是國際神話學界。這些神話在中國人民生活中的活性形態的存在，用事實打破了國際上一些學者對中華民族的偏見和歧視。

　　在過去的歲月中，英國和日本都有一些學者以鄙視的態度說中華民族沒有神話，稱古中國人沒有足夠的智慧去創造像希臘神話那樣瑰麗的神話文化；甚至一些中國學者，也嫌古人愚笨，斷言黃河流域的先民缺乏想像力，所以沒有豐富的神話流傳。無論是誰曾經這樣說過，就中國文化的實

第六章 《山海經》時代

際而言，這都是謊言。事實證明，中國存在著大量內容具有豐富性、系統性、典型性特徵的民間神話。近一個世紀以來，中國學者經過各種努力，在包括漢族在內的各民族文化遺產中，發掘出許多珍貴的神話傳說，能與《山海經》等神話典籍相對照，顯現出遠古人民傑出的文化創造力及遠古神話流傳至今的具體歷程。誠如蘇聯神話學家、漢學家李福清對中國中原神話的評價那樣，這些神話的發現，「代表著國際神話學的新方向」。著名學者鍾敬文也曾稱中原神話的發現是「文化史上的奇蹟」。這些評價是十分中肯的。中原神話只是中華民族神話的一個重要組成部分，而由此也表明中國民間文化中的活性形態的神話群與《山海經》這些先秦神話典籍具有可對照的連繫，在世界文化史上占據著重要的地位，同時也體現出中華民族卓越的文化創造力。

最為典型的是，這些源自《山海經》的神話傳說不僅在民間口耳相傳，而且依附於一定的「遺址」，即祭祀活動中的廟宇、神臺，形成諸如廟會之類的信仰活動中心。我們可以把這些廟宇、神臺稱為古典神話遺址，透過具體的民間信仰活動，我們可以考察到《山海經》神話對後世民間文化的廣泛影響，尤其能清晰地看到神話原型的嬗變軌跡，從而更為準確地掌握住文化發展的基本規律。

古典神話遺址的分布，集中在陝西、山西、河南、甘肅、河北、山東、湖北、湖南、四川、浙江、安徽、江蘇、廣東等地。當然，這種情況的出現是由於中國文化發展主要集中在長江、黃河兩大流域，並形成了全國的文化中心。

民間神廟是民間神靈信仰的物化形態，它所依據的信仰基礎在於相應的民間神話傳說故事。這些神廟常常在物質形式上增強了一定的神靈信仰的輻射力，形成民間文化的中心，或者可以稱為神話群的文化原點。當然，民間神廟除了以廣泛的信仰崇拜作為其文化基礎，更的是依靠歷史的

第三節　《山海經》與中國文化發展問題

繼承。在千百年間的各種文化碰撞中，大浪淘沙，才存留下來今天的這些古典神話遺址，它們是中華民族文化的一大景觀。

神廟的歷史至少有五千年。1980年代初，中國考古學取得的一個重要成果，就是在遼寧牛河梁紅山文化遺址發現有多個裸體彩繪女神泥塑的大型神廟。我們將其與《山海經》中的「祠」禮相對照，如〈中次九經〉所說的「熊山，席也，其祠：羞酒，太牢具，嬰毛一璧。干儛，用兵以禳；祈，璆冕舞」，可以設想在遠古時代，圍繞著神廟所舉行的是何等壯觀的民間盛會。

這種情形隨著奴隸制國家的形成和發展，在商周時期具有了更完備的文化規模。如《尚書·商書·太甲上》所載，商先王顧諟天之明命，以承上下神祇，而「社稷宗廟，罔不祇肅」。同其相對的是「民有寢廟」，「庶人祭於寢」（《禮記·王制》）。在商周時代的卜辭中，宗廟有宗、升、室、亞等形式，結合氏族、宗族、家族而形成了宗廟、祖廟、禰廟體系。這種形制影響到整個秦漢時代的文化發展中的神靈信仰。在國家統一的政治推進過程中，神靈崇拜及神廟制度得到了秩序化發展。如，春秋時代的秦國，曾以西畤、鄜畤、武畤、好畤、密畤等神廟形制祭祀青帝、白帝、黃帝、赤帝等神靈。尤其是秦漢時代，由於政府干預，各種神廟的具體規模（規格）、祭祀時日等內容，都確定成制度。這種內容成為後世許多廟會活動的直接起源，也就是說，將《山海經》神話融進社會政治之中，廟會得到政府的有效管理而出現許多新的文化風尚。如《史記·封禪書》寫道：

自崤以東，名山五，大川祠二。曰太室……恆山、泰山、會稽、湘山。

水曰濟、曰淮……自華以西，名山七，名川四、曰華山、薄山……岳山、岐山、吳岳、鴻塚、瀆山……水曰河，祠臨晉……而雍有日月、參辰、南北斗、熒惑、太白、歲星、填星、二十八宿、風伯、雨師、四海、

第六章　《山海經》時代

九臣、十四臣、諸布、諸嚴、諸逑之屬，百有餘廟……各以歲時奉祠。

另外，我們再以《風俗通義》相佐證，更不難看到漢代社會民間文化生活、政治生活中廣泛存在的信仰活動對遠古文化的繼承和發展。以民間神廟為基本代表，《山海經》神話在民間生活中一代代傳承下來，自然形成我們今日還能看到的眾多的古代神話遺址，以及環繞在這些遺址周圍的神話群現象。

魏晉南北朝時期在中國民間文化發展史上有著非常重要的地位，它是各種文化的一次空前劇烈、頻繁、大規模的全方位碰撞與交融。一方面，道教的興起和繁榮、佛教的傳入和崛起，打破了固有的民族文化相對穩定的局面、成分相對純樸的狀況，融入了新的文化內容；另一方面，遠古文化繼續保持其完整面目，同時，融入了許多新的具有濃郁時代特色的人文精神；再一方面，源自遠古時代的神話思維與時代相結合，生發出更多的神靈崇拜。在這種背景下，《山海經》的神話原型失去了以往的主導地位，而漸被新的民間文化生活所淹沒。在這裡，我們可從《水經注》所錄的神廟名稱來窺視上述現象：

河水神廟：

禹廟（禹）、風伯祠（風伯）、土樓神祠（土地神）、天封苑火井廟（火神）、子夏廟（子夏）、司馬子長廟（司馬子長）、后土祠（后土）、文母廟（文母）、舜廟（舜）、堯祠（堯）、夷齊廟（伯夷、叔齊）、北君祠（華山神）、周天子祠（周武王）、石堤祠（石堤山神）、天子廟、虞公廟（虞仲）、五戶神祠（五戶將軍）、河平侯祠（河神）、周公廟（周公）、五龍祠、伍子胥廟（伍子胥）、鄧艾廟（鄧艾）。

漯水神廟：

二子廟（臧洪、陳容）。

汾水神廟：

介子推祠（介子推）、岳廟（霍太山神）、三神祠（霍太山山陽侯天使）、堯廟（堯）

澮水神廟：

巫咸祠（巫咸）

晉水神廟：

唐叔虞祠（唐叔虞）

濟水神廟：

贊皇山廟（贊皇山神）、陳平祠（陳平）、女郎祠（女郎山神）、朱鮪廟（朱鮪）、李剛祠（李剛）、魯恭祠（魯恭）、範巨卿祠（正規化）、高祖廟（劉邦）、張良廟（張良）

清水神廟：

七賢祠（阮籍等竹林七賢）、太公廟（姜尚）

沁水神廟：

孔子廟（孔子）、華岳廟（華岳神）、張禹祠（張禹）

漳水神廟：

西門豹祠（西門豹）、銅馬祠（劉秀）、董仲舒廟（董仲舒）

易水神廟：

白楊寺（白楊山神）

滱水神廟：

堯廟（堯）、恆岳廟（恆山神）、百祠、廣南廟（廣南）

沮水神廟：

白狼廟（白狼）、二陵廟（文明太后、高祖）、女郎祠（隨山神）、代夫人祠、翮神廟（翮神）

濡水神廟：

第六章 《山海經》時代

孤竹君祠（孤竹君）

洛水神廟：

周靈王祠（周靈王）、九山廟（九山府君）、百蟲將軍廟（伯益）

渭水神廟：

女媧祠（女媧）、老子廟（老子）、怒特祠（梓樹神）、寶雞鳴祠（雞神）、汧水祠（汧水神）、谷春祠（谷春）、鄧艾祠（鄧艾）、五時祠（五帝）、鳳臺鳳女祠（蕭史、弄玉）、太公廟（姜尚）、白起祠（白起）、陽侯祠（水神）、五部神廟、華岳廟（華岳神）、恭王廟（漢恭王）、漢武帝祠（劉徹）、九廟（漢代諸帝王）

丹水神廟：

四皓廟（商山四皓）

汝水神廟：

葉君祠（王喬）、張明府祠（張熹）、青陂廟（青陂神）

潁水神廟：

許由廟（許由）、九山祠、柏祠、賈逵祠（賈逵）

洧水神廟：

張伯雅廟（張伯雅）、卓茂祠（卓茂）、子產廟（子產）

溠水神廟：

田豐祠（田豐）、翟義祠（翟義）

陰溝水神廟：

老子廟（老子）、孔子廟（孔子）、老君廟（老子）、李老母廟（老母）、曹嵩廟（曹嵩）

汳水神廟：

靈廟（王子喬）、盛允廟（盛允）、梁孝王祠（梁孝王）

睢水神廟：

廣野君廟、喬玄廟（喬玄）

瓠子水神廟：

堯廟（堯）、慶都廟（堯母）、中山夫人廟（堯妃）、仲山甫祠（仲山甫）

汶水神廟：

太山廟（太山神）、巢父廟（巢父）、亭亭山廟（亭亭山神）

泗水神廟：

原泉祠（原泉神）、顏母廟（孔子母）、孔廟（孔子）、華元祠（華元）、漢高祖廟（劉邦）、亞父祠（范增）、徐廟

淄水神廟：

堯山祠（堯）、景王祠（景公）

濰水神廟：

三石山祠（三石山神）

沔水神廟：

諸葛亮廟（諸葛亮）、女郎廟（張魯女）、漢廟（漢女）、唐公祠（唐公家宿舍）、舜祠（舜）、漢高帝廟（劉邦），劉表祠（劉表）、太山廟（太山神）、丞山廟（疇無餘）、胥山廟（謳陽）、美人廟（秦始皇妃）

沘水神廟：

胡著廟（胡著）、樊重廟（樊重）

淮水神廟：

淮源廟（淮水神）、賈彪廟（賈彪）、子相廟（子相）、老子廟（老子）、江水祠（江水神）

滍水神廟：

第六章 《山海經》時代

堯祠（堯）、彭山廟（彭山神）、尹儉廟（尹儉）

淯水神廟：

獨山廟（獨山神）、范蠡祠（范蠡）

肥水神廟：

劉安廟（劉安）、劉勳廟（劉勳）

江水神廟：

漢武帝祠（劉徹）、貴兒祠（貴兒）、夏禹廟（禹）、朝雲廟（巫山神女）、南岳廟（霍山神）

溫水神廟：

竹王祠（竹王）

湘水神廟：

舜廟（舜）、二妃廟（娥皇、女英）、屈原廟（屈原）

耒水神廟：

蘇耽祠（蘇耽）

贛水神廟：

賈萌廟（賈萌）

廬水神廟：

宮亭廟（廬山神）

浙江水神廟：

烏山廟（烏山神）、趙昞祠（趙昞）、胥山廟（伍員）、禹廟（禹）、浦廟（土地神）、漁浦王廟（漁浦水神）

從以上資料可以看出，《山海經》神話中的神格所存留者僅限於堯、舜、禹、巫咸和女媧等少數幾個，像帝俊、黃帝、顓頊、西王母等大神卻沒有被列入。當然，這裡也有因技術問題而導致遺漏的現象，但是它從一

第三節　《山海經》與中國文化發展問題

個方面表明了新的神靈不斷湧現，極有力地衝擊了民間文化中神話的純樸性。順著這種趨勢發展，在後來的社會生活中遠古大神的神廟越來越少。尤其是元、清兩代，漢族的三皇五帝作為民族象徵的意義被淡化處理時，那些曾經被視為異端的大神，像蚩尤、共工、祝融等神的神廟則崛起於民間，為遠古非主流神的神話的復原提供了便利。特別是宗教力量的崛起，除了道教對黃帝、西王母、大禹的利用，《山海經》神話基本上被趕下社會上層政治的祭壇，卻為民間文化所容納，大量保存於民間故事與民俗活動中。這就形成了今天神話學透過田野作業而獲得新資料、大飛躍的局面：民間文化幾乎保存了《山海經》神話的所有資料。

就目前所發掘到的資料來看，古典神話遺址所反映的《山海經》神話原型內容，一般限於黃河的中下游地區、長江中下游地區，其中以黃河中下游地區為最為密集的區域。黃河中下游地區的神話遺址又極為密集地分布在以河南為中心的中原地帶，形成了獨具特色的中原神話群。

與《山海經》神話原型相關的中原神話群主要有如下幾種：黃帝神話群、女媧神話群、伏羲神話群、王母神話群、顓頊神話群、堯神話群、舜神話群、大禹神話群、夸父神話群、炎帝神話群。這是中國古代神話譜系在當代社會所表現出的又一個重要特色。其中，內容最豐富、影響最大的為黃帝神話群和大禹神話群。構成這種狀況的重要因素不是別的，正是河南所處的特殊的地理位置和歷史文化的特殊地位。一方面，河南在歷史上長期為政治經濟文化的中心，「三代之居皆在河洛之間」（《史記·封禪書》），黃帝族、大禹族在這個地區形成強大的政治集團，所以應該存留下許多神話故事和傳說中的神話遺址。另一方面，這些神話主要保存在中原偏僻的鄉村，地處大山荒野間，與大都市的車水馬龍相比，這裡相對穩定，較少受到外來文化（現代文明）的衝擊，所以可能會保存下較為樸實的神話故事。而且，有許多神話故事是由民間巫婆神漢所講述的，具有濃

第六章　《山海經》時代

郁的原始文明色彩。同時，這也更顯現出中原地區古典神話的非凡價值和意義。當然，如果有人一定要否認原始文化、原始藝術在當下的遺存，只能說是沒有共同的感受，無法進行相互間的交流與對話。

首先是黃帝神話群。

《山海經》中的黃帝是一位顯赫的部落聯盟領袖。軒轅之山、軒轅之國、軒轅之臺和軒轅之神都與這位黃帝相連繫，具有神聖而不可侵犯的特殊地位。如〈海外西經〉中有「軒轅之國在此窮山之際」、「窮山在其北，不敢西射，畏軒轅之丘」，〈大荒西經〉中有「射者不敢西向射，畏軒轅之臺」。黃帝的生命力異常旺盛，如〈大荒西經〉中有軒轅之國「不壽者乃八百歲」。黃帝的子孫眾多，集團力量異常龐大。如〈大荒東經〉中有「黃帝生禺䝞」，海神是他的子孫。〈大荒北經〉中有「黃帝生苗龍」，融吾、弄明、白犬都是他的後代。〈海內經〉中的昌意、韓流和駱明、白馬、鯀，也都是他的子孫；許多現象表明，其影響歷史文化之久遠、範圍之廣闊。

黃帝還是不可戰勝的，如在〈大荒東經〉中有他得夔，「以其皮為鼓」而「威震天下」，〈大荒北經〉有他戰勝蚩尤的故事，都充滿征服者的勝利姿態。

在更多的文獻典籍之中，黃帝征服了四野，合併了炎帝部族，一統中原，祭祀於河洛，成為中華民族的始祖。《史記》等歷史文獻也都是從黃帝算起。

在中原地區，黃帝神話群主要分布在豫西地區。

民間關於黃帝的傳說主要有炎黃之戰、涿鹿之戰、創造發明、建立國家、與王母鬥智、練兵講武、訪仙得道、煉丹、昇天等，集中在河南的新鄭、新密、靈寶等地。

傳說依附於一定的自然景觀，就成為我們所說的古典神話遺址。如新

第三節　《山海經》與中國文化發展問題

鄭被稱為「軒轅故里」,傳說黃帝生於新鄭,此地原來建有軒轅觀。民間傳說黃帝的父母即公孫少典和附寶,居住在具茨山姬水河邊的一個山洞裡。附寶在野外感白光而孕,後生下肉團,軒轅黃帝從肉團中出世。後來,人們將具茨山改名「軒轅丘」,在上面修了一座祖師廟,也叫軒轅黃帝廟。附寶感光受孕處有一塊石頭,人稱「天心石」。黃帝成年後,四處尋找猛將良相,如力牧、大鴻、風後、常先、大隗等。這些人的名字成為今天這個地區的地名或山名,如大鴻就在新鄭、禹州、新密交界處,新密則有力牧臺、大隗鎮。在新鄭的風後嶺極頂東側,有王母洞,傳說黃帝曾和王母有交往。在新鄭縣城南關外,有一條雙洎河,傳說黃帝曾在這條河邊試才,選出一個孩子主王位,一個輔政。

在新密同樣有許多黃帝神話遺址,如雲巖宮是傳說中黃帝的行宮、寢宮。當地百姓說,黃帝曾在此處擔土修城,被人道破天機,留下「廟崗」、「大崗」兩堆土,成為今天的山崗。「破鞋崗」則是傳說黃帝將鞋子扔在此處變成的,也有人說是鞋子中的泥土堆成的。雲巖宮景色秀美,當地有一首歌謠唱道:

南京到北京,

比不過雲巖宮。

三百(柏)二十(石)一座廟,

王母娘娘坐空中。

石頭縫裡長柏樹,

老龍叫喚不絕聲。

所謂三百是三棵柏樹的諧音,二十是兩塊石頭的諧音。三柏二石都是河水中的樹木和石塊,廟即雲巖宮神廟。王母神洞在峭壁上,王母離地而居,所以叫「王母娘娘坐空中」。「老龍叫喚不絕聲」是指雲巖宮院內的大

第六章　《山海經》時代

峽谷中有一條激流穿過，發出激越的聲響，猶如龍鳴。在雲巖宮附近還有許多地名傳說都與黃帝的活動相關，如養馬莊（養馬處）、倉王莊（儲糧處）、飲馬河、馬脊嶺（蹓馬處）。大鴻山上還有傳說中的避暑宮、御花園、梳妝樓、擂鼓臺。雲巖宮存有唐代獨孤及的《雲巖宮風後八陣圖記》碑文，從另一方面說明黃帝傳說歷史悠遠，在神話與史實之間並非全憑人們妄言假想而成。

在大隗鎮有明代碑文記載，黃帝曾在此造訪廣成子。所有這些，若我們比照《山海經·西次三經》中的「峚山」有玉，「是有玉膏，其源沸沸湯湯，黃帝是食是饗」等內容，便不會有太多奇怪的感覺。

所有的傳說都是民間文化對歷史文化的記憶表現形式。

在靈寶閿鄉東南荊山鑄鼎塬上，有傳說中的黃帝陵。這裡原有黃帝廟。傳說黃帝當年在此鑄鼎立國，此廟保存有唐虢州刺史王顏撰文的《軒轅黃帝鑄鼎碑銘》。碑文序中，有「黃帝守一氣衍三墳，以治人之性命，乃鑄鼎茲原，鼎成上升」的內容。據載，漢武帝時，荊山鑄鼎塬就有黃陵神廟，配祀香火以祭黃帝。可以設想這就是漢代的黃帝陵會。至今，每年冬天，當地百姓仍在此祭祀黃帝，應是廟會遺俗。這個地區的神話傳說中，黃帝是樸素的人間君主，曾在騎龍昇天時，被百姓攔住。有九孔蓮藕的遺址，相傳它就是黃帝所騎龍鬚所化而生。黃帝陵在這裡還叫葬靴塚，據說和陝西橋山及甘肅、河北等處的黃帝陵一樣，都是黃帝的衣冠塚。當然，由於特殊的歷史、地理因素，陝西黃陵名揚中外，人們就忽略了其他處的黃陵神話遺址。

在鞏義一帶還有黃帝得河圖洛書的「遺址」。傳說當年「黃帝東巡過洛河，修壇沉璧，受龍圖於河，龜書於洛」，在此發明曆法、房屋，令倉頡造出文字，祭祀天帝。至今，洛口村北寨門還有對聯「休氣榮光連北闕，赤文綠字煥東周」，歌唱黃帝在洛河畔祭天、沉璧的文化盛事。

第三節 《山海經》與中國文化發展問題

與《山海經》相比,黃帝神話在中原地區有了更多的仙味。應該說,關於黃帝的神話,源自《山海經》,在後來的歷史發展中,漸漸融入其他的文化因素。這正是一般古典神話嬗變的基本規律。

就現實而言,沒有宗教文化不斷滲透,神話傳說便無法流傳。

其次是女媧神話群。

《山海經》中的女媧神話內容記述相對簡單,只有〈大荒西經〉「有國名曰淑士,顓頊之子。有神十人,名曰女媧之腸,化為神,處慄廣之野;橫道而處」的內容。關於她煉石補天、摶土造人的故事,見於後世文獻《風俗通義》、《淮南子》和《論衡》等典籍,至於她與伏羲結為夫妻的內容,則見於唐代盧仝的詩歌等文獻。這些內容是《山海經》女媧神話的嬗變、衍生形態的具體表現。它在中原地區的神話遺址主要分布在淮陽、西華、孟州、太行山、陝州、晉州、涉縣、臨潼等地。再者就是甘肅天水等地。在民間文化中,她的身分稱呼是多種多樣的,如「人祖奶奶」、「人祖姑娘」、「女媧娘娘」、「老奶奶」、「媧皇老母」等,體現出民間信仰的豐富性。

在一些古代文獻典籍中,女媧和伏羲、神農並稱為「三皇」。「皇者,天。天不言,四時行焉,百物生焉。」(《風俗通義》)這是民族女神「女皇」(《世本·姓氏篇》)的神聖角色。她在中原地區,不但是生化萬物的創造大神,而且是一定地區的民間保護神,許多神話遺址相傳都是她留傳給人間的,具有神祕性。如西華縣聶堆鎮思都崗村,有傳說中的女媧陵、女媧神廟,這個村莊就是女媧城的一部分。當地百姓每逢初一、十五就來朝拜他們這位人祖奶奶,在臘月和正月舉辦廟會,唱神戲,祭祀這位「天地全神」的統領。中藥黃耆,在這裡傳說是女媧傳給民間辨識運用這種藥材的方法的,所以,當地稱黃耆為媧芪。在一些民間節日中,還有烙麵餅拋在房頂上「補天」的習俗(不僅河南有,陝西、甘肅、山西等地也有,

第六章 《山海經》時代

參見一些地方志中的民俗資料）。更為典型的是民間經歌中對女媧開闢世界、創造人類和文明的禮讚，表現出虔誠的信仰。天下雨太久，有「雨不霽，祭女媧」（《論衡·順鼓篇》）；天大旱，也要祭女媧，民間百姓在神廟前讓烈日曝曬自己，以期得到女媧感動而降甘露。這種信仰漢代典籍中有記載，明代如楊慎在《詞品》中也有記載。西華民間傳說中，女媧不但煉就了五彩石，補得蒼天，而且多次託夢救人，變幻魔法退去偷襲的敵兵而避免了災難。人們傳說天邊的彩霞之所以那樣美，是因為女媧補天用盡了五彩石，於是將自己的血肉糊在了天上，補天行動壯烈絢麗。女媧作為人間正義、道德的代表，無處不在，無時不在，伴隨著人們世世代代生活在這片土地上。這也表現出中華民族普遍的信仰觀念，即傳統的人傑地靈觀：在一個地方若生存過一位具有歷史影響意義的大人物，這裡的人就會感到無上自豪。當然，這也包含著人們對自己家鄉的熱愛，對生活的熱愛，對英雄的崇尚，對美好生活前景的嚮往。所以，女媧信仰在廣大中原農村曾表現為每一個鄉村都有奶奶廟，人們有了女媧這位人祖奶奶在自己的身邊，就有了安全感、幸福感。

在孟州一帶，有女媧山的傳說。這在《太平寰宇記》、《地理通釋》等典籍中就有過記載，即「太行山，一名皇母山，一名女媧山」。太行山上有多處女媧祠，陝西渭南的女媧陵、山西臨汾的女媧廟、河南商丘的娘娘廟、河北邯鄲的媧皇宮、河南安陽的清涼山，都是女媧信仰的重要表現。尤其是河北邯鄲的媧皇宮，每年都舉辦大型廟會，四面八方的香客會聚此地，載歌載舞，遍設香燭，祭祀這位傳說中的人祖女神。漢代宋衷注《世本》中曾提到「天皇封弟媧於汝水之陽」。由此我們可知，黃河中下游地區的河南中部、北部，河北的南部，山東的西部，以及陝西、甘肅等地，作為女媧的封地，其神話遺址之多是可想而知的。宋代崔伯易在〈感山賦〉中說：「客有為餘言，太行之富，其山一名皇母，一名女媧。或云於此煉

第三節 《山海經》與中國文化發展問題

石補天,今其上有女媧祠。」他盛讚「仁智所依,仙聖其跡」,「服皇媧之妙道,藏補天之神石」。太行山系千里綿綿,女媧神廟興興滅滅,滅滅興興,如繁星閃爍,體現出女媧神話在這廣大地區的深厚基礎。人們對一片碎石寄予深情,以為是當年女媧補天所剩下的。這些信仰行為遠遠超出了《山海經》神話中「處慄廣之野」的原型,但不可否認的是,這些神話的思維機制和《山海經》是相同的。它從另一方面說明《山海經》神話思維對中國民間文化的廣泛影響。

在更多的神話傳說中,女媧和另一個大神伏羲結成夫婦,而且是兄妹婚,加入了洪水神話的內容。在豫東、豫東南、皖西、鄂北等地區的黃淮平原和大別山系,有許多洪水神話故事的流傳。其情節如下:一個孩子外出,遇見一個神靈的化身(或為獸,或為人,或為樹),告訴這個孩子說天地要毀滅,要他帶一些食物來,以便躲進一個地方,逃過這場大劫難。這個孩子一般是男孩,又帶上姊姊或妹妹一同來到這裡。災難過後,世界又是一片洪荒,神靈要兩個孩子成婚,繼續繁衍人類。經過一系列的驗婚,兩人終於結合成夫婦,重新造就人類和文明。毀滅世界的災難一般都是洪水。這個女孩子一般都是女媧,她的同伴是伏羲。這種神話故事若我們掩去人名和地名,就會發現和南方一些兄弟民族的洪水神話完全相同,甚至和阿拉伯、希臘的洪水神話也有相同之處。應該說這是整個人類共有的神話思維的表現。作為洪水神話中的女媧,和《山海經》中處於慄廣之野的女媧絕不是毫不相干的。

在千百年的人類社會發展中,兩種內容都依據遠古時代的原始思維即神話思維,使女媧神話系統日益豐富起來。同時,在民間神話的流傳中,我們也可看到不同神話系統混生混合的現象。

第三是伏羲神話群。

伏羲在《山海經》中出現的場次很少,而且,伏羲與太昊並沒有聯成

第六章　《山海經》時代

為一體，其僅見於〈海內經〉的兩段文字。一是「有九丘，以水絡之……有木，青葉紫莖，玄華黃實，名曰建木，百仞無枝，有九木欘，下有九枸，其實如麻，其葉如芒。大皞爰過，黃帝所為」。一是「西南有巴國。大皞生咸鳥，咸鳥生乘釐，乘釐生後照，後照是始為巴人」。這位大皞，郭璞、吳任臣、郝懿行等學者都釋為伏羲。大皞，太昊，在秦末漢初時代的《世本》中，稱太昊伏羲。

《呂氏春秋‧孟春紀》中說「其帝太皞」，高誘注為「太皞，伏羲氏」。在今天民間神話傳說中，太昊伏羲仍是一體的。如淮陽太昊陵就稱為太昊伏羲陵。

中原地區的伏羲神話群集中在豫東、豫東南一帶，如淮陽的伏羲陵和神廟群，上蔡、新蔡、汝南、正陽等地也都曾有伏羲神廟。其中，以淮陽的伏羲神廟的影響為最大：在這片土地上形成了甘肅天水和陝西寶雞等地所無法相比的規模龐大、儀式浩繁的神話群，最典型的就是每年農曆二月二到三月三的淮陽太昊伏羲陵古會。此外，孟津也有伏羲神廟。我們不必再一一詳述伏羲的各種神蹟，諸如伏羲創制八卦，教人漁獵、制簧做笙、織衣、遊戲等神話故事。伏羲信仰與《山海經》神話連繫最為緊密的是廟會上的神獸和祭木。在這裡，我們幾乎可以把這些內容當作《山海經》的某種翻版。

我堅持民間文化具有原始文明保存意義的「活化石」說。

廟會上的神獸被俗稱為皮老虎、泥泥狗、小叫吹。如五顏六色的老虎，有的是用紅布或黃布縫製的，眼睛、嘴或用布綴成輪廓，或用彩墨繪出，有的是用皮做成的，有的則是用布料和牛皮紙做成的。這些虎可用來做兒童的玩具，也可用來觀賞，而更重要的用途在於鎮邪。其源頭我們可以追溯到《山海經》中的一些神話內容。如西王母形象在〈西次三經〉和〈大荒西經〉中都以「虎齒」而名，「有神人面虎身，有文有尾」。在〈大

第三節 《山海經》與中國文化發展問題

荒東經〉中,有許多以「虎」為圖騰的部族,如說有神人名曰天吳「八首人面,虎身十尾」。〈海內北經〉中有「窮奇狀如虎,有翼,食人從首始」,「林氏國有珍獸,大若虎,五彩畢具,尾長於身,名曰騶吾,乘之日行千里」。在〈海內西經〉中,崑崙神山的守護者開明獸「身大類虎而九首」。從這裡我們可以看到遠古人民對虎迅速、威嚴、勇敢有力的性格的尊崇。虎崇拜在事實上就是圖騰崇拜。它在民間文化中的廣泛出現,我們可以從《山海經》中找到本源。應該說,民間文化中以虎鎮邪、驅邪的意義即源於《山海經》中的內容。

泥泥狗又俗稱靈狗、陵狗,傳說是人祖爺伏羲的守護者、使者。一般有虎、猴、狗、馬、蛙、燕、斑鳩等形狀,多黑底繪彩,既可用作玩具,又可用作「巫藥」。

泥泥狗最突出的特點就是變形。變形的方式有兩種,一是獨體變形,一是聯體變形。獨體變形如虎首狗身,或狗首虎身、狗頭猴身、猴首虎身等,為獸與獸的部位綜合。這使我們聯想到在〈山經〉中普遍存在的各山之神的形狀。如〈南山經〉中的「(招搖之山)有獸焉,其狀如禺而白耳,伏行人走,其名曰狌狌,食之善走」;「(基山)有鳥焉,其狀如雞而三首、六目,六足、三翼」;自招搖之山以至箕尾之山,「其神狀皆鳥身而龍首」。在〈南次二經〉中,浮玉之山的山神「其狀如虎而牛尾」;自櫃山至於漆吳之山,「其神狀皆龍身而鳥首」。各山山神的變形,在原始信仰的意義上我們可以有兩種解釋,一是圖騰的徽幟的重合現象,二是生殖崇拜的象徵。特別是在一些泥泥狗的陰部,民間藝人用紅、白兩種最醒目的色彩繪成花卉或太陽放出光芒等形狀,其意義就在於對性的誇張顯示。聯體變形的內容則更加豐富,一般分為鳥與鳥,獸與獸兩大類。鳥與鳥的相疊相交有多種,一是兩隻鳥的尾部相聯,即一隻鳥身的兩頭都是鳥頭形,這明顯象徵交尾。二是在一隻大鳥的身上堆滿小鳥,民間稱為「咕咕堆」,也有

第六章　《山海經》時代

稱為「娃娃山」的，這同樣是生殖意義的顯示，取意於「多子」。獸與獸的聯體，有同類相聯與異類相聯兩種。同類相聯的意義在於生殖崇拜，異類相聯的意義也是生殖崇拜。異類相聯的有八大高、四不像、猴背虎、猴騎虎。這自然使我們聯想起〈中山經〉中的「有神焉，其狀如人而二首」、「其神狀皆人面獸身」、「其狀人面而鳥身」、「其神狀皆馬身而龍首」、「其神狀皆彘身人首」、「其神狀皆鳥身而龍首」等。這裡的人面和猴面並無太大的分別，可以說泥泥狗中的猴就是人，虎也是人，猴與虎相交就是人與人相交。假若我們再連繫到漢畫像石中的伏羲與女媧的交尾，連繫到廟會的日期農曆二月二到三月三，正是「仲春之月」，與古代上巳節高禖崇拜相關聯，以及廟會上至今尚存有的「扣子孫窯」的女陰崇拜、野合與拴娃娃習俗，我們就不難想像這些泥泥狗與生殖崇拜、圖騰崇拜的密切連繫。

小叫吹類似於古代的壎這種樂器，有的是一只葫蘆，有的是一隻猴或虎或鳥的頭，更多的是獨體的鳥蛋形。其意義應該說是與《山海經》中的鳥崇拜意義相連繫在一起的，鳥或者象徵著男性生殖器，或者象徵著女性生殖器。當然，所有這些器物與前面所提到的虎和泥泥狗，在具體運用上全然沒有淫穢色彩，這正體現出中國古代文化中生殖崇拜的自然特色。因為這些器物的使用有一種前提，或者說是深厚的民間信仰內容構成了一種生活氛圍，那就是所有的神獸都是伏羲施捨給人間的。

祭木在廟會上的使用有兩種：一是木質結構而糊以彩紙裝飾，正中貼有伏羲神像的「綵樓」；二是全為木質結構，在一根紅色木棍的上端裝上一只斗形木盆的「神樓」。它們所蘊含的意義，我們可以追溯至《山海經‧海內經》的「太皞爰過，黃帝為之」的「建木」。建木的意義和扶桑是一樣的，是連接著天與地的神樹，日月可以棲居在這裡，巫咸、巫彭他們可以帶著不死之藥由此升降，即我們常說的「絕地天通」。廟會上的祭木的意義就在於媚神娛神，一方面向伏羲虔誠地敬拜、表白自己的良苦用心，另

一方面以祭木代替神樹,為神靈上下來往於天地之間提供方便。同時,我們也可以把這種和建木一樣的無枝無葉的神樓看作是男性生殖器崇拜的物化表現。

正由於在淮陽太昊伏羲陵會上有如此眾多的伏羲崇拜等原始信仰的文化內容,所以,伏羲陵、伏羲神廟,以及與伏羲神話相關的蓍草園、畫卦臺、白龜池等景觀,就自然成為古典神話遺址。

在孟津老城雷河村,至今還保存著傳說為伏羲「受龍馬圖於河」的神話遺址,有伏羲殿和「龍馬負圖處」、「龍馬記」等碑文,以往曾有隆重的香火會。

第四是王母神話群。

文字學家告訴我說,甲骨文中對神話傳說故事的保存,因為多種原因,只有王母的身分最明確。

《山海經》中的西王母是玉山之神、崑崙女神、王母山神,雖和黃帝、顓頊、大禹等有自己明確的集團成員帝王神話不一樣的,但她更有神威,尤其是她「蓬髮戴勝」、「司天之厲及五殘」(〈西次三經〉),有三青鳥為其取食(〈海內北經〉)。這是一個身處神山,「戴勝,虎齒,豹尾」(〈大荒西經〉),威風凜凜的女皇。我們可以想像,她應該是一個獨處神國的帝王,是一個更原始、更自然、更神祕的氏族首領。遍查《山海經》,西王母和其他的帝王神幾乎沒有任何往來,不像其他帝王那樣去征殺四野,平息動盪,雖然身有重職,卻不見任何殺機。不論她怎麼「豹尾虎齒而善嘯」,卻並不令人可怕,相比起來,她倒顯得那樣可愛。她不怒自威,有一種令人景仰的神聖地位。

如〈大荒西經〉中所言,西王母所處的「崑崙之丘」,「其下有弱水之淵環之,其外有炎火之山,投物輒然」,「此山萬物盡有」。在神國之中,她是威嚴的象徵,也是富貴華麗的象徵,比那些帝王神更具有神性的崇高

第六章 《山海經》時代

的尊嚴，所以，後世的許多文學作品都把她作為景仰的對象，無論是哪一位帝王，若能與王母交遊、相會，就會身價百倍。如《穆天子傳》中有「天子賓於西王母，乃執白圭玄璧以見西王母」，《竹書紀年》也談及穆王面見西王母，《西遊記》中孫悟空大鬧王母娘娘蟠桃會的故事，民間傳說經典作品《牛郎織女》有王母拔簪劃天河留下人間千古恨的故事。關於王母的傳說數不勝數，家喻戶曉。

中原民間關於西王母的神話更為豐富。有許多西王母神話遺址成為風光秀麗的旅遊勝地。如新密雲巖宮的峽谷峭壁上有王母洞，在日暮時分，晚霞映在谷底的河水，經反射，再照到王母洞的岩石上，猶如仙雲閃動，格外奇麗。這裡的王母洞傳說是自然生成的。有人說，在月黑風高時，黃帝駕雲來到這裡和王母約會，共話修仙之事。據說，春三月草長鶯飛時，人們還能聽得見洞內傳出的琴聲。在新鄭的千戶寨鄉風後嶺的東頂峭壁上，也有一個王母洞。洞內塑有伏羲、神農和有巢氏的神像。依洞口向外看時，上有險峰，下有深谷，給予人清涼幽靜的感覺。當地有人說，這個王母洞在桃花盛開時，有彩蝶飛來飛去，牠們便是王母娘娘向人間派出的神使。黃帝建造了這個神洞，是為了感謝王母。傳說當年黃帝鑄鼎中原，祭祀河洛，到處尋訪治國安民之道。他跋山涉水，被一位神仙指點，在翠媯河邊遇到仙鶴銜走〈神芝寶圖〉。於是，他就奮力追趕，到風後嶺時，不見了仙鶴，卻遇到一位鶴髮童顏的老者。老者自稱是華蓋童子，受王母娘娘之命，將〈神芝寶圖〉送給黃帝來幫助他安邦定國。黃帝得到寶圖後，把國家治理得非常好。顯然，新密雲巖宮、新鄭風後嶺兩處的王母洞都摻入了道教的神仙思想。但我們從這裡可以看到民間信仰中王母神話的衍生狀態。在三門峽南岸的煤礦，關於王母的傳說是另一種情況，即梳妝檯上的「娘娘鞋」和煤的故事。當地老百姓說，三門峽是一塊寶地，李老君選中了此地，想在這裡修宮殿住下。

王母也看中了這個地方，就和李老君爭起來。李老君悄悄將金手杖埋在地下，王母娘娘則運用法術，在金手杖下埋上自己的繡花鞋。李老君受騙後，一怒之下，挑起兩座煤山去了河北岸的山西。王母娘娘捨不得煤被帶走，就又拉又扯的，鞋子都弄髒了，也沒有攔住。結果，山西的煤很好很多，而三門峽的煤只有地表上面很少的一些。王母娘娘在河邊洗了臉，就有了梳妝樓；她將弄髒的鞋子塞進石縫，就有了這娘娘鞋。娘娘鞋和梳妝樓都是傳說中王母娘娘留下的石頭，這和《山海經》所述相去甚遠，但它同樣包含有《山海經》的神話思維成分。

在中原農村，許多地方建有規模大小不等的王母神廟。在每年的農曆三月初三，傳說中的王母娘娘生日，人們會來到廟裡供奉上香，甚至有民間巫婆「坐壇」，在神廟中大唱大跳，稱自己是王母附體，代神立言，蠱惑人心。應該說，是愚昧的土壤培育了這種王母信仰。

第五是顓頊神話群。

在《山海經》中，顓頊是黃帝的子孫。如〈海內經〉所言，「黃帝妻雷祖，生昌意。昌意降處若水，生韓流」，韓流「取淖子曰阿女，生帝顓頊」。〈大荒北經〉稱，「東北海之外，大荒之中，河水之間，附禺之山，帝顓頊與九嬪葬焉」。「丘西有沉淵，顓頊所浴」。顓頊家族同樣很龐大，如叔歜國、中國、頭、苗民、淑士國、老童、祝融、重、黎、伯服、季禺之國等，都是他的子孫。

再者，顓頊是人間的帝王，又是巫。如〈大荒西經〉中，有「顓頊死即復甦」，「風道北來，天乃大水泉，蛇乃化為魚，是為魚婦」。

顓頊族和豬圖騰密切相關。他絕地天通，使人間和天上分開。正因為他集中了神巫的成分，所以，關於他的傳說多是亦神亦鬼之類的民間禍害之源。如《搜神記》所載「昔顓頊氏有三子，死而為疫鬼」，瘧疾鬼、魍魎鬼、小兒鬼。中原民間打儺，常打此三鬼。中原民間還有夜晚不在戶外晾

第六章 《山海經》時代

小兒衣服的習俗，傳說是懼怕顓頊的小女兒會將血汗染在小兒衣服上而掠走小兒的靈魂。在《玄中記》和《齊東野語》中均有此類記述。至今，許多地方為了驅除顓頊小女兒化生的九頭惡鳥，流傳著以柏枝火燻室內、放爆竹驅鳥等習俗。顓頊的身分在《山海經》中更多的是具有神巫色彩的帝王。他的繼承者是嚳，曾娶姜嫄生后稷，娶簡狄生契，娶陳鋒氏女生堯，娶常儀生帝摯（《世本‧王侯大夫譜》）。他們二人合稱為二帝，在河南安陽黃縣梁莊鎮三楊莊村西北的硝河西岸，至今仍有他們的陵墓，俗稱為二帝陵。陵有神廟，據考，為唐代大和四年（西元830年）所建，之後多次修葺。這裡還曾因此而設高陵縣。當地百姓稱顓頊為高王爺，每年舉辦廟會，紀念這位遠古帝王。

1986年，相關部門曾著手清除淹沒過二帝陵的沙土，清出大殿、山門、廂房、宋磚砌井、陵墓圍牆紫禁城，以及「顓頊陵」、「顓頊帝陵」等石碑，使民間傳說具有更耐人尋味的神祕性。這使我們聯想到〈大荒北經〉的附禺山。

三楊莊村風沙居多，處於黃河故道，其環境與「河水之間，附禺之山」基本相同。應該說這並非完全出於偶然。當地百姓說，顓頊之所以葬在這裡，是因為黃水怪。傳說當年黃水怪經常來這一帶危害百姓，顓頊受民之託，在女媧的幫助下得到天王寶劍，趕走了黃水怪。顓頊又用天王劍砍了一座附禺山，劃了一條硝河，讓這裡的百姓過上了山清水秀、草茂糧豐的幸福日子。後來，黃水怪又作怪，一口氣喝乾硝河水，一尾巴打碎附禺山，這裡又變成了貧瘠的荒原。顓頊年紀大了，就問卜，想知道自己怎麼死，死在何處。有人對他說，他死的地方為一寇姓之地。經過很長一段時間的搏殺，顓頊殺死了黃水怪，自己也筋疲力盡了，一問人這是什麼地方，人說是寇家的地面，於是，他就笑著死在了這片土地上。

這是這裡地勢形成的傳說。顓頊所葬的附禺山即民間傳說的鮒魚山，

第三節　《山海經》與中國文化發展問題

常化作神魚出來巡視人間，撫慰善良，懲除邪惡。他退去洪水救得百姓脫險，由此更受民間擁戴，這恰好和「顓頊死即復甦」、蛇化魚婦的靈魂再生神話相吻合。又有傳說顓頊教化百姓，教會民間百姓製衣、墾荒種穀、編訂曆法、養殖豬羊牛馬，似乎是又一位人祖。這都反映出民間百姓美好的嚮往，也體現出民間文化對遠古文化、對《山海經》神話的自覺繼承。

第六是堯神話群。

《山海經》中的堯是位天帝，涉及他的內容更多的不是他個人的活動，而是他的葬所。如〈海外南經〉說他葬於「狄山」之「陽」，〈海內北經〉說他的靈臺在「崑崙北」，〈大荒南經〉說他「葬於岳山」，〈海外東經〉則說他葬於「鏖丘」之東。後世的典籍中稱他是位好君主，善良，儉樸，謙遜，敢於承擔責任，是難得的「仁君」（《述異記》）。他的傳說充滿神奇色彩。如，傳說「赤龍與慶都合，有娠而生堯」（《繹史》引《春秋合誠圖》），「堯為仁君，一日十瑞」（《述異記》），「堯時有草夾階而生」成為較早的曆法（《論衡》、《帝王世紀》），「堯在位七十年」，有神鳥納福驅邪（《拾遺記》）等。流行較廣的傳說是他誠懇地四處訪賢。在河南登封箕山，傳說還有他訪問過的賢人許由的墓，山下有牽牛墟，潁水邊還有犢泉、犢蹄印。堯幫助山民找水，於是，在太行山有堯王池、堯河、捏掌村，成為民間神話傳說的「聖蹟」。堯後來將王位傳給賢能的舜，除去了居心不良的丹朱（單珠）。在河南范縣濮城東、黃河北岸有單珠堌堆和單珠墓，流傳著這些遠古神話傳說，其內容豐富了《山海經》中的堯的神話形象。

第七是舜神話群。

舜在《山海經》中的出現，情況和堯差不多。〈海內南經〉和〈大荒南經〉都說他「葬於蒼梧」，〈海內經〉說他葬於九嶷山。他的靈臺和堯、嚳、丹朱並位於崑崙。與堯所不同的是，舜的家族更為龐大。如，在〈大荒東

第六章 《山海經》時代

經〉中有「帝舜生戲。戲生搖民」，在〈大荒南經〉中有「帝舜生無淫」。在《山海經》中，帝舜的具體身分同樣沒有明確交代，只是依據先秦其他典籍，我們可以了解到他有兩個妻子，即娥皇、女英。而〈大荒南經〉中，又有「帝俊妻娥皇，生此三身之國，姚姓，黍食，使四鳥」的記載。若帝俊即帝舜，那麼帝舜家族就異常龐大了。但就目前而言，我們還不能斷言帝俊就是帝舜。

中原民間舜神話傳說集中述說三個方面的內容：一是孝待父母，二是寬待他人，三是馴象耕田。孝待父母的故事流傳最廣，其基本情節是：舜的父親後又娶了妻子，共同虐待舜。先是讓舜把炒熟的麻籽種上，繼而讓舜到井下淘井，把舜掩埋在井裡，又讓舜到房頂上修房時將房點燃；但是，這些都沒有害死舜，舜也不計前嫌，仍寬厚對待父母兄弟。這是民間孝道化的故事附會，是民間百姓在舜的身上所附予的理想化、道德化的美化。因而，舜被列入傳統的《孝子圖》，千古傳頌。孝敬父母，寬待他人，既有孝的意義，又有仁的意義。寬待他人的故事做了更多的生活化處理，如堯王誇獎舜所駕馭的耕牛好，舜就說不要隨便誇獎，而要顧及其他的牛。堯看舜很賢能，便將自己的兩個女兒，即娥皇、女英，都嫁給舜，舜待她們都很好，二妃從未有爭風吃醋的俗舉。舜馴象耕田的故事流傳也很廣，問題在於「歷山」究竟在何處，多少年來爭執不下。山東的濟南千佛山、菏澤雷澤，山西的垣曲舜王坪、永濟東南歷山，以及浙江和湖南、河北等省，都有傳說中舜馴象耕田的歷山，以及舜井、舜祠等。應該說，這是民間神話對農耕文明的開創的闡釋。在中原一些地方傳說中，象為豬所生，豬與象同生。這提供給我們關於原始信仰中豬圖騰研究的新課題。舜耕在中原，中原圖騰為象，象與豬同生，包括顓頊族也有豬的圖騰。這些內容都表明，中原農耕神話中所包含的豬圖騰是一個不可忽視的文化現象。或者說，豬圖騰與龍圖騰、熊圖騰等原始文化是否有連繫呢？而且，

第三節　《山海經》與中國文化發展問題

既然在顓頊神話中有明顯的豬圖騰的色彩，那麼，顓頊與舜神話是否也有著密切的連繫呢？

舜神廟在中原地區較為典型的是偃師邙山嶺上的舜王廟，每年都有廟會。四面八方的百姓趕來，祭祀舜王。周圍地區還有舜王治水、舜王趕魚、舜王退敵、娥皇女英騎牛騎騾而騾不生駒的傳說故事。此外，在這裡關於舜的出生逸事頗類似於姜嫄神話，即瞽叟夢見鳳凰而得舜，也有傳說夢見朝陽而得舜的。這類神話原型應引起我們多重含義的文化思索。

第八是大禹神話群。

大禹是民間文化中流傳最廣的大神，其主要身分是治水英雄，被後世尊崇為人間帝王、天國神使，有著宗教領袖、科學大神、戰爭之神等多種身分。他的影響是其他神幾乎無法相比的。

在《山海經》中，概括起來說，禹的神話形象還是一位相當樸素的治水英雄，其事蹟主要有「殺相柳」（〈海外北經〉）、令豎亥測算東西兩極距離（〈海外東經〉）、「攻共工國山」（〈大荒西經〉）、「攻雲雨」（〈大荒南經〉）、「積石」（〈大荒北經〉）、「生均國」（〈大荒北經〉）、「湮洪水」（〈大荒北經〉）、為群帝造神臺（〈大荒北經〉）、「布土以定九州」（〈海內經〉）。其生存背景是鯀治水失敗，為天帝所殺，顯示出悲壯的文化氛圍。

在後世的文化典籍中，如《史記》在〈夏本紀〉、〈五帝本紀〉中，稱「唯禹之功為大，披九山，通九澤，決九河，定九州」，「成美堯之事者」。在一些神怪小說中，禹的形象更是洋溢著不凡的仙氣，其事蹟被演繹成許許多多的離奇故事。禹的「足跡」分布最為廣泛，大江南北，黃河上下，江河濟淮之間無不留下有關禹的神話遺址。諸如河精授禹以「河圖」，逐防風氏，捉拿無支祁，克三苗，導河積石，劈開龍門山，化熊打通軒轅山，喝令塗山氏還子，三過家門而不入，鎖蛟，大會群神於會稽山等，均成為千古絕唱。縱觀神州大地，禹神話遺址的分布呈西北向東南線條分布

狀，即從西北的積石山到東南的會稽山，間以中原地區的河洛為中心，形成一條線。其中，河洛地區的禹神話最為密集，神話遺址也最多。這一方面和「昔三代君之，皆在河洛之間」分不開，另一方面是和歷史上的治水事業集中在黃河中下游分不開的。

當然，四川、湖北、湖南等地也有數量相當可觀的禹神話遺址。

河洛的地望在今天看來基本上是以嵩岳為中心的，除河南地域之外，還包括山西、陝西和山東、河北、甘肅等省的一部分，這是著名學者戴逸等人所提出來的。若這樣說，那麼河洛就是歷史上的大中原，以黃河的中游為主包括下游一部分地區。從史實和考古發掘來看，雖然中華民族是多源頭的，但這片土地也確實是中華民族的主要發源地，這是無可爭議的。也就是說，在河洛地區形成禹神話遺址的大面積分布，絕不是偶然性的，它是以雄厚堅實的歷史累積，深刻地影響著民間信仰這個民間文化的主體內容的。神話遺址中很多民間文化內容雖然有許多誇張、虛妄、神祕的成分，但絕不全是杜撰，其基本背景就在於原始信仰等具體的社會內容對民族心靈的多元輻射的投影。

河洛的中心在嵩岳。這和大禹建都陽城的歷史傳說有著密切連繫，而其中最突出的神話遺址就是啟母石、啟母闕、啟母廟等處。關於啟母傳說，不見於《山海經》，詳見於《淮南子》：

「啟……其母塗山氏女也。禹治鴻水，通軒轅山，化為熊。謂塗山氏曰：欲餉，聞鼓聲乃來。禹跳石，誤中鼓，塗山氏往，見禹方作熊，慚而去。至嵩高山下，化為石，方生啟。禹曰：歸我子！石破北方而啟生。」

這段記載和今天的民間傳說是一致的。當地百姓對此解釋道，嵩山腳下所立啟母石，就是傳說中的禹得塗山氏裂腹生子處。啟母石附近有啟母闕，是傳說中大禹的家門，上繪有農耕、狩獵的浮雕，是當時社會生活的記載。傳說當年禹治水時，嵩山之南，東自禹州，西至龍門，潁水兩岸，

第三節 《山海經》與中國文化發展問題

一派汪洋。禹為了洩洪，在登封西北萼嶺口（軒轅山）鑿山治水，想把嵩山南面的洪水引入北面的洛河，歸於黃河。在鑿萼嶺口時，他化作了巨熊以推倒山岩，塗山氏送飯至此，見到丈夫化身，不由氣急交加，在啟母石這裡化成石人。禹看到巨石，想起妻子懷胎尚未分娩，大喊：「還我兒子！」此時「轟」的一聲，石破，蹦出一子，即為啟。禹得子叫「啟」，就是取從石頭中得來之意。

啟母石還引發了許多傳說，如穆王觀夏后啟之於太室等，清代景冬陽在《說嵩》中對此有詳述。今啟母闕和太室山、少室山兩處的石闕並稱為「中岳漢三闕」。啟母石、啟母闕相距半里許，啟母廟在二者之間，但此廟今已不存。

啟母闕浮雕畫的內容，我們可看作《山海經》神話內容的再現，主要有這樣幾類：第一，大禹治水，重點突出禹化熊等事蹟和三過家門而不入的忘我精神；第二，動物圖騰，諸如龍、虎、鹿、天馬、大象等；第三，狩獵生活，諸如放虎逐鹿、騎馬等；第四，各種仙術，諸如幻術、雜技、玉兔造藥等內容；第五，孝道故事，如郭巨埋兒等；第六，星辰崇拜，如太陽等。這裡所匯聚的民間文化內容，是有著典型的歷史文化價值意義的，與其周圍地區的神聖氛圍相呼應。

這些浮雕畫所表現的內容遠遠超越了《山海經》的時代，明顯具有漢代封建統治的思想。但正因為有了這些畫面的內容，禹治水等神話傳說才能一代又一代作為口碑繼承下來。我們同樣可以把這些石闕畫看作遠古文化的痕跡，從某一方面顯示《山海經》對後世文化的影響。

在嵩山周圍，廣泛分布著有關大禹治水的神話遺跡。如太室祠、少室廟（少姨廟），傳說是塗山嬌、塗山姚姊妹倆相隨大禹來到嵩山，當塗山嬌變成石頭時，禹抱起從石頭中得來的啟去找塗山姚，塗山姚就嫁給了大禹。後人把塗山嬌住的崇山叫做太室山，把塗山姚住的季山叫做少室山。

第六章 《山海經》時代

這頗有娥皇、女英嫁與大舜的意味。若我們引申開來，卻能發現群婚制的野合或對偶婚形態的痕跡，這種太室少室的劃分方法是後人受倫理道德觀念的影響，對前人野合等生活內容的合理化解釋。在神話流變史上，後人按照自己的生活方式去理解遠古神話，是一種普遍現象。

嵩山北面的五指嶺，傳說是大禹的五指所化。當地人說，禹鑿龍門，塗山氏帶著兒子啟去迎接大禹回家。此時，禹正化作巨熊，用左手推倒攔住水流的山頭，以便讓龍門水東流。這五指被塗山氏所看見，塗山氏大叫，所以，大禹恢復原形時，左手就化作石頭而不能復原了。這裡的禹指化為石和塗山氏化為石，都體現出在《山海經》中作為重要內容的巫術文化的特殊意義。這種現象在中國民間文化中相當普遍，如著名的望夫石，也是對遠古巫術自然繼承的映現。

嵩山周圍地區的禹廟相當多，甚至一些村莊就以禹王廟作為村莊的名字，更不用說在日常生活中對禹的敬祀、舉行廟會以及各種歌謠的演唱了。

其中，嵩山東南方向的近鄰禹州，取此地名就是為了紀念禹的治水神功。在這裡流傳著豐富的禹神話，諸如著名的鎖蛟井、諸侯山、坐窩、汗溝等傳說中的禹神話遺跡，飽含著民間百姓對大禹的景仰之情。其中，最為著名的是鎖蛟井。

鎖蛟井在禹州城內禹王廟前古鈞臺街。此井用磚圈成，井口有大石圈，井的外側立了一根石柱，繫著一條大鐵鏈子，連接著井下，即傳說中的鎖蛟繩。蛟的形狀傳說不一，有人說像一頭野豬，有人說像一頭牛，有人說像一隻野貓。鎖蛟並不獨禹州有，但這裡的鎖蛟井卻更具特色：井上方建有高大的亭榭，亭榭外壁上繪著幾十幅大禹治水的圖畫，諸如鬥蛟、洩洪、三過家門而不入、劈開龍門山等，異常生動，唯妙唯肖，意味深長。面對這些神話內容，人們浮想聯翩，猶如穿越到了遠古時代，正親睹

大禹治水的動人場景。

禹王鎖蛟的傳說流傳甚廣，河南的禹州、桐柏，四川、浙江、江蘇、山東、山西、陝西等地的傳說情節大致相同，同時，它又與各地的具體風物相結合。

1930年代，中國著名神話學家黃芝崗在他的《中國的水神》中對此做過詳細描述。故事的背景一般在大禹治水過程的中間階段，主要人物即禹和蛟。蛟是被水沖到某地的孤兒，被一對老夫婦收養為義子。蛟喜歡到河水（或江水）中玩耍，而且異常任性，不受父母管制。大禹微服訪蛟，發現了牠的行蹤，就扮作一個要飯的老人，在蛟的家中等候。原來，禹多次捉拿蛟，蛟都逃脫，現在又扮作孤兒來到這裡藏身。禹的真實身分被蛟發現後，蛟急忙逃竄。後來，蛟疲於奔命，在一條小河旁稍作休息，吃下一碗麵條（或米飯），而這碗中的食物就是大禹設計偽裝成的鐵鎖鏈，一下子鎖住了蛟的心臟。禹把蛟壓在井中，不准牠出來。蛟不服，問何時能出來。大禹說，鐵樹（或石頭）開花時才能出來。後來，有人來這裡遊玩，無意間把帶有紅色裝飾品的帽子掛在了井旁石柱上，結果，蛟以為是鐵樹（或石頭）開了花，就騰身使水湧出井口。當那人取走那頂帽子時，蛟又回到了井中。

鎖蛟的情節雖然不見於《山海經》，但蛟作為一種凶猛的水怪，在《山海經》產生的時代，民間信仰中肯定會有這種動物圖騰的觀念。也就是說，蛟的出現是《山海經》神話的「遺留物」，即遠古文化的痕跡。後面的鐵樹（或石頭）開花的語言契約，顯然又是對原始巫術的意義延伸、繼承。整個故事都可看作大禹神話世俗化的典型體現。世俗化的實質就是神話思維在原始社會之後，當社會生產相對發達時，它所繼續發生的影響作用。

禹州東北的諸侯山，傳說大禹曾在這裡率領各路諸侯，挖開此山（原

第六章　《山海經》時代

名蜘蛛山）與靈山之間的山崗，使水流暢通。所以，此山得名諸侯山。諸侯山的山頂有一塊巨石，上面有一處呈凹形，傳說大禹在上面坐過，所以叫「坐窩」。坐窩向南的山下有一條溝，相傳是大禹挖山時流了許多汗，汗水沖成這樣的形狀，所以叫「汗溝」。

此外，禹州百姓敬仰大禹，把大禹當成地方保護神，流傳著許多禹王爺顯靈捉妖拿怪的故事。這和伏羲、黃帝等遠古帝王在民間顯靈的文化意義是一樣的，都表達出千百年來流傳不息的祖先崇拜、道德崇拜思想。

洛陽龍門，傳說是禹劈開山石，使河水通暢的地方（《左傳》有「大禹疏龍門，伊水出其間」），至今這裡仍有禹王池遺址。在龍門廟會時，有人敬祀大禹，在這裡洗神羊，擲錢幣。《拾遺記》中曾載，大禹鑿龍門時，在山洞中遇到豬和狗變成的黑衣仙人帶領他去見伏羲，得到伏羲給他的能夠測量天地的玉簡。今天，這個故事仍在流傳。這個山洞傳說就在禹王池下面，但被石頭泥沙所覆蓋。憑著這一尺二寸長的玉簡，大禹平水患，除妖怪，劈開龍門。在傳說中，大禹用玉簡殺死蛤蟆精，留下龍門山腳下的蛤蟆泉。還有人說，龍門以上是很大的湖，大禹聽從一個放羊娃的〈龍門開〉歌謠，劈開龍門山，形成龍門口，洩去洪水，造福於民。

關於龍門的傳說不僅洛陽有，山西的河津和陝西的韓城之間也有龍門關。我們不必強求認定哪一個地方才是真正的禹所開的龍門，這像遠古神話中的「禹所導積石」、「禹攻雲雨」一樣，都體現出人民樸素的感情，既是表達對自己家鄉的熱愛，又是對聖賢、英雄高尚品格的謳歌。

黃河三門峽的禹神話遺跡為三個豁口——三門。這種傳說的歷史甚為久遠。如《水經》所載：「河水東過底柱間。」酈道元注：「昔禹治洪水，山陵當水者鑿之，故破山以通河。河水分流，包山而過。山見水中若柱然，故曰底柱也……亦謂之三門。」三門峽的三門即神門、人門、鬼門，在傳說中為禹用巨斧劈開而成，可想見這種神話的壯麗宏偉。這裡的山石

第三節　《山海經》與中國文化發展問題

草木都有大禹的神蹟，形成又一個龐大的禹神話群。如娘娘山，也叫梳妝樓，在有的傳說中是王母娘娘留下的，有的傳說中則與禹治水連在一起。在傳說中，禹化作黑豬拱開河道，結果，他的妻子看見之後大聲喊叫，破了他的法術，大禹很生氣，打掉了妻子的頭，妻子就化成石柱立在那裡成為娘娘山。米湯溝，傳說是禹的妻子送來米湯，看見禹的化身受驚之後摔碎米罐留下了這些像米湯一樣的溝水。河水中的砥柱峰，傳說是大禹留下的鎮河寶劍。三門峽的三個石柱，傳說是當年大禹造橋時，法術被妻子驚破，橋腿才朝上。其他傳說還有大禹躍馬過黃河時留下了「馬蹄窩」，站立在山石上劈山時留下了「神腳掌」等等。這裡值得我們注意的是，禹神話傳說增強了法術即巫文化的意義，有了豬圖騰的內容，以及殺妻的情節，其中所蘊含的意義更為複雜。

同時，我們也可以看見其在繼承《山海經》神話的原始思維中所表現的泛神信仰與後世宗教思想、倫理觀念、宗法意識的結合。

西行至靈寶，北行至太行、王屋，南行至桐柏，東行至開封，東北行至浚縣大懷山、浮丘山，中原大地只要是有水的地方，我們幾乎都可以找到禹的神廟。尤其是桐柏，這裡的鎖蛟井是用漢白玉砌成的，蛟變成了無支祁。這裡的禹王廟處於淮源，石柱山的「禹舟鐵環」和三家河的相關傳說更顯出民間想像的奇特。在開封的禹王臺，大禹的形象有了更濃郁的帝王色彩，這和千年古都的文化氛圍形成了一個整體。更不用說許多城市為了弘揚民族文化，塑起了大禹治水的雕像，形成現代文明與古代神話融為一體的景觀，顯現出禹神話的現代風采。特別是在一些民間廟會上，至今還有傳說是源自禹的巫步，它象徵大禹跋涉奔波的艱辛，這是更典型的野性藝術。若我們追溯其源頭，可直指《山海經》中的巫彭和巫咸他們的「不績而服」等行為。

在很多地方，道教力量極力渲染大禹奉天命及其與魚精水怪的交往，

第六章　《山海經》時代

這些內容深刻地影響著一些民間文化的具體生成。這正是和《山海經》作為神巫文化的集大成者，對後世文化的性質所形成的影響分不開的。

第九是夸父神話群。

夸父在《山海經》中是追日的英雄。因為追日，所以可以將其看作太陽圖騰的代表；這是中國古典神話傳說中十分珍貴的太陽英雄神話。

其主要事蹟如〈海外北經〉所載：

夸父與日逐走。入日，渴欲得飲，飲於河渭，河渭不足，北飲大澤。未至，道渴而死。棄其杖，化為鄧林。

這是夸父神話的原型內容，一為追日，二為棄杖為林。追日的目的、緣由之所在，我們都難以從字面上得到答案。僅僅是出於好奇，或者是追求探索太陽執行的規律，這些猜想都不能令人信服。或許，這就是神話思維的表現。我們可以將此解釋為太陽崇拜在原始神話中的具體表現，但又未免過於空泛。只有在連繫之中，我們才能理解問題的實質內容，或者是更接近事實。

首先，我們可以看到夸父族以蛇為圖騰的神話內容。《山海經‧大荒北經》載：

大荒之中，有山名曰成都載天。有人珥兩黃蛇，把兩黃蛇，名曰夸父。

后土生信，信生夸父。夸父不量力，欲追日景，逮之於禺谷。將飲河而不足也，將走大澤，未至，死於此。應龍已殺蚩尤，又殺夸父，乃去南方處之，故南方多雨。

這則資料，我們可以看作是〈海外北經〉的補充、豐富。「后土」，郝懿行釋為「共工氏之子句龍也」（《山海經箋疏》）。關於共工生后土，《國語‧魯語》釋為：「共工氏之伯九有也，其子曰后土，能平九土。」〈海內經〉又有「炎帝之妻⋯⋯生炎居⋯⋯生祝融⋯⋯生共工⋯⋯共工生后土」

句，可知夸父是炎帝族的一支。應龍既殺蚩尤，又殺夸父的內容還見於〈大荒東經〉。這都說明夸父和蚩尤都是炎帝集團的力量，在和黃帝集團發生戰爭時失敗，很可能為了求得生存才奔向北方大澤的方向。〈大荒東經〉中有「應龍處南極」，南方乾旱的原因很可能在於應龍。那麼，既然黃帝的統治區域在中原，為何夸父逃離他方之後，又要奔向黃帝的轄區呢？我們可以設想，此時的中原可能由於黃帝征伐四野而處於空虛，且夸父的家鄉也可能先前就在中原。〈中山經〉有夸父之山及「其北有林焉，名曰桃林」的記載。因為從圖騰神話來看，〈海外經〉中，南方祝融和東方句芒都乘龍，一個「獸身人面」，一個「鳥身人面」，而只有北方禺強「人面鳥身，珥兩青蛇，踐兩赤蛇」，西方蓐收「左耳有蛇，乘兩龍」，夸父族的家鄉更多地被說成是靠近北方和西方。很有可能是夸父族到南方參加炎黃戰爭，失敗之後逃回家鄉。〈海外北經〉中所提到的「博父國」，有學者認為就是夸父國，「其為人大，右手操青蛇，左手操黃蛇。鄧林在其東，二樹木」，更進一步說明夸父族以蛇為圖騰。

夸父向西北方奔去，更大的可能是由於戰爭失敗，為了生存才離開南方的。

正是在民族遷徙的艱難跋涉之中，才有如此慘烈的「道渴而死」的情況發生。我們把此神話看作氏族遷徙的悲壯史詩，是不為過的。

夸父是巨人族，從人類學意義上來說，也應該是北方或西方的氏族。夸父之山的傳說在南方也流傳，如湖南沅陵縣的夸父山傳說，但從內容上看，這裡的「夸父山」明顯屬於行進途中經過之地而非居民之邦。《山海經》中所提到的「夸父之山」，郝懿行注為「一名秦山，與太華相連，在今河南靈寶縣」，「其北有林焉，名曰桃林」，郭璞注為「今弘農湖縣闋鄉南谷中是也」。

這與今天靈寶的歷史、文化、地理等內容是基本吻合的。在中原地

229

第六章 《山海經》時代

區靈寶一帶所流傳的夸父神話傳說及其遺址，與其他神話相比，與《山海經》連繫得更為緊密。

據考，靈寶包括舊時閿鄉，在歷史上曾被稱作桃林，唐代才改為靈寶，《地理通釋》、《閿鄉縣誌》等典籍和方志都載有這裡古代多桃林的內容。從今天的地勢上看，夸父山和《山海經》中所載「夸父之山」大致相同。夸父山在靈寶的陽平鄉東南處，其形狀好似夸父仰臥在靈湖浴和池浴之間，有頭、肩、腹、腿等部位，北臨黃河、渭水。山北有夸父營，相傳這裡的居民是夸父的後裔，至今有將夸父祀為山神，八大社山民輪流主持迎夸父、送夸父的習俗。夸父營和夸父峪是兩回事，夸父峪在夸父山北一處長 20 里許、寬 10 里許的山地，有 8 個村莊。歷史上，夸父營、夸父峪、狼寨屯曾發生地界糾紛，後於道光年間，由縣邑令出面裁決而立下了〈夸父峪碑記〉，碑中載下「東海之濱，有夸父其人者，疾行善走，知太陽之出，不知其入，爰策杖迫日，至此山下，渴而死，山因以名焉」這一段話。這裡的山民曾建有夸父神廟，把夸父作為自己的祖先敬祀，作為山神、地方保護神來信奉，並且把桃樹畫在夸父神廟會的彩旗上面作為自己宗族的重要象徵。他們也在祀神的花饃上做桃來教育子孫、寄託自己的意志，形成形象化的教材。誠如〈夸父峪碑記〉所載：「此山之神，鎮佑一方，民咸受其福，理合血食，茲故土八社士庶人等，每歲享祀，周而復始，昭其崇也。」神廟會一代代傳承著，引來三省（河南、山西、陝西）相鄰的村民觀看如此熱鬧的盛會。這山，這神廟，就是最生動的神話、最有意義的神話遺址。從這裡，我們可以看到源自《山海經》的那些熠熠閃爍的文化光輝。

最後是炎帝神話群。

炎帝集團在《山海經》中是備受壓抑的部落聯盟，諸如共工、蚩尤、夸父、祝融等，都是這個聯盟的重要成員。但是，我們從另一個方面可以

第三節 《山海經》與中國文化發展問題

看到,炎帝集團在同黃帝集團進行激烈搏殺時,那非凡的爭鬥勇氣是異常可貴的。

像禹殺相柳,相柳的血之多,竟匯聚成河,這事實上傳達了一個遠古戰爭的訊息,即相柳的戰士們前仆後繼,寧死不屈,具有特別堅強的意志;又像蚩尤伐黃帝,黃帝費了那麼大的氣力才結束戰爭,是以應龍和女魃「不復上」的悲劇作為代價的。蚩尤和相柳都屬於炎帝集團的力量,他們的意志代表著炎帝集團的精神。

炎帝是一位被掩蓋了許多事蹟的軍事領袖,是農耕文明的重要代表者。

見於《山海經》的炎帝神話內容更多的是他的妻子和子孫的情況,如〈北次三經〉中的「精衛」,〈大荒西經〉中的「靈恝」,〈海內經〉中的「伯陵」和「赤水之子聽訞」等。只有〈中山經〉中,炎帝雖然有「神耕父」出現,卻是一個「見則其國為敗」的倒楣的凶神。真正使炎帝形象得到恢復的是《山海經》之後的《史記》、《淮南子》和《搜神記》等典籍。如《史記·補三皇本紀》說:

炎帝神農氏,姜姓。母曰女登,有氏之女,為少典妃,感神龍而生炎帝,人首牛身。長於姜水,因以為姓。火德王,故曰炎帝,以火名官。斫木為耜,揉木為耒。耒耨之用,以教萬人。始教耕,故號神農氏。於是作蠟祭,以赭鞭鞭草木,始嘗百草,始有醫藥。又作五絃之瑟,教人日中為市,交易而退,各得其所。

神農的形象在這裡才清晰起來。首先,他和黃帝一樣為少典之子,是龍的後代,以牛為圖騰。他是農耕文明的文化大神,前面所引《山海經》曾提到他的子孫為鍾為樂(如〈海內經〉有伯陵與阿女緣婦生「鼓、延、殳」,「始為侯」,「始為鍾,為樂風」),但沒有地位,只有《史記》才記載他進行了各種創造活動,成為「神農」、醫藥之神、音樂之神、商貿之神。在《水經注》中,他的身分更了不起,甚至可被奉為井神。炎帝的形

第六章 《山海經》時代

象能夠真正影響後世民間文化，我們可以說，並不是因為《山海經》中所記載的內容。應該說，這是《山海經》的成書過程中揚黃抑炎而形成的冤案，它被司馬遷和干寶他們翻了過來。除了作為農神的炎帝，還有作為醫藥之神和音樂之神、商貿之神的炎帝，而流傳至今的主要角色，則是農神和醫藥之神。《淮南子》說炎帝「嘗百草之滋味，一日而遇七十毒」，《搜神記》說他「以赭鞭鞭百草，盡知其平毒寒溫之性，臭味所主，以播百穀，故天下號神農也」，我們既可把它們看作是對《山海經》炎帝神話的平反昭雪，又可看作炎帝神話形象的復原、補充、豐富。

全國所分布的神農神話並不少，如浙江、江蘇、四川、湖南、湖北、山東、河北、山西、陝西和北京等地都有。作為神話遺址，分布表現最典型的就是各地的神農廟、神農壇和五穀臺。其中，湖北隨州的神農架、湖南炎帝嶺，影響最大。其次就是遍布中原的神農神話遺址，及其所包含的神話傳說（特別是其中流傳的神農為藥王菩薩的意義更為特殊）。

中原地區首屈一指的神農神話遺址當推黃河遊覽區（鄭州）的炎黃二帝像。這是為全國所矚目、為全世界所關注的炎黃文化工程。我們稱其為神話遺址，主要是指此工程凝結著中華民族的文化傳統精神，它以神話歷史為基本內容，體現民族大團結的思想和對美好前途讚美之情。之外，較為典型的就是淮陽的五穀臺、溫縣的神農澗、太行山上的神農廟等。

淮陽的五穀臺，是為了紀念傳說中的神農炎帝而立的。傳說神農在這裡教會人們種植五穀，告別了茹毛飲血的歷史時代。又有傳說神農在這裡教會百姓收割、收藏糧食，而且讓糧食生蟲，不獨為人所擁有，使五穀養活世上所有的生命。神農受到民間百姓愛戴，在每年的農曆二月二至三月三的太昊陵會上，許多齋公即善男信女都要去拜神農，一來請求保佑家中無災無病，二來請求保佑糧食豐收。說到底，還是把神農作為農神和醫藥之神來祭祀的。

第三節　《山海經》與中國文化發展問題

　　溫縣神農澗，澗有 2 丈多深，10 丈多寬，兩岸生長著許多名貴藥草。人們傳說，這是當年神農路過這裡，遇見許多百姓病亡，帶人爬山越嶺，四處尋找藥草，幫助百姓治好了病。為了改變這裡陰氣太濃、易使人患病的地理環境，也為了方便百姓取藥，神農就拔劍而起，看準地勢，劃開地表，種下百樣藥草，於是，這裡就有了這條神農澗。

　　中原民間和其他地方一樣，炎帝神農神話形成兩種影響層面：一層是上層文化，其意義在於弘揚炎黃團結的精神，把炎帝當作民族的祖先神；而另一層是下層文化，其意義在於把神農作為保護神，無論是農神還是藥神，都為了求得對生命的保護。當然，有時這兩種層面的文化又相互交融，共同影響著民族文化的發展。但我們不能不承認，上層文化越來越成為主流，而下層文化正被上層文化所改造、同化。也就是說，民間文化正被飛速發展的現代科學文化所衝擊，其神祕性意義正漸漸淡化，民間神話被以科學文化為基本內容的審美化處理。

　　神話遺址的巫的文化成分和意義正越來越淡，以遠古文化為內容的人文自然景點，被納入旅遊文化的建設之中。當現代科學文化成為神話遺址的一部分內容時，一些神話故事就被演繹成新的圖像景觀，或神廟中的神胎被現代雕塑技術處理過，神話卻依然存在著。但不可避免的是，《山海經》中沿襲了數千年的神巫之氣，會越來越多地被現代科學文化所過濾，會被注入現代的審美觀而具有一種自覺的現代文化內容。當然，目前在這個方面也出現了一些失誤，即大量的人造景點的湧現，尤其是設計者嚴重缺乏原始文化等古代文化知識，造成了一些不倫不類的文化垃圾。

　　在某種意義上來說，不讀《山海經》就不能全面理解中國神話及其與中國文化的連繫，這絕不是空話。只有在與社會歷史相結合的文化比較分析中，我們才能更深切地理解中國文化的意義。

　　《山海經》神話與中國民間文化的連繫，除了上述神話遺址或神話遺

第六章　《山海經》時代

跡，還表現在民族文化的圖騰藝術與民間巫術上。

圖騰屬於古老的民間文化，在《山海經》中得到廣泛表現，流傳到了今天，它更多的內容被化解到生活的世俗信仰之中。所謂世俗信仰，即是與宗教行為相對的，存留在普通民眾的生活之中而表現出的信仰觀念。諸如祭祀神靈的民間儀禮、儀式、服飾、生活環境和生產、生活用具的裝飾，一舉一動，一草一木，都充滿了圖騰意識。當然也包括語言文化中對圖騰內容的自覺運用，作為審美機制的圖騰藝術的具體表現。圖騰的化解，其從神話到世俗的嬗變，是世界各民族的共有現象。正是這些圖騰藝術的具體表現，才構成各民族的文化個性的具體內容。在現代國際爭端中，許多內容除了表面上的政治、經濟因素，重要的還是文化的衝突與碰撞。民族之間的相互尊重，相互理解，一個相當重要的問題就是如何從圖騰的表現及理解上入手。

圖騰在遠古文化中是不同的氏族的徽幟，在今天表現為一些崇尚或禁忌行為，它一方面是文化個性、審美風尚、生活態度取向的具體內容，一方面是一個民族遠古文化的迴響、殘存。無論現代化對民族生活有多麼強烈的衝擊，圖騰都不會完全消失。在美國、日本和德國、法國，以及新加坡、馬來西亞、澳洲的現代化建設中，都表現了這些內容。尤其是西亞一些古代文明國家的消失歷史，使我們看到，民族可能因為多種原因會消失，但民族文化的內容包括圖騰絕不會隨之而完全消失。在某種程度上來說，對圖騰的理解，就是對一個民族的文化和歷史的理解。

在《山海經》中，圖騰的表現主要是各種動物，鳥、獸、魚、蟲等生命個體，也有一些植物、山、水、日、月具有圖騰的意義，尤其是扶桑樹、崑崙山，我們都可看作圖騰的表現。同時，我們也可以看到，圖騰常常表現出個體的獨立性，也表現出相互交融，諸如「×首×身」的句式。圖騰的影響範圍、表現範圍，有大有小，具有地區性、氏族性的多種差

異。圖騰內容的差異，實質就是文化性質的差異。它反映出不同氏族、地區的生存環境、生活內容與文化的具體連繫。

首先是龍圖騰成為《山海經》最具影響力而且最豐富的圖騰內容。今天我們常說中華民族是龍的傳人，從遠古文化中我們能更深刻地理解這個內容及其意義。龍的圖騰，使中華民族具有很強的凝聚力、向心力和團結、創造精神。

龍在《山海經》中的表現，大多不是單純存在。如〈南山經〉中的「凡䧿山之首，自招搖之山，以至箕尾之山，凡十山，二千九百五十里。其神狀皆鳥身而龍首」，「自櫃山至於漆吳之山，凡十七山，七千二百里。其神狀皆鳥身而龍首」，「白天虞之山以至南禺之山，凡一十四山，六千五百三十里。

其神皆龍身而人面」，〈東山經〉中的「自木敕之山以至於竹山，凡十二山，三千六百里。其神狀皆人身龍首」，〈中山經〉中的「（光山）神計蒙處之，其狀人身而龍首，恆遊於漳淵，出入必有飄風暴雨」，「自女几山至於賈超之山，凡十六山，三千五百里。其神狀皆馬身而龍首」，「自首山至於丙山，凡九山二百六十七里。其神狀皆龍身而人面」，「凡洞庭山之首，自篇遇之山至於榮餘之山，凡十五山，二千八百里。其神狀皆鳥身而龍首」等。各山神的龍身或龍首，就是一種圖騰合體。

在〈海外經〉各經中，龍圖騰表現為「南方祝融，獸身人面，乘兩龍」，「大樂之野，夏后啟於此儛九代，乘兩龍，雲蓋三層」，「西方蓐收，左耳有蛇，乘兩龍」，「東方句芒，鳥身人面，乘兩龍」。

〈海內經〉各篇中，龍圖騰表現為「窫窳龍首，居弱水中，在狌狌知人名之西，其狀如龍首，食人」，「雷澤中有雷神，龍身而人頭」。

〈大荒經〉各篇中龍的圖騰有「應龍」本身，再提到夏后啟「珥兩青蛇，乘兩龍」，以及「燭龍」等。他們佩龍、乘龍，或龍首，或作為龍的一

第六章 《山海經》時代

種，在圖騰意義上都是把龍作為自己氏族部落的徽幟，以有別於其他的氏族部落。

黃帝集團統一了各氏族之後，龍的圖騰也得到了統一，自此，龍就在更廣泛的意義上成為華夏子孫的圖騰。這種圖騰體現在上層政治文化中，出現了黃帝出入乘龍的神話內容。歷朝的封建皇帝也自稱為龍，衣服被稱為龍袍而別於其他人，更不用說有神龍感應而使某女性懷孕得子為皇帝的附會輿論。體現在民間文化中，龍是神靈的象徵，皇權的象徵，尊貴的象徵，圖騰的意義才真正在世俗生活中消解。

龍神信仰是中華民族龍圖騰世俗化的具體表現。就現實而言，確實有許多圖騰遺俗，但是，沒有任何一個圖騰現象能夠像龍在民間文化生活中有那麼廣大的影響。民間百姓既畏龍懼龍，又敬龍愛龍，嚮往龍，以龍為貴。

同時，把龍分為幾等，有善有惡，以龍比照世間的人等，龍信仰成為民間百姓生活的一部分，衣、食、住、行，各方面都有龍的身影。應該說，所有的龍傳說都是以龍的信仰為根據的。

首先是民間文化中的風水觀念，表現出對龍的尊崇。風水的解釋根據仍然在於相應的傳說。人們嚮往富貴，希望生在龍地，葬在龍穴，養出龍子龍孫。民間百姓把自己周圍的生存環境看作龍虎氣象的體現，講究龍骨、龍鬚、龍首、龍尾、龍脈的地形及其運用。於是演繹出了許多龍的傳說，諸如各地的金龍、銀龍、玉龍、石龍、土龍、黑龍、白龍、惡龍和蛟龍的故事，並附會在一定的自然物上，像黑龍潭、白龍潭、九龍山、五龍口、龍水等具體的地名。

更不用說在各地的古典建築中所體現的龍神信仰，如開封有龍亭、繁塔傳說與黑尾巴老李的故事。許多地方的河流，在傳說中就是龍的化身。如，我的家鄉河南項城有一條小汾河，起源於嵩岳地區，與潁河會聚於淮

第三節　《山海經》與中國文化發展問題

河。項城父老解釋小汾河之所以有很多灣，是由於老龍東去，不忘孃親，一步一回首，形成了這九九八十一條河灣。在鄉村，從前有許多村鎮都建有龍王神廟，一方面是為了鎮水患，堅定人們治水的信念，另一方面是為了求雨解旱，把龍作為家鄉的保護神，使家鄉保持安寧、康福、和諧。從而，龍圖騰不但融進民間傳說故事、歌謠之中，而且融於民間遊戲、舞蹈，成為民間藝術的重要內容。人們不但把龍作為居住環境的一部分，而且把龍作為自身的一部分。如，民間蓋房時，常把檁、梁稱作龍，舉行典禮時要為它拴上紅布條，貼上紅彩紙，以求堅實吉利。房舍布局上講究左青龍，右白虎，即庭堂為坐北朝南，東側房為龍，西側房為虎，龍可高於虎，而虎不能高於龍，形成一種民間規則。逢初一、十五，民間舉行跳龍舞、點龍燈、賽龍舟，獻媚於龍王。而在天旱時，民間又有晒土龍、打龍王的遊戲。事實上這是一種巫術與圖騰信仰的結合。人們與龍共舞，與龍共居，與龍共存。

在俗語中，龍的信仰表現更多。諸如「龍生龍，鳳生鳳，老鼠生兒會打洞」，說龍族與人出身的連繫；「種下龍種，生下跳蚤」，說的是龍為代表的希望與失望；「大水沖了龍王廟」，意為一家人不相識，自相欺侮。龍的圖騰意義化解為人的生存方式、生存環境的具體內容。又如民間百姓敬龍、祀龍，不乏夢想成為龍，擺脫貧窮和低賤。在吃飯、穿衣上，都體現出這種意義。如，人們認為龍為靈物，在祝壽等喜慶時日吃龍鬚麵，也吃鯉魚宴，以為鯉魚是龍的化身，吃了鯉魚，可以變得尊貴、健康、美麗、聰明。在雷雨天氣，一棵古樹被雷電擊中後，民間百姓認為是龍王抓妖怪，那些被擊落的樹枝或被擊焦的樹皮，就成了靈藥，傳說食後能治百病。農曆二月二，龍抬頭──這是非常古老的民間節日。在這一天，中原民間百姓崇尚吃油炸的花豆，油煎的烙餅，把春節後剩下的最後一塊花饃吃掉。吃花豆意味著為當年的黑尾巴老李那個傳說的土龍王東去而送行，吃花饃則意味著有龍在身而百鬼皆退，百病自消。花饃是春節的供

品，祭祀神靈和祖先的祭物，在一塊直徑一尺許的麵餅上，四周做成兩條尾成一體的兩條龍，並用棗或其他物品做成龍眼，用面做成龍鬚、龍角、龍鱗和龍爪，都栩栩如生。花饃以龍為飾，這是民間百姓樸素的理想願望的具體表現，更重要的是對龍的信仰、敬仰，體現出圖騰的內容。從民間庭院在雕梁畫棟中飾以龍，壘成的院牆飾以龍，到民間兒童服飾上繪以龍，以及民間兒童的姓名中取龍字，有大龍、小龍、龍生、海龍、天龍、玉龍、龍娃等，我們可以想見，龍的圖騰意義與世俗生活的密切結合。這是中國民間文化相當普遍的一種存在形式，是中國文化的一種縮影。這一切，都能夠從《山海經》中找到根據或影蹤。

　　典型的例子還有民間喪葬文化中龍圖騰的意義的體現。我們在《山海經》中可看到「乘兩龍」，以及飛仙乘龍的許多傳說故事。與此相應的是，喪葬文化中整個過程都有類似的內容。如，葬穴要點明，就是俗稱的「點龍穴」；死者的花裙圖案上，男的繪上龍，女的繪上鳳；棺槨啟動時，所用的「龍駕」當然是龍的形狀，即用紅、黃、綠等彩布做成龍衣覆蓋住棺槨，棺槨前方是高大的龍首，昂揚雄視前方。在弔唁的民間文書上，也常有「某某乘龍而去」的字樣。應該說，這種文化的淵源就在以《山海經》為典型的圖騰崇拜。

　　《山海經》的圖騰內容異常豐富，龍圖騰僅僅是其中很小的一部分。其他圖騰，諸如常在各經中出現的使四鳥或四獸「虎豹熊羆」。特別是蛇的出現尤其多，在〈山經〉、〈大荒經〉、〈海經〉和〈海內經〉中，幾乎無處不在。在後世的民間文化中，蛇崇拜仍然是非常重要的內容。我們甚至可以這樣說，龍圖騰的影響範圍主要在上層文化中，而蛇圖騰的影響範圍則主要在民間下層文化中。民間鄉野中蛇所出沒的環境，民間百姓稱之為和龍一樣的神居，稱蛇為小龍。最典型的就是鄉村神戲演出時，戲班主要虔誠地敬蛇，請蛇點戲（參見黃芝崗《中國的水神》）。很多地方稱蛇為「大

第三節　《山海經》與中國文化發展問題

王爺」，大王廟就是蛇神廟。更不用說流傳千百年的《白蛇傳》和民間蛇郎故事等，其生成背景我們一方面可追溯至以《山海經》為代表的原始神話思維，另一方面則可追溯到以《山海經》為典型的蛇圖騰。蛇的身分在醫藥文化中常常作為仙而出入變幻，在農耕文化中常常是財神的象徵，在漁文化中蛇是漁民的保護神，在宗教文化中蛇常常作為神使存在。《山海經》圖還有鳳凰、鵲、牛、馬、羊、豬、魚、犬、狐、鶴、雞、畢方、狌狌、鴛鴦、猿、鼠、鹿、鶉、龜、蟲和蜂等動物。這在民間生活的衣食住行諸方面都有不同程度的表現，體現出圖騰文化的遺留意義。其他像玉、扶木、建木、銅、柏、草、磐石、火、鼓、韭、蔥、桃、李、葵、棕櫚、金、芍藥、桑、蒲、檮、河、海、風、雲等自然物，我們也可看到它們在《山海經》中所體現出的圖騰意義。這些圖騰文化的內容融入後世的民間文化生活中，從而產生許多具有特殊意義的崇尚或禁忌習俗，使普通的樹木花草山石水火都具有鮮明的尊卑、吉祥凶惡的含義，影響著人們的思想、行為。這是中國文化中不可忽視的一部分。它們與《山海經》圖騰的具體連繫更為複雜。

《山海經》中的巫術常常和圖騰連繫在一起而構成神話的基本內容。

如〈海外西經〉所提到的「巫咸國」，在登葆山上有「群巫」上下，神巫們「右手操青蛇，左手操赤蛇」，「夾窫窳之尸」，「操不死之藥以距之」。神巫的基本職能即在於「上下」於天地之間，為神代言。又如，〈大荒北經〉中有「有共工之臺，射者不敢北嚮」和「魃不得覆上，所居不雨」，這種「不敢」禁忌，「不得」悲劇，都是典型的巫術意義體現。再如，〈五藏山經〉中各篇結尾部分所列的「祠」禮，即巫術儀式和「珪」、「糈」、「嬰」、「瘞」、「燭」以及太牢、少牢等內容。這些巫術表現為神巫人三者之間的連繫，對後世文化的影響主要是作為一種神巫思維而融入後世巫文化之中。

巫表現在後世的社會生活中，一是巫的行為、職業作為一種個體存

第六章　《山海經》時代

在，影響著周圍的社會生活，一是巫的思想、觀念漫布在民間文化和更廣泛的社會生活中。前一部分以「操不死之藥」為典型，後一部分以「射者不敢北嚮（向）」為典型。

民間巫師在一些偏僻的鄉村還相當流行，他們的主要任務是「驅鬼」。

「驅鬼」的形式有兩種，一是用所謂「神藥」或配合假想的擒拿鬼怪的動作為病人驅除身上帶來病痛的「鬼怪」；二是語言巫術，即一些歌訣對病魔或不祥之物的詛咒。此外，還有一種媚神的舞蹈，或伴有歌樂，主要表現在廟會上，以及「拴娃娃」、「釦子孫窯」等行為和心理上，體現為巫術文化對《山海經》神巫思維的具體繼承。造神藥者有時和傳統的中醫療法連在一起。

如，中原地區還有拔火罐治病的習俗，即用麵皮敷在病人的痛處（一般為穴位），然後在特製的陶罐中放上點燃的火球（團），使空氣產生壓縮的力量，擠迫病毒排出。有人使用這種方式時，還念叨著求神靈保佑的詞語。應該承認，這種方式還是有效的，只不過具有蒙昧的思想色彩。這使我們聯想起中草藥的炮製、服用，與《山海經》中關於一些獸或鳥「食之不×」的記載。

「食之不×」句式中，常充滿按照某種動物習性或特徵補充或祛除某種人體功能的道理。民間有吃什麼補什麼的食物療法，我們也可看作一種巫術表現。用一句形象的話來概括這種巫術，就是用魔鬼的外衣來包裹科學。所以，著名的文化人類學、民俗學家弗雷澤為巫術辯解，並將自己的著作取名為《魔鬼的律師》。正是這位學者，在他的《金枝》中提出了接觸巫術和相似巫術的概念，論述了巫術的雙重意義，即它既作為科學的載體，也作為愚昧的載體，影響著人們的生活。這種「食」的療法或「驅鬼」療法，就是典型的接觸巫術。語言巫術是典型的相似巫術。這些歌訣的內容一般為驅鬼，可以用在治病的場所，也可以用在祝願的場所。當然，這是很不科學的，治病絕對不能依靠「驅鬼」。如，在許多地方流傳著治小

兒夜哭的「貼帖」，即在紅紙上寫上幾句話，貼在路口，若行人按照帖上的話做了，小兒夜哭就會治好。歌訣為：

　　天黃黃，地黃黃，

　　我家有個夜哭郎，

　　行路君子念三遍，

　　一覺睡到大天光。

還有非常流行的治瘧疾的歌訣。這是相傳源自先秦時代的巫術療法，即瘧疾患者在太陽未出來時，將一個煮熟的雞蛋剝去外殼，在青皮上寫上一行歌訣，站在自家門口，面朝東，邊吃邊念，念上五遍就可將瘧疾鬼趕走。歌訣是這樣寫的：

　　我從東方來，

　　路遇一池水，

　　水中一條龍，

　　九頭十八尾，

　　問爾食的甚？

　　吾食瘧疾鬼。

在河南林州紅旗渠，我們曾蒐集到一首咒噩夢的歌訣。即人在夜晚做了噩夢，神志受到傷害，就以為是噩夢神在作祟，在太陽未出來時，在心中默念三遍，一天之中就平安無事了。歌訣為：

　　此夢不祥，

　　貼在東牆，

　　太陽一出，

　　照個淨光。

第六章　《山海經》時代

　　民間的招魂曲實際上也是這類巫術。巫術的思想基礎在於泛神論，即一切事物的發展變化都是由一種特殊的靈魂所控制的，人們藉助於一定的行為和語言，可以改變這種不利的控制。歌訣是一種表達方式，還有一種非歌訣的祝願、祈禱語與一定儀式相結合的方式，即相當於《山海經》中的「祠」。只不過這裡是一種依據現代生活的方式而製作的祭品，且多為紙、木質製品，諸如祭祀神靈和亡靈的冥器，有「冥幣」（俗稱「陰票子」），紙船，紙糊的飛機、電視，木質的串滿紙錢的「搖錢樹」，紙疊的元寶、聚寶盆等等。

　　人們相信，這些物品在焚燒成灰後，在另一個世界中就會變成和當世的真物品一樣為死者所享有和使用。這種靈魂不滅的信仰觀念與巫咸、巫彭上天下地的思維機制是相通的。

　　巫術的相似意義不獨能使人得到心靈的慰藉，而且更重要的價值在於它影響了許多民間文化藝術並使其妙趣橫生。諸如秧歌、高蹺、旱船、獅子、龍舟、肘閣、煙火、盤鼓、腰鼓、十八音、鈸、鑼、琴和一些地方戲，都曾帶有濃郁的巫術色彩或本身就是巫術的一部分，在民間藝人的改造下，逐漸變為健康、文明的藝術。如浙江紹劇跳加官中的蚩尤舞，在演員的乳房上繪成眼，臍上繪成口，這就是取材於《山海經》中的刑天與帝爭神的民間藝術。它原來的意義在於驅鬼祭臺，在今天則成為一種民間戲曲藝術的典型。也就是說，以巫術的相似意義為背景，產生了唱神戲、跳儺、打儺的民間藝術，在時代精神的融入、改造中，這些藝術煥發出新的文化生機。廟會歌舞也同樣。

　　時代在發展，藝術也在不斷發展，《山海經》對後世民間文化的影響的意義也在不斷改變著，即巫的形象與形式正越來越多地被現代文化所改造和利用，變成大眾文化的一部分。

　　《山海經》是中國民間文學史上十分獨特的文化現象。

第三節　《山海經》與中國文化發展問題

　　從現實走進典籍，從典籍走進生活，走進文化，可以看到，未必是一切都來自《山海經》，卻有許多文化生活與《山海經》的文化世界息息相關。我們許多學者不無偏執地反對當代流傳的神話傳說故事的「活化石」這種比喻，那麼又該如何解釋這種生生不息的關聯呢？《山海經》對中國文化，特別是對中國民間文化產生極其深遠而廣泛的影響，在不同的時代具有不同的特色，在不同的地區具有不同的內容。考察這種影響，若僅僅從文獻上著眼將是十分狹隘的，若僅僅採用考古和其他田野作業的方法，也同樣是難免偏頗的。我們還是堅持文獻、考古、田野作業的三重證據法，去透視《山海經》在民間文化中的繼承內容，從而去掌握中華民族文化性格的生成和發展變化規律。中國民間文化浩如煙海，我們這裡的考察只能是從一滴水去看太陽的光輝，窺一斑而去知全豹。

第六章 《山海經》時代

第七章
大禹時代是歷史的開端嗎？

　　大禹時代是中國神話時代最後的強音。它以治水為中心內容，象徵著中國神話自此走向消亡，代之而起的是歷史傳說。其中還有一個非常重要的因素，那就是當文明進入商周階段時，卜辭和銘文成為史蹟的證明。因此，也就有許多學者據此而把商周之前的歷史整個稱為中國歷史的傳說時代，或稱口傳時代。自大禹神話在這個時代的末尾登臺亮相，就意味著中國神話時代的消解。而且在大禹時代，幾乎聚攏了中國神話中所有的母題，大禹神話在某種意義上來說，成了中國神話類型的集大成。特別是禹與堯舜在政治禪讓上成為一個神話連體，在神話性質上象徵著禪讓時代的徹底結束──夏王朝的覆滅，形成遠古人民最後的神話記憶。

第一節　中國神話時代的終結與歷史的開端

　　中國民間文藝與中國社會發展歷史的連繫既是同步的，又是不完全一致的。

　　大禹的事蹟在《尚書》「大禹謨」被記述為：

　　皋陶矢厥謨，禹成厥功，帝舜申之。作〈大禹〉、〈皋陶謨〉、〈益稷〉。曰若稽古。大禹曰文命，敷于四海，祗承于帝。曰：「後克艱厥後，臣克

第十章　大禹時代是歷史的開端嗎？

艱厥臣，政乃乂，黎民敏德。」帝曰：「俞！允若茲，嘉言罔攸伏，野無遺賢，萬邦咸寧。稽于眾，捨己從人，不虐無告，不廢困窮，惟帝時克。」

益曰：「都！帝德廣運，乃聖乃神，乃武乃文。皇天眷命，奄有四海，為天下君。」

禹曰：「惠迪吉，從逆凶，惟影響。」益曰：「吁！戒哉！儆戒無虞，罔失法度。罔遊于逸，罔淫于樂。任賢勿貳，去邪勿疑。疑謀勿成，百志唯熙。罔違道以干百姓之譽，罔咈百姓以從己之欲。無怠無荒，四夷來王。」禹曰：「於！帝念哉！德惟善政，政在養民。水、火、金、木、土、穀，惟修；正德、利用、厚生，惟和。九功惟敘，九敘惟歌。戒之用休，董之用威，勸之以九歌俾勿壞。」帝曰：「俞！地平天成，六府三事允治，萬世永賴，時乃功。」帝曰：「格，汝禹！朕宅帝位，三十有三載，耄期倦于勤。汝惟不怠，總朕師。」禹曰：「朕德罔克，民不依。皋陶邁種德，德乃降，黎民懷之。帝念哉！念茲在茲，釋茲在茲，名言茲在茲，允出茲在茲，惟帝念功。」

帝曰：「皋陶！惟茲臣庶，罔或干予正。汝作士，明于五刑，以弼五教。期于予治，刑期于無刑，民協于中，時乃功，懋哉。」皋陶曰：「帝德罔愆，臨下以簡，御眾以寬；罰弗及嗣，賞延于世。宥過無大，刑故無小；罪疑惟輕，功疑惟重；與其殺不辜，寧失不經；好生之德，洽于民心，茲用不犯于有司。」

帝曰：「俾予從欲以治，四方風動，惟乃之休。」帝曰：「來，禹！降水儆予，成允成功，惟汝賢。克勤于邦，克儉于家，不自滿假，惟汝賢。汝惟不矜，天下莫與汝爭能。汝惟不伐，天下莫與汝爭功。予懋乃德，嘉乃丕績，天之歷數在汝躬，汝終陟元后。人心惟危，道心惟微，惟精惟一，允執厥中。無稽之言勿聽，弗詢之謀勿庸。可愛非君？可畏非民？眾非元后，何戴？后非眾，罔與守邦？欽哉！慎乃有位，敬修其可願，四海困窮，天祿永終。惟口出好興戎，朕言不再。」

第一節　中國神話時代的終結與歷史的開端

禹曰：「枚卜功臣，惟吉之從。」帝曰：「禹！官占，惟先蔽志，昆命于元龜。朕志先定，詢謀僉同，鬼神其依，龜筮協從，卜不習吉。」禹拜稽首，固辭。帝曰：「毋！惟汝諧。」正月朔旦，受命于神宗，率百官若帝之初。帝曰：「咨，禹！惟時有苗弗率，汝徂徵。」禹乃會群后，誓于師曰：「濟濟有眾，咸聽朕命。蠢茲有苗，昏迷不恭。侮慢自賢，反道敗德。君子在野，小人在位。民棄不保，天降之咎。肆予以爾眾士，奉辭伐罪。爾尚一乃心力，其克有勳。」三旬，苗民逆命。益贊于禹曰：「惟德動天，無遠弗屆。滿招損，謙受益，乃天道。帝初於歷山，往于田，日號泣于旻天，于父母，負罪引慝。祇載見瞽瞍，夔夔齋慄，瞽亦允若。至諴感神，矧茲有苗。」禹拜昌言曰：「俞！班師振旅。帝乃誕敷文德，舞干羽於兩階，七旬，有苗格。」

繼之，被記述於《尚書》〈禹貢〉：

禹別九州，隨山濬川，任土作貢。禹敷土，隨山刊木，奠高山大川。冀州：既載壺口，治梁及岐。既修太原，至於岳陽；覃懷底績，至於衡漳。厥土惟白壤，厥賦惟上上錯，厥田惟中中。恆、衛既從，大陸既作。島夷皮服，夾右碣石入於河。濟河惟兗州。九河既道，雷夏既澤，灉、沮會同。桑土既蠶，是降丘宅土。厥土黑墳，厥草惟繇，厥木惟條。厥田惟中下，厥賦貞，作十有三載乃同。厥貢漆絲，厥篚織文。浮於濟、漯，達於河。海、岱惟青州。嵎夷既略，濰、淄其道。厥土白墳，海濱廣斥。厥田惟上下，厥賦中上。厥貢鹽絺，海物惟錯；岱畎絲、枲、鉛、松、怪石；萊夷作牧，厥篚檿絲。浮於汶，達於濟。海、岱及淮唯徐州。淮、沂其乂，蒙、羽其藝，大野既豬，東原底平。厥土赤埴墳，草木漸包。厥田唯上中，厥賦中中。厥貢惟土五色，羽畎夏翟，嶧陽孤桐，泗濱浮磬，淮夷蚌珠暨魚。厥篚玄纖、縞。浮於淮、泗，達於河。

淮、海惟揚州。彭蠡既豬，陽鳥攸居。三江既入，震澤底定。筱簜既敷，厥草惟夭，厥木惟喬。厥土惟塗泥。厥田惟下下，厥賦下上，上錯。

第七章　大禹時代是歷史的開端嗎？

厥貢惟金三品，瑤、琨、筱簜、齒、革、羽、毛惟木。島夷卉服。厥篚織貝，厥包橘柚，錫貢。沿於江、海，達於淮、泗。荊及衡陽惟荊州。江、漢朝宗於海，九江孔殷，沱、潛既道，雲土、夢作乂。厥土惟塗泥，厥田惟下中，厥賦上下。厥貢羽、毛、齒、革惟金三品，杶、榦、栝、柏，礪、砥、砮、丹唯箘、簵、楛，三邦底貢，厥名包匭、菁茅，厥篚玄纁璣組，九江納錫大龜。浮於江、沱、潛、漢，逾於洛，至於南河。荊、河惟豫州。伊、洛、瀍、澗既入於河，滎波既豬。導菏澤，被孟豬。厥土惟壤，下土墳壚。厥田惟中上，厥賦錯上中。厥貢漆、枲、絺、紵，厥篚纖、纊，錫貢磬錯。浮於洛，達於河。

　　華陽、黑水惟梁州。岷、嶓既藝，沱、潛既道。蔡、蒙旅平，和夷底績。厥土青黎，厥田惟下上，厥賦下中，三錯。厥貢璆、鐵、銀、鏤、砮、磬，熊、羆、狐、狸，織皮、西傾因桓是來，浮於潛，逾於沔，入於渭，亂於河。黑水、西河惟雍州。弱水既西，涇屬渭汭，漆沮既從，灃水攸同。荊、岐既旅，終南、惇物，至於鳥鼠。原隰底績，至於豬野。三危既宅，三苗丕敘。厥土惟黃壤，厥田惟上上，厥賦中下。厥貢惟球、琳、琅玕。浮於積石，至於龍門、西河，會於渭汭。織皮、崑崙、析支渠搜，西戎即敘。導岍及岐，至於荊山，逾於河；壺口、雷首至於太岳；底柱、析城至於王屋；太行、恆山至於碣石，入於海。西傾、朱圉、鳥鼠至於太華；熊耳、外方、桐柏至於陪尾。導嶓塚，至於荊山。內方，至於大別。岷山之陽，至於衡山。過九江，至於敷淺原。導弱水，至於合黎，餘波入於流沙。導黑水，至於三危，入於南海。導河、積石，至於龍門。南至於華陰，東至於底柱，又東至於孟津，東過洛汭，至於大伾。北過降水，至於大陸。又北，播為九河，同為逆河，入於海。嶓塚導漾，東流為漢，又東，為滄浪之水，過三澨，至於大別，南入於江。東，匯澤為彭蠡，東，為北江，入於海。岷山導江，東別為沱，又東至於澧。過九江，至於東陵，東迆北，會於匯。東為不江，入於海。

第一節　中國神話時代的終結與歷史的開端

　　導沇水，東流為濟，入於河，溢為滎；東出於陶丘北，又東至於菏，又東北，會於汶，又北，東入於海。導淮自桐柏，東會於泗、沂，東入於海。導渭自鳥鼠同穴，東會於灃，又東會於涇，又東過漆沮，入於河。導洛自熊耳，東北，會於澗、瀍；又東，會於伊，又東北，入於河。九州攸同，四隩既宅，九山刊旅，九川滌源，九澤既陂，四海會同。六府孔修，庶土交正，厎慎財賦，咸則三壤成賦。中邦錫土、姓，祗臺德先，不距朕行。五百里甸服：百里賦納總，二百里納銍，三百里納秸服，四百里粟，五百里米。五百里侯服：百里采，二百里男邦，三百里諸侯。五百里綏服：三百里揆文教，二百里奮武衛。五百里要服：三百里夷，二百里蔡。五百里荒服：三百里蠻，二百里流。東漸於海，西被於流沙，朔、南暨聲教，訖於四海。禹錫玄圭，告厥成功。

　　大禹是黃帝的子孫，《山海經・海內經》說：「黃帝生駱明，駱明生白馬，白馬是為鯀。」《世本》中說：「黃帝生昌意，昌意生顓頊，顓頊生鯀。」無論如何說都離不開黃帝之後鯀生的血緣主題，那麼，鯀腹生禹，禹當然是黃帝的後代，在原始信仰圖騰崇拜中，禹化為熊等現象也就是自然而然的事情了。但這種血緣的承繼並不是簡單的薪火傳遞，而是在大禹神話系統的形成中，本身就融注入許多黃帝之外的神性氏族的神話內容。如《尚書・帝命驗》中說：「禹身長九尺有餘，虎鼻、河目、駢齒、鳥喙、耳三漏。」若用今天的文化人類學理論來理解這種現象，那就可以看到在禹的體質構成上是有著多種血緣的痕跡的。也就是說，禹的神話背景有兩種具體表現內容，一是洪水，一是鯀神性集團。洪水神話不獨在大禹時代出現，如《太平御覽》卷八八八引〈蜀王本紀〉說到「時玉山大水，若堯之洪水」，顯然，堯時大水同樣是原始先民異常深刻的記憶。問題在於鯀、禹之前洪水雖然存在，甚至也很嚴重，但都未能成為引發時代變遷的重大契機，而在鯀禹集團登場時，洪水成為一種特殊的生活背景，它意味著其中存在著非常複雜而激烈的各神性集團之間的拚殺，儘管後世有許多人力圖

第七章　大禹時代是歷史的開端嗎？

用禪讓來掩蓋這些神話內容。《吳越春秋・越王無余外傳》中說鯀「家於西羌」，就是這種內容的具體表現，成為理解緣何出現鯀為天帝所殺的重要依據。

作為禹的父輩，鯀曾經是一位傑出的神性英雄，如《墨子・尚賢》中說「昔者伯鯀，帝之元子」，作者極力地把鯀拉在「帝」的麾下，以便更自然地張揚鯀的神性事蹟。《世本》中有「鯀作耒耜」、「鯀服牛」、「鯀作城廓」等片段，這種創造的輝煌——對農耕文明的重要貢獻和對城郭建造的傑出作用。其他還有《楚辭・天問》中提到的「咸播秬黍，莆雚是營」等內容。《尚書・洪範》和《國語・魯語上》中都提到「鯀障（堙）洪水」，《山海經・海內經》郭璞注引《歸藏》說得頗為詳細：「滔滔洪水，無所止極，伯鯀乃以息石、息壤以填洪水。」《楚辭・天問》中有「鴟龜曳銜，鯀何聽焉」之句，透露出鴟、龜幫助鯀治理洪水的無比壯美的場面。《尚書・堯典》中有一段內容對此描繪得更詳細也更生動：「帝曰：『咨，四岳！湯湯洪水方割，蕩蕩懷山襄陵，浩浩滔天。下民其咨，有能俾乂？』僉曰：『於，鯀哉！』」應該說，從許多資料中可以看到，在治理洪水的事業中，鯀不但成功過，而且曾因此做出了更大的貢獻。如《山海經・海內經》中說到「鯀是始布土，均定九州」，《初學記》卷二四引《吳越春秋》說到「鯀曰：『帝遭天災，厥黎不康。』乃築城建廓，以為固國」。《楚辭・九章―惜誦》說他「婞直而不豫」。在《路史・後紀十二》羅泌、羅萍註解神話時，提到黎陽（河南省浚縣）、安陽一帶有鯀治洪水留下的「鯀堤」，甚至說「古長城即堯遭洪水命鯀築之者」。所以，劉獻廷在《廣陽雜記》中感嘆道：鯀之功德信遠。這樣，圍繞著鯀之死，在古代典籍中就展開了不同的述說，從而構成神話悲劇的具體描述。《尚書・洪範》：「鯀堙洪水，汨陳其五行。帝乃震怒，不畀洪範九疇，彝倫攸斁。鯀則殛死。」《國語・周語下》：「其在有虞，有崇伯鯀，播其淫心，稱遂共工之過。堯用殛之於羽山。」《墨

第一節　中國神話時代的終結與歷史的開端

子‧尚賢中》:「廢帝之德庸,既乃刑之於羽之郊,乃熱照無有及也。」《淮南子‧原道訓》:「昔者夏鯀作三仞之城,諸侯背之,海外有狡心。」《呂氏春秋一陣君覽‧行論》中說得更清楚:「堯以天下讓舜,鯀為諸侯,怒於堯曰:『得天之道者為帝,得地之道者為三公。今我得地之道而不以我為三公!』以堯為失論,欲得三公,怒甚猛獸,欲以為亂,比獸之角能以為城,舉其尾能以為旌。召之不來,仿佯於野,以患帝舜。於是,殛之於羽山,副之以吳刀。」所有的證據都反映了鯀對帝堯集團的蔑視,因而堯才「殛之於羽山」。但是,這些證據無疑都是異常空乏的。屈原曾經為鯀被殛的悲劇命運而憤怒吶喊:「順欲成功,帝何刑焉!」(《楚辭‧天問》)《尚書‧堯典》中說鯀治水「九載」而「績用弗成」;《國語‧晉語》中說「昔者鯀違帝命,殛之於羽山。化為黃熊,以入於羽淵」,「舜之刑也殛鯀」;《左傳‧昭公七年》說「昔堯殛鯀於羽山,其神化為黃熊,以入於羽淵」;《山海經‧海內經》說「洪水滔天,鯀竊帝之息壤以堙洪水,不待帝命。帝令祝融殺鯀於羽郊。鯀復生禹。帝乃命禹卒布土以定九州」。

從這些紛紜的述說中可以看到兩方面的內容,一是鯀不待帝命而被殛,一是化為黃熊「入於羽淵」,為「羽淵之神」。對此作出回答的是禹,他在後來治水事業成功後,把一切微辭都掃蕩在鯀禹神性事蹟之外,這就是文獻中一再強調的「鯀復生禹」。而事實上不獨在於他生了禹,在尤為豐富的民間文化中,鯀就受到世人相當普遍的尊敬。如《路史‧後紀十二》羅注云:「有淵,水常清,牛羊不敢飲,曰羽淵。淵上多細柳,鳥獸不敢踐。」《太平御覽》卷四二所引《郡國志》中也提到類似內容,《述異記》中提到浙江會稽人祭禹時不用「黃熊」,《拾遺記》中提到民間百姓對鯀「四時以致祭祀」,《國語‧魯語上》提到夏后氏「郊鯀而宗禹」,《左傳‧昭公七年》中則載其「實為夏郊,三代祀之」。應該說,在民間信仰世界中,鯀的面目才是更為真實的。《歸藏‧啟筮》中說「鯀死三歲不腐」,為吳刀所剖,「化為黃龍」,「是用出禹」。禹在《說文》中被釋作「蟲」,聞一多考證

第七章　大禹時代是歷史的開端嗎？

這種現象時說，蟲即龍，禹即龍。禹使自己的父親所蒙的「冤」得到了昭雪，依靠自己的實力戰勝了大大小小的敵對力量。

《論衡》、《吳越春秋》、《史記‧夏本紀》和《世本》等文獻中，都提到禹出於「西羌」，《太平御覽》卷八二引《帝王世紀》中說禹「長於西羌，夷人」，《晉書‧地道記》還提到隴西有紀念「禹所出」的「禹廟」，也有文獻提到大禹生於「東夷」。無論如何，禹是夷人的身分表明，夏王朝的建立同樣經歷了無數的腥風血雨，之後才有神性的光輝普照大地，所以《詩經‧長發》、《詩經‧文王有聲》和《詩經‧信南山》等篇章都熱烈地頌揚這個王朝的勝利。

這不僅是出自西羌的夷人憑藉實力對中原部落的勝利，而且是中華民族大交流、大融合、大凝聚的勝利。千百年來，中華民族以大禹的品德作為教育子孫的楷模，崇尚智慧、勇敢和無私。大禹神話的流傳過程，事實上就是中華民族大發展的過程──大禹的神性英雄形象，就是在世世代代神話傳說的講述中，構成的民族美德和品格的光輝典型。

禹出生在哪裡並不重要，重要的是作為神性英雄的禹所具有的功績，他以他的具體活動為中國神話時代構成又一生動的篇章。總體看來，禹神話的核心內容可分為三個方面，一是對江河湖海的浚導、挖鑿，其中包括對一些水怪的鎮除，這是禹神話的主體；二是禹與塗山氏的連繫，包含著桑林之會即野合、狂歡等內容；三是禹鑄九鼎、伐三苗、治理世界，呈現夏王朝最燦爛的神性光輝。治水，是大禹神話的主要內容，但不是唯一的內容。

大禹治理洪水，充滿著艱辛。《尚書‧禹貢》中記述得最為詳細。《史記‧河渠書》說：「然河災衍溢，害中國也尤甚，唯是為務，故道河自積石，歷龍門，南到華陰，東下砥柱，及孟津、洛汭，至於大伾。於是，禹以為河所從來者高，水湍悍，難以行平地，數為敗。乃廝二渠以引其河，

北載之高地，過降水，至於大陸，播為九河，同為逆河，入於渤海。」神州大地，到處都有禹的足跡。《莊子・天下》說：「昔者禹之堙洪水，決江河，而通四夷九州也，名川三百，支川三千，小者無數。」、「禹親操橐耜，而九雜天下之川，腓無胈，脛無毛，沐甚雨，櫛疾風，置萬國。」《吳越春秋・越王無余外傳》說他「傷父功不成」，而「循江溯河，盡濟甄淮。乃勞身焦思以行，七年聞樂不聽，過門不入，冠掛不顧，履遺不躡」。《新書・修政語上》說：「禹嘗晝不暇食，夜不暇寢矣，方是時也，憂務故也。」大禹治服了洪水，「萬民皆寧性」（《淮南子・本經訓》），「自生民以來，未之有也」（《通鑑外紀》卷二）。人們稱讚道：「美哉禹功，明德遠矣！微禹，吾其魚乎！」（《左傳・昭西元年》）當然，在他的周圍聚攏著無數傑出的治水英雄，才使得他的治水事業如此成功。如《吳越春秋・越王無余外傳》稱：「（禹）遂巡行四瀆，與益、夔共謀。行至名山大川，召其神而問之山川脈理、金玉所有、鳥獸昆蟲之類，及八方之民俗、殊國異域、土地里數。」

同樣，治水事業並非一蹴而就，個中的艱苦卓絕除了他的「禹步」、「足無爪，脛無毛，生偏枯之疾，步不能過」（《尸子・廣澤》），更為險惡的是他與敵對力量的爭鬥和搏殺。首先是水神話中大禹與共工集團的正面交往。《論衡・吉驗》說：「洪水滔天，蛇龍為害，堯使禹治水，驅蛇龍，水始東流，蛇龍潛處。」可見禹治水是「奉帝命」，這是為其名正言順而設定背景。洪水在禹之前曾多次為患，至禹時更為嚴重，如先秦諸子的著作《墨子・七患》引《夏書》所云「七年」，《莊子・秋水》所云「十年九潦」，《管子・山權數》所雲「五年水」。《孟子・滕文公上》：「洪水橫流，氾濫於天下，草木暢茂，禽獸繁殖，五穀不登，禽獸逼人，獸蹄鳥跡之道交於中國。」洪水為害甚重，但洪水為何而生這個神話中的重要內容，孟子並沒有揭示，揭示這個關鍵性內容的是《淮南子・本經訓》：「共工振滔洪水，

第七章　大禹時代是歷史的開端嗎？

以薄空桑。龍門未開，呂梁未發，江淮通流，四海溟涬，民皆上丘陵，赴樹木。」可見洪水之害來自共工，或來自共工集團，包括共工之臣在內。《山海經・大荒西經》載「西北海之外」、「有禹攻共工國山」，隱約顯示出這些內容。《神異經・西北荒經》載：「西北荒有人焉，人面，朱髮，蛇身，人手足，而食五穀，貪惡愚頑，名曰共工。」《山海經・大荒北經》載：「共工之臣名相繇，九首，蛇身，自環，食於九土。其所所尼，即為源澤，不辛乃苦，百獸莫能處。」在《山海經・海外北經》中所述的「相柳氏」，其情況與此大致一樣，只不過換了一句「相柳氏之所抵，厥為澤溪」。《荀子・成相》說：「禹有功，抑下鴻，闢除民害逐共工。」《山海經・大荒北經》曰：「禹湮洪水，殺相繇；其血腥臭，不可生穀，其地多水，不可居也。禹湮之，三仞三沮，乃以為池。群帝因是以為臺。在崑崙之北，有岳之山，尋竹生焉。」誅殺共工之族不單單是為了平息洪水，在這裡也就不言而喻了。

獲拿無支祁是治水神話的另一重要內容。

《太平廣記》卷四六七引《戎幕閒談・李湯》所載：「禹理水，三至桐柏山，驚風走雷，石號木鳴，土伯擁川，天老肅兵，功不能興。禹怒，召集百靈，授令夔龍。桐柏等山君長稽首請命。禹因囚鴻蒙氏、章商氏、兜盧氏、犁婁氏，乃獲淮、渦水神，（其）名無支祁，善應對言語，辨江、淮之淺深，原溼之遠近。形若猿猴，縮鼻高額，青軀白首，金目雪牙，頸伸百尺，力逾九象，搏擊、騰踔、疾奔，輕利倏忽，聞視不可久。禹授之童律，不能制；授之烏木由，不能制；授之庚辰，能制。鴟脾、桓胡、木魅、水靈、山妖、石怪，奔號聚繞，以數千載。庚辰以戟逐去。頸鎖大索，鼻穿金鈴，徙淮陰之龜山之足下，俾淮水永安流注海也。」

同書中又載：「永泰中，李湯任楚州刺史。時有漁人夜釣於龜山之下，其釣因物所致，不復出。漁者健水，疾沉於下五十丈，見大鐵鎖，盤繞山

足，尋不知極，遂告（李）湯。湯命漁人及能水者數十，獲其鎖，力莫能制；加以牛五十餘頭，鎖乃振動，稍稍就岸。時無風濤，驚浪翻湧，觀者大駭。鎖之末，見一獸，狀有如白猿，白首長鬚，雪牙金爪，闖然上岸，高五丈許，蹲踞之狀若猿猴，但兩目不能開，兀若昏昧，目鼻水流如泉，涎沫腥穢，人不可近。久乃引頸伸欠，雙目忽開，光彩若電，顧視人馬，欲發狂怒，觀者奔走。」這是旁證，述說無支祁永不為水患，從中同樣可以看到禹與無支祁也不單單是能力的較量，其中包含著大量氏族部落間複雜的搏殺。這種氏族間的爭鬥主要表現在無支祁的形狀描繪上。李公佐所記李湯遇漁者見水怪之事，應當是普遍流行的具有原始色彩的神話記憶，水怪的猿猴形象的來源就是夔。韋昭注《國語》曰：「夔一足，越人謂之山繅（猱），人面猴身能言。」同類的神話傳說中也有記述為神牛的，這與遠古時代關於夔一足、牛首的神話描述相一致（如劉敬叔《異苑》卷二所載「晉康帝建元中，有漁父垂釣，得一金鎖，引鎖盡，見金牛；急挽出，牛斷，猶得鎖，長二尺」）。夔氏族的牛圖騰與蚩尤氏族的牛圖騰在信仰存在意義上是相同的，都是黃帝族的敵對方，而禹被看作黃帝的子孫，龍氏族與牛氏族的矛盾也就自然在神話傳說中表現出來。

大禹誅殺防風氏是治水神話中異常特殊的一章。

防風神話是東南地區流傳的具有特殊意義的民間文化現象。魯迅《會稽郡故事雜集》所輯《會稽記》說：「防風氏長三丈，刑者不及，乃築高塘臨之，名曰刑塘。」防風神話悲劇的具體發生是與會稽山大禹聚會群神有直接連繫的。《越絕書·外傳記地》載：「禹始也，憂民救水，到大越，上茅山大會計，爵有德，封有功，更名茅山曰會稽。」《國語·魯語下》中記述孔子所言：「昔禹致群神於會稽之山，防風氏後至，禹殺而戮之，其骨節專車，此為大矣。」這裡初步揭示出禹誅殺防風氏的原因，但這並不能令人信服。難道「後至」就一定被「殺而戮之」嗎？顯然，這裡隱藏著許多

第七章　大禹時代是歷史的開端嗎？

未被言說的內容。1986年第11期和1990年第1期的《民間文學》刊登出多則關於防風氏的神話傳說，揭示出這個謎底，即禹所代表的中原部落對百越部落的殺伐、征討，才是導致防風神話悲劇最重要的原因；防風氏巨人族的被誅殺，蘊含著神話傳播中的普遍現象——在征討中獲勝者的神話總是占據主流地位。特別是自1980年代中期以來，民間文學整合工作在中國各地展開，與防風神話相關的資料被越來越多地發掘出來，大禹誅殺防風氏的謎底被更多地揭示、展現在世人面前。應該說，這種現象不能忽視，更不能迴避；防風神話作為中國神話時代與大禹神話同時期的文化現象，值得深思。在地方傳說中，有堯封防風國的情節：共工撞倒不周之山，引發洪水，不周之風造就了防風巨神；防風以青泥造山，受堯之命助鯀治水，而鯀善遊，得到防風與玄龜的幫助取到天庭青泥；青泥遇風而長，頂住上天，鯀因而為堯處死；防風造就了山和地之後，這裡被堯封為防風國。

在禹訪防風的傳說中，先是有防風在天地崩陷時將自己的八十一個兄弟藏起，他造山造湖的情節；後有大禹出世，防風將大禹捧到伏羲面前，得到伏羲畫卦指教，防風率八十一兄弟跟隨大禹去治水。這裡的防風神話還有一個值得注意的情節，即禹誅殺防風之後，防風的頭頸中冒出了不盡的洪水。與孔子所答吳國使者的話語不同，防風是百越民族心目中的聖人，是創世的英雄神，這些內容應該是很合理的，至今仍在當地廣泛流傳。這使我們想起《神異經‧東南荒經》中關於樸父的記述：「東南隅大荒之中有樸父焉，夫婦並高千里，腹圍自輔。天初立時，使其夫妻導開百川，懶不用意。謫之並立東南，男露其勢，女露其牝；不飲不食，不畏寒暑，唯飲天露……古者初立，此人開導河，河或深或淺，或隘或塞，故禹更治，使其水不壅；天責其夫妻倚而立之。」這裡的樸父就有著防風的身影。防風神話中有兩個系統，一個是禹誅殺防風以示嚴明，威震群神，一

個是防風作為東南巨人或巨人族首領,在與大禹集團的爭鬥中失利。

這兩個系統的流傳表明中國神話嬗變的普遍性規律:主流文化的功能在於對秩序的維護,就極力述說、宣揚大禹的賢能、寬厚、正直;而非主流文化特別是民間文化的功能是多元的,更注重於情感的自然宣洩,因而也就更真實。在樸父身上的表現更多地傾向於後一個系統,既謳歌了大禹「使其水不壅」,又保存了防風巨人型神話的獨立意義。

在以治水為表層次的話語述說方式中,大禹戰勝了諸多神怪,殺伐共工、無支祁和巨人防風,事實上都包含著部落戰爭,只不過是最終大禹集團取得了全面的勝利,神話傳說所述說的內容就成了大禹治水無比輝煌的功勛。

大禹神話的第二個內容是與塗山氏之女的結合。

大禹神話中塗山氏的出現,其意義更為特殊。治水固然是大禹神話的主體性內容,而以婚姻為外表的神話內,即氏族聯姻所表現出的神性集團的融合,同樣值得重視。也就是說,在塗山氏的背後,鯀禹集團之外尤其是以狐(九尾狐)為圖騰內容的部族對治水事業的融入。與其他神話時代相比,大禹神話中的情愛主體,其意義更為複雜。黃帝與嫘祖的聯姻、舜與堯之二女(娥皇、女英)的聯姻,在敘述方式上都較為平淡,即使是娥皇、女英沉溺湘江、淚染斑竹,也都是對神性光輝的讚頌、鋪陳,而塗山氏就不同了,其中包含的除了部族間的聚合,還寓意著它的解體,隱喻著戰爭或其他因素在神話中的具體作用,同時,狐圖騰的顯示在神話中具有更豐富的文化內涵。《孟子・滕文公》:「禹八年於外,三過其門而不入。」《尸子》:「禹於是疏河決江,十年未闚其家。」《史記・河渠書》:「禹抑洪水十三年,過家不入門。」八年、十年、十三年,在神話中都蘊含著驚天動地的治水壯舉和艱辛,對家的割捨顯示出大禹非凡的品格。禹和塗山氏之女的結合應該有許多美麗而廣闊的空間,在神話中卻被其他內容隱沒。

第十章　大禹時代是歷史的開端嗎？

這首先是《吳越春秋·越王無余外傳》中所述的:「禹三十未娶,恐時之暮,失其制度,乃辭云:吾娶也,必有應矣。乃有白狐九尾,造於禹。」《呂氏春秋·季夏紀·音初》:「禹行功,見塗山之女。禹未之遇,而巡省南土。塗山氏之女乃令其妾候禹於塗山之陽。女乃作歌。歌曰:候人兮猗!實始作為南音。」《楚辭·天問》對此大加感慨道:

禹之力獻功,

降省下土四方;

焉得彼塗山女(兮),

而通之於臺桑?

《吳越春秋·越王無余外傳》中提到「禹因娶塗山,謂之女嬌。取辛、壬、癸、甲,禹行。十月,女嬌生子啟。啟生不見父,晝夕呱呱啼泣」,《水經注·涑水》中提到「禹娶塗山氏女,思戀本國,築臺以望之」,洪興祖在注〈天問〉時引《呂氏春秋》中提到「禹娶塗山氏女,不以私害公。自辛至甲四日,復往治水。故江淮之俗,以辛、壬、癸、甲為嫁娶日也」等,並沒有述說情愛悲劇的內容。顏師古注《漢書·武帝紀》引古本《淮南子》時詳細述說了大禹神話的情愛悲劇:「禹治鴻水,通轘轅山,化為熊。謂塗山氏曰:欲餉,聞鼓聲乃來。禹跳石,誤中鼓。塗山氏往,見禹方作熊,慚而去。至嵩高山下,化為石,方生啟。禹曰:歸我子!石破北方而生啟。」洪興祖在《楚辭補註》中所引古本《淮南子》與此同。《繹史》卷十二所引《隨巢子》略有不同:「禹娶塗山,治鴻水,通轘轅山,化為鵹。塗山氏見之,慚而去,至嵩高山下化為石。禹曰:歸我子!石破北方而生啟。」

關鍵之處在塗山氏之「慚」。若以人獸之別來理解塗山氏的心理脆弱,離神話的原意無疑會相去甚遠;若把「慚」的內容置於熊圖騰與狐圖騰之間的連繫或神話性格上的衝突,那麼,許多問題就較易解決。「石破北方而啟生」的內容,使我想起《山海經·大荒西經》中提到的「有神十人

第一節　中國神話時代的終結與歷史的開端

名曰女媧之腸」，從石生到尸生，「慚」的意義顯而易見並非今天的慚愧之意。《說文》中說「媧，古之神聖女，化萬物者也」，與在《太平御覽》卷一三五所引《帝王世紀》中的一段相合：「禹始納塗山氏女，曰女媧，合婚於臺桑，有白狐九尾之瑞，至是為攸女。」臺桑之合，就是桑林之會，就是上巳節高禖崇拜的「盛會」。由此，大禹集團與塗山氏集團之間融合、滲透、聚合、分離、摩擦等一系列交往內容，應該說，這才是大禹與塗山氏神話的真正內涵。九尾之狐的神話原貌在這裡若隱若現，更多地被治水傳說所掩蓋，而透過其字裡行間，分明能感受到大禹與塗山氏之女載歌載舞，歡慶啟的誕生這個壯美、熱烈的情景。如《吳越春秋‧越王無余外傳》所云：「綏綏白狐，九尾龐龐。我家嘉夷，來賓為王。成家成室，我造彼昌。天人之際，於茲則行。」依此可以推測，大禹時代，以熊（龍）為外妝的大禹與以九尾白狐為外妝的塗山氏之女，他們或許有過群婚，在桑林之會中盡情地狂歡，性與生殖的崇拜是他們狂歡的主題——而在神話的嬗變中，這種狂歡主題漸漸地被淡化、被世俗衍化。屈原在〈天問〉中這樣問道：

閔妃匹合，

厥身是繼；

胡維嗜不同味，

而快朝飽？

其實，兩情相悅，大禹與塗山氏之間並沒有出現多麼深的誤會，只是這種訴說衷腸的場面被「歸我子」的說法所掩蓋，其中的塗山氏化成石也是原始人民特有的情結（另如各地的望夫石傳說）。在原始人民看來，生命的野合是神聖而充滿自由和歡樂的，化石是生命存在的另一種形式，在禹和塗山氏之女中間，應該有野合即桑林之會的內容。啟母石是大禹與塗山氏之女桑林之會的見證，是他們情愛的紀念碑。這並不是情愛的悲劇，

第十章　大禹時代是歷史的開端嗎？

而應該是野性狂歡的神聖讚歌，只是無情的歲月給這個傳說蒙上了太多的塵垢。應該注意到，塗山氏「候人兮猗」的歌聲一直在世間迴響著。如，《華陽國志・巴志》中載：「江州縣郡治塗山，有禹王祠及塗后祠。」《列女傳》說：「塗山氏獨明教訓而致其化焉。及啟長，化其德而從其教，卒致令名。」關於塗山的位置，有多種說法，《蘇氏演義》說：「今塗山有四：一者會稽；二者渝州，即巴南舊江州是也，亦置禹廟於其間；三者濠州，亦置禹廟……《左傳》注云塗山在壽春東北，即此是也，其山有鯀、禹、啟三廟……四者，《文字音義》云，塗山，古之國名，夏禹娶之，今宣州當塗縣是也。」並不能因為至今在河南省登封嵩山還有啟母石，就否認其他地方有塗山氏之裔之跡。天下處處有泰山（即東岳廟），和這道理是一樣的。在《左傳・哀公七年》中提到「禹會諸侯於塗山，執玉帛者萬國」；在《竹書紀年》中提到「禹會諸侯於塗山，殺防風氏」；《博物誌・外國》中提到「（禹）至南海，經防風（之國）。防風之神二臣，以塗山之戮，見禹使，怒而射之」；《愛日齋叢鈔》中提到「禹會塗山之夕，大風雷震，有甲步卒千餘人，其不被甲者以紅綃帕抹其額，自此遂為軍容之服」。這裡塗山既是山，又是人，是塗山氏神性集團與大禹神性集團相合作的見證。今天各地所流傳的大禹與塗山氏的愛情悲劇故事，是對禹神話桑林之會意義的消解。當然，這也是原始神話在嬗變中所表現的普遍現象。

大禹治水成為中華民族歷史上的一座豐碑，其鑄鼎、征伐和治世的事蹟同樣燦爛輝煌，成為民族千古傳頌的佳話。

鼎是權力的標誌與象徵。神權即王權。或者說，鼎的專有，與後來的玉璽一樣，包含著對天地鬼神的告慰與誓言，也是對過去歲月的紀念。傳說伏羲和黃帝都曾經鑄過鼎，大禹鑄鼎有著更特殊的意義。《史記・封禪書》說：「禹收九牧之金，鑄九鼎。」《左傳・宣公三年》載：「昔夏之方有德也，遠方圖物，貢金九牧，鑄鼎象物，百物而為之備，使民知神奸。

第一節　中國神話時代的終結與歷史的開端

故民入川澤山林，不逢不若，魑魅魍魎，莫能逢之。用能協於上下，以承天休。」《論衡・亂龍》：「禹鑄金鼎象百物，以入山林，亦關凶殃。」《拾遺記》說：「禹鑄九鼎，五者以應陽法，四者以象陰數。使工師以雌金為陰鼎，以雄金為陽鼎。鼎中常滿，以占氣象之休否。」《帝王世紀》中曾提到「禹鑄鼎於荊山」，其意都在於對治水事業的總結。誠如范文瀾所說：「漢族一向有禹治水的神話，正反映著統一治河的共同要求，這種要求可以成為促進國家統一的因素。」禹鑄鼎的意義正在於順應了這個歷史潮流。不僅如此，〈天問〉中曾提到「禹播降」，《述異記》中提到「夏禹時，天雨金三日」、「天雨稻」，《越絕書・外傳紀・越地傳》中說：「禹始也，憂民救水，到大越，上茅山，大會計，爵有德，封有功，更名茅山曰會稽。」禹還曾經「命皋陶作為夏籥九成，以昭其功」（《呂氏春秋・仲夏紀・古樂篇》）。封爵也好，作「夏籥九成」也好，都是為了鞏固自己的政權。《十洲記》載：「禹經諸五岳，使工刻石，識其里數高下。其字科斗書。」、「不但刻劇五岳，諸名山亦然，刻山之獨高處爾。」鑄鼎與刻山的意義相同。當然，鑄鼎者也有失敗者，如《墨子・耕柱》所載：「昔者夏后開使蜚廉折金於山川，而陶鑄之於昆吾。九鼎既成，遷於三國。」只有具有功德者才有資格鑄鼎，鑄鼎成為神話中權力與品德並舉的創造活動。《太平御覽》卷七五六所引的《晉中興書》說：「神鼎者，神器也，能輕能重，能息能行，不灼而沸，不汲自盈，氤氳之氣自然而生也。（其）亂則藏於深山，文明應運而至；故禹鑄鼎以擬之。」

　　征伐三苗在大禹神話中具有重要位置。三苗與共工、相柳、無支祁和防風氏等神性角色不同，它是大禹在治水事業完成之後所出現的「亂神」。堯和舜都曾經征伐過三苗。如《呂氏春秋・恃君覽・召類》載：「堯戰於丹水之浦，以服南蠻。」、「舜卻苗民，更易其俗。」《尚書・堯典》和《淮南子・修務訓》都提到堯和舜「竄三苗於三危」。三苗應是中國南方一

第十章　大禹時代是歷史的開端嗎？

個古老的民族或部落，它曾經在西北地區居住。如《後漢書・西羌傳》中提到「西羌之本出自三苗」；《山海經・海外南經》說：「三苗國在赤水東，其為人相隨。一曰三毛國。」《神異經・西荒經》載：「有人面目手足皆人形，而胳下有翼，不能飛。為人饕餮，淫逸無理，名曰苗民，《春秋》所謂三苗。」其形狀頗為怪異，「髦巫首」（《淮南子・齊俗洲》），「長齒，上下相冒」（《路史・後紀六》羅泌、羅苹注引《述異記》）。《史記・吳起列傳》載：「昔三苗氏，左洞庭，右彭蠡。」《史記・五帝本紀》載：「三苗在江、淮、荊州，數為亂。」《太平御覽》卷二引《金匱》：「三苗之時，三月不見日。」《戰國策・魏策》：「三苗之居，左有彭蠡之波，右有洞庭之水，文山在其南，而衡山在其北。」其「恃此險也，為政不善」。《尚書・呂刑》說：「唯時苗民匪察於獄之麗，罔擇吉人，觀於五刑之中。唯時庶威奪貨，斷制五刑以亂無辜。」顯然，這是在強詞奪理，為大禹奉天命行道製造前提。而事實上，堯和舜都曾為了統一事業征伐過三苗，但都遭到了其頑強抵抗。如《淮南子・修務訓》中提到「舜南征有苗」而「道死蒼梧」；《韓非子・五蠹》、《呂氏春秋・離俗覽・上德》和《韓詩外傳》等處，也都提到「禹將伐之」而「舜曰不可」。征伐三苗是一項艱難的事業，禹對它的征伐是完成國家統一的重要舉措。《墨子・兼愛下》說：「禹之征有苗也，非以求以重富貴、干福祿、樂耳目也，以求興天下之利，除天下之害。」《墨子・非攻下》載：「日妖宵出，雨血三朝，龍生於廟，犬哭乎市；夏冰，地坼及泉，五穀變化，民乃大震。高陽乃命（禹於）玄宮。禹親把天之瑞令，以征有苗。雷電誘祗，有神人面獸身，若謹以持，搤矢有苗之將。苗師大亂，後乃遂幾。禹既已克三苗焉，歷為山川，別物上下，饗制四極，而神民不違，天下乃靜。」顯然，其爭鬥是相當殘酷的。照《尚書・呂刑》所言，就是「上帝不蠲，降咎於苗。苗民無辭於罰，乃絕厥世」。

大禹對三苗的征伐，是依靠著眾多部族的配合完成的。《路史・後紀

六》羅泌、羅萍注引《隨巢子》曰：「有神人面鳥身，降而輔之：司祿益食而民不飢，司金益富而國家實，司命益年而民不夭。四方歸禹，乃克有苗，而神人不違。」《淮南子・主術訓》：「故禹執干鏚，舞於兩階之間，而三苗服。」當然，其中也並非完全得到其他部族的幫助。如《戰國策・魏策》：「禹攻三苗，而東夷之民不赴。」禹不僅為了統一大業征伐了三苗，而且征伐了其他部族。如《莊子・人間世》說：「禹攻有扈，國為虛厲。」《說苑・政理》曰：「昔禹與有扈氏戰，三陣而不服。禹於是修教一年，而有扈氏請服。」《淮南子・齊俗訓》中提到「昔有扈氏為義而亡」。高誘對此作注曰：「有扈，夏啟之庶兄也；以堯、舜舉賢，禹獨與子，故伐啟。啟亡之。」有扈氏居於西北，三苗居於南方，大禹多方出擊，可見其建立統一的夏王朝有多麼艱難。其他如《呂氏春秋・恃君覽・召類》中所舉的「禹攻曹、魏、屈驁、有扈，以行其教」，曹、魏當是東夷地區的部落，這表明夏王朝建立後天下並不太平，部族間的爭鬥一直沒有停止，禹伐三苗只是征伐他鄉的一個典型。

大禹不僅是一位治水英雄，而且是一位邦國領袖，他更是一位宗教神，統攝著人神兩個世界，時刻秉持著天帝的使命去征伐異類。

大禹是一位治世的仁君，從生到死都是世間的楷模，備受後人稱讚。無疑，這裡附會了許多人文傳說，但它同樣不乏民間百姓的希望和期待。首先是大禹在行動上嚴格要求自己，如《尚書・大禹謨》：「克勤於邦，克儉於家，不自滿假。」《戰國策・魏策》：「帝女令儀狄作酒而美，進之禹。禹飲而甘之；遂疏儀狄，絕旨酒，曰，後世必有以酒亡其國者。」《新語・術事》：「禹捐珠玉於五湖之淵，將以杜淫邪之欲，絕琦瑋之情。」大禹克勤克儉，而且凡事有尺度，是環境保護的模範。如《逸周書》所載：「禹之禁，春三月，山林不登斧，以成草木之長；夏三月，川澤不入網罟，以成魚鱉之長；且以並農力，執成男女之功。」又如在《吳越春秋・越王無余外

第七章　大禹時代是歷史的開端嗎？

傳》中，禹「納言聽諫，安民治室，居靡山，伐木為邑，畫作印，橫木為門，調權衡，平斗斛，造井示民，以為法度」。大禹治世的重要內容在於求賢用能。如《孟子·公孫丑上》：「禹聞善言則拜。」《太平御覽》卷八二引《鬻子》：「禹之治天下也，以五聲聽，門懸鼓、鍾、鐸、磬，而置鞀於簨虡，曰，教寡人以道者擊鼓，教寡人以義者擊鍾，教寡人以事者振鐸，語寡人以憂者擊磬，語寡人以獄訟者揮鞀。此之謂五聲。是以禹嘗據一饋而七起，日中不暇食。於是，四海之士皆至。」《漢書·晁錯傳》：「昔者大禹勤求賢士，施及方外，四極之內，舟車所至，人跡所及，靡不聞命，以輔其不逮；近者獻其明，遠者通厥聰，比善戮力，以翼天子。是以大禹能亡失德，夏以長楙。」《墨子·節葬下》：「禹東教乎九夷，道死，葬會稽之山，衣衾三領，桐棺三寸，葛以緘之，絞之不合，通之不坎；土地之深，下毋及泉，上毋通臭。既葬，收餘壤其上，壟若參耕之畝，則止矣。」總之，大禹是道德的化身，在他身上集中了所有的美德，堪稱原始神話中不落的太陽。

第二節　普天之下，莫非禹功

中國歷史文化從夏商周斷代工程開始，解開了許多文化之謎。中國民間文藝的歷史也進入一個新階段。一方面，夏商周斷代工程取得重要成就，另一方面，多少年來，關於大禹治水的中國民間文藝田野作業取得豐碩成果。

與文獻記述形成鮮明對比，中國民間文藝的口頭講述形成文化新篇章。

一方面，文獻描述：

顓頊生鯀，鯀生高密，是為禹。

第二節　普天之下，莫非禹功

鯀娶有莘氏女，謂之女志，是生高密。云：高密，禹所封國。

禹母修己，吞神珠如薏苡，胸拆生禹。

（《世本‧帝系》）

鯀娶於有莘氏之女，名曰女嬉。年壯未孳，嬉於砥山得薏苡而吞之，意若為人所感，因而妊孕，剖脅而產高密。

（《吳越春秋》）

夏后氏禘黃帝而祖顓頊，郊鯀而宗禹。

（《國語‧魯語上》）

堯命夏鯀治水，九載無績。鯀自沉於羽淵，化為玄魚。

（《拾遺記》卷二）

禹傷父功不成，循江溯河，盡濟甄淮，乃勞身焦思以行七年，聞樂不聽，過門不入，冠掛不顧，履遺不躡。功未及成，愁然沉思。

（《吳越春秋》）

夏后所居曰嵩山，夏都陽城，即嵩山所在，古無「嵩」山，但以崇字為之，故《國語》稱鯀為崇伯鯀。《周書》稱禹為崇禹。

（《神權時代居山說》）

洪水滔天，鯀竊帝之息壤，以堙洪水，不待帝命。帝令祝融殺鯀於羽郊，鯀腹生禹。帝乃命禹卒布土以定九州。

（《山海經‧海內經》）

禹平水土，主名山川。

（《尚書‧呂刑》）

禹敷土隨山刊木，奠高山大川。

（《尚書‧禹貢》）

第十章　大禹時代是歷史的開端嗎？

禹乃以息土填洪水，以為名山。

（《淮南子・地形訓》）

《夏書》曰：「禹抑洪水十三年，過家不入門。陸行載車，水行載舟，泥行蹈毳，山行即橋，以別九州。隨山浚川，任土作貢。通九道，陂九澤，度九山，然河災衍溢，害中國也尤甚，唯是為務。故道河自積石，歷龍門，南到華陰，東下砥柱，及孟津、雒汭，至於大邳。於是，禹以為河所從來者高，水湍悍，難以行平地，數為敗，乃廝二渠，以引其河，北載之高地，過降水至於大陸。播為九河，同為逆河，入於渤海。九川既疏，九澤既灑，諸夏艾安，功施於三代。」

（《史記・河渠書》）

舜乃使禹疏三江五湖，闢伊闕，導廛澗，平通溝陸，流注東海。鴻水漏，九州幹，萬民皆寧其性。

（《淮南子・本經訓》）

另一方面，民間社會描述為：

▪ 崇伯點化

大禹治水首先從西北高原起，疏導洪水向東南流，正走著，龍關山擋住了去路。造成洪水倒流，連孟門山頂都淹沒了。大禹十萬火急，領導治水大軍晝夜開鑿龍關山。到最後只需用一斧頭，龍門口就劈開的時候，大禹舉起斧頭就是往下劈，抬頭一看，日頭已經壓山。心想，等到明天再做吧。勞動一天，太累了，坐下來歇歇。一坐下來就昏然入睡，夢中見來了個白鬍子老頭，靠在大禹身邊坐下。

大禹問道：「大爺，您來這裡做什麼？」

白鬍子老頭答說：「來看我兒子哩。」

「您兒子在這做什麼？」

第二節　普天之下，莫非禹功

「在這裡治水。」

「他叫什麼名字？」

「叫虯龍。」白鬍子老頭反問道，「你認識他嗎？」

「不認識。」大禹搖搖頭說。

「是啊！在這裡治水的人這麼多，你不會完全都認識。」

大禹又問道：「您家住在什麼地方？」

白鬍子老頭笑咪咪地說：「哪裡山高，哪裡就是我家。」

大禹沒有理解白鬍子老頭的話的意思，又問道：「您來見到兒子了嗎？」

「我是見到兒子了！」老頭兒很傷感地說，「他娘在家裡更想念他。不知你們什麼時候才把洪水治下去，讓他回家。」

大禹輕鬆地說：「快啦！明天一早，只用我一斧頭劈下去，龍門口一開，洪水一退，就可以叫他回家。」

白鬍子老頭一聽明天一早就打開龍門口，不僅沒有高興，反而大驚失色地說：「哎呀！你明天一早就把龍門口打開，下游還沒有河道，又沒有堤壩，洪水下去沒有阻擋到處氾濫，那還得了。當年崇伯鯀就是吃了這個虧的！」

大禹本來心情是輕鬆的，經白鬍子老頭一指點，心裡又緊張起來，驚覺問題嚴重，心裡說：「哎呀！要不是這老頭指點，我又要犯我爹曾經犯過的錯誤啊！真得感謝這個老頭呢！」扭臉，一看，不知道老頭什麼時候已經走了。他前思後想拿不出主意。現在不開龍門口，上游在洪水裡泡著；現在打開龍門，下游又會被洪水沖毀，等把下游的河挖開，再把河南岸的堤壩築起來，那要到何年何月！正愁著沒辦法，發現白鬍子老頭坐的地方，有個小黃布袋，拿起來一看，裡邊裝著半袋五色雜土，布袋上還寫著四行字：「應龍畫線，黃龍負土，金龍定水，虯龍造山。」

第七章　大禹時代是歷史的開端嗎？

落款是：玄魚。

大禹醒來，翻來覆去，解不開這四句話的意思，隨即叫來伯益、穎龍、童律、庚辰等人，把夢中的事說了一遍。大家都圍著黃布袋猜想起來。

庚辰說：「舅舅，你沒有問問老頭是哪裡的人？」

「問啦。」大禹說，「他說哪裡山高，哪裡就是他家。」

童律不假思索地說：「世界上到處都有高山，難道到處都是他家？」

「不。」伯益是個細心人，說，「人家說的是山高，不是高山！」

大家在議論，大禹在思索。他說道：「對呀！山高兩個字合寫是個『嵩』字，分開寫是山高。老頭兒是說他家在嵩山。」

庚辰又問：「老頭姓什麼叫什麼，來這裡做什麼呢？」

大禹說：「老頭叫什麼我沒有問，但他說他是來看在這治水的兒子哩！」

「他兒子叫什麼？」庚辰問。「叫虯龍。」大禹說。「我們的家就住在嵩山，他跟我們是同鄉，現在又跟我們一起在這裡治水，怎麼沒聽過有虯龍這個人？」庚辰爭辯說。

大家一時搞不清楚白鬍子老頭和他兒子虯龍究竟是誰，當然黃土布袋上提到的應龍、黃龍、金龍和玄魚這幾個人也沒辦法知道是誰。最後，大家把注意力集中在四行字的落款上。

童律說：「黃土布袋是老頭留下的，不用說布袋上面的字是老頭寫的，當然，最後落款就是老頭的名字了。」

庚辰搖搖頭說：「嵩山一帶根本沒有聽說有玄魚這個人。」這時候，一向沉默不語的伯益說話了。

「玄魚二字合寫是個『鯀』字。依我看好像是老崇伯死後成神來點化我們呢！」

第二節　普天之下，莫非禹功

「哪有死了的人晴天白日來顯魂的！」大禹是個孝子，聽到伯益提起他父親老崇伯就傷心地掉下淚來。

伯益堅持說：「老崇伯治水兢兢業業，奮鬥了一生，他老人家雖死，精神還在啊！老頭兒當著你的面，說他是嵩山人，而且在黃土布袋上留名『玄魚』，這不是老崇伯又是哪個呢？」

「你說老頭兒是老崇伯，那麼他的兒子虯龍是哪個？」童律說，「臨走留下一布袋黃土又是做什麼？」

「虯龍當然就是夏伯大人了。」伯益說道，「老崇伯在世時，用的是神土堵擋洪水。現在他又把一生沒有用完的神土送給兒子，叫他治水哩！」

經過伯益的解釋，大家覺得確實是老崇伯神靈來指點後代治水呢，但是大家對「應龍畫線，黃龍負土，金龍定水，虯龍造山」這四句話仍然不解。

晚上，回到住地，人們都已入睡，唯有大禹思前想後久久不能入睡。

直到更深夜靜他剛剛入睡，夢中看見一個人頭龍身的金龍老神從空中飄然而下，一見大禹，就從懷中掏出了玉皇大帝的聖旨說：「你們父子治水的決心感動了上神，玉帝傳下聖旨，命我和黃龍來助。今日夜間，由應（潁）龍在前畫河道，黃龍背負『神土』隨後緊跟，你自己兩手撒土築造南北邙山，直把洪水送入東海。」

夢中的大禹擔憂地說：「龍門一開，洪水流速甚急，前頭造山工程進行得慢怎麼辦？」

金龍老神說：「你們只管在前遵旨而行，後頭有我定水緩緩而下。」

說完，金龍老神不見了。只見有四條龍各就各位，各盡其力，前面是應（潁）龍拖著長長尾巴，劃出了彎彎曲曲的河道，緊跟著是黃龍馱土在中間，這時大禹只覺得渾身發熱，變成了一條很高的虯龍，兩手抓起黃土

第七章　大禹時代是歷史的開端嗎？

築造邙山，管住了洪水順著河道走，最後看見一條金色老龍手拿定水針，走走停停，定住洪水緩緩而下，到東方發亮的時候，黃龍背上的黃土已經撒完，沒法再往前進。這個地方，就是現在的邙山東頭。金龍老神說：「雞叫之時，就是我回天宮交旨之時。」說罷拱手向大禹道別而去。

天色大亮，大禹站在邙山東頭，眼望東方，長嘆一聲，說：「嗨！差一大截沒有把洪水送入東海，以後洪水在這裡，還不知道怎麼危害後代子孫呢！」

講述人：崔文秀
採錄整理：韓有治
流傳地區：豫西一帶
記錄時間：1983年2月

■ 啟母石

在登封市嵩山腳下矗立著一塊巨大的石頭，像一尊雕像站立在那裡，相傳這就是「啟母石」。在離「啟母石」不遠的地方，還立著兩根由大塊方石頭疊成的門柱，上邊刻著打獵、農耕的浮雕畫。這就是當時大禹的家門口，後人叫「啟母闕」。

那時候，洪水橫流，為了使人民安居樂業，大禹治水跑遍了九州四野。在嵩山南面，西自龍門，東到禹縣，有一條大河叫穎河，穎河一氾濫，兩岸就變成一片汪洋，什麼莊稼也不能生長。大禹為了把洪水排出去，就在登封西北的萼嶺口（也叫轘轅關）一帶鑿山治水。他打算把嵩山南面的洪水引進北面的洛河，然後再讓它流到黃河裡去。

這一天，大禹來到萼嶺口附近一看，這裡山勢險峻，鑿通萼嶺口工程很大。他為了很快開通河道，在鑿山時，就變成一隻巨大的黑熊。大禹每天忙著開山鑿石，沒工夫回家，也顧不上吃飯，就叫妻子塗山氏給他送飯。他為了不讓妻子知道自己變熊的事情，就跟妻子約定：只要她聽見敲

第二節　普天之下，莫非禹功

鼓的聲音，就去送飯給他。塗山氏就按照他的囑咐辦事。每天，當她聽到咚咚的鼓聲時，就趕快撐著木筏子，把飯給大禹送到開山的工地上去。這樣，夫妻兩人雖說都很辛苦，但心裡很快活。

有一天，大禹在山坡上行走的時候一不留心，腳下踩動的幾塊石頭從山上滾下來，剛好掉在鼓面上，發出了「咚咚」的響聲。大禹因為忙，走得急，也沒在意，只管上山去了。塗山氏一聽到鼓聲，心裡納悶，今天丈夫為什麼吃飯提早了呢？大概是特別累，餓得也快了吧！於是，她就趕快把飯做好，急急忙忙撐著木筏子送飯給大禹去了。

誰知道，當她來到山坡前，左等右等，也不見大禹回來，就往山上爬去。她來到山上往下一看，只見有一頭大黑熊，正在山下用力鑿石推土，開挖河道。牠伸出兩條巨臂，用力朝山岩上一推，只聽轟隆一聲響，山石塌下了一大片，倒在水裡，濺起幾丈高的浪花。大黑熊這才直起腰來，看看新開出來的山口，樂得眉開眼笑。

塗山氏一見，大吃一驚，心想：自己的丈夫大禹，怎麼是一隻大黑熊呀？平時自己為什麼沒有發現呢？一時間，她不知道怎麼辦才好，就提起飯籃趕快往家跑。一路上，她又羞又急又氣。當她快到家門口時，心裡一陣難過，往那裡一站，就變成了一塊石頭。再說大禹，晌午時來到大鼓跟前，敲起鼓來。可是，他敲敲等等等等，敲敲，好久也不見妻子送飯來。

他想，一定是出了事，就趕緊往家裡走。

大禹回到家裡，裡裡外外找不著妻子的影子，只見家門口的山坡上，多了一塊巨大的岩石，旁邊還放著飯籃子。大禹這才明白：原來妻子已經變成岩石了。這時，大禹後悔把自己變熊的事情瞞著妻子。他又想：妻子已經懷孕很久了。這一來，怎麼辦呢？我沒有兒子，誰繼續治水呢？想到這裡，他就急匆匆地走到巨石前面，大聲喊道：「孩子他娘啊！你就這樣離開我了嗎？你要把兒子交給我呀！」

第七章　大禹時代是歷史的開端嗎？

突然，轟隆一聲響，這塊巨大的岩石裂開了，跳出了他的兒子。大禹急忙把兒子抱了起來。後來。這孩子長大了，大禹就給他起名字叫「啟」。所以，那塊巨石就叫「啟母石」。

講述人：宮熙

採錄人：馮輝　胡漢卿

採錄整理：馮輝

記錄時間：1983年12月

文獻記述：

又東十里，曰青要之山，實唯帝之密都。北望河曲，是多駕鳥。南望渚，禹父之所化，是多僕累、蒲盧。

（《山海經・中次三經》）

夏后氏生而母化為石，此事之異，聞者說見《世紀》。蓋原禹母獲月精石如薏苡吞之，而生禹也。《淮南子・修務》云：「禹生於石。」注謂：「修己感石坼胸而生。」故說者以為夏后生而母復為石。今登封東北十里有廟，廟有一石，號啟母石。……啟母歷代崇祀。亦以為之啟母。按：元封元年，（漢）武帝幸緱氏，制曰：「朕用事華山，至中岳見夏后啟母石。」伏云：「啟母化為石，啟生其中。」地在嵩北，有少室姨神廟。登封北十二里，云啟母之姨，而偃師西二十五里，復有啟母小姨行廟。《淮南子》：「禹通轘轅，塗山欲餉，聞鼓乃來。禹跳石誤中鼓，塗山忽至，見禹為熊，慚而去。至嵩山下，化為石，禹曰：『歸我子！』石破北方而生啟。」蓋本乎此事，……（《路史・餘論九》）

啟母廟南有石闕，亦稱開母祠。

（《嵩高山記》）

■ 塗山姚代姊育嬰

中岳嵩山有太室、少室二山。這太室、少室的名字是從何說起呢？

第二節　普天之下，莫非禹功

相傳唐堯時，登封市叫崇地，嵩山叫崇山。那時，普天下洪水氾濫，人們無法生存，紛紛逃往崇地。因為這裡地勢高，又有個酋長崇伯鯀帶領大家治水，就留下了一大片土地，可供居住。因此鯀也有了名聲。

鯀的名聲傳到唐堯耳朵裡，他就派鯀專門去治水。鯀只知道堵，一連治水九年不成，便被唐堯殺了。

虞舜為君後，鯀的兒子大禹要求繼承父親的遺志去治水。舜看禹有決心有才能，就答應了。禹的朋友伯益，勸禹用疏濬的辦法去治水，一連治了十三年，開出九條河道，終於治住了洪水。

大禹治水到塗山，人們看大禹三十多歲還沒有娶妻，就把一個最好的姑娘塗山嬌嫁給了他。婚後，禹把塗山嬌帶回崇地。塗山嬌的妹妹塗山姚不願離開姊姊，也一起到崇地安家。大禹把塗山嬌安排在崇山腳下居住，把塗山姚安排在季山腳下居住，安排停當後就又治水去了。一次路過家門，同伴勸禹進家看看，禹卻說：「治水要緊，不能因為自己耽誤大事。」

就這樣，大禹一連三過家門口，都沒進門看上一眼。後來，要開鑿轘轅關，工地就在家門前，禹這才見到了塗山嬌。塗山嬌有次發現丈夫的化身是黑熊，一氣變成了石頭。大禹從石頭中喚出了兒子啟。可是抱著孩子怎麼去開山呢？大禹無奈只好找塗山姚了。塗山姚見大禹為民治水的決心堅如鐵石，十分愛慕，便繼她姊姊嫁給了大禹。從此，她不僅代姊姊照料孩子，還代姊姊一天三頓為大禹準備飯菜。大禹就把塗山嬌住的崇山叫「太室」，把塗山姚住的季山叫「少室」，「太室山」與「少室山」也就從此得名了。

不久，轘轅關被鑿通，治水的人又抵達了龍門山，鑿開了龍門口，撤乾了汝陽江，露出了大片沃土。

人們為了紀念塗山嬌、塗山姚姊妹，在太室山下建了太室殿和太室祠，在少室山下建了少室殿和少姨廟，還在啟母石前建了啟母殿和啟母廟。

採錄整理：甄秉浩

第七章　大禹時代是歷史的開端嗎？

記錄地點：河南登封

記錄時間：1983年12月

文獻記述：

禹娶塗山，治鴻水，通轘轅山化為熊。塗山氏見之，慚而去，至嵩高山下化為石。禹曰：「歸我子！」石破北方而生啟。

（《繹史》卷十二引《隨巢子》）

禹行功，見塗山之女，禹未之遇，而巡省南土。塗山氏之女，乃令其妾候禹於塗山之陽。女乃作歌，歌曰：「候人兮猗！」實始作為南音，周公及召公取風焉。以為《周南》、《召南》。

（《呂氏春秋・音初》）

伊水又出陸渾縣之西南……歷崖口山峽也，翼崖深高，壁立若闕，崖上有塢，伊水徑其下，歷峽北流，即古三塗山也。

（《水經注・伊水》）

五指嶺

中岳嵩山的北面還有一座山嶺，遠看山頭上像是豎著一隻巨大的巴掌，裸露著五個手指，因此人們稱它「五指嶺」。

傳說大禹打開轘轅關後，要去開鑿龍門口。動身時，塗山姚抱著啟兒送出門外。大禹在塗山姚的懷中親了親啟兒，說了聲「五年後再見」，就匆匆地走了。

五年過去了，小啟會跑會跳會說話了，整天纏在姨娘身邊吵著要爹，他哪裡知道姨娘早把心都想碎了。

這天，姨娘分外高興，她拍著啟兒的小腦袋說：「啟呀！你爹出門整整五年了，今天就該回來了！」話音還沒落，只聽得太室山北「轟隆」一聲巨響，塗山姚把啟兒抱起來，說：「走，龍門口開了，接你爹去！」一邊

第二節　普天之下，莫非禹功

說著，一邊就出了家門，朝東北方向走去。

塗山姚抱著啟兒走哇走哇，爬上太室山，越過峻極峰，跨過白鶴谷，又攀上馬頭崖，站在最高峰上直朝北望。只聽對面山上又是一聲巨響，半個山頭就滾倒在山谷之中。就在這山頭倒下的地方，出現了一隻大熊掌，高豎著五個指頭。波濤洶湧的龍門水，透過被熊掌推開的大山向東直洩。

塗山姚很想從山倒處看到丈夫，但是除了洪水之外，唯有那五個手指在豎著。塗山姚眼含熱淚抱著啟兒，面對著洪水坐了下來。

其實，這隻大熊掌正是大禹的一隻手掌。龍門口被鑿開之後，大禹就駕著木筏隨波東流檢視水路。他到了這個地方，看到山頭阻水，霎時心中火起，身子一抖又化為大熊，伸開巴掌一下子推掉了半個山頭。他的手還沒來得及收回，就瞧見塗山姚抱著啟兒，正站在對面馬頭崖上。大禹心裡一驚，生怕塗山姚看穿情由，再走塗山嬌的老路。好在整個身子有山頭阻擋，只有這隻手被她看見，因此急忙恢復了原形，卻把這隻熊掌留在了山上。從此，這座山就被人們稱為「五指嶺」了。

塗山姚抱著啟兒，正在馬頭崖上含淚北望，忽然看見洪水中一條木筏向南駛來，定睛一看正是大禹，便對啟說：「爹回來了！」啟兒喊了聲「爹」，張開雙臂就迎著大禹跑去。大禹走上岸來，一把把啟兒抱了起來，一家三口幸福地凝望著滾滾東流的大水，好半天大禹才笑著說：「好了好了，水洩了，家家都該團圓了，我們團圓的日子也快到了。」說罷，別了塗山姚和啟兒，又匆匆地登上木筏，朝東北方向走了。

採錄整理：甄秉浩
記錄地點：河南省登封城關鎮
記錄時間：1983 年 12 月

第七章　大禹時代是歷史的開端嗎？

■ 啟母還陽

轘轅關下，有個還陽鎮。傳說啟的母親塗山氏就是在這裡還陽的。

禹治水十三年，平息了天下洪水，被推舉為王，建都在陽城。這時候，四海昇平，五穀豐登，百姓安居樂業。禹王高高興興地管理著國家大事。

只有一件事常常使他傷心苦惱。什麼事呢？他與塗山氏成親以後，長年累月不在家，曾經三過家門，也沒到屋裡探望一下，夫妻沒有安安生生地團聚過幾天。特別是為打通轘轅關，他化作黑熊，害得塗山氏化為石頭，一命歸天。一想到這些，他覺得愧對了妻子，心裡十分難受。

禹的兒子啟呢？他懂事以後，聽父親說，在他出生之前，母親已化為石頭死去。他知道了這些，經常跑到化為石頭的母親面前，千呼萬喚，痛哭不止。哭夠喊夠了，一個人迷迷糊糊地漫山遍野去遊蕩。

一天，啟又到他化為石頭的母親面前哭叫了一陣後，不知不覺來到了轘轅關下，往一座山神廟門口一躺，便睡著了。這時候，他矇矇矓矓地聽到「啟兒！啟兒！」的喊聲。啟睜眼一看，面前站著個女子，長相、穿戴和他父親對他說的他母親生前的模樣沒有差別。啟很驚奇，忙站起來。那女子又說：「啟兒！我就是你的母親。」

這是怎麼回事呢？中岳大帝知道治水有功的禹王思念賢妻，可憐的啟兒思念母親，他十分同情，便啟奏玉皇大帝讓塗山氏還陽，使其全家團聚。玉皇大帝准奏。於是，塗山氏從天而降。她見啟兒睡在山神廟前，便把啟從夢中喚醒。

啟望著母親半信半疑，不敢相認。這時禹王恰好趕到。因為啟出門後，禹王不放心，便跟著找來了。禹看見塗山氏也大吃一驚。塗山氏對禹王說：「中岳大帝為你們父子的思念之心感動了。他啟奏玉帝，讓我還陽和你們重新團聚！」禹王一聽，熱淚滾滾，忙叫啟兒與他母親相認。

第二節　普天之下，莫非禹功

塗山氏還陽的地方後來形成了鎮子，就叫還陽鎮。

採錄整理：河南省偃師縣採風組

記錄地點：河南省偃師城關鎮

記錄時間：1983年12月

■ 春風第一枝

很早很早以前，地上一片洪水。莊稼淹沒了，房子塌了，老百姓只好聚在山頂上。天地間混混沌沌，連四季也分不清。

那時候的帝王叫舜，舜叫大臣鯀帶領人們治水，治了幾年，水越來越大。鯀死後，他的兒子禹又挑起了治水的重擔。

禹率領人們尋找水路的時候，在塗山遇到了一位姑娘。這姑娘給他們燒水做飯，幫他們指點水源。大禹很感激這個姑娘，這姑娘也很喜歡禹，兩人就成親了。禹因為忙治水，他們相聚了幾天就分手了。臨走時，姑娘把禹送了一程又一程。當來到一座山嶺上時，禹就對她說：「送到什麼時候也得分別啊！我不治好水，是不會回頭的。」姑娘兩眼含淚看著禹說：「你走吧，我就站在這裡，要一直看到你治洪水回到我的身邊。」大禹道別，他把束腰的荊藤解下來，遞給姑娘。

姑娘撫摸著那條荊藤腰帶，說：「去吧，我就站在這裡等，一直等到荊藤開花，洪水停流，人們安居樂業時，我們再團聚。」

大禹離別姑娘就帶領人們踏遍九州，開挖河道。幾年以後，江河疏通，洪水歸海，莊稼出土，楊柳發芽了，人民終於安居。大禹高高興興連夜趕回來找心愛的姑娘。他遠遠看見姑娘手中舉著那束荊藤，站立在那高山上等他，可是，當他到跟前一看，原來那姑娘早已變成石像了。

原來，自大禹走後，姑娘就每天立在這山嶺上瞭望。不管颳風下雨，天寒地凍，從來沒走開。後來，草錐子穿透了她的雙腳，草籽在她身上發

第十章　大禹時代是歷史的開端嗎？

了芽，生了根，她還是手舉荊藤瞭望，天長日久，姑娘就變成了一座石像。她的手和荊藤長到了一起，她的血浸著荊藤。不知過了多久，荊藤竟然變青、變嫩，發出了新的枝條。禹上前喚著心愛的姑娘，淚水落在石像上。霎時間，那荊藤竟開出了一朵朵金黃的小花。

　　荊藤開花了，洪水消除了。大禹為了紀念姑娘，就給這荊藤花起名叫迎春花。

採錄整理：姜書華
記錄地點：河南省社旗城關鎮
記錄時間：1983 年 4 月

牛頭山

　　相傳，大禹治水後期，洪水雖落，但潁河源頭由於地勢低窪，積水未退，仍是一片汪洋。在這片汪洋中，盤踞著一條蛟龍。這條蛟龍根據氣候變化遷居臥地。炎夏時居於陰涼的上游，春秋天居於中間，嚴冬時遷居下游（即現在的「上龍窩」、「中龍窩」、「下龍窩」三個村莊的由來）。蛟龍經常興風作浪，為非作歹，為給人民除害，玉皇大帝派駙馬牛王下凡，制伏這條蛟龍。

　　蛟龍紅頭青軀，嘴吐獠牙，爪如利劍，鱗似快刀。牛王下凡見了蛟龍，施一禮道：「貴體可好？」蛟龍傲慢地說：「你是何物！擾我龍宮？」牛王便把玉帝的旨意說了一遍，勸牠不要為非作歹。蛟龍聽後勃然大怒：「你假傳聖旨，看我宰你！」他不由分說，掄起大刀向牛王頭上砍去。牛王急忙用雙鐧架住了大刀，仍和顏悅色地說：「勸你不要任性，不然後悔莫及。」、「你少說廢話，看刀。」蛟龍說著就掄刀向牛王砍來，牛王一連讓過蛟龍幾刀，看牠無悔悟之意，便打鬥起來。一直戰了九九八十一個回合，蛟龍體力漸漸不支，刀法一亂，捱了牛王一鐧。蛟龍看戰牛王不過，便施個妖法騰飛上空，霎時滿天大霧，蛟龍趁此潛入水中。牛王無奈，只

第二節　普天之下，莫非禹功

好坐在海邊石上納悶。

這時，太白金星飄然而來。牛王見了十分高興，把與蛟龍鏖戰的情況向太白金星說了一遍。太白金星從腰中解下一根玉帶，又拿出一張金符賜予牛王，交代幾句，騰空而去。

第二天，正當午時，牛王來到海邊，把玉帶往海上一拋，霎時玉帶變成了一道土嶺，把大水分開。沒有一個時辰，海水便分東西兩處流走。後來人們便把這道嶺叫「分水嶺」，就是現在的「分水莊」村。

俗話說：放開水來捉王八。海水一乾，蛟龍便無處藏身了。牛王又誠懇地對蛟龍說：「你現在改邪歸正還不晚，我可以在玉帝面前保你無事。」

蛟龍哪能聽進耳朵裡，又舞刀殺來。雙方又戰了七天七夜，只殺得太陽無光，星斗稀落……蛟龍看戰牛王不過，便張開血盆大口，噴出一股毒氣。

牛王被燻得渾身發紫，疼痛難忍。在萬般無奈的情況下，牛王才拿出金符在蛟龍眼前一抖，蛟龍只覺得頭暈眼花，四肢無力，癱軟在地上。片刻，一股白氣沖天而起，蛟龍無影無蹤了，地上留下一條一尺餘長的毒蛇。牛王將小毒蛇提起，掄了七七四十九圈，拋在山腳下的一口枯井裡。然後把那張金符貼在井口的石頭上，頓時汩汩泉水從井側冒出，人們稱這個池子為「龍泉」。後來，在池子不遠處蓋了處院落，名曰「龍泉寺」。妖龍被除以後，牛王因劇毒攻心，一散勁癱死在那裡。現在龍泉寺西面的那座山頭，即牛頭山。

一日，玉皇大帝登上靈霄寶殿，召集文臣武將議事。玉皇問道：「朕派駙馬下凡為民除害，未知如何？」太白金星上前奏道：「玉帝，前些時臣下凡見到了牛王，我賜他玉帶、金符，助他除怪，可是不知後來如何。玉帝可派人下去看個究竟。」玉皇大帝看了太白金星一眼，問道：「哪家卿願去？」

第十章　大禹時代是歷史的開端嗎？

太白金星說：「自從駙馬下凡以後，大公主整日愁眉不展，前天要隨我下凡去看望駙馬。現在何不派大公主前去？」太白金星見玉皇大帝不語，又道：「如果聖上不放心，讓兩位公主陪同前去如何？」玉皇大帝思考良久，道：「就依卿之言。」大公主領了旨意，隨同兩個妹妹駕起祥雲，下凡來了。

她們落下雲頭，來到此地，一看牛王戰死在那裡，悲痛萬分，大公主更是哭得死去活來。

此後玉皇大帝連下幾道聖旨，宣她們上天，大公主誓死不再回去，要永守牛王屍體。二公主、三公主無奈，只得陪著姊姊整日守在牛王身邊。玉皇大帝知道三個女兒不再昇天，封三個公主為「三仙聖女」。人們為了紀念她們，在牛頭山下蓋了一座廟宇，稱為「三仙廟」。這個山，玉皇大帝命名為「牛頭山」。

> 講述人：王庚申
> 採錄整理：王電傑
> 記錄地點：河南省登封城關鎮
> 記錄時間：1983 年 3 月

■ 石門溝

在嵩山南麓，啟母石東面，有一條很大的山溝，叫「石門溝」。相傳，塗山女變成石頭，生下了啟以後，夏禹仍住在登封陽城，白天外出治水，夜晚回家照管孩子。啟自小聰明懂事，他知道父親治水是為了拯救黎民百姓，所以父親把他留在家裡，他從不哭鬧。他兩歲會跑步喊爹，四歲會讀書寫字，六歲會爬山攀崖，七歲學會了開山治水的各種技術，每天跟著父親走東闖西治理水患。

這年夏天，連降猛雨，山洪暴發，嵩山南麓的大部分洪水聚積在禹家東面的山窪裡。因為窪前有座幾丈高的石崖，擋住了洪水的去路，洪水洩

不出去，便在這裡氾濫成災，黎民百姓個個叫苦連天。

夏禹整天忙著開鑿轘轅關，每天早出晚歸，顧不得左右觀看，沒想到自己住家附近還有鄰居泡在水裡。一天早上，啟吃過早飯到東山去玩，發現了這個情況，就趁父親在家吃飯的機會，偷偷拿了父親的開山斧，直奔東山而來。這把開山斧重二百多斤，沒有大力氣是拿不動的。啟雖然年齡小，但力大過人，拿起開山斧，只覺輕如鴻毛。他來到東坡，先在一塊大石頭上把斧刃磨了磨，並想試試斧刃是否鋒利，於是就朝著路旁的一塊大石頭用力劈去，只聽「忽啦」一聲，大石頭像豆腐塊似的分成了兩半，後人就把他劈開的石頭叫做「試斧石」。啟一見此情，心中高興萬分，自言自語地說：「斧刃還怪快的哩！」他就拿著開山斧直奔東山擋水的山崖而來。

夏禹吃完飯，不見了開山斧，四處尋找沒有下落，心想一定是被兒子拿走了，就急忙出外尋找。半路上他發現啟正拿著開山斧往東山上走，於是就大聲問道：「啟兒你拿開山斧弄什麼哩？」啟理直氣壯地答道：「我要繼承父業，開山治水，搭救黎民百姓！」說完，他來到擋水的山崖前，舉起開山大斧，用盡平生的力氣朝著山崖猛劈下去，只聽「轟隆」一聲巨響，擋水的山崖被劈開一個像大門一樣的缺口，山窪裡的洪水從缺口處滾滾而下。

從此，這裡的水患消除了。當地的黎民百姓為了紀念啟劈山治水的功績，把他劈開的山崖缺口起名叫「石門」，把這條山溝起名叫「石門溝」。

採錄人：耿炳倫
採錄整理：張存義
記錄地點：河南省登封城關鎮
記錄時間：1983 年 4 月

第七章　大禹時代是歷史的開端嗎？

■ 禹都陽城

中岳嵩山南麓二十公里的陽城山下，潁河、五渡河與石潎河相交處河谷盆地的土崗上，有個古老的都城遺址，被稱為「王城崗」，也就是今日所說的陽城。

禹繼承父業，治水十三年，周歷了九州土地，天下萬國。東方到過扶桑，那是太陽昇起的地方；西方到過三危山，那是西王母三青鳥居住的地方；南方到過交趾（越南），那裡氣候非常炎熱；北方到過人正國、犬戎國、夸父國、積水山和積石山，那裡是北極荒遠的處所。他領著人們疏通了大河三百條，小河三千條，溝溝岔岔不計其數，使地上的洪水流入江河，江河的水歸於大海，人民過上了安居樂業的日子。

那時堯已經去世，舜做了天帝，他賞賜給禹一塊上方下圓的黑色寶貝玉石「元矽」作為獎勵，並封他為「夏伯」，還把帝位讓給了他，為了安慰他失去塗山嬌的寂寞，還賞賜給他一個叫「聖姑」的神女。可是這些他都不要，為了把帝位讓給商均，他偷偷地逃到崇高山南的陽城山中隱藏起來。很多人打聽到他隱居的地點，都自發地追隨他來，天下諸侯也都離開商均而投奔禹。

禹沒辦法，只得在陽城山下即天子位，做了帝王，並建國都，國號夏后。據說一匹日行三萬里的神馬「飛菟」，受了禹的德行感召，也來到禹的宮廷，甘願做他的坐騎。之後，又有一匹會說話的叫「跌蹄」的神馬，也自願來做禹的坐騎。禹騎著神馬到處安撫百姓，安排洪水退了之後的生產、生活，到處留下了神馬的蹄印。

如今，陽城遺址還在，很多專家認為那就是當年的禹都陽城。

記錄人：海濤

記錄地點：河南省登封城關鎮

記錄時間：1983年4月

第二節　普天之下，莫非禹功

■ 箕山的來歷

箕山原叫簸箕山，因為山形象簸箕，簡略地叫就是箕山。實際上更古的時候，還叫避啟山，山名和簸箕山近音，叫習慣了，就叫簸箕山，或叫箕山。

叫避啟山，說的就是伯益避啟的事。

伯益是助禹治水的一個功臣。相傳他是顓頊帝的曾孫，是玄鳥燕子的後代，叫大費，也叫伯益，或柏翳，東夷族嬴氏的祖先。因為他懂得很多鳥獸的性情和語言，善於畜牧和狩獵，在舜當天帝的時候，就任過掌管山澤的虞官。他後來幫助禹治理洪水，立下汗馬功勞，很受禹的重用。禹做了天帝以後，便選他為繼承人。人民也很擁護這個英雄。

禹把都城遷到陽翟（河南禹縣），叫他坐鎮國都，管理國事，自己去南方各地巡視去了。禹的兒子啟雖然長大了，但沒帶他去，也留在北方。可是，他看到伯益代父執政就很不願意，處處想找他的麻煩。實際上因為大禹忙著整治洪水，沒時間和機會教育啟，啟是由塗山氏之妹塗山姚帶大，塗山姚把他嬌慣得只會吃喝玩樂，什麼道理也不懂，心中更沒有老百姓。

所以，禹不把帝位給他。

禹到南方去以後，走到過去曾大會群神的會稽山，積勞成疾，不幸逝世。消息傳來，大家都非常悲痛。伯益也在悲痛之中，一方面派人去南方運屍，一方面派人到陽城啟的家中慰問。

可是啟呢，他表面裝得悲痛，對伯益順從，暗地裡卻招兵買馬，發展自己的私人勢力，抓住陽翟國都空虛的機會，發兵對國都大肆進攻。

伯益為人忠厚，又在沉痛悼念禹的活動之中，看在是敬愛的禹帝的兒子份上，想迴避一下，不戰自退，把國都讓給了啟，自己帶人避到箕山上去了。所以人們便叫這山為避啟山。

第七章　大禹時代是歷史的開端嗎？

　　誰知啟更加囂張，回頭又向箕山進攻。伯益本來沒帶多少人馬，現在又被啟的大批軍隊攻擊，雖提出讓位，又說明利害關係，最後全力奮戰，但寡不敵眾，自己和軍隊將士全部戰死在亂軍之中。

　　啟做了天帝，卻還說是伯益讓位的，並且又在每年的春秋兩季都要殺豬宰羊祭祀伯益，這樣，可真是「名正言順」了，「夏傳子，家天下」的封建王朝也就由此開始了。

　　當然，人們不敢明目張膽地叫這山為避啟山，看它像簸箕，便叫它簸箕山，或叫箕山。

　　至於禹的屍首，當時由於路遠，天氣炎熱，又有動亂，沒有運回，便埋在了會稽山上。現在浙江紹興的會稽山還有禹陵的遺跡。

採錄人：海濤
記錄地點：河南省登封城關鎮
記錄時間：1983 年 5 月

■ 箕山懷的傳說

　　箕山背陰有一處低凹的地方，溼潤背風，樹木蔥蘢，靠土堰根挖窯居住的幾戶人家，長年累月以耕牧為生，人稱這裡為箕山懷。說是「懷」，也有另一層意思：傳說夏朝第十四代國王孔甲到箕山打獵遇到風沙，為躲避風沙進入山懷，又從民婦懷裡奪走了初生的娃娃入了宮廷。

　　孔甲是個只知吃喝玩樂、不理朝政的昏君。他喜歡打獵，整天帶著一大幫宮廷隨從和衛隊，騎馬持械到野外打獵，有時一出去就是十天半月。

　　這天，他帶領隨從來到被堯封為箕山公神許由塚的箕山，耀武揚威地在山中亂竄。箕山公神許由便颳一陣狂風，一時間飛沙走石，天昏地暗。

　　孔甲的隊伍被颳得東躲西藏、四散奔逃。孔甲被颳下馬來，摔了一個觔斗，被隨從攙扶到山懷一家低矮的土窯洞裡，暫避風沙。

第二節　普天之下，莫非禹功

這家山民只有夫妻兩個，雖已四十來歲，因家貧很晚才成婚，妻子不久就懷了孩子。國王孔甲被攙扶進洞的時候，他們的男孩剛剛落地。

抱孩子的接生老婦一見國王到來，感到吃驚；看看國王只顧望著窰外的風沙驚魂未定，內心也不害怕了，並且主動跟國王和隨從搭話，還誇：「這孩子生得好，有福氣，一生下來就見到國王，將來一定也是個大官！」

有人卻說：「未必，說不定他見人家是大官，自己還會遭災殃呢！」孔甲聽了，先是一笑，後是眉頭一豎，止住說：「胡說！見了孤王怎會遭殃？我願收他做兒子，看誰敢給他災殃！」說著，就要窰主人給他孩子。窰主人再三哀求，才答應暫時將孩子留給窰主人撫養。

風停沙住，孔甲出窰，召集失散的隨從、衛隊回都入宮。後來，真的派人來箕山把孩子從娘懷裡接去宮中撫養。主人不給也沒辦法。

孔甲只管給孩子好吃好穿，叫他過優裕的生活，有享不盡的榮華富貴！孔甲常在大臣面前誇耀：「哼，跟王長大，看誰敢給他災殃？！」可是，他只注意養活，而沒有教給他知識和本領，娃娃什麼也沒有學到。

娃娃慢慢長大，成了少年，成了青年，該給他官做做了，可是他光知道吃喝玩樂。沒有官怎麼證明作為國王之子的威風呢？他就是個白痴也得給他官做！這件事傳出去激起了一些正直賢臣的議論，也引起民間百姓的反對。箕山公神許由早為孔甲奪走箕山山民之子而憤恨。

這天，孔甲正要封這孩子高官的時候，孩子卻跑出去玩了。他跑到宮廷演武場去看演武。孔甲派使臣去找。那使臣忠於孔甲，害孩子不淺。箕山公神許由颳起大風，本想把廳椽摧折，把使臣砸死，沒想到椽折幕落，砸飛器械架上一把利斧，利斧跳了起來，正落在奔跑的孩子後腳脖上，將腳砍掉了。

孩子的傷雖經醫治癒合了，但成了瘸子。

孔甲傷心地想：兩隻腳有官不會做，還能擺擺架子嚇人，一隻腳怎麼做官？架子也擺不成了。因此，只得讓這孩子去當個不能走動的守門人。

第七章　大禹時代是歷史的開端嗎？

　　他想到箕山接生民婦的話，無限感慨。感慨之餘，寫了一首〈破斧之歌〉，說：破斧頭呀破斧頭，你毀了我的兒子！只想到君主之後都能富貴，卻不料終成了殘廢！那就當個守門人吧，但不要再回箕山去……

採錄人：海濤

記錄地點：河南省登封城關鎮

記錄時間：1983 年 5 月

挪宮

　　「挪宮！挪宮！」有人會問，這是人們在喊叫吧？不！這不是人們的喊叫聲，而是鳥兒在喊叫。鳥兒會說話嗎？會呀！我就說一個鳥兒說話的故事。

　　相傳，很早很早以前，普天之下是一片汪洋，洪水四溢，到處為害，逼得黎民百姓只能到高山峻嶺上去居住。後來，夏禹的父親崇鯀領導治水九年，因治洪水的方法不當，招致大禍，被判罪充軍羽山，死在北極的冰天雪地裡。到了夏禹治理洪水，他接受了先人的經驗教訓，改變了方法，疏渠引水十三年，最後治水成功。夏禹在世的時候，百姓們擁護他做了夏王，死了以後，人們為他修蓋了很多廟宇。別的地方不說，單在中岳嵩山，從東到西不到二十里，東修太室祠，西修少室廟，中間蓋了啟母宮。

　　夏禹治水成功，也驚動了上方的玉皇大帝。

　　有一天，玉皇大帝在靈霄寶殿和群神議論大事。太白金星奏道：「臣啟玉帝陛下，下界出了一件大喜事！」

　　玉皇大帝問：「是何大事？」

　　太白金星道：「夏禹治理洪水成功，水順河流，河歸大海。百姓們都從高山上搬到平地住了。賞功罰罪，是治世之道。對夏禹的功勞，陛下也應該有所賞賜呀！」

　　玉皇大帝說道：「夏禹活著的時候已經做了夏王，死後又受到祭祀。

這已經是很高的賞賜啦！」

「那些都是黎民百姓對他的敬意，陛下作為天帝，更該有所賞賜。」

「他在世為主，死後成神，已經足夠了！朕實在無法再封賞了。」

太白金星說：「臣以為應該賞賜，也有法賞賜。」

「依你之見，如何賞法？」玉皇大帝問。

太白金星說：「黎民百姓為他修蓋了廟宇，陛下賞賜他一塊御匾，使他治理洪水的事蹟流芳萬代，就是最大的賞賜。」

玉皇大帝心裡想：「中是中，但匾造多大呢？造得小了，哪能顯出我堂堂玉皇大帝的威風；造得大了，下界的廟門又都很低，也掛不了。」想來想去，自己也想不出個好辦法，就提起御筆，寫了四句：「工匠魯班，監工楊戩，工期百日，匾掛石岩。」寫罷，交給太白金星李長庚去辦。

太白金星趕忙奏道：「陛下，匾題何字？」

玉皇大帝說：「功高無比，文詞豈能表達！」說罷，就起駕回吉祥宮去了。

太白金星在靈霄寶殿領來了聖旨，連夜召來了魯班和楊戩，命他二人急速下凡給夏禹王造掛御匾。

魯班和二郎神楊戩來到下界，把下界所有的禹王廟都檢視了一遍，最後，決定在中岳嵩山啟母宮後的懸崖上造一幅石匾。

可是山高，崖陡，怎麼上去刻造呢？

魯班說：「我有青鋼神斧一把，砍石如剁泥，按期造完是可以的。但這山高有百丈，崖如刀切，上不去，站不住，沒有辦法造啊！」

二郎神楊戩說：「只要你能刻造，怎麼上去，我有辦法，你穿上我的登雲鞋，站在雲頭上刻造就是了。」

難題算是都解決啦。

第七章　大禹時代是歷史的開端嗎？

魯班從工具箱中取出了青鋼神斧，在一塊大石頭上磨了又磨然後遞給楊戩，說：「你試一試，看快不快？」二郎神楊戩接過青鋼神斧，走出屋門，向著一個大石頭砍去，只聽「喀嚓」一聲，圓圓圓的一個大石頭，被砍成了兩半。楊戩驚奇地說：「哎呀！好一把鋒利的斧頭呀！有了它，百日工期，一定能按期完成。」後來，人們就把被二郎神劈裂的石頭叫「試斧石」了。

從這一天起，不管風雨和寒暑，魯班都穿著登雲鞋，站在雲頭上，為夏禹王刻造御匾。二郎神楊戩也每天去監工。

經過九九八十一天，御匾快要刻造好的時候，太白金星李長庚下界來視察。二郎神楊戩一看是太白金星來到，慌忙叫住魯班，二人一齊向太白金星施禮。

魯班說：「上神，你看這御匾刻造在這裡好不好？」

二郎神楊戩也說：「上神，這塊御匾正好刻造在啟母宮的後岩上。你看照不照？」

太白金星李長庚也不吭聲，從上往下看看，又從下往上照照，說道：「好是好，照也照。可是有一件，您二位只顧高興哩，刻造石匾鑿下來的大石塊，萬一滾落到啟母宮上，把宮殿砸壞怎麼辦呢？」

魯班和楊戩壓根就沒有往這上頭想過，聽太白金星一說，才大吃一驚。「那怎麼辦呢？」魯班發愁啦。

二郎神楊戩這時候也沒了辦法，只好懇求太白金星說：「上神，這都怨我們兩個粗心大意，事到如今，工期快到了，再換個地方恐怕也來不及了，請上神恩賜一個辦法吧！」

李長庚沉思了一陣，說道：「我看，這樣吧，我們把啟母宮挪到別處，照原樣重新復建起來算啦！我們挪宮院，不挪山門，岩上邊滾落下來的大石頭，讓它落在宮殿舊址上，叫它為千斤石。這樣，前頭有山門，中間有

第二節　普天之下，莫非禹功

千斤石，後岩上有石匾，三點成一線，還是一座好宮院。」

二郎神楊戩問：「挪到別處的宮院叫什麼名字呢？」

太白金星說：「叫『重複宮』吧！」

魯班問：「怎麼挪呢？」

太白金星李長庚說：「您二位只管按期刻完御匾，挪宮的事由我去辦。」

魯班和楊戩這才放了心，照常刻造御匾去了。太白金星李長庚找來了嵩山的山神和土地神，命他們兩個變成兩隻鳥兒，夜以繼日，輪換叫喊：「挪宮！挪宮！」

起初，宮裡宮外都沒有注意這種鳥兒的叫聲。時間長了，鳥兒越叫越大聲，越聽得越清楚。宮裡宮外的人都覺得很奇怪，這個說：「過去可從來沒有聽見過這種鳥兒的叫聲呀！」那個說：「這可能是一種神鳥，要不，牠怎麼會繞著宮院叫呢！」大家都說：「神鳥叫『挪宮』，一定是宮院在這裡有危險。叫挪，我們就趕快挪吧。」說罷，宮裡宮外一齊動手，不幾天，整個宮院除了山門，都被挪到距離舊宮向西一里多的地方。正要去挪山門，只聽「轟隆隆……」一聲巨響，從萬歲峰的刀切岩上滾落下來一大溜石頭塊，其中一塊最大的石頭不偏不斜正好滾落到啟母宮大殿的舊址上。宮後的懸崖壁上，明明顯顯地亮出一塊長方形的石匾來！

這時候，再也聽不到鳥兒的叫聲了。人們都說：「鳥兒不叫了，危險過去了，這山門就不用再挪了，趕快把挪走的宮院重修起來。」宮院重新修成以後，取名就叫「重複宮」，後來又更名為「崇福宮」。

從此以後，「挪宮！挪宮！」的故事就流傳下來了。

講述人：韓成良

採錄整理：韓有治

流傳地區：中岳嵩山

記錄時間：1982 年 12 月

第七章　大禹時代是歷史中的開端嗎？

■ 龍王村與鴻雁河

在很久以前，天下洪水氾濫成災，到處汪洋一片，人們四處逃難，無家可歸。

舜帝命大禹治理洪水。大禹奉命駕船行駛到現今的新鄭地帶時，黑雲壓地，狂風暴雨。大禹穩坐船中，探流沙，察水勢，研究治水路線和方法。他率領百姓，挖河道，排淤泥，白天黑夜與洪水搏鬥。當時，有對鴻雁經常跟著大禹，展開翅膀，遮蓋著大禹的船，不讓雨淋著大禹。雨停了，鴻雁累得墜落在大禹的船頭。

這時，突然正北霹靂一聲震天響，出現了一條巨龍，張開大口，吸呀，吸呀，把汪洋大水吸乾吸淨，又朝大禹開挖的河邊吐去。「嘩──」大水順著河槽，向東南大海流去。巨龍因勞累過度，死在了灘上。

從此，洪水平息，風調雨順。中原一帶的人們過著安居樂業的生活。

百姓們抬著豬羊，捧著貢品，慰勞大禹，慶賀勝利。舜帝見大禹治水有功，就把帝位禪讓給了大禹。

大禹為王以後，沒有忘記幫他治水的那對鴻雁和巨龍。在巨龍累死的地方，大禹讓人們修起龍王廟，逢年過節，送禮上香。後來，人們稱這個地方為「龍王村」。大禹把那對鴻雁墜落的河，起名為「鴻雁河」。

講述人：李合義

採錄整理：王雅湘

記錄時間：1983 年 11 月

■ 大禹魂

開封南郊有一片寬闊的高地，曾是古代治水英雄大禹與水妖河怪血戰的地方，俗稱禹王臺。相傳，黃河每次在這裡決口，古城變成一片汪洋，附近的禹王臺卻安然無恙。人們傳說，高臺得過神力相助，下面頂著一座

山巒，見水便長，水漲臺高，再大的洪水也休想淹沒它。

堯舜時期，人間風調雨順，五穀豐登。神仙水德星君主管天下的水情，他的坐騎水靈獸生性殘暴，神通廣大，特別是口中含著一顆聚水珠，能調動江河湖海之水，從此世間便多災多難了。

黃河到處氾濫，百姓叫苦連天，舜王便任命鯀主持治水。鯀採取到處圍堵的辦法，不僅沒有擋住洪水，反而造成了更大的危害，按照刑律被處死。他的兒子大禹挺身而出，繼續帶領人們除害。大禹汲取了父親的教訓，審時度勢，因勢利導，劈山開河，疏導洪水，水靈獸只得乖乖地讓他牽著鼻子走。他在萬山叢中日夜奔波十三載，三過家門而不入，劈石峽，鑿龍門，開挖河道，引黃河東流，建立了豐功偉業，受到天下百姓的擁戴。舜死後，大禹便成了炎黃部落聯盟的首領。

黃河沖出壺口，來到一馬平川的中原地區，奔騰咆哮，橫衝直撞。水靈獸如虎添翼，大顯神通，洪水再也不按大禹開挖的河道前進了，經常漫溢河槽，到處肆虐。洪水過後，像篦子梳過似的，將莊稼、房屋、人和牲畜一掃而光。

大禹來到中州地勢最低、洪水危害最大的開封視察，面對生靈塗炭、荒無人煙的慘景，不禁流下了痛苦的眼淚。他深知如果不採取高招降伏河妖水怪，半生奔波將前功盡棄。驀地，他想起父親從前治水的辦法，倒很適於平原地區。陰陽五行，土能克水，運土築堤，一定能遏止住洪水。

第二天，他把築堤堵水的辦法一說，大家都很贊成。人們先在窪地修築了一座高臺，讓大禹站在上面觀察水情，發號施令。大禹居高臨下，對洪水動向瞭如指掌。他把令旗指向哪裡，大批民夫就湧向哪裡。肩挑人抬，人流如梭，一道道大堤平地而起，擋住了洪水的去路，人們不禁喜上眉梢。

黃河裡的水靈獸勃然大怒，施展道行，驅動洪水，殺氣騰騰地向人們

第七章　大禹時代是歷史的開端嗎？

衝來。「兵來將擋，水來土掩。」大禹早有防備，令旗一擺，人們爭先恐後運土上堤，水漲堤高，第一個回合人類勝利了。

水靈獸氣得嗷嗷直叫，連忙糾集了五湖四海的河妖水怪、狐朋狗友，乘風踏浪，浩浩蕩蕩殺來。道高一尺，魔高一丈。大禹一招手，一百名膀大腰圓的壯士肩扛牛皮大鼓，揮動大槌，擂響戰鼓助威。他們圍著高臺邊敲邊舞，動作熱烈粗獷，鼓聲響徹雲霄，激勵人們頑強奮戰。這就是流傳至今的盤鼓舞，已經成為當地的民間遊藝。雙方斗得天昏地暗，日月無光，第二個回合打了個平手。

正當雙方勢均力敵、相持不下時，水靈獸狗急跳牆，吐出聚水珠，調來東海水，倒灌黃河。霎時，巨浪滔天，一浪高過一浪，鋪天蓋地壓了過來。大禹見勢不妙，忙揮動令旗讓民夫撤退。可是，還沒等人們明白發生了什麼事，洪水已經沖垮大堤，吞噬了一切。

大禹十分悲痛，忙向臺下的壯士大聲喊道：「留得青山在，不怕沒柴燒。你們快走！」

「你不走，我們也不走！」眾壯士異口同聲，更加強勁地邊敲邊舞，悲壯地迎接死亡。洪水包圍過來，壯士們很快被淹沒了。

水靈獸躍出水面，一陣狂笑：「大禹，只要向我低頭認罪，可饒你不死！」

大禹挺起胸膛：「人類頂天立地，頭可斷，血可流，腰卻不能彎！」

「只要你承認我世間無敵，再也不和我作對也行。」

大禹義正詞嚴：「即使我制伏不了你，還有我的後代，子子孫孫，奉陪到底！」

水靈獸吹了口氣，水猛地上漲，一直淹到大禹的脖頸，吼道：「快投降吧！」

第二節　普天之下，莫非禹功

「人類決不屈服！」

在這緊要關頭，天上主管土壤的神仙土德星君騎著大青牛騰雲駕霧路過這裡，見水靈獸為非作歹，要置大禹於死地而後快，不禁怒火中燒，暗中施展法術，調來一座大山支在高臺之下。

奇蹟發生了：高臺逐漸上升，露出了水面。水靈獸氣急敗壞，張開血盆大口，噴出一股巨流，直向大禹沖來。洪水一個勁地猛漲，高臺也越升越高。

土德星君找到水德星君，訴說水靈獸在人間作惡多端，請他嚴加管教。水德星君怕給自己臉上抹黑，索性裝聾作啞。土德星君一氣之下，便讓神通廣大的坐騎大青牛下凡助大禹一臂之力。

水靈獸用盡吃奶力氣也淹不住大禹，正想孬點子，突然，晴空霹靂，大青牛從天而降，「哞」的一聲，張開海口，把洪水喝了個精光。

水靈獸圖窮匕首見，祭出看家法寶聚水珠殺敵，只見空中萬道水劍刺向大禹。大青牛四蹄刨地，飛沙走石，凝成一道銅牆鐵壁抵擋。雙方各顯神通，鏖戰一場。

這時，天下的百姓從四面八方趕來支援大禹治水，千軍萬馬彙集臺下，迅速築好大堤，制伏了水靈獸，洪水奔流入東海。人們在大青牛臥過的地方修建了開封城，又在高臺上立祠塑像，紀念大禹。今天的禹王臺公園，迎門有一幅大型彩色壁畫，生動地再現了當年大禹帶領中原人民治水的宏偉壯觀場面。

記錄人：海濤

記錄地點：河南省開封市禹王臺

記錄時間：1983 年 2 月

第七章　大禹時代是歷史中的開端嗎？

■ 金牛開河

大禹治水時，有個牛子神相助。

原來，靈寶縣靠黃河的梁文征廟一帶，有個大魚石（巨石），擋住河水不能向東暢流。

金牛有一次從天上下來，一看，見三板石頭頂住坡，黃河水往這裡沖，老百姓受不了。牠也很焦心。

夏禹王治水來到這裡，想把這大魚石往外開鑿哩！結果是，白天鑿，黑夜合；白天鑿，黑夜合。金牛在南天門看見了，就下來用角幫忙掘。金牛把魚石整開以後，黃河水就不能為害了。

這下子可觸怒了上神玉帝。玉帝說金牛多管閒事。禹王就派手下幫牠說情。金牛說：「我呵，我是為百姓整河哩，我有什麼錯！」

天神說：「桃林的百姓應該遭難，你不該下來。這是犯了天條。」

金牛從此被打下了人間。

老百姓說：「不是金牛，我們怎能安居樂業！」所以，至今，梁文征廟一帶的老百姓還敬祀牛子神。

這裡每年三月桃花盛開，後來又種了大片棗林，靈寶大棗也就特別有名。老百姓都蒸牛角形的棗饃敬金牛天神。這種習俗到現在還很盛行。

這一帶被黃河沖了幾百年、幾千年，三板石的老百姓都沒遭受洪災，都是金牛開河的功勞。

講述人：王生民

採錄人：楊虎勝　程健君　張振犁

錄音：程健君

記錄地點：河南省靈寶市西閻鄉達紫營村王家

記錄時間：1984 年 12 月 5 日

第二節　普天之下，莫非禹功

▪ 禹王治水

傳說，這裡以前是個湖。我們這裡有個魏德嶺，對岸有個張店塬。俗話說：「魏德嶺開船，張店塬攬船。」這裡是一座大山，陡著哩！正好形成一個湖，水不能東流。

禹王治水來到這裡一看，見是兩隻羊在打架，擋住水不能東流。禹王就把這兩隻羊逮住了，水也就拓開了。那面是山，這面也是山。開了槽水才流下去了。

下面是鷹咀圪扒窩，水路很難走。

講述人：王海堂
採錄人：張振犁　楊帆　程健君
錄音：程健君
記錄地點：河南省三門峽大安村
記錄時間：1985 年 4 月 21 日

▪ 禹王治水

那時候，這裡都是石頭，有一個橫崖頭，水流不出去，聚成一個大湖。

俗話說「張店塬上船，魏德嶺攬船」，就是證據。

禹王治水時鑿開了。這是石山，水才從這裡下去。

這就是禹開三門。

禹王治水有功了，後來給他蓋個廟。

講述人：張百河
採錄人：張振犁　楊帆　程健君
錄音：程健君
記錄地點：河南省三門峽史家灘
記錄時間：1985 年 4 月 22 日

第七章　大禹時代是歷史的開端嗎？

禹王開三門

禹王治水前，這裡沒有幾道門。禹王治水到這裡以後，把山開開了。過去這裡都是湖。土裡頭的龍骨一架一架的。

「張店塬開船，魏德嶺攬船。」這事情不假。

> 講述人：張小根
> 採錄人：張振犁　楊帆　程健君
> 錄音：程健君
> 記錄地點：河南省三門峽史家灘
> 記錄時間：1985 年 4 月 22 日

禹開三門

大禹在三門峽開闢，這是真事。獅子頭是人工留下的，上面刻「鬼斧神工」幾個大字，看樣子，是上面鑿下來以前刻上去的，打出來以後，再把字往上鑿。最後，把這幾個字懸到最高處，很高。現在是打不上的。

再一個就是這裡的岩層和淤泥，在山溝裡就可以看到：山岩上一層石頭，一層沙子。這個證實大禹治水以前，這個傳說是真實的。什麼「張店塬開船，魏德嶺攬船」，說明這兩個點是個水平線。治水以前，河道沒有疏通，這裡就是個大湖。

> 講述人：王海亭
> 採錄人：張振犁　楊帆　程健君
> 錄音：程健君
> 記錄地點：河南省三門峽大安村
> 記錄時間：1985 年 4 月 21 日

開三門

在很早很早的時候，三門峽一帶是個很大的湖泊，名叫「馬溝」，沒有出口。如果站在高山上往下看，眼前是一片白茫茫的湖水，一眼望不到

第二節　普天之下，莫非禹功

邊。當時弄船的人常說：「張店塬開船，魏德嶺攬船。」張店塬在山西省平陸縣，魏德嶺在河南省陝縣的張茅鄉。這是黃河兩岸最高的兩個大塬，也是當時的兩個碼頭，可見當時的水位有多高了。

再說北山的深潭裡有一條老龍，看到馬溝水深湖大，就挪到這裡來住了。這條老龍來了以後，經常噴雲吐水，興風作浪，馬溝的水越漲越高，淹沒了不少村莊和土地。老百姓今天搬這裡，明天挪那裡，過不上安生日子了。有時候洪水突然漲上來，家家戶戶被沖得妻離子散，不知道淹死了多少人。

那個時候是舜王坐天下，他看到老百姓受難，心裡不好受，就派大禹去治水。大禹是個有本事的人，他有兩件寶物：一把划水劍和一柄開山斧。劍劃到哪裡，水就流到哪裡；斧頭劈到哪裡，哪裡就開出河道。

大禹來到馬溝後，先跑到高山頂上檢視地勢，看到整個地形是西北高，東南低。他想：水總是由高處往低處流的，我應該把水從西北引到東南。想罷，他就跑到湖邊，用劍向東南劃了幾下，水就順著劍劃的道向東南流去。當水流到馬溝峽谷的時候，一座大山攔住了水的去路，水又聚住了。大禹掄起開山斧，「啪啪啪」三斧頭，把大山劈開了三個豁口，水就分為三股向下流去。三個豁口把大山分成了四座石島：和南岸相連的一座半島，臨水的一端，像一隻張著嘴的獅子，因此大家叫它「獅子頭」；中間兩座石島叫「鬼門島」和「神門島」；和北岸相連的半島叫「人門島」。大禹開完三門，又掄起了斧頭，開出一座砥柱島，用它來定波鎮瀾。以後人們就把這個地方叫「三門峽」。

水道疏通以後，馬溝的水一天比一天淺，眼前一大片湖泊慢慢變成了狹長的河谷，這可急壞了水底的老龍。牠咬牙切齒地說：「大禹呀大禹，我不惹你，你倒惹起我來啦！要知道我可不是好欺負的！」

老龍一生氣，把天上的雲霧都吸進肚裡，接著又興風作浪發起了大

水。沒多大一會兒，水漲得很高，淹沒了許多村莊和田地。

大禹看到這情景，心裡也很氣惱。他怒沖沖地說：「孽龍呀孽龍，我不把你除掉，這裡的老百姓就不得安生！」

大禹拔出利劍，「撲通」一聲跳進水裡和老龍搏鬥起來。老龍嘴裡噴著水，張牙舞爪地向大禹撲過來。大禹舉起寶劍，用力向老龍的心窩刺去。老龍急忙向水底一沉，躲過了大禹的寶劍……他們就這樣鬥了三天三夜，只鬥得天昏地暗，日月無光。最後大禹和老龍都乏了，誰也占不了上風。老龍喘著粗氣，張開利爪，拚著最後一股勁，惡狠狠地向大禹撲過來。大禹一閃身子，躲過了老龍的利爪，趁老龍沒有擺穩身子，使出了全身的力氣，用劍刺進了老龍的胸口。這時候，鮮紅的血像泉水一樣從老龍的心窩裡噴出來。血噴到兩岸的山上，把山石都染成了紅色。直到現在，三門峽兩岸的山壁上，還有紅色的山石和泥土。

老龍死了以後，沉到水底去了。以後水又不斷地往下流，馬溝湖就變成了黃河河道。原來的湖底都露出了地面，高處成了塬，低平處成了地。

水患平息以後，老百姓都回到三門峽，修房建屋，墾荒種地，日子比過去安穩多了。老百姓為了紀念大禹，在黃河兩岸建了兩座禹王廟。

三門峽大壩開工以後，民工在河灘上刨出了一盤龍骨，有頭、有爪、有尾。據說這就是當年被大禹殺死的老龍的屍骨。

講述人：王海亭

採錄人：張振犁　楊帆　程健君

錄音：程健君

記錄地點：河南省三門峽大安村

記錄時間：1985 年 4 月 21 日

第二節　普天之下，莫非禹功

文獻記述：

砥柱，山名也。昔禹治洪水，山陵當水者鑿之，故破山以通河。河水分流，包山而過，山見水中，若柱然，故曰砥柱也。三穿既決，水流疏分。指狀表目，亦謂之三門矣。

（《水經注・河水》）

古者龍門未闢，呂梁未鑿，河出於孟門之上，大溢逆流，無有丘陵高阜滅之，名曰洪水。禹於是疏河決江，十年不窺其家。

（《尸子・孫星衍輯・卷上》）

三門：中神門，南鬼門，北人門。唯人門修廣可行舟，鬼門尤險。舟筏入者罕得脫。三門之廣，約三十丈。

（《陝州志》）

■ 三門峽的傳說

相傳大禹治水到了黃河，先得到河伯獻的河圖，也就是治水的地圖。

他鑿開了龍門山之後，順著河水來到了現在三門峽附近。這裡原來也是一座大山，擋住了黃河的去路，使黃河的水流到這裡流不過去，只好倒回頭向上流，淹沒了八百里秦川。這座山叫砥柱山，山石異常堅硬。

禹王帶領治水百姓駐紮下來，準備鑿開砥柱山，使河道暢通。由於河水混濁，無法飲用，禹王就帶領大家挖井取水，一共挖了七口水井，至今還在。禹王指揮百姓、鬼神，把砥柱山破成幾段，鑿開了三個缺口，河水從這裡急湧而過，合成一股流下。三個缺口好像三道門，所以叫做「三門」。

三門各有名字：「鬼門」、「神門」、「人門」。河中的兩個石島，其中一個叫「鬼門島」，島上崖頭上有兩個比水井口還大的圓坑，活像一對馬蹄印，叫做「馬蹄窩」。據說是禹王開砥柱，躍馬過三門時馬的前蹄在這裡

第七章　大禹時代是歷史的開端嗎？

打了一個滑溜踩下的足印。

三門峽的上游有個禹王廟，從前「放溜」過三峽的艄公們都先要在這裡歇腳，給禹王燒香許願，放鞭炮，飽吃飽喝一頓，然後才駕著木船直向三門峽，是否能夠僥倖度過三門，或者在岩頭上碰個稀爛，全在眨眨眼的工夫。所以當地人說：「店頭街（茅津渡）是叫不盡的艄公，哭不完的寡婦！」

講述人：王卷群
採錄人：許明星
記錄時間：1990 年 8 月

▉ 大禹導黃河

傳說，過去大禹治水的時候，三門峽一帶是個大湖。俗話說：「張店塬開船，魏德嶺攬船。」張店塬在山西，魏德嶺在河南，是當時的兩個大碼頭。可見那時這個湖有多大。大禹治水來到這裡時，要在山上劈開一個大豁口，再在下面開一條河，讓湖水順著河走。

大禹要去劈山開河了，臨走時對娘娘說：「等到河開開了，水都流走了，再給我送飯。」

大禹把山開開以後，就變個黑豬在前邊拱河，湖水順著河往東流。

娘娘見水下去了，天也不早了，就提著飯罐去送飯了。到地方一看，不得見人，光看見一個黑豬拱河哩，就慌忙吆喝開了：「黑豬拱河哩，黑豬拱河哩！」

大禹一聽是娘娘在吆喝，知道是讓她看見了原形，氣得一巴掌把娘娘的頭打掉了，滾到了河當中。

三門峽以前有神門河、人門河、鬼門河。人門河中間插著一塊大石頭，那就是娘娘的頭。娘娘的身子還在山西那邊站著哩，叫娘娘山，也叫梳妝樓。娘娘送飯的罐裡是湯，也讓大禹打灑了，河北面就有個地方叫米湯溝。高廟山的料礓石，是娘娘湯裡拌的麵疙瘩，滿地都是。

第二節　普天之下，莫非禹功

講述人：王雙師
採錄者：河南大學中原神話調查組
錄音整理：程健君　張振犁
記錄地點：河南省三門峽大安村
記錄時間：1985 年 4 月

▋ 大禹造橋

三門峽的三個石椿，原說是橋腿。大禹造橋完工的時候，好像說有什麼法子，這麼一弄，就翻過來了：上面是橋面，下面是橋腿。

最後，他跟他老婆說：「你聽見我打鼓了，你再給我送飯，聽見鼓聲以前，不要來送飯。」好像很神祕，到了時候大禹才打鼓。

結果，來個飛蟲撞到鼓上響了，老婆就把飯送來了。大禹一看，這件事被她給敗了。所以這個橋就只好橋腳朝上，沒能翻過來。大禹當時把飯罐子一撂，氣壞了：「你算把我的計畫打亂了。」

當時，飯湯罐子被扔了，山上邊的料礓石滿坡都是，據說就是大禹灑的麵湯疙瘩變的。

講述人，王海亭
採錄人：張振犁　楊帆　程健君
錄音：程健君
記錄地點：河南省三門峽大安村
記錄時間：1985 年 4 月 21 日

▋ 米湯溝

北岸有條米湯溝，南岸有座高廟山。
溝裡棗刺掛紅裙，山下娘娘打飯罐。
三門峽谷造大橋，大禹老君美名傳。

第七章　大禹時代是歷史的開端嗎？

這首民謠說的是三門峽谷造橋的故事，也就是鬼門、神門、人門三座石島的來歷的傳說。關於這三座石島的來歷，南北兩岸的說法不完全一樣，現在就說說北岸的吧。

在三門峽北岸的平陸縣，有一個三門村，村旁有一條米湯溝。這條溝裡有三樣怪事：第一是下雨溝裡流紅水，那水稠糊糊的，就像紅豆熬的米湯；第二是酸棗樹的棗刺不帶鉤；第三是官牛不推蛋蛋。為什麼這條溝和旁處不一樣哩？這些事還得從大禹娘娘送飯說起。

大禹治水的時候，曾經三過家門而不入。大禹的媽媽知道以後，更加想念兒子，到處打聽兒子的消息。這一天，她聽說大禹在三門峽治水，就把大禹娘娘叫到跟前說：「我聽說大禹在三門峽治水，成天操勞。你也去吧，到那裡好好照顧他。」

娘娘點頭答應，第二天拜別了婆婆，就到三門峽去了。

大禹把三門峽的河道疏通以後，看到南北兩岸的百姓來往很不方便，決定在這裡造一座橋。他日日夜夜拱在水裡打橋基，忙得連飯也顧不上吃。這時候，正好娘娘趕到三門峽。娘娘來了以後，看到大禹這樣勞累，很心疼他，天天做點好飯給他送到河邊上。

娘娘住在北岸山上，天天跑這麼遠的路給大禹送飯，大禹也心疼她。

要是自己回家吃飯，又太耽誤時間。大禹想來想去，想出了一個兩全其美的好辦法。他在半山腰裡鑿了一個掛鼓石，在石上掛了一面鼓。他對娘娘說：「你來回跑這麼些路太累了，以後你把飯送到這裡就中。飯送來後，你敲幾聲鼓，我聽到鼓響就上來吃飯。」

娘娘覺得這個辦法不錯，就按照這個辦法行事。她把飯送到半山腰後，就敲起鼓來。不多一會，大禹果然上來吃飯了。

山頂上有一條乾溝，一直通到半山腰裡。娘娘送飯一定要經過這條溝。

溝裡長了許多小酸棗樹，樹上有許多帶鉤的棗刺。溝裡還有許多官

第二節　普天之下，莫非禹功

牛，整天在那裡推糞球。有一天，一群官牛在溝邊上推糞球，忽然颳起了一陣大風，把那些蛋蛋都颳下山坡，正好落在大禹安的那面鼓上，發出了「咚咚咚咚」的一陣響聲。

這時，大禹正在峽谷裡造橋。他已經造好了三個橋腿，單等橋面一安上，南北兩岸的百姓就可以來往了。大禹做得正起勁，忽然聽到半山坡上鼓聲亂響，他想現在還不到吃飯時間，一定是娘娘有急事找他，所以他趕緊往半山坡跑。

再說娘娘正在屋裡做飯，她剛熬好一鍋稠糊糊的紅豆米湯，還想做幾個雞蛋烙餅，忽然聽到鼓聲敲得急，覺得有點奇怪，她想：「每次都是我把飯送到那裡後再敲鼓，今天還不到吃飯時間，他怎麼就跑上來敲鼓了呢？哦，他一定是餓了，催我快送飯。」

到這裡，娘娘顧不得再做雞蛋烙餅，慌忙把紅豆米湯倒進飯罐，拎起罐子就往山下走。娘娘走到那條溝裡時，一不小心，裙子被棗刺掛住了，娘娘打了個趔趄，身子一晃，一罐紅豆米湯都灑在溝裡了。娘娘很生氣，用手捋了捋棗刺說：「長這些鉤做什麼？把我的紅裙掛壞了，米湯都弄灑了。」

說也奇怪，那些棗刺聽了娘娘的話，前面的鉤都直了。從此以後，這條溝裡的棗刺都不帶鉤。

娘娘的米湯雖說都灑了，她還是想到半山坡上看看大禹，叫他今天別工作了，跟她一起回去吃飯。娘娘剛走到半山坡上，大禹也正好趕到。娘娘見了大禹，關心地說：「還不到飯時，你怎麼就敲起鼓來了？你餓了吧？」

大禹見娘娘空著手下來，以為她把飯藏起來了，心想我造橋這麼忙，你還給我開玩笑。他責備娘娘說：「你要不敲鼓，我怎麼會上來呢？這幾天我做事正吃勁，你別跟我開玩笑！」

娘娘心想，我不怪你，你倒怪起我來了。她也沒有好氣地說：「誰跟你開玩笑啦？你要是不敲鼓，我怎麼會失急慌忙地跑下來，把米湯也弄灑

303

第七章　大禹時代是歷史的開端嗎？

了。」

大禹著急地說：「你快把飯拿出來吧，我忙著哩！」

娘娘生氣地說：「你整天忙，到底忙的是什麼事？」

大禹說：「我在造橋啊！」

娘娘更加生氣地說：「你是治水的，怎麼還造橋？造橋這件事不是你做的，你造不成！快跟我回去吃飯吧！」

娘娘說話是靈驗的，她這「造不成」三個字一出口，大禹的橋再也造不起來了，在三門峽谷中只留下了三個橋腿，後來人們把這三個橋腿叫做「人門島」、「神門島」、「鬼門島」。

官牛見自己推糞球闖下了這麼大的禍，害得大禹橋也沒有造成，非常後悔。從此以後，這條溝裡的官牛再也不推蛋蛋了。

紅豆米湯灑在溝裡以後，每逢下雨，山頂上流下來的清水，流到這一段，就變成了稠糊糊的紅水，人們就把這條溝叫做「米湯溝」。

> 講述人：王海亭
> 採錄人：張振犁　楊帆　程健君
> 錄音：程健君
> 記錄地點：河南省三門峽大安村
> 記錄時間：1985 年 4 月 23 日

■ 馬蹄窩（一）

在三門峽的峽谷南面有個鬼門島。鬼門島臨接水面的岩石上，有兩個直徑一尺多長的馬蹄形石坑。人們傳說，這兩個石坑，原是馬的一雙前蹄踏出來的。

古時候，黃河沿岸非常荒涼，漫天的風沙，人們要是一不小心，就會被黃沙埋沒。為了治服洪水，大禹騎馬來到黃河岸邊。這匹馬的耳朵可靈

啦，能辨別風聲的大小，會預測氣候的變化。每當快起大風時，牠便停蹄不走，張著嘴，望著主人「咴，咴，咴」大叫三聲。

有一天，大禹沿黃河邊來到了三門峽。他看見這裡的山崖陡峭，層層疊疊的岩石阻塞了東流的河水，便決心劈開石島，疏通河道，引黃河流入東海。

大禹騎著馬，想到河南岸去探測山峽裡岩石阻塞的情況。他剛剛走到河邊，忽然間，馬停下來，「咴，咴，咴！」昂首大叫三聲。大禹知道事情不妙，就急忙勒轉馬頭。大禹剛進入峽谷，只見天色突變，狂風大作，飛沙走石，一時分不清東西南北。大禹只好耐住性子，等待飛沙過後，再去對岸。誰知道，大禹一連兩次都被風沙擋了回來。

大禹治水心切，當風沙一停，就第三次來到河岸，準備過河，這馬剛把前蹄踏在一塊像獅子頭的岩石上，卻又停蹄不前了。大禹一看，腳下是巨浪狂流，截斷了去路。怎麼辦呢？勒轉馬頭另尋渡口吧，這三門峽一帶全是陡壁懸崖，不但山上沒有道路可走，連一根青草也不長。

大禹急中生智，緊緊抓住馬韁繩，大呼一聲：「好馬，躍過河去！」只見他鞭子一揚，那馬好像懂得主人的心事，立刻昂起脖子，用盡全身力氣，舉蹄向前縱身一躍。只聽呼的一聲，馬騰空而起，飛向對面三門天險的另一塊岩石。誰知馬的前蹄剛一著地，吭溜一滑，突然前身下墜，臥了下來。大禹面不改色，緊緊地勒住韁繩。馬前腳躍起，後腿一蹬，終於躍過了這塊岩石，來到了黃河南岸。從此，這塊岩石上留下了兩個深深的石坑。這就是當年大禹躍馬飛過黃河時，留下的馬蹄窩。人們只要一看見馬蹄窩，就想起了大禹治水時忘我的英雄行為。

採錄人：巴牧

採錄整理：王家駿　陳志海

記錄地點：河南省三門峽大壩

記錄時間：1983 年 11 月

第七章　大禹時代是歷史的開端嗎？

■ 馬蹄窩（二）

馬蹄窩傳說是大禹（也有說是老君）過河，治水哩，跑急啦留下的古蹟。在這邊的人門河岸上，有兩個後馬蹄印，跟馬蹄往後蹬的印一模一樣。那邊鬼門圪壋上，有一個馬前膀和嘴趴樣子的坑，坑有半畝多大。石頭上是馬過去蹭的窩，很像是馬蹄的樣子。

講述人：王海堂

錄音：程健君　楊帆　張振犁

記錄地點：河南省三門峽大安村

記錄時間：1985 年 4 月 21 日

■ 馬蹄窩（三）

在鬼門島南面臨水的地方，有兩個磨盤大的圓坑，形狀很像馬蹄，百姓把這兩個坑叫做「馬蹄窩」。據說這是大禹騎著馬過三門時留下的馬蹄印。

相傳大禹騎的馬是一匹神馬。牠力氣大，跑得快，能翻山，會涉水，大禹靠牠度過了許多難關。在三門峽治水的時候，大禹把南岸的事情料理完畢，要到北岸去巡察。可是那麼寬的水面，怎麼過得去呢？

大禹摸了摸神馬的頭，問道：「你能馱我過去嗎？」

神馬點了點頭，表示可以。

這裡本來是一個大湖，水很深，湖底有一條老龍。自從大禹到三門峽治水後，開山挖河，疏通了水路，這裡的水一天比一天小，已經變成了一條河。如果水再往下流，老龍就不能在這裡待下去了，所以老龍恨大禹，總想尋機會報復報復他。

大禹騎著神馬來到了南岸的半島獅子頭上，要從這裡跨過河中的鬼門島，跳上北岸。正當神馬騰起四個蹄子要上鬼門島的時候，那條龍噴雲吐

霧，作起法來，把好端端的峽谷搞得烏煙瘴氣，辨不清南北東西，看不見石島的位置。大禹見情況不妙，急忙勒轉馬頭，退出了峽谷。

雲霧消散以後，大禹又催馬過河。神馬豎起身子，正要過河，老龍又颳起了大風，峽谷裡黃沙漫天，迷住了神馬的眼睛。大禹只得再次退出了峽谷。

風停後，大禹拍了拍馬頭說：「再加一把勁，這次一定要過去！」

神馬點了點頭，仔細看了看河中石島的位置，然後使出渾身的力氣，騰空躍起。老龍見兩次作法都沒有嚇退大禹，就使出了最後的一招。牠在河底打了一個滾，嘴裡噴出了大水。剎那間，河面上白浪滔天，洪水高漲。

這一次，神馬記清了河中幾個石島的位置，使勁朝鬼門島上跳去。當神馬的一對前蹄剛剛踏到鬼門島上的時候，大水漫到了島上，一個大浪打在神馬的前心，神馬失了前蹄，在鬼門島的南端打滑臥了坡。這時，大禹高喊一聲：「使勁！」

神馬屏住了氣，一縱身，跳過三門，平安到達了北岸。

因為神馬使的力氣太大，一對前蹄在鬼門島上蹬出了兩個馬蹄窩，馬脖子在岩石坡上打下了一道深坑。這就是禹王馬蹄窩的來歷。

講述人：王海亭

採錄人：張振犁　楊帆　程健君

錄音：程健君

記錄地點：河南省三門峽大安村

記錄時間：1985 年 4 月 22 日

神腳掌

在三門峽南岸，離地面六尺高的山壁上，有一隻腳指頭向上的大腳印。這隻腳印有一尺多長，嵌進山壁三寸深。在這樣硬、這樣陡的懸崖峭

第七章　大禹時代是歷史的開端嗎？

壁上，怎麼會踏上一隻這樣大、這樣深的腳印呢？原來這是大禹治水時留下的腳印，當地百姓稱它為「神腳掌」。

在古時候，中原大地洪水氾濫，到處是一片汪洋。老百姓沒法種地，許多人都被淹死、餓死了。這時候，玉帝就派大禹下來治理洪水。大禹來到中原，看清了地勢，決定用疏導的辦法來治理洪水。他跑到西邊的青海高原上，逢山開山，逢壕開壕，開出了一條長長的河道，這就是黃河。黃河水順著地勢往東流，流到三門峽的時候，有一座大山擋住了河水。大禹掂起他的神斧劈山開水路。但是山石很硬，他掂著神斧劈呀劈，劈了半天，只在山頂上劈開了一條裂縫。這時他的兩條胳臂又酸又疼，再也掄不動斧頭了。

這時，上游的水還不住地往這裡流，水越漲越高，把附近的村莊房屋都淹沒了，老百姓哭聲震天。大禹看到這景象，心裡很難受。他想：「如果這座山鑿不開，那麼，從青海到這裡的河道就白開了，老百姓還要遭到更大的災難。不過我的手已經掄不起斧頭了，怎麼辦呢？」想到這裡，大禹急得直跺腳，只跺得地動山搖。這倒提醒了大禹，他想：「我的手臂沒力氣了，腳上的力氣還不小，何不用腳來試一試？」

主意拿定後，大禹把右腳伸進劈開的裂縫裡，蹬在南邊的裂口上。他還想把左腳也伸進裂縫，蹬到北邊的裂口上，但是裂縫太窄了，左腳怎麼也伸不進去，只好蹬在北邊的山峰上。大禹叉開兩條腿，使出全身的力氣，向南北用力一蹬。只聽得「轟隆隆隆」一聲響，這座大山裂成兩半，中間開出了一條河道。黃河水順著這條河向東奔流。大禹看到大功已經告成，返回天上交差去了。他那一隻大腳印，就這樣深深地留在南岸的山壁上了。

講述人：王海亭

採錄人：張振犁　楊帆　程健君

第二節　普天之下，莫非禹功

錄音：程健君
記錄地點：河南省三門峽大安村
記錄時間：1985年4月23日

■ 中流砥柱

在三門峽下游，有一座小石島，名叫「中流砥柱」，黃河上的艄公又叫它「朝我來」。冬天水淺的時候，它露出水面兩丈多；洪水季節，它只露出一個尖頂，看起來好像馬上就要被洪水淹沒。但是，千百年來，任憑洪水再大，風浪再高，它總是挺立在激流當中，毫不動搖。自古以來，它吸引了許多帝王將相、文人遊客到這裡來遊覽觀賞，並且留下了許多詩文。唐太宗李世民曾經在這裡寫下了這樣一首詩：「仰臨砥柱，北望龍門；茫茫禹跡，浩浩長春。」

柳公權也為它寫了一首長詩，石島上鐫刻了前四句：「禹鑿鋒芒後，巍峨直至今；孤峰浮水面，一柱釘波心。」

其他的詩詞歌賦還有許多許多。為什麼中流砥柱這樣吸引人呢？這裡流傳著這樣一個故事。

三門峽有一句諺語：「古無門匠墓。」意思是說自古以來，門匠死後沒有葬身之地。門匠就是艄公，他們熟悉當地的水情和地勢。過往船隻行到這裡，就要僱他們。這裡的老百姓，在黃河兩岸建了禹王廟，求大禹保佑過往船隻和船工的平安。

三門峽北岸山上的禹王廟，與別的廟不同，廟裡有兩隻鐵鵝，和尚說這對鐵鵝能預測行船的凶吉。怎麼預測呢？原來鐵鵝背上有一個小洞，船工們要問當天行船過三門的凶吉，就把錢投進小洞裡。錢落進鵝肚後，如果它不叫喚，這天船過三門平安無事，如果它「嘎嘎嘎」叫幾聲，這天就不能行船，硬要行船，一定會遇到凶險。船工們對和尚的話信以為真，每

第七章　大禹時代是歷史的開端嗎？

條船駛過三門峽的時候，船工們就帶著香燭酒肉，成群結隊地到禹王廟燒香叩頭，向鐵鵝肚裡扔錢。其實這是和尚們騙人的鬼話。鐵鵝是和尚們定做的，鐵鵝肚子裡有一個機關，想叫它叫喚，拽一下鵝腿，牽動了鵝肚裡的機關，它就叫了起來。和尚們是看天色行事，如果天氣不好，就叫鐵鵝叫喚幾聲；如果風平浪靜，就不讓它叫喚。這種辦法碰巧也靈驗。船工們沒有別的辦法，只好相信它。

有一天，幾條貨船從三門峽上游往下放行。一個老艄公帶著船工們抬著供品，到禹王廟燒香許願，祈求禹王保佑他們平安過三門。燒香叩頭以後，船工們就把錢扔進鐵鵝背上的小洞裡，和尚看當時天氣很好，就沒讓鐵鵝叫喚，假意在鵝身上摸了一番，然後對船工們說：「平安無事。」

老艄公聽了這話很高興，帶著船工離開了禹王廟。下了山，老艄公把船駕到河中，看準了水勢，決定從神門河放船。但是，天有不測風雲，當船剛到神門河門，突然颳起了一陣狂風，緊接著就下起了瓢潑大雨。剎那間，峽谷裡白浪滔天，霧氣騰騰，看不清水勢，辨不明方向。老艄公駕的那隻船像箭一樣穿過了神門河，下面有許多明島暗礁。這隻船被風浪推著，眼看就要遭難。正在危急的時候，只聽得老艄公向一個船工大喝一聲道：

「掌好舵，朝我來！」老艄公「撲通」一聲，跳進了驚濤駭浪之中。船工們還弄不清是怎麼回事，只聽到前面有人高呼：「朝我來！朝我來！」船工們沒有時間多想，駕著船，朝著發出喊聲的地方衝過去。當船駛到那個地方時，大家才看清，原來是老艄公像擎天柱似的屹立在激流當中。船工們想拉他上船，但是激流推著這隻船飛快地向下游駛去了。

當船行到安全地帶的時候，船工們把船停到岸邊。大家上了岸，就返回上游找老艄公。走到老艄公呼喊的地方，見他已經變成了一座石島，昂著頭，挺立在激流當中。這個地方，正好是一條沒有暗礁的河道，老艄公獻出了自己的身體，永遠屹立在這裡，為過往船隻指引航向。以後人們把

第二節　普天之下，莫非禹功

這座石島叫「中流砥柱」，也叫「朝我來」。

從此以後，中流砥柱就成了峽谷中的航標，船隻駛過三門以後，就要朝著中流砥柱直衝過去，眼看就要與砥柱相撞時，砥柱前面波濤的回水正好把船推向旁邊的安全航道。這樣，船隻就避開了明島暗礁，順利地駛出峽谷。

由於老艄公戰勝了洪水，所以他總是高出水面，水漲島也漲，永遠淹不沒，沖不垮。

講述人：王海亭
採錄人：張振犁　楊帆　程健君
錄音：程健君
記錄地點：河南省三門峽大安村
記錄時間：1985 年 4 月 24 日

馴服黃河

混沌初開，大地上還是一潭洪水，只有那高山和陡嶺上，能住些人。

一天，天神看到這情況，心裡非常難過，就沒日沒夜地用金瓢舀水。他舀呀舀呀，眼看快要把水舀完，天神想，要把水舀完，天下百姓怎麼活呢？他靈機一動，打定主意，把水舀完後放下兩條龍來，叫龍在人間耕雲播雨。當天神把水舀完時，兩條龍就下來啦。南方的一條叫青龍，就是長江；北方的一條叫黃龍，就是黃河。南方的青龍性情溫和，非常馴服，在南方養育著兩岸百姓。而黃龍就不然，自從天上降下後，氣勢凶猛，一聲吼叫，便張牙舞爪地跑哇抓呀，碰到高原給抓個深溝，遇到平地就抓個深潭。山上遷下來的人被牠沖走了，人住的穴洞、草棚被牠淹沒了，逼得人們沒法生活。天神知道後，大怒，說道：「怎麼能讓牠橫行霸道，把牠鎖起來！」當黃龍跑到龍門時，不知不覺，牠的脖子上就套了一把鎖。千里咆哮行凶的黃龍，便低頭擺尾，乖乖聽令。過了龍門，牠又不守規矩啦，

第七章　大禹時代是歷史的開端嗎？

照舊橫衝直撞起來。這時，人們又向天神稟報，天神說：「一鎖二堵，黃龍必降。」黃龍正向下游跑著，南邙北邙就堵在牠的兩側，使黃龍北走不動，南跑不成，只得低頭馴服。過了一段，牠又惡習復發，鬧騰開了，天神又規定牠走九彎十八曲，故意消耗牠的精力，讓牠老老實實地養育兩岸的人們。

講述人：張清朝
採錄整理：張治國
記錄地點：河南省洛陽市龍門山
記錄時間：1983 年 2 月

通天柱與巡河大王

很古很古的時候，三門峽是一片汪洋大湖，北至山西的清涼山，南至河南的魏德嶺，全都是水。那時，水裡的妖怪很多，常常興風作浪，鬧得大水四溢，百川橫流。沿岸村莊田地，大片大片被淹沒，來往船隻，也常被妖精推翻，不知多少人的生命被吞噬。

一天，有條渡船行到湖中心，突然颳起大風，船被颳翻了，一船人翻到大水裡再沒有上來。有個老船工有鑽水逐浪的本事，從湖心游上了南岸，到岸上扭頭一看，看見湖心裡漂個黑黝黝的大鰲子，足有兩頃地那麼大。仔細一看，不禁大吃一驚，原來是一隻大烏龜浮在水面上晒蓋哩。他慌忙轉告了眾鄉鄰，人們嚇得惶惶不安，就向大禹禱告。

大禹知道了這件事，很快來到三門峽。舉起大斧，在三門峽山上砍了三下，劈開了三道門，就是鬼門、神門、人門，湖水被分成三股，順著三道門放走了。湖水慢慢落下運河，那隻大烏龜可受不了，在湖裡翻騰起來，有時也爬到岸上傷害人畜，百姓四處逃難。大禹一見，怒不可遏，抽出寶劍向大烏龜砍去。烏龜對這些並不懼怕，可是一見大禹手中的寶劍原來是條虯龍，牠害怕了，戰不到三回合就被大禹刺傷。傷口的血濺到兩岸

的石崖上。如今，三門峽河谷兩邊的峭壁上，還殘留著一片片紅土石塊的痕跡。

大烏龜被刺傷後，企圖挾大水南逃，便順著水的流勢，一頭向南山上撞去。眼看那奔騰而下的大水就要隨著大烏龜向南邊漫去，河南邊當時還躲著成群逃難的老百姓，不是又要第二次遇險嗎！在這緊要關頭，大禹當機立斷，舉起寶劍向空中一揮，大喝道：「哪裡逃！」一道白光就向大烏龜逃竄的前方飛去。那寶劍一出手，剎那之間，劍柄化作一頭雄獅，怒吼一聲，從天而降，張著大口蹲在鬼門河口的一邊；那個虯龍的劍體，化成了一根巨大的蒼柱，在天上轉了幾圈，轟隆一聲，倒插在鬼門河下口。大烏龜這一下可嚇呆了。往前去，閃閃發光、隆隆作響的通天柱擋住了去路；欲橫行，一頭雄獅在身旁張著大嘴；想後退，身後大禹掄起大斧向自己砍來，嚇得牠魂不附體，馬上現了原形。原是一個六臂黑面的大漢。他撲通一聲跪倒，向大禹求饒：「禹王呀，別殺我，我願意聽從你的調遣，叫我做什麼都可以！」大禹看他一片誠意，便封他為「巡河大王」，令他監督河上的其他妖怪，不得再興亂作怪。從此以後，洪水流走了，河妖平息了，人們才得到了安居樂業。所以後人在三門峽的禹王廟下角處，專門另蓋了一座七尺高的小廟，百姓叫它「大王廟」，祭罷禹王的時候，也給它燒點香火，龕裡的六臂黑在面塑像就是那位巡河大王。

千百年來，人們一直把屹立中流的通天柱──砥柱峰和那鬼門河口上的獅子頭石島，奉為震懾黃水淫威的大禹留下的神物。

講述人：薛子奇 王新章
採錄整理：戴徵賢
記錄地點：河南省三門峽
記錄時間：1982 年 12 月

第七章　大禹時代是歷史的開端嗎？

邙山的傳說

相傳禹王治水以前，洛陽一帶是汪洋一片，成為浩瀚的中州大海。這個海裡還有些巨龍怪獸，時常興風作浪，使洪水毀壞良田，毀滅人畜，為害很大。

舜帝即位後，讓禹王治水，禹王歷盡艱險，走遍四海九州，檢視地形。利用山川形勢，洪水流向，採取疏導的辦法，使洪水東流入海。

禹王來洛治理這片浩瀚的洪水，當他發現洪水之中有條長達數百里、身厚百丈的巨龍時，認為如不先除此怪物，即使水道開通，牠也會把它毀成廢墟，功勞白搭。因此，他非常發愁。

一天夜裡，他在太行之巔，剛入睡，夢見一個金盔金甲金面銀鬚的大將軍來到他的跟前，拍了他一下，他猛然驚醒。醒來確有一個金人站在面前，他心裡害怕起來，忙向金人叩頭。

金人笑著說：「禹呀，你不要害怕。我是西天長庚星神，奉天皇之命，來給你傳授治水之術、降妖之法的。天皇看你治水，上合天意，下順民情，派我來相助。」禹王聽了非常感動，又跪下道謝。長庚星扶起禹王說：「要治水，先除妖，天皇賜你平妖斧一把，破洪船一隻，我已給你帶來，你可以乘船執斧，斬妖劈山。」說著從耳孔裡抽出一把小斧，從口袋裡取出小船一隻。禹王看見又驚奇又好笑。長庚星看透了禹王的心事，就嚴厲地說：「禹呀，你別笑，別輕看它。這兩件寶能大能小，攜帶方便。告訴你，這洪水中的巨龍，是條已修煉千年的黃蟒，肉是黃色，骨為紅色，是水怪之王。把牠除了，你治水才能成功。你若有難，用斧向西一指，我即來助你。」說罷沒等禹王答話，便騰空而去。

禹王獲得了這兩件寶，高興得一夜未睡，第二天一早就下山入海。他把小船放入水面，小船忽然變大了。他站在船上穩如泰山，從耳孔中拔出小斧，一捋，有一丈多長，當作篙竿，劃著寶船向峰高浪險處游去。見水

中怪物，他舉斧就砍，霎時，砍死不少，沒砍住的跑了，砍死的順水漂去。禹王砍死怪物不少，就是不見黃蟒下落。他找哇找，找了七七四十九天，才在一處百丈以下的大水潭中遇見了黃蟒。

禹王怎麼會到深潭處發現黃蟒呢？也是黃蟒命該受誅，牠在這深潭五十多天，實在困得不耐煩了，把頭伸出水面看看動靜，恰好禹王船到，看見了牠，入水底。禹王不管三七二十一，舉斧就砍，黃蟒急躲，尾被砍傷。

黃蟒急了，也施展法術：一會兒噴水，白浪滔天；一會兒噴火，海水灼熱；一會兒又噴黑霧，籠罩水面如夜；一會兒飛沙走石，海面砂石滾滾，遮天蓋地。可是，禹王駕有寶船，擁有寶斧，一連與黃蟒戰了三天三夜，擒牠不住，正在為難之時，猛然想起長庚星神所指點的話，就用斧向西方一指，說了聲：「請！」霎時，長庚星神就從西天而來。長庚星神手拿鎮妖塔，往水中一放，一道金光驟起，黃蟒的大廠仰起亂擺，身子再也動彈不得。禹王舉起大斧，用盡全力，朝黃蟒的脖頸砍了三斧，黃蟒的大頭被砍掉，順水漂去，長庚星神見黃蟒被誅，收了寶塔，飄然而去。黃蟒的巨大身軀，一曲蜷，滾了百丈遠，倒在淺灘，就變成了今日的邙山。

禹王誅蟒以後，邙山以北的洪水流入了東海。但伊洛水仍不能入黃東流，禹王又劈龍門，鑿黑石，並在鞏縣（今鞏義市）北面，在死蟒身上砍了三斧，砍斷了蟒尾，才打開了伊洛水的去路。今鞏義市北邙山有斷口，伊洛水從那裡流入黃河。洛陽一帶成了一個土地肥沃、風景優美的小平原。禹王很欣賞這裡，因此即位以後，就建都於洛陽。

採錄整理：白眉

記錄時間：1983 年 12 月

河伯授圖

傳說大禹治水以前，黃河流到中原，沒有固定的河道，經常氾濫成災。

那時候有個叫馮夷的人，被黃河水淹死，一肚子怨恨，就到天帝那裡

第七章　大禹時代是歷史的開端嗎？

去告黃河的狀。天帝聽說黃河危害百姓，就封馮夷為黃河水神，稱為河伯，治理黃河。

河伯掏盡了氣力，治了許多年，也沒把黃河治住。他已年邁體弱，想著世上總有一天會有人能治理黃河的。為著後人治水少費點力氣，他天天奔東走西，跋山涉水，檢視水情，畫了一幅黃河水情圖，準備把它授給能夠治理黃河的能人。

到大禹治水的時候，河伯決定把黃河水情圖授給他。

這時，世上有個射箭百發百中的年輕人，叫后羿。他見河伯身為黃河水神，治理不了黃河，只是東奔西跑，不知道在做什麼，便想把河伯射死。

這一天，河伯聽說大禹來到了黃河邊，就帶著那幅水情圖去找大禹。

河伯和大禹沒見過面，誰也不認識誰。河伯跑來跑去，見河對面有個英武雄壯的年輕人，就喊著問：「喂！你是誰？」

原來站在對岸的是后羿。他抬頭一看，喊話的老頭仙風道骨，就問：「你是誰？」

河伯高聲說：「我是河伯。你是大禹嗎？」

后羿一聽是河伯，冷笑一聲說：「我就是大禹。」說著張弓搭箭，不問青紅皂白，「嗖」的一箭，射中河伯左眼。

河伯捂著眼，疼得直冒虛汗，心想：大禹呀，你好不講道理。想著生氣，就去撕那幅水情圖。正在這時，猛地傳來一聲大喊：「河伯！不要撕圖！」

河伯用右眼一看，對岸一個戴斗笠的年輕人攔住了后羿，不讓他再向自己射箭。這個人就是大禹。原來，大禹知道河伯繪了黃河水情圖，正要找河伯求教呢。

大禹過河來，跑到河伯面前，說：「我是大禹，剛來到這裡。聽說你有一幅黃河水情圖，特來找你求教。」

第二節　普天之下，莫非禹功

河伯說：「我用了幾年心血，畫了這圖，現在就傳授給你吧。」大禹展開一看，圖上密密麻麻，圈圈點點，把黃河上上下下、左左右右畫得一清二楚。大禹高興極啦。他正要謝謝河伯，一抬頭，河伯早沒影了。

後來，大禹根據河伯授給他的黃河水情圖，疏通水道，終於治住了黃河。

採錄整理：申法海
記錄地點：河南省新鄉市
記錄時間：1984 年 1 月

文獻記述：

禹盡力溝洫，導川夷岳。黃龍曳尾於前，玄龜負青泥於後。玄龜，河精之使者也。龜領下有印，文皆古篆字，作九州山川之字。禹所穿鑿之處，皆以青泥封記其所，使玄龜印其上。今人聚土為界，此之遺像也。

（《拾遺記》卷二）

禹王導黃河

當初，禹王想引黃河東流。他拿鞭「哧」一劃，要讓水打這裡（紫微宮峽谷）走哩。他劃罷就下棋去了。

大禹在棋盤山正下棋哩，說：「讓我看看水到哪裡了。」他來到天壇山三叉洞上一看，見河水一下都從王屋山西南的山谷裡滾到東邊去了。

大禹一急，拿起鞭一個筋斗追上野水，舉起鞭就打：「好一個野水呀。」於是，黃河水就跑了，從西邊一下跑到南邊去了。

講述人：黃習瑞
採錄人：張振犁　程健君　胡佳作
記錄地點：河南省濟源市
記錄時間：1983 年 2 月

第七章　大禹時代是歷史的開端嗎？

■ 大禹導沇水

一天，大禹治水來到王屋山天壇峰下。這裡有一條蟒精在太乙池內興妖作怪。

大禹一見，就揮舞大斧，除蟒治水。蟒精嚇得吸了一肚子水以後，就一直往西竄，一頭鑽到西山（山西陽城）山洞裡，肚子裡的水便噴瀉而出，成了一條大河，這就是蟒河。蟒河穿過太行山，繞過王屋山，流到濟源縣（今濟源市），歸入九曲黃河。

當時，大禹在太乙池內還砍了兩斧，就出現了兩條暗道。池水馬上從地下伏流了一百二十里，分成兩股水：一股水從龍潭寺泉眼流出，一股水從濟瀆廟泉眼流出。這伏流的暗水就是沇水。這兩股水又合成濟水，直向東流入渤海。從此，濟水南岸就有了濟源、濟南、濟寧、濟陽這些城鎮。

採錄人：胡佳作
採錄人：張振犁　程健君　胡佳作
記錄地點：河南省濟源市
記錄時間：1983 年 2 月

文獻記述：

導沇水，東流為濟，入於河，溢為滎。東出於陶丘北，又東至於菏，又東北會於汶，又北東入於海。

（《尚書・夏書》）

濟水出河東垣縣東王屋山為沇水，又東至溫縣西北為濟水。

（《水經注・濟水》）

《山海經》曰：王屋之山聯水出焉，西北流注於秦澤。郭景純云：聯、沇聲相近，即沇水也。潛行地下，至共山南，復出於東丘，今原城東北有

第二節　普天之下，莫非禹功

東丘城。孔安國曰：泉源為沇，流去為濟。

（《水經注・濟水》）

瀆有祠，以祀大濟之神。其殿北復有北海神殿，北海之前有池，周七百步。其西一池，周與之等，而中通焉，即濟水所聚。蓋其源自王屋山天壇之巔，伏流百里，至此復見。東南合流至溫縣，歷號公臺入於河。

（《金薤琳瑯・遊濟瀆記》）

滾土堆

古時候的禹王最會治水，他的法力大，所以一路上的妖魔鬼怪都降服了。禹王最後駕著神龍，把黃河一直打通到東海。

禹王的爹叫鯀，鯀在玉皇大帝駕下當天官。一天，玉皇大帝在王母娘娘那裡多喝了幾杯，就在蟠桃園裡偷撒了泡尿。這下地上可遭了災，發了大水。人都沒法過，到處都是水。

鯀就向玉皇大帝進言，要治住下面的水，不然就沒有人了，誰還向天庭上貢？玉皇大帝就問用什麼法子。鯀說必須用國庫裡的息壤，這是一種寶土，見風就長，能把水擋住。玉皇大帝一聽要用他的寶貝，就不答應。

鯀不願看到黎民百姓就這樣都淹死，就偷了息壤，下凡來治水。

洪水平息了，玉皇大帝發覺了這件事，派天兵天將來捉拿鯀。鯀正好來到我們這裡。我們這裡地窪，淹得最厲害。鯀正要用塊息壤把這裡填平，天兵天將來了。鯀就把那塊息壤向他們砸去，但沒砸著，一會兒就長成了一個土堈堆。最窪的地方就成了湖，也就是今天的南陽湖。鯀沒砸著天兵天將，就跑了。天兵天將一直把他攆到天邊上，把他殺了。鯀現出原身，是隻大黃龍。

鯀雖然死了，身體卻還好好的，跟活的一樣。過了三年，突然大吼一聲，從黃龍肚裡飛出一條小龍，這就是禹王。

第七章　大禹時代是歷史的開端嗎？

禹王有他爹鯀的神力，繼續治水，挖通了黃河，洪水也就平了。禹王治水有功，當了皇帝。為了讓人們記住他爹鯀，就把這個土堌堆叫鯀土。

「鯀」字認識的人少，也就念成了「滾」。

年代久了，颱風下雨，土不停地往下滾，滾土堆也就越來越小了。

講述人：張林相

採錄整理：張運武

記錄地點：山東省魚臺縣羅屯鄉後張村

流傳地區：山東省魚臺縣一帶

記錄時間：1989 年 7 月 25 日

■ 大禹鎖蛟

大禹治水時，疏導黃河來到浚縣大伾山下。他把船拴在大伾山南頭石樁上，帶領助手上大伾山頂，居高臨下檢視水情。只見洪水橫溢，無邊無沿，完全淹沒了黎民百姓的田園。大禹根據地勢疏通引導，清除泥沙，排放洪水，築堤修壩，保護田園。大夥兒在大禹的帶領指揮下，做哪，做哪，每天工程都有很大進展。但不知什麼原因，第二天就又變得泥沙堵塞，和原樣一般。大禹非常納悶。他為了查清原因，夜裡不睡，躲在山洞裡，偷偷觀察動靜。三更以後，忽然聽到「呼隆隆隆，呼隆隆隆」像暴風雨般的響聲，又看到小山一樣的大浪一個接一個向堤壩撲來，仔細檢視，還有一個黑乎乎的影子，像一條大蟒在潮流上翻騰，驚濤駭浪緊跟牠翻滾。

這個黑色怪物把尾巴一擰，一頭朝堤壩撞去，「轟隆」一聲，堤壩倒塌啦，洪水又到處橫溢，工程全被牠毀了。大禹氣憤極啦，原來是這個怪物在搗亂。

第二天，大禹向大夥兒說了在夜間看到的情形，並部署了數百名身強力壯的男子漢，各備弓箭，夜裡分頭隱蔽在大伾山東側。到了三更，那個

怪物又來了，還是那樣猖獗。大禹等待那怪物接近時，發令「放箭！」數百張弓萬箭齊發射向怪物。只聽「哗」的一聲長吼，那個怪物疼得竄出水面一丈多高，「撲通」一聲又跌落下來。大夥兒齊聲呐喊著向怪物撲去。

大禹衝鋒在前，揮動寶劍刺向怪物。大怪物渾身是箭，活像個大刺蝟，又被大禹戳了兩劍，再沒力氣逃跑了。大夥兒齊動手，把怪物拖上山坡，鎖在一個石樁上。天亮了，男女老幼都去圍觀，原來鎖住的是一條大蛟。至今大伾山上還有一塊鎖蛟石呢。

後來大禹怕蛟跑了，又把蛟轉移到新鎮西枋城一眼深不見底的井裡，井口上蓋了一塊青石板，永不讓牠出來為患。至今西枋城還有鎖蛟井的遺跡。

講述人：越永昌
採錄整理：邢清玉
流傳地區：河南省浚縣新鎮一帶
記錄時間：1989 年 10 月

大禹治水

很早很早以前，地上的人與天上的龍相處得很好，人什麼時要雨龍就給雨，龍要什麼東西人也給。

後來人多了，意見不一致，有的今天要雨，有的明天要雨，把龍忙得沒辦法；人呢，誰也不給龍東西。這樣，龍生氣啦，忘了關門，睡覺去了。雨成天下，遍地是水，成了災難，淹死了許多人。

有個叫大禹的，特別有本事，誰也沒他厲害。大禹樂意幫大家辦事，就先到天上關了下雨的門。雨停了，可是地上的水很深，沒處流。大禹就從西到東挖個大溝，就是有名的大黃河。水進到溝裡一些，地上的水還是很多。

第七章　大禹時代是歷史中的開端嗎？

　　那時，地很平，東西南北一般高，水不往外流。大禹一看挖了溝還不中，就到東邊把地往下壓壓，到西邊把地往上抬抬，成了西高東低，水才慢慢向東流走了。

　　地上的水沒了，可是龍卻養成了睡大覺的壞毛病，一兩個人想叫牠下雨，也叫不醒。沒法，大禹就把人們叫在一起，嫌力量小，又把廟裡的神也抬到太陽下，大夥燒香磕頭，打鼓敲鑼，照著天上一齊大聲喊叫：「龍啊，龍啊，可憐可憐人，下點雨吧！」有時把龍喊醒了，就下點雨，把下雨的門一關，又去睡覺了。

　　大禹向龍求雨的辦法，直到 20 世紀中葉，人們還不斷地使用。

採錄整理：閆泉峰
記錄地點：河南省滑縣城關鎮
記錄時間：1983 年 2 月

皇帝和龍

　　傳說大禹治水時，請來東海龍王幫忙。龍王說：「開山引水入海對我來說不算難事，不過事成之後你得好好謝我。」大禹點頭：「好說，好說。」

　　龍王來到地上，正要開山，不想卻觸怒了山中的虎大王，龍王堅持開山引水，為民造福，老虎卻只想保護自己領地的完整，於是龍虎打鬥起來，從地上到水裡，又從水裡打到地上，幾經苦戰，龍王終於取得了勝利。

　　牠使出全身功夫，「轟隆！轟隆！」幾下子，就把大山劈開了。水隨著通道流進海裡，大禹治水成功了，百姓一致擁護他做了皇帝。

　　龍王跑來對大禹說：「如今大功告成，你做了皇帝，當初答應我的事你就看著辦吧。」大禹說：「你要哪方面的好處呢？金錢還是美女？」龍王說：「我才不稀罕那些呢。我別無所求，只圖個名聲。」大禹為難了：「你

是龍，我是人，我們不同類。由龍來做人間之主，百姓恐怕不會答應。」龍王想了想說：「我並不想奪你的皇位，你就封我一些虛名。只要我能和你的名聲一樣大，能同樣受到老百姓的尊重就行了。」

大禹想了一會說：「我把你的名字封遍整個皇宮，凡是與我有關的一切事物，通通加上一個龍字，比如：我穿的衣服叫龍袍，我睡的床叫龍床，我戴的帽子叫龍冠，我寫字的桌子叫龍案……此外金鑾殿上繪龍，地上雕龍，柱子盤龍，牆壁畫龍……讓人們時時刻刻看見你，永永遠遠記住你，你看這樣可好？」

龍王聽了，哈哈大笑：「唔，不錯。不過……禹王，若你百年之後，你的子孫恐怕就會忘了我了。」大禹一笑說：「這好辦，只要我立個規矩，自我之後，每傳一個皇帝，就把龍王的名字傳下去，不就行了嗎？」龍王一聽，這才滿意地回海裡去了。

就這樣，歷代的皇帝均按大禹傳下來的習慣，把龍看作皇帝的象徵，皇帝把自己看作是龍的化身。

講述人：張連德

採錄人：丁亞宏

記錄地點：河南省溫縣黃莊鄉

記錄時間：1989 年 8 月 12 日

禹王鎖蛟（一）

在河南省禹州市北關有一名勝叫「禹王鎖蛟處」。

相傳，當年大禹在禹州市附近治水的時候，觸怒了潁河裡的一條蛟龍，牠專門與大禹作對，牠飛多高水就漲多高，把大禹率領人們辛辛苦苦壘起的河堤沖毀殆盡。後來，大禹想盡辦法捉住了這條蛟龍，但是，因為牠是天上的神物，大禹不能殺死牠，怎麼辦呢？於是，大禹就用一條又粗又長的鐵鏈子把蛟龍鎖了起來，然後把牠投進了禹州市北關的一口八角井

第七章　大禹時代是歷史的開端嗎？

裡，又用一塊大石頭把井蓋封了起來，使牠永不能再興風作浪。

據說，參觀的人現在還可從井口的石縫裡看見蛟龍在井底隱約出現呢。

講述人：朱玉潔之祖母
採錄整理：朱玉潔
記錄地點：河南省禹州市火龍鄉
記錄時間：1989 年 12 月

■ 禹王鎖蛟（二）

大禹治水的時候，禹州城北關住著一對老夫婦，膝下無子，收留了一個被水沖來的孤兒做乾兒子。這孩子聰明伶俐，老兩口愛如掌上明珠。但他一不學文，二不習武，什麼事也不做，整天泡在潁河裡戲耍。老兩口心裡不安，生怕兒子有個三長兩短。他們無論怎麼勸阻都不濟事，那孩子死活不改，非下河玩水不可。老兩口沒辦法，只好任他去玩。

寒冬臘月，寒風刺骨。大禹治水從潁河邊經過，突然見河裡有一頑童在玩水，渾身冒著熱氣，一點兒也不覺得冷。大禹定睛一看，發覺這頑童是蛟龍所變，不由得暗自驚奇，立即派人盯住這孩子，暗地檢視他家在哪裡。

原來這隻蛟龍曉得大禹的厲害，生怕被大禹捉住，因此變化成小孩，躲在這個老漢家裡暫時藏身。

第二天，大禹扮作一個老漢來到頑童家裡，以喝水為名，和老人攀談起來，問道：「老哥，你家有幾口人，膝下有幾個孩子？」

老漢長嘆一聲：「唉！命中無子，收了個乾兒生性頑皮，每天什麼事不做，只知道去河裡洗澡，我們老兩口多次勸說，他都當耳旁風。唉！把人快氣死了。」

大禹說：「大冷天我見個孩子在河裡玩水，想必就是他吧？」

老漢說：「正是。」

第二節　普天之下，莫非禹功

　　說話間，天已晌午，老人便留大禹在家吃飯，大禹滿口答應，老漢讓老伴做了麵條招待大禹。飯剛端上桌，只見那孩子從河裡回來了。他進門看見大禹，二話不說，轉身就走。說時遲，那時快，大禹順手從碗中捏起一根麵條，叫聲「變」，麵條立即變成一根又粗又長的鐵索。他手拿鐵索，只聽「嘩啦」一聲，套在那孩子的脖子上。大禹喝道：「畜生，還不快現原形！」話音沒落，那頑童變成一條幾丈長、口如血盆、眼像燈籠、張牙舞爪的蛟龍。老人一見嚇得渾身哆嗦。

　　大禹說：「老人家，不必驚慌，我實話告訴你，他本不是人，原是一條蛟龍，怕我捉拿牠，才變成人形，暫時到你家躲藏。」大禹說罷，把鎖住的蛟龍壓在一口八角井內。那蛟龍苦苦求告說：「我什麼時候能出來？」

　　大禹說：「除非石頭開花那天！」

　　過了多少年月，有一個新上任的州官來到禹王鎖蛟井，他想看看井裡被鎖的蛟龍到底是什麼樣子，但又怕頭上的紗帽掉進井裡。所以隨手摘掉紗帽，放在井旁的石樁子上。井內蛟龍看見石柱上花花綠綠的帽花，以為是石頭開了花，牠掙扎著想出來。轉眼間，井裡呼呼聲響，井水一個勁兒往上漲，州官嚇得魂不附體，掉頭就跑，衙役取下紗帽趕緊給州官送去。

　　蛟龍看不見石柱上頭的花，才又老老實實躺在井裡。

講述人：朱超凡
採錄人：王同全
記錄地點：河南省禹州市
記錄時間：1983 年 2 月

禹王鎖蛟（三）

　　上古帝舜時，有段時間，天連降大雨，一時溝滿河平，江河橫溢，洪水氾濫，好好的莊稼都淹沒在水中，老百姓都把家搬到附近的高處，一時生活極為困苦。同時，各種猛獸也乘機而出，騷擾百姓，嚴重地威脅到人

第七章　大禹時代是歷史的開端嗎？

們的生活。為了幫助解救遭受不幸的人們，帝命鯀、禹父子治水並驅除各種害人的猛獸。在百姓的幫助下，經過多年的努力，大禹終於治住了洪水，並殺死了一些伺機出沒侵食人畜的猛獸。天下漸漸太平了下來。

可是在現在的豫中潁河的兩岸，常常發生人畜丟失的現象，有的人傍晚還好好的，可是到天明就不見了，連一點血跡都沒留下。次數多了，人們就發現，哪天晚上有大風大雨出現，哪天晚上就必定有人畜丟失，可都不知是怎麼回事。人們驚恐萬分，生怕哪天晚上不幸會降到自己的頭上。

人們還發現潁河中的水本是風平浪靜的，有時卻突然會惡雲滾滾，濤聲震天，河水湧出河床，流向兩岸，沖壞兩岸的田地和村舍。人們還發現，過河的人常常在河心忽然沉入水底，再也不會出來。種種跡象表明：這裡有逆龍。不錯，這水中確有一條龍——蛟龍。大禹治水時，牠還小，也沒做什麼壞事，所以人們並不知道牠，當然禹在剿除猛獸時，也沒殺死牠，現在牠長大了，遂得以在這一帶作惡。

不久大禹聽說了，便帶人來捉蛟。經過一段時間的觀察，慢慢就摸清了牠的活動規律。有天晚上，牠剛出來，就中了箭。牠知道不妙，連忙撤身往水中鑽，說時遲那時快，大禹一抖手，扔出一扇漁網，這網見風就長，銀光閃閃，霎時間布滿水面。蛟龍一看不妙，連忙撤身向西山逃去。大禹帶人在附近搜尋，在西山發現一個山洞，洞口有一溜血跡。一定在這裡！

大禹命人包圍洞口，一面命人運乾柴堵住洞口，準備點火，把牠燻出來，一面又在洞口張開了一面大網，同時命手下人一見牠出來就開弓放箭。一切布置停當，「點火！」一聲令下，只見火光沖天，濃煙滾滾，恰巧當時正有北風，北風把煙全都颳進洞了，一會兒工夫，就聽一聲巨響，蛟龍從洞中鑽了出來，牠太猛了，把整個網撐得緊緊的，再想走已來不及。「收網！」

第二節　普天之下，莫非禹功

　　一聲令下，網口紮住了，又用幾根繩把牠捆得緊緊的。然後命人打製了一條鐵鏈，把牠鎖住，投到了附近城中的一口井中，用石板封口，貼上封印，牠再也不能出來了。大禹說：「你要想出來，除非石頭開花。」這座城就是現在的禹州城。

　　一年又一年，也不知過了多少年。有一年，一個州官慕名來遊玩，來到這裡休息時，把帽子摘下放在了石板上。這可了不得了，就聽下面的水像沸騰一般，血紅血紅的水翻滾著湧了上來，離井口越來越近。這州官可嚇壞了，鬧不清是怎麼回事，一名侍從忙上前，把帽子拿了下來，一會兒，聲音漸漸平息下來，水也落了下去。原來那位州官的帽子上恰巧有一朵花，正應了大禹說的那句話。

　　這個井就是現在禹州城內的八角琉璃井。

講述人：劉剛
採錄人：劉增傑
流傳地區：河南省禹州市
記錄時間：1986 年 7 月

大禹捉蛟

　　大禹治好了黃河的水患，想到家看看老婆孩子。回家的路上，他向南一望，發現潁河一帶天連水，水連天，霧氣騰騰。大禹想：莫不是從黃河溜走的那條蛟龍，竄到潁河作惡去了？他決定到潁水邊看看，家也不回了，直朝潁河走去。

　　大禹來到潁河，那裡的風浪便停息了。他斷定這是蛟龍知道他來了，隱藏了起來。大禹下決心要把這條蛟龍捉住。

　　蛟龍藏哪裡去了呢？牠搖身一變，變成了人形，鑽到禹州城去了。大禹便追到城裡去找。他一天到晚在大街小巷裡轉悠，直找了六天六夜，沒有發現蛟龍。怎麼辦呢？大禹想：這畜生食量很大，牠不能不吃東西。想

到這裡，他心裡的計謀就來了。

大禹也不到處找了，他扮成一個廚師，在西門裡路北邊開了個飯鋪，賣起飯來。

一天，天擦黑的時候，一個一臉橫肉的漢子闖進了大禹的飯鋪。大禹搭眼一看，就知道這傢伙是蛟龍變的，心中暗暗高興，他迎上去笑著問：

「客人想吃飯嗎？」蛟龍變的漢子說：「不吃飯我來這裡做什麼？」大禹又賠笑說：「對不起，別的東西賣完了，還有麵條。」那漢子說：「麵條也好，做一小耳朵來。」大禹忙把麵條下好，端了出來。

那漢子接過麵條，頭也不抬，大口就吃。大禹看那漢子快把麵條吃完時，喊一聲：「變！」麵條變成了鐵鏈子，那漢吐不出來，又嚥不下去，馬上現出了原形。大禹牽著鐵鏈子，把蛟龍壓到了井裡。

講述人：張西坦
採錄人：張康民
流傳地區：河南省禹州城關

禹王鎖蛟井

據說古代的洪水災害，主要是由於蛟龍作怪，牠有呼風喚雨的本領，行走帶著洪水，走多高就能把水帶多高。人們深受其害，多虧大禹在治水時大施法力，捉住了這條蛟龍，水害才得以平息。後來大禹就用大型鐵鎖把蛟牢牢鎖在自己都城之內的深井中，使牠永遠不得再出來興風作浪，為害人類。因此自夏代至今的數千年來，中國沒有再發生那種「洪水橫流，氾濫於天下」的駭人水災，主要全賴禹王鎖蛟之功。

講述人：張西坦
採錄人：張康民
流傳地區：河南省禹州城關

第二節　普天之下，莫非禹功

■ 啟母石的傳說

傳說，古代那個治洪水的大禹是我們禹州市人，他曾因勢利導治水救災，給百姓做了一件大好事。

大禹是個大公無私的人，人們相傳，他為治理氾濫的洪水，曾「三過家門而不入」。可是他妻子卻是一個自私自利的人，她見大禹整日不回家，心中十分不滿。有一次送飯時，還見大禹變成醜陋的狗熊去拱石頭，她更是惱羞成怒。一氣之下，鐵了心腸，變成了一塊堅硬的頑石。大禹回來，見妻子變成了石頭，心想自己日後死了，沒有兒子來繼承事業怎行？於是憤怒地對著頑石大喊一聲：「啟！」果然，頑石砉然中開，從石頭裡蹦出一個天真活潑的小孩來，這便是禹的兒子──啟。這塊石頭也被人稱作「啟母石」。後來又過了許多時間，世間歷盡滄桑，那塊「啟母石」也不知流落到了何方。

講述人：徐紅娟之祖母

採錄人：徐紅娟

記錄地點：河南省禹州市褚河鄉徐莊

記錄時間：1989 年 12 月

■ 打開龍門口

為治理洪水，大禹帶領部下常年出入於洪水之中。幾年過去了，他雖然累得筋疲力盡，可是洪水仍有增無減。他眼睜睜看著良田被淹沒，房屋被沖垮，成千上萬的百姓淹死在洪水裡。看著這悽慘的景象，他心裡像刀割一樣難過。他日夜思考著治理洪水的辦法，可是一直沒有頭緒。為此他愁得吃飯不香，睡覺不甜。

正在發愁，部下又來報告，說是洪水仍在上漲，又淹沒了很多土地和村莊。大禹來到水勢凶猛的龍門檢視，他對著腳下的一片汪洋嘆息、落淚。此刻，忽然聽到不遠的地方一個樵夫高聲唱道：「打開龍門口啊，

第七章　大禹時代是歷史的開端嗎？

旱壞那呂梁江哪……」他聽到樵夫這樣唱，心頭不覺一震，覺得樵夫這兩句山歌很有道理，很受啟發。於是他便迫不及待地來到樵夫跟前，深施一禮，問道：「請問老伯，您唱的這兩句山歌是什麼意思？」

樵夫摘下草帽扇著風說：「我是笑大禹太無能了，他治水已好幾年，可是治來治去還不見有個眉目。」大禹見他話裡有話，急忙追問道：「請問老伯，依您說這洪水該如何治理才好？」老人一抹鬍鬚說：「依我看要徹底治住水患，不能光靠堵截，只有疏通才行。要是把這座山打開，一切問題都迎刃而解了。可惜老漢我年事已高，無能為力呀！」老漢說罷，化作一陣清風不見了。

老漢走後，地上留下一柄砍柴的斧頭。大禹看著那座山，心裡頓時來了氣：「要不是你擋住水路，百姓怎麼會受那麼大災難，我恨不得一下把你劈成兩半！」說罷他掄起大斧狠狠地朝大山劈去。只聽得山崩地裂一聲巨響，大山一下被劈成了兩截，洪水順著山口向外湧去。沒多久，大地上的洪水消退了。從此百姓們過上了安居樂業的生活。

講述人：賈德林

採錄人：賈國中

流傳地區：河南省禹州鴻暢鄉

記錄時間：1985 年 3 月

文獻記述：

禹通三江五湖，決伊闕，溝回陸，注之東海，因水之力也。

（《呂氏春秋・慎大覽・貴因》）

舜之時，共工振滔洪水，以薄空桑。龍門未開，呂梁未發，江淮通流，四海溟涬，民皆上丘陵，赴樹木。舜乃使禹疏三江五湖，闢伊闕，導廛澗，平通溝陸，流注東海。鴻水漏，九州幹，萬民皆寧其性。

（《淮南子・本經訓》）

第二節　普天之下，莫非禹功

伊水又北人伊闕。昔大禹疏以通水，兩山相對，望之若闕，伊水歷其間北流，故謂之伊闕矣。

(《水經注‧伊水》)

禹鑿龍關之山，亦謂之龍門，至一空巖，深數十里，幽暗不可復行。禹乃負火而進。有獸狀如豕，銜夜明之珠，其光如燭。又有青犬，行吠於前。

禹計可十里，迷於晝夜，既覺漸明。見向來豕犬，變為人形，皆著玄衣。又見一神，蛇身人面，禹因與語。神即示禹八卦之圖，列於金版之上，又有八神侍側。禹曰：「華胥生聖子，是汝耶？」答曰：「華胥是九河神女，以生餘也。」乃探玉簡授禹，長一尺二寸，以合十二時之數，使量度天地。禹即執持此簡，以平定水土。蛇身之神，即羲皇也。

(《拾遺記》卷二)

諸侯山治水

相傳在遠古的時候，洪水氾濫成災，陽翟一帶到處是一片汪洋。土地被淹沒，房屋被沖倒，成千上萬的百姓在洪水裡死去。當時有一位治水英雄名叫大禹，一心要治服水害，為百姓除難。這天，大禹召集各諸侯在陽翟北部的蜘蛛山頂聚會，一起商量治服水害的辦法。聚會時，眾位諸侯七嘴八舌，意見很不一致。有的諸侯不住搖頭，唉聲嘆氣，認為這是天意、劫數，人力根本無法反抗；有的諸侯倒覺得，事情是人做出來的，動手治水，總比坐著等死強。大禹根據大家的意見，制定出一套治水辦法。他覺得只要詳查水情，疏通河道，洪水是一定能夠治服的。大禹的主張和辦法，得到了大多數諸侯的支持。

大禹帶領眾諸侯，看地勢，查水情，日夜奔波在洪水中間。由於大禹和眾諸侯齊心協力，終於查清了陽翟發生洪水災害的原因。原來蜘蛛山和東面的靈山中間的一段山岡擋住了水路，要想排除陽翟的洪水，必須疏通

第七章　大禹時代是歷史的開端嗎？

這條河道。於是大禹領著諸侯和百姓，開鑿河道，疏通水流。不管颱風下雨，日日夜夜，他們從來沒有停止過。在開鑿河道期間，大禹常和治水的諸侯登上蜘蛛山頂，坐在一塊大石頭上商量治水中遇到的多種困難。天長日久，大禹坐過的大石頭上磨出了深深的屁股痕跡。就在這痕跡坑的前面，還有一條深溝，這是大禹在開通河道時，因渾身是汗坐在石頭上歇息，天長日久，汗水把石頭沖出了一條深溝。後人就把這條石溝叫做汗溝。

大禹領著諸侯和百姓，不知經歷了多少個日日夜夜的苦幹，終於把蜘蛛山和靈山之間三里多長的河道打通了。洪水沿著河道飛瀉而下，沒多久，陽翟地面的洪水就全部排除了。

後來，人們為了紀念大禹和諸侯們治水的功績，把原來的蜘蛛山改為諸侯山。

> 講述人：王全勝
> 採錄人：王根林
> 流傳地區：河南省禹州西北部
> 記錄時間：1985 年 2 月

▍石砭降妖

凡到龍門的人，都可以看見一根簪子模樣的大石杵，插在西山腳下北頭，石杵旁邊長年累月冒著清泉，這便是蛤蟆嘴。

相傳古時候，禹王治水，用神奇的石砭鑿開龍門山，消除了水患，然後雲遊四海去了。這時，不知從哪裡來了個蛤蟆精，霸占了這個缺口。蛤蟆精興風作浪，無惡不作，害得百姓叫苦連天，無法度日。

禹王重新回到中原後，得知這個消息十分氣憤，就帶著石砭前來。那蛤蟆精聽說禹王來到，率領蝦兵蟹將走出洞府，擺開陣勢。蛤蟆精囂張地說：「龍門已經歸我所有，禹王休得來此過問！」話音落地，血盆大口一

第二節　普天之下，莫非禹功

張，吐出一股黑氣。一剎那狂風大作，電閃雷鳴，瓢潑大雨從天而降，伊河水暴漲，波浪翻滾，朝禹王撲將過來。禹王早有準備，駕上雲頭，口中念念有詞，祭起石砭。這石砭不光是劈山鑿崖的好工具，還是威力無比的降妖杵呢。只見一道金光凌空，「呼啦啦」一陣巨響，震得蛤蟆精和蝦兵蟹將目瞪口呆，頓時烏雲驅散，浪濤平息。蛤蟆精見法術被禹王破了，轉身就想借土遁逃跑。禹王急忙用手中石砭紮下去，一下子戳穿了蛤蟆精的脊背，將其釘在龍門西山下。由於用力過猛，那石砭也拔不出來了。

從此，石砭下清泉湧起，人們都說，這泉水是從蛤蟆嘴裡流出來的呢。

講述人：鄧沛雲
採錄整理：姜弘
記錄時間：1984 年 3 月

石門

欒川縣北川潭頭盆地，土沃人旺，村莊密布。潭頭東三裡處，有一散散落落的大村，它背靠山嶺，南臨伊水。那嶺叫石門嶺，村子就叫石門村。

說起石門村的由來，有這樣一個傳說。

在上古時期，潭頭盆地原是一個茫茫湖泊。每逢大雨，山水湧入，湖浪翻騰，吞沒漁船，禍及四周。先民們只好散居坡嶺高地，伐林墾荒，水落時則駕舟下湖，捕魚餬口，生活極其艱難。如此日月，已不知過了多少個春秋。

一天雨後，湖面上突然出現一艘小舟，上面一位身著長衫、面龐清臞、白鬚飄胸的長者，輕鬆搖槳，時而四下張望，時而凝目深思，滿臉焦急的樣子。據後人說，他就是為治水「三過家門而不入」的大禹。大禹來到這裡，白天駕舟湖上，檢視地形水情，晚上則上岸同周圍山民共商治水

第七章　大禹時代是歷史的開端嗎？

大計，為民解除水患疾苦。不知經過多少時日，他終於發現湖水東部深，西部則逐漸變淺，便斷定湖底東低西高。而湖泊東部恰有一嶺橫臥南北，與東西走向的伏牛支脈相接，擋住湖水退路，造成積水，釀為災患。於是，他就決心帶領山民，劈山鑿嶺，開通水道，讓湖水東洩。

不知經過多少人和多少個日月的辛勤勞動，終於在東嶺與南山的接壤處，開出了一道狀似巨型石門的豁口，湖水便傾瀉而出，漸漸露出湖底一片沃野。從此，散居湖泊四嶺的先民們，陸續下山開墾良田，造屋定居，形成了不少村落。而居住在玉皇山鳳凰臺一帶的先民，因定居在開鑿石門的東嶺之下，就把村名定為「石門」，一直延續到今天。

採錄整理：姜晉京
流傳地區：河南省欒川縣山區
記錄時間：1983年2月

水牛溝

偃師縣高龍鄉境內，有個村子叫水牛溝。說起這個村名的來歷，它與大禹治水還有連繫呢！

相傳大禹在洛陽一帶治水時，餵有一頭神牛。這神牛身高力大，既可負重，又可當坐騎。陸上能疾馳，水上能奔騰，遇到急事，牠還會騰雲駕霧，「日行千里，夜走八百」。這神牛能通人性，懂人語，是大禹的得力助手。

一天，大禹和神牛一起，沿著崎嶇的山路，從龍門向大谷關走去。幾天來，他與神牛風裡來，雨裡去，歷盡千辛萬苦，戰勝惡魔與洪水，已是人困牛乏。但為了造福人類，大禹與神牛仍在四處奔走，治理水患。大禹聽說大谷關南邊的潁陽江洪水暴漲，就急忙趕去檢視。

大谷關是萬安山的一個豁口，南邊潁陽江水常經此豁口濺到山北，所以人們又稱大谷關為「水濺口」或「水泉口」。大禹和神牛來到大谷關西

第二節　普天之下，莫非禹功

側，只見潁陽江水濁浪排天，呼嘯怒吼，向北方奔騰而來。這洪水如不及時治服，不僅大谷關內的莊稼被淹沒，而且人畜也要受到大的傷害。但這突如其來的洪水如何去治，大禹一時想不出辦法來。神牛見滔滔洪水向北滾動，不等大禹發號施令，便騰空而起，衝向洪水，張開大口喝起來。牠喝了九九八十一口，把洪水全部喝進肚裡。水災消除了，神牛也筋疲力盡了。牠稍一鬆力，喝進肚內的洪水從屁股後排泄出來，把地上沖了一條溝，流進伊河。儘管神牛排出的洪水洶湧澎湃，但牠是順著壕溝流進伊河的，所以為害不大。大禹見神牛又樹新功，非常感激，他來到神牛前慰勞，只見神牛喘了一口粗氣，便臥下不動了。大禹心裡一酸，淚如雨下。淚水沖掉了牛毛，神牛變成了石牛。

再說，自從這裡有了這條溝，遇洪能排，遇旱能灌，使附近的土地更加肥沃，旱澇保收。人們見這裡風水好，便沿溝而居。形成的村子叫什麼名字呢？有人就想起神牛的恩德，把它叫「神牛溝」，後來慢慢訛傳為「水牛溝」了。時至今日，逢年過節仍有不少人到這裡焚香燒紙，以表示對神牛的懷念、敬仰和感激。

採錄人：楊聚全
採錄整理：康仙舟
流傳地區：河南省偃師縣
記錄時間：1983 年 2 月

■ 仙人石

汝陽縣城以北約二十里與伊川葛寨鄉的交界處，有個三四百戶人家的村莊，叫做「仙人石村」。村西有塊一間屋子大小的石頭，上面密密麻麻地印著三寸來長的腳印。當地人說，那是給大禹送飯的仙女留下的。

相傳很久以前，洛陽南邊的龍門山上還沒有龍門口。龍門山以南的山泉河流沒有出路，水越聚越多，時間一久，就成了一片汪洋，人稱「五羊

第十章　大禹時代是歷史的開端嗎？

江」。江水淹沒了良田，沖毀了村莊，逼得人們流離失所，遠走他鄉。大禹受命到這裡治理洪水，住沒住的，吃沒吃的，可艱難了。

玉皇大帝的七個女兒久慕人間男婚女愛的生活，經常背著父親到南天門外觀賞人間美景。一日，她們看見龍門山南江水蒼茫，巨浪滔滔，想到人們的生死存亡，就勸父皇派出神兵天將，前往治理洪水。誰知這玉皇大帝只知享受人間香火，卻不願替人民辦事。當七仙女得知人間舜帝已派大禹在治理洪水時，就商量著要幫大禹的忙。幫什麼忙？送飯。

汝陽縣城東南八里有座雲夢山，終年雲霧繚繞，紫氣升騰，是天上神仙下界時的立足之地。眾仙女商量，為了不被父皇發現，她們輪流到這裡做飯，再到五羊江邊送給大禹。第一個下界的是大仙女，她在雲夢山的石洞裡做好飯，又騰雲駕霧飛到江邊，站在一塊大石頭上左右張望，等待大禹的到來。也怨她們太粗心，沒有把自己的打算告訴大禹，所以大仙女在石頭上急得團團轉，三寸金蓮在石頭上踏成了坑，也沒有見到大禹。就在這時，天鼓響起，玉皇大帝發現大女兒私自下凡，派一神兵天將把她抓了回去。也就在這個時候，龍門山上一聲巨響，山崩地裂，大禹劈開了龍門口，五羊江水慢慢洩了下去。

大仙女給大禹送飯時站過的那塊石頭，因為上邊留有仙女的腳印，人們就稱它為「仙人石」。它原來在五羊江邊，洪水退去後，這裡成了良田，有了村莊，就叫「仙人石村」。

採錄整理：郭引強
流傳地區：河南省汝陽縣
記錄時間：1983年4月

▎夏寶

伊川縣白元鄉有個夏寶村。說起這個村名的來歷，得從夏禹治水說起。

第二節　普天之下，莫非禹功

相傳遠古時期，黃河流域水患嚴重，百姓流離失所，處處一片哀號。

堯體恤民情，特派鯀到黃河流域去治水。但鯀只知道「水來土掩」的辦法，把所有通往黃河的河流都用大壩堵死。鯀治水九年，不僅沒有把水患治好，反而使河水越聚越多，受害的面積越來越大。就拿龍門南來說，由於鯀把龍門山的一個豁口堵上了，山南便成了一片汪洋，人稱五羊江。土地被淹了，房屋被沖了，人們只好到高山上去避難。

舜接任堯的位置之後，發現鯀治水無能，就把他殺了。鯀的兒子夏禹繼承父業，決心治理洪水。他吸取父親治水失敗的教訓，採取掩堵與疏導相結合的辦法，解決了不少地方的水患。當他來到龍門南檢視水情時，正遇天降暴雨，洪水猛漲，他所到之處，剛才還是陸地，轉眼間就被洪水淹沒。他一連轉了好幾個地方，都因找不到立足之地，辛苦了好幾天仍然一事無成。

一天，夏禹舉目遠望，見龍門山西南方向有一座高山，花木蔥蘢，祥雲環繞，就向那座山奔去。來到山前，他測量了山的高度，興奮地說：「這座高山，洪水難以淹沒。」誰知夏禹這句話，竟使這座本來就比較高的山變成了活山。水漲它也長，水落它不落。夏禹在這座山上紮下大營，開採五色巨石，運用五味真火，煉成一艘石船。夏禹乘坐這艘石船，遍游龍門山南這一處汪洋的每一個角落，最後發現了龍門山上原來被他父親鯀堵住的那個豁口，認為這裡是開山排洪最好的地方，就使出全身力氣，掄起開山大斧，向龍門山砍去。只聽「轟隆」一聲巨響，山搖地動，火光飛濺。放眼望去，只見龍門山被砍開一個大缺口，洪水洶湧澎湃，通過這個缺口，向北流去。夏禹採石煉船的那座山，因夏禹曾稱它為「高山」，後人就沿用此名。高山北麓的一個村子，也以「高山」命名。如今，高山上還有夏禹煉船剩下的石料。

「打開龍門口，撤乾五羊江；打開黑石關，閃出夾河灘。」夏禹打開龍

第十章　大禹時代是歷史的開端嗎？

門口之後，接著又劈開了黑石關。五羊江水通過夾河灘流入黃河，而後流入東海。原來被洪水淹沒的地方，慢慢變成了肥沃的良田。老百姓從山上遷移下來，男耕女織，開始了安居樂業的新生活。

且說原來被洪水逼到虎頭山上去避難的百姓，現在耕種著肥沃的土地，望著生長旺盛的莊稼，無不感念夏禹的恩德。在給他們聚居的村落命名時，人們七嘴八舌，眾說紛紜，但都不能盡如人意。一個德高望重的老者說：「肥沃的土地是我們老百姓的寶貝，有了它我們才能生存，而這個寶貝是夏禹治理了洪水後賜給我們的。為使子孫後代永遠不忘夏禹的功德，我們村就叫『夏寶』吧。」眾百姓都認為這個村名貼切恰當，就定了下來，一直沿用至今。

採錄整理：諸書智
流傳地區：河南省伊川縣
記錄時間：1983 年 3 月

鯀禹父子與龜馱碑

一說起龜馱碑，人們只當那是一般的烏龜哩，卻不知道牠原是天上的神，名叫鯀。大禹就是牠的兒子。

很早很早以前，洪水氾濫，為害人類。鯀看見了於心不忍，就從天上偷來了「長土」治水。誰知道這長土是寶物，見水就長。後來治來治去不但沒把水治下去，反而越來越大，水都快漫到南天門上了。這一來，驚動了天帝。天帝大怒，把鯀殺了。鯀死後屍首三年不腐，後來自己開膛生出個大禹來。

大禹發誓要把水治下去，完成父親沒完成的事業。他三年不登家門。

有一次他的妻子來看他，不巧大禹正變作一隻熊在那拱河泥哩，當時可把他妻子嚇死了。

大水仍然蔓延。大禹的父親看兒子作難，變成一隻大烏龜，把天下的河港溝汊的水路畫成「河洛圖」刻在石頭板上。然後馱在自己身上，給大禹指路。大禹有了嚮導，很快地就把大水治下去了。

講述人：徐清法

採錄整理：黨鐵九

流傳地區：河南省南陽縣（今南陽市）白河

記錄時間：1983年1月

龍頭橋的來歷

新甸鋪鎮北，有座石頭橋，因為橋中間有個石頭刻的龍頭，人們都叫它「龍頭橋」。提起這座橋，還有點來歷吶。

早在上古時候，夏禹王帶著眾神治水，經常派一條青龍運石頭。這條青龍很賣力，把石頭從高山運到平地，後來累出了病，還是不停地做。一天，牠順著白河把石頭往南運，運到新甸鋪這個地方，走不動了，累死在白河邊上。再說禹王等了幾天，不見青龍返回，非常惱怒，就派巨翅鳥去抓青龍回來。巨翅鳥就順著白河一路找來了，牠看到青龍身上壓著石頭，累死在半路上，心裡很難過，急忙彙報禹王。

禹王感到自己錯怪了青龍，就親自來到新甸鋪給牠安排後事。他見青龍背上還馱著石頭哩，就趕忙讓眾神把那些石頭卸下來，把青龍的屍體沖洗乾淨，埋在白河岸上。

當地人民為了紀念這條青龍，就用牠馱的石頭修了座橋，並在橋上雕了個龍頭，取名「龍頭橋」。

講述人：聶守道

採錄整理：翟建豪

記錄地點：河南省南陽白灣村，流傳於新甸鋪鎮

記錄時間：1986年3月

第七章　大禹時代是歷史的開端嗎？

■ 星星草

人們都知道，古代的王位不是世襲的，是一代一代選賢任能的禪讓制。堯把王位讓給了舜，舜把王位讓給了治洪水有功的禹。

大禹得了王位後，常領著人們狩獵種田，和他的臣民一起過著康樂的生活。後來，禹的年紀大了，身體也不行了，想挑選一個繼承人。他的臣民們在他的帶領下，過著安寧無災、太平盛世的生活，沒有顯露賢能的機會，不像他在與洪水搏鬥的風浪中出類拔萃，能一眼看出。為了挑選一個賢能的人繼承王位，他愁得白了頭。後來，他終於想出了一個挑選王位繼承人的法子。

那天，禹把他的臣民召集在地壇（祭地的土臺）周圍，他在地壇上照著北斗星辰的模樣栽了七墩草，上面放了一把勺子，又把自己的領子和袖子撕下放上，然後意味深長地問眾人：「堯把王位傳給了舜，舜把王位傳給了我。如今，我老了，不行了，也到了讓位的時候。今天，我把大夥召集來，也就是要選賢任能把王位讓出。我們由東向西，一個一個地走過地壇，說出地壇所放東西的意思，倘若眾人贊成誰說得好，我就把王位讓給誰。」

禹王說罷，就讓眾人由東向西穿壇而過。眾人望著地壇上的東西，誰也猜不出是什麼意思，都搖著頭走下壇去。最後一個上來的人是禹王的兒子啟。啟望著地壇上的東西略思片刻，指著唱道：「星星草，比北斗，一把勺子有稀稠。領出頭，袖出手，打虎走前頭，翻土先伸手。」他唱罷走下地壇，眾人領悟，拍手叫好。

禹王臉上的愁雲沒有了，笑咪咪地說：「啟說對了，啟說對了。我在這地壇上種的七墩草正是比著北斗星座所種。斗轉一周，為之一年。北斗星辰好比一把勺子，一把勺子有稀稠啊！身在王位的人，也就是掌勺把的人。掌勺把的人應該整夜仰望北斗捫心自問：『獵物上有沒有我的箭？耕

第二節　普天之下，莫非禹功

出的地上有沒有我的汗？這一年中我領著大夥是不是都吃飽了肚子？』」

啟雖然猜透了禹王的心思，但是禹王對兒子還不放心，就給兒子一部分人，讓他帶著那部分人去開闢一個荒地。啟去那個荒地先種了七墩星星草以銘父訓，然後領著人開荒翻土，種禾植桑，年年都是五穀豐登。禹王去那地方視察過幾次，對兒子的作為非常滿意，就把王位讓給了兒子。

後人有說禹王自私，把王位傳給了他的兒子。其實不然，有星星草為證，至今人們還稱北斗星為勺星。要說自私嗎，那是啟，啟後來不加選擇地把王位傳給了他的子孫。

採錄整理：陶一農
記錄地點：河南省社旗縣
記錄時間：1983 年 2 月

鯀禹治水

堯的時候，有個惡神共工，他的部下相柳，也很凶惡，有九個頭，人面蛇身，青灰色，盤踞九土，作惡多端。他噴一口氣，地上就變成大湖，洪水氾濫，滔天橫流。地上除了露在水面的一些山頭，平原丘陵都被水淹了，房屋沉到水底，人們被逼上山頂、大樹，在山洞鋪草為炕，在樹杈搭巢當家。就這還擋不住禽獸傷人，龍蛇作禍，人民叫苦連天。

當時堯為天帝，知道了民間疾苦，他說：「喂，四大山神，湯湯洪水，正在為害，浩浩蕩蕩，包圍山陵，人民在怨恨。誰能治理洪水？」四大山神想了想，異口同聲說：「啊，鯀可以吧！」天帝說：「好，叫他去吧。他要違命，我便罰他！」四大山神皺皺眉頭說：「試試看吧。」天帝說：「告訴他，小心做吧！」

四大山神馬上傳達天帝的命令，叫鯀治水。

鯀望著滔天的洪水，怎麼治呢？一隻貓頭鷹飛來，叫道：「高地墊低

第七章　大禹時代是歷史的開端嗎？

地，洪水流不去。哈哈哈……」一隻烏龜游過來，叫道：「屯土填百川，把水堵成潭。哼哼哼……」鯀聽了，目送牠們而去：「對，就這麼辦！」

鯀領著人們到處壅塞百川，剷平高地，築起堤壩，擋住洪水。可是水很大，擋住這裡，又沖開那裡。辛辛苦苦治了九年，洪水還是到處氾濫。

有的人便失去了信心，也就不願再幫助他。

鯀以為是地上的土不好，聽說天上的「息壤」能隨著水漲堤高，不經天帝的同意，他就偷了來築堤擋水。果然，真靈，水漲堤高，高高的堤壩擋住了洪水。但這件事卻被天帝知道了，他派了人面獸身的火神祝融，乘駕兩條火龍，飛到羽山上空，見鯀正用天土築堤，大吼一聲，一個炸雷，尾巴一甩，一道火閃，把鯀殛死在羽山之下。

鯀死了，洪水更加氾濫。「嘩嘩──嘩嘩──」浪濤不斷地捲來，拍打著岸邊的岩石，沖刷著他的屍體。鯀死了，眼卻不閉，屍體三年也不腐爛。有人用刀剖開他的肚子，肚子裡卻生出一個壯壯實實的禹來。鯀變成了一條黃龍（一說是黃熊，一說是三腳鱉），隨著浪濤躍入洪水，潛沉到深深的水底。

禹一站起來，就是個魁梧的大漢，身高八九尺，虎鼻，熊腰，齒並齒，鳥嘴，耳有三洞，人稱大禹。

大禹目送父親變龍順水而去，很為他治水的失敗而痛心。他決心繼承父業，但要改變治水的方法。他沿著山崖水岸到處檢視地勢水情，研究開河鑿渠疏導洪水的辦法。他把這辦法向人們一說，大家都說：「好！」便都主動地和他一起來做。

大禹拿著橐耜耒耜，領著人們劈山鑿石，決心疏通天下河川，使洪水流入江河，使江河流入大海。他做哪哪哪，使盡了渾身的力氣，他鏟哪挖啊，疏通這裡，又到那裡。

第二節　普天之下，莫非禹功

一天，他治水到了塗山，遇到一個美貌的女子。因為忙著治水，他沒有停留，便匆匆巡行南上。塗山女見禹一心治水的忙碌樣子，認定他是個英雄，對他投去仰慕的目光，並派人到塗山的南坡去等禹，自己作歌唱道：

「滔滔的洪水呀，快流入千河萬渠。治水的英雄啊，我在等你盼你！啊……」

禹三十歲了，還沒娶妻。他正彎著腰掘土，聽到歌聲，知是塗山女唱的。看看天色已晚，又要在塗山風餐露宿，心裡高興，應道：

「滔滔的洪水呀，要歸千江萬河。我要娶妻子呵，可有人願意嫁給我？啊……」

於是，有九尾白狐來找禹說親，說塗山女叫女嬌，很仰慕禹的人品，願意嫁給禹。大禹、女嬌便來到山洞，舉行了簡單的婚禮。

他們結婚的第四天，大禹又拿起橐耜未耜治水去了。臨行，女嬌送出門外，含著眼淚說：「在外要注意身體，有空多回來看我。」

大禹笑笑說：「那當然，等我治平了洪水，一定回來看你。」女嬌的眼淚在眼眶裡滾了幾滾，但她沒有讓它流出來，她揚手送丈夫奔上征途。很遠了，大禹又轉過身來，擺手要女嬌回去，並說：「你如果想給我送飯，一定聽到鼓聲。」女嬌「嗯嗯」地應著，久久地目送著遠去的丈夫，直到不見。

大禹出外治水，重活髒活搶著做，哪裡艱苦哪裡去。他剗土鑿石，手上磨掉了指甲，腳底打滿了血泡，腿上磨去了毫毛，肩背生成了老繭。他不肯休息，忘我勞動，成了大家的表率。但是，他積勞成疾，生了偏枯之病，臉上又黑又瘦，嘴尖頸細，走路時，左腳邁不過右腳，右腳越不過左腳，只能前腿拖著後腿一步步地走，人稱為「禹步」。但他仍舊帶領人們戰鬥在風雨裡、山水間。人們說：「他真是人民的好首領，他為人民受盡了勞苦。」

第七章 大禹時代是歷史的開端嗎？

一晃十年過去了。十年，三千六百個日日夜夜，禹沒有見到自己的妻子。他不想念嗎？想，但他一心治理洪水，這種思想壓過了對妻子的想念。他一次都沒有回家嗎？沒有。十年中，他三次路過家門口，都顧不得拐進去看看。

妻子女嬌不想念他嗎？想。她無時無刻不在想念著自己的丈夫，為他的工作分心，為他的衣食操勞。她沒日沒夜地趕做冬衣夏衫，儲備食品，等他回來，盼他到家。可是這三千六百天呵，天天她都落空。她想起丈夫說的「送飯」，就到處打聽他的下落。一天，她聽說丈夫正領著人們在嵩山劈鑿轘轅關，便備了飯菜，提起籃子去送飯，她走呵走呵，踏過河水，浪濤打溼她的衣裙，她跨過高山，荊棘刺破她的雙腳。她不哭，也不退縮。走一程，盼一程，來到嵩山南坡，來到軒轅山上。果然看見好多人都在劈山，工具在揮舞，土石在翻飛。「咕咚咚咚」，鼓聲響了，她想起丈夫離別時的話，提著飯籃就向人群走去。她找不到丈夫，卻見一隻力大無比的黑熊正在使出全身的力氣鑿石推土，開挖河道。「咕咚咚咚」，又一陣鼓響，原來是「黑熊」躬腰蹬腿伸掌挖土時，把山石推翻，石頭順著山坡往下滾，掉在鼓上把鼓砸響了。聽人說，那就是大禹。女嬌大吃一驚，一時不知如何是好，又羞又惱，撇下飯籃急忙往回跑。「黑熊」回頭一看，是女嬌，自己的妻子，就拔腿去攆。當攆到嵩山萬歲峰下將要伸手拉住她的時候，女嬌一陣眩暈，站住了。她變成了一塊巨石。大禹忽然想到自己不該瞞著妻子變成熊，而且又來攆她，他趕緊變成原來的樣子，拍著石頭說：

「我是禹呀，女嬌！」可是他再也喊不應了。他前後左右地細看，還是一塊偉岸的巨石，他只得求告：「把兒子還給我吧。」巨石真的從北方破裂，生出一個啟來。後人稱這巨石叫啟母石。

大禹把兒子送回家，交給女嬌的妹妹女姚養著，他還是照樣去治水。

第二節　普天之下，莫非禹功

聽到啟兒哇哇的哭聲，他也沒有工夫回家去抱抱自己的兒子。他一心一意地領大夥開山通河，治理洪水。他的行動感動了天地，有個有翅能飛的應龍便來幫他治水。應龍飛起來，用尾巴劃地，地上便出現了深溝，洪水流入溝裡，形成了條條江河。禹在治水時遇見了九頭蛇身的相柳，知道他是洪水的禍首，便派人殺死了他，把他流在地上腥臭的血土挖掉，地上便出現了湖泊，湖河的岸邊都長滿了莊稼。

又三年過去了，洪水治服了，地上的洪水入江河，江河的洪水入大海，使鳥獸龍蛇不能為害，人民都到陸地上來生活。大禹受到人民的擁護，受到天帝的賞賜。

講述人：張一書
採錄人：張康民
流傳地區：河南省登封城關

淮汝交流

「淮汝交流」是淮河中游的一大景觀。至今還流傳著一個耐人尋味的故事。

相傳，很早很早以前，中原洪水氾濫成災，淮河、汝河沿岸，一片汪洋。這一帶黎民百姓，焚燒樹葉、枯草，磕頭拜天，苦苦哀求老天搭救。黎民的苦訴，驚動了玉皇大帝，他順著哭聲搭眼向下一看，只見山連水，水連山，天水相連，凡間的人和牲畜都擠在山頭上、樹杈上。玉皇大帝看了以後，非常生氣，託夢給虞舜說：「你是凡間的人主，要為黎民百姓除害滅災。在你東南方有一個地方，洪水氾濫，老百姓叫苦連天，你快去搭救他們吧！」虞舜醒來，細心一想，這是老天爺的安排，一定是真有這件事。於是，他親自帶領一百多個壯士，直往東南方向檢視。一連走了四四一十六天，他們來到一個低窪的地方，果然是天水相連，汪洋一片。虞舜急忙命部族壯士到山頂上、樹杈上救人。虞舜憐憫百姓，百姓感激虞

第七章　大禹時代是歷史的開端嗎？

舜。可是，眼前只有這一百多個壯士，也無法治服洪水呀！他想來想去，還是趕了回去，商量治水的辦法。

商量的結果是：讓部族的一個首領——鯀，帶領三千壯士前去治水，解救黎民百姓。鯀治水不甚得法，東堵西擋，南攔北截，不僅沒能把洪水治服，反而洪水越治越大。虞舜知道以後，把鯀召了回來，又派另一個部族首領——禹去治水。虞舜把自己隨身帶的寶劍賜給禹，說：「誰要是不聽你的話，你可以把他當即殺了！」這樣一來，部族壯士上下一心，要救中原百姓。

禹來到中原以後，首先搭救被洪水困著的黎民百姓。他們紛紛向禹訴說：「在這以前，萬物都生長得很好。忽然有兩條巨龍相鬥，一時波濤翻滾，遍地洪水。被淹死的人不知有多少；沒有被淹死的，都爬到樹杈上、山頂上……」禹聽了以後，站在山頭上往下仔細一瞅，只見洪水深處有一龍一蛟，正在玩耍戲鬥，忽上忽下，掀起連天波濤。禹氣惱不過，親自帶領一百多個壯士，駕著木排下水，去降伏蛟龍。那一龍一蛟看見有人下水，立即噴水數尺，來鬥壯士。禹在翻滾的洪水中雖然多處受傷，但仍然堅持著與壯士一起奮力拚殺。一連鬥了三天三夜，壯士死傷不少。可是，那惡龍也已經筋疲力盡了，慢慢地蕩在水邊。禹斥道：「你這孽畜，為什麼要興風作浪，苦害黎民？」惡龍磕頭求饒，說出了一片心酸的話。事情是這樣的——淮河、汝河原為母子河。淮河有龍，為母；汝河有蛟，為子。

等到汝河蛟長大以後，就胡作非為，任意苦害黎民百姓，一發脾氣，就翻上岸來，噴雲吐霧，造成災害。淮河龍再想管也管不了啦！淮河龍對牠管教一嚴，汝河蛟就撒嬌耍賴，與母親拚鬥。可是汝河蛟遇到困難，淮河龍就又拚命地護著兒子。這次洪水氾濫成災，就是汝河蛟惡性發作的結果。

第二節　普天之下，莫非禹功

　　禹聽了這前前後後，嚴厲地斥責淮河龍：「你身為龍母，教子不嚴，不覺得慚愧嗎？」淮河龍羞愧得低頭不語，眼中流淚。

　　再說那汝河蛟，一時鬥不過一百多個壯士，便躲藏在深水裡不敢露頭。聽到母親求饒，牠心裡也很害怕，一個鷂子翻身，向遠處游去。禹一見汝河蛟逃走，率領壯士跟蹤追跡。有人說汝河蛟順水溜走了，禹就命壯士們疏水緊追不放；有人說汝河蛟入土逃跑了，禹就命壯士破土開挖。就這樣疏疏通通，挖挖排排，經過九九八十一天，大部分洪水已東去歸入大海。汝河蛟被困在一個低窪的水池中，筋疲力盡，淺臥在泥潭裡。禹拔出斬龍劍高高舉起……就在這時，他轉念一想：殺，不如管。如果嚴加管教，使牠改惡從善，為人間辦點好事，不是更合適嗎？想到這，他手軟了。

　　於是，命壯士抬過一把千鈞大鎖，奮力單臂舉起，往汝河蛟猛地擲去，只聽「咔嚓」一聲，不偏不斜正鎖在汝河蛟的脖頸上，任牠無論怎麼翻滾、撕拽，也不能掙脫。

　　禹把汝河蛟鎖在百丈深淵，並在牠和淮河龍之間搭起一堵牆，不許相見。淮河龍知道自己理虧，也只能是心中悲傷，暗地流淚。為了使兒子改惡從善，牠到東海龍宮請來老龍王勸蛟兒痛改前非。

　　一年一年地過去了，不知過了多少年，汝河蛟終於意識到了自己的過錯，決心改惡從善。禹見汝河蛟心有悔改的誠意，就親自從開鎖蛟的神鎖，又以神功天力，挖掉了牠們母子之間的一堵牆。汝河蛟痛心地撲到母親懷抱中。從此，淮河龍和汝河蛟又重逢了，牠們歡快無比，改惡從善，拖運船隻，穩載客舟，為淮、汝沿岸人們造福謀利。百姓稱讚道：「排決久思神禹功，今看淮汝共朝同。哪知清濁分明處，即在波流交會中。」

　　息縣縣誌上亦有記載：息縣南帶淮河，北枕汝水，兩河交會於縣東北谷堆河口集（現歸屬於淮濱縣）。兩河爭流，船帆碧影。南與白鷺洲遙遙相望，極稱勝地。歷代名人學士，爭相稱頌「淮汝交流」，有詩為證：「神

第七章　大禹時代是歷史的開端嗎？

「功排決古今頭，帶礪同盟到此收。兩路艦船歸一處，千家巨鎮枕雙流。頓開三面黃沙岸，爭繞十灣白鷺洲。固是朝宗仍匯海，洪濤已撼地天浮。」

講述人：易志
採錄整理：曹金鑄
流傳地區：河南省息縣、淮濱一帶
記錄時間：1990 年 1 月

■ 禹王鎖蛟龍

很早很早以前，蛟龍常來大地作怪，鬧騰得天昏地暗。牠只要稍一抖身，河水就四處漫溢，淹沒村莊和莊稼。老百姓經不住河水的襲擊，死的死，傷的傷。禹王看在眼裡，疼在心裡，決心為民排憂解難，白天黑夜想制伏蛟龍的辦法。他百思不得其解，只好下令張貼皇榜，與蛟龍當面論理。

一天、兩天過去了，可是連蛟龍的影子也沒有看見，老百姓有點失望，禹王也有點焦急。

這天晚上，天色剛黑，門官報知禹王說，有位七十多歲的老太太有要事求見。禹王聽報，說了聲「有請」，馬上出門迎接，請入上座。禹王說：「大娘，您還沒吃晚飯吧？這些年土地被蛟龍毀壞，沒有好吃的來孝敬您老人家，還是吃碗麵吧！」接著轉身對內侍說：「給老人家做碗上等麵。」老太太也應和著：「知道，知道，這幾年蛟龍作怪，莊稼被淹，房屋被沖，吃碗麵就不錯了。」少時，內侍把麵送上，老太太接過飯碗，就大口大口地喝起來。剛喝一半，禹王突然大笑起來。笑得老太太直打寒戰，忙問：「你笑什麼？」、「我今天可要會蛟龍了。」、「牠在哪兒？」、「遠在天邊，近在眼前。」、「啊！您別開玩笑了，我是有要事從遠路而來，大王您怕是思蛟龍成瘋了吧！」禹王將桌子一拍說：「大膽蛟龍，竟敢戲弄於我。」說罷，用手指輕輕挑了根麵，只聽得嘩啦啦一陣鐵鏈響聲，一條鐵鏈從老太

第二節　普天之下，莫非禹功

太口中拉出來，輕輕一抖。老太太霎時拋掉飯碗，大聲喊叫，現了原形。原來，這老太太就是蛟龍所變，老蛟龍本想仗著自己的本事，會會禹王，和禹王較量一番，誰知禹王一眼就看出來了。那蛟龍變的老太太喝的麵是禹王使用法術做的，麵條就是鐵鏈子。牠一喝下去，就緊緊鎖住了牠的心。怪不得禹王輕輕一拌麵，老蛟龍疼痛難忍，現了原形，在地上亂翻亂滾，苦苦哀求：「大王饒命！大王饒命！我再也不敢任性糟蹋百姓了。」禹王說：「今天念你有心悔改，免你一死，鎖禹州井內，等到鎖你的鐵鎖開花再出井。」說完，吩咐武士把蛟龍壓在禹州井底。從此，再沒有大水災降臨，百姓們安居樂業。

講述人：杜炳先

採錄整理：胡興華

記錄地點：河南省方城縣柳河村

記錄時間：1983 年 11 月 2 日

崇伯鯀上任

天上的下雨王一時不慎，掌管的雨簿被蛟龍偷去闖下大禍，心中惱怒將蛟龍踢到凡間的時候，世上正是堯王當政的晚年，終日大雨傾盆，洪水氾濫，老百姓遭到了劫難。

堯王愁得坐臥不安，他為了盡快治服洪水，召集大臣們商討領導治水的賢人。堯王說：「如今洪水為害，你們看讓哪一位來領導治水？」西岳大臣推薦說：「汶山石紐村有個名字叫鯀的人，很善於修堤築壩，讓他來領導治水就行。」堯王搖了搖頭說：「鯀這個人我聽說過，本領是有，但他剛愎自用，驕傲得很，恐怕不行吧。」大臣們都說眼下還沒有比鯀更合適的人選，不妨讓他來試一試，如果實在不行，再另選別人。堯王接受了大臣們的意見，封鯀為崇伯，命令他火速到中原上任，領導治水。

崇伯鯀接到堯王的任命，二話沒說，同他的愛妻辛嬉女一道，帶著他

第七章 大禹時代是歷史的開端嗎？

的獨生兒子文命，從汶山石紐村出發，日夜兼程，來到崇高山下水紐屯，選擇了一個山洞住了下來。崇伯鯀囑咐妻子說：「你們母子兩個在這裡安心住下，時間緊迫，我不能在家久留，等我把洪水治服以後，回來我們再團圓。」辛嬉女兩眼含淚，說：「你出門在外，任重道遠，我放心不下，你自己愛護自己身體吧。」崇伯鯀說：「你在家擔子也不輕，一切事情都要由你自己去操辦，但事情千頭萬緒，你要記住一條，無論如何要把我們的兒子撫養成人。我拜託了。」辛嬉女說：「困難再大我也不怕，只是剛到這裡過不習慣啊！」崇伯鯀說：「是啊！剛從石紐來到水紐，人生地不熟，氣候不適，水土不服，過不慣是真的。不過你要明白，我到這裡來是為了治水除害，不是來做官享福啊！」說罷出門就走。「鯀，你拐回來。」辛嬉女忽然有一事湧上心頭，趕緊叫住丈夫。「你還有什麼事情呢？」崇伯鯀去而復轉。辛嬉女說：「我有個想法不知該說不該說？」崇伯鯀說：「你有事就快說。」辛嬉女說：「你到外邊是去治水，現在我們家鄉也是洪水滔滔，倒不如先把我們家門口的洪水治……」崇伯鯀不等妻子把話說完，倔強脾氣就來了，兩眼瞪得跟銅鈴一樣，哼了一聲，怒氣沖沖出門而去。

光陰似箭，日月如梭。崇伯鯀出外治水已經九年，他的夫人辛嬉女成了滿頭白髮的老婆子，孩子文命也已經長大成人。這年秋天，母子二人聽到風言風語，說崇伯鯀在外治水失敗被舜王判罪發配羽山，死在冰天雪地裡。文命跟他的父親一樣性如烈火，聽到消息後氣絕身亡。這時候，辛嬉女夫死子亡，感到絕望，也要懸梁自盡。夜深人靜，當她手拿麻繩要上吊的時候，門忽啦開了，進來一個披頭散髮、滿身汙血的老頭，手中拿著一個小黃布袋，走得越近看得越清楚，正是自己天天想夜夜盼的丈夫崇伯鯀回來了。當她正要起身相迎的時候，老崇伯亦不說話，把手中的小黃布袋往地上一放，用手指指，隱身不見蹤影。辛嬉女拾起小黃布袋一看，裡面裝的是五色雜土。她哭了，心裡明白這是老崇伯魂歸故里，留下的一袋五

第二節　普天之下，莫非禹功

色雜土是丈夫鯀的遺願，預示著讓妻子和兒子繼續自己的遺志。這時候她想到兒子死了，唯有自己是能使崇伯遺願得以實現的人。於是又振作精神，用野草裹了兒子文命的屍體，背到一個大石頭堆上，然後又孤苦伶仃地回到家裡，思考著以後的事情。

講述人：張東方
採錄人：張海洋
流傳地區：河南省登封城關
記錄時間：1983年2月

盜土治水

中岳廟前太室闕上有一幅三足熊（古代一種水陸兩棲動物）圖案，它形象地記載著夏禹王的父親崇伯鯀盜土治水的故事。

相傳，崇伯鯀的原神是天上王癸宮中的白龍神馬。有一次，王癸宮主神黑靈真君騎著白龍神馬出遊，走到南天門外，想看看花花世界。撥開雲頭往下一瞧，只見塵世上洪水氾濫，情形十分可怕，但他對凡間的大災大難視而不見，漠不關心。可是白龍神馬掉下了同情的眼淚，當即請求黑靈真君，說：「上神，你是天上管水的大神，趕快把洪水收回天宮，搭救受苦受難的黎民百姓吧！」黑靈真君說：「我雖然是管水的主神，但雨是各路龍王下的，造成災害不是我的責任。」白龍神馬一看請求收回洪水不成，就另提要求，說：「雨雖然不是你下的，但是龍王們下的雨水是你發的，今後你不要再給龍王們發雨水了。」黑靈真君仍然不答應，說：「各路龍王是奉命下雨，我怎敢抗旨扣水不發！」白龍神馬怒火升起，說：「照你這樣說，洪水不收，雨水照發，無辜百姓只有死路一條！」黑靈真君臉一黑喪，說：「老百姓的死活我管不著，我只管奉命發放雨水。」

白龍神馬越聽越惱，說：「你若不收回洪水，還照發雨水，我就不再馱你！」黑靈真君責問：「你要做什麼？」白龍神馬說：「我要下凡治水，

第十章　大禹時代是歷史的開端嗎？

搭救百姓。」說著尥個蹶子，把黑靈真君掀翻在地，扯斷韁繩下凡走了。黑靈真君無可奈何地步行走回玉癸宮。

白龍神馬到凡間轉世成人，姓姒名鯀。堯王封他做崇伯，領導治理洪水。

崇伯鯀離家別親出外治水，走到戊己宮（太室祠前身）外，守門的神龜開口說話了：「請崇伯大人留步。」、「我有急事！」崇伯鯀走著說，「沒有時間跟你閒聊。」、「我知道你治水心切」，神龜說，「但是你知道治水的方法嗎？」崇伯鯀漫不經心地說：「那有何難，水來土填嘛！」神龜一聽哈哈大笑，說：「你太自以為是了，洪水是從天上下來的，你用凡間的黃土能填得了嗎？」崇伯鯀覺得神龜說得有道理，趕緊停步向神龜請教：「你說我應該怎麼辦？」神龜為了搭救人民，洩漏天機說：「天上下來的洪水，只有用神土息壤才能堵住。」崇伯鯀說：「神土息壤在天上，我一個凡人怎能得到！」神龜說：「你真是聰明一世，糊塗一時，連天地相通、人神一理的道理都不知道！神土息壤並不在天上，在戊己宮填臺下的地倉中。但是地倉門上的鑰匙黃元真君親自掌管，只有先拿到地倉門上的鑰匙，才能取得神土息壤。」崇伯鯀問：「怎麼拿到鑰匙？」神龜說：「不難，就看你有沒有膽量。」崇伯鯀說：「頭割了不過碗大個疤！你說怎麼取得。」神龜說：「偷。」二人計議一定，夜裡，崇伯鯀在神龜的幫助下，鑽入戊己宮偷出鑰匙，打開地倉門，竊得神土息壤，又把鑰匙放在原處，神不知鬼不覺地治水去了。

崇伯鯀用神土息壤治理洪水剛見成效，戊己宮神黃元真君發現填臺下地倉門被打開過，神土息壤被盜，而且得知是守門的神龜和白龍神馬內外勾結作案，就到玉皇大帝那裡去告狀。玉皇大帝不說使用神土治水有功，單說盜竊息壤有罪，傳下聖旨，砍掉神龜的一隻足，由龜變熊，以示懲罰。對於白龍神馬，鑑於他已經在凡間轉世成人，就由凡界天子虞舜代天嚴懲了。

第二節　普天之下，莫非禹功

再說崇伯鯀治理洪水只堵不疏，開始也有成效，但是後來雨越下越大，地上的洪水越積越多，結果堤崩壩潰，造成更大災害。舜王判他死罪，發配羽山，鯀死在冰天雪地。崇伯鯀治水失敗，死而無怨，遺憾的是治水事業中斷，因此他死後三年屍體不腐。玉皇大帝怕他再犯上作亂，就派祝融下凡檢視。祝融是個既無知又高傲的神，要剖屍看看崇伯鯀的膽到底有多大。當他手執利刃剛剛劃破屍體的時候，屍體肚子裡便跳出一條黃龍，躍進羽山腳下的大河中。祝融嚇得目瞪口呆，回到天宮以後，閉口不敢談自己在凡間的作為。

講述人：張東方
採錄人：張海洋
流傳地區：河南省登封城關
記錄時間：1983 年 2 月

文命聆教

下雨王奉玉皇大帝的旨意，下凡治理洪水。他為了早日完成使命，節省了投胎出生成長過程，在崇高山下借崇伯鯀的兒子文命的屍體轉世。當天夜裡，已經換了靈魂的文命和他的生身母親辛嬉氏睡臥在水紐石室中。文命很快進入夢鄉，而辛嬉氏卻思緒萬千，不能入睡。當她想到丈夫慘死羽山，洪水還在繼續氾濫的時候，不由得大放悲聲痛哭起來。

哭聲驚醒了兒子，文命勸解道：「娘，孩兒我已經死而復生，你就不必再哭了。」辛嬉氏哽咽著說：「你爹死了，洪水仍在危害社稷，怎不叫我傷心憂愁呢！」文命安慰母親，說：「請娘放心，孩兒我一定治服洪水，為民除害，為父平憤。」辛嬉氏長嘆一聲，說：「說得容易做著難，你爹為治理洪水操勞一生，到最後落了個慘死外鄉的下場。看來只有一腔熱血，沒有一定成功的本領是不行的。」文命問：「我爹滿懷壯志，為什麼失敗獲罪？」辛嬉氏說：「你問這些我不知道，你要想得知這些可到玉溪村去向

第七章　大禹時代是歷史的開端嗎？

玉溪老人聆教。」文命猶疑說：「玉溪老人是爹貶黜的人，恐怕他不肯施教！」辛嬉氏說：「賢不避仇，他若嫌棄你是崇伯鯀的兒子不肯施教，那他就不足稱賢，你也就不必再求教於他。但人家賢不賢，我不知道，不妨你去試試看。」

文命說：「孩兒遵命，我明日一早就去。」

再說玉溪老人。玉溪和他弟弟疊溪接受人們的請求，帶領百姓鑿開陽城關，疏導洪水順流而下，嵩陽箕陰潁河兩岸成了一片樂土，人們過上了安居樂業的生活，外地許多災民也都紛紛前來逃避水荒。普天下都稱道玉溪、疊溪兩大賢人。但是，玉溪、疊溪兄弟兩個清楚地知道，自己治理的只是區域性洪水，而普天下仍有許多地方和人們遭受著洪水的危害。

當他們剛剛萌發再到外地治水的念頭時，疊溪因長期與洪水搏鬥積勞成疾，早早地與世長辭。疊溪的死使玉溪失去了一位有力助手，感到十分痛心。同時，又傳來了崇伯鯀在孟門治水失敗，被判罪處死的消息。在他看來，崇伯鯀雖然錯誤嚴重，應當受到處罰，但被處死是太重了些。再看看自己已經鬢髮如霜，再去從事治水大業，已是力不從心了。要想治服洪水，只有等待新的賢人出現，而且還必須有明君的支持。眼前，還看不到新的賢人和明君的影子。因此，他越想越愁，愁出病來了。玉溪老人的病，雖有賢妻許姬和孝子潁龍的精心護理，但病情日益沉重，臥床不起。

文命雞叫頭遍起身，行程一天，日壓擋陽山的時候，來到玉溪村，正好碰上玉溪的兒子潁龍。潁龍領文命回家見到了玉溪老人。文命自我介紹了身分表明來意，說：「我是崇伯鯀的兒子，名叫文命，今日特來向老人家聆教。」玉溪老人說：「不知你要問何事，不妨當面提出來，老夫如若知道，一定如實奉告。」文命說：「老人家當初曾在我父麾下為將，對我父的情況一定知道，請老人家告訴我，他為什麼治水失敗，獲罪被殺？我還想請老人家教我治理洪水方法，使我繼承父志治服洪水。」玉溪老人看到面

第二節　普天之下，莫非禹功

前這位青年像崇伯鯀那樣意志堅強，但在與人相處上，態度卻不像他父親那樣盛氣凌人，感到是個品行兼優的人才，於是決定對其施教，說：「治服洪水並不難，方法無非是由高到低，疏疏堵堵，疏堵並用，以疏為主。切記只能順依水性，不可與水爭勢。」文命問道：「老人家就是用這個方法治服我們這裡的洪水嗎？」玉溪老人點頭回答：「是。」文命緊問不捨：「老人家既有這樣的好方法，當年為什麼不獻給我父親採用，反而讓他失敗獲罪被殺？」玉溪老人對文命的責問不僅不感到煩惱，反而看到這位青年很有心計。於是向文命講述了他曾三次向老崇伯建議，最後遭到指責被貶出治水大軍的經過。文命聽後長嘆一聲，說：「我父親被殺從表面上看是因為他治理洪水的方法不當，實際上是他不善從諫，一意孤行。」、「對，他吃虧在於過分自信！」玉溪老人說，「來日方長，不知你怎麼繼承父志，從事治水大業？」文命沒有重複玉溪老人的教導，只是回答說：「嚴遵老師指教，力避先父過錯。」玉溪老人問：「你何時開始治水？」文命回答說：「我心急似火，明日回家，告別母親，立即行動。」玉溪老人搖搖頭說：「不可，治理洪水是要萬眾一心啊。眼前你孤掌難鳴，單憑個人勇氣，斷然不會成功。」文命再次向老人聆教，說：「請老人家再次施教。」玉溪老人說：「治水大業前無古人，要想治水成功，得有兩個條件：一是要喚起大眾齊心投入，二是還要有明君的大力支持。」文命不知所措，憂愁地問道：「這要等到何時呢？」玉溪老人說：「治服洪水已是眾心所望，我看時機不久即會到來，你要耐心等待。」

　　文命和玉溪老人暢談一夜，東方發亮，文命起身告別而去。玉溪老人的病也好大半，從此天天去潁河岸邊釣魚，等著明君的出現。

講述人：張東方
採錄人：張海洋
流傳地區：河南省登封城關
記錄時間：1983 年 2 月

第七章　大禹時代是歷史的開端嗎？

■ 舜王訪賢

堯王到了晚年，朝政由虞舜代理，他殺了在治理洪水中犯有嚴重錯誤的崇伯鯀，一時又找不來能領導治服洪水的人，倒使洪水災害更加嚴重。

一日，堯和舜在京城平陽正同大臣們議事，忽聽西北方向由遠而近像颶風一樣的響聲，接著又有一人慌慌張張前來報告，說從西北面竄過來一股洪水，直向京城沖來。堯和舜聞聽此報，急忙率領大臣登上西城觀察水情，只見洪水來勢凶猛。大臣們一見個個嚇得面如土色，對於洪水到來是一籌莫展。虞舜命令趕緊囤住京城西門，先擋住洪水漫來，然後讓京城中的人們往東南浮丘山上撤離。當他最後一個出平陽南門的時候，洪水已經沖破北城，腳跟腳地趕來了。從京城逃上浮丘山的人，不分君臣和官民，都集聚在山頂上往下看，京城裡頭洪水滾滾，橫衝直撞，情境十分可怕。年老多病的堯王仰天長嘆道：「都怨我修德不成，誤用庸人，沒有治服洪水，讓無辜的百姓遭此大難！罪過啊！」聽了堯王的自責，四岳大臣們坐不住了，都說：「這哪能是聖上的罪過呢，要說有罪，只能是我們，我們向聖上錯薦了崇伯鯀，誤了大事。」大司理皋陶說：「崇伯鯀雖然有罪，但早已被殺，這次洪水與他有什麼相干？」虞舜說：「這幾年朝政由我代理，是我無能，責任在我。」君臣們你一言我一語，都是自我責備，卻沒有一人提出治服洪水的辦法。這時候，堯王提出來他要讓位，他說：「我年邁多病，不能治理天下，請大家允許我把王位讓給年輕有為的虞舜吧！」堯王的提議，眾大臣們也都擁護，就在浮丘山上舉行了禪讓大禮，從此舜就正式稱王於天下。

舜王繼承王位以後，最要緊的仍是盡快地治服洪水，他對大臣們說：

「治水救民迫在眉睫，哪一位大臣能勝任大司空，請自薦。」大司徒殷契說：「臣為司徒，只能教民以禮，對於洪水，我是無能為力。」大司農周弁說：「臣只會耕種五穀，飼養六畜，改做司空，我勝任不了。」大司理

第二節　普天之下，莫非禹功

皋陶說：「明辨是非，秉公以律，是臣的本分，要治洪水，請聖上另選賢人！」舜王說：「另用賢人也可以，請大家給我舉薦一個來。」大司理皋陶說：「我聽說從前負黍地也是洪水氾濫，後來有兩個賢人玉溪和疊溪，領導百姓們治服了那裡的洪水，從此負黍地成了一片樂土，人們安居樂業，四面八方的人都遷到那裡去住了。請聖上快傳旨意，速調玉溪、疊溪前來效命。」

舜王聽到皋陶提及負黍地，使他想起了一件往事，他說：「當年我還是老百姓的時候，曾經去負黍地經商一次，那裡依嵩帶潁，確實是個好地方，常有賢能高士隱居。古往今來，選用賢人都是以禮相請。今日我已繼位稱王，我也要暫遷負黍，禮請賢人出山。」大臣們都贊成舜王的意見。於是，舜王就命四岳大臣保護堯王遷都太原，又命六司大臣在浮丘山上設壇祭祀，隨後帶著一班大臣子到負黍地訪賢來了。

舜王率領大臣們正往前走哩，碰到一條小河，河雖不寬，但洪水洶湧，君臣們攜手而過。走到河中，洪水陡漲，君臣們幾乎被波濤捲走！無奈，只得又返回對岸。舜王說：「一條小河算得了什麼，走，我們從河源頭上繞過去。」那時候還沒有船隻，只有繞著走。一條小河，整整繞著走了二七一十四天。

正往前走哩，又見了一座高山，山上林木茂密，猛獸出沒無常，卻沒有道路。舜王說：「山高林深野獸多，過不去，走，我們從山腳下轉過去。」一座山整整轉了七七四十九天，一路上轉了多少山，數也數不清。這樣繞繞轉轉，走了兩個春秋了，還不見負黍地在哪裡。

正往前走哩，又有一條大河攔路，河寬水深，霧氣騰騰，望不見對岸。

往上繞，源頭在哪裡？從下轉，越轉河越寬。無奈，君臣就坐在地上納悶，這一坐舜王開始想過河的辦法。大司徒周弁嘆道：「千山萬水都過來了，今日遇到這樣大的河怎麼過呢？」大司理皋陶說：「繞也繞不通，轉

第七章　大禹時代是歷史的開端嗎？

也轉不過，我看我們還是返回去吧，難道天下這樣大的地面，只有負黍地有賢人嗎？」大司徒殷契不同意皋陶的意見，說：「我們好不容易走過了千山萬水，來到這裡，要返回去，不是還要再走千山萬水嗎？我們不能捨近求遠。」舜王說：「都別爭吵了，前走不通，後退不能，我們就坐這裡等，我看我們一定能等出一個過河的辦法來。」大家不解其意，但自己又都想不出過河的辦法，只好跟著舜王坐下來等。

　　君臣們等啊等，整整等了九九八十一天，冬天到了，河水越來越少，水位後退，人往前走。水退一尺，人走一步，到這時候，眾大臣還不知舜王最終過大河的辦法。嚴冬之夜，北風呼嘯，夜半子時，河水冰凍，舜王才說：「眾卿，我們過大河的辦法等來了。」說著自己前頭帶路，大家隨後緊跟，前邊踩一腳，後邊走一步，一腳一步，整整走了一夜，直到天明，登上了大河的對岸，踏上新途。到這時候，大臣們才完全明白舜王等來了過河辦法的意思了。

　　舜王和他的大臣們跋山涉水，歷盡艱險，受盡苦難，在一個陽春三月的一天，終於來到負黍地，在負黍城負黍廳內住下。一打聽，當地人都齊聲稱讚玉溪、疊溪治水有功。舜王和他的大臣們在負黍廳內度過了三年來最舒適的一個夜晚，儘管他們都十分疲勞，但興奮趕走了睡意，單等金雞報曉，整裝出發到玉溪村去訪賢。

講述人：張東方
採錄人：張海洋
流傳地區：河南省登封城關
記錄時間：1983 年 3 月

■ 玉溪垂釣

　　玉溪老人在潁河岸釣魚，不是為了養家餬口，而是等待明君到來，推薦崇伯鯀的兒子文命出山治水。

第二節　普天之下，莫非禹功

玉溪老人自從見過崇伯鯀的兒子文命以後，心中常想，有了文命這樣的賢人，還得有個有道明君，只有明君和賢臣的配合，才能治服洪水。但是，他知道文命的父親是當今天子虞舜所殺，虞舜能啟用犯臣之子嗎？因此，他常常悶坐在潁河岸執竿垂釣，期待著有朝一日有明君來到，實現自己的理想。

再說舜王訪賢到負黍城的第二天，一不騎馬，二不乘車，不讓大臣伴駕，只帶一個隨從到玉溪村訪請玉溪出山治水。走到一問，得知玉溪天一明，就到潁河邊上釣魚去了。舜王不顧勞苦，又直奔潁河岸，走到陽城關，看見一個白髮蒼蒼的老翁坐在一個背靠崖石、面向潁水的青石平臺上執竿釣魚。

隨從上前施禮相問：「請問玉溪在什麼地方釣魚？」

玉溪老人正在聚精會神垂釣，沒有發覺有人問話。隨從以為是玉溪嫌他職小位低，不搭理自己，羞愧地退了下來。

舜王見此情景，親自上前施禮詢問：「請問賢人玉溪在哪裡釣魚？」

玉溪老人仍然沒有抬頭，反問道：「你們找玉溪有什麼事？」

隨從慌忙上前說明：「這是當今天子舜爺，聖上今日特來訪請玉溪出山治水。」玉溪老人一聽說是當今天子舜王駕到，趕快放下釣竿站起身來，深深給舜王施禮，說：「草夫玉溪不知是聖上駕到，有失禮節，請聖上恕罪。」

舜王攙起玉溪老人，上下打量了一番，說：「你就是賢人玉溪嗎？」

「老朽不敢稱賢，」玉溪老人說，「我就是草夫玉溪。」

舜王緊緊握著玉溪老人的手，激動地說：「賢人啊！我可見到你了，眼下洪水氾濫，我是特來請你出山領導治水，為民除害的喲！」

玉溪老人一聽說是讓自己出山領導治水，面帶難色說：「聖上，你看

第七章　大禹時代是歷史的開端嗎？

我已經年過七旬，體弱多病，怎能擔當得了這樣的重任呢？請聖上另選年輕有為的人吧！」

舜王從京城平陽出發，千里迢迢前來訪賢，實指望訪到玉谿，付以重任，很快治服洪水。今日一見，玉谿已經是白髮蒼蒼的老人，很感失望，長嘆道：「天哪！玉谿老了，不能再領導治水了，這可怎麼辦呢？」

玉谿老人說：「聖上不必煩惱，普天下賢人很多，請你再選擇一個年輕人就是了。」

「天下賢人雖多，但我只知你玉谿是治水的大賢。」舜王誠懇地說，「還有誰能領導治水，請你給我推薦一個來。」

玉谿老人一聽舜王要他推薦新賢，心中十分高興，有心把文命推薦出來，又怕舜王不能容忍，反而害了文命，但若不推薦文命出山又無別人可薦。於是用語言試探，如果舜王不計前嫌，唯賢是用，就把文命推薦出來，他若用人有親有疏，就順水推舟，有賢不薦。說道：「我有心為聖上薦賢，但不知聖上要用什麼樣的人？」

舜王隨口說道：「我要用的是像你一樣能夠領導治水的賢人。」

「我給聖上推薦一個能力比我強的。」

「那正是我求之不得的。」

「此人雖賢，可是聖上的仇人。」

「我沒有仇人。」

「他與你有殺父之仇。」

「我從沒有同任何人結過私仇。」

「不論因公因私，他的父親是聖上你殺死的。」

「請你說明此人的姓名。」

「我若說出此人姓名，臣怕聖上不能容忍。」

第二節　普天之下，莫非禹功

這時候，舜王意識到玉溪老人遲遲不肯說出他要推薦的人的姓名，說明自己的行為還不足以取得百姓們的充分信任，無奈跪在地上對天盟誓：

「上有蒼天，下有黃土，我若因私而嫉妒賢能，讓我久後死無葬身之地！」

玉溪老人看見舜王盟誓，而且從言行舉止上看，舜王不像個心胸狹窄的人，才下決心推薦文命給他，說：「聖上若能真的用人不避前嫌，我就把賢人推薦給你。」

舜王問道：「他是何人？姓甚名誰？」

玉溪老人說：「崇伯鯀的兒子，姓姒，名文命！」

「此人跟你比如何？」

「年齡比我小，能力比我強，品德在崇伯鯀之上。」

舜王問道：「他家住哪裡？請他速來見我。」

玉溪老人說：「他家就在崇高山下水紐屯。請聖上在負黍城等候，三日以後我就帶他去朝見聖駕。」

「一言為定。」

「臣絕不食言。」

舜王既訪到老賢人玉溪，又得到了新賢人文命，高高興興地趕回負黍城去了。

玉溪老人把崇伯鯀的兒子推薦給舜王以後，再也不到這裡來釣魚了。

但是玉溪垂釣，薦禹於天的故事卻流傳下來了。

講述人：張東方

採錄人：張海洋

流傳地區：河南省登封城關

記錄時間：1983 年 3 月

第七章　大禹時代是歷史的開端嗎？

■ 負黍廳對

　　舜王告別玉溪老人，回到負黍城的時候，已經是星斗滿天了。初春之夜，天氣還是寒冷的，但舜王滿懷喜悅，走得渾身汗水。當他走到負黍城東門外的時候，城樓上的二更梆聲正在敲響。大司徒殷契、大司農周弁和大司理皋陶等，都在潁橋上等候多時了。君臣回到負黍廳，舜王把玉溪已經年老，不能再從事治水，但玉溪舉薦崇伯鯀的兒子文命的情況說了一遍。大臣們對這件事都想不通，引起了一場爭論。

　　大司理皋陶首先反對，說：「犯臣之子，斷然不可重用！」

　　舜王問道：「為什麼？」

　　「殺父之仇，不共戴天。崇伯鯀是聖上所殺，他的兒子怎會忠於聖上呢！」皋陶爭辯說。

　　舜王說：「當年鯀被殺是他自己罪有應得，今日用文命治水是他有領導治服洪水的能力。我虞舜是堂堂一代君王，怎能在用人上計較前嫌呢！」

　　舜王的話完全在理，皋陶心服口服，不再爭辯了。

　　大司農周弁說：「常言『老子英雄兒好漢』，我不相信一個見識不多、閱歷不廣的毛孩子比他老子的能力大。」

　　舜王說：「我想，玉溪為人誠實，賢人薦賢，是不會誤事的。大家如果有懷疑，明日玉溪帶領文命來，我們可以面對面地提出關於治水的任何問題，讓文命當場答對，是賢是愚，到那時候，就知道了。」

　　大臣們都無話可說，單等玉溪帶領文命到來。

　　再說玉溪在釣魚臺送走了舜王，收起釣竿，背起魚簍，在回家的路上邊走邊想：舜王為治水千里迢迢來訪賢，而且能夠用人不計前嫌，是個有道明君。但是，舜王雖然有道，文命哪會知道呢！如果文命顧慮舜王不容，不去應召，我用什麼道理說服他呢？他想啊想，快走到家了，還沒有

第二節 普天之下，莫非禹功

想出什麼辦法來。抬頭一看，兒子穎龍前來迎接。他靈機一動，心裡說，有了。明日我帶著穎龍去找文命，一來穎龍已經長大成人，讓他跟隨文命去治水，也好為國家出把力；而且，也藉此說明舜王是有道明君，應召沒有什麼風險。

第二天一早，玉溪帶著穎龍整整走了一天，日落西山的時候，才走到文命的家鄉水紐屯。這天，辛嬉女身受風寒，文命守護在家，當他看見玉溪領著一個青年走來，趕緊起身相迎，並且把玉溪介紹給母親。玉溪說：

「從前，我們是不相往來，自從文命去過以後，我就有心前來拜訪，今日帶著我小兒穎龍特地來看望你們。」辛嬉女說：「賢人，你們父子遠道趕來，肯定是有什麼緊要的大事。」

玉溪說：「夫人不知，當今天子舜王到負黍地訪賢來了。」

辛嬉女一聽是虞舜來訪，臉色一沉道：「他是一君，我們是一民，他訪他的賢，與我們黎民百姓有什麼相干！」

玉溪說：「舜王為治水千里訪賢，只有明君才會這樣做啊！」

辛嬉女問道：「虞舜是明是昏我們且不管，但不知他要訪的賢人是誰？」

「就是老夫玉溪。」

「那你就應當立即前去應召，為國家建功立業。」

「夫人不要取笑了，哪有古稀老人擔當這樣的重任呢！」

「那你就應該去向聖上當面說明。」

「我又怎能面對洪水袖手旁觀！」

文命說：「你既不能應召，又不忍撒手不管，你打算怎麼辦呢？」

玉溪說：「我已經給舜王舉薦了新賢。」

辛嬉女說：「你給聖上舉薦的是誰？」

第七章　大禹時代是歷史的開端嗎？

「不是別人，就是你的好兒子文命，」玉谿說，「實話對您說吧，今日我來，就是稟告夫人，並請夫人允許文命前去應召。」

辛嬉女雖然盼著兒子有朝一日治服洪水，但突然聽到玉谿已經把文命舉薦給舜王的時候，又想起了自己的丈夫崇伯鯀，兩眼含淚，沉默不語了。

玉谿理解辛嬉女的心情，進一步開導說：「夫人不必擔憂，起初，我對舜王也是懷疑的。後來，我看他真是為治水思賢若渴，用人不計前嫌，才把文命舉薦給他的。為了使文命治水成功，我也決定讓兒子穎龍跟文命去，以助賢姪一臂之力。」

辛嬉女一聽玉谿也讓他自己的兒子去治水，心裡說：「只要你玉谿敢把兒子交給虞舜，我就敢讓我的兒子前去應召。」說道：「文命啊！你為國盡忠、為民除害、為父雪恥的時候到了，你就去應召吧。」

文命是個孝子，眼下去應召，對於病中的母親放心不下，說：「兒去應召是中，能不能等嬢的病好以後再去？」

玉谿見文命願去應召，只是對病中的母親不放心，忙說：「賢姪只管放心前去，你的娘由我來照管。」

辛嬉女心裡高興，病輕七分，說道：「好了，我兒你放心去吧，你知道我的病大半是因憂憤成疾的，只要你有了為國盡忠、為父雪恥的機會，我的病就會慢慢好的。」

這時候玉谿才告訴辛嬉女和文命，舜王在負黍城等候，一定要在明日一早前去晉見。事已談妥，一夜無話。

第二天清晨，舜王率領一班大臣，早在接賢亭迎候玉谿和文命。不大一會兒，玉谿領著兩個年輕人來了。舜王沒有多問，恭恭敬敬地把三人迎進負黍城，在負黍廳上落座。

舜王問玉谿：「老賢人，這二位哪個是新賢文命？」

第二節　普天之下，莫非禹功

沒有等玉溪介紹，文命連忙起身施禮，說道：「晚生就是文命。」

舜王讓文命坐下，又指著穎龍問道：「這一位是？」

「他是我的兒子，名叫穎龍，」玉溪說，「他雖然沒有多大能耐，但身強力壯，我想讓他給文命當個幫手，也為治服洪水出把力。請聖上允許。」

舜王對玉溪既舉薦賢才，又把兒子獻出來為國出力，十分滿意，就應允了。

舜王問文命：「普天下到處都是洪水，你用什麼辦法治理呢？」

文命從容回答：「依水性，順地勢，由高到低，堵疏兼用，以疏為主，入河歸海。」

「使用這個辦法能成功嗎？」

「縱觀古今治水史實，只有採取這種方法才能有效。」

「你是怎麼得到這個辦法，而且肯定採用這種方法能夠成功？」

「這個方法是先賢們用血汗換來的。」

舜王不解地問：「此話怎講？」

文命回答：「先賢玉溪早年曾經向我父崇伯鯀建議，用這種方法，可惜我父固執己見不肯採納，結果導致他後來治水失敗，身遭殘殺，百姓們也深受其害。後來，還是先賢玉溪歸隱負黍地以後，採用這種方法治服這裡的洪水的。」

舜王又問玉溪道：「老賢人，是這樣的嗎？」

玉溪點頭答：「是。」

大司農周弁問道：「文命，你讓洪水入河歸海，水害倒是沒有了。但是農桑作物都離不開水，陸地上缺水，五穀不收，六畜不旺，人又怎能生存？」

第七章　大禹時代是歷史的開端嗎？

文命答道：「我所說的疏堵兼用，就是既除水害又興水利。旱時水澆農田，澇時水歸大海。」

周弁聽了文命的回答，高興地說：「好，好，好，你若把洪水治理得旱灌農田澇歸大海，普天之下五穀豐登，六畜興旺，是一大功勞啊！」

大司徒殷契問道：「文命，人生在世既要盡忠，又要行孝。你為治水遠離家鄉，忠倒是盡了，但你家有老孃，無人奉養，怎能做到忠孝雙全呢？」

文命回答說：「我治服了洪水，既是盡忠又是行孝，而且是大忠大孝。」

「怎叫大忠大孝？」

「治服了洪水，為國除了害，興了利，國泰民安，這是為國盡了忠。同時，治服了洪水，洗雪了我父的恥辱，他老人家九泉之下瞑目，我娘也永遠過上安居樂業的日子，這又是行了孝。」文命反問殷契道：「司徒大人，你說這算不算忠孝雙全呢？」

「是，算是忠孝雙全。」殷契說，「你說的大道理我贊成，但是，眼前你娘年紀這樣大，你遠離家鄉，她怎麼生活呢？」

「我已經把她老人家拜託給老賢人玉谿照管了。」

殷契點頭稱讚。

大司理皋陶問道：「文命，你知道你父是為什麼被殺的？」

文命答辯道：「是治水失敗，給百姓們造成了更大災害。」

「現在你又來治水，成功則可，如果再失敗了呢？」皋陶又進一步地問道。

文命悲憤地答道：「司理大人，這些我都想到過，但是，為了子孫後代，我們應當前赴後繼。我自信有了先輩的經驗教訓，治水是一定能夠成功的。當然，話也不能說得太絕，如果我最後真是失敗了，大不了也被你們司理衙門判罪殺頭。如果我們後人都貪生怕死，不敢再去同洪水搏鬥，

第二節　普天之下，莫非禹功

難道能讓洪水永永遠遠氾濫下去嗎！」

文命的答辯，說得皋陶無言以對，舜王再三詢問大臣們誰還有話說，負黍廳上鴉雀無聲，再也沒有人提出什麼了。

舜王說：「文命，你的答辯完全在理，只要你能按照你所說的去做，一定能夠成功。現在我就封你為夏伯禹，統領天下治水大軍。等你大功告成，我再加封賞。」

文命趕緊給舜王叩頭謝恩。

舜王問道：「你還有什麼要求？」

文命說：「眼下我感到太孤單了，請聖上給我兩個幫手！」

舜王說：「已經有了一個穎龍，只缺一人，負黍廳上所有的人任你挑選。」

「治理洪水是一場空前絕後的艱苦事業，年老體弱的人，是難以堅持到底的。」文命請求說，「請聖上批准大司理皋陶的兒子伯益跟我一道去治水。」

伯益一聽文命指名要他，趕緊站起身來給舜王深施一禮，說：「我情願前往。」

舜王滿足了文命的要求，同意伯益也去治水。最後說道：「文命、伯益、穎龍，普天下的人們都盼望你們早日成功，你們可要共同努力啊！你們立即行動吧。你們走了，我也要趕回太原，以後要有什麼事情，可到太原去見。」

文命、伯益和穎龍三人先送舜王起駕，隨後立即起程出了負黍城。

講述人：張東方

採錄人：張海洋

流傳地區：河南省登封城關

記錄時間：1983 年 3 月

第七章　大禹時代是歷史的開端嗎？

■ 大禹治洪水過家門

　　崇伯鯀的兒子文命，在負黍廳就治理洪水問題，同舜王進行了詳細的提對，舜王封文命為夏伯禹，派他帶領伯益、穎龍治理洪水。大禹面對茫茫洪水，深感肩上的擔子沉重。他雖然知道必須採取疏堵並舉、以疏為主的方針，但真的具體去操作，又覺得心裡空虛。當他出了負黍城，正往前走的時候，他的外甥庚辰仰面走來。大禹問道：「庚辰，幾年來不知你的下落，這時候你怎麼突然出來了？」庚辰回答：「聽說舅舅奉舜王旨意去治理洪水，我來要求跟你去為國效命。」大禹說：「我剛剛受命，你怎麼就知道了？」

　　「舜王到負黍地訪賢，在負黍廳召見你，封你為夏伯禹，命你領導治理洪水是驚天動地的大事，普天下誰不知道。我在來的路上，就碰到許多來自四面八方的英雄要來投奔你。當他們得知我是您的外甥以後，紛紛要求我先來向你報到，請你允許他們參加治水。」大禹聽庚辰一說，心中十分高興，想到，只要有人，何愁洪水治服不了！又問道：「眾英雄現在哪裡？」庚辰說：「都在穎河北岸等候。」大禹說：「走，快領我去會見他們。」說罷，由庚辰帶路，大步向穎河北岸走去。

　　大禹同來自四面八方的英雄們，就如何治理洪水的問題，展開了熱烈的討論。大禹說：「眾位要求參加治理洪水，很好，我歡迎。但是我們可是有言在先，治理洪水是個吃苦受累的事，成功了，舜王定會封賞，但失敗了，可是有生命危險啊！我請各位再認真想想，真是決心要參加，留下；不願留的，我不強求。」有一個名叫狂章的作歌唱道：「我家居住狂河邊，蛟龍作惡洪水淹。參加治水我情願，為了子孫得平安。」英雄們異口同聲說：「自古至今都是吃苦在前（輩），享樂在後（代）。為了造福後世，眼前吃點苦算得了什麼。」

　　大禹說：「眾位既然決心要參加治理洪水，就請大家都說說，對洪水

是怎麼個治法。」英雄們反而要求大禹先說說自己的治水計劃，大禹也不推辭，把自己要採用有疏有堵，疏堵並用，既除水害，又興水利的計畫說了一遍。最後，懇切要求大家都談談個人的想法。穎龍首先說道：「縱觀天下地勢是西北高東南低，我們應當先從西北入手。每到一地，先察清流向，繪成圖樣，畫出路線，然後動手，使得洪水入河歸海。」大禹點頭稱讚：「這正是先賢玉谿的成功之道。穎龍弟不愧為治水世家。」伯益建議：

「欲要興修水利，就應該開挖渠道，做到澇能排洪，旱能澆地，促使農桑發展。」眾英雄你一言、我一語，提出了許多好的辦法。大禹都一一認真聽取後，說：「各位提了很多好的辦法，以後在治理洪水的過程中，我將擇優採納，還請大家再多提些意見。」伯益建議說：「洪水氾濫，處處受害，治服洪水，人人有責。我看保證治理洪水成功，要靠人心齊；要想人心齊，還應當有一個共同執行的刑律。」大禹說：「你父皋陶身為大司理，你當然是刑律世家了，就請你提出一個刑律來。」伯益說：「我父親一生執法嚴正，但只有『封功殺過』，太簡單了，也太殘酷了，它雖然能激勵人們奮發進取，但又使人們望而生畏。我看應該改為『賞功罰過』。」伯益的建議，使大禹深有感觸，想到早先若是「賞功罰過」也不至於使我的父親一犯過錯就被殺頭。正當大禹思前想後的時候，童律又建議：「我看只有『賞功罰過』還不夠，應當再加一條『將功折罪』。」最後大家同意把治水大軍的刑律定為「賞功罰過，將功折罪」。

就這樣，大禹領導治理洪水既有了人，又有了辦法，還制定了行動中共同執行的刑律，於是滿懷信心地誓師出發了。當治水大軍快要走到大禹的家門口時，他的外甥庚辰提醒說：「舅舅，我們這次出外治水，不知道什麼時候才會回來哩，你不趁機拐回家看看我年老多病的外婆嗎？」大禹不同意，責備說：「剛剛定了刑律，難道你忘了嗎？路過我的家門，我拐回家看看，路過別人的家門，也都回家看看，豈不誤了大事！」

第七章　大禹時代是歷史的開端嗎？

庚辰堅持說：「要不，人家會說你不孝啊。」大禹說：「一寸光陰一寸金，寸金難買寸光陰。珍惜時光，盡快治服洪水，讓你外婆和普天下的人都過上好日子，才真正是忠孝雙全呐！」庚辰被說服了。

當治水大軍走到大禹家門口時，又有人勸說：「走到家門口了，應當回去跟母親告別一聲，免得老人家掛念。」大禹只是苦笑了一下，繼續領著治水大軍往前走。這時候，他清清楚楚地聽到病中母親的呻吟聲，只是放慢了腳步，面對家門深施一禮，毅然離去。

大禹領著治水大軍走過去了，他的母親辛嬉女聽說了，手扶柺杖出了家門。但是已經晚了，只能看見兒子的背影。老人傷心地哭了！但她哭的不是兒子今日不辭而別，而是想起了十多年前，在這裡送走了丈夫，至今也沒看到丈夫回家團聚。

正因為大禹身體力行，嚴以治軍，從而保證了他領導的治水大業最終告成。

講述人：張東方
採錄人：張海洋
流傳地區：河南省登封城關
記錄時間：1983 年 4 月

文獻記述：

當堯之時，水逆行，氾濫於中國，蛇龍居之，民無所定。下者為巢，上者均營窟。《書》曰：「洚水警餘。」洚水者，洪水也。使禹治之。禹掘地而注之海，驅蛇龍而放之菹。水由地中行，江、淮、河、漢是也。險阻既遠，鳥獸之害人者消，然後人得平土而居之。

（《孟子‧滕文公下》）

當堯之時，天下猶未平。洪水橫流，氾濫於天下。草木暢茂，禽獸繁殖，五穀不登，禽獸逼人。……禹疏九河，瀹濟漯而注諸海，決汝漢，排

370

淮泗，而注之江，然後中國可得而食也。當是時也，禹八年於外，三過其門而不入⋯⋯

(《孟子・滕文公上》)

堯之水河之患為甚，泲（音 jǐ，同濟）次之，淮次之，江漢次之。⋯⋯故治水之急先於河。於是發跡壺口，治梁及岐。南至於華陰，東至砥柱，鑿孟津，梳三門，以奠西河。

(《路史》卷二十二)

照爺石

嵩山浮丘峰下有個大石頭，石頭上面有人踩的腳印和許多斑斑黑點，當地人叫它照爺石。為什麼叫照爺石？因為它像萬歲峰下的啟母石一樣，流傳著一個大禹治水的神話故事。

大禹奉命到外地治水，潁河蛟龍受黃河老龍的挑唆，乘機在嵩山南面發起洪水，妄想淹沒大禹的家鄉。大禹為了解除後顧之憂，回鄉根治水害。因為情況緊急，路過自己家大門口沒有回家。他的妻子塗山嬌知道後很不高興，在婆婆的面前埋怨說：「娘，你的兒子連你都沒有放在心上，從我家大門外過去，都不回家看看！」大禹的母親辛嬉女理解媳婦的心情，勸導說：「事情有大有小，理也有曲有直。治水是關係到千家萬戶的大事，至於回不回家看我，只是區區小事。如果因小失大，理由再多也沒有理。你要是想他，蛟河離我這也不遠，你去跟他見見面也是一樣。」

塗山嬌來到蛟河岸上，看到滔滔洪水風吹浪起，響聲如雷，情況十分險惡，又看到大禹正忙著同其他人一道，走走停停，指指畫畫，說說笑笑，在研究治水辦法，心裡窩的一肚子怨氣也就雲消霧散了。大禹發現塗山嬌在河岸上站著，來到妻子跟前，說：「你來得正好，我正愁著人手不夠呢！」說著從懷中抽出一束蠟燭交給塗山嬌，囑咐說：「夜間，天黑不能施工，你白天在家侍候我娘，晚上，你去東嶺上點燃一支蠟燭，給我照

第七章　大禹時代是歷史的開端嗎？

個明，早日治服洪水，功勞也有你的一份。」塗山嬌接過蠟燭，嘴上沒說什麼，可是心裡想道：你可真行，夫妻難得一見，見了連一句知心話也不說，卻分派叫我幫你的忙！但又想起了婆婆的教導，二話沒說轉身回家了。從此以後，塗山嬌白天在家孝敬婆婆，夜晚去到東嶺站在一個大石頭上面，高舉點燃的蠟燭，蛟河上下兩岸被照得如同白晝。

大禹有了妻子的秉燭夜照，連日徹夜施工，很快治服了嵩山南面的洪水。這時候大禹仍然惦記著普天下還有許多地方的人們在受到洪水的危害，於是又毅然率領治水大軍到外地治水去了。

塗山嬌本來想著丈夫治服家鄉的洪水後，在到外地治水前，一定會回家看看。誰知道這等那等不見大禹的面，她心裡著急，就跑到東嶺站到大石頭上向東瞭望。一看大禹不吭聲走了，她又氣又惱，跺著腳大放悲聲哭起來，哭得淚如雨下，淚珠灑在石頭上成了斑斑黑點兒，而且由於她頓足時使力過大，石頭上還留下了許許多多的凹陷腳印。

大禹公而忘私一心治水，使他們夫妻之間不和睦。但是，大禹治水、塗山嬌秉燭夜照卻成了千古佳話。

講述人：張華明
採錄人：張力合
流傳地區：河南省登封城關
記錄時間：1983 年 2 月

■ 火燒蛟河

相傳，嵩山南麓的焦河，古時候是條波濤洶湧的蛟河。蛟河怎麼變成了乾涸的焦河呢？這要從夏禹王治水說起。

大禹治水正在撒息壤築邙山，疏導黃河向東流，眼看要進入東海的時候，老黃龍氣急敗壞，牠想到一進入東海哪還顯起我這一道（黃）呢？於是惡狠狠地罵道：「大禹呀大禹，你不叫我好過，我也不叫你安生！」於是

第二節　普天之下，莫非禹功

策動牠的小舅子潁河蛟龍在大禹的家鄉發起洪水。當洪水快要淹住大禹家的大門臺的時候，大禹的母親給兒子送去了急信。

大禹接到家信後，兵分兩路，留下一部分人繼續治理黃河，自己帶一部分人連明徹夜往家鄉趕。站在峻極峰上往下一看，土地沖毀，房屋倒塌，只有樹梢露出水面，災情十分嚴重。經過仔細檢視，得知這次洪水再起是潁河蛟龍作怪，洪源就在離自己家不遠的蛟河。時間緊任務急，大禹路過家門口，也顧不得回家。

潁河蛟龍聽說大禹回來了，為了拖住大禹不能走，躲在蛟龍宮中不出來跟大禹照面。大禹召集部下研究對策，決定用火燒。先讓狂章深入龍潭切斷蛟河水源，又叫庚辰把守蛟河入潁（河）口，防止蛟龍順水逃走，然後點燃熊熊烈火，霎時間潁河上下成了一片火海。開始潁河蛟龍躺在龍床上安然自得地睡大覺。正睡哩，水變熱了，蛟龍慌忙走出龍宮去外檢視。哎喲！渾身燙得起燎泡，說時遲那時快，蛟龍身上的鱗甲開始著火。

知道大事不好，蛟龍想要騰空逃走，晚了，身上無鱗駕不起雲，無奈變成了渾身生瘡的老頭，由牠的兒子潁河小蛟攙扶著順水而逃。

再說大禹的老師玉谿老人聽說大禹正在蛟河鬥蛟治水，不顧年老體弱，同妻子一道，趕到蛟河參戰，同時也想跟兒子潁龍見上一面。當他們趕到五渡灣的時候，同潁河蛟龍父子相遇。潁河蛟龍捨子保己，指示潁河小蛟龍說：「對面來的是大禹的老師玉谿老人，趁他不防，去把他吞了！」

潁河小蛟龍張開血盆大口「咻溜」一口把玉谿老人吞進肚裡。玉谿老人在小蛟龍肚裡拚命掙扎，小蛟龍疼痛難忍，走不了啦。潁河蛟龍趁機順水逃走。玉谿夫人一看丈夫被蛟龍吞進肚裡，伸手拔下頭上的玉簪，「哧啦」剝開了潁河小蛟龍的肚皮。玉谿老人得救，但是一隻手臂被腐化，傷勢嚴重，生命危險。

大禹點燃大火以後，滿以為潁河蛟龍要被燒死，即使燒不死，下游由

第七章　大禹時代是歷史的開端嗎？

庚辰把守也逃不了。當他下到被燒焦的河灘上檢視的時候，只見魚鱉蝦蟹燒死的不計其數，唯獨找不到潁河蛟龍的屍體，就趕緊順河到下游去尋，走到五渡灣，遇到了傷勢嚴重的玉谿老人。玉谿夫人告訴大禹潁河蛟龍已經逃走。大禹留下玉谿老人的兒子潁龍搶救父親，就去追趕潁河蛟龍了。

玉谿老人傷勢嚴重，大禹走後不久就死了。後世為了紀念玉谿老人，就在他死的地方蓋起了玉谿廟，廟裡塑起玉谿老爺爺和玉篌奶奶兩尊神像，世世代代受到人們祭祀。

講述人：張華明，農民
採錄人：張力合
流傳地區：河南省登封城關
記錄時間：1983 年 2 月

焦山斬甥

嵩山腳下潁河岸邊有個小山包叫焦山，這裡流傳著大禹治水、火燒蛟河、焦山斬甥、增修刑律的神話故事。

大禹治水一向是劈山嶺、開河道、撒息壤、築堤壩、疏導洪水入河歸海。但只有一次治理嵩山南面洪水的時候，破例採取火燒的方法。他在點火以前，先派自己的外甥庚辰去把守蛟河下游的口子，囑咐說：「你的職責是把好蛟河口子，嚴防潁河蛟龍順水逃走。」庚辰不解其意，問道：

「舅舅，採取火燒，會殺死許多無辜生靈啊！為什麼不使用以往行之有效的辦法呢？」大禹解釋說：「這次跟以往情況不同，若用疏導方法，會給蛟龍留下空子。牠一旦逃走，我們到外地治水走後，牠還會捲土重來，後患無窮啊！」庚辰知道了大禹用意，二話沒說，立下令狀，來到蛟河口的一個山頭上，手執大戟，二目圓睜，密切注視著蛟河方向的動靜。不多時候，看見蛟河上下火光沖天，濃煙滾滾。心想這一回潁河蛟龍一定葬身

第二節　普天之下，莫非禹功

火海無疑，產生了麻痺情緒，思想一鬆懈，坐在地上就昏昏入睡了，直到大火燒毀了身邊的樹木雜草，綠山變成了紅山都不知道。恰恰就在這個時候，被燒得遍體鱗傷的潁河蛟龍，從這裡逃走了。

再說大禹點火以後隨著火勢往下檢視，看著燒焦的河灘上，有許多魚鱉蝦蟹被燒死，但是始終沒有發現潁河蛟龍的屍體，引起了驚覺，率領部下加速追趕。當他追到蛟河進入潁河後的第一個山頭的時候，看見庚辰正在睡覺，心中惱怒，狠狠踢了庚辰一腳，罵道：「畜生，山都燒焦了你還在睡！」庚辰睜眼一看，只見大禹怒氣沖沖地在面前站著，再看綠山燒成了焦山，知道因為自己貪睡，使潁河蛟龍從這裡逃走了，便跪在地上等著殺頭。大禹要斬殺庚辰，滿營將士沒有一個人敢出來說情，只有伯益提出了不同意見，說：「庚辰錯誤嚴重，按照刑律應當從嚴處治，但是，我們再也不能像舜爺對待老崇伯那樣，犯了錯誤就殺！」大禹本來對斬殺庚辰於心不忍，聽到伯益提出了不同意見，問道：「你說怎麼辦？」伯益說：「潁河蛟龍是庚辰貪睡放走的，應該再讓庚辰去把牠捉回來。」大禹又問：「庚辰把蛟龍捉回來，又該怎麼辦？」伯益說：「將功折罪。」大禹說：「從古到今，可沒有這種先例呀！」伯益說：「現在我們這樣做，以後就有先例了。」

大禹說：「這樣做沒有法律依據啊！」伯益說：「以前的刑律只有『賞功殺過』，現在增加一條『將功折罪』，不是更完善了嘛！」大禹覺得伯益的建議很好，又聯想到從前刑律要有這一條，自己的父親也許不會被殺。於是決定給庚辰一個立功贖罪的機會，說：「庚辰聽著，你的錯誤嚴重，本來應該斬首，但給你一個立功的機會，你快去把潁河蛟龍捉回來，將功折罪。」

庚辰得了活命，不敢怠慢，站起身來，提起大戟順著潁河追趕蛟龍去

第七章　大禹時代是歷史的開端嗎？

了，捉住了穎河蛟龍，立了新功。大禹先赦免了庚辰，然後把穎河蛟龍鎖在勻河西岸的一個枯井中。從此，穎河蛟龍再也不能出來作亂了。

講述人：張華明
採錄人：張力合
流傳地區：河南省登封城關
記錄時間：1983 年 3 月

■ 大禹鬥水怪

商丘城四十里的地方，有個大潭坑，那潭坑有多深？誰也不知道，只知歷年來無論天有多旱，即使河水、井水都乾了，那潭坑裡的水也不會乾。傳說，那潭坑是大禹在那裡鬥水怪而形成的。

舜的時候，地上發大水。那水勢多大呀！遍地都是，一眼望不到邊，自西向東一個勁地流。舜看到這大水危害得人們無法生存，就派禹來治水。

當時危害人的不僅是水，還有水怪。那水怪多得很，有水象、水豬、水牛，還有像鯨魚那麼大的怪物。那水像有多大？不知道，只知道一個像牙就有六尺長。那大怪物說是像鯨魚，其實可跟鯨不一樣。牠有鰓，鰓裡邊往外噴水，一噴就是十幾里地遠；牠一呼氣，漫天都是霧；牠一吸氣，人離好遠都能被牠吸進肚裡。水象、水豬之類的東西雖然也敢吃人，倒還好鬥，最難鬥的就是那大怪物。

那大怪物從黃河裡出來以後，就在商丘城西北四十里老黃河口那地方，整天興妖作怪。大禹跟牠鬥了好長時間，就是收拾不了牠。後來，大禹想了個辦法，讓民工齊心協力，打造了一種武器。這武器的形狀就像一把「大傘」，「傘」把有石滾那麼粗，「傘」的一頭安上幾十個丈把長的鋼刀，能張能合；「傘」把墜著一根幾十里長的大鐵索鏈。那時的人笨，打造這一件武器費了不少力氣，最後終於打造成了。

第二節　普天之下，莫非禹功

　　大禹聚集起好多人，叫大家抬著安有鋼刀的那一頭，對準那大怪物往前扔。那怪物平常吃人吃慣了，這時一點也不害怕，一見人們衝著牠來了，便張大嘴向人們示威。人們一齊把安有機關的武器扔過去。水怪一見，不知道是什麼東西，一伸頭便吞進了肚裡。大禹命令一聲：「快拉！」

　　人們一齊用力，將鐵索鏈子猛拉！被怪物吞進去的鋼刀那頭，原來像合著的「傘」；這一拉，猛地一下，鋼刀全開了，陡然間在那怪物的肚子裡向四面刺去，一下子卡在牠的胸口。那怪物頓時覺得撕心裂肺的疼痛，一時吐又吐不出，咽又嚥不下，真是難受死了。牠猛地一蹦蹦到空中，掀起了滔天巨浪，濺出的水花形成了一陣傾盆大雨。大禹怕那怪物飛了，命令人們趕緊拽住鐵索鏈子，死也不放。那怪物飛也飛不遠，一下子又從空中落了下來。牠痛得一個勁翻騰，牠的鰭朝下狠命地亂扒。就這樣一直翻騰了三四天，地上被牠翻騰成一個幾十里大的無底深潭。牠被沉到潭底，大水也很快從深潭裡下去了。

　　大禹望著被那怪物扒成的大深潭，對大家說：「那怪物萬一不死，以後或許還會再出來興風作浪，我們填了牠。」於是，眾人從四面八方往這裡抬石、運土，深潭填平了。

　　那怪物臨死的時候又出了一口氣。這一口氣又把填平的土衝了個窟窿，所以現在仍然留著一個小潭。因為當年灌進去的水太多了，所以才長久不乾。

講述人：陳舜肅

採錄整理：劉秀森

流傳地區：河南省商丘地區

記錄時間：1985 年 2 月

第七章　大禹時代是歷史的開端嗎？

■ 大禹骨鏈鎖惡龍

過去商丘城地勢低窪，每逢下大雨，洪水便從四面八方往城裡流。據說，這是古時候一條惡龍留下的危害。

傳說，堯在位的時候，有一條惡龍出了海。這惡龍身長數十丈，躺在那裡也有一兩人高；張口能吞下房屋，擺尾能掃平村莊；行走勢如山倒，聲似巨雷。牠攜帶九江洪水，率領蝦兵蟹將，走到哪裡，哪裡頃刻就是一片汪洋，田園、房屋、樹木、牲畜……霎時都被吞沒。中原大地，轉眼便成了水的世界。

當時有一個人叫鯀，他和人們一道逃到一個小山包上，眼看著無數男女老少被洪水捲去，心中非常難受。他想：這遍地洪水害得人一不能種地，二不能打獵，何時是了？時候長了，人不都得被折騰死嗎？於是，他對大夥說：「我們與其被淹死、餓死，倒不如同心協力，拚上一死和這惡龍搏鬥！」大家都說：「說得對。你就當個頭兒，領著我們跟牠鬥吧！」說著，大家擼手臂，挽袖子，搓拳頭的搓拳頭，掂傢伙的掂傢伙，恨不得立時就去跟那惡龍拚命。堯知道了，也來給鯀打氣說：「大家一心推舉你，你就帶領大家做吧！」出發時，堯來為鯀餞行。鯀當眾說：「我鯀如果三年不能把惡龍制伏，甘當死罪。」

從此，鯀帶領大家跟惡龍搏鬥起來。

一年過去了，兩年過去了，三年也過去了，惡龍沒被制伏。堯念他忠心耿耿，又給他三年，但他仍沒把惡龍制伏。於是堯又給了他三年。

與惡龍鬥了九年，結果洪水不但沒被治下去，反而越來越凶猛了。堯見他如此無能，一怒把他判成了死罪。

臨刑前，鯀把兒子禹叫到跟前說：「你爹無能，未把洪水治下，辜負了大家的信賴和堯王的期望。我要離開人世了，你準備怎麼辦？」

第二節　普天之下，莫非禹功

禹說：「我要繼承父業，不把蛟龍制伏，誓不為人！」鯀高興地稱讚他說：「好棒！」說著，從腰裡掏出一樣東西交給了兒子。禹接過來一看，是一條骨鏈。禹一時不知道父親的意思。鯀指著骨鏈說：「惡龍出海，禍從天降。洪水過處，百姓屍骨成堆。為父每次望見，都要下淚。九年裡，我治水行走天下，每見有百姓的骨骸，都要揀起一個骨節，從不忘洪水之仇。我把這些骨節串成了骨鏈，現在交付於你。你把它戴在腰間，不忘民眾的冤仇，它會給你無窮的力量。」

父子二人永別了。禹葬了父親，想想父親的囑託和這些年百姓遭受的災難，不禁義憤填膺、咬牙切齒，恨不能伸手把惡龍攬住，握牠個嘎巴碎。望著面前的滔滔洪水，他終於抑制不住內心的激憤，用手拍著面前的一塊大石，仰天怒吼起來：「惡龍啊惡龍！你吞食了成千上萬的百姓，害得我父親也喪了命，我與你誓不兩立。我要報仇！我要報仇！……」這時，只聽得「喀嚓」一聲，面前磨盤大的一塊石頭被他拍碎了。隨著大石的粉碎，他左手掂著的骨鏈「嘩啦」一聲巨響，現出萬道金光。禹定睛一看，那骨鏈已變成環環相扣的長索，伸開有數丈長，頓時，他覺得身上有無窮的力量。

從此，禹帶領數萬人，日夜與惡龍搏鬥。禹想：父親一生用堵截的辦法對付惡龍，結果土堤都被惡龍撞得粉碎，使牠越來越凶了。我不能再用父親的老辦法，我要開成大渠，挖成大河，把惡龍牽到裡邊，叫牠聽我的擺布！

再說那惡龍見終日與牠為敵的鯀被殺了，心中非常高興，覺得世上已無牠的對手，想永遠在陸地上稱王稱霸。這天，牠正在平原上橫衝直撞，忽見面前人們站立兩排，中間閃出一條大漢，個子高大無比，怒髮衝冠，橫眉圓眼，紫紅臉膛，赤著鋼鐵一般的臂膀，腰間一條鎖鏈寒光閃閃，這就是禹。惡龍不覺心裡一震，肝膽發涼，有心抖抖精神衝過去，又見那

第七章　大禹時代是歷史的開端嗎？

大漢兩腿一叉，站在那裡如鐵塔一般，把手往河裡一指，鄙視地說：「請吧！」惡龍看這陣勢，心裡早怯了三分，心想：我如果不聽他的命令，說不定會被他就地按倒，掐住脖子，腰斷三截。眼下，牠昔日那威風不知跑到哪裡去了。

牠怯怯地望著禹，把脖子扭了扭，「嗚嗚」叫了兩聲，夾著尾巴繞道逃竄了。

禹帶著人們拚命地追趕。

那惡龍逃了數百里，見禹帶著隊伍仍然窮追不放，便想找個地方躲起來。來到商丘城南，就想逃進城去。牠衝到城邊，見城牆高築，城門緊閉，用頭朝城門撞了幾下也沒撞開，於是繞城尋找缺口，以求進城。這惡龍從城外一繞，洪水便把城團團圍住，水面離城牆頂只有尺把高，守城的人坐在城牆頂上都可以洗腳。

眼看城牆要被洪水漫灌，城裡的人都要被淹死。就在這時，禹趕到了。

禹追到商丘城南，站在一座土嶺上向北一看，見惡龍圍住城急得團團轉。這時，禹聽見腰間的鎖鏈嘩嘩作響，他立刻把鎖鏈解下來，望定那惡龍猛力擲去，鎖鏈正好套住蛟龍的脖子。禹一見，連忙緊收鎖鏈。惡龍也使盡全力，妄想掙脫。禹忽然望見旁邊有一口土井，便把鎖鏈全部收在手裡，雙手把惡龍舉在空中，就勢往井裡一攛，惡龍一下子被攛到地底下去了。立時，洪水隨著惡龍向井底鑽去。不到半晌，商丘城周圍的洪水就全部鑽到井裡去了。再看城周圍的地面，已被洪水沖得低下去好多。

別處的洪水見沒了領頭，便乖乖地順著禹開挖的河道流入了大海。

從此，水分兩路，一路地上，一路地下，都往東南大海裡流。

禹傲然屹立在井上，右手緊緊攥住鎖鏈的一端，心中的仇恨仍然沒消。他左手托起一塊大石，壓在井上。鎖鏈被石頭死死地壓住，惡龍再想

第二節　普天之下，莫非禹功

掙脫鎖鏈跑出來就難了。後來，這塊石頭被人譽為「鎮蛟石」。

相傳，自此洪水平息，百姓見禹治水成功，便推禹為王。

講述人：崔玉德

採錄整理：劉秀森

流傳地區：河南省商丘地區

記錄時間：1985 年 2 月

禹

據老輩們說，帝堯的治水官叫文命。他治水有功，堯就尊稱他為「大禹」。為什麼呢？

傳說，世上剛有人煙的時候，龍妖魔怪很多，到處興風作浪、禍害百姓。最厲害的是天上的雨神，動不動就下大雨。人們連個安生的地方也沒有，都是到處流浪。

有一天，老天爺領著天宮星將到崑崙山遊玩。腳尖剛落地兒，聽見老百姓哭爹叫娘，埋天怨地。老天爺覺得很奇怪，忙派天將去打聽。原來是天上的雨神搗鬼，淹死了好多好多人。老天爺很火，下旨把雨神叫來，狠狠地收拾了一頓，命令他到凡間把洪水消下去，搭救老百姓。雨神不敢違抗老天爺的令，就變成一個砍柴人，扛著一把開山大斧，向正在哭叫的老百姓走去。有個老漢問他：「小夥子，你扛個斧頭做什麼？」雨神說：「我這個斧頭可是個寶貝呀！能劈柴，能砍樹，還能上深山降妖魔，還能下大海斬蛟龍。」大家一聽，半信半疑。那個老漢就問他：「你這斧頭是個寶貝，為什麼你不去和妖魔、蛟龍鬥一鬥？光說大話有什麼用呢！」雨神說：「要是不信，你們就跟我一起去看看。」正說哩，一條妖龍帶著大浪向他們撲來。百姓們哭叫著就要逃命。雨神大喝一聲：「妖龍！別動！」說罷舉起利斧，把妖龍一砍兩段。洪水「嘩啦」一聲退了好幾裡遠。人們相信了這把斧頭是個寶貝。

第七章　大禹時代是歷史的開端嗎？

　　百姓把雨神圍了起來，七嘴八舌地誇他。那老漢又問他：「小夥子，你那麼神，叫什麼名呀？」雨神想了半天，不敢實說，可是又不能不說，就支支吾吾地說：「大伯，我叫雨。」老漢說：「雨？！那你是天上的神龍吧？」雨神想起自己的罪過，就說：「不，我不是天上的龍，我是地上的蟲啊！」老漢說：「這些年洪水把我們害苦了。我看你是個少見的英雄，乾脆領著我們降妖治水吧。」雨神想：我過去做了那麼多傷害百姓的事，老百姓還看得起我，我要立功贖罪，好好治水。想到這裡，雨神就答應了老漢。

　　從此，雨神帶領人們疏通河道，壘修堤岸，斬妖殺魔，用了七七四十九年的工夫，把天下的洪水治理好，妖魔也殺絕跡了，人們都過上了安寧的生活。老天爺見雨神改惡行善了，就又把他召上了天。為了紀念這個雨的功德，人們在許多名山古城修建了雨廟，常年煙火不斷。因為雨神說他名叫雨，是地上的一條蟲，人們就把他的名字寫成「禹」。

　　到了堯的時候，天下洪水又氾濫了。治水英雄文命，把水治住了。他的功勞比禹還大，人們就尊稱他為「大禹」。

講述人：釋海良
採錄整理：柳丹
記錄時間：1984 年 2 月

桐柏山、淮河、大禹

　　傳說，淮河發源地到入海這一千多里中，有一座大湖。

　　不知多少年前的一天，東海龍王設宴，請各海龍王和天宮的神仙。西海龍王帶著三女兒路過這個大湖。三公主見這裡景色美，要在這裡多留幾天。西海龍王沒辦法，只好自己往東海去了。三公主在這裡遊山玩水，碰見了去東海的天馬。他倆一見就愛上了，成了夫妻。不幾天，玉皇大帝見天馬還沒回來，就派餵馬童子把天馬押回天宮，鎖在御馬圈裡。

第二節　普天之下，莫非禹功

三公主懷了孕，害怕父母怪罪，不敢回去，只好在湖裡住了下來。

三千年後，三公主生了一個奇怪的蛋。這天，夜叉奉龍王命令召三公主回西海。公主在蛋上寫了「懷姣」二字，意思是懷念她的嬌寶寶，藏在一個石縫裡。

一年春天，一聲雷響，天也崩開了，地也裂開了，石縫裡的那個蛋也破了。從裡頭竄出一個怪物：三稜頭，蠍子尾巴，四個龍爪，兩個翅膀。牠能鑽山入地，能騰雲駕霧，還能在水裡遊。這怪物什麼肉都吃，出殼不幾天，身高九丈九尺九寸九，肩寬六丈六尺六寸六，胸厚三丈三尺三寸三。牠常和一些蜈蚣精、蜘蛛精、蠍子精、長蟲精玩玩鬧鬧，弄得飛沙走石，洪水亂流，方圓幾千里的百姓不得安寧。

一天，玉皇大帝正坐靈霄寶殿養神，聽到下面哭哭鬧鬧，就派二郎神下去檢視。二郎神領著天兵天將到了太白頂北五十里安營紮寨。他睜眼一看，黑洞洞的什麼也看不見，猛聽一陣喊殺聲，天兵天將被殺得死的死、傷的傷，血把河水也染紅了（現二郎山到鄭老莊七十里稱紅顏河）。二郎神提著兵器拚殺，一個紅紅的怪物，前後左右都是兵器，朝他飛來。一照面，二郎神就被那怪物一角把刀撞掉了。二郎神一看鬥不過怪物，就回天宮了。

玉帝又點了三十萬天兵，駐紮在太白頂東南六十里，又請孫悟空在離太白頂二十里把守，軍師太白金星在太白頂觀戰（太白頂的名字就是從這來的）。玉帝帶十萬兵在太白頂東六十里處紮寨（以後叫玉皇頂），派哪吒領兵十萬打頭陣，托塔李天王領兵十萬壓陣，到主峰北二十里的地方罵陣。「懷姣」領著眾妖精衝出洞，又是用角抵，又是用牙咬，又是用爪抓，一會兒，把天兵天將殺得死屍成山、血流成河（後人把堆屍的山叫橫屍崖或紅石崖，把當時的血河叫紅泥河或紅儀河）。托塔天王一看大事不好，趕緊棄寨（田王寨）往東逃跑，找到了玉帝。「懷嬌」攆到太白頂東六十里

第七章　大禹時代是歷史的開端嗎？

的地方，和天兵天將交上了手，把天兵天將打敗。再說齊天大聖來到守地一看，這地方很像自己的老家，就動手造了一個水簾洞府。他正坐在那裡玩得高興，猛聽東邊亂殺亂叫，睜眼看一怪物正在和天兵天將廝殺。他一個跟頭趕去，舉起金箍棒和那怪物打了起來，大戰三百回合，不分勝敗。

悟空正急得沒辦法，那怪物一頭朝他撞去，撞得悟空屁股上的毛也光了一大片，疼得他嗷嗷直叫。玉帝見鬥不過怪物，就收兵迴天宮去了。

玉帝召來各路神仙商量降伏怪物的辦法。裴曾老祖打開萬物造化記事簿，上面寫著：怪物是天馬和西海三公主私生的。

裴曾老祖對玉帝說：「要想降伏那怪物，得天馬下凡。不過怪物是天馬的兒子，怕他捨不得，南海底有一石羆，已修行五十萬年了，能上天入地，又不怕水，要是他去降那怪物再讓天馬幫忙，一定可以。」玉帝聽了，就請石羆和天馬一塊下凡降伏怪物。臨走時，裴曾老祖送給石羆三件寶：銅錘一把、金針一根、鐵鏈一條。

「懷蛟」從那次得勝後，又做了好多壞事，亂攪河水，沖倒人們的房子和田地。人們不叫牠「懷蛟」而叫牠「壞蛟」，稱這河「壞河」。

天馬投胎到一個姓尹的人家，他下凡的名字叫尹凡。每次「壞河」發大水，尹凡總是對人們說：「我總有一天捉住『壞蛟』，捆『壞河』變成『好河』。」

石羆降生在安徽蚌埠，父親叫石滾，他叫石禹。他是長子，人們叫他大禹。舜帝派他父親治洪水，大禹也跟著去了。他父親用堵截的辦法治水，二十年也沒治住洪水，還越來越大。舜帝一氣，讓他父親死在黃河邊。

父親死後，大禹慢慢長大成人，他就去做父親沒做完的事。他找了三萬民工，順河向上走，用疏通河道的辦法，遇山挖山，遇石砸石。尹凡聽到這件事，就去找大禹。大禹命尹凡帶一萬民工打頭陣，又把銅錘和金針交給

第二節　普天之下，莫非禹功

了尹凡。他們來到「壞河」口上，為了殺死「壞蛟」，就朝堵在洞口的大石砸去。砸呀，砸呀，不把大石砸開，就沒法降伏「壞蛟」。他用了一千四百七十天才把大石砸爛。這裡成了個大洞，尹凡也累死了。人們在這裡為他立了牌坊（後人叫牌坊洞），把他埋在山上，還栽了一棵桐樹、一棵柏樹。

大禹領著人們來到「壞河」口上，用鐵鏈一頭拴著「壞蛟」的脖子，把「壞蛟」投到井裡去，一頭纏在井邊的石柱上。

大禹把「壞蛟」鎖到井裡後回到了尹凡墓前和人們一起祭奠尹凡，看見一棵桐樹包著一棵柏樹。原來栽樹的人把兩棵樹栽在同一個地方，桐樹長得快，柏樹長得慢，桐樹把柏樹包了一圈，成了桐包柏的奇樹。

人們為了紀念尹凡，在離他墳不遠的地方，修了個尹凡廟（後人叫淮瀆廟），塑尹凡神像，手拿銅錘、金針，永遠壓著「壞蛟」，不準牠再出來；把「壞河」改成「淮河」，把埋尹凡的山叫「桐柏山」。

講述人：袁相如
採錄人：謝明超
採錄整理：陳勝
記錄時間：1984 年 2 月

■ 淮河的來歷

桐柏山下，有一個地方叫固廟，固廟的附近，住著一戶人家，這家人只有母親和兒子兩個人。兒子叫吳忌，是個孝子。

他們沒有土地，家裡很窮。吳忌是個老實人，不會做別的事，只會砍柴。他天天上山砍柴，用賣柴的錢買點米，母子兩個吃。固廟西南的山腰裡，有一個沁水蕩，水清溜溜的，甜絲絲的。砍柴的路過這裡，總要歇一會兒，喝點水。有一天，吳忌到這裡來喝水，拾到兩個大蛋，他不知是什麼蛋，就拿回去給他媽了。有的人認得，說是龍蛋。

吳忌讓他媽煮了吃，他媽說讓他吃，兩個人讓來讓去，都不吃，龍蛋

第七章　大禹時代是歷史的開端嗎？

就放那了。過了幾天，吳忌也忘了龍蛋的事。

吳忌上山，每次都要帶頓晌飯。這一天，天晌午了，吳忌的肚子也餓了，他就拿出飯來吃。誰知裡面不是飯粑而是兩個龍蛋。他餓急了，就吃了一個。他覺得好吃，不知不覺中把剩下的一個也吃了，只是覺得有些渴得慌。

路過沁水蕩，他喝了一大口水，還覺著不解渴。回到家裡，「咕咚咕咚」把一缸水都喝光了，覺著還不解渴，他又跑到山澗裡去喝。他媽看到不對勁，跟了出來。見他拚命地喝，他媽怕他喝壞了，就喊他讓他少喝點。

說著說著，他變成了一條龍，大水漲了起來。

他想著他不能是人了，不能再養活他媽了，再也看不見他媽了，他就回過頭來叫一聲「娘」，他叫得十分慘。他不走，堵著水下不去。不一會兒，水淹到莊稼了，他媽流著淚，揮著手讓他走了。他聽話地順著水走了。

他捨不得他媽，他媽也捨不得他。他在水裡落淚，他媽在岸上撐著哭。他不由得立起來，回頭叫一聲「娘」，水一下子又漲了起來，要淹住莊稼。他媽又揮著手說：「兒呀，你去吧，別淹了人家的莊稼。」他又順著水走了，他媽累得上氣接不上下氣，跟不上了，才站在岸上望著他走遠。他走一截，回頭叫一聲，就這樣，回了十八個頭，叫了十八聲「娘」。他每次回頭，都把沙堵了一些，出現一個沙灘，這十八個沙灘，人們就叫它「望娘灘」。吳忌走後出現了一條河，人們就給起了一個名字叫淮河。淮河就是這樣，由孝子成龍得來的。

每年，吳忌過生日的時候，就跑回來看他媽一眼，桐柏不絕糧，就是因為吳忌帶來了風調雨順。桐柏山區流傳著這樣的諺語：「跑到天邊，不勝太白頂圓圈兒。吃的是稻米白麵，燒的是松枝槲葉。」

講述人：鄭昌錄

採錄人：鄭大芝

記錄時間：1984 年 3 月 31 日

第二節　普天之下，莫非禹功

■ 禹舟鐵環

夏朝，天下洪水大得很，桐柏山也淹得差不多了。水最大時，主峰太白頂上掛紜草啊！

大禹從桐柏山西邊兒進山，到了唐河東邊的山裡。水浪大，船進不了山，禹就把趕龍輕舟停了下來。大禹的船一停下，風就停了，浪也息了。

大禹命隨行的人安歇，自己獨坐船頭，兩眼也瞇縫起來。

大禹一覺醒來，就往背後的石柱山上檢視。看後，「哦」了一聲，把船繫在石柱的鐵環子上。隨行人忙問大禹：「禹王，船不走了？」

禹答：「剛才船頭夢見老翁指點，說這裡是安身的地方，不可盲目開船了。你們看！」大禹說著，手指石柱上的鐵環讓隨行人看。大家一齊念：「大禹繫舟處。」都覺奇怪，鐵環裡邊兒，誰能寫上這幾個字呢！大禹手拿支大筆往有字地方試了試，都沒法下筆，洩力了。他說：「看來，我們的船不能再往前開了，這『大禹繫舟處』五個字就是天意！」

大禹說停船歇息三天，到石柱山安營立夥。手下人正準備上岸，大禹又下令讓停下了。前邊漂來一艘小船，載有一老兩少，老者是個鬍子老漢兒，兩個小的是十來歲的一男一女。浪沖打得厲害，小船一歪一晃，怕人。

一妮兒一小兒還喊著：「救命！救命！」大禹說：「快救小船！」

大船和小船一靠攏，大禹就說：「小船太危險，快請老伯和孩子往船上來吧！」

老漢對大禹說：「孩子呀！你們治水是個辛苦事，老漢專門來這裡釣上幾條紅魚，給你們鼓勵，祝你們治水成功啊！」

大禹一看老漢不是一般的人，一請再讓叫他到岸上喝茶。老漢推辭不過，只好撇下小舟，上了大船，又登上山崖。

老漢接過大禹遞給的一碗茶，不小心，茶碗掉在石座上砸起一個凹

第七章　大禹時代是歷史的開端嗎？

坑，水一點也沒流走。

大禹手下有的說這老漢不喝就不喝，讓大王親自費事做什麼？有的說，水也不稀罕，弄個碗多費事呀！有的還生氣地瞪著老漢，有的還想開罵。

大禹叫過老漢坐下，聊起天來。老漢在大禹說話時，用手指在積水的石凹邊兒上，划來划去，劃了些道道子，那坑裡的茶順著老漢劃的那小水溝兒流了出來。

一會兒的工夫，水乾了。老漢對大禹說：「孩子呀！我走了。你一定能治好水！」說罷，老漢上船沒影兒了。

停了一會兒，大水的遠處有一對大紅魚浮在上面，魚背上騎著一個男孩兒，一個女孩兒。水面上還飄著好聽的山歌：

「好好的大地洪水淹，

　人們盼望治水的仙。

　誰能解開仙人意，

　賞他九州十八縣。」

大禹聽著山歌，看著石凹坑，想著老漢用手指劃的水道。他手猛拍，說：「好！這不是仙人專門來指點我怎麼治水嘛！」

大禹在石柱山的「大禹系舟處」和治水大將們商討了治水的方法，決定在石柱山以北先開三道溝，讓深山積水都疏通，流向山外。現在的三家河經唐河入長江。這就是大禹進桐柏山的第一個治水工程。

以後，大禹就用疏通河道這個方法，沿淮直下，再導長江，直至天下太平。

講述人：顧光榮

採錄人：顧天才

記錄整理：馬奔欣

第二節　普天之下，莫非禹功

■ 桐柏禹王

遠古的時候，洪水氾濫，淹沒了良田、莊園和人口。大禹王被玉帝派來治水。大禹王來到淮河的發源地桐柏山。

那時，淮河連年災禍。其中便有一叫水精的水妖，製造洪水，有時甚至將整個桐柏山淹沒，地上有性命的東西沒有一樣倖免。

大禹王到桐柏山後，制定方案，捉拿水精。水精有一習，每逢天氣暖和或炎熱時候，便走出水精洞，出來猖狂暴虐。大禹王請來太陽神幫助，太陽神將目光對準水精洞長達七七四十九天，洞裡炎熱異常，水精伸伸懶腰，心裡思忖該出洞走走了。

水精剛一出洞，正看見大禹王手握神鏟站在洞口，不禁大驚。只聽大禹大喊：「水精，我奉玉皇大帝的旨意，前來捉拿於你，還不快快受死！」

水精聽後大怒，我在桐柏山舒舒服服地過生活，關你大禹何事，便手持鼓浪鞭，直奔大禹王。

大禹王和水精大戰了七十七天，直殺得天昏地暗，日月無光。大禹王終於擒住水精，將它鎮在桐柏山下一個叫淮源的地方。

如今去淮源，便可見有一石碑，上書「大禹鎮妖之地」幾個隸書字跡。

講述人：李屏堂
採錄人：趙賦
流傳地區：河南省桐柏山區
記錄時間：1987 年 2 月

■ 大禹治水

大禹是個治水能手。有一年，淮河裡來了一條惡龍，霸占了淮河。早先，淮河水從桐柏山上安安靜靜地流下來，一直到海，河兩岸的人們吃著

第十章　大禹時代是歷史的開端嗎？

河裡香甜清溜的水，太太平平地過日子，不知什麼叫水災。惡龍來了，把河拱得這裡寬，那裡窄，水也攪渾了。牠高興了，就拚命地打滾，把河水趕出河道，淹老百姓的田舍。老百姓沒法活了，叫苦連天。大禹知道了，就放下別的活，跑來治淮河的水。

大禹也不要幫手，一個人洇入水底，和惡龍對打。幾天後，大禹出來了，手裡提著惡龍。他怕惡龍跑了，就用鐵柱子把惡龍釘在淮井裡。惡龍問什麼時候再放牠出來，大禹說：「什麼時候鐵樹開花了，你再出來。」

後來有一年，有一個官從這裡路過，把帽子扣到鐵柱子上，在井邊喝水。惡龍看到上面花花綠綠的，以為鐵樹開花了，就要出來。那人看見井裡往上翻花，嚇哩不得過，他把帽子取了，井水下去了，又扣上，井裡又往上翻花。那人嚇得取了帽子就跑了。

大禹治水到桐柏，桐柏是塊寶地。一路來的還有淮瀆、祖師。他們三個，都相中了這塊地方。淮瀆說：「你們不在這裡，我一個要在這裡了，叫我雨淋頭。」說好了，要定咧，淮瀆說自己肚子疼，「哎喲、哎喲」地叫喚開了。

大禹走了一截，還不見淮瀆，回頭一看，淮瀆留了下來，人們正在給他建廟咧。後來，禹王落到了東禹王頂，祖師落到了祖師頂。

淮瀆廟修好了，淮瀆的頭怎麼修也修不好。修好了，雨給淋壞了；修好了，雨又給淋壞了。末了，人們只好在淮瀆的頭上扣了一個小耳朵。

東邊的玉皇頂上，只要有雲彩，我們這邊就下雨。「玉皇頂戴帽，大雨來到。」現在，淮井上鎖龍的石環還在，淮瀆廟改成了縣一中。玉皇頂上的廟還在，祖師頂上有一個石條屋。

講述人：鄭普如
採錄人：鄭大芝
記錄時間：1984 年 3 月 25 日

第二節　普天之下，莫非禹功

■ 禹王鎖蛟

很久很久以前，桐柏山裡水很足，不知道從哪裡跑來一條蛟，桐柏山大小河流裡的水，一下子讓它喝得乾乾淨淨。喝乾後，蛟還恨聲恨氣地哼哼著：「哎呀，我渴呀！」

蛟渴了，就變作一個穿紅肚兜的小孩，去村裡到處找水喝，看見水井，幾口就喝乾了。

老天爺下了大雨，發了洪水，蛟一下子就喝得光光的，哼哼著：「不解渴呀！不解渴呀！」

土地乾旱，莊稼不長，五穀雜糧顆粒不收，老百姓家家又沒水吃，他們只好禱告老天爺下大雨。

老百姓的禱告，驚動了治水的大禹。一天，大禹駕起一片祥雲，飄呀飄，落在桐柏山主峰上，變成一位慈眉善目的白鬍子老漢，手搖一柄拂塵，來到村子裡，笑咪咪地對老百姓們說：「你們不是天旱沒水喝嗎？我這裡有綠茶葉，吃一片不渴不餓，吃兩片心清神爽，吃三片可以長生不老！」

老百姓想吃綠茶葉解渴，都紛紛去接。忽然，從人群裡鑽出一個穿紅肚兜的小孩，跑上去伸出手對白鬍子老漢央求道：「老頭兒，給我一片綠茶葉吃吧，我口渴得很呢。」

白鬍子老漢給穿紅肚兜的小孩一片嫩油油的綠茶葉，小孩吃了，嘴裡又涼又甜，一直涼到個底，覺得十分舒坦。小孩怕老百姓分吃完剩餘的綠茶葉，就上去一把搶過白鬍子老漢手裡的綠茶葉，大口大口吞了下去。這個穿紅肚兜的小孩原是蛟變的，它笑咪咪地想：「嘀嘀！我把這綠茶葉都奪來吃了，從此再也不怕渴啦！」

哪曉得，穿紅兜肚的小孩吞下綠茶葉後，五臟六腑疼得刀攪一般，在

第七章　大禹時代是歷史的開端嗎？

地上直打滾兒，現出蛟的原形：威風凜凜的長角，飄飄冉冉的長鬚，亮亮堂堂的眼睛，嘴裡向外吐出明晃晃一串金鍊子，疼得滿地打滾兒，豆青、深紫色的龍鱗甲黏了一地。那綠茶葉是大禹降伏蛟的法寶，蛟一吞下綠茶葉，每一片綠茶葉都變成了一截金鍊子。

白鬍子老頭撿起地上的金鍊子，朝蛟大喝一聲：「起來！」

金鍊子已勒緊了蛟的心臟，它越想掙脫，心臟就疼得越厲害。

白鬍子老漢也搖身一變，變成了大禹。他牽著金鍊子說：「蛟啊，你跟我走吧！」

大禹前頭走，蛟乖乖地跟在後邊，一步步走下山來。蛟怕疼，捂著心窩，幾步疼得一扭，幾步疼得一扭，下山扭了二十四個彎兒，扭到一個小村莊，蛟疼得冒冷汗，央求大禹讓它歇一會兒，大禹答應歇了。老百姓就把大禹和蛟走過的彎了二十四個彎兒的山路，稱為二十四扭；蛟歇息的小村莊，稱為扭莊。

大禹牽起蛟剛下山，天上霹靂閃電，一場傾盆大雨，山溝裡呼呼呼漲起了滔天洪水。蛟得了水，忽一下子變得長達千丈，頭昂得有幾十丈高。

大禹手提金鍊，駕起雲，乘著波濤，穿山越嶺，呼嘯著奔向大海。從此，大禹駕雲走過的地方，就變成了現在的淮河。桐柏山就成了淮河的源頭。

人們傳說，淮河彎的每一道彎兒，都是蛟疼得身子來回扭曲的地方。

到了東海，大禹就把蛟鎖在龍宮裡，拔劍剁掉蛟的一截尾巴，警告蛟說：「蛟啊！今後好好在海洋生活，不準你再回桐柏山坑害百姓了！」

採錄整理：甘思志

流傳地區：河南省桐柏山區

記錄時間：1985 年 2 月

第二節　普天之下，莫非禹功

■　鐵鏈鎖蛟

河南省桐柏縣西三十里有個淮源鎮，淮源鎮西頭有座「禹王廟」。

「禹王廟」往北走百步來遠，有一座六根紅木柱子撐起來的小亭子。亭子底下有一口四方口的深井，靠著井的旁邊立著一根三四把粗的大理石柱子。柱子上頭，有個鴨蛋粗的眼兒，眼兒裡穿著一條幾十斤重的鐵鎖鏈，鎖鏈的另一頭耷拉在井裡，石柱上邊刻著五個巴掌大的字：「禹王鎖蛟處。」這個「禹王鎖蛟」的故事，千百年來一直在桐柏山區民間廣泛流傳著。

在很早很早以前，淮河水沒有一定的河道。年年氾濫成災，兩岸人民吃不飽、穿不暖，生命也沒有保障。後來，夏禹王治水來到桐柏山，他決心要疏通淮河的河道，把淮水一直引到東洋大海裡去，為百姓解除苦難。誰知來到桐柏淮河的發源地以後，發現有水妖作怪，使治水工程無法進行下去。他只得領著治水的兵將，駐紮在桐柏山的最高山峰太白頂，調查研究，向附近的山神了解水妖的根底。據說，他曾三次進出桐柏山，經過了三年的時間，才了解清楚：這個水妖原來是一條大蛟龍變的，名字叫無支祁，自稱淮渦水神，就住在淮源水中。

禹王把情況弄清楚以後，就下定決心，要降伏水妖，為民除害。他派他的外甥庚辰，手拿他治水用的「定海神針」，去和水妖交戰。戰了三天三夜，終於把水妖拿住。禹王把這水妖用鐵鎖鏈鎖起來，丟到井裡，拴在石柱上，井上蓋了亭子，石柱上刻上「禹王鎖蛟處」五個字。從此，千里淮河有了河道，暢通無阻地流進東洋大海。兩岸人民安居樂業，豐衣足食。

後輩感激禹王的恩德，在井邊修建起「禹王廟」，敬他為神。敬捉拿水妖的大將庚辰為「淮渦水神」，修「淮瀆廟」於淮河邊上（今桐柏縣城）。

禹王把無支祁鎖進井去時，無支祁問禹王說：「你今日把我鎖起來，什麼時候我才能出來？」禹王指著桐柏山上的映山紅說：「什麼時候拴你

第七章　大禹時代是歷史的開端嗎？

這個石柱子上開出了紅花，你才能出來。」時間一年一年過去了，石柱上沒有開花，無支祁一直沒有出來。一直到清朝末年，兩個解差押著一個犯人，從信陽州往南陽府送。走到桐柏山下淮井旁邊，又累又熱，坐在井邊，靠著石柱子休息。一個解差將帽子摘下來，掛在石柱尖上。井中的無支祁看見解差帽子上的紅纓，誤以為是石柱子開了花。「轟隆」一聲，賺斷鐵索，騰空而去。

從此，淮河又年年氾濫成災，兩岸人民災難重重，更加懷念聖禹。

講述人：熊自謙
採錄整理：孫建英
流傳地區：河南省桐柏山區
記錄時間：1985 年 2 月

金鐲鎖蛟

古時候，淮源附近有個叫劉自起的小夥子，靠挖藥賣，養活老母。一天，劉自起挖出一個蛟蛋，他不知這是什麼東西，就放在水缸邊兒。

幾天以後，劉自起還在山上挖藥，一陣風朝山上颳來。原來是蛟蛋出蛟了，順河道而上，在一個山窪裡被劉自起碰見。劉自起舉起挖藥的鋤頭就去打，一下也沒打著蛟。搏鬥中，蛟身越來越大，一直大到籮筐那麼粗。

劉自起連累帶嚇死了。

蛟龍得了劉自起的元氣，化身為劉自起回家了。劉自起到家門口，水也跟著漲到家門口。母親不知道怎麼啦，忙問：「自起兒呀！水怎麼跟著你呀？」劉自起回答說：「母啊！兒孝敬母有功，現在變成龍了。」劉母說：

「真的？」劉自起說：「你這個瞎老太婆，想看看我的本事是吧！想看看我是龍不是龍吧！」說罷，他順河往上跑，水也往上跑。劉自起跑到最高的山峰——太白頂上，水也漲到太白頂上（至今還有「太白上頂上掛紕草」的說法）。

第二節　普天之下，莫非禹功

　　玉皇大帝在天上猛覺得身上發麻，心裡發癢。他掐指一算，知道桐柏山一小蛟得了人的元氣，成妖作怪，攜水鬧事，百姓淹死的沒數兒。他派禹王、淮瀆和祖師爺下凡捉妖治水。

　　禹王、淮瀆和祖師駕祥雲來到桐柏山，經過幾個回合，拿住了劉自起。給這個水妖戴上金銬和鐵鏈子，壓在了一口井裡，還專門在井上蓋一間小屋。這口井就叫玉井龍淵，小房子叫淮井亭。

　　固廟街西八裡的地方，有一個外號叫「水老鴰」的小夥子。一次，他在固廟街邊河上摸魚，順著一個套崖子洞摸到水井裡去了。他見到一個戴金手鐲的大漢在睡覺，井上還有座小房子罩著。他看了看井上沒有人，這個大漢又睡得熟，就去掉了一只金鐲。那個大漢的手鐲取走一只後，翻個身，又伸著另一只讓取。水老鴰害怕了，轉身順原路往外摸。

　　第二天，水老鴰在固廟街賣金鐲，正巧被禹王看見。禹王一問，知道了這金鐲是哪來的，就說：「你要多少錢，我給你多少錢，你還給那個大漢戴上去！」水老鴰說：「我要十犋牛！」

　　禹王一答應，水老鴰就去了，誰知水老鴰去晚了，劉自起用沒戴銬的手取掉了另一只，賺斷了鎖鏈，竄出井。一出井口，就駕雲跑了。

　　禹王追得也快，一氣攆到長江邊，到了龜山腳下，追上了劉自起。

　　大禹說：「你要是不聽話，我就斬了你，把你剁成肉泥。」蛟龍劉自起害怕禹王的降龍寶劍，乖乖地被壓在龜山下一口井裡了。

　　大禹鎖了蛟，又拐回桐柏山，斬了那個盜金鐲放跑水妖的水老鴰。

　　從那時起，淮河發源地一帶就沒鬧過水災。

講述人：劉中林

採錄整理：周君立

流傳地區：河南省桐柏山區

記錄時間：1985 年 8 月 10 日

第七章　大禹時代是歷史的開端嗎？

■ 玉井龍淵

桐柏山的主峰叫太白頂，太白頂還叫過大腹山。大腹山有鑽進一條龍的傳說，還有從大洞流出兩個龍蛋的說法。

據說，一個叫吳兒的孝子吃了一個龍蛋，變成了一條好龍，沖出了一條淮河，為人造了福。還有一個龍蛋，吳兒的老母不敢吃了，放在水缸裡，成了氣候。一時變人，一時變龍。變人時，對老母不孝，把老母氣死了；變龍時，常常攜水鬧災，把老百姓坑苦了。

不知過了多少年，有個叫大禹的人，帶領兵將來平妖治水。這一天，他來到桐柏山檢視水情，見河堤又垮了，洪水還是到處亂滾。他下船走到太白頂山腰，四方的山神馬上前來拜見。大禹問：「河道剛剛修好，為什麼又被沖垮了呢？」眾山神回答說：「這裡有一條五丈長的水蛟，成精作怪，自稱大腹山就是它的家，它自由出入大洞，還跟一個老鱉精一起攜水亂滾。它滾幾天，大洞就往外冒幾天水，淹田園，毀村莊，連大禹修的水堤也被它滾成亂七八糟的了。我們想除掉這條孽龍吧，都不是它的對手。」

大禹聽了這番話，就命身邊的大將童律去大洞堵上石土，以免大水隨便外流。

童律剛到大洞，一條大蛟從遠處走來，一到山口，就變成猿猴模樣的怪物。它惡狠狠地走到大禹跟前。一個山神指著它說：「禹王，這就是剛才說的那個水怪。」

水怪說：「胡說！我叫無支祁，是淮渦水神。」

大禹說：「你是水神，為什麼還毀壞河堤，坑害百姓呢？」

「小小水溝，怎麼會是我的玩場兒，別說你是大禹，就是老天爺來了，我也改不了鬧水的習性！」無支祁說罷，眼睛一睜，閃出兩道藍光；大嘴一咧，露出三尺鋼牙。大禹一點也不怕。無支祁又把五尺長帶刺的舌

第二節　普天之下，莫非禹功

伸向大禹。大禹一見這怪無禮，就拔出降龍寶劍，迎風一揮，金光萬道。無支祁一見降龍寶劍，急忙逃走，大禹派大將童律前去追趕捉拿。童律不是它的對手，大敗回來。大禹又差大將烏木久去捉拿無支祁。

烏木久從太白頂往東，一直追到玉皇頂山下。他抖開捆仙繩，把無支祁緊緊捆住，往太白頂押送。誰知無支祁會使「縮身法」，脫掉繩套，又跑了。烏木久沒有辦法，只好轉回向大禹交令。

大禹想，對付水中怪物，還是讓外甥庚辰出戰。他把庚辰叫來，交代了一番。庚辰說：「舅王放心，不擒無支祁，決不見您！」

庚辰四處尋找無支祁的蹤跡，發現在離玉皇頂東北處的淮河三裡深潭岸上有妖怪腳印，就大聲喊：「無支祁！快出來受擒！」

無支祁正在潭中和鱉精商量，想點子對付大禹。他一聽岸上叫罵，就撥水出潭，問：「你是誰？怎麼恁大膽，冒犯淮渦水神？！」庚辰回答：「我是太陽神的後代，隨禹王降妖治水的大將庚辰！」無支祁見這人來勢太猛，恐怕對付不了，就掀起浪，擋住庚辰，自己又鑽入潭底拐回洞中。

庚辰對準潭渦吹了兩口熱氣。一口氣，潭水變溫；兩口氣，潭水發熱。

無支祁害怕了，心想：要讓他再吹熱氣，我這龍潭不就滾開鍋了嗎！我要把他轟走，免得出大禍。它想到這裡，急忙起身，糾集魚鱉蝦蟹一齊嘰喳著朝庚辰擁來。庚辰一見，哈哈大笑，說：「一百個老鼠不咬貓！讓你們端老窩來，也是白送死！」他不慌不忙，雙手叉腰，「呼」一聲，把第三口熱氣吹進潭裡。這一下呀！三裡深潭，水浪翻得咕咕嘟嘟響。魚鱉蝦蟹受不了啦！燙得蹦的蹦，竄的竄，死的死，亡的亡。燒熟的，脫皮的，蜷腿的，伸腰的，水上漂滿了死魚爛蝦。老鱉精沒燒死，鱉殼也成了黃土色。「金甲潭」也就為這得名。

大禹在岸等候。無支祁經不住水燙，現了原形，一竄上岸，大禹一把抓住他，用劍砍掉了它的尾巴。「禿尾巴老蒼」的說法，就是這樣來的。

第七章　大禹時代是歷史的開端嗎？

　　無支祁被大禹壓在太白頂下，眾兵將挖了一口千丈深的井，童律又從盤古山南邊的花山運來玉石，砌成井壁。大禹親手把無支祁鎖上鐵鏈，囚入井下，系在定海神針上。

　　無支祁問：「我哪天才能出井啊？」大禹指著井口的那根定海神針說：「鐵樹開花的時候！」

　　千年以後，一個砍柴娃兒把一把映山紅放在鐵柱上，又從井裡打水喝。這一放啊，井裡「呼嚕嚕」地往上翻黑浪，砍柴娃兒拔腿就跑。蛟龍賺斷鐵鏈，駕雲脫逃。

　　至今，玉井還在，龍已無影。

講述人：鄭昌壽

採錄人：馬卉欣

記錄地點：河南省桐柏縣文化館

記錄時間：1979 年 10 月

文獻記述：

　　「禹理水，三至桐柏山。驚風走雷，石號木鳴。百伯擁川，天老肅兵，不能興。禹怒，召集百靈，搜命夔龍。桐柏千君長稽首請命。禹因囚鴻蒙氏、章商氏、兜盧氏、犁婁氏。乃獲淮渦水神，名無支祁，善應對言語，辨江淮之淺深，原隰之遠近。形若猿猴，縮鼻高額，青軀白首，金目雪牙，頸伸百尺，力逾九象，搏擊騰踔疾奔，輕利倏忽，聞視不可久。禹授之章律，不能制；授之鳥木由，不能制；授之庚辰，能制。鴟脾桓木魅水靈山妖石怪，奔號聚繞以數千載。庚辰以戰逐去，頸鎖大索，鼻穿金鈴，徙淮陰之龜山之足下，俾淮水永安流注海也。庚辰之後，皆圖此形者，免淮濤風雨之難。」即李湯之見與楊衡之說，與《岳瀆經》符矣。

（《太平廣記》卷四百六十七）

第二節　普天之下，莫非禹功

■ 大禹斬將

太陽神的後代庚辰，在桐柏山水簾洞前的一座山上練習散熱發光的本領。這座山，後人稱「太陽城」，也有人叫「太陽池」。天下洪水成災時，庚辰受命跟舅父大禹去各地治水，離開了這裡。

大禹率治水大軍來太白頂降伏無支祁後，就率大軍沿淮河出桐柏山了。

治水大軍到了大別山，見庚辰沒有跟上大隊。

大禹料定，庚辰是到太陽城去了。他差一傳令兵，去催庚辰離開太陽城，還跟著大軍治水。

傳令兵沒把庚辰叫回軍營。大禹又差一將去催，庚辰還是不答應離開桐柏山。

第三次，大禹差童律和烏木久去催。

童律說：「禹王，庚辰是你的外甥，平時他就沒把我們放在眼裡。這次，我們沒有辦法呀！」大禹說：「為什麼讓你倆都去呢？該動手就動手，該捆就捆嘛！」

童律和烏木久去到太陽城，庚辰正在加修石寨。南天門和北天門已立在前山和後山。

走進北天門，三人閒聊了幾句，庚辰就說：「我到南天門外捉點麻扣魚款待款待你倆。」庚辰動身就要走出南天門。二人急忙攔住說：「別去了！」庚辰說：「去！水簾洞裡盡是小魚，麻扣魚，好逮得很，吃著香著哩！」

二人又說：「庚辰兄長，禹王命我們請你回營。要不，我們都要吃罪呀！」

「我是太陽神的後代，我是禹王的外甥，我是捉拿無支祁的功臣。要

第七章 大禹時代是歷史的開端嗎？

拿我問罪呀，打量天下沒那個人！」

正說哩，大禹手執寶劍也轉來了。他站在山下大喊：「庚辰下山！」

庚辰聽到是舅王大禹的聲音，急忙下山。來到河邊，向舅王施了一個禮，說了一聲：「舅王！你也是轉來叫我嗎？」

禹王沒有答話。

庚辰說；「舅王，除妖治水我已出過不少力，等有了大水妖，我再回營吧！」

禹王還是沒吭聲。

童律說：「庚辰兄，太陽城這地方是好，待治了洪水，我也來陪你住這裡。」

烏木久說：「庚辰兄，禹王為治水，三過家門都不回呀！」

禹王說：「洪水中百姓還在哭叫，你玩得進去嗎！」

「舅王！我能在桐柏山這塊寶地安上家，等舅王治理了天下洪水，也好來這裡遊玩。」

「你留下，中。天下太平了再說。治水中都搶占名山大川，天下洪水還治不治，百姓還救不救？」

「舅王！」庚辰聽罷禹王一席話，又說：「舅王，我還是捨不得這裡的好景啊！」

大禹皺了皺眉頭，咬了咬牙，頭動一下沒說話。

庚辰說：「舅王！你狠狠心，留下我吧！」

「再三勸，你不聽；好言說盡，你不從。要你這樣的人真是我的包袱！」禹王說到這裡，庚辰高興地跪下，說：「謝舅王開恩允口！」

禹王又看了看庚辰，壓著心裡的火，輕聲說：「外甥，再不回營治水，

我就要問罪了！」

庚辰一聽，禹王的話不是開恩的話，像是嚇唬自己的話，就「唰」地站了起來：「舅王，你真不留情，算了！看你把太陽神的後代怎麼發落！反正我不走了！」

禹王抽劍，衝著庚辰說：「那你永遠住這裡當淮神吧！」庚辰把臉一扭，禹王把劍刺向了庚辰。禹王利劍一拔，一股金黃色的光氣向太白頂方向飄去。

禹王斬了外甥，血染了水簾洞河。滿河的麻扣魚都來喝血，喝成了紅嘴、紅脊、紅尾巴。麻扣魚個子也長不大了，千年百代都是這個樣子。

現在，人們一看到河裡這種麻扣魚，就想起大禹斬將的故事。

講述人：吳生相

採錄整理：馬奔欣

記錄時間：1983 年 3 月

大禹治水和淮河水怪

大禹治水的時候，疏通九州河流，把大地上滔天的洪水引向東洋大海，又造了很多陸地，使萬物復甦，人民才得以安居樂業。

可是淮河並不聽話，經常氾濫成災，淹沒兩岸田地村莊，人民深受其害。

原來，淮河源頭有個水怪，人不人，猴不猴，經常趁下雨的時候出來為非作歹。這水怪站在淮河源頭，張開血盆大口，吐出滔滔水柱，攪得天昏地暗，淮河就氾濫成災，它乘機吞食落水的人們。大禹知道後非常惱怒，就把這水怪捉住，在淮河源邊挖了一眼深井，下通海眼，取名淮井；又用神鐵造了一條鎖鏈。把水怪鎖牢，放入井內，一頭拴在井邊豎立的鐵柱上。大禹指著井邊鐵柱對水怪說：「要想出井，必得井邊這鐵柱開花。」

第七章 大禹時代是歷史的開端嗎？

當然，鐵柱永遠不會開花。數千年來，這水怪也一直沒能出井。

據說有一年，淮河源頭起了一次會，戲臺就搭在離井不遠的地方。有一個人肩上馱著小孩看戲，靠在井邊的鐵柱子上。小孩把頭上的花帽子抹下來，無意戴在鐵柱子頂上。這一來可不得了了，只聽淮井內一聲響，井裡水咕咕嘟嘟直往上冒，霎時間天昏地暗，看戲的人們嚇壞了，不知道到底怎麼回事。有一個老教書先生忽然看見井邊鐵柱子上的花帽子，恍然大悟，連忙找人冒死把花帽子取了下來。帽子一取下，井水馬上不冒了，天也轉晴了，一切又都恢復了正常。原來，井裡的水怪把小孩的花帽子當成鐵柱開花了，急著從井裡出來。

從此以後，再也沒有人敢往井邊鐵柱子上掛東西了。

> 講述人：楊永興
> 採錄人：楊建軍
> 記錄地點：河南省桐柏縣盤龍鎮
> 記錄時間：1987 年 3 月

■ 禹王分水

大禹到桐柏山，擒住了孽龍無支祁，把它鎖在淮井裡，又鑿山挖道把水向東海引。

太白頂的土地爺和山神又喜又憂，喜的是禹王把水治好了，再也不怕大水了；憂的是水都流到東邊去了，山西邊百十里地沒有水，老百姓怎麼過日子！他倆一商量，就找禹王去了。

禹王率領眾神將劈山導水，已到了東邊的祖師頂下。這裡是三路洪水彙集的地方，水大浪急，攔住了去路。禹王命童律和烏木久造橋，搬來多少石頭都被大水沖走了，再搬，又被沖走了。一直架了三天三夜也沒有把橋架起來。禹王一氣，從腰裡抽出金劍，輕輕一拍，金劍變得又寬又長。

禹王把劍往洪水上一放，變成了大橋，這就是現在的「金橋」。

第二節　普天之下，莫非禹功

　　禹王架好了橋，命大軍火速向東出發，導水入海。土地爺和山神這個時候也趕來了。他倆向禹王說，要給西山也分一點水。禹王一聽，連著搖頭說：「不行不行！我的治水大策是向東流，入東海，不能隨意改呀！」

　　土地爺和山神一聽這話，大哭了起來：「哎呀禹王，您光讓水往東流，不勝把我倆殺了吧！」

　　禹王聽不懂他倆說的什麼，瞪著眼「哼」了一聲。土地爺和山神慌忙解釋說：「您想吧，西山百十里沒有水，要不了兩年，山禿了，田乾了，地裂了，百姓收不到糧食非出去要飯不可，誰還在家守窮等死？誰還給我們燒香上貢品？那我倆只有蹲在廟裡餓死！禹王爺，您不念百姓也得念我們呀！」

　　「嘟！」禹王把腳一跺，說：「我費了千辛萬苦，疏導百川洪水，全是為了天下百姓的生存！你倆信口開河，貪圖私利。快走開！」

　　大禹說著指揮疏水隊伍一直向東走，一邊走一邊挖，經安徽到江蘇，修呀劈呀費了很大力氣，把淮水引到了東海。

　　兩年後，禹王率領眾神順漢水往上，去開挖濟河。路上碰見兩個用破帽遮著臉的叫化子。他倆一見禹王扭頭就走。

　　禹王喊：「喂！過來過來，我問個路！」

　　倆叫化子一聽這話拔腳就跑。

　　禹王命童律去把他倆拿來。童律緊走幾步，一手抓了一個，丟在禹王面前。禹王一看，是太白頂的土地爺和山神。禹王問：「你倆怎麼是這身打扮呀？」

　　土地爺和山神說：「我們是出來逃荒的，混到這個地步沒臉見人呀！」

　　禹王一問，才知道太白頂兩邊沒河，老百姓只好靠天吃飯，下雨三天淹，無雨三天干，多下幾天雨，山洪下來，遍地都是水，把山西邊的田園

第七章　大禹時代是歷史的開端嗎？

莊稼沖了個精光。人們攜兒帶女討飯去了。人一走，廟裡香火也斷了。

禹王不信，親自帶童律來太白頂西看了一下，洪水亂滾。

禹王說：「這裡開一條河還是有道理的呀！不過這一開河，水就往西流了，不是自己壞了『導水東流』的治水大策麼！唉！」

童律見禹王為難，就踏上雲頭，登高遠望了一番。他對禹王說：「要是從這裡往西開條河，讓水流入漢江，再由漢江入揚子江，從那裡再入東海不也是導水東流嗎？」

「有理有理！」禹王高興地命童律和烏木久帶領眾山神立即檢視水路，疏通河道。自己到太白頂把泉水分了一股，向西山流去。

大禹開這條河開得有理，這一帶的人們稱這條河為理河。後人在寫《水經注》一書時，把「理河」寫為「澧河」。

講述人：釋海良

採錄人：劉劍

記錄地點：河南省桐柏縣西十里村

記錄時間：1981 年

▎大禹導長江

相傳大禹治水的時候，南陽盆地是一片汪洋。

據說大禹是從冀州過來的，坐著麒麟舟，帶著治水大軍。他在南陽盆地巡察三天三夜，累了，想拋錨定舟歇歇；一拋，咕咚水太深，錨抓不著底。麒麟舟在水裡漂，一直漂到唐河南邊祁儀鎮一帶。

大禹手下的大力士童律對大禹說：「伏牛山有對石柱，頂天高，我去搬來當個定錨樁。」這一說，大禹手下人都笑他瞎吹。童律腳點著水，真的搬來一對大石柱，立到祁儀鎮東南的石柱山上。大禹在石柱上纜了舟，在祁儀鎮紮下大本營。

第二節　普天之下，莫非禹功

　　大禹帶著治水大軍在南陽盆地掘了兩條排水溝，一條叫白溝，一條叫唐溝（就是現在的白河和唐河）。現在湖北境內有個雙溝鎮，正好在白溝和唐溝交界處，據說就是從那時得的名。

　　排水溝一挖成，南陽盆地的水消了，大禹喜得不得了，心裡只顧喜歡哩，連挽在石柱上的纜繩都忘記解了。水消完了，一瞅，麒麟舟就淤在稀泥裡。後來這裡建起個集鎮，起名祁儀，就是「麒淤」的諧音。

講述人：李明謙

採錄人：張果夫

記錄地點：河南省唐河縣文化館

記錄時間：1983 年 3 月

　　大禹神話遍布神州大地，凡是有河水的地方，都會有大禹治水的神話傳說。這是中國文化的特殊景觀。

　　大禹從治水到治世，其神性的光輝不但溫煦，而且令人感到親切。他建立了夏王朝，他的子孫啟曾經秉承了他的光輝，同時，也是啟熄滅了遠古神廟的最後一盞神燈，毀壞了他的大夏王朝；到了夏桀王時期，禮崩樂壞，時人憤怒地喊道：

　　桀，

　　曷日亡！

　　吾與汝偕亡！

　　於是，在殷商王朝取代大禹夏王朝時，文字更清晰地記述著人們的足跡，中國神話時代就全然消失了。當然，更重要的原因是，隨著生產技術的迅速提高，特別是人們了解世界的能力迅速提高，神話的存在只限於記憶的階段，其新生的土壤被歷史傳說所替代，大禹時代作為遠古人民的精神成果不可阻擋地消失了它繁衍的溫床，中國古典神話時代也至此結束

第七章　大禹時代是歷史的開端嗎？

了。應該指出的是，神話思維並沒有終結，它還殘存著，甚至在某時空單位內曾經閃放出絢麗的光芒，而它畢竟已退居到次要地位，代之而起的是新的人文藝術，古典神話在被歷史化、哲學化、審美化的同時走進了世俗化，瀰漫在一代又一代人的生活中。

　　神話傳說作為民族記憶，其附屬於不同時代的文化風景，形成新的述說。但是，其語域中心都不是無端形成的，原始文明應該成為其記憶的源頭，綿延不絕。如《史記‧河渠書》引《夏書》曰：「禹抑鴻水，十三年過家不入門。陸行載車，水行載舟，泥行蹈毳，山行即橋，以別九州。隨山浚川，任土作貢，通九道，陂九澤，度九山，然河災衍溢，害中國也尤甚，唯是為務。故道河自積石，歷龍門，南到華陰，東下砥柱，及孟津雒汭，至於大邳。於是，禹以為河所從來者，高水湍悍，難以行平。地數為敗，乃廝二渠，以引其河北，載之高地，過降水至於大陸，播為九河，同為逆河，入於勃海。九川既疏，九澤既灑，諸夏艾安，功施於三代。」這種壯舉，是原始文明震撼時代的文化基礎，構成大禹神話時代的核心，將中華民族的文化精神不斷光大。民族的神話時代屬於歷史，在歷史演變中被記憶，被述說，並沒有被自己的經典束縛住了手足，它在民間文化生活中仍然振動著有力的雙翼。當在文獻典籍中漸漸模糊了對它的觀感時，在民間文化生活的野性天地中卻格外清晰地看到了它多彩的身影。特別令人欣喜的是，在神州大地上，中國古典神話以古廟會為重要文化背景，展現出一個個完整而清晰、剛健而清新的古典神話時代，與之交相輝映的是少數民族豐富多彩的神話傳說。

　　誠然，流傳下來的方式非常多元。或曰，其流傳演變的管道有很大可能是在口頭語言、語言文字、圖畫或雕塑等具體形態中不斷循環往復。諸如今天流傳在民間社會的神話傳說，有人不同意其來源於遠古的論說，的確，有許多問題沒有具體的證明，但是，又該如何解釋其來源呢？江河奔

第二節　普天之下，莫非禹功

騰，不拒細流，神話傳說的語言形態無論如何變化，都具體存在於民族文化傳統之中。至少，民間神話的形態誰也不能否定。僅僅依據文獻，就非常容易陷入又一種形式的虛無主義。睜開眼睛看看民間社會，有許多問題需要重新思索。

山海經，神話與初民：
從青銅器到圖騰信仰，探索先秦神話與空間秩序的文化原型

作　　者：	高有鵬
發 行 人：	黃振庭
出 版 者：	崧燁文化事業有限公司
發 行 者：	崧燁文化事業有限公司
E - m a i l：	sonbookservice@gmail.com
粉 絲 頁：	https://www.facebook.com/sonbookss/
網　　址：	https://sonbook.net/
地　　址：	台北市中正區重慶南路一段61號8樓 8F., No.61, Sec. 1, Chongqing S. Rd., Zhongzheng Dist., Taipei City 100, Taiwan
電　　話：	(02)2370-3310
傳　　真：	(02)2388-1990
印　　刷：	京峯數位服務有限公司
律師顧問：	廣華律師事務所 張珮琦律師

-版權聲明-

本書版權為淞博數字科技所有授權崧燁文化事業有限公司獨家發行電子書及紙本書。若有其他相關權利及授權需求請與本公司聯繫。

未經書面許可，不得複製、發行。

定　　價：520 元
發行日期：2025 年 09 月第一版
◎本書以 POD 印製

國家圖書館出版品預行編目資料

山海經，神話與初民：從青銅器到圖騰信仰，探索先秦神話與空間秩序的文化原型 / 高有鵬 著 .-- 第一版 .-- 臺北市：崧燁文化事業有限公司, 2025.09
面；　公分
POD 版
ISBN 978-626-416-758-1(平裝)
1.CST: 山海經 2.CST: 研究考訂
857.21　　　　114013018

電子書購買

爽讀 APP　　臉書